Neff

TAYLOR CALDWELL

In einem großen Land

ROMAN

PAUL NEFF VERLAG
WIEN · BERLIN

Nach der bei Charles Scribner's Sons erschienenen Originalausgabe
THERE WAS A TIME
aus dem Amerikanischen übertragen von
HANS ERIK HAUSNER und CHRISTA MITSCHA-MÄRHEIM

ISBN 3-7014-0094-6

Umschlag- und Einbandentwurf von Willi Bahner
Gesetzt aus der Borgis Garamond-Antiqua
Gedruckt und gebunden beim Wiener Verlag, Wien
Hergestellt im Auftrag des Paul Neff Verlages, Wien

Es gab die Zeit, da Wiese, Strom und Hain,
Die Erde und was sonst mein Blick umfaßt,
Mir wie in himmlisch Licht getaucht,
Die Pracht und Herrlichkeit,
Der frische Zauber eines Traumes schien zu sein.

Wordsworth

ERSTER TEIL

I

»Wie alt war ich, als wir in Higher Broughton lebten?« fragte er seine Mutter.

»Du warst erst zweieinhalb Jahre alt«, antwortete sie. »Dann übersiedelten wir nach High Town und von dort nach Reddish. Du kannst dich unmöglich an Higher Broughton erinnern.«

Doch er erinnerte sich. Zwei Dinge gab es, an die er sich deutlicher erinnerte als an den gestrigen Tag in seinem Leben eines jungen Mannes. »Wir wohnten in einem Haus«, sagte er zu seiner Mutter, »das in einer Reihe mit anderen düsteren Ziegelhäusern stand. Es hatte einen gepflasterten Hof, der von einer Steinmauer umgeben war. Ich pflegte im Klo auf diesem Hof zu sitzen und Brot mit Johannisbeermarmelade zu essen, während du die Wäsche aufhingst. In einem Haus auf der anderen Straßenseite wohnte eine Familie, die Burns hieß. Sie hatten eine kleine Tochter namens Nellie.«

Seine Mutter wollte es nicht glauben. »Du warst knapp zweieinhalb Jahre. Du kannst dich unmöglich erinnern. Du hast Vater und mich davon sprechen gehört.«

Aber er erinnerte sich genau an den Hof. Die Mauer war ihm enorm hoch erschienen. Sie konnte nicht viel mehr als sechs Fuß hoch gewesen sein, aber es dünkte ihm, als ragte sie bis in die Wolken. Die grüne Holztür stellte eine unüberwindbare Schranke dar, denn der Riegel war so hoch, daß er nicht daran denken konnte, ihn zu erreichen. Der dunkle Anstrich im unteren Teil war eine einzige Masse von Blasen und Bläschen, und er verbrachte Stunden damit, sie herunterzukratzen, Stunden, erfüllt von Sinnestaumel und von Verzückung so tief wie die Bewegung von Ebbe und Flut. Die warme, dünne Sonne lag auf seinem Rücken und lief über seine geschäftigen, konzentriert werkenden Finger. Wenn er wollte, konnte er sie immer noch fühlen, konnte seine schmutzigen kleinen Fingernägel mit den schwarzen Rändern sehen und die gleiche süße Verzückung empfinden. Er sah die Blasen kaum. Sie waren nur etwas, das sein Bewußtsein von dieser stillen Verzückung ablenkte, in der er zu versinken drohte.

Er wußte, daß er auf etwas wartete, aber ruhig und geduldig im lieblichen Taumel eines unbegreiflichen Friedens wartete. Er fühlte sich nicht jung. Er fühlte keine Zeit. Er existierte in grenzenloser Zeitlosigkeit, die nichts als diese sonderbare Glückseligkeit enthielt. Alles, was außerhalb seiner Person lag, war eine zersplitterte, problemlose Herrlichkeit, sanft, harmonisch, von strahlender, kindlicher Ruhe. Freude war es nicht, das wußte er jetzt. Freude war etwas, das die Menschen nach einem Schmerz, nach einem Erfolg, nach einem Sieg empfanden. Dies war Seligkeit und Wonne. Dagegen waren die Freuden der Menschen nichtssagend, läppisch, schäbig, wenn nicht gar schändlich, weil zur Gänze fleischlichen Ursprungs. Damals war ich nicht jung, pflegte er zu sagen, als er schon ein Mann war. Indem ich verlor, was ich damals besaß, verlor ich meine Reife und gewann eine leere Jugend.

Seine Mutter hatte Angst vor den Zigeunern gehabt, die irgendwo in der Gegend hausten, und so seinen Vater genötigt, den Riegel auch noch mit einem Schloß zu versehen. Zigeuner waren unverbesserliche Kinderdiebe; warum sie es aber ausgerechnet auf das bläßliche, einzige Kind alles andere als wohlhabender Leute abgesehen haben sollten, dies war eine Überlegung, die anzustellen ihre gefühlsbetonte Denkweise ihr nicht erlaubte. Der Knabe nahm das Schloß nie bewußt wahr, aber er wußte, daß es dagewesen sein mußte. Darum blieb das, was geschah, für immer unerklärlich.

An jenem Tag hatte er alle Blasen aufgekratzt, die er erreichen konnte. Er stand auf Zehenspitzen und tastete nach oben. Es gab da eine besonders fette Blase, an die er nicht mehr heran konnte. Und er mußte sie haben, diese Blase, die schönste und herrlichste von allen! Begierig sah er sich um.

Das weiche englische Licht erfüllte den Hof. Es gab für ihn nichts außerhalb dieser himmelhohen Mauer und der grünen Tür — keine Menschenseele, keinen Vogel, keinen Baum, keine Stimme, kein Lachen, nichts Lebendes. Hinter ihm erhob sich der rußige Ziegelbau des Hauses, in dem er wohnte. Aber auch das hatte kein Leben, obgleich er wußte, daß seine Mutter darin arbeitete. Seine Mutter lebte an der äußersten Grenze seines Bewußtseins und drang nicht in seine Wirklichkeit ein. Er sah die Rauchfahne, die über das graue Schieferdach wanderte, das in einen blaßblauen Himmel hineinragte. Alles war still, hing in einer Flut warmen, schwebenden Lichtes. Er betrachtete die Spalten zwischen den Steinplatten. Die Platten waren feucht und grün von Moos. Unzufrieden und unruhig hockte er sich nieder und strich mit seinen schmutzigen Fingerchen über die Flechten. Dabei schob sich sein Kleidchen über die Schenkel hinauf, und er spürte einen kühlen Luftzug an seinem runden Hinterteil. Er zupfte am Moos und blickte verdrießlich umher. Sein Auge blieb an der Tür haften, an der Tür und an den wunderbaren Blasen, an die er nicht heran konnte.

Sanft, lautlos, fast unmerklich öffnete sich die grüne Tür. Gleichgültig, mit offenem Mund, die großen blauen Augen ins Leere starrend, sah er hin. Die Tür öffnete sich trotz Riegel und Schloß. Dies erschien ihm in keiner Weise befremdend, denn in seinem Universum gab es weder Riegel noch Schlösser, und es geschahen seltsame Dinge, die ihn weder zu Fragen noch zu Antworten herausforderten.

Die Tür stand nun weit offen. Eine Dame betrat den Hof und schloß lautlos die Tür hinter sich. Frank betrachtete sie mit leerem Blick. Seine Finger strichen weiterhin über das Moos, der Wind blies um sein nacktes Gesäß, und Kleidchen und Schürze rutschten zur Gänze nach oben. Die Dame war außerordentlich groß; zumindest schien es ihm so aus seiner hockenden Stellung. Sie war sehr schön. Das erkannte sogar seine kindliche Intelligenz. Sie war schlank und jung. Sie konnte nicht älter als zwanzig sein, und das Haar, das ihr über die Schultern und tief in den Rücken fiel, war gelb wie Narzissen. Sie trug ein langes, rein weißes Kleid, das im Sonnenlicht glitzerte und funkelte, so daß man gar nicht feststellen konnte, aus welchem Material es geschnitten war. Ihre Arme waren bloß und sehr weich. Ihre roten Lippen lächelten, und rosig schimmerten ihre Wangen.

Sie kam auf ihn zu, und er rappelte sich unbeholfen auf. Dabei rieb er sich die schmutzigen Hände, um sie von Erde und Moos zu befreien. Immer noch mit offenem Mund und gleichgültigem Gesichtsausdruck starrte er zu ihr hinauf. Er empfand weder Angst noch Verlegenheit und nichts von der Schüchternheit, die ihn für gewöhnlich befiel, wenn er mit Fremden zusammentraf. Er zog laut die Nase hoch und wischte sich die Hände an der Schürze, die von Marmelade- und Suppenflecken übersät war, und die er auch fleißig als Taschentuch benützt hatte.

»Kennst du mich?« fragte die Dame mit weicher, sanft tönender Stimme.

Er antwortete nicht. Er war kein Kind, das schon früh sprechen gelernt hatte. Er kannte nur wenige Wörter, und es war keines darunter, das ihm jetzt passend erschienen wäre. Er ließ seinen leeren Blick auf ihr ruhen. Die Sonne leuchtete warm und hell im stillen Hof. Aber es war eine andere Art von Licht, das die Dame umgab, eine konzentrierte Herrlichkeit, ähnlich der Verzückung, die ihn überkam, wenn er Blasen von der Tür kratzte. Zaghaft lächelte er sie an. Sie lächelte zurück, und ihr Lächeln wurde zu sanftem, murmelndem Lachen. Auch er begann nun zu lachen — zögernd und erwartungsvoll.

Sie legte ihre Hand auf die wirre Masse seiner dichten kastanienbraunen Locken. Sie strich mit den Fingern durch sein Haar. Er spürte die Zärtlichkeit; sie durchflutete ihn wie Flammenzungen. Er kam näher an sie heran und preßte seinen Kopf an ihr weißes Gewand. Er betastete das Gewebe; es fühlte sich an wie ein wohltuender seidener Wind, wie die Oberfläche eines Lilienblattes. Wie verzaubert davon, strich er zaghaft darüber hin. Die Dame murmelte etwas, streichelte seine Wange. Sie beugte sich nieder, küßte ihn auf die Stirn und seufzte, und das Feuer in ihm wurde größer und wuchs über ihn hinaus. Er blickte zu ihr auf; sie lächelte immer noch, aber das schöne, strahlende Gesicht war jetzt auch traurig. Sie hatte die leuchtendsten blauen Augen in der ganzen Welt, doch jetzt schienen sie in Tränen zu schwimmen. Sie drückte ihn fast krampfhaft an sich. Die ganze Welt erbebte in Glanz und Zärtlichkeit, in Herrlichkeit und Erfüllung, und es geschah in funkelnder Stille, zu tief selbst für das leiseste Atemholen.

Von irgendwoher erklang der Donnerschlag einer Tür, die sich öffnete und wieder schloß, und eine mürrische Stimme rief: »Baby! Baby! Was treibst du denn? Willst du deinen Tee nicht haben? Hast du mich nicht rufen hören?«

Er hörte die Schritte seiner Mutter auf den Steinplatten, schnelle, ungeduldige, fordernde Schritte. Er sah seine Mutter am äußersten Rand seines Gesichtskreises, in den sie niemals eindrang. Er klammerte sich an die Dame. Sie war jetzt sehr blaß und durchscheinend, und das Gewand, das er in seinen Fingern hielt, verlor plötzlich seine Festigkeit. »Bleib! Geh nicht fort!« vermeinte er zu rufen. Er warf seiner Mutter wütende Blicke zu. »Laß mich!« kreischte er. Er wollte sich noch fester an die Dame drücken. Aber sie war fort, verschwunden wie die Sonne abends verschwindet, und die grüne Tür war wieder verschlossen und versperrt.

Die Mutter packte ihn am Arm und schüttelte ihn. »Ach, du kleiner Schmutzfink!« rief sie. »Sieh doch nur dein Kleidchen an und deine Hände! Es ist völlig zwecklos, dich zu waschen. Da hilft keine Seife. Schau dich an! 'rein ins Klo mit dir! Von Kopf bis Fuß werde ich dich waschen müssen, bevor du deinen Tee haben kannst!«

Die Tür des Aborts knarrte laut, und ein Strahl Sonnenlicht erhellte den engen dunklen Raum, der stark nach Paraffin und Clorkalzium roch. Die Mutter ließ ihn auf den Holzsitz plumpsen, blieb vor ihm stehen und beklagte das traurige Los einer Frau mit einem lästigen Kind. Er saß da, und die Tränen liefen ihm über die Wangen und hinterließen weiße Spuren in seinem schmutzigen Gesicht. Von einem Gefühl überwältigenden Verlusts und grenzenlosen Schmerzes überkommen, weinte er wie nie zuvor in seinem Leben, während seine Mutter schimpfte und sich mit der Schürze den Schweiß von der Stirn wischte.

Von diesem Tag blieb ihm weiter nichts in Erinnerung. Er wußte auch nicht, ob er je an diese Blasen herangekommen war oder ob solche Blasen je wieder eine bedeutende Rolle in seinem Leben gespielt hatten.

War alles nur ein Traum gewesen? Aber wie er sich später vor Augen führte, war er doch noch zu klein gewesen, um eine solche Dame in seiner Vorstellung gesehen und sie in Kleider gehüllt zu haben, wie weder seine Mutter noch die Nachbarsfrauen sie jemals anlegten. Wie konnte er einen solchen Besuch geträumt haben? Jahre später kam er zu der Überzeugung, daß es ein Traum gewesen sein mußte, ein seltsamer, lieblicher, vernunftmäßig nicht zu erklärender Traum.

Viele Tage lang wartete er dann noch auf die Wiederkehr der Dame, denn er entsann sich jenes Gefühls des unruhigen, unbefriedigten, mutlosen Wartens, das ihn stets begleitete.

In Higher Broughton sah er die Dame nie wieder, doch sie erschien ihm noch ein- oder zweimal in seinem späteren Leben, und immer wieder fragte er sich nachher, ob es wohl ein Traum gewesen sein mochte.

Er besaß nur noch eine einzige Erinnerung an Higher Broughton, und es war eigentlich kaum eine Erinnerung, sondern vielmehr ein Gefühl, eine Empfindung.

Der Tag war trüb und wolkig gewesen, und nun schimmerte der dunstige Himmel heliotropfarben. Tiefe Stille lag über dem Hof mit seiner Steinmauer. Frank hatte mit einem Stühlchen und einer Puppe gespielt und döste jetzt gelangweilt und teilnahmslos vor sich hin. Er stand auf und wanderte im Hof umher. Er ging auf die grüne Tür zu und entfernte sich wieder.

Plötzlich hörte er einen Klang, eigentlich nur die Spur, den Hauch eines Klanges, unermeßlich süß und durchdringend. Er blieb stehen und hob den Kopf, starrte zum Himmel, von dem der Ton wie Regen zu fallen schien. Es war kein Vogelruf, war nicht der Klang einer menschlichen Stimme oder eines Instrumentes, das er je gehört hatte oder hören sollte. Weder flötengleich noch vibrierend wie eine Harfe, weder Trompete noch Violine, schien es doch alle diese Instrumente in einen ungebrochenen, unendlich süßen Ton zu fassen.

Frank lauschte wie verzaubert. Es war keine Musik, die in Tempo oder Kadenz anschwoll und wieder dahinschwand, aber sie wurde lauter und klarer und unmittelbarer, bis sie den Himmel, den Hof, die Mauer und die Steine unter seinen Füßen durchdrang und alles wie mit Licht überschüttete. Ja, diese Musik war eine Art Licht, zart und schimmernd, trotz ihres treibenden Wogens, ihrer bezwingenden Kraft. Frank stand da, und die Welt um ihn war erfüllt von einer fast unerträglichen Majestät und Süße, von einer Melodie, die unendlich tief war, unpersönlich und doch voll von Bedeutung.

Er konnte nicht sagen, wie lange er so dastand, aber langsam, kaum wahrnehmbar entfernte sich die Musik. Sie verging nicht und sie klang nicht ab. Es war, als ob sie jenseits des Firmaments dahinzöge. Er hielt sich daran fest, wie er sich an die Dame geklammert hatte, bis der letzte Hauch erstorben war.

Niemals vergaß er die Wonne, den feierlichen Zauber, der ihn an jenem Tag erfüllt hatte. War auch das ein Traum gewesen? fragte er sich viele Jahre später. Aber er fand nie eine Antwort.

II

Die Familie verbrachte zwei Jahre in High Town, doch von dieser Zeit blieb ihm nichts in Erinnerung. Aber er erinnerte sich an Leeds, wo seine Großmutter wohnte und ihr »gepflegtes Logierhaus für exklusive Gäste« betrieb. Besser gesagt, er erinnerte sich an seine Großmutter und an ihr Haus, an die dünnen, spärlich mit Butter bestrichenen, mit Wasserkresse belegten Brote und die mit Rosinen gefüllten Zitronentorten.

Seine Erinnerungen an Leeds umfaßten öde, kalte, endlos graue, nachts dürftig von flackernden Lampen erhellte Straßen, hohe rußige Ziegelhäuser, den süßlichen Geruch von Kohlengas in der fettigen, feuchten Luft, einen wie ein Leichentuch herabhängenden, ewig tröpfelnden Himmel, bunt zusammengewürfelte Kleider und häufige Verkühlungen. Und Haß.

Er akzeptierte den Haß, wie er seine Verkühlungen, seine Magenschmerzen und den allgegenwärtigen Regen akzeptierte. Er akzeptierte ihn mit dem gelassenen Wissen, daß er ihm nie fremd gewesen war. Er war das eine Positivum in einer Atmosphäre saturierter Verneinung. Daß es noch andere geben konnte, hielt er für unmöglich. Er dachte auch nie darüber nach.

Mrs. Jamie Clairs Haus lag in einer Straße wie Dutzende anderer Straßen in Leeds: nicht weniger dumpfig, nicht weniger trübselig, nicht weniger kalt. Aber es war größer als das Haus in Higher Broughton. Es besaß neun Schlafzimmer, zwei Wasserklosette und ein einziges Badezimmer, das von niemandem benützt wurde. Es war schmal, hatte drei Geschoße und stand eingezwängt zwischen gleichartigen Häusern. Seine Fenster waren enge Schlitze, acht Fuß hoch und kaum dreißig Zoll breit. Die Gardinen waren aus grober, verschlungener Spitze, die Vorhänge aus stumpfrotem Baumwollsamt. Mrs. Clair war eine ausgezeichnete und unermüdliche Hausfrau. Ihre einzige Stütze war eine schwachsinnige Schlumpe, ein vierzehnjähriges Mädchen mit einer laufenden Nase, mit strähnigem Haar und einem beständigen Grinsen. Aber trotz Sturzbächen von Seifenwasser, beharrlichem Bürsten, Unmengen von Tüchern und Massen von Schlemmkreide, lasteten Ruß und Kohlenstaub wie eine Plage auf dem Haus. Das Mädchen schrubbte die Treppe und den Gehsteig davor jeden Morgen; abends waren sie von feuchten schwarzen Flecken bedeckt. Der Messingtürklopfer wurde täglich geputzt; abends war er wieder klebrig und schmierig. Bis weit in den Tag hinein, manchmal bis zur Teestunde, wurde gebürstet und gefegt, aber der Staub sammelte sich in Mauerspalten und Vorhangfalten. Die Gardinen, graue Netze voll schwarzer Fasern und Fädchen, wurden alle vierzehn Tage gewaschen. Mit auf Besen gespannten Tüchern wurden alle Wochen die Wände gewischt, aber schon am nächsten Freitag klebten Nester aus schwärzlichem Gewebe wieder in den Ecken und hingen über die grellen Tapeten herunter. Die Teppiche wurden täglich zuerst mit in Wasser getauchten Papierfetzen besprenkelt und dann gebürstet, doch schon am nächsten Morgen war die Musterung matt, und für den bloßen Fuß fühlte sich der Flor sandig an. Jeden Samstag wurde das Nötige getan, um die Fenster vor Sauberkeit blitzen zu lassen. Am folgenden Abend waren sie undurchsichtige Schmutzflächen, durch die man die Straße kaum erkennen konnte.

Zuweilen mußte wohl auch in Leeds die Sonne geschienen haben, aber Frank Clair konnte sich nicht entsinnen, einen solchen Tag je erlebt zu haben. Er erinnerte sich nur an das melancholische Tröpfeln aus Dachrinnen, an gelblichschmutzige Wasserlachen auf mit Ziegeln gepflasterten Straßen und an das Heulen des Windes. Er erinnerte sich an Regenschirme, von denen Tropfen sprühten, an klatschende und quatschende Galoschen und, in unerklärlichem Zusammenhang damit, an Fische, die Öl spritzend in einer düsteren, feuchten Küche gebraten wurden.

Er mochte vier Jahre alt gewesen sein, als Leeds sich für ihn in Zeit und Raum zu fixieren begann. Aber an die Züge, die ihn hin- und wieder zurückbrachten, erinnerte er sich nicht mehr. Er hatte seine Großmutter kaum mehr als fünf- oder sechsmal besucht. Er erkannte sehr bald, daß die alte Dame seinen Vater nicht leiden konnte, seine Mutter verachtete und ihn selbst haßte. Dies war unlösbar mit dem Logierhaus verquickt.

Es gab da einen langen, schmalen Salon, die unglaublich hohe Decke in Düsternis aufgelöst, die Winkel dunkel, als ob ein Malerpinsel mit grauer Farbe über die karminroten Rosen der Tapete gefahren wäre. Nie fiel die Sonne in breiten Strahlen in den Raum; er war stets von einem dämmrigen, wie durch einen Nebel gefilterten Zwielicht erfüllt. An einer Wand befand sich ein Kaminsims aus imitiertem schwarzen Marmor; massig, angeschlagen und abbröckelnd, zeigte er sein gebleichtes Gipsfleisch unter der bemalten Haut. Die Kaminplatten waren aus schwarzen Steinen, immer wieder vergeblich geputzt. Der Kamin, von dunkelrotem Samt umrahmt, blickte mit buschigen Brauen finster ins Zimmer, und das kleine rote Feuer weit hinten in seiner Höhle war nur ein kaltes, trostloses Fauchen. Der bronzene Kaminvorsetzer aber und die Feuerböcke funkelten so hell, wie man das mit Schlemmkreide, Salz und Weinessig zuwege bringen konnte. Über dem Kamin prangte ein düsteres Porträt des seligen William Clair, doch hatte der Ruß das Bild bis auf zwei grimmige, stechende Augen fast unkenntlich gemacht. Mißbilligend, entrüstet und böse folgten diese Augen dem kleinen Frank überall hin. Er haßte das Porträt und fürchtete es.

Ein abgewetzter, gestreifter roter Brüsseler Teppich bedeckte den Fußboden von Wand zu Wand. Zu beiden Seiten des Kamins standen zwei riesige »chinesische« Vasen mit abstoßend lila gefärbten, welk herabhängenden Straußenfedern. Sie waren Mrs. Clairs ganzer Stolz. Mehrmals im Jahr tauchte sie die Federn in eine Lösung von Wasser und violetter Tinte. Die Wedel waren voll feiner schwarzgrauer Gewebe, die aus winzigen Rußkörnern bestanden. (Frank rieb oft heimlich die Wedel zwischen den Fingern und betrachtete dann fasziniert seine verschmierten Hände. Sein größter Wunsch war es, einmal, wenn die Großmutter nicht daheim war, genug Zeit zu haben, um auf den Stuhl neben dem Kamin zu klettern und die verschiedenen Figuren, Gläser und Töpfchen, die dicht gedrängt auf dem Sims standen, aus der Nähe anzusehen und zu untersuchen.)

Die Einrichtung des Salons war sehr »elegant«. Sie bestand aus massigem, bombastischem, mit schwarzem Haartuch oder rotem Samt gepolstertem Mahagoni: Sofas, gleich zurückgelehnten, drachenförmigen Monstren, knarrende, rumpelnde Schaukelstühle, steife Sessel, so teuflisch konstruiert, daß sie der menschlichen Form geradezu widersprachen. Ein großer Tisch mit einer trübroten Decke nahm die Mitte des Raumes ein. Darauf stand eine Messinglampe, die nach Paraffin roch; auf dem Porzellanschirm waren grellrote Rosen mit giftgrünen Blättern aufgemalt. Die Lampe wurde nie angemacht. Stolz sonnte sich der Salon in der Pracht eines Gaslüsters, der, wenn die Glühstrümpfe angezündet waren, den Raum in flackerndes, grelles Licht tauchte. Mußte ein Glühstrumpf ausgewechselt werden, durfte Frank das nun unbrauchbare Stück in die Küche tragen und es dort auf dem Spültisch über einem Teller zu feinem Staub zerreiben, der zum Silberputzen verwendet wurde. Er liebte es, wenn sich das zerbrechliche Flechtwerk zwischen seinen Fingern in nichts auflöste.

Doch den Salon liebte er nicht. Der Raum versetzte ihn in kaltes Grausen. Er war von einem trockenen Lavendelgeruch erfüllt, den der Knabe mit seiner Großmutter assoziierte, und es stank nach Leuchtgas und feuchter Kälte. Wenn er auf dem Boden saß, merkte er, daß der Teppich einen ganz eigenen wolligen, staubigen Geruch verbreitete. Manchmal durchzog auch die unangenehme Ausdünstung von Kohl und Hammelfleisch, von Gerste und Zwiebel den Salon, und an dem einen Weihnachtsabend, den er bei seiner Großmutter verbrachte, war es mit Salbeiblättern gefüllter Gänsebraten gewesen. Die Luft im Zimmer war dumpf und stickig, und viele Mahlzeiten hafteten gespenstisch an seinen schwitzenden Wänden.

Vom Rest des Hauses war ihm nichts in Erinnerung geblieben, außer dem Spültisch in der Küche, wo er die Glühstrümpfe zerrieb. Von seiner Mutter aber erfuhr er, daß Mrs. Clair neun untadelige »Damen und Herren« unter ihrem Dach beherbergte: eine blutarme Hutmacherin, eine Schneiderin, einen Angestellten, einen Buchhalter, ein bis zwei »Künstler«, Buchdruckerlehrlinge. Er bekam sie nur selten zu Gesicht; sie nisteten in ihren dunklen, freudlosen Verschlägen. Mrs. Clair nahm an den Mahlzeiten der Mieter nicht teil. »Allzu vertraulicher Umgang führt zu Mißachtung«, pflegte sie würde- und salbungsvoll zu sagen. Frank konnte sie oft hinter der verschlossenen Tür des Speisezimmers husten und mit gedämpfter Stimme reden hören. Die meisten von ihnen litten am »Lancashire-Katarrh«. Nach den Mahlzeiten kletterten schleppende Schritte die Hintertreppe hinauf; Türen öffneten und schlossen sich mit hohlem Dröhnen. Dann blieb nur noch die Stille, die, begleitet vom tropfenden Regen, schwer auf dem Haus lastete. Nie erfuhr er, was diese armen Geschöpfe in ihren dumpfen, stummen, elenden Räumen trieben. Als Kind machte er sich keine Gedanken darüber. Als Mann aber wurde er oft von trostloser Verzweiflung und einer Art wütendem Haß überkommen, wenn er daran zurückdachte.

Wie ölige graue Bäche, die träge dahinflossen und sich miteinander vereinten, so vermischten sich die Erinnerungen an Leeds in seinem Sinn. Deutlich aber entsann er sich jenes Tages, da er noch einmal den Zauber und die Verzückung seiner frühesten Kindertage empfand.

Wenn er sich erinnerte, spürte er wieder das Kratzen des Roßhaars seiner engen Hosen auf den bloßen Beinen. Er saß in einem der Riesenschaukelstühle im Salon, wagte es aber nicht, zu schaukeln. Er mußte »wie ein Mäuschen sitzen und sich benehmen«. Seine Hände lagen auf den geschwungenen Mahagoniarmlehnen des Schaukelstuhls; unter der feuchten Wärme seines Griffes lief das Holz an und trübte sich. Er rieb die Hände hin und her und suchte ständig nach einer kühlen Stelle.

Er konnte seine schwarzen Strümpfe sehen, die, wenn er saß, nicht ganz bis zur Hose reichten, und die schwarzen Knöpfelschuhe, die an jenem Morgen kräftig geputzt worden waren. Die Knöpfe zwinkerten ihm im schwachen Feuerschein zu. Er bewegte die Füße, um das Licht auf den Knöpfen aufblitzen und verlöschen zu lassen. Sein Geist war leer und passiv — wie gewöhnlich. Es war nichts da, was ihn beschäftigt hätte, keinerlei Empfindung, keinerlei Verlangen. Nur riesige formlose Schatten, die jeglicher Gestalt, jeglicher Kontur ermangelten, trieben zuweilen, dunstigen Wolken gleich, durch seinen Sinn.

Jahre später begriff er, daß er als Kind unempfänglich für Reize war. Er konnte sich nicht entsinnen, jemals launisch gewesen zu sein, irgend etwas leidenschaftlich begehrt oder auf äußere Spannungen und Belastungen irgendwie reagiert zu haben. Nichts forderte ihn heraus, nichts entzückte ihn. Er war ein sehr gehorsamer kleiner Junge gewesen, wenn er sich recht erinnerte, fügsam und leicht zu behandeln. Allerdings schien die Abneigung, die seine Großmutter für ihn empfand, darauf hinzudeuten, daß er zuweilen recht lästig fiel, wenn auch nur als Folge der Interesse- und Verständnislosigkeit, mit der er dem auf ihn einstürmenden Leben begegnete. Einen »Tölpel hatte seine Großmutter ihn einmal genannt. Mit offenem Mund, die Augen von wirren Träumen umnebelt, hatte er sie angestarrt. »Der Junge ist nicht ganz richtig im Kopf«, sagte sie oft in scharfem Ton, und seine Mutter antwortete mit ihrer greinenden, aber devoten Stimme: »Er ist ein guter Junge. Er geht mir nie auf die Nerven.« — »Du wirst ihn in eine Anstalt geben müssen, wenn er sich nicht bessert«, erklärte die Großmutter grimmig. Er fühlte sich nicht betroffen.

Zu diesem spitzen, ihm schon vertrauten Wortwechsel kam es auch an jenem Tag. Er schaukelte ein wenig. Die Knöpfe zwinkerten ihm zu und verloschen. Im Kamin zersprang ein Kohlenstück; ein Flämmchen züngelte auf. Es war eine rote Blume, die erblühte, um gleich wieder zu verwelken, und Frank betrachtete sie wie verzaubert. Der Gaslüster brannte noch nicht. Nur vom Blinken und Funkeln kleiner feuriger Lichter auf Kaminvorsetzer und Feuerbock gemildert, füllte eine massige, kalte Düsternis den Raum. Er sah diese Lichter gern; sie waren lebendig und ließen seltsam fahle Bilder vor ihm erstehen.

Weil sie zu seiner privaten Welt, die so unendlich groß und schattenhaft und stumm war, keinen Bezug hatten, keinen Bestandteil von ihr bildeten, waren bis zu diesem Zeitpunkt weder die Eltern noch die Großmutter seinem Bewußtsein gegenwärtig. Mit einemmal aber wurde er sich der im Salon Anwesenden bewußt, und er blickte auf. Seine blauen Augen wurden scharf und leuchtend.

Zu bunt, zu intensiv, unerträglich laut, voll schreiender Dringlichkeit stürmte die Welt jetzt zum erstenmal auf ihn ein. Ein Wirbel erfaßte ihn, Angst und Entsetzen, und er empfand plötzlich das unwiderstehliche Verlangen, sich die Ohren zuzuhalten. Sein dreieckiges, kindlich gerunzeltes, blasses Gesichtchen wurde noch blässer. Sein schlaffer Mund öffnete sich und blieb offen. Es war, als ob ihm etwas die Nase zusammendrückte, denn sein Atem stockte. Er spürte das Kratzen seiner gefältelten, gestärkten Bluse am Hals und an den Handgelenken; er spürte die grobe Wolle des Hemdes, spürte die Sergehosen und die Strümpfe, die sein zartes Fleisch aufrieben. Er fühlte seinen Körper, dessen er sich noch nie bewußt gewesen war. Er fühlte das Pochen seines Herzens, das verängstigt in seiner mageren Brust, bis hinunter in seine dünnen langen Beine und bis zum Haar auf seinem Kopf schlug. Das Roßhaar schabte an seinem Fleisch, seine Haut zuckte. Die Kälte des Raumes, seine trostlose Öde, der Geruch, der Anblick des Nebels an den Fenstern, das Tröpfeln des Regens, die erdrückende Gegenwart der drei Erwachsenen, all das überkam ihn wie ein einziger quälender Schmerz. Das Protoplasma seines Körpers, nach vierjährigem Schlaf nun plötzlich vom Naß seiner Seele benetzt, erlangte sein Bewußtsein und konnte es nicht ertragen.

Zum erstenmal sah er seine Eltern, sah sie, wie sie wirklich waren. Sein Vater: ein ausgetrockneter kleiner Mann von etwa fünfunddreißig Jahren, der Großmutter gegenüber saß. Sein Kopf war völlig kahl und zu groß für das zwergenhafte Knochengerüst, das ihn tragen mußte. Wie symmetrische steife Schwingen auf der Vorderseite eines Schädels, zierte ein riesiger, gewachster schwarzer Schnurrbart das flache, eckige

Gesicht. Mit zuckenden Augenlidern, ständig in Verteidigungsstellung, war dieser arme Francis Clair eine so demütig bescheidene, subalterne Erscheinung, daß man sogleich erkannte, daß es ihm trotz seines verwegenen Schnurrbarts an Willenskraft mangelte, daß er unfähig war zur Revolte, unfähig jeder leidenschaftlichen Empfindung. Eine unbestimmte, aber entsetzliche Angst vor allem und jedem beherrschte diesen Mann. Nie würde er sich durchsetzen, nie hatte ihn mehr als nur ein flüchtiger Schimmer von Größe oder Begeisterung gestreift. Er hatte helle blaue Äuglein, verschlagen, schlau und vorsichtig; oft blickten sie aber auch gleichzeitig ängstlich und versöhnlich.

Er bevorzugte »broadcloth«, einen schwarzen Wollstoff, weil der so »vornehm« und »distinguiert« war. Seine beste Weste war aus schwarzem Satin und mit einem undeutlichen Blattmuster bestickt, das über einem kleinen Bäuchlein auf und ab tanzte. Die scharfen Kanten seines weißen steifen Kragens schienen ihn zu würgen. Den gleichen Eindruck machte der dicke Knoten seiner schwarzen Seidenkrawatte, die von einer enormen Perlnadel durchbohrt wurde; die falsche Perle funkelte wie ein gelblichgrünes Auge. Der Kragen hatte eine bleibende rote Linie auf dem hageren Hals hinterlassen, die ärgerlicherweise an die Spuren eines Strickes erinnerte. Seine Hände zitterten beständig. Er hatte die Gewohnheit, mit der rechten Hand, die Finger breit und steif, einer verkrampften Klaue gleich, sein rechtes Knie zu umfassen. Dann hob er die Hand an sein ein wenig hervorstehendes Kinn, um dort eine überraschend tiefe Spalte zu befingern; manchmal rieb er sich auch seine spitze, recht unbedeutende Nase. Offensichtlich fürchtete er seine Mutter und reagierte auf jedes ihrer Worte, auf jede ihrer Gesten mit bänglicher Sorge. Er krümmte sich vor ihr wie ein aufgespießter Wurm. Mit jedem duckmäuserischen Blick bettelte er um ihr Wohlwollen.

Zu seiner Rechten, weiter vom Feuer entfernt, saß seine Frau Maybelle. (»So ein ordinärer Name!« pflegte Mrs. Clair sich naserümpfend zu mokieren.) Sie war fünf Jahre älter als Francis, und ihre Schwiegermutter achtete darauf, daß dieser Umstand nicht in Vergessenheit geriet. Vor ihrer Heirat war sie Schneiderin gewesen, und immer noch waren ihre Finger rauh wie Raspeln und fühlten sich schwielig an. Sie war eine dralle kleine Frau mit struppigem kastanienbraunem Haar, das in dicken Wellen um ihre kleinen runden Wangen schwang, die so hart und fest und rot wie Äpfelchen waren. Da ihre Brust voll und schwellend war, stieß sie förmlich an ihren kurzen Hals an. Sie besaß die auf den geringsten Anlaß hin sich rötende Haut einer Rothaarigen, und bei der kleinsten Aufregung erschienen rote Flecken auf Kehle und Gesicht. Wie rosige Teigbrocken, aufs Geratewohl hingekleistert, schienen die feisten, faltigen Züge auf ihrem Gesicht zu kleben, und das grämliche Aufwerfen der Lippen, abwechselnd verschreckt und streitsüchtig, verriet eine höchst gewöhnliche und servile Geisteshaltung. Sie hatte große braune, ausdruckslose, von Argwohn geprägte Augen, und wie ihr Mann zuckte auch sie mit den Augenlidern, wenn etwas sie verwirrte, wobei sich die rötlichen Brauen steif vorwölbten. Trotz ihrer rundlichen kleinen Figur waren ihre Bewegungen plump, unharmonisch und tapsig. Manchmal schwenkte sie selbst bei der unbedeutendsten häuslichen Tätigkeit erregt ihre kurzen, dicken Arme, und ihre Finger hantierten so unbeholfen mit Knopflöchern, als ob sie es furchtbar eilig hätte.

Sie hatte sich ihre rehfarbene Hemdbluse selbst geschneidert, mit dem gebauschten Spitzenbesatz jedoch, der vom Hals bis zum Gürtel reichte, arg danebengehauen, weil sie nicht die Spur von Geschmack besaß. »Also wirklich, May«, wunderte sich Mrs. Clair mehr als einmal, »ich verstehe einfach nicht, wie Sie sich je als Schneiderin fortbringen konnten, wo Ihnen doch jedes Gefühl für Stil abgeht!« Die helle Bluse war reichlich mit Speiseresten gesprenkelt, und Maybelle versuchte wiederholt und erfolglos, diese Spuren zu beseitigen, indem sie sie mit einem nicht mehr sehr sauberen Taschentuch bearbeitete. Ihr Rock aus schwerem marineblauen Serge war plump geschnitten und saß so schlecht, daß er immer wieder unter dem Gürtel davonrutschte. Ihre Füße, die Zehen krampfhaft einwärts gekehrt, steckten in breiten, plattgedrückten, durch die entzündeten Fußballen ausgeweiteten Knöpfelschuhen. Sie sah ihre Schwiegermutter ängstlich an und versuchte besänftigend zu lächeln.

Wie gelähmt starrte Frank seine Eltern an. Nicht wirklich kritisches Begreifen war es, was ihn befremdete, sondern das bewußte Zurkenntnisnehmen ihrer Existenz — und der seinen. Lange starrte er sie so an, denn im Salon war eine unbehagliche, beklemmende Stille eingetreten. Dann hörte er die rauhe Stimme seiner Großmutter; er zuckte zusammen und richtete seinen Blick auf sie.

Niemand wußte, wieso Mrs. Clair den doch ausgesprochen männlichen Vornamen »Jamie« führte, aber bei »Jamie« blieb es, und der Teufel sollte alle jene holen, die etwas daran zu bekritteln hatten. Kerzengerade und steif saß sie auf ihrem Stuhl, denn mit ihr ließ es sich nicht spaßen. Sie war die einigermaßen wohlhabende Besitzerin eines höchst achtbaren Logierhauses, hatte »ein hübsches Sümmchen« auf der Bank und war stolz darauf. Stolz war sie auch darauf, daß sie sich und ihren Sohn seit dessen sechstem Lebensjahr selbst erhalten hatte. »Keiner hat mir je auch nur einen Penny geschenkt, und ich bin niemandem verpflichtet.« Das war keine kleine Leistung, mit der sie an jenem zehnten November im Jahre des Herrn 1904 prahlen konnte. Es war alles bezahlt in ihrem Haus, brüstete sie sich, von den Teppichen auf den Fußböden bis zu den Gardinen an den Fenstern, vom ersten Topf bis zum letzten Löffel in der Küche. »Ein Gläubiger ist ein schlechter Freund, und Freunde, solche und andere, brauche ich nicht«, pflegte sie laut und nachdrücklich zu bemerken. Das waren keine leeren Worte. Sie betrachtete die Tatsache, daß sie keine engeren Freunde hatte, als eine Art Tugend. »Ich lebe wie eine Königin unter meinen Nachbarn«, sagte sie. »Nur sehr wenige richten ein Wort an mich, und keiner kann mich kritisieren. Keine Freunde, keine Feinde, das ist mein Motto. Zahl deine Schulden und wirf sonntags einen Shilling in den Klingelbeutel, und du kannst Gott und den Menschen mit erhobenem Kopf und gutem Gewissen entgegentreten.« Das war nicht bloß Gerede; über ein leise gemurmeltes »Guten Morgen, Mrs. Clair« und ein ebenso stilles »Guten Abend« ließen sich die Mieter nur selten zu weiteren Äußerungen hinreißen. Nur vereinzelt wagte es der eine oder andere, in ihrer Gegenwart seiner Meinung über das Wetter Ausdruck zu verleihen. Sie sah darauf, daß die Zimmer peinlich sauber gehalten wurden, und forderte samstags die Miete. Sie erwartete gar nicht, von den Mietern als menschliches Wesen angesehen zu werden; ihr Verhältnis zu ihnen war rein geschäftlich. Erkrankte einer, mochte das Hausmädchen ihm wohl das Essen aufs Zimmer bringen, aber nicht sehr oft. Zwei Tage Krankheit genügten, und er war »aus dem Haus«. Gott allein wußte, wie es mit ihm weiterging. Es war nicht ihre Sache.

Sich ihres Standes und ihres Mutes wohl bewußt, saß sie da, erfüllt von unerschütterlichem Glauben an Fleiß und Geld auf der Bank, und schuldenlos. Sie war sehr groß und hager, und bis zu jenem Tag war Frank nie ihres Gesichtes gewahr geworden. Jetzt sah er es: ein strenges, hartes Gesicht, von Redlichkeit und Entschlossenheit geprägt, graues Fleisch straff über die Backenknochen gespannt, stechende haselnußbraune Augen, herausragende Nase, grimmiger breiter Mund in einem Netz von Runzeln, das Kinn scharf wie eine Klinge. Sie war schwarz gekleidet: weil sie Witwe war und weil es sich »gut trug«. Die Bluse war aus steifer schwarzer Seide, glänzte und knisterte, wenn sie sich bewegte, und schien aus Gußeisen gewebt zu sein. Beinstäbchen waren reichlich in den Kragen eingenäht, der jeglichen Spitzenbesatzes entbehrte. Um den Hals trug sie eine feine Goldkette mit einem Medaillon, das eine Locke ihres verstorbenen Mannes enthielt. Der Rock, der ebenfalls schwarz und so steif war, daß man glauben konnte, er sei aus Holz, bedeckte ihre Füße. Das beschämende Zurschaustellen eines Knöchels oder Knöpfelschuhs lehnte sie ab. Man konnte sich wirklich nicht vorstellen, daß sie jemals jung oder daß die starre graue, mit Haarpölstern unterlegte Frisur jemals von anderer Farbe gewesen wäre. Unmöglich zu glauben, daß sie ihr Haar abends löste und es in den unnachgiebigen Nacken fallen ließ oder daß sie ein Nachthemd anzog. Es gab unter ihren verängstigten Mietern einige, die davon überzeugt waren, daß sie sich überhaupt nie zur Ruhe legte und immer nur in derselben Haltung auf dem gleichen Stuhl saß und auf den Samstag wartete. Ein Schlüsselbund klimperte an ihrem Gürtel.

Wenn sie sich bewegte, verbreitete sie einen trockenen Geruch, der sich aus Seife, Lavendel, Chlorkalzium und Selbstgerechtigkeit zusammensetzte. Der kleine Frank krümmte sich, als ihm dieses Aroma in die Nase stieg, aber er wandte den Blick von seiner Großmutter nicht ab.

»Leg ein paar Kohlen nach, Francis«, wies sie ihren Sohn gebieterisch an. »Aber nicht zu viele. Was auf einen Penny geht. Es kostet Geld.«

Sie wurde auf den prüfenden Blick des Kleinen aufmerksam. Mit einer raschen, steifen Bewegung drehte sie den Kopf nach ihm. Der Junge war »klapsig«. Ohne jeden Zweifel. Die leeren, großen Augen, der schlaffe, offenstehende Mund, der starre Blick! Sie zeigte mit einem langen, harten Finger auf ihn. »Der Junge ist ein Dämel«, sagte sie eher besorgt als geringschätzig. »Er ist nicht ganz richtig im Kopf. Tranfunzelig. Und nächstes Jahr wollen Sie ihn in die Schule geben, May! Hm! Sie werden ihn sehr schnell wieder am Hals haben, das prophezeie ich Ihnen.«

»Glotz nicht!« Mit einem Blick auf die Großmutter fuhr der Vater ihn an. »Mach den Mund zu, Junge! Du sabberst ja!« Verzeih mir, schien er die streitbare Mrs. Clair anflehen zu wollen, doch mit einem Strecken ihres langen Halses wies sie sein Begehren ab.

»Frank ist ein guter Junge«, verteidigte Maybelle ihren Sohn mit ungewöhnlicher Festigkeit. »Wisch dir die Nase, Herzchen, und starr deine Oma nicht so an! So ist's brav.«

»›Frank!‹« schnaubte Mrs. Clair verächtlich, warf den Kopf zurück und bedachte ihren Sohn mit einem bedeutungsvollen Blick. »Er heißt Francis. Kosenamen waren nie mein Geschmack. Francis ist ein achtbarer Name. Oder schämen Sie sich seiner, May? Wenn ich mich recht entsinne, waren Sie recht froh, als Sie endlich den Trauschein hatten und dem Kind einen anständigen Namen geben konnten.«

Wie unerträglich nahe diese Stimmen waren! Sie waren nicht lauter als sonst, aber für das erwachte Bewußtsein des Kindes klangen sie markverzehrend schrill. Die Erwachsenen, die ihm gegenüber saßen, rührten sich nicht von ihren Plätzen. Ihm jedoch schien es, als stürzten sie wie bedrohliche Geister auf ihn zu. In erschreckendem Tumult schwollen ihre Gesichter an, wurden zu enormen Augen und Mündern und Zungen. Er duckte sich vor ihrem Ansturm, vor ihren Stimmen. Er streckte die Arme aus, um sie von sich fernzuhalten. Von Entsetzen ergriffen, brach er in wildes Schluchzen aus. Er hielt sich die Ohren zu. Es gab keine Hilfe, keine Zuflucht. Er zog die Füße an den Leib, als ob er sich verstecken wollte, versuchte, sich ganz klein zu machen wie irgendein bedrohtes Geschöpfchen in einem Wald voll reißender Tiere. Er schlug die Arme über dem Kopf zusammen und schrie.

»Sehen Sie bloß, was Sie angerichtet haben, Mrs. Clair!« schrillte May. Der mütterliche Instinkt ließ sie die Angst, die sie vor ihrer

Schwiegermutter empfand, und den Respekt, den sie vor ihr hatte, vergessen. »Da *muß* er ja Zustände bekommen, wenn Sie so auf ihm herumhacken!« Sie sprang auf ihre kurzen, dicken Beine und watschelte eilig zu dem verstörten Kind. Sie hob den Kleinen hoch und barg sein Gesicht an ihrer Brust; sogleich drangen seine Schreie wie ein verworrenes Geräusch aus dieser hügeligen Landschaft aus Spitze, Knöpfen und warmem Fleisch. Aber unter den zahllosen Falten ihres Busens hielt sich, als Ersatz für einen fehlenden Knopf, eine tückische Nadel versteckt, deren Spitze wie ein glühender Pfeil in Franks Wange eindrang. Er stemmte sich gegen diesen überwältigenden Busen und stimmte, von Schrecken und Schmerz gleichermaßen überkommen, ein noch lauteres Geschrei an. Ein Blutstropfen quoll aus der kleinen Wunde.

»Ach, das arme Kindchen!« schluchzte Maybelle und rieb verzweifelt mit der rauhen Spitze ihres Jabots an dem roten Fleckchen. »Es hätte ihm ins Auge gehen können!«

»Um Himmels willen!« ließ Mrs. Clair sich vernehmen. »Tun Sie doch was, damit er mit diesem entsetzlichen Gekreische aufhört!« Sie war völlig ungerührt, nur verärgert und angewidert. »Wenn Sie sich Nadeln in die Bluse stecken, wie das keine Frau macht, die etwas auf sich hält, dürfen Sie sich nicht wundern, wenn das solche Folgen hat. Oben finden Sie Arnika. Wo haben Sie Ihr Taschentuch?«

Zwischen der Zuneigung, die er ganz natürlich für seine Frau, und der Ehrfurcht, die er vor seiner Mutter empfand, hin und her gerissen, war auch Francis Clair aufgesprungen. Er war empört über »diesen Balg«, der die ganze Aufregung verschuldet hatte. Mutter hatte recht; sie hatte meistens recht. Der Junge war ein Dämel, ein Hohlkopf, und Maybelle ließ sich viel zuviel von ihm gefallen, auch wenn sie ihm gelegentlich eins überzog und ihn anbrüllte, wenn er sie ärgerte.

»Wenn er nicht sofort still ist, bekommt er eins auf den Deckel!« rief er zornig. »Das ganze Haus wird gleich zusammenlaufen! Was sollen die Mieter denken?«

»Die verdammten Mieter können mir den Buckel 'runterrutschen!« erwiderte Maybelle hitzig. »Ich lasse es nicht zu, daß man den Kleinen quält, nur weil er nicht so — nicht ganz so — helle ist. Ist ja schon gut, Schätzchen«, versuchte sie, das Kind zu beruhigen, das sich wie besessen in ihren Armen wand. Ihre Frisur hatte sich gelöst, und die Haare fielen ihr in die Augen. Ihr heißes, feuchtes Gesicht war rot geworden wie Mohn, Tränen standen ihr in den Augen, und ihre Lippen zitterten. Empörung raubte ihr den Atem. »Mama hält dich fest und warm, Schätzchen, alles ist wieder gut. Möchtest du ein Stückchen Kuchen? Guten, süßen Zitronenkuchen?«

»Ich habe keinen Zitronenkuchen für ihn«, warf Mrs. Clair betont gleichgültig ein. »Es reicht gerade für die Mieter. Er kann ein Stück Brot mit Stachelbeermarmelade haben.«

»Er haßt Stachelbeermarmelade«, protestierte Maybelle. Den Jungen hin und her wiegend, watschelte sie aufgeregt im Zimmer auf und ab. Seine Schreie wurden leiser, aber er hielt sich krampfhaft die Augen zu.

Mrs. Clair zuckte die Achseln. Die plissierte schwarze Seide ihrer Bluse knisterte. Sie bedachte ihren Sohn mit einem langen, mörderischen Blick, der ihn aufrufen sollte, sein Los mit Standhaftigkeit zu tragen, wenngleich sie, seine Mutter, bereits wußte, daß seine Lage hoffnungslos war.

Maybelles Zorn auf ihre Schwiegermutter begann nachzulassen. Sie wußte, daß sie es für ihr »Aufmucken« und ihre »Sprache« später von ihrem Mann »kriegen« würde. Sie begann Ärger und Ablehnung gegen das verängstigte Kind zu empfinden. »Sei still«, sagte sie, ein zänkischer Ton in ihrer Stimme. »Es setzt Prügel, wenn du nicht aufhörst zu quengeln. Ein großer Junge wie du!«

Sie unterbrach ihr rasches Aufundabgehen im düsteren Salon und blieb kurz vor dem Kaminsims stehen. Sie spürte eine verdächtige Feuchtigkeit an ihren Oberarmen. Der Schwiegermutter den Rücken zukehrend, überzeugte sie sich mit einem schnellen Griff nach der Hose des Kindes. Tatsächlich! Was würden Mrs. Clair und Francis jetzt denken? Es würde die Meinung, die sie von Frank hatten, nur bekräftigen. Von neuem überkam sie der Zorn, und sie schüttelte den sich duckenden Jungen. »Brauchst wohl Hiebe, was?« fuhr sie ihn wütend an.

Jäh verstummte der Knabe, aber ein heftiges Zittern befiel seinen ganzen Körper. Er schlug die Augen auf. Sie waren nicht feucht. Sie funkelten wild und trotzig. Sein Mund öffnete sich. Er befand sich in gleicher Höhe mit dem Kaminsims, und plötzlich zeigte er mit dem Finger darauf und murmelte etwas Unverständliches.

Maybelle mußte ihren zerzausten Kopf über ihre breite Schulter drehen, um zu sehen, wohin der kleine Finger zeigte. »Nein, nein, nichts anfassen. Das gehört alles Oma.«

»Was will er denn?« fragte Mrs. Clair mit unerwartetem Interesse. Die leidenschaftliche Erregung des kleinen Frank hatte sie ein wenig aufgescheucht. Er war doch immer so still, so fügsam, so stur gewesen. »Meine Vasen und meine Nippsachen kann er nicht haben. Sie müssen ihn schon auf andere Weise zur Ruhe bringen.«

Den Kopf immer noch zur Seite gedreht, trat Maybelle einen Schritt zurück. Franks Hand schoß vor und griff nach einer großen, rosigen, spiralig aufgewundenen Muschel. Wie einen kostbaren Schatz drückte er sie an die Brust. Sein kleines weißes Gesichtchen strahlte.

»Es ist die Muschel«, berichtete Maybelle verdrießlich ihrer Schwiegermutter. »Nein, Schätzchen, das darfst du nicht anfassen. Gib's Mutti zurück, und sie wird sie wieder an ihren Platz legen.«

Sie versuchte, den feuchten kleinen Fingern die Muschel zu entwinden, doch Frank stieß einen so durchdringenden Schrei aus, daß Maybelle unwillkürlich zurückfuhr und Francis, wie von einem heißen Eisen berührt, die Hände zu Fäusten geballt, abermals aufsprang. Es dröhnte Mrs. Clair in den Ohren. Fest und klar erhob sie ihre Stimme: »Du lieber Himmel, lassen Sie ihm das Ding. Er kann es ja nicht kaputtmachen. Die Muschel ist doch nichts wert; ein Mieter hat sie dagelassen.«

»Setzen Sie den Balg auf den Boden, May«, fügte sie hinzu. »Ich habe eine Menge mit euch zu besprechen. Wir können keine Zeit an ihn verschwenden.«

Mit einem Plumps setzte Maybelle Frank nieder. Sie hegte die boshafte Hoffnung, seine nasse Hose würde den Brüsseler Teppich beschmutzen. Dann aber bekam sie es mit der Angst zu tun, hob ihn auf, sah sich um, begegnete Mrs. Clairs Blick und setzte den Jungen hastig wieder vor den Kamin.

Er vergaß alles: die Stimmen, die Gesichter, den Schmerz in der Wange. Er hielt die Muschel in der Hand und dem Feuer entgegen.

III

Die Muschel war etwa sechs Zoll lang und vier Zoll breit. Ihre Schale war rauh und gerillt, innen aber bot sie alle Schattierungen vom zartesten Rosa am Rand bis zum leuchtendsten Malvenrot in der Mitte. Außerdem fühlte sich die Innenseite glatt und kühl an und war von silbernen Adern durchzogen, die im Schein des Feuers aufleuchteten und sich immer wieder veränderten.

Frank umschloß den wunderbaren Schatz mit beiden Händen und betrachtete ihn atemlos, in stummer Anbetung. Eine geradezu religiöse Ekstase hatte ihn erfaßt, ehrfürchtiges Entzücken. Er spürte, wie sein Herz weit wurde und ein unbegreifliches Glücksgefühl es erfüllte. Er saß ganz still und unbeweglich, um den Fluß des zarten Silbers nicht zu stören, das sich in dünnen Streifen und Bächlein über die wunderbare rosarote Fläche ergoß. Seine Hände zitterten. Da floß das Silber hell auseinander, Monde entstanden und Flüsse durchliefen die winzige Landschaft. Eine rosige Insel erhob sich zwischen Silberströmen, fiel zusammen und war verschwunden.

Der Junge spürte ein unterdrücktes Schluchzen in der Kehle. Seine kastanienbraunen Locken leuchteten flammend rot im Schein des Feuers, als er den Kopf tief über die Muschel neigte. Seine Wangen glühten, seine Lippen waren gerötet. Überirdisches, zauberhaftes Licht umstrahlte sein Gesicht und machte es plötzlich schön.

Selbst Mrs. Clair bemerkte die wundersame Verwandlung des Kindes, das am Kamin kauerte und in den bebenden Händen die Muschel hielt. Zögernd sagte sie: »Er hätte ein Mädchen werden sollen. Mir ist noch nie aufgefallen, daß er so hübsch ist. Bei einem Mädchen macht es nichts aus, wenn es dumm ist.« Und mit sanfterer Stimme als gewöhnlich fügte sie hinzu: »Frank, halte die Muschel ans Ohr, dann hörst du das Meer rauschen.«

Der Junge zuckte zusammen und sah verwirrt auf, aber er hatte sie verstanden. Gehorsam hielt er die Muschel ans Ohr, obwohl »Meer« für ihn nur ein Wort war, mit dem er nichts anzufangen wußte.

Er hörte einen langen, dunklen Ton, leises Donnern, sanftes, majestätisches Dröhnen. Hingerissen lauschte er und wagte kaum zu atmen. Über das tiefe Rauschen erhob sich ein zarter, singender Klang wie Feenmusik, süß und eindringlich. Es war eine Stimme voll Freude und Zärtlichkeit und Größe, und bald fielen andere Stimmen ein und sangen mit. Das ganze Weltall war erfüllt von dem Gesang und den begleitenden Fagotten, vom Trommelwirbel aus der Ferne und dem Schmettern der himmlischen Trompeten.

Frank vergaß Raum und Zeit, er vergaß sein eben erst entdecktes Leben, die Welt, seine Eltern, das Zimmer, sich selbst. Er war ganz Hingabe, ganz leidenschaftliches Aufgehen in der Musik, die immer stärker anschwoll, bis sie mit der Gewalt und Macht ihrer überwältigenden Harmonie die Grenzen des Alls überflutete.

Wolken aus Licht zogen an ihm vorbei. Dunkle Abgründe rollten ihm entgegen, wurden von Feuerschwertern gesprengt und füllten sich mit flutendem Glanz. Wilde zerklüftete Berge bauten sich in grauer Herrlichkeit vor ihm auf und funkelten blau, violett, rot, golden, bis er wegschauen mußte, weil ihr Leuchten ihn blendete. Flammenmeere wirbelten an ihm vorbei und glühten in den unglaublichsten Farben, schimmernde Regenbogen überspannten die endlosen Tiefen und versprühten zuckende Blitze.

Und überall Musik, immer lauter, immer gewaltiger, ein donnernder allumfassender Triumphgesang. Dieser Gesang war viel schrecklicher in seiner Macht und Herrlichkeit als die Musik, die er im Hof in Higher Broughton gehört hatte. Damals hatte er die zartesten, wunderbarsten Klänge vernommen, diese Musik jedoch versetzte ihn in unerträgliche Verzückung, in wilde Freude.

Er empfand ein so überströmendes Glücksgefühl, daß er es nicht ertragen konnte. Er schien alles zu wissen, alles zu verstehen. Seine starren Augen blickten in das Feuer und spiegelten die zuckenden Flammen, seine Züge waren versteinert. In seiner Brust barst ein Seufzer, der klang, als hätte er sich endlich gelöst, als wäre er endlich befreit. Der Junge saß da wie in Trance, seine Seele war bei der Musik und den Bildern in seinem Inneren.

Der Donner wurde stärker, riesige Flügel schienen aneinanderzuschlagen, bedrohlich und furchterregend. Dann aber sah er plötzlich, wie eine Hand sich aus dem Feuer und dem tosenden Glanz emporstreckte. Es war eine riesengroße Hand, aber sie war gut geformt, lang und schmal und doch kräftig. Sie hielt eine Kugel aus Lehm umfaßt, hob sie hoch und schleuderte sie mit gewaltigem Schwung von sich. Wie etwas Lebendiges sprang die Kugel aus den Fingern und flog in hohem Bogen in die Weite, flog auf die Regenbogen zu und die Berge aus Licht und Flammen. Die Kugel wurde ganz hell, bunte Blitze umzuckten sie und strahlendes Licht umgab sie wie ein Heiligenschein. So verschwand sie im dunkler werdenden Raum, sie drehte sich, drehte sich hilflos und verloren und war doch erfüllt von tiefer Bedeutung.

Die ausgestreckte Hand hob sich, als wollte sie das Weltall segnen. Sie verblieb eine Weile in dieser Stellung, und das Licht umleuchtete sie, und sie schien selber das Licht auszustrahlen, das goldgelb die einbrechende Dunkelheit durchdrang.

Dann zog sich die Hand zurück, langsam, zögernd, und doch endgültig. Das Leuchten erlosch, und alles wurde grau und trüb. Die Stimmen wurden leiser und tiefer und grollten nur mehr wie Donner in der Ferne. Wie eine Flut aus Melodien und Gedanken zog die Musik sich in die fernen Weiten des Alls zurück, aus denen sie gekommen war. Sie klang nun wie ein Murmeln.

Und zuletzt blieb nur Stille und Dunkelheit und Leere zurück, und der wilde brennende Schmerz im Herzen des Kindes, und das Gefühl eines schrecklichen Verlustes.

»Gott sei Dank, der Junge ist eingeschlafen«, sagte Mrs. Clair. »Nein, wecken Sie ihn nicht, May, lassen Sie ihn schlafen. Er würde nur wieder jammern. Nein, lassen Sie ihm die Muschel, wenn er sie behalten will. Bald wird sie sowieso herunterfallen und zerbrechen. Er ist blutarm«, fügte sie bedrückt hinzu. »Warum geben Sie ihm kein Eisen? Er sieht ausgesprochen rachitisch aus.«

»Er bekommt genug und gut zu essen«, verteidigte sich Maybelle. Auch ihr machte es Sorgen, daß der Junge so blaß und kraftlos war.

Mrs. Clair zuckte vielsagend die Achseln. Dann wandte sie sich ihrem Sohn zu. »Es ist also alles abgemacht. Im Jänner fahre ich nach Amerika. Für das Mobiliar des Hauses bietet man mir eine schöne Summe, und die Mieter sind längst gekündigt. Du solltest auch nach Amerika gehen, Francis.«

»Was soll ich dort?« fragte Francis Clair und machte einen schwachen Versuch, witzig zu sein. »Soll ich als Straßenkehrer arbeiten und das Gold zusammenkehren, das dort angeblich auf der Straße liegt?«

»Ich mag solche Scherze nicht«, sagte Mrs. Clair würdevoll und schaukelte ein wenig mit ihrem Stuhl, der kein Schaukelstuhl war. »Du würdest dasselbe machen wie bisher: in einer Apotheke arbeiten. Du bist ein guter Apotheker; ich darf das sagen, denn ich habe es oft genug von Mr. Sawyer gehört. Außerdem hast du deine Fiedel. Die könnte dir drüben auch von Nutzen sein.«

Francis schwieg. Mit der Hand drückte er sein Knie und starrte ins Feuer. Sein Gesicht war kalt, leer, reglos.

»Sicherlich gibt es in Amerika auch Wirtshäuser«, fuhr Mrs. Clair unbeirrt fort.

Francis Clair bewegte sich nicht, und doch schien er heftig zusammenzuzucken, als ob Verzweiflung ihn schüttelte. Er sagte leise: »Ich würde in Amerika nicht in Wirtshäusern spielen. Genausowenig wie hier.«

Mrs. Clair schüttelte ungeduldig den Kopf. »Du spielst ja leider überhaupt nicht mehr. Oder doch, May? Und mich hat es so viel Geld gekostet, aus ihm etwas Besseres zu machen; obwohl es ja keine Schande ist, eine Pension zu führen, wahrlich nicht. Immerhin haben wir all die Jahre genug zu essen gehabt und ordentliche Kleider und ein Dach über dem Kopf. Es ist ehrlich und anständig, ich bereue es keineswegs. Ich hatte schließlich niemanden, der mir half ...«

»Ich sage ja gar nichts dagegen, Ma«, warf ihr Sohn ein. Seine dünne Stimme klang zerstreut.

»Das wäre ja auch die Höhe! Und sehr undankbar! Aber lassen wir das. Schau, Francis, ich habe große Hoffnungen auf dich gesetzt. Dein Vater hatte einen Laden, auch das ist ein ehrsamer Beruf, ich habe nie etwas anderes behauptet. Aber für dich wollte ich etwas Besseres. Du wolltest die Fiedel spielen, ich habe dir Unterricht geben lassen ...«

»Geige«, murmelte Francis und verzog das Gesicht.

»Fiedel oder Geige, was macht das schon aus. Zu meiner Zeit sagte man Fiedel, da waren die Leute noch nicht so hochnäsig. Fiedel. Nun, du hattest deinen Unterricht, und was machst du jetzt damit? Nichts. Du übst nicht einmal, oder doch?«

»Schon seit Jahren nicht. Ich hatte immer so viel zu tun.«

Was sollte er ihr sonst sagen? ›Mein Lehrer erklärte mir, ich hätte kein echtes Talent und könnte nur spielen, was ich mir mühsam einlernte. Was nützte mir die Musik, die in mir klang? Ich konnte sie nicht hervorlocken, nur tropfenweise sickerte sie aus mir heraus. Mein Lehrer meinte, ich könnte in Gaststätten aufspielen oder in billigen Tanzlokalen, unter Umständen könnte ich auch unterrichten. Aber das war mir nicht genug, war nicht genug für die Musik, die ich in mir hörte. Ich konnte nicht, ich konnte wirklich nicht. Bei mir hieß es immer: alles oder nichts. Und es war nichts. Der Geigenkasten ist mit Staub bedeckt. Wie ich. Mit Staub bedeckt. Ich habe keine Seele, daran liegt es. Keine Seele!‹

»Viel zu tun«, sagte Mrs. Clair verächtlich. »Man hat immer Zeit für die Dinge, die man tun will. Das ist nur eine faule Ausrede. Aber mach, was du willst! Es ist nicht meine Art, anderen meine Meinung aufzuzwingen. Kümmere dich um deine eigenen Angelegenheiten, heißt mein Motto. Leben und leben lassen. Tu, was du für richtig hältst, und scher dich nicht drum, was deine Nachbarn sagen. Jedenfalls würdest du in Amerika gut vorankommen.«

»Du hast recht, Ma. Es ist eine Fiedel.«

Maybelle sah rasch auf. Sie kannte diesen Tonfall, der beinahe feindselig klang.

»Eh?« machte Mrs. Clair. »Na bitte. Fiedel ist Fiedel. Man soll keinen Beruf verachten. Außerdem bist du schließlich Apotheker.«

Pillen drehen, kleine weiße, grüne, rote, für träge Gedärme, für dumpf schmerzende Köpfe, für all die vielen namenlosen Beschwerden, die den menschlichen Körper heimsuchen. In Kapseln füllen, in gestreiftes Papier wickeln, paketieren. Große Glasbehälter anstarren und manchmal Kristalle bewundern, die wie gelbes, rotes, blaues Feuer funkeln und glitzern. Ein Apotheker! Er dachte an die Pioniere der Apothekerkunst. Einst hatte er davon geträumt, einer von ihnen zu werden, ein Medikament gegen die Schwindsucht zu finden, gegen Krebs, gegen Herzschwäche, gegen Darmgeschwüre. Er hatte sich schon vor der Königin knien gesehen — jetzt war es der König. »Erhebt Euch, Sir Francis Clair!« Seidene Kniehosen und seidene Strümpfe und ein Band auf der Brust, Zeitungsberichte und die Großen dieser Welt, die ihn ehrten. Mein Gott, Apotheker! Apotheker in einer Seitenstraße in High Town, wo das Lampenlicht ihn blendete und die Glocke an der Ladentür bimmelte, wo es nach Schmutz roch und Staub, Regen und Schweiß und tropfnassen Schirmen! Seine Hand umklammerte so fest das Knie, daß es schmerzte.

Amerika. Der Griff seiner Hand lockerte sich langsam. In Amerika gab es Geld, und Geld entschädigte für so manches. Wie hieß doch nur der Bursche, der nach Manchester zurückgekommen war, um Frau und Kinder abzuholen? Francis fiel der Name nicht ein. Jedenfalls hatte er die Taschen voll Geld, viele, viele Pfundnoten, nein, Dollar. Er zeigte sein Geld überall her und erzählte stolz, daß er in einem Ort namens Philadelphia drei Pfund die Woche in einem Laden verdiente. Er war auch gut gekleidet. Geld zum Schweinefüttern in Amerika, hatte er gesagt. Billiges Bier in den Wirtshäusern, viele Varietés, und für jedermann die Möglichkeit, zu Geld zu kommen. Amerika war ein Geldparadies. Jeder bekam sofort Arbeit und verdiente vier bis fünf Pfund die Woche. Francis rechnete nach. Er mußte froh sein, wenn er jeden Samstagabend drei Pfund zehn heimbrachte, und konnte sich gar nicht erinnern, wann er das letzte Mal einen Sovereign gesehen hatte. Vielleicht war Amerika das Land der Hoffnung. Was hatte der Bursche erzählt? Gräßlich heiß waren die Sommer in Philadelphia, aber dort schien wenigstens die Sonne. In Lancashire sah man sie nie! Plötzlich dehnte sich sein magerer Leib, das dünne Blut floß schneller in seinen Adern, und er streckte sich sehnsüchtig der Sonne entgegen, die er nie gesehen hatte. Er hörte den Regen in die Dachrinne tropfen und die Traufe herunterfließen. In graugelben Strömen lief er über das Fenster. Nebel drückte gegen das Glas. Draußen holperte ein Karren über die Pflastersteine.

»Amerika«, sagte er laut. »Ich werde es mir überlegen.«

»Ach, Francis, du würdest doch unser liebes altes England nicht verlassen!« rief Maybelle ungläubig aus. Sie verzog den Mund, ihre Augen füllten sich mit Tränen. »In die Fremde gehen!«

»Seien Sie doch kein Kind, May!« wies Mrs. Clair sie zurecht. Sie nickte ihrem Sohn aufmunternd zu. »So ist's recht, Francis. Laß dich nicht beirren. Du weißt ja doch, was am besten für euch ist. Meine Pläne stehen schon fest. Ich werde in Amerika eine Pension aufmachen. Ich habe drüben eine Freundin, du erinnerst dich sicher an sie, sie hieß Mrs. Blossom. In Amerika hat sie dann noch einmal geheiratet und ist jetzt eine Mrs. Jones. Sie lebt in Bison, im Staat New York. Ich habe dir ja von ihr erzählt. Sie hat eine Pension und verlangt 15 Shilling die Woche von ihren Mietern. Stell dir das vor! Meine besten Vorderzimmer bringen höchstens acht. Dabei hat sie gar kein besonders vornehmes Haus; sie sagt, sie nimmt hauptsächlich Arbeiter. Ich möchte das Ganze viel besser aufziehen. Beamte und Buchhalter und Geschäftsleute. Ich könnte mehr verlangen, ich könnte mir ein Vermögen schaffen. Habe ich nicht die besten Federbetten, die man für Geld kaufen kann? Und gute Bettwäsche aus Leinen, und Federkissen? Qualität ist für mich alles! Die Leute in Amerika wissen das sicher zu schätzen, dort leben sie ja noch wie halbe Wilde. Und die gute alte englische Küche wird ihnen schmecken. Kleine Prisen Salbei und Zwiebel und Thymian und Majoran. Drüben kennt man das wahrscheinlich gar nicht.«

Maybelle rieb sich mit ihrem feuchten, zusammengeknüllten Taschentuch die Augen. Frank hörte immer auf die alte Hexe. Er stand ganz in ihrem Bann. Maybelle hörte auch den Regen rauschen, aber für sie war das ein freundliches, vertrautes Geräusch. Der Gedanke an Amerika versetzte sie in Angst und Schrecken.

»Gut, das ist also abgemacht«, sagte Mrs. Clair. Für sie war immer alles so schnell erledigt, daß ihre Zuhörer hilflos mit fortgerissen wurden. »Ihr kommt mir nach. Wieviel habt ihr auf der Bank, Francis?«

Er sah verlegen zu Boden. »Du weißt doch, Ma, im Winter hatte Maybelle Bronchitis, und der Kleine war auch krank und brauchte Lebertran in Wein, und ich mußte mir einen neuen Mantel kaufen, der alte war schon geflickt...«

Mrs. Clair warf Maybelle einen bösen Blick zu, als sei das allein ihre Schuld. »Ich verstehe«, sagte sie düster. »Ihr habt überhaupt nichts.«

»Zwei Pfund drei Shilling.«

»Aha. Nun, manchmal kommt ein Mann nicht recht vorwärts. Ich mache dir keine Vorwürfe, Francis. Ich weiß doch, wieviel auf dir lastet. Aber wenn alles gutgeht — wieviel kannst du dir dann in einem Jahr ersparen?«

Francis lächelte gezwungen. Er sah aus wie ein Gnom. »Zwei Pfund drei Shilling, wenn ich Glück habe.«

»Wenn du die Möbel verkaufst, bringt das auch etwas. Es sind einige gute Stücke dabei; ich habe sie dir geschenkt, und ich weiß, was sie wert sind. Schau, daß du einen guten Preis erzielst.« Sie schwieg und focht einen inneren Kampf aus. »Das restliche Geld schicke ich dir. Du kannst es mir dann in kleineren Beträgen zurückzahlen. Ohne Zinsen«, fügte sie hinzu, so schwer es ihr auch fiel.

Ohne Zinsen, dachte er. Aber so ist das Leben nicht. Im Gegenteil. Die Zinsen wachsen an, und zuletzt sind sie höher als das Darlehen. Ein riesiger Berg von Zinsen. Man wird unter ihm begraben.

»Ich werde es mir überlegen«, sagte er noch einmal.

»Nun, ich bin froh, daß das abgemacht ist«, erklärte Mrs. Clair bestimmt. »Und jetzt richte ich uns den Tee. Ich habe heute etwas besonders Gutes für euch, kalten Schinken und frische Zunge, ganz dünn aufgeschnitten. Schwarzbrot und Butter und eingemachte Pflaumen. Und ein Stück Rosinenkuchen. Und Brunnenkresse — die letzte. Du hast Brunnenkresse immer gern gegessen, Francis. Und dazu herrlichen heißen Tee. Du kannst noch ein paar Kohlen aufs Feuer legen. Aber nicht zu viel. Immer schön sparsam, ist mein Motto.«

IV

Mrs. Clair, tüchtig und selbstbewußt wie immer, verkaufte ihren Hausrat und fuhr, bewaffnet mit all ihrer restlichen Habe, im Januar nach Amerika. Francis Clair hingegen fand einen neuen Posten in einer größeren Apotheke in Reddish, wo er in der Woche um 15 Shilling mehr verdiente. Maybelle war überglücklich, daß der drohende Schicksalsschlag vorläufig aufgeschoben war, und folgte ihm freudig in den kleinen Vorort von Manchester.

Das Haus in der Mosston Street glich beinahe aufs Haar den Häusern, die sie in Higher Broughton und in High Town bewohnt hatten, nur war es, wenn möglich, noch etwas schmutziger und unbehaglicher. In Reddish gab es eine Baumwollspinnerei, in der Kinder und Jugendliche, Männer und Frauen sich halbnackt in der feuchten dampfenden Hitze an den Webstühlen abrackerten und so lange husteten, bis sie eine chronische Bronchitis oder »die Schwindsucht« hatten. Auch die Nachbarn der Clairs gehörten zu diesen armen Leuten, aber Maybelle war zufrieden. Einige Läden lagen ganz in der Nähe, man konnte mühelos Fisch und Kartoffelchips kaufen, und der vertraute Anblick der gepflasterten Höfe und Mauern und grünen Holztüren ließ kein Heimweh aufkommen. Maybelle war von Natur aus eine gutherzige Person. Bald schon stand sie vor der grünen Tür, die Hände unter der Schürze verschränkt, und besprach mit den Frauen der Spinnereiarbeiter Krankheiten, Klatsch und Kochrezepte. Scheinheilig klagte sie darüber, daß sie nicht mehrere Kinder hatte, und vermied es dabei tunlichst, ihr Alter zu verraten. In Wirklichkeit dankte sie ihrem Schicksal. Sie brauchte nur die Schar blutarmer, halbverhungerter, rachitischer Kinder anzusehen, die kreischend an den Rockschößen ihrer bemitleidenswerten Nachbarinnen hingen, um zu wissen, was für ein Segen es war, daß sie nur eines hatte. Außerdem gab ihr dieser Umstand Gelegenheit, jene egoistische und ausgesprochen grausame »Tugend« zu üben, die man Freigebigkeit nennt. Da Francis mehr verdiente und sie nur ein Kind zu versorgen hatte, konnte sie in den trostlosen Küchen ihrer Nachbarinnen erscheinen und ihnen ein Glas Konfitüre bringen oder einen Laib Brot, einen »Bissen« Fleisch oder einen Kohlkopf. Sie opferte diese Dinge dem Moloch Schicksal, der so unerklärlich gütig gegen sie gewesen war. Und manchmal opferte sie hinter Francis' Rücken diesem boshaften Gott aller Armen, Kinderreichen und Hungernden zusätzlich ein Paar abgetragene Schuhe oder Kleider, die Frank nicht mehr paßten.

Ihr wurde warm ums Herz, wenn sie auf der Straße eine arme Frau sah, die ihre geflickte Bluse, ihren abgelegten Rock oder ihr altes mottenzerfressenes Umhängetuch trug. Es machte ihr Freude, in einer ärmlichen Küche zu sitzen und eine Frau zu trösten, die viele Kinder hatte und deren Mann soeben von der Spinnerei entlassen worden war, was für die Familie eine Katastrophe bedeutete. Manchmal konnte sie mit einem Shilling oder auch zweien aushelfen oder eine Flasche Lebertran für einen bedauernswerten Mann kaufen, der sich auf seinem schmutzigen Bett die Lunge aus dem Leib hustete, oder ein Taufkleid aus grober Baumwolle und noch gröberer, maschinell erzeugter Spitze für ein Neugeborenes. Einmal bot sich ihr die wunderbare Gelegenheit, einer gebrochenen Mutter beizustehen, deren zehnjährige Tochter in der Spinnerei drei Finger der rechten Hand verloren hatte. Maybelle war der Ansicht, daß nur ein ganzes Pfund Tee eines solchen Anlasses würdig war, und sie fand sich heldenhaft damit ab, daß sie sich die weißen Glacéhandschuhe für den Sonntagsgottesdienst nun nicht kaufen konnte.

Frank erinnerte sich, daß sie am Abend oft in der Küche beim Bügeln fröhlich gesungen hatte:

»Als Mädchen da hatt' ich ein Kleid, ein gar feines;
Jetzt bin ich verheiratet, jetzt hab' ich keines.
O welch ein Leben, es ist zum Erbarmen.
Besser noch ledig als die Frau eines Armen!«

Zeit seines Lebens sollte dieses dumme Lied ihn verfolgen. Und immer, wenn er es hörte, sah er den Regen vor sich und den Schmutz, das Elend der armen Leute, die Baumwollspinnerei, das ganze mühselige Leben dieser Menschen — sah es so deutlich wie damals, als er das Lied zum erstenmal hörte. Dieses Lied schien ihm die eigentliche Nationalhymne Englands zu sein, wahrhaftig das Lied des Volkes, das Lied all derer, die sich abrackerten seit urdenklichen Zeiten, und deren stumme Zungen ihr Elend nicht verkünden konnten.

Wie deutlich erinnerte er sich noch mit vierzig Jahren an das Haus in der Mosston Street!

Vor dem Haus war ein kleiner »Garten«, ein Streifen verrottetes Grün, zwölf Fuß lang und acht Fuß breit, den ein niedriges Eisengitter sorgsam umschloß. Die Stufen, die zum Haus hinaufführten, wurden jeden Samstagmorgen geschrubbt und glänzten wie Schnee, denn jede Hausfrau setzte ihren Stolz darein, an jenem Tag als erste mit Eimer und Reibbürste und einem Stück Schlemmkreide vor der Haustür zu knien. Eine Frau, die sich dieser Pflicht gegenüber der Gemeinschaft entzog, wurde als unnützes, verachtungswürdiges Geschöpf betrachtet und von den Nachbarn nur mit kurzem Kopfnicken zur Kenntnis genommen. Einzig und allein die Geburt eines Kindes galt als Entschuldigungsgrund.

Der Salon des neuen Hauses war durchaus kein »Wohn«-Zimmer. Frank erinnerte sich nicht, in diesem Raum je auch nur kurze Zeit gesessen zu sein, bis zu jenem Tag, da er sich auf die Kiste hocken durfte, in der sich alle Habseligkeiten der Familie befanden und die bereits die Aufschrift trug: »Baltic. White Star Line.« An den Gummibaum im Fenster erinnerte er sich jedoch genau. Lang, dünn und häßlich stak er in seinem Majolikatopf, und die leinenen Vorhänge standen ein wenig offen, damit die Nachbarn sahen, daß innen alles so war, wie es sich gehörte, und daß da ein Gummibaum wuchs. Er erinnerte sich an den roten Teppich auf dem Fußboden, die roten Plüschsessel und das Sofa, die versilberten Kerzenleuchter auf dem Kaminsims, den rote Samtdraperien umgaben, und an die verstreuten roten Rosen auf der Tapete. Der große runde Tisch in der Mitte des Raumes war ein Geschenk von Mrs. Clair, ebenso die karmesinrote Tischdecke und die Porzellanlampe mit ihrem Petroleumgeruch. Über dem Tisch war dann später ein billiger Gaslüster angebracht worden. Maybelle, die eine Vorliebe für Rot besaß, war hingerissen von ihrem Salon. Oft stand sie ehrfürchtig auf der Schwelle und flüsterte: »Eine Pracht!« Dann wandte sie sich meist an Frank, der hinter ihrem Rock versteckt war, und sagte stolz: »Prachtvoll! Wunderbar, nicht wahr?« Nie machte sie Feuer im Kamin, aber das Schutzblech und die Feuerzangen wurden regelmäßig und mit äußerster Sorgfalt geputzt.

Das Leben der Familie spielte sich in dem Raum hinter dem Salon ab. Man betrat ihn durch einen kurzen, engen Korridor, und er war weniger »prächtig«, dafür aber viel bequemer. Eigentlich war es ja ein häßlicher Raum, aber das Feuer, das immer im Kamin brannte, verlieh ihm Glanz. Auf dem Kaminsims standen die verschiedensten Nippfiguren, Gläser mit Fidibussen, eine Uhr aus Marmorimitation und einige Photographien. Den Fußboden bedeckte ein billiger Teppich. Der Eßtisch stand in einer Ecke zwischen zwei Fenstern, die einen rechten Winkel bildeten. Es gab Schaukelstühle aus Holz mit weichen Kissen, einen hellen Gasluster und eine steile Treppe, die zu den kalten, schmucklosen Schlafzimmern hinaufführte und zum besten Stück des Hauses, einem Badezimmer ohne Toilette. Letztere befand sich, genau wie in Higher Broughton, draußen im Hof. Frank konnte sich nicht erinnern, in dem glänzenden weißen Ungetüm im Oberstock je ein Bad genommen zu haben. Er badete ebenso wie seine Eltern in einer Zinnwanne vor dem Kaminfeuer im Wohnzimmer — eine qualvolle Angelegenheit, zu der in seiner Erinnerung auch scharfe Seife und steife, harte Handtücher gehörten.

An den Hof grenzte die Gemeindewiese, wo die Kinder spielten, und hinter der Wiese verlief die Sandy Road, eine höher gelegene Straße, die nach links in die »Stadt« führte. Nach rechts führte sie zur Baumwollspinnerei, hinaus ins offene Land und zur öffentlichen Schule, die über eine Meile entfernt war.

An einige der Nachbarn erinnerte er sich noch sehr genau. Links von ihnen wohnten die Wordens. Jim, der Vater, arbeitete in der Spinnerei; die Mutter war eine abgehärmte, stille Frau, die sich ihr Leben lang verzweifelt bemühte, mit den geringen Mitteln, die ihr zur Verfügung standen, die Bedürfnisse der Familie zu befriedigen. Die älteste Tochter, Bertha, war schon eine erwachsene Frau von sechzehn Jahren und arbeitete gleichfalls in der Spinnerei. Sie war hübsch und zierlich, hatte ein blasses Gesicht, gelockte blonde Haare und vorstehende blaue Augen. Will war vierzehn; er kam mittags heim und marschierte gleich weiter zur Spinnerei, ohne sich Zeit für ein Mittagessen zu nehmen. Der nächste war Jim, elf Jahre alt, der 1916 in Frankreich fallen sollte. Dann kam Jack, acht; Helen, sieben, war ein dickes, keckes, lautes Kind und Lassie ein hübsches fünfjähriges Mädchen. Und dann hatten sie damals auch ein Wickelkind, das ständig weinte und noch vor seinem ersten Geburtstag an Rachitis starb. Das also waren die Wordens, die sich fast ausschließlich von Fisch und Kartoffeln nährten, von Kohl, welken Möhren und gedünsteten Zwiebeln, von Tee, schwammigem Weißbrot und Jam, und die nur am Sonntag einen »Bissen« gekochtes Rindfleisch oder Lamm auf dem Tisch sahen.

Die Leute, die auf der anderen Straßenseite wohnten, blieben für Frank ohne Bedeutung — bis auf die Durhams. Er, der Vater eines einzigen Kindes, war Arzt, wurde aber von den neidischen Nachbarn als »Quacksalber« bezeichnet. Immerhin trug er einen schwarzen Tuchmantel mit Samtkragen, einen steifen Hut, Handschuhe und einen Gehstock und benützte für seine Krankenbesuche einen Mietwagen. Seine Frau, eine launenhafte, gutgekleidete Person, behandelte ihre Nachbarn sehr von oben herab und achtete streng darauf, daß ihr Sohn Eddie, ein unbeliebter, eingebildeter Junge, der eine Privatschule weit weg an der Sandy Lane besuchte, von den »gewöhnlichen« Kindern nicht belästigt wurde.

Diese Schule, die Eddie Durham und einige andere Kinder aus Reddish besuchten, kostete nur vier Shilling in der Woche, und Francis Clair, der ja nun besser verdiente, beschloß, auch seinen Sohn Frank dort hinzuschicken. Er mißbilligte Franks schüchterne Annäherungsversuche an die Worden-Kinder und hatte für den Umgang seiner Frau nur ätzende Kommentare. »Wenn du nur mehr Stolz hättest, Maybelle«, sagte er oft. »Du mußt den Kopf höher tragen. Ich bin gewiß kein Snob, aber es gibt schließlich Grenzen.« Der kleine Frank durfte auch keine Holzpantoffeln tragen wie die anderen Kinder, obwohl er ihr Geklapper wunderschön fand und die anderen beneidete. Er mußte sorgfältig gebürstet und gewaschen sein, wenn sein Vater zum Abendessen heimkam. Er durfte nicht auf der morastigen Wiese hinter dem Haus spielen, tat es aber natürlich doch, sobald sein Vater fort war. Maybelle kannte keinen Hochmut. Für sie war Mrs. Worden eine »gute, ehrbare Frau, eine arme Seele«, und sie saß viel lieber in der heißen, schmutzigen Küche ihrer Nachbarin als im vornehmen Salon der Durhams, wo man Tee aus hauchdünnen Porzellantassen nippte und Aniskuchen dazu aß. Sie nahm auch Frank oft zu den Wordens mit und ließ ihn dort, während sie mit dem Marktkorb über dem Arm einkaufen ging.

Mit großer Bangigkeit und Tränen in den Augen sah sie ihrem Gatten nach, als er Frank zum erstenmal in die Schule führte. Obwohl sie sich als Mutter gegen den Gedanken auflehnte, daß ihr Kind dumm war, mußte sie doch an die Warnungen ihrer Schwiegermutter denken. Sie war überzeugt davon, daß man Frank schmählich abweisen würde. Und wie konnte sie dann noch den Kopf hoch tragen? Das Gesetz verlangte, daß ein Kind mit fünf Jahren in die Schule ging. Was aber, wenn es »angeschlagen« war?

Nun, Frank wurde nicht abgewiesen. Er wurde an jenem Abend verstört, tränenüberströmt und vollkommen aufgelöst von seinem Vater nach Hause gebracht. Seine neue weiße Bluse war voll Tinte, die neue blaue Jacke und die Hose zerdrückt; die schwarzen Strümpfe hingen traurig herunter, der Matrosenhut baumelte auf dem Rücken und drohte ihn mit dem Gummiband zu ersticken.

Francis Clair war außer sich vor Wut. Er zerrte das Kind die Straße entlang, so daß die kleinen Füße oft nicht einmal das Pflaster berührten, und murmelte dabei zornig: »Prügel bekommst du! Prügel!« Er knirschte mit den Zähnen. »Dir werde ich's zeigen! Warte nur, bis wir zu Hause sind!«

Sobald sie zu Hause waren, schloß Francis sorgfältig alle Türen und Fenster und schrie Maybelle, die ganz verschreckt dastand, an: »Weißt du, was er gemacht hat, dein feiner Sohn? Stumm dagehockt ist er den ganzen Tag, und gerade bevor ich ihn abhole, packt er ein Tintenfaß und wirft es einem Kind an den Kopf, daß es eine Beule hat! Und er selbst ist auch voll Tinte, schau ihn dir an! Aber das ist alles deine Schuld! Du hast ihn maßlos verwöhnt, und jetzt ist es zu spät.«

Natürlich wurde Frank gewaltig verprügelt, zuerst von seinem Vater, dann von seiner Mutter. Letztere prügelte ihn weniger aus Zorn als in dem Bestreben, Francis zu besänftigen. Frank ließ die schmerzhafte Prozedur lautlos über sich ergehen, sein Gesicht wurde nur aschgrau. Er wurde ohne Abendessen zu Bett geschickt, und da lag er dann zitternd und bebend, ein Bündel heulendes Elend, und in seinen Ohren dröhnte es. Erst gegen Morgen schlief er ein.

Er fand keine Worte für seine Bedrängnis. Er konnte nicht sagen, wie entsetzlich er sich fürchtete und wie unglücklich er war. Er kannte das Gefühl des Hasses schon von seiner Großmutter her. An jenem ersten Schultag aber lernte er den Haß in seiner ganzen Gewalt kennen, und dieses Erlebnis drang ihm tief unter die Haut.

Die Schule war von einer leicht verkalkten, boshaften alten Adeligen gegründet worden und bestand aus zwei Räumen, die sich oberhalb der Wohnung der alten Dame befanden. Der erste Raum diente als Klassenzimmer, in ihm stand ein langer schmaler Tisch, umgeben von Stühlen. Eine Lithographie der verstorbenen Königin schmückte die Gipswand. Einen Kamin gab es nicht, und die feuchtkühle Herbstluft erfüllte den Raum, der immer nach Kreide und Staub roch. Auch im Nebenzimmer stand ein langer Tisch, umgeben von Stühlen. Hier wurde den Kindern schwacher, lauwarmer Tee serviert, der mit Kondensmilch gesüßt war. Dazu gab es altbackenen Kuchen und Kekse. Hier aßen die Kinder ihre Mahlzeit, die Hände grau vom Staub der Schiefertafeln, die Gesichter angespannt und wachsam.

Ganze acht Kinder besuchten die Schule — Kinder, deren Eltern nach Höherem strebten wie Francis Clair. Ihre Väter waren Ladenbesitzer oder Gastwirte, Buchhalter oder Schreiber mit einem Hungerlohn. Im Vergleich waren die Kinder der Wordens pausbäckig, kerngesund und lebenstüchtig. Jedes der mageren Gesichter war bleich, jede Nase tropfte, jede dünne Kehle wurde von Husten geschüttelt. Die Füße waren aber auch durch keine festen Holzpantoffeln geschützt; Knöpfelschuhe, dünn, aber auf Hochglanz geputzt, baumelten von den Stühlen. Die Mädchen trugen saubere, gefältelte Schürzen, die Jungen waren makellos rein.

Diese unterdrückten, schlechtgenährten, ständig frierenden Kinder waren im Alter zwischen fünf und vierzehn Jahren. Alle waren sie ausgesprochene Snobs, alle neidisch und voll Bosheit, alle auf gewählte Sprache bedacht. Ihre natürlichen kindlichen Instinkte, die so sorgfältig überdeckt, verleugnet und verborgen worden waren, hatten sich von normaler Derbheit zu spitzer, tödlicher Grausamkeit gewandelt. Diese Kinder brauchten nur einen einzigen Blick auf Frank Clair zu werfen, um ihn als das zu erkennen, was er für sie war: ein ewiger Außenseiter, fremd und bedrohlich. Sie wußten nicht, was es war, das er bedrohte, aber sie fühlten seine Andersartigkeit, haßten ihn und planten sofort alle möglichen Qualen, um ihn für sein Außenseitertum zu bestrafen — ihn zu bestrafen dafür, daß er es wagte, anders zu sein als sie selbst.

Die Kinder standen nicht allein mit ihrer Feindseligkeit. Miß Elizabeth Ballister wußte sofort, was es mit Frank auf sich hatte. Ihre armseligen Instinkte bäumten sich auf bei seinem Anblick, ihr Gefieder sträubte sich. Sie haßte ihn vom ersten Augenblick an. Sie konnte sich nicht sagen: »Dies hier ist ein Fremder, und Fremde sind gefährlich, besonders wenn sie so aussehen wie dieser. Er bedroht etwas in mir. In seiner Gegenwart fühle ich mich unsicher und unbehaglich — warum, weiß ich nicht.« Sie sah ihn bloß an und dachte: Der Junge ist dumm und unsympathisch; er gefällt mir nicht. Diese ausdruckslosen blauen Augen, der offene Mund! Er sieht nicht besonders intelligent aus und wird mir viel Mühe machen, darauf könnte ich schwören.

Aber vier Shilling die Woche waren schließlich vier Shilling die Woche, und so nickte sie dem verängstigten Kind, das sein Vater nur mit Mühe festhielt, übertrieben freundlich zu und schenkte Francis ein geziertes Lächeln. »Ein süßes Kind«, flötete sie. »Ich und alle diese lieben Kinder freuen uns so sehr, den lieben kleinen Frank bei uns zu haben. Ich weiß, er wird sich hier sehr, sehr wohl fühlen.«

Sie war eine alte Jungfer von etwa vierzig Jahren, groß und sehr mager, aber recht elegant mit ihrer blauen Seidenbluse, dem goldenen Medaillon, einem breiten schwarzen Gürtel und einem blauen Rock. Ihre Frisur war untadelig — nicht ein einziges Haar war den Nadeln und Kämmen entschlüpft. Ein Fluidum von äußerster Vornehmheit sowie von Pear's Seife und Kölnischwasser umgab sie. Sie hatte knochige, feuchtkalte Hände, und ihre Taille war dünn wie eine Besenstange. Wenn sie lächelte, bildete ihre verblühte Haut viele feine Fältchen, und jedes Lächeln entblößte eine Reihe verdächtig weißer, großer Zähne, die für das magere und gänzlich farblose Gesicht eigentlich zu mächtig waren. Rotentzündete Lider umrahmten die wasserhellen Augen, und die in der Schule übliche Erkältung hatte auch ihre große, knochige Nase rot gefärbt. Dennoch war Francis so überwältigt von ihrer gewählten Sprache, ihrer zuckersüßen Freundlichkeit, von der schlanken

Gestalt und dem vornehmen Getue, daß er mit Abscheu an seine rotbackige, rundliche Maybelle dachte.

Man hatte Frank vorher eingeschärft, wie wichtig die Schule war und daß er auf keinen Fall weinen durfte, daß er artig sein und sich wie ein kleiner Gentleman benehmen mußte. Stumm und unterwürfig hatte er alle Ermahnungen angehört. Es hatte ihn weder froh noch unglücklich gemacht, daß er in diese vornehme Schule gehen sollte. Er hatte einfach an nichts gedacht und nichts gefühlt und war wie immer in seine geheimnisvollen Träume versunken gewesen. Als jedoch die Schule plötzlich zur schrecklichen Wirklichkeit wurde, als er tatsächlich dort stand und Miß Ballisters Augen sah und die neugierigen, durchdringenden Blicke seiner lieben neuen Schulkameraden, brach er in lautes Schreien aus. Er konnte sich einfach nicht beherrschen, er schrie wild und ohne Tränen, dabei zitterte er vor Angst, versuchte sich von der Hand seines Vaters loszureißen und hatte nur den einen Gedanken: fort von hier!

Unwillkürlich hob Francis drohend die Hand, sein Gesicht wurde so dunkelrot wie die Ohren seiner Mutter, und er sah sich im Geist schon mit Schimpf und Schande auf die Straße gesetzt und auf ewige Zeiten vor den Nachbarn blamiert. Bevor er jedoch zuschlagen konnte, hatte Miß Ballister aus lauter Angst um ihre vier Shilling den Jungen geschickt seinem Vater entzogen und beugte sich wie ein rettender Engel über ihn. Die anderen Kinder verfolgten die Szene entzückt und mit gespannter Aufmerksamkeit.

»Aber, aber«, gurrte Miß Ballister und streichelte die zerrauften rotbraunen Locken. »Wir sind ja nur fremd hier. In einigen Minuten haben wir uns wieder beruhigt. Wir werden den Papa jetzt fortschikken, und dann ist alles gleich wieder gut, nicht wahr?«

Francis, der vor Verlegenheit schon schwitzte, verstand den Wink mit dem Zaunpfahl. Er verließ eilends das Klassenzimmer und rannte die Stiege hinunter. Das Schreien seines Sohnes begleitete ihn, bis sich gnädig die Haustür hinter ihm schloß.

Frank bemerkte plötzlich, daß er allein, daß sein Vater fortgegangen war. Sofort hörte er zu schreien auf, zitterte aber noch am ganzen Körper. Der süßliche Duft des Taschentuchs, das sein tränenloses Gesicht bearbeitete, war ihm unangenehm, aber er stand still und ertrug es mannhaft. Die sanft streichelnde Hand wurde nun grob, sie rieb und drückte fest zu. Auch die schmachtende Stimme hatte alles Zärtliche verloren, sie klang nun hart und haßerfüllt. »Du setzt dich jetzt nieder und benimmst dich anständig. Und keine Dummheiten, Freundchen! Wir wissen schon, wie mit ungezogenen Bengeln zu verfahren ist, und du wirst keine Freude daran haben, das kann ich dir jetzt schon sagen!«

Er wurde durch die Luft befördert und unsanft auf einen Stuhl gesetzt. Vor ihm befand sich in Kinnhöhe der Tisch mit den Papieren und Schiefertafeln. Er sah die Gesichter der Kinder, schadenfrohe, grünliche, körperlose Gesichter über der Tischkante. Er sah die nackten, vorhanglosen Fenster und Miß Ballisters Augen, die auf ihn hinunterstarrten. Er sah das alles in klares, glitzerndes, kristallhelles Licht getaucht, das ihm feindselig und furchterregend schien. Er sah das alles — und war still.

Miß Ballister preßte spöttisch die Lippen zusammen und setzte sich. Sie nahm einen Bleistift zur Hand, klopfte damit gebieterisch auf den Tisch und sagte: »Und nun, Kinder, wollen wir mit dem Unterricht beginnen.«

Sie war schon mit widerspenstigeren Kindern als diesem abscheulichen kleinen Nichtsnutz fertig geworden. Sie wußte auch die schwierigste Situation zu meistern. Während sie ihr Buch öffnete und Rechenaufgaben diktierte, beobachtete sie Frank aus den Winkeln ihrer eiskalten Augen. Sie war nicht gewillt, diesem Ungeheuer etwas durchgehen zu lassen. Sie sah, daß er die anderen Kinder anstarrte, und dachte: Der ist ja ganz geistesabwesend. Was mache ich bloß mit ihm? Ich verlange nur, daß er stillsitzt. Und diesbezüglich brauche ich mir anscheinend keine Sorgen zu machen. Er ist nicht intelligent genug, um etwas anderes zu tun, dieser Junge mit dem dummen Gesicht und den gräßlichen hervorquellenden Augen.

V

Miß Ballister wußte mit Kindern, die sie haßte, recht gut umzugehen. Sie hatte diese Kunst aus Selbsterhaltungstrieb erlernen müssen. Sie schob Frank ein Buch mit vielen Bildern zu und schlug es auf. Dann klopfte sie ihm zum Gaudium der Kinder mit dem Bleistift auf den Kopf und sagte: »Schau dir das an und unterhalte dich damit eine Weile.«

Das ist der Feind, dachten die Kinder, nicht in Worten, sondern rein gefühlsmäßig. Er ist der Ausgestoßene. Er ist der Fremdling, von anderem Fleisch als wir und von anderem Geist erfüllt. Wir hassen ihn abgrundtief.

Diese mächtige, urzeitliche Flutwelle wogte zwischen Frank Clair und den anderen Kindern hin und her, eine Flut von Erkennen und Verleugnen, von Verstehen und Hassen. Sie wogte den ganzen Morgen hindurch, während Miß Ballister schimpfte, ermahnte, fragte und Aufgaben stellte. Ein Kind nach dem anderen stand auf, um aus einem Buch etwas herunterzuleiern. Eine verspätete Fliege summte taumelnd an der Fensterscheibe. Der Geruch nach Kreide und Schiefer wurde immer unangenehmer, draußen zog dunkel ein Gewitter auf, und die Luft war schon sehr kühl. Frank starrte in das Buch und blätterte mit steifen Fingern Seite um Seite um. Seltsame Dinge sah er da: Störche, die auf einem Dach nisteten; ein Kind in den Armen einer Eisprinzessin, die durch Schnee und Sturm mit ihm floh; ein Kind in einem goldenen Zauberboot mit rotseidenen Segeln; ein Mädchen, das mit scharlachroten Schuhen durch einen dunklen Wald lief; eine wunderschöne Dame, die hundert Jahre lang auf einem blauen Seidensofa schlafen mußte; ein Mädchen in Lumpen, das neben dem Herd in der Asche saß, und neben ihr eine Kürbiskutsche, die von kleinen weißen Mäusen gezogen wurde. Kurzum, Frank sah zum erstenmal ein Märchenbuch, und sofort gehörte er ganz zu den Geschöpfen auf den bunten Bildern. Er saß in tiefer Versunkenheit da und träumte und vergaß alles, auch sich selbst. Er fror nicht und fürchtete sich nicht und war nicht mehr allein.

Es gefiel Miß Ballister, daß er so still war. Zumindest, dachte sie, ist er nicht unverbesserlich, wie ich zuerst fürchtete. Ich werde mit ihm fertig werden. Aber was hat er nur für ein dummes, dummes, leeres Gesicht! Vollkommen ausdruckslos! Vielleicht schläft er mit offenen Augen? Sie wunderte sich, als sie bemerkte, daß sein kleiner, blaugefrorener Finger langsam und vorsichtig Seite um Seite umblätterte.

Die Kinder vergaßen den kleinen Frank nicht, auch wenn er sie im Augenblick vergessen hatte. Er war sich ihrer Anwesenheit überhaupt nicht mehr bewußt, und das erweckte ihre Feindseligkeit fast noch mehr als sein Anderssein. Manchmal hob er den Blick, und seine blauen Augen sahen sie an und durch sie hindurch, als ob sie gar nicht da wären. Ihre wilden jungen Herzen wehrten sich heftig dagegen, von ihm zu einem Nichts gemacht und zu völliger Bedeutungslosigkeit verdammt zu werden. Hätte er auch nur einen Moment lang einen oder zwei von ihnen angelächelt, scheu, hoffnungsvoll, hätte er sie wirklich zur Kenntnis genommen, wäre der eine oder andere vielleicht sein Freund geworden.

Gegen Mittag begannen die Kinder zu schnuppern, es roch im Haus nach Tee. Ein Dienstmädchen betrat mit lautem Getrampel das Nebenzimmer. Auf ihrem Tablett stand kochendheißes Wasser und Tee, eine Spülschüssel, eine Dose alter Kekse mit steinhartem Zuckerguß oder Anis drauf, eine Platte mit dünnen Broten, Butter, ein Glas Jam und für Miß Ballister ein Tellerchen mit kaltem, aufgeschnittenem Rindfleisch. Die Kinder, voll Freude über die Pause, legten ihre Griffel zur Seite und schlugen geräuschvoll ihre Bücher zu.

Miß Ballister versuchte, sie halbwegs geordnet ins Nebenzimmer und an ihre Plätze zu dirigieren. Übermütig lachten und lärmten sie, machten Dummheiten, stießen einander an und schwätzten. Milde lächelnd setzte die Lehrerin sich nieder, während sie mit gierigen Augen schon nach dem Fleisch schielte. Da fiel ihr plötzlich auf, daß Frank nicht unter den Kindern war.

Ärgerlich warf sie einen Blick in das Klassenzimmer, und tatsächlich, da saß Frank, den Kopf über das Buch geneigt, und das schwache Licht beschien vom Fenster her sein leuchtendes Haar. Er saß da wie ein junger Gelehrter, der alte mystische Schriften studiert und vor heiliger Ehrfurcht ganz entrückt ist. Selbst Miß Ballister spürte die tiefe Stille, die ihn umgab, eine Versunkenheit, die ihn in die Welt ewiger Träume versetzt hatte. Die Stille erfüllte den leeren Raum und verwandelte ihn in einen Brunnen voll grauen Wassers, unbewegt und stumm. Der Junge schien nicht einmal zu atmen.

Unwillkürlich lief es Miß Ballister kalt über den Rücken, und sie sehnte sich nach ihrem Schal. Dann jedoch glühte ein kleiner Funke von Haß und Ungeduld in ihr auf. Der Junge war einfach unmöglich! Wie von innerer Gewalt getrieben, stand sie auf, lief zu dem Kind hin und packte seinen dünnen Arm. Sie schüttelte ihn mit ungewohnter Heftigkeit. »Was fällt dir nur ein, du kleiner Esel, du?« rief sie. »Komm sofort und trink deinen Tee!«

Frank legte den Kopf zur Seite. Sie spürte, wie er zitterte, wie er verwirrt in die Wirklichkeit zurückkehrte. Er sah mit glänzenden Augen zu ihr auf und ließ sich von ihr in das andere Zimmer zerren. Die Kinder waren wiederum begeistert und sehr interessiert. Miß Ballister setzte ihn mit schmerzhaftem Schwung auf einen Stuhl und starrte ihn böse an, während sie ihm eine Tasse Tee einschenkte und drei Kekse auf seinen Teller warf. Dann bestrich sie ihm ein Brot dünn mit Butter und Marmelade. Ihr Mund war fest geschlossen, damit er nicht verriet, was sie empfand: Ärger und Abscheu und etwas Namenloses, das sie noch nie empfunden hatte. Wie hypnotisiert beobachtete Frank alle ihre Bewegungen. Dann ließ er den Kopf sinken und starrte auf seinen Teller.

»Iß!« sagte Miß Ballister wütend, während die Kinder voll Schadenfreude zusahen.

Gehorsam steckte er ein Keks in den Mund. Er hatte schon herausgefunden, daß er mit Gehorsam die Aufmerksamkeit am schnellsten wieder von sich ablenkte. Er nahm die Teeschale zwischen seine kalten kleinen Hände. Die Wärme drang durch seine Haut und tröstete ihn. Er hob den Blick.

Die Kinder hatten erkannt, daß es keine dramatischen Szenen mehr geben würde; sie plauderten und lachten fröhlich miteinander, klapperten mit ihren Löffeln in den Teetassen, verspotteten einander in harmloser Bosheit, gaben die Teller weiter, schwatzten und stritten. Einer der Jungen war der Sohn des reichsten Ladenbesitzers von Reddish; er wurde respektvoll und unterwürfig behandelt, und jedes seiner Worte wurde mit begeistertem Nicken aufgenommen, obwohl er ein schrecklicher Raufbold und außerdem dumm war. Eddie Durham kam, was Respekt anlangte, gleich nach ihm. Er war der einzige, der Frank schon kannte; von Zeit zu Zeit flüsterte er seinen Nachbarn boshafte Bemerkungen zu, worauf diese gemein lachten und den schweigsamen kleinen Jungen feindselig anstarrten. Die Kinder waren zu jung, als daß sie sich schon jenes heuchlerische Wesen der Zivilisation zu eigen gemacht hätten, das da vorgibt, auch Fremde zu akzeptieren. Sie waren wild, grausam, hemmungslos und von Natur aus aggressiv — also ganz und gar menschlich und noch nicht von Höflichkeit und Toleranz verbildet.

Frank nippte an seinem Tee. Nun aber hatte ihn tiefe Verzweiflung gepackt, eine Traurigkeit des Herzens, die zu verstehen er noch zu klein war. Er hatte öfters solche Anfälle von Schwermut, konnte seine Gefühle aber nicht ausdrücken und wurde dann nur noch stiller als sonst. Er blickte auf und sah sich einer Reihe hämischer Gesichter gegenüber, merkte die verstohlenen Blicke, hörte das gehässige Flüstern.

Kinder waren bis dahin nicht in sein Bewußtsein eingedrungen, nicht einmal die Worden-Kinder, die ihn mit wohltuender Gleichgültigkeit ertrugen, weil sie immer so viel zu tun hatten und weil die Armut und der Hunger alles andere unwichtig machte. Nun aber sah er die Kinder ganz klar und erkannte, daß sie ihn aus ihrer Welt ausgeschlossen hatten, daß er niemals einer der Ihren sein würde.

Er wurde von einem Gefühl schrecklicher Einsamkeit und Verlassenheit, von unbeschreiblichem Kummer erfaßt. Sein Körper sehnte sich nach menschlicher Berührung, nach einer menschlichen Hand, einem menschlichen Wort der Zuneigung, der Zusammengehörigkeit. Sein ganzes Herz, sein ganzes Sein wünschte sich nichts mehr als einen brüderlichen, freundschaftlichen Blick, ein vertrauliches Lächeln, eine Geste des Entgegenkommens. Seine Einsamkeit wurde übermächtig und erdrückend, eine Krankheit der Seele, ein verzweiflungsvoller, tiefer Hunger.

Ja, starr nur alle an, dachte Miß Ballister angewidert. Hat er denn noch nie Kinder gesehen? Er wirkt schwachsinnig. Nun, vier Shilling zusätzlich sind vier Shilling zusätzlich, und wer arm ist, darf nicht wählerisch sein — leider.

»Trink deinen Tee, Frank«, sagte sie verärgert. Sie ließ die Uhr aufspringen, die mit einer Brosche an ihrer Bluse befestigt war. »Wir haben noch genau fünf Minuten Zeit.«

Aber Frank konnte seinen Tee nicht trinken. Seine Hände waren jedem einzelnen Kind entgegengestreckt, als wollten sie um ein Almosen betteln. Die Kinder aber — grausam und schlecht und boshaft, wie Kinder nun einmal sind — sahen die ausgestreckten Hände, lachten nur höhnisch und sagten kein Wort.

Da wußte Frank, daß er endgültig und unwiderruflich zurückgewiesen war und daß sich daran nie etwas ändern würde — es sei denn, er verbarg sich hinter einem fremden Gesicht, lernte eine neue, gehässige

Sprache, wurde so, wie sie ihn und alle anderen haben wollten. Die bittenden Hände zogen sich zurück. Er saß stumm da, nicht aufsässig, sondern still ergeben, nicht verärgert, nur verwundert und traurig.

Die Kinder gingen in das Klassenzimmer zurück, Frank stolperte hinter ihnen her. Wortlos schob er sich auf seinen Stuhl hinauf. Das Buch lag vor ihm, aber es hatte seinen Zauber verloren. Seine Seele war verwundet, sie schmerzte und blutete, und die Traurigkeit lag ihm wie ein Klumpen im Magen. Er ließ den Kopf auf die Brust sinken und schloß die Augen.

Nun ist er wirklich eingeschlafen, dachte Miß Ballister erleichtert. Hoffentlich schläft er, bis die Schule aus ist.

Aber Frank schlief nicht. Völlig stumpf saß er da, während um ihn der Unterricht weiterging. Er war zu jung, um in Worten oder Bildern zu denken, seine Empfindungen jedoch waren überwältigend. Da war Sturm und Blitz und Meer und Unglück und Verzweiflung. Er hörte nicht, was um ihn vorging, und war allein, wie er es immer gewesen war und immer sein würde.

Die Stunden vergingen. Es wurde zwei, drei, vier Uhr. Die Kinder, die Franks Anwesenheit völlig vergessen hatten, machten sich fertig zum Nachhausegehen. Francis hatte versprochen, seinen Sohn zeitig abzuholen. Morgen sollte dann eines der älteren Kinder oder vielleicht Dr. Durham, der Eddie manchmal holte, ihn heimbegleiten, bis er den Weg allein fand.

Während der letzten Stunde war Frank ein wenig aus seiner Lethargie erwacht, aber immer noch nicht wirklich anwesend. Teilnahmslos wanderte sein Blick zu dem Kind, das gerade seine Aufgabe heruntersagte; er sah Miß Ballister, die hinter den Stühlen umherging. Die Schwermut lag wie ein Schleier vor seinem Gesicht.

Glücklich, daß die Schule zu Ende war, legten die Kinder ihre Schürzen ab, packten ihre Bücher zusammen, kicherten und stießen sich an. Die Mädchen setzten Hüte auf, die Jungen zogen Mützen aus der Tasche. Frank saß immer noch an seinem Platz

Plötzlich erregte er die Aufmerksamkeit eines Mädchens; es war die Schwester des Jungen, dessen Vater der reichste Kaufmann von ganz Reddish war. Sie hatte ein grünliches Gesicht, brandrote Haare und boshafte, unruhige Augen. Sie hatte Frank von Anfang an unerträglich gefunden. Nun blieb sie ihm gegenüber stehen, beugte sich über den Tisch, streckte ihm die Zunge heraus und machte »bäh«. Ihr Speichel spritzte ihm ins Gesicht.

Nie zuvor war Frank zornig gewesen, jedenfalls nie so entsetzlich, grauenhaft zornig. Plötzlich sah er alles wieder klar, der Schleier verschwand, das hassenswerte Kind stand vor ihm. Sie war der Inbegriff alles Häßlichen. Wie konnte sie es wagen, ihn auch nur zur Kenntnis zu nehmen! Die Wut, die alles so klar erscheinen ließ, gab ihm das

Wissen um alles Widerwärtige, alles Gemeine. Das Mädchen verkörperte für ihn eine abstoßende Welt, die immer wieder gewaltsam in seine Privatsphäre, in sein Allerheiligstes eindrang.

Er hatte nur einen Wunsch: dieses Gesicht zu zerstören, es auszulöschen, aus seinem Bewußtsein auszuschließen, zu einem Nichts zu machen, aus seinem Gedächtnis zu streichen. Instinktiv packte seine Hand ein Tintenfaß und schleuderte es gegen das Kind. Es traf ihre Stirn und zerbrach mit lautem Krachen. Die Tinte lief ihr in dünnen schwarzen Streifen über das Gesicht, den Hals herunter, über ihr rotes Wollkleid.

Wie betäubt stand sie da. Die anderen wandten sich neugierig um, als sie den Lärm hörten. Was sie sahen, versetzte sie in helle Begeisterung. Sie schrien, sie hüpften auf und ab, sie klatschten in die Hände und waren außer sich vor Aufregung. Der Bruder des Mädchens aber stürzte auf Frank zu, stieß ihn vom Stuhl auf den Boden und begann mit den Füßen nach ihm zu treten. Und während er ihn immer wieder trat, stieg etwas Wollüstiges, Mörderisches in seiner schmalen Brust hoch, bis er es kaum mehr ertragen konnte. Er wand sich, er stöhnte, er war außer sich. Sein Fuß bohrte sich in den weichen Körper des Kindes, das wehrlos hingestreckt dalag, und Schauer höchster Ekstase durchzuckten ihn und liefen wie köstliches Feuer über seinen Rücken.

Einen Augenblick lang stand Miß Ballister wie gelähmt vor Entsetzen. Dann packte sie den Jungen und zerrte ihn fort, schüttelte ihn kräftig und gab ihm eine Ohrfeige. Wütend wandte er sich gegen sie. Laut grunzend grub er seine Zähne in ihre Hand.

Mit einem Aufschrei entriß sie ihm die Hand und versetzte ihm einen so heftigen, wohlgezielten Schlag, daß er schwankend zurückwich. Auch sie empfand Genuß dabei. Sie verstand Kinder und haßte sie. Es machte ihr ungeheure Freude, den Jungen zu schlagen, und sie folgte ihm mit erhobener Faust.

Er kam zur Besinnung und heulte los. »Das sage ich meinem Vater, ganz bestimmt!« schluchzte er und rieb sich die Augen. »Dann nimmt er mich und Mary aus dieser elendigen Schule heraus. Es wird Ihnen noch leid tun!«

Mary hüpfte wie eine Verrückte hin und her, und die anderen Kinder machten es ihr nach, und alle riefen im Chor: »Es wird Ihnen noch leid tun!«

Plötzlich kam kalte Ernüchterung über Miß Ballister. Sie rieb sich die schmerzende Hand und atmete schwer. Sie war eine einsame, mittellose alte Jungfer — das Schulgeld war ihr einziges Einkommen. Sie würde verhungern. Kein Zweifel. Die nackte Angst packte sie, und ihr Mund wurde trocken. Welchen Schaden hatte sie sich zugefügt, indem sie einen elenden kleinen Taugenichts verteidigte, der die Bestrafung wahrlich verdient hatte!

Ihr Herz klopfte schwach und schnell. Ihr Gesicht wurde grau vor Angst, ihr Körper verlor seine stolze Haltung, sie stand da wie eine alte Frau. Sie nahm ein Taschentuch und wischte damit dem Sohn des Kaufmanns die Tränen weg. »Aber, aber«, sagte sie. »Das war sehr böse von dir, Bobbie. Frank Clair ist doch erst fünf Jahre alt, und du bist beinahe zwölf. Er ist doch noch ein Baby. Schau nur, du hast ihm weh getan. Er bewegt sich nicht, er weint nicht einmal.«

Das war eine so interessante Mitteilung, daß Bobbie Tompkins ihre zitternde Hand zur Seite schob und sich den Hals nach Frank verdrehte. Es stimmte. Der kleine Junge lag am Boden, so wie er hingefallen war. So war er gelegen, als Bobbie ihn getreten hatte, und nur die Arme hatte er instinktiv über den Kopf gelegt, um ihn zu schützen. Er hätte tot sein können, so reglos lag er da.

Miß Ballister hatte einen rettenden Einfall. Sie richtete sich auf und sah die Kinder mit strengem Blick an. »Wißt ihr, was die Polizei macht, wenn jemand verletzt und mit Füßen getreten wird?« fragte sie mit neuem Mut. »Sie steckt den Schuldigen ins Gefängnis. Denk nur, Bobbie! Wenn Frank schwer verletzt ist, wird man dich fortholen, fort von deiner Mama und deinem Papa und deinen kleinen Schwestern, und du siehst sie vielleicht nie mehr wieder. Vielleicht sperrt man auch deinen Vater ein, oder er muß viel Geld zur Strafe zahlen.«

Bobbie Tompkins sah sofort die furchterregende Gestalt seines Vaters vor sich. Er war nicht Mr. Tompkins' Lieblingskind; überdies hatte Mrs. Tompkins ihn »verwöhnt«, und das konnte sein Vater ihr nur schwer verzeihen. Auch war Mr. Tompkins ein jähzorniger Mann, dem die Hand sehr locker saß. Bobbie sah im Geiste, wie die Polizisten seinen Vater fortschleppten. Er hörte seine Mutter weinen und klagen, er sah das Vermögen der Familie beschlagnahmt und alle ins Exil verbannt. Weit weg von dem schönen Vorort an der Sandy Lane mußten sie in einer der schrecklichen Straßen in der »Stadt« wohnen. Jedenfalls würde sein Vater ihn umbringen, wie er schon oft gedroht hatte. »Ich sage dir, Sally, eines Tages bring ich den Jungen um, und wenn sie mich dafür aufknüpfen!« hatte er oft gebrüllt, wenn er besonders wütend gewesen war.

Bobbie zitterte so heftig, daß er kaum aufrecht stehen konnte. Er weinte noch lauter als vorher und klammerte sich an Miß Ballister. »Sagen Sie es nicht meinem Papa, bitte, bitte, Miß Ballister!« flehte er. »Sagen Sie es meinem Papa nicht!«

Miß Ballister, die Gott von Herzen für diese Eingebung dankte, ließ sich noch bitten. »Das muß ich doch wohl«, sagte sie ernst. »Alle anderen Kinder wissen es schließlich auch. Und wie willst du deinen Eltern erklären, daß Marys Kleid voll Tinte ist und daß sie eine Beule auf der Stirn hat?«

Bobbie riß sich wie ein Wilder von der Lehrerin los und stellte sich zähnefletschend, mit geballten Fäusten vor seine Kameraden. »Ich bring jeden um, der auch nur ein Wort sagt!« rief er und vergaß die guten Manieren, die Miß Ballister ihm beigebracht hatte. »Ich schlag euch eure verdammten Schädel ein! Ein Wort und ihr seid erledigt, verstanden?«

Er starrte sie der Reihe nach an, keuchend, wild vor Angst und Haß. Vor diesem wilden Blick, vor dieser offensichtlich ernstgemeinten Drohung wichen die Kinder zurück. Sie brachen in zitternde Beteuerungen aus. »Wir sagen doch nichts, Bobbie! Du kannst dich auf uns verlassen. Du kannst uns trauen, glaub uns doch!«

Befriedigt, aber immer noch heftig keuchend, wandte der Junge sich an seine weinende Schwester. »Wenn du Papa auch nur ein Wort sagst, dann — dann zerbrech ich dir alle deine Puppen und hau dir die Nase ein!« rief er.

Das Mädchen rieb mit einem schwärzlichen Taschentuch an dem verdorbenen Kleid herum. »Und was soll ich Mama wegen der Tinte sagen?« fragte sie ängstlich. »Irgend etwas muß ich ihr doch sagen.«

Bobbie dachte nach, die Fäuste immer noch geballt. Er wußte, wie sehr seine Mutter ihn bewunderte. Sein Gesicht erhellte sich. »Ich sag dir was«, antwortete er nachdenklich. »Der Mama wird es gar nichts ausmachen. Wir waren einfach lustig, und ich habe dir die Tinte an den Kopf geworfen, unabsichtlich. Aber jetzt schnell, damit wir vor Papa zu Hause sind.«

Die Sache war entschieden und erledigt. Energisch stülpte er sich die Mütze auf den Kopf und nahm seine Schwester bei der Hand. Die beiden rannten aus dem Zimmer.

Miß Ballister, die schon etwas leichter atmete, ermahnte die anderen Kinder noch: »Es ist wohl das beste, wenn nicht darüber gesprochen wird. Sicherlich versteht ihr das, meine Lieben. Bobbie kann sehr zornig werden.«

Sie waren entlassen und gingen still und bedrückt hinaus. Die Gefahr war gebannt, Miß Ballister war in Sicherheit. Niemand würde es wagen, Bobbie Tompkins' Drohung zu mißachten.

Dann aber erfaßte sie neue Angst. Die ganze Zeit über hatte Frank sich nicht gerührt, er lag da wie tot. Und jeden Augenblick konnte Mr. Clair auftauchen, um seinen Sohn abzuholen. Sie zerrte den Jungen in die Höhe und stellte ihn auf die schwankenden Beine. Er lehnte sich schwer gegen sie und hatte die Augen nur halb offen, aber er war bei Bewußtsein. Mit der Hand klopfte sie ihm den Staub von den Kleidern. Dann holte sie rasch Wasser und wusch ihm das zerschundene Gesicht. Sie tat das alles ganz automatisch und dachte sich währenddessen fieberhaft eine Geschichte aus. Das Kind war zu jung, um sich beherrschen zu können und nichts auszuplaudern. Sein Vater mußte jedenfalls einen Teil der Wahrheit erfahren. Sie durchschaute

Francis Clair. Sie wußte, daß es ihm schmeichelte, seinen Sohn von ihr »akzeptiert« zu sehen; sie hatte seine bewundernden Blicke während ihrer Unterredung bemerkt. Man konnte sich darauf verlassen, daß er die Geschichte nicht in alle Welt hinausposaunte.

Ihre Angst verwandelte sich in Zorn gegen das mißhandelte Kind. »Du böser, böser kleiner Kerl, du!« rief sie. »Was soll ich nur mit dir machen? Ach, wenn dein Vater dich doch nicht ausgerechnet hierhergebracht hätte! Ich weiß nicht, was ich tun soll. Hier, trink das Wasser. Gib acht, daß du nicht erstickst. So! Ach, du liebe Güte, warum muß ich so schwer geprüft werden? Komm jetzt sofort mit mir, du schlimmer Junge. Du kannst unten in meinem Zimmer auf deinen Papa warten. Ein Tintenfaß auf die arme kleine Mary zu werfen! Ich weiß wirklich nicht, was dein Vater dir antun wird, wenn er das hört. Und wie wütend wird er darüber sein, daß du den armen Bobbie so gereizt hast, der doch seine kleine Schwester verteidigen mußte!«

Sie machte eine Pause und hoffte, daß diese klug berechneten Bemerkungen bis zu dem schwerfälligen Hirn hinter dem ausdruckslosen Gesicht des Jungen vorgedrungen waren. Er sagte nichts. Sie dachte: Ob er überhaupt sprechen kann? Er hat den ganzen Tag kein Wort gesagt.

Ein Hoffnungsschimmer! Seine schmutzigen Kleider und seine Schrammen bedurften jedoch auf alle Fälle einer Erklärung.

Sie trug ihn in ihr muffiges kleines Wohnzimmer hinunter, setzte ihn in das Halbdunkel, schloß die Tür und wartete auf Francis Clair.

Frank fühlte sich einsam — so einsam hatte er sich den ganzen Tag nicht gefühlt. Er lehnte sich in den Roßhaarpolster des Stuhles zurück und schloß die Augen. Fürchterliche Erschöpfung überkam ihn. Er sank in Halbschlaf, floh vor den Schmerzen seines geschundenen Körpers.

Noch Jahre danach erinnerte er sich an diese stille, dunkle halbe Stunde. Hatte er später irgendwann geträumt, er sei wieder ein Kind und säße in jenem düstern kleinen Wohnzimmer, und hatte sich ein anderer Traum mit jenem vermischt? Er wußte es nicht.

Aber irgendwo, irgendwann war malvenrosa Dämmerung hereingebrochen, und malvenrosa Regen fiel, und eine Frau stand da mit weißem Flieder im Arm, und ihre Augen glänzten im Abendlicht. Irgendwo war Frieden und Süße, und der Duft des Flieders umgab ihn, und silberhelle Tropfen fielen in die Stille. Irgendwo sang eine Drossel im Dunkel unsichtbarer Wälder, und die glänzenden Augen sahen ihn voll tiefer Liebe und Zärtlichkeit an. Ja, sicher, es mußte ein Traum gewesen sein, denn er war ein Mann und nicht ein Kind, als er das träumte!

Miß Ballister erwartete Francis schon an der Tür und erzählte ihm die Geschichte in etwas veränderter, gemilderter Form. Frank war unartig gewesen. Er hatte ein Tintenfaß nach einem Kind geworfen. Aber vielleicht war das nur aus kindlichem Übermut geschehen. Sie, Miß Ballister, hatte viel Verständnis für übermütige Kinder. Natürlich war das Ganze sehr unangenehm, und sie war wirklich böse auf den kleinen Frank. Aber je weniger man darüber sprach, desto schneller war alles wieder in Ordnung. Sollten wir es nicht einfach vergessen, Mr. Clair? Ich bin sicher, es tut unserem kleinen Frank sehr leid, und solche Dinge kommen unter Kindern nun einmal vor.

Francis war entsetzt. Er konnte nur untertänigst einige Entschuldigungen murmeln. Er wußte ja nicht, daß Miß Ballister um ihre zusätzlichen vier Shilling die Woche bangte; daß sie sich Sorgen machte, der Vater könnte ihre Geschichte nicht sehr glaubwürdig finden, besonders wenn er das Kind näher betrachtete. Sie hätte sich die Angst ersparen können. Francis Clair war viel zu demütig, zu verängstigt, zu unsicher, um sein Kind zu verteidigen — besonders wenn seine eigene soziale Stellung auf dem Spiel stand. Ja, hätte die Lehrerin ihm die ganze Wahrheit erzählt und auch nicht verschwiegen, daß der gemeine Bobbie Tompkins Frank tätlich angegriffen hatte, Francis hätte doch nur ausgerufen: »Geschieht ihm ganz recht! Er hat es verdient.« Tompkins war ein reicher Mann, seine Kinder waren unantastbar. Francis mit seiner chronischen Ängstlichkeit und seinem Pessimismus hätte sich sofort als Angeklagter in den verschiedensten Gerichtsverfahren gesehen.

Er war völlig überwältigt von Miß Ballisters Freundlichkeit. Diese Frau, diese Dame, war so verdammt kultiviert und vornehm! Wie gütig sie versuchte, Entschuldigungsgründe für den kleinen Nichtsnutz zu finden, und wie sie ihn mit beredten Augen bat, dem Kind zu verzeihen! Er war zutiefst gerührt, und gleichzeitig wütend darüber, daß sein Junge es gewagt hatte, ihr auch nur einen Augenblick lang Unannehmlichkeiten zu bereiten. Sie stand ja so hoch über ihm. Man merkte ihr die feine Familie, die gute Erziehung sofort an. Und doch redete sie mit ihm, Francis Clair, als wäre er ihresgleichen! In seiner Verwirrung kam ihm ein Satz in den Sinn, den er einmal gehört hatte: »Ein gütiges Herz ist mehr wert als eine Adelskrone und Normannenblut.« Sie besaß ganz offensichtlich Normannenblut. Dem kleinen Teufel würde es nur recht geschehen, wenn sie ihn von der Schule jagte, wirklich!

»Im Grunde ist er doch ein lieber, kleiner Junge«, schwärmte Miß Ballister, und ihr geistiges Auge blickte starr auf die vier Shilling. »Wir hatten es so lustig miteinander. Frank durfte sich ein schönes Buch ansehen und fragte mich, was die Bilder bedeuteten. Vielleicht hat ihn dieser erste Schultag doch ein kleines bißchen zu sehr aufgeregt. Wenn ich es so recht überlege, glaube ich, daß er gar nicht wußte, was er tat! Ich erzählte ihm gerade die Geschichte von Jack, dem Riesentöter, und da könnte es sein — ja, es könnte durchaus sein —, daß er nur nach einem Stein griff, um ihn auf den bösen Riesen zu werfen! Kinder haben ja eine so rege Phantasie!«

»Ich werde ihm die Phantasie schon austreiben!« murmelte Francis zwischen zusammengebissenen Zähnen.

Frank lag auf seinem Stuhl im rosig silbernen Zwielicht seiner Träume. Er hörte, wie die Tür sich öffnete. Er setzte sich auf. Und plötzlich stand einfach und klar vor ihm die Frage: »Was mache ich hier?« Was mache ich bloß hier! Der dunkle Raum schwankte. Erstaunt blickte er sich um. Warum war er hier? Was war mit ihm geschehen? Er kannte dieses Zimmer nicht, und auch den Mann und die Frau kannte er nicht, die wie Schatten in der Tür standen und ihn anstarrten. Es waren Fremde. Er hatte sie nie zuvor gesehen.

Der Raum löste sich in Dunst auf, die Wände neigten sich ganz sonderbar, die Tür und die beiden Gestalten wurden immer kleiner. Er saß auf einem hohen Gipfel, der sich drehte, erst langsam, dann immer schneller und schneller, und die schrägen Wände fielen um, und die Schatten in der Tür verschwanden.

Er wurde mit Gewalt von dem Gipfel heruntergezogen und fühlte einen schmerzhaften Schlag auf der Wange. Erst in der Sandy Lane kam er ganz zu sich und fing bitterlich zu weinen an.

»Wenn wir zu Hause sind, wirst du bald Grund haben zu weinen«, versprach Francis und zerrte seinen Sohn am Arm. »Du verdammtes kleines Schwein du.«

VI

Alles, was nicht mit Buchstaben und Wörtern zusammenhing, lernte Frank nur langsam und mit größter Mühe.

Nach einer Woche schon konnte er sehr sicher und schwungvoll Buchstaben malen, aber es dauerte Monate, bis er wirklich alle Ziffern kannte. So schrieb er lange Zeit die Ziffer »neun« verkehrt herum. Wenn Miß Ballister dann ungehalten wurde, fügte er einen zweiten Kreis hinzu und murmelte: »B«! Buchstaben bedeuteten ihm etwas, Zahlen jedoch waren geheimnisvolle Größen, die man bestenfalls traumverloren raten konnte — wobei man manchmal mit viel Glück sogar die richtige Lösung fand.

Er schien den Klang der Wörter zu lieben, die sich aus den geschriebenen Buchstaben bilden ließen. Jedes Wort war für ihn ein neues Wunder. Wenn er das Wort »Katze« geschrieben hatte und erkannte, daß dieses Wort das Tier bezeichnete, das in seinem Buch abgebildet war, dann glänzten seinen Augen, und er schien den Tränen nahe. Er hatte eine tiefe, unsichere Stimme, ein rauhes junges Organ, das er selten benützte — es sei denn, um die magischen Buchstabengruppen auszusprechen, die er selbst gebildet hatte und die er in seinen Büchern schon erkennen konnte. Bald begann er auf Wörter zu lauschen, als wären sie Musik. Manchmal wiederholte er sie leise, indem er nur die Lippen bewegte. Er schien geradezu besessen von Wörtern, allen Wörtern. Sie waren wie Lichtstrahlen. Sie waren Fenster, die sich plötzlich öffneten und den Blick auf das verzauberte Land im Glanz des Vollmonds freigaben. Sie waren das Schmettern heller Trompeten in der Dunkelheit; sie waren Trommeln, die die Stille mit ihrem Schlag erfüllten.

Wie konnte er jemals den Zauber der Wörter erklären, der unzusammenhängenden Wörter, der Wörter an sich? Schillernde Schmetterlinge waren sie für ihn, Regenbogen über stummen Tiefen, der schnelle Flug der Vögel, das Aufsteigen und Sichwiegen der Möwen, auf deren Flügeln der Sonnenuntergang lag.

Instinktiv erkannte er, wie fett, wie saftig, wie klangvoll und üppig Wörter sein können. Manchmal erinnerte ihn ein neues Wort an einen kleinen, dicken Mann, der fröhlich daherwatschelte und immer lachte. Es war ihr Klang, allein der Klang der Wörter (noch kannte er ja nicht die Bedeutung der meisten, die er hörte), der ihn so verzauberte. Es war ihr Rhythmus, die Breite, der Fluß, das Pianissimo oder Fortissimo ihrer Betonung; der plötzliche Schwung einer Silbe, der ihn an die Rundung einer Glasvase erinnerte; das unerwartete Ansteigen, als wäre eine Hand gebieterisch erhoben worden. Manche Wörter waren auch häßlich, unangenehm und rauh, abscheuliche kleine Wortlöffel, die mit vergiftetem Mus gefüllt waren. Er fing auf der Straße Wörter auf; er horchte zu Hause, in den Läden, auf Korridoren, in Hallen und Räumen. Er hörte zu, wenn sein Vater aus dem »Manchester Guardian« vorlas, und der gemessene Schritt dieser Wörter erinnerte ihn an eine Prozession, eine feierliche Parade, eine Versammlung von Königen, an einen alten Mann, der in der Nacht über ernste Dinge sprach. Am schönsten war es, wenn sein Vater eine unverständliche, witzige Glosse vorlas. Da purzelten die Wörter durcheinander wie Clowns in einer Pantomime; sie waren ausgelassene kleine Zwerge mit großen roten Nasen, winzige schillernde Püppchen, die an Fäden hingen; Hanswurste mit gackernden Stimmen oder fröhliche Trommeln. Andere Wörter waren kalt und steif wie Zweige im Winter oder hart wie Stein oder scharf wie die gestreiften Pfefferminzstangen, die man Kindern zu Weihnachten schenkte. Noch erfaßte sein Verstand nicht den Sinn der Wörter. Ihr Klang war es, der ihn so verzauberte.

Aus Amerika kamen Briefe von Mrs. Jamie Clair, die Francis seiner Frau laut vorlas. Mrs. Clair wohnte in Bison, New York, aber in ihrer überschwänglichen, schwulstigen Sprache gebrauchte sie (wohl um ihre neue, kosmopolitische Bildung zu betonen) so phantastische Wörter wie Oregon, Philadelphia und Kalifornien. Oregon! Das fühlte sich an wie Marmor. Das »Ore« war die strenge Stimme eines Mannes, das

»gon« stand für Einsamkeit und Abenteuer. Philadelphia! Dieses Wort war rundum mit Samt eingefaßt, das »del« war ein süßer Kern, das »phia« angenehm aufregend. Kalifornien! Auch hier lag Süße, zumindest in der ersten Silbe, aber es war eine billigere Süßigkeit, verzuckert wie Mus, das gerade zu kristallisieren beginnt; das »for« war hart wie eine Mandel in einem weichen Bonbon, und das »nien« mochte er überhaupt nicht. Nein, dieses Wort war nicht annähernd so schön wie Philadelphia und klang auch nicht so großartig wie Oregon. Er wiederholte die Namen immer wieder, nur um ihren Klang zu genießen.

Wenn er sich später als Mann an diese Zeit erinnerte, geschah es mit Staunen und bitterem Neid. Welch urwüchsige, wunderbare Freude war das doch gewesen! Er hätte viel darum gegeben, noch einmal die frohe Erregung, die strahlende Begeisterung zu erleben, in die ihn der Klang eines Wortes damals versetzen konnte. Eine Stimme auf der Straße, die ganz gewöhnliche, ausdruckslose Stimme einer Hausfrau oder eines Kindes, war doch eine Stimme, die eine Reihe von Silben aussprach und mit scharfer Dissonanz oder leisem Plätschern, das an ein Bächlein im Frühling erinnerte, seine Aufmerksamkeit erweckte. Er hörte, wie ein Kind ungeduldig etwas von seiner geplagten Mutter verlangte, und hörte eine junge Krähe auf einem kahlen Baum im Winter klagen. Eine junge Verkäuferin sprach zu seiner Mutter mit hoher, süßer Stimme, und er hörte eine schläfrige Drossel, die des Morgens erwachte. Er hörte eine Frau lachen und dachte an das Läuten einer Kuhglocke am Abend. Herrliche, herrliche Wörter, beglückende Töne, Aufregung in einem unfreundlichen Grunzen, schreckliche Ängste im tiefen Gebrumm des Schuhmachers!

Er empfand eine heftige Abneigung gegen das Wort »Platte«. Dieses Wort klang welk und tot. Auch das Wort »Speck« mochte er nicht, es war ihm zu plump und geschniegelt. Aber »Serviette«! Welch zarter Zauber, welche Anmut, leuchtende Finger, die Neigung eines hübschen Halses! »Tischtuch« erinnerte ihn an Wolle, die kratzte — wenn er das Wort nur hörte, juckte ihn schon der Rücken. Bei dem Wort »Jam« mußte er die Zähne zusammenbeißen und war böse auf seine Mutter, wenn sie es aussprach.

Sein Vater sprach öfter von »Torquay«. Frank wußte nicht, ob das eine Stadt, ein Land, ein Familienname oder etwas zu essen war, aber der Klang des Wortes vermittelte ihm ein sonderbar wildes Gefühl, und er war plötzlich umbraust von hellem, heißem Wind. Er hörte das Wort »düster« und sah ein Gesicht im Dunkeln, das ihm vielsagende Blicke zuwarf. Zwischen dem Wort selbst und dem, was er in seinem bebenden Herzen sah und erlebte, bestand keinerlei Zusammenhang. Der Klang des Wortes allein genügte.

Schon lange bevor er um ihre Bedeutung wußte, konnte er bestimmte Wörter nicht leiden. »Snob« war ein solches Wort. Es erinnerte ihn an schmerzhaften Husten. Er ertrug es nicht, wenn seine Mutter »Besorgungen« sagte. Das war ein so dummes, verschwommenes Wort und erinnerte ihn an verworrenes Garn. Sein Vater nannte einen Bekannten einmal »Hasardeur«, und Frank hielt einen Stein in der Hand, einen Stein mit harten Ecken und scharfen Kanten. Einmal klagte seine Mutter über »Diarrhöe«, und Frank sah einen Berg kleiner, scharfer Kiesel in einem Bach glitzern. Miß Ballister sagte »Schimmer«, und ihm war so elend zumute wie damals, als er heimlich mit dem Rasierapparat seines Vaters spielte. Manche Wörter verursachten ihm eine Gänsehaut, und eines davon war seltsamerweise der Name »Myrtle«. Dabei dachte er an seinen Vater, wenn er am Sonntag das große Tranchiermesser schärfte. Nein, da bestand wirklich nicht der geringste Zusammenhang!

Miß Ballister konnte nicht ahnen, warum er ihr mit so angespannter Aufmerksamkeit zuhörte, warum seine Augen wie gebannt an ihren Lippen hingen, sobald sie nur ein Wort sagte. Es wunderte sie, aber es freute sie auch. Vielleicht war der Junge gar nicht so dumm! Manchmal leuchteten seine Augen auf, wenn sie eine ganz unbedeutende Bemerkung machte. Beim Lernen machte er gute Fortschritte. Nach drei Monaten konnte er ebensogut lesen wie Herbert Kemp, der schon acht Jahre alt war. Nach einem weiteren Monat hatte er den kleinen Kemp bereits überflügelt und las so fließend wie die begabtesten Neunjährigen. Andererseits ging ihm absolut nicht in den Kopf, daß die Ziffern 2 und 3 etwas ganz Bestimmtes bedeuteten. Sooft sie ihm auch klarzumachen versuchte, daß beide zusammen 5 ergaben — er starrte nur stumm und verwirrt seine Schiefertafel an. Dann stellte sie ihm eine andere Aufgabe: 4 und 2, und auf gut Glück, aber ohne viel Hoffnung, schrieb er als Antwort 5 hin, weil dies die Lösung der vorhergehenden Aufgabe gewesen war. Es schien hoffnungslos.

In ihrer Verzweiflung kam ihr plötzlich ein genialer Einfall. Sie nahm fünf Kupferpennies aus ihrer Geldtasche, legte sie vor ihm auf den Tisch und zeigte ihm damit das Zusammenzählen und Wegnehmen. Nun war er fasziniert. Dies war greifbar, war Wirklichkeit. Er starrte bald auf die Pennies, bald auf seine Tafel. Plötzlich erfüllte ihn große Freude. Er sah Miß Ballister an und lachte laut. Er lernte Addieren, Subtrahieren, Dividieren. Das blieb allerdings bis an sein Lebensende sein ganzes mathematisches Können, und immer, wenn er Zahlen zusammenzählen mußte, abstrakte Zahlen, war er gezwungen, sie sich als Äpfel vorzustellen oder als Kupferpennies oder als Orangen. Algebra beherrschte er nie, und Geometrie blieb eine Geheimwissenschaft für ihn. Seine Resultate waren immer Zufallsprodukte, Glücksfälle.

Schreiben hingegen lernte er mit erstaunlicher Geschwindigkeit, und schon mit sechs Jahren hatte er eine kleine, eckige, temperamentvolle Schrift. In der ersten Woche schrieb er bereits seinen Namen; nach fünf Monaten schrieb er die gleichen Übungen wie die Neunjährigen.

Sobald aber ein anderes Gebiet behandelt wurde, das nichts mit Schreiben, Zuhören oder Lesen zu tun hatte, zog er sich in seine Gleichgültigkeit und Trägheit zurück wie ein schillernder Schmetterling, der sich wieder in eine blinde, eingesponnene Puppe verwandelt. Schleier legten sich über seine Züge wie Lava und überdeckten ihre Lebhaftigkeit und Klarheit.

Eines Tages schenkte ihm seine Mutter ein Prismenglas, das von einer zerbrochenen Lampe stammte, und schickte ihn damit hinaus in die milde Frühlingssonne. Sobald er das Glas vor die Augen hielt, zerbarst die Welt in tausend Farben. Die Steine der Gartenmauer waren rot umrandet, violett, goldgelb. Er sah seine Hand an, und jeder Finger leuchtete in buntem Feuer. Er konnte gar nicht genug bekommen von diesem Wunder, von diesem aufregenden Abenteuer. Ehrfürchtig schweigend stand er da und erkannte, daß es Grenzen gab, die Worte nicht überschreiten konnten. Etwas anderes aber konnte diese Grenzen überschreiten, und das Wissen um dieses andere hockte irgendwo auf der Schwelle seines Gedächtnisses. Und plötzlich fiel ihm die seltsame Musik ein, die er in einem alten Garten gehört hatte und in der Meeresmuschel seiner Großmutter. Nur Musik konnte dieses wunderbare Spiel des Lichtes und der Farben wiedergeben, und es hungerte ihn nach jubilierenden, leidenschaftlichen Tönen, die die Ausdrucksmöglichkeit des Wortes überstiegen.

Später dann wurde ihm klar, daß die Gedanken und Empfindungen des menschlichen Geistes bunten, glatten, glitzernden Fischen glichen, die sprangen, schwammen, dahinglitten, sich drehten, und die man mit dem groben Netz der Worte nicht einfangen konnte. Worte waren wie ungeschickte, plumpe Finger, die versuchten, Quecksilbertropfen zu fassen. Große Unruhe und Traurigkeit erfüllte ihn.

Seine Mutter, die im Hof Wäsche zum Trocknen aufhängte, sagte zu ihm: »Halt das Glas nicht zu lange an die Augen. Es könnte ihnen schaden.«

Jahre später, als ihm ihre Worte wieder einfielen, dachte er: Ja, es tut dem Auge immer weh, wenn es erkennt, daß Worte dem, was es sieht, nie gerecht werden können; daß, was das Herz weiß, nur in unbeholfenem Stammeln Ausdruck findet.

Die Monate vergingen, und immer heftiger litt er unter der Schwerfälligkeit seiner Zunge, der Unzulänglichkeit der Wörter, die er kannte und hörte. Sie waren bloß Gesten, wie Taubstumme sie verwenden, um sich mit ihresgleichen zu verständigen.

Er kannte es noch nicht, das Glück, einen Gedanken auszusprechen. Er wußte nur, daß Friede und Freude ihn überkamen, wenn seine Augen sahen und seine Ohren hörten. Alles andere war ihm gleichgültig.

Die Mißachtung seiner Schulkameraden nahm er hin wie die Luft, die er atmete. Selten, wirklich nur ganz selten, sah er mit Wehmut, wie sie miteinander spielten und lachten und umhertollten, und er empfand bitteren kindlichen Schmerz, wenn er bemerkte, daß sie still waren, sobald er sich zu ihnen gesellte; daß ihre Augen feindselig blitzten und daß sie ihm sofort den Rücken kehrten und davongingen. Er wußte nicht, warum sie ihn so behandelten. Er konnte nun schon recht gut sprechen — unglaublich gut, wie Miß Ballister immer wieder erstaunt betonte —, und er hatte oft Interessantes zu sagen. Seine Schulkameraden jedoch wünschten seine Gesellschaft nicht und wollten auch seine Bemerkungen nicht hören. Mit der Zeit gewöhnte er sich daran.

Manchmal aber überlegte er, ob er vielleicht auf geheimnisvolle Weise schmutzig oder häßlich oder ekelerregend war. Langsam bildete sich in ihm die Überzeugung, daß er auf andere abstoßend wirkte, und oft stieg er auf den Küchenschemel und sah in den Spiegel über dem Spültisch. Der Spiegel zeigte ihm ein junges, schmales und sehr blasses Gesicht mit leuchtendblauen Augen, einen großen, traurigen und fast farblosen Mund, eine eher lange, gerade Nase und einen wirren Schopf braungelockter Haare. Es war das Gesicht eines künftigen Asketen, eines tiefsinnigen Denkers, eines Wesens, das viel zu gefühlvoll und viel zu sensibel war. Es war ein eigenartiges Gesicht, ein schönes Gesicht, das an die Physiognomien griechischer Skulpturen erinnerte; die Linie vom Haaransatz bis zur Nasenspitze verlief beinahe gerade, das Kinn war klassisch gerundet und die Unterlippe voll. Ein Künstler hätte dieses Gesicht sogleich bewundert. Die Kinder jedoch waren weder Griechen noch Künstler, und sie merkten nur, daß er anders aussah als sie. Sie nannten ihn »Lehmgesicht«, »Wurmgesicht«, »Clowngesicht«. Sie riefen ihn »Hanswurst«. Sie kannten keine andere Art, ihren Unbehagen in seiner Gegenwart Ausdruck zu geben.

All dies hatte zur Folge, daß er anderen Kindern soviel wie möglich auswich. Die Kinder im Wordenschen Haus behandelten ihn freundlicher oder auch bloß gleichgültiger, was vermutlich auf Maybelles warme Großherzigkeit gegenüber dieser Familie zurückzuführen war. Er fand Trost in der großen dunklen Küche der Wordens, in der es nach nasser Wolle, Ausguß, Seife, Fett und Kohl roch. Hier duldete man ihn. Maybelle hielt ihr eigenes Haus allzu peinlich sauber, so daß jedes einzelne Einrichtungsstück etwas wie fröstelnde Starre und steife Häßlichkeit ausstrahlte. Bei den Wordens aber war alles fröhlich, schmutzig, unordentlich, vollgestopft und von lauten jungen Stimmen erfüllt. Die jüngeren Kinder konnten sich vor den rußigen Herd legen oder kauern und völlig zufrieden eine Mischung aus Kohlengas und sengender Hitze einatmen. Mrs. Worden war eine abgearbeitete, erschöpfte Frau, und Kinder und Haushalt wuchsen ihr einfach über den Kopf. Man fand herrliche Dinge an den unwahrscheinlichsten Stellen: unter Haufen feuchter Wäsche auf zerkratzten Stühlen, unter den Betten, unter ausgebleichten Teppichecken und Linoleumstreifen.

Maybelle achtete streng darauf, daß Frank »richtig« ernährt wurde. Bei den Wordens machte man sich darüber keine Sorgen. Die Kinder, einschließlich des rachitischen Babys, aßen alles und wo immer sie es fanden: auf dem Tisch, auf den Stühlen, dem Kaminsims und dem Herd oder in der Waschküche. Manchmal fand sich sogar auf einem Bett ein vergessenes Stück Kuchen, das dann sofort fröhlich verspeist wurde. Die Wordens liebten Fisch und Chips, kräftig mit Salz bestreut und mit reichlich Essig würzig gemacht. Frank bekam diese Köstlichkeit zu Hause nicht allzuoft zu essen — Maybelle fand, daß sie für kindliche Mägen ungeeignet war. Nicht so die Wordens! Wenn Mrs. Worden gerade beim Wäschewaschen war und sich an den Holzbottichen abplagte, schüttelte sie oft nur den Seifenschaum von den mageren Händen und »stellte die Pfanne zu«, um Kartoffelchips zu braten. (Fisch gab es nur gelegentlich dazu.) Und dann — ein köstliches Geräusch — spritzte und prasselte das Fett, und eine Rauchwolke stieg auf, während die rohen Kartoffeln in die heiße Pfanne geworfen wurden. Die Kinder versammelten sich um den Herd und tanzten vor Freude. Die älteren Mädchen drehten eifrig Zeitungspapier zu spitzen Tüten und legten sie auf dem alten Holztisch bereit. Der Regen prasselte in Sturzbächen gegen das schmutzige Fenster; das Feuer sandte Schwaden gelben Lichtes über die Küche, in der unbeschreibliches Durcheinander herrschte, und über die aufgeregten Gesichter der Kinder. Die Kartoffeln wurden langsam gelb, dann goldbraun. Mit einem kratzenden Geräusch wurde die Pfanne von der Herdstelle geschoben. Dann nahm Mrs. Worden einen Schöpflöffel und lächelte matt über die vielen gierigen Augen. Jede Hand hielt nun eine Tüte aus Zeitungspapier, auf dem in großen Schlagzeilen von dem entsetzlichen Erdbeben in San Franzisko berichtet wurde. Der Löffel hob sich über jede Tüte, die dampfenden Chips fielen hinein und vermittelten den kalten kleinen Fingern angenehme Wärme. Bis zum Rand des Papiers reichten sie, auf dem Verwüstung und Tod, Feuersbrunst und Schrecken verzeichnet stand. Nun drängten sich alle um den verkrusteten Salzstreuer auf dem Tisch und die Flasche Essig, in deren Korken ein kleines Loch gebohrt war, und dann erfüllte der köstlichste Geruch die Küche, eine Mischung aus scharfem Essig, heißem Fett und knusprigen Kartoffeln. Die Kinder rannten umher und suchten einen Platz zum Niedersetzen, Essen und Genießen. Einige ließen sich vor den Kamin fallen, andere rutschten auf den Tisch hinauf und schoben dabei die Schüsseln mit Eiresten und Bröseln beiseite; andere standen am Herd und stopften sich voll. Auch Frank bekam immer eine Tüte voll Chips, und nie mehr im Leben schmeckte ihm etwas auch nur halb so gut.

Die Fastnacht aber war das Schönste von allem. Das war ein heiliger Tag, die sechzehnjährige Bertha kam schon zu Mittag von der Arbeit heim, und die Kinder hatten schulfrei. Bertha war die anerkannte Spezialistin für Pfannkuchen. Bedächtig traf sie alle Vorbereitungen, die notwendig waren, um diese Götterspeise in die Küche der Familie Worden zu zaubern. Lange bevor sie in ihrer riesigen verwaschenen Schürze erschien, waren die Kinder schon versammelt und warteten auf sie. Sie trug das Gehaben einer Priesterin zur Schau und verlangte entsprechende Ehrfurcht. Bei ihr gab es kein lautes Geschrei, keine klappernden Pantoffel, kein Hüpfen und Händeklatschen, wie die Mutter es duldete. Jedes Kind mußte sich einen Platz zum Niedersetzen suchen und still sein. Da saßen sie dann mit verschränkten Händen, und alle Augen waren dem Herd zugewandt, als wäre er ein Altar, und jedes hingebungsvolle, begeisterte Gesicht wurde vom Feuerschein umspielt.

Zuerst kam eine große, gelbe Schüssel auf den Tisch, dann der Kochlöffel aus Holz, dann Mehl, Salz und Zucker und sorgfältig abgerahmte Milch in einem weißen, gesprungenen Krug. Ein schneeiger Berg aus Mehl wurde aufgeschüttet, der Zucker mit der Genauigkeit eines Alchimisten abgewogen, das Salz sparsam verwendet, die Milch tropfenweise dem Teig beigefügt. Der Löffel schließlich schlug klatschend den Teig in der Schüssel. Und dann durfte die siebenjährige Helen zum erstenmal als Hilfsköchin die große, schwarze Bratpfanne auf den heißen Herd stellen und ein großes Stück kostbarer Butter hineingeben, das mit leisem, ehrfürchtigem Spritzen schmolz.

Frank vergaß die Gesichter sämtlicher Worden-Kinder mit der Zeit, nur Bertha vergaß er nie — Bertha, deren hellblonde Haare sich um ihr blasses, hübsches Gesicht ringelten; ihre Stupsnase, ihren korallenroten Mund, der so ernst und konzentriert aussah; ihre schlanke Gestalt mit den vollen Brüsten; ihre derben, abgearbeiteten Hände. Sie war die Priesterin aller Riten, sie war Hebe und Athene, Diana und Juno. Nie vergaß er den Regen, der unaufhörlich gegen das Fenster prasselte, das Feuer, den Geruch schmelzender Butter, die starke Gefühlserregung, die neben den verschiedensten Gerüchen die schäbige alte Küche erfüllte.

Nun nahte der entscheidende Augenblick. Bertha begab sich feierlich an den Herd und war so vertieft in ihre religiöse Zeremonie, daß sie die Anwesenheit ihrer Novizinnen, ihrer Ministranten, den noch stummen Chor vergaß, der sich bald einstimmig zum Gebet erheben sollte. Sie ergriff einen ganzen Löffel voll kaltem, weißem Nektar und goß seinen Inhalt langsam und feierlich in die Pfanne. Wie das spritzte und zischte! Bebend und verstohlen kamen ein oder zwei Kinder zum Herd, um zu sehen, wie die weiße Fläche sich ausdehnte und dünner wurde und Blasen warf. Bertha duldete höchstens zwei Kinder gleichzeitig am Herd, dann wurden ihre Plätze von anderen eingenommen, und so ging das immer weiter. Ein Kind sah vielleicht den Nektar bis an den äußersten Rand der rauchenden schwarzen Pfanne fließen, ein anderes sah die beginnenden Blasen, ein anderes wieder sah die Ränder sich aufbiegen, knusprig und goldgelb, ein anderes beobachtete den letzten Teil der Zeremonie, wenn der Pfannkuchen gewendet wurde und seine knusprige braune Rückseite nach oben kam, zischend, saftig und unerträglich verlockend.

Auf dem Tisch warteten schon die Teller, die Kinder stellten sich der Reihe nach auf. Jim, der Elfjährige, hatte die Zuckerschüssel über. Die Kinder, ganz stumm vor Aufregung, brachten ihm ihre Teller mit zitternden Händen, Jim streute mit gespitztem Mund eine dünne Schichte Zucker auf den dampfenden Pfannkuchen, der sogleich von den schmutzigen Fingern seines Eigentümers zusammengerollt wurde. Zurück ging es mit einer Gabel zum angestammten Platz, und der unvorstellbare Genuß konnte beginnen.

Einige der älteren Kinder, von der Erinnerung verwöhnt und schon ein bißchen blasiert, kosteten kritisch und gaben ihre Kommentare ab. »Wunderbar.« »Besser als vergangenes Jahr.« »Ich weiß nicht recht. Meiner ist ein wenig zu weich.« »Er gehört nachgesalzen, finde ich.« Die jüngeren Kinder aber, unbelastet von Vergleichen, genossen ihre Pfannkuchen ohne Einschränkung und tranken dazu hellen, heißen Tee.

Wundervolle, glückliche Tage der Geborgenheit! Wärmendes Feuer, Duft und Seifenschaum, graues Wasser in alten Holzbottichen, Chips und heißes Fett und gezuckerte Pfannkuchen! Tage der köstlichsten Gaumenfreuden! Tage der Zusammengehörigkeit, des Friedens, des Frohsinns, der Wärme und der hellen Kinderstimmen! Vieles an England vergaß Frank Clair, niemals aber vergaß er die Fastnacht, niemals Bertha und ihre gelbe Schüssel, den Schöpflöffel, die rauchende Pfanne und den großen braunen Teekessel.

Vergessen war dann der Regen, der Haß in der Schule, die Angst, die Verwirrung, die Stille, der Schmerz, die Einsamkeit. Die Fastenzeit war da, die Fastnacht ein letzter Freudentag vor ihrem Beginn. Der englische Pfannkuchen blieb für Frank das heilige Brot der Kreuzigung. Er war Gottes Manna für die Armen, das wahre Sakrament Seines Leibes und Blutes.

Alle Schuld wurde weggewaschen mit dem Tee, alle Furcht und Selbstanklage verschwand mit dem Pfannkuchen. Nun herrschte Frieden in ihm. Er durfte eine Zeitlang die Gnade des Erlösten empfinden. Seine Seele weitete sich in Erkenntnis, in Gebet und Stille.

VII

Frank verstand nicht, warum die Worden-Kinder so glücklich wirkten, so selbstsicher, so heiter und stark. Sie hatten ein robustes, ausgeglichenes Temperament, obwohl sie so bitter arm waren und hart arbeiten mußten. Sie waren lebhaft und laut und hatten natürlich auch ihre menschlichen Schwächen. Ihre sauber geflickte Kleidung spiegelte den Geschmack ihrer wohlhabenderen katholischen Nachbarn wider. Aber mit Ausnahme des rachitischen Babys hatten sie meist rosige Wangen, klare Augen und ein frohes Gemüt.

Ihr Vater, ein kleiner, dunkler, gnomenhafter Mann, der oft nach Bier roch und sich nicht immer sehr gewählt ausdrückte, konnte sehr lustig sein und viele Vogelstimmen täuschend genau nachahmen. Er war schüchtern, aber nicht unterwürfig wie Francis Clair. Eher könnte man sagen, daß er Respekt vor Höhergestellten empfand, ohne daß dies seiner angeborenen Würde Abbruch getan hätte. Er hatte keinen Ehrgeiz, nur den einfachen Wunsch, seinen Posten zu behalten, seine Töchter an »ordentliche« junge Männer zu verheiraten und seinen Söhnen ebenfalls Arbeit in der Spinnerei zu verschaffen. An Sonnabenden genoß er sein Glas Bier, sein Fußball- oder Kricket-Match und am Abend eine Portion Fisch und Chips. Am Sonntag schlief er bis tief in den Tag, aß dann ein »kräftiges« Frühstück und setzte sich mit seinen Zeitungen vor den Kamin. Nach dem Mittagessen, das aus gekochtem Fleisch, heißen Kartoffeln, Kohl, Pudding und Tee bestand, machte er einen Spaziergang und führte mit seinen Arbeitskollegen lange Gespräche auf der Straße, wobei es fast immer um Politik ging und die meiste Zeit düster der Kopf geschüttelt wurde. »Dem Kaiser trau ich nicht, obwohl er ein Enkel der alten Königin ist, versteht ihr? Ach, nichts geht mehr in Ordnung, seit sie tot ist, Gott hab sie selig. In London passiert alles mögliche, aber wir erfahren nichts, und niemand weiß, was eigentlich los ist. Alles verrückt, nicht mehr wie früher! Und die Zeitungen sagen einem ja auch nichts.«

Jim Worden besaß den althergebrachten Stolz des englischen Arbeiters, den unerschütterlichen Glauben, daß »sein Haus seine Burg war«. Er konnte jedem Polizisten offen in die Augen sehen, er hatte ein gutes Gewissen. Den Ehrgeiz der Angehörigen des unbegüterten Mittelstandes, zu denen auch Francis Clair zählte, kannte er nicht. Sie waren ihm fremd, ihre Ängste, ihre Wunschträume, ihr krampfhaftes Standesbewußtsein, ihr verzweifeltes Bemühen, »den Kopf hoch zu tragen«. Und doch war er reicher und würdevoller als sie in ihrem kleinmütigen, bemitleidenswerten Snobismus. Er wand sich nicht verlegen vor einem hochmütigen Blick; er mußte nie befürchten, etwas »Unvornehmes« gesagt zu haben.

Er hatte keine Angst, außer der einen, er könnte seine Arbeit verlieren und seine Töchter könnten auf die schiefe Bahn geraten. Solange diese Befürchtungen nicht eintrafen, war er glücklich und selbstsicher. Er liebte seine Frau auf jene halb grobe, halb zärtliche Art, die seiner Klasse eigen war, und bedauerte ihre ungeheure Fruchtbarkeit. Er erwies dem König und Gott die Ehre — in dieser Reihenfolge. Gerührt betrachtete er die Bilder der königlichen Familie, die in seiner Zeitung erschienen. Er kannte sich in ihren Angelegenheiten genau aus; manchmal wunderte er sich über sie, manchmal mißbilligte er ihre Handlungen, immer aber war er voll Wohlwollen. Er wußte, daß diese Menschen in ihren Palästen nur wohnen konnten, weil er damit einverstanden war. Er wußte, daß sie auf seinen Wunsch so gut bewacht wurden, und war stolz und begeistert, wenn er ein Bild der edlen Grenadiere in ihren roten Mänteln sah. Die Karossen, in denen sie ausfuhren, die Juwelen, die sie schmückten, die Kleider, die sie auf dem Leib trugen — das alles besaßen sie mit seinem Einverständnis. Ohne Hochmut, aber mit echtem Stolz wußte er um seine Macht. Er kannte die Stärke der Millionen Arbeiter, wie er einer war. Er wußte, sie bräuchten sich nur wie ein Mann zu erheben, und all die Pracht würde verschwinden, man würde die Staatskarossen zu Kleinholz machen, die Paläste würden leer stehen. Und gerade weil er seine Macht kannte, liebte und ehrte er die Mitglieder der königlichen Familie, als wären es seine eigenen, sorgebedürftigen Kinder. Er war bereit, für sie zu kämpfen und in den Tod zu gehen, denn sie waren Sinnbild seiner Machtfülle, seiner unverletzlichen Würde, seiner Stärke als Engländer. Er bemitleidete die Amerikaner, die regelmäßig ihre Präsidenten wechselten. Er verachtete die Deutschen, die sich beherrschen ließen, anstatt selbst zu herrschen. Er sah auf die Russen herab, die von blutrünstigen Zaren und grausamen Popen unterdrückt wurden. Es gab keinen Frieden im ständigen Wechsel, keine Würde unter der Gewaltherrschaft, keine Männlichkeit in der Sklaverei. Er, der Engländer, unterwarf sich den Gesetzen, die er selbst sich gegeben hatte — weil er sie sich selbst gegeben hatte. Er liebte seine Regierung, denn er hatte ihr die Ehre übertragen, ihn regieren zu dürfen. Wer konnte gegen ihn aufkommen — außer dem Tod?

Er sah Männer wie Francis Clair und lachte: »Verdammte kleine Snobs! Nicht einmal ihre Seele gehört ihnen!« Manchmal besuchte er am Sonntag die kleine Kapelle in der Nachbarschaft und grinste, wenn er die ärmlich gekleideten, aber hochmütigen Mittelstandsbürger in die »Hochkirche« gehen sah. Die »Hochkirche« störte ihn an sich nicht. Sie bestand ja nur, weil er es ihr gestattete, weil er ein toleranter, gerechter Engländer war. Wehe aber dem, der ihn mit »Pfaffen« und »Nonnen« und »Papisterei« regelrecht überfallen wollte! Dem würde er es schon »zeigen«, darauf konnte man sich verlassen! Leben und leben lassen hieß sein Glaubensbekenntnis. Aber Gott helfe dem, der daran auch nur ein Jota oder ein I-Pünktchen ändern wollte!

Er fand, daß Maybelle Clair »eine nette kleine Person« war. Für Francis jedoch hatte er nichts als Verachtung übrig und grüßte ihn auch nur mit kurzem Kopfnicken. Wie die meisten Engländer liebte er Kinder nicht besonders und schaute Frank manchmal böse an, wenn er ihn in der lauten, überfüllten Küche hocken sah. Dann aber murmelte er meist achselzuckend: »Er ist ein armer kleiner Kerl« und ging seiner Wege.

Frank fühlte sich bei den Wordens wohl, obgleich sie ihn oft gar nicht beachteten und gelegentlich auch hänselten. Sie waren ohne jede Bosheit, sie quälten ihn nie wie die Kinder in der Schule. Er tat ihnen ganz offensichtlich leid, weil er nicht in ihre eigene, riesige Schule gehen durfte und weil seine Mutter ihm nicht erlaubte, Holzpantoffeln zu tragen. Sie fanden nicht, daß Knöpfelschuhe etwas Besseres waren. Besaßen sie denn nicht jeder ein Paar solcher Schuhe für Sonntag? Sie waren stärker als Frank, und sie durften oft Chips essen, und wenn ihr Vater gut aufgelegt war, bekamen sie einen Schluck von seinem Bier zu kosten. Sie wußten gefühlsmäßig, daß der Penny, den jedes von ihnen am Sonnabend erhielt, mehr wert war als die vielen Pennies, die Frank besaß. Die Tüte mit Karamellen, die sie sich nur am Wochenende kaufen konnten, war viel kostbarer für sie als für Frank, der sich fast jeden Tag Karamellen kaufen konnte. Er besaß viele Spielsachen; die wenigen billigen Dinge jedoch, die sie zu Weihnachten bekamen, waren unvergleichlich wertvoller. Sie bemitleideten und duldeten ihn aus der Fülle ihrer großmütigen Herzen und waren nett zu ihm, indem sie ihn wenig beachteten.

Frank konnte sich nicht erinnern, je eine Kirche oder Sonntagsschule besucht zu haben, und nur sein Taufschein, den seine Mutter aufbewahrte, gab Aufschluß darüber, daß er kein Heide war. Maybelle war Baptistin, traute sich aber nicht vorzuschlagen, daß der Junge mit ihr die Baptistenkapelle in der Nähe besuchte. Wahrscheinlich begleitete Frank seinen Vater in die »Hochkirche«. Wenn es so war, hatte er jedenfalls nicht die leiseste Erinnerung daran behalten.

Einmal fragte er seine Mutter, warum die Wordens nicht dieselbe Kirche besuchten wie sein Vater. »Weißt du, das ist so«, begann Maybelle nachdenklich ihre Erklärung. In ihrem einfachen Sinn konnte sie nicht ahnen, daß kaum etwas anderes, das sie in ihrem Leben sagte, einen so tiefen Einfluß auf ihren Sohn haben würde wie gerade diese Erklärung. »Einige Leute glauben dies, andere glauben das. Die McNultys zum Beispiel auf der anderen Straßenseite, die sind römisch. Sie gehen in die kleine Kirche in der Sandy Lane, nicht weit vom Fischladen. Oder die Familie Horwitz, der Vater ist Schneider, die gehen in ihre eigene Kirche. Dein Vater geht in seine, und ich gehe manchmal in meine. Manche Leute hören gern Musik nach der Predigt, andere mögen das nicht. Manche sehen gerne Kerzen, andere können Kerzen nicht ausstehen. Es gibt Leute, die gehen in eine bestimmte Kirche, weil sie Snobs sind. Und andere gehen in eine bestimmte Kirche, weil sie nahe bei ihrer Wohnung ist. Mrs. McNulty hat ihre Kirche so gern, weil sie jederzeit hineingehen und ein bißchen beten kann. Ich finde das auch schön. Meine Kirche ist nur am Sonntag offen. Und da gibt es auch noch die Adventisten, die glauben, der Sonnabend ist der Sabbat.

Eigentlich ist alles Ansichtssache — genau weiß es ja niemand. Aber jeder bemüht sich, und darauf kommt es letztlich an. Es ist immer derselbe Gott. Aber manche Leute glauben, sie sind die einzigen, auf die Gott hört. Wie Kinder, die meinen, sie sind Papas Liebling. Wo doch der liebe Gott immer an alle seine Kinder denkt und keines vorzieht!«

Sie hielt inne und sah ihren Sohn groß an. Ihre rötlich-hellen Wimpern boten einen seltsamen Kontrast zu den braunen Augen. »Weißt du, früher einmal haben sich die Menschen gegenseitig erschlagen, weil sie geglaubt haben, Gott hat nur sie lieb und haßt alle anderen! Das hat mir dein Papa erzählt, aber ich weiß nicht recht, eigentlich kann ich es nicht glauben. Wäre doch komisch, nicht?«

Sie lachten beide und fanden die Vorstellung einfach absurd. Später, viele Jahre später, erinnerte sich Frank an das herzliche Lachen seiner Mutter, und es schien ihm der vernünftigste Kommentar über den Haß, den er je gehört hatte oder je hören würde. Er übertrug die Worte seiner Mutter auf ganz England, und aus diesem Grund allein schon war er bereit, seinem Vaterland jene Liebe und Ehrfurcht entgegenzubringen, die man für einen großen, ehrwürdigen Mann empfindet.

Als er eines Tages mit seiner Mutter einkaufen ging, sah er zum erstenmal im Leben einen dunkelhäutigen Mann. Er war wohl, wie seine Mutter ihm erklärte, aus »einem Land namens Indien« gekommen. Der Mann war gekleidet wie ein Engländer, um den Kopf aber hatte er einen Turban geschlungen. Seine Züge waren edel und schön, und seine Haut hatte dieselbe Farbe wie Maybelles geliebtes Mahagonisofa. Eine Schar kleiner Jungen folgte ihm, still, aber nicht verängstigt, neugierig, aber nicht feindselig. Ihm schien es nichts auszumachen. Ein leises Lächeln umspielte die Winkel seines hübschen Mundes.

Frank interessierte sich brennend für den Mann, aber seine Mutter ließ nicht zu, daß er ihm folgte. »Das ist doch unangenehm für den Mann«, sagte sie ernst. »Weiß Gott, warum diese Kinder ihm nachrennen wie junge Hunde. Er hat eine dunklere Haut als wir, aber müssen ihn die Leute deswegen anstarren? Gott hat rote und weiße und blaue Blumen erschaffen, und überhaupt gibt es so viele verschiedene Dinge auf der Welt. Nur einige Menschen sind so dumm, daß sie glauben, es ist etwas Besonderes, wenn einer anders aussieht. Was erwarten sie denn eigentlich? Daß alle so glotzen wie sie?«

Schon als Kind wurde ihm klar, daß die Politik das Lebenselement des Engländers war, und mochte er noch so arm sein, noch so sehr sich abrackern müssen, um nicht zu verhungern. Selbst der ungebildete Engländer hatte über Politik etwas zu sagen und interessierte sich persönlich für alles, was im Parlament vorging. Erst in Amerika entdeckte Frank, daß man Politik auch als Narrenzirkus, als Affentheater, als Steckenpferd einiger Radikaler betrachten konnte. Der überlegene Amerikaner wollte aus Gleichgültigkeit oder Abneigung mit Politik nichts zu tun haben.

In Reddish hörte er oft Jim Worden zu und auch seinem Vater, und er empfand tiefe Ehrfurcht vor der Regierung. Dem Engländer war bewußt, daß er selbst die Regierung war und daß er dieses »Ich« vor Entwürdigung, Verleumdung und Beschmutzung bewahren mußte. Die Snobs mochten stolz in ihren Wagen daherkutschieren, der Mann auf der Straße wußte ja doch, daß vor dem englischen Gesetz er und der Snob gleich waren; daß dem einen dieselbe Strafe für ein Verbrechen drohte wie dem anderen. Die Regierung hatte nie erklärt, alle Menschen wären »gleich geschaffen«, brachte jedoch — unbelastet von solch verlogener Behauptung — das Gesetz in strenger Gerechtigkeit zur Geltung. Das britische Recht ging von der Voraussetzung aus, daß der privilegierte genau wie der unterprivilegierte Bürger dem Gesetz verpflichtet war, das er selbst gemacht und gutgeheißen hatte. Diese Pflicht wurde durch die gesellschaftliche Stellung eines Menschen oder seinen Reichtum weder vergrößert noch verkleinert. Die Pflicht blieb unverändert für alle bestehen.

Manchmal kam dem Engländer der beunruhigende Verdacht, es könnte »zu Hause« und im ganzen Weltreich nicht alles völlig zum besten stehen. Es mochten grobe Ungerechtigkeiten und unnötige Härten vorkommen, und manches wurde vielleicht von übervorsichtigen oder übertüchtigen Männern falsch gemacht.

Anderseits aber besaß er die unerschütterliche Überzeugung, daß er zu gegebener Zeit diese Dinge in Ordnung bringen konnte und würde — daß dies in seiner Macht lag. Er konnte sich sagen, daß eine Änderung zum Besseren nie über Nacht erreicht wurde, außer durch katastrophale Erschütterungen, die er strikte ablehnte und zurückwies. Solche Änderungen kamen vielmehr wie die langsame, unerbittliche, unaufhaltsame Meeresflut. Hatte er der Welt nicht die Magna Charta geschenkt? Hatte er sich nicht als erster freigemacht von der Herrschsucht der Geistlichkeit und der Tyrannen? Hatte er nicht als erster in der Geschichte der Menschheit ein auf öffentliche Verhandlungen und Debatten gegründetes Parlament geschaffen und sich das Stimmrecht gegeben? Auch diese Dinge waren nicht über Nacht gekommen. Jahrhunderte hatten sie gebraucht, und ihre Wurzeln lagen in seiner eigenen Härte und seinem eigenen, unbezähmbaren Herzen. Das Böse kam wie ein Heuschreckenschwarm und war morgen wieder verschwunden. Bäume hingegen wuchsen langsam, und kein flüchtiger Wind konnte sie entwurzeln und zerstreuen.

Was der Engländer letztlich beschloß, wurde durchgeführt und hatte Bestand.

VIII

Nicht einmal in Franks Erinnerung regnete es in England ununterbrochen.

Er entsann sich jenes letzten Sommers. Damals nahm seine Mutter ihn oft bei der Hand und ging mit ihm die Sandy Lane hinunter, an den letzten Läden und den letzten Häusern vorbei. Sie überquerten eine kleine Holzbrücke und gingen in Reddish Vale spazieren. Hier sah er stilles, blaues Wasser zwischen hohen, grünen Ufern; der dunstige englische Himmel war von mildem, mattem Sonnenschein erhellt, und weiße Wolken zogen lautlos darüber hin. Hier erlebte er fliederfarbene Dämmerstunden und malvenroten Nebel und knorrige Eichen, die groß und mächtig auf smaragdgrünen Hügeln standen und einsam in den leeren Himmel ragten.

Manchmal saßen er und Maybelle auf einem stillen Hügel, die Sonne schien ihnen warm auf die Schultern, ihre Augen ruhten auf den schwellenden Wiesen und den sanften Kühen, die dort weideten. Ihre Sinne fühlten den süßen Geruch von schlummernder Erde und Weißdorn und anderen zarten Duft wie von Milch.

Er wußte nicht, wo es war, und seine Mutter konnte es ihm auch nicht sagen, aber er erinnerte sich an bläuliches Zwielicht nach einem Regenguß, an den Duft nasser Rosen, die den Regen in silbernen Tropfen von ihren geneigten Köpfen schüttelten, und an Schnecken, die langsam auf einem gepflasterten Gartenweg krochen. Er erinnerte sich an Flieder, der die uralte Tür einer strohgedeckten Hütte umrankte, an weißen und violetten Flieder, dessen Duft einem fast das Herz brach, und an den süßen Gesang einer Drossel.

Er erinnerte sich an Frühlingswälder, in zartes weißes Licht getaucht, an Teppiche aus winzigen Veilchen mit gelben Augen und an grüne Schleier über erwachenden Bäumen. Er erinnerte sich an Millionen kleiner Gänseblümchen, die sich wie Schnee an die braune Frühlingserde schmiegten, und darüber ein verträumter, purpurroter Himmel.

Er erinnerte sich an den Marktplatz, wo es Weintrauben und Äpfel in Fülle gab, gerupftes Geflügel und saubere Kartoffel in Körben; wo es nach Fisch und Chips und Bier roch, wo die Frauen lachten und die Kinder spielten und lärmten und über allem die Sonne sich erhob mit segnender Gebärde. Er erinnerte sich an Stockport, wo er im Oberdeck des Autobusses fahren durfte und seine Eltern vergnügt Blutpudding aßen und ihm eine Tüte Karamellen kauften. Er erinnerte sich an Belleview, an die schrillen Schreie der Affen, das Gebrüll der Löwen, das Reiten auf dem Rücken der Elefanten und an die Erdnüsse, die man schälte und zwischen den Zähnen zerrieb; an junge Frauen mit riesengroßen Hüten und Schirmen und Federboas um den Hals, die auf Bänken saßen und mit ihren schicken Begleitern plauderten und lachten.

Er erinnerte sich an die Pantomime zu Weihnachten; an seine Strümpfe, die neben dem knisternden Kaminfeuer hingen; an die Pakete, auf denen »der heilige Nikolaus« mit rußigen Fingern schwarze Spuren hinterlassen hatte; an Pfefferminzstangen und gebratene Kastanien, an eine knusprige braune Gans und an den zugefrorenen Teich, auf dessen spiegelglatter Fläche er eislaufen durfte, wo in der kristallenen Sonne die kahlen Bäume bizarre Schatten warfen. Er erinnerte sich an die Weihnachtslieder, die süß durch die winterliche Stille klangen; an die Schneeflocken, die wie kleine weiße Schmetterlinge zur Erde schwebten; an die wohlige Zufriedenheit am warmen Kamin in der schwarzen Nacht.

Er erinnerte sich an Brote mit Brunnenkresse und heißen, süßen Tee und Narzissen in einer gelben Schale auf dem weißgedeckten Teetisch. Seine Mutter stellte ein Schüsselchen mit Honig und einen Teller mit dünn geschnittenen Broten vor ihn hin, und sein Vater saß am Fenster und las den »Manchester Guardian« und kommentierte mit sarkastischer Stimme die verschiedenen Nachrichten.

Frank wußte zu diesem Zeitpunkt schon, daß sie nach Amerika fahren sollten; er hörte oft genug den lauten, tränenreichen Protest seiner Mutter und die ungeduldige Antwort seines Vaters, daß sie ja nur einige Jahre dort bleiben wollten. »Du lieber Gott, Amerika ist doch keine Wildnis!« sagte Francis oft und schob die Zeitung zur Seite. »Vergiß, was du über die Indianer gehört hast, verdammt noch einmal! In Bison gibt es keine Indianer, trotz des Namens. Amerika ist ein riesiges Land, und es gibt dort herrliche Städte und haufenweise Geld! Was erwartest du von mir? Daß ich mein Leben lang hier bleibe und hier verkomme?«

Am deutlichsten aber erinnerte sich Frank an seine erste Begegnung mit dem Tod.

Er wußte nicht mehr, warum er das Bauernhaus aufgesucht hatte, aber er war dort und mit ihm zwei oder drei Worden-Kinder. Er stand in der großen, kahlen Küche neben einem winzigen Sarg, in dem ein Baby lag, während sich die Mutter völlig ungerührt vor dem Spiegel über dem Waschtisch die langen, gelblichen Haare kämmte. Sie gefiel Frank nicht, denn obwohl er dem Tod noch nie begegnet war, fühlte er doch instinktiv, daß Trauer ihn begleitete. Diese dicke junge Frau hingegen beschäftigte sich hingebungsvoll mit ihrer Frisur, steckte sich sorgfältig die Haare auf und befestigte sie mit Nadeln, die sie im Mund bereithielt. Sie trug eine weiße Bluse, um den Hals eine Kette, und einen derben braunen Rock, unter dem sich breit ihre Hüften wölbten. Von Zeit zu Zeit sah sie im Spiegel gedankenverloren die Kinder an, die den kleinen Sarg umstanden. Nie würde Frank den kalten, harten Blick ihrer grünen Augen, die geschäftigen Hände, ihre abstoßende Gleichgültigkeit vergessen.

Der Sarg stand auf dem Tisch. Er war weiß und mit weißer, billiger

Seide ausgekleidet. Das Baby lag unter dem weißen Leichentuch und sah aus wie eine schlafende Puppe. Die winzigen Hände ruhten schlaff neben dem Körper. Es war höchstens fünf Monate alt. Der Tod hatte nicht alle Farbe von dem runden, stillen Gesicht genommen. Goldene Wimpern beschatteten die zarten Wangen, der süße kleine Mund lächelte schwach. Das Kind war wie eine Blume, die vom Stengel gebrochen war. Endgültigkeit und sanfte Stille umgaben es.

Frank starrte auf das tote Kind. Er sah die goldenen Locken so traurig und arm auf dem weißen Kissen liegen. Er sah das Lächeln und die steifen, leblosen Hände. Und obwohl er vom Tod nichts wußte, erfüllte ihn plötzlich unendliche Traurigkeit. Sein Herz tat ihm weh, seine Augen brannten, und alle Glieder wurden ihm schwer. Er war ein Kind, das leicht weinte. Dennoch konnte er jetzt nicht weinen. Irgendwie ahnte er, daß er vor etwas Unabänderlichem stand, einem unerklärlichen, geheimnisvollen Geschehen, und daß Tränen hier nichts halfen.

Er streckte die Hand aus und berührte die kleinen, marmorweißen Finger des Kindes. Er fühlte die eisige Kälte, sie lief seinen Arm hinauf und legte sich um sein warmes Herz. Schrecken, Kummer und Bitterkeit faßten ihn an. Man würde das Baby begraben, das wußte er. Aber er konnte sich das Kind nicht in der Erde vorstellen, in Dunkelheit und Moder auf ewig verbannt. Er sah es im Nebeldunst dahinschweben, allein, stumm, verloren.

Zu Hause weinte er dann doch an jenem Abend, und Maybelle ärgerte sich. »Warum bist du nur dort hingegangen?« fragte sie und wischte ihm die Tränen ab. »Du hast mir gar nichts davon gesagt. Das ist doch nichts für ein kleines Kind wie dich — den Tod zu sehen!«

Im Bemühen, ihn zu trösten, erzählte sie ihm vom »Himmel« und sagte, daß das Baby nun sicher in einem herrlichen Garten spielte mit vielen kleinen Engeln, wie es selbst einer war. Doch er konnte das seiner Mutter nicht glauben — er wußte selbst nicht, warum. Er sah nur das Baby in geheimnisvolle, dunstige Weiten entschweben, für immer verloren, für immer stumm, ein Blütenblatt auf dunklen Meeren.

Und jetzt fuhren sie also nach Amerika!

Warm schien die Februarsonne. Maßliebchen, wie man sie so schön nur in England findet, bedeckten die Felder, und die Zweige der Bäume schienen prall voll mit neuem Leben. Die Ästchen der Weißdornbüsche trugen hier und dort schon einen grünen Schleier. Frisch und süß roch die Erde, und das Wasser in Reddish Vale nahm allmählich die blaue Farbe des windzerzausten Frühlingshimmels an.

Die Clairs sollten sich am 22. Februar 1907 in Liverpool einschiffen. Die Nachbarn zeigten sich jetzt von ihrer freundlichsten Seite und erschienen allesamt im Haus, um ihre guten Wünsche zu überbringen. Dr. Durham, würdevoll und kalt, ging so weit aus sich heraus, daß er Frank zärtlich über den Kopf fuhr und Francis die Hand schüttelte.

Mrs. Durham plauderte liebenswürdig, während sie vor dem Kaminfeuer saß und mit artiger Geste schlückchenweise ihren Tee trank. Die Wordens waren tägliche Gäste in dem sich nun rasch leerenden Haus, und die Kinder waren vom Klang der Hämmer fasziniert, mit denen im Salon die riesigen Kisten vernagelt wurden. Maybelle weinte, aber auch sie wurde von der allgemeinen Aufregung mitgerissen. Abenteuerlust war keine ihrer hervorstechendsten Eigenschaften, doch sie sah den Neid und die Mißgunst auf den Gesichtern ihrer Freunde und gewann ein neues Gefühl der Würde und Bedeutsamkeit.

Miß Ballister setzte Francis in Erstaunen, als sie ihr aufrichtiges Bedauern zum Ausdruck brachte. Frank an der Hand haltend, sagte sie: »Der Junge ist wirklich intelligent, Mr. Clair. Sehr begabt! Anfangs fiel es mir ein bißchen schwer, ihn zu verstehen. Er hat eine sehr sonderbare Art, für die man Verständnis aufbringen muß. Ich muß zugeben, er ist schrecklich jähzornig, aber ein Kind soll doch Schwung haben, nicht wahr? Er ist schüchtern, aber er nimmt sich, was er haben will. Wenn er glaubt, es nicht bekommen zu können, dann nimmt er es sich eben, was immer die Folgen sein mögen. Ein wenig — ein wenig rücksichtslos, meinen Sie nicht? Er ist zurückhaltend, aber entschlossen. Er gehorcht, weil er jedem Ärger aus dem Weg gehen will. Sie meinen, er sei schlau? Du lieber Himmel, ich weiß nicht. Ich möchte mich da wirklich nicht festlegen. Nach meinem Dafürhalten ist er ein sehr friedlicher kleiner Junge, ruhig und lenksam, wenn man ihn nicht angreift oder ärgert, aber von wilder Leidenschaftlichkeit, wenn ihm jemand in die Quere kommt oder ihn ungerecht behandelt. Man kann ihm vertrauen, wenn man ihn versteht, aber wer ihn zum Feind hat, der kann ihm in keiner Weise vertrauen. Und er hat ein erstaunliches Gedächtnis für Beleidigungen und Ungerechtigkeiten, die ihm widerfahren.«

Das überschwengliche Lob mit höflichem Protest zurückweisend, schüttelte Francis den Kopf. Aber er freute sich darüber. Er musterte seinen Sohn. Tatsächlich, der kleine Kerl sah wirklich »anders« aus. Nicht mehr so tölpelhaft. Fast intelligent. Vielleicht mehr als intelligent. Und ein hübsches Kind war er obendrein. Die Hautfarbe ähnlich wie Maybelle, aber mit scharfen, klaren Zügen. Vielleicht würde es ihm, Francis, noch gelingen, »etwas aus ihm zu machen«. Schließlich war er ja von gutem Blut.

So angetan war Francis von der Art, wie Miß Ballister sein Kind einschätzte, daß er ihr acht Shillings »zum Andenken« schenkte.

Für einige Zeit nach diesem Gespräch war er sehr lieb zu Frank.

Die Clairs sollten in der zweiten Klasse reisen, und auch dies erregte den Neid der Nachbarn in der Mosston Street. Kein Zwischendeck für die Clairs! Kabinen und Stewards und Speisesäle mit Silbergeschirr und feinem Porzellan. Mrs. Jamie Clair hatte sich mit fünfzig Pfund an den Kosten der Schiffskarten beteiligt. Sie schwamm drüben in Amerika in

Geld, wußten die Nachbarn zu berichten. Sie hatte ihre eigene Kutsche und lebte wie eine Fürstin. Sie hatte ihrem Sohn Fotos geschickt, auf denen sie zu sehen war, wie sie in schwarze Seide gekleidet, einen schönen Zobelpelz über die Schultern gehängt, unter einem mit Rüschen verzierten schwarzen Sonnenschirm in ihrer Kutsche saß. Auf ihrem Gesicht lag ein Ausdruck von erhabener Würde und nachsichtiger Zurückhaltung. Hinter ihr war die Fassade eines stattlichen Hauses wahrzunehmen, auf den Stufen helle Damenröcke, Männerhosen und blankgeputzte Stiefel. Das waren zweifellos ihre Mieter, wenngleich sie diese jetzt nur mehr als »Gäste« bezeichnete.

Francis und Maybelle und der kleine Frank waren vorbildlich für die Reise ausgestattet. Aus einem nie aufzuspürenden Grund hatte Francis sich ein paar hohe schwarze Ledergamaschen mit Bändern und Schnallen zugelegt. Sie waren für Amerika bestimmt. Der kleine Frank, der nichts von Amerika wußte, hatte nichtsdestoweniger eine plötzliche Vorstellung von schwarzen, undurchdringlichen Wäldern, zerklüfteten, felsigen Landschaften und Bergen, die zu Fuß erklommen werden mußten. Auch er wünschte sich Fußgamaschen, doch wurde ihm seine Bitte natürlich abgeschlagen. Womit er zu der Überzeugung gelangte, daß sein Vater ihn in Amerika ständig auf dem Rücken tragen würde, da seine eigenen sauber geputzten Schuhe für eine so beschwerliche Landerforschung nicht taugten. Zusätzlich zu den Gamaschen hatte Francis auch eine eigenartige schwarze Tuchmütze oder Kappe mit einem breiten Schirm erworben, die ihm ein höchst wunderliches Aussehen verlieh. Kein Mensch hatte in Reddish je eine solche Kopfbedeckung gesehen. Francis aber ließ seine Freunde wissen, daß sich diese Hüte in Amerika großer Beliebtheit erfreuten.

Francis war in den Besitz einer Handvoll »Cents« gelangt, die er an Frank und die Kinder der Wordens verschenkte. Sie staunten über diese seltsamen Kupfermünzen, die nur halb so groß waren wie englische Pennies. Wirklich sonderbar. Dazu kam noch, daß das englische Wort »Scent« soviel wie Duft, Wohlgeruch bedeutete. Welche Beziehung bestand zwischen den amerikanischen Münzen und Parfüm? Was für merkwürdige Leute das doch waren! Im Scherz erzählte Francis einmal seinem Sohn, alle amerikanischen Männer legten beim Essen die Füße auf den Tisch. Seitdem sah Frank im Geist endlose Reihen von Tischen, an denen endlose Reihen von Männern in Hemdsärmeln, die Stiefel auf weißen Tischtüchern, heißhungrig ihr Essen hinunterschlangen.

Nach zwei Jahren Aufenthalt in Amerika hatte Mrs. Clair die nötigen Erfahrungen gesammelt, um in einem Brief vor dem dortigen Klima zu warnen: »Es ist nicht wie in England, Francis. Wenn du im März an Land gehst, wird es immer noch Winter sein. Schnee und Eis und Blizzards. So nennt man hier die Schneestürme. Das geht so bis Ende April und oft auch bis in den Mai. Zieh dich also warm an.«

Aber Francis und Maybelle lachten hellauf über die absurde Vorstellung, der Winter könnte bis in den Sommer hineinreichen. Das war selbst in diesem phantastischen Amerika nicht möglich! Man brauchte ja nur auf die Karte zu sehen, um festzustellen, daß Bison im Staate New York südlicher lag als Manchester, weit, weit südlicher! Mrs. Jamie übertrieb wieder einmal. Weil aber an ihren komischen Ideen doch etwas dran sein konnte, kaufte sich Francis einen dicken Tweedanzug (für den er später Gott dankte), und Maybelle legte sich ein hellblaues Wollkostüm mit blauen Seidenaufschlägen zu. Nach einiger Überlegung entschloß sie sich auch noch zu einem warmen Mantel, aber nur, um ihn über dem Arm zu tragen. Schließlich würden sie ja erst im März, im warmen März in Amerika eintreffen!

Der kleine Frank hatte zwei neue blaue Sergeanzüge, neue Schuhe, neue runde Matrosenmützen und neue Jacken mit Silberborten auf den Krägen. Er wurde nicht müde, diese Pracht zu bewundern, die da sorgsam gehegt und gepflegt in seinem Schrank hing. Eine der Garnituren sollte, zusammen mit seinen alten Kleidern, am Schiff getragen werden. Die andere war für die Landung bestimmt. Die reichen Amerikaner sollten keinen Anlaß haben, bei dieser Gelegenheit über die Clairs die Nase zu rümpfen.

Zum ersten, aber auch zum letztenmal in seinem Leben zeigte Francis Clair weder Angst noch Umsicht, noch Besorgnis. So etwas wie Kühnheit, wie Unternehmungslust hatte sich seiner bemächtigt. Für kurze Zeit änderten sich sogar seine Züge. Er sprühte Lebenslust, seine Augen glänzten, und seine sonst so unsichere Stimme klang bestimmt und kräftig. In der letzten Woche, die er in England verbrachte, spazierte er die Mosston Street mit stiller Selbstgefälligkeit hinunter. Vorbeikommenden nickte er mit würdevoller Höflichkeit zu. Er war ein Mann von Bedeutung; er wurde beneidet; er wurde »estimiert«. Heitere Zuversicht strömte durch seine Adern. In Erwartung des Kommenden warf er die Schultern zurück. Ein neues Gefühl inneren Wertes beseelte ihn und veranlaßte ihn, seinen Kopf langsam und bedächtig zur Seite zu drehen und Bekannte mit huldvollen Blicken zu bedenken. Er sprach mit Nachdruck und Autorität. Selbst Dr. Durham begegnete ihm mit Respekt. Dieser hagere kleine Mann, dieser Kahlkopf mit dem jetzt noch grimmigeren Schnurrbart war mit einemmal zu einer Persönlichkeit von Ansehen und Bedeutung geworden. Man lauschte seinen präzise formulierten Ausführungen mit achtungsvoller Aufmerksamkeit. Wie alle unterwürfigen, unbedeutenden und furchtsamen Menschen es getan hätten, nutzte auch er die Gunst seines vergänglichen Ansehens. Die Arbeiter wagten kaum das Wort an ihn zu richten. Er sonnte sich in seinem Glanz.

»Wir werden natürlich nur ein paar Jahre durchhalten müssen«, äußerte er sich hochtrabend zu seinem neuen Busenfreund Dr. Durham.

»Dann sind wir wieder da, die Taschen voller Geld. Ich gedenke meinen eigenen Laden aufzumachen, vielleicht in Manchester. Kann auch sein, daß ich das Geschäft anders aufzäume. Ich habe da gewisse Präparate ins Auge gefaßt. Meine eigenen Mixturen. Damit kann man ein Vermögen verdienen. Aber man braucht Geld, um sie auf dem Kosmetikmarkt zu lancieren.«

Er dachte an Beecham's Pillen. Hatte man dem Kerl jetzt nicht den Rang eines Baronets verliehen? Nur weil er ein paar Pillen gedreht hatte. Pear's Seife. Er wußte, woraus sie bestand. Die einfachste Formel der Welt. Er, Francis Clair, besaß eine viel bessere und noch dazu wesentlich billigere Seife. Irgendeinen seltenen, feinen, herben Duft, eine neuartige Verpackung, und schon würden die Leute anfangen, zu schnuppern und zu kaufen. Natürlich brauchte man Geld dazu, aber in Amerika Geld zu machen war ja lächerlich einfach. Er spielte mit dem Gedanken, seine Präparate in Amerika herauszubringen, schüttelte aber dann den Kopf. Nein, nein, England mußte es sein. Wo sonst konnte man Baronet werden? Die feinen Herren sollten ruhig die Nase rümpfen. Wer sich seinen Titel mit Pillen, Abführmitteln, Haarwasser oder Seife erwarb, brauchte keinen Spott zu fürchten, insbesondere dann nicht, wenn er Geld hatte. Das Herz schlug ihm bis zum Hals. Seine eigenen Kutschen; sein eigener Landsitz; die Wintersaison in Torquay oder an der Riviera. Dienerschaft für Maybelle, eine gute Privatschule für den Jungen. Hatte Miß Ballister nicht darauf hingewiesen, daß etwas Besonderes an ihm dran war? Auf zu neuen Grenzen, Sir Francis Clair! Ein Bankett in seinem Palais auf dem Russell Square, und alle umliegenden Straßen verstopft von den Kaleschen der feinen Leute, die sein elegantes Haus besuchten. Er würde sich vielleicht auch einen von diesen neuen Motorwagen anschaffen und zusammen mit den größten Protzen spazierenfahren. Eine Jagdhütte in Schottland wäre auch nicht schlecht. Auf zu neuen Grenzen, Sir Francis Clair!

Wie er so durch die Straßen wanderte, vibrierte er am ganzen Körper. Er befand sich nicht mehr in Reddish: mit grauen Handschuhen, einen Spazierstock mit goldenem Knauf in der Hand, Gamaschen an den Schuhen, schlenderte er im Geiste durch die Avenues der französischen Hauptstadt.

Das waren also nun die letzten Tage. Einen Großteil dessen, was sie nicht verkaufen konnte, hatte Maybelle den Wordens geschenkt. Das Wohnzimmer, der Salon, die Schlafzimmer standen leer. Vor dem kalten Kamin standen die riesigen Kisten mit Maybelles unersetzlichen Federbetten, Decken und Bettlaken, mit ihrem besten Silberzeug und Porzellangeschirr, mit »Kunstgegenständen« und Nippsachen. Sie hatte beim Packen manch heimliche Träne weinen müssen. Als sie Francis' Hammerschläge auf den Kistendeckel anhörte, war ihr, als ob er Nägel in einen Sarg triebe.

Und dann kam der letzte Tag. Eine warme Sonne stand am leuchtendblauen Himmel, und ein duftiger, frischer Wind wehte durch die Straßen. Es war der 22. Februar 1907, und selbst in Franks Erinnerung schmeckte die Luft feiertäglich süß. Ein paar Nachbarn kamen noch, um Lebewohl zu sagen. Er hatte dieses Wort nie zuvor gehört, und es schien ihm von tödlicher Endgültigkeit. Die Kisten waren fort. Zum erstenmal in Franks Erinnerung schien die Sonne in die leeren Zimmer. Es widerhallte im ganzen Haus, und die Räume verschlossen sich ihm in ungewohnter, seltsamer Leere.

Nur um zu hören, wie seine Schritte durch die kahlen Gänge hallten, wie es knallte, wenn man die Türen zuschlug, lief er die Treppe hinauf. Nein doch, niemals hatte er hier geschlafen, in diesem Zimmer mit der hohen schrägen Decke! Niemals hatte er ein Feuer in diesem mit Asche gefüllten Kamin brennen sehen! Nie hatte die Sonne durch dieses staubige Fenster geschienen! Ein Fremder war er, ein Fremder in diesem fremden Haus, in dessen Winkeln böse Geister lauerten. Zitternd vor Angst lief er schnell und immer schneller die Treppe hinunter.

Nun stand die Kutsche, die die Familie zum Bahnhof bringen sollte, vor der Tür. Sie funkelte in der warmen Frühlingssonne, schwarz schimmerte das seidige Fell der Pferde. Ein Mann stellte kleine Reisetaschen auf den Boden. Da standen auch Vaters neue Lederkoffer, und daneben lag ein mysteriöses, in einen alten, unechten Kaschmirschal gewickeltes Bündel seiner Mutter. Francis war degoutiert. Maybelle würde es nie lernen. Sie hatte so etwas Gewöhnliches an sich.

Nach einem letzten eiligen Herumhantieren Maybelles machte es sich die Familie schließlich im Wagen bequem. Winkend und Kußhände zuwerfend, standen die Nachbarn auf der Straße. Mrs. Worden drückte den Schürzenzipfel an die Augen. Der warme Wind lüpfte die Kopftücher der Frauen, die Kinder rissen die Mäuler auf. Die Sonne lag auf den Schieferdächern, und Wolken beißenden Rauches stiegen aus den Schornsteinen. Maybelle trug ein schickes, neues, dunkelbraunes Kostüm und einen mit rosafarbenen Rosen geschmückten Strohhut. Die Jacke war zu eng. Sie spannte in der Mitte und an den Säumen. Sie roch nach Rosenparfüm, mit dem sie sich reichlich besprüht hatte. Ihre braunen Knöpfelschuhe glänzten im hellen, klaren Licht. Franks Wollhemd kratzte ihn. Sein Gesicht war feucht. Würdevoll seinen neuen Derby lüftend, winkte Francis den schnatternden Frauen ein letztes Lebewohl zu. Die Kutsche setzte sich in Bewegung. Die behandschuhten Hände über seinem Spazierstock gefaltet, blickte Francis starr vor sich hin. Maybelle schlang schluchzend den Arm um den kleinen Jungen. Frank aber, der noch nie in einem solchen Vehikel gesessen hatte, genoß das Erlebnis des fahrenden Wagens und sah sich begierig nach allen Seiten um.

Flott ratterte das Gefährt über das Ziegelpflaster der Mosston Street, nahm die Anhöhe und erreichte die Sandy Lane. Die Schaufenster glitzerten im morgendlichen Licht. Jetzt ging es bergab, und Frank sah die schneeweißen Wolken, die wie riesige Pilze über einen unbeschreiblich blauen Himmel trieben.

Maybelle weinte. Francis drehte den Kopf würdevoll zur Seite. Das Geschirr der Pferde klirrte. Ein ätzender Geruch von Dung lag in der Luft.

IX

Das nächste, woran Frank sich erinnerte, war eine Straße in Liverpool im fahlen Licht des Abends. Und am Ende der Straße eine riesige graue Wand. Das, bedeutete ihm seine Mutter, war »das Schiff«.

Er war bitter enttäuscht. In seinen Bilderbüchern hatte es Bilder von großen Segelschiffen gegeben. Er hatte sich auf einem blankgewachsten Deck stehen gesehen, während sich über ihm die mächtigen Segel bauschten. Dieses war nicht das Schiff seiner Träume. Eine Wand war das und nichts sonst, eine schmutziggraue Wand am Ende der Straße. Wie sollte eine Wand die Familie übers Meer, nach Amerika tragen? Er war sehr müde, und in den neuen Schuhen taten ihm die Füße weh. Er greinte ein wenig.

Er erinnerte sich an die Kabine, in der er zwölf ganze Tage verbringen sollte. Er wußte, daß das Schiff »Baltic« und daß der Kapitän Smith hieß. Jahre später, als die »Titanic« in den stürmischen Fluten des Atlantischen Ozeans versank, erfuhr er von seinen Eltern, daß derselbe Kapitän Smith auf der Kommandobrücke gestanden war. Er entsann sich, daß er Smith ein- oder zweimal kurz zu Gesicht bekommen hatte: ein ruhiger, großgewachsener, robuster Mann mit einem grauen Knebelbart und gütigen Augen.

Die Kabine war recht geräumig. Sie beinhaltete eine faszinierende Waschschüssel, die sich in die Wand zurückschieben ließ, und drei feststehende, weiche, sehr behagliche Betten mit warmen Decken. Es gab einen Schrank für Kleider und Gepäck. Das war aber auch schon alles, was Frank von der Kabine in Erinnerung blieb, obwohl seine Mutter ächzend und stöhnend fast die ganze Reise darin zubrachte.

Von diesem Tag der Abreise blieb ihm ein einziger schmerzlicher Augenblick im Gedächtnis haften. Die warme Seeluft drang durch die offenen Bullaugen in den Raum. Maybelle hatte ihre Taschen und Bündel auf einem der Betten ausgebreitet. Sie hob den Kopf und blickte durch das Bullauge hinaus. Frank stand neben ihr. Auch er sah hinaus. Er war sich der Bewegung des Schiffes nicht bewußt. Aber er sah eine silbern schimmernde, sanft wogende Fläche und dahinter die purpurne Küste Englands, die allmählich mit dem Horizont verschmolz. »Da, das ist England, das gute alte England, das liebe alte England«, sagte Maybelle, und Frank schaute und schaute, bis die purpurne Wolke, die sein Heimatland war, in den schwellenden Wogen verschwand. Erst dann hörte er seine Mutter weinen. Aber Francis, die Hände auf der Reling, stand auf dem Deck der zweiten Klasse.

An Bord der »Baltic« entdeckte Frank, daß nicht nur er selbst, sondern auch alle anderen verschiedenartige Persönlichkeiten waren und daß jeder einzelne sein geheimes Leben führte, das kaum jemals in das Bewußtsein seiner Mitmenschen eindrang.

Immer schon hatte sich sein Geist mit Träumen beschäftigt, mit gewaltigen, schattenhaften Gefühlen und Empfindungen, mit flutartigen Reaktionen auf äußere Anreize. Der Aufenthalt auf dem Schiff schärfte seinen Blick, und sein Verstand formte seine Beobachtungen zu gedanklichen Strukturen, zu bewußten Mutmaßungen, logischen Folgerungen und Stellungnahmen. Sah er morgens auf das Meer hinaus, tat er das nicht nur mit Ehrfurcht und einfühlendem Entzücken, sondern auch mit dem Gedanken: Wie schön das ist! Als sein Vater ihm einen Wal zeigte, der in großer Entfernung mit einem dünnen Wasserstrahl seine gewaltige, unbekümmerte Präsenz in der Weite des Ozeans verriet, war Frank nicht mehr bloß ein faszinierter Beobachter. Er versetzte sich selbst in den Wal hinein, wurde Teil der riesigen Kreatur, fühlte schlummerndes Bewußtsein und ihre Größe und versuchte, sich die grüne Welt der subaquatischen Tiefen vorzustellen. Wenn er im Kielwasser des Schiffes die spielenden Delphine sah, rätselte er über ihr Leben und die jenseits menschlicher Erkenntnis liegenden Mysterien des Daseins. Er genoß den alle Grenzen verwischenden glühendroten Sonnenuntergang, der den amethystfarbenen Wellen güldene Kronen aufsetzte, nicht mehr nur mit gedankenlosem Entzücken: er zerbrach sich den Kopf über die Sonne und ihre Wege und versuchte sich an der Lösung des Rätsels.

Wenn er, über das Deck schlendernd, die Passagiere beobachtete, die in ihren Strecksesseln lagen, an der Reling lehnten, miteinander plauderten oder mit federndem Schritt auf und ab marschierten, waren sie für ihn keine körperlosen Schatten mehr, denen man mit Gleichgültigkeit begegnet. Er begann, sie scharf ins Auge zu fassen; er hörte ihnen zu; er ging ihnen nach; er studierte den Ausdruck auf ihren Gesichtern. Wie eine empfindliche Antenne streckte sich sein Empfindungsvermögen nach ihnen aus, erfühlte die Substanz ihres Wesens, ihre Gedanken, ihre Leidenschaften, ihre gescheiterten Hoffnungen, ihre mannigfaltigen Reaktionen auf alle und alles, was um sie herum war.

Indem er sich so in die anderen, in die ihn umgebende Atmosphäre, in den Lauf der Sterne, in die Aussage einer Stimme hinein projizierte, entdeckte er sich selbst — und diese war die erregendste Entdeckung von allen.

Am Morgen des dritten Reisetages kam Frank auf das Promenadendeck der zweiten Klasse und fand dort seinen Vater, der an der Reling lehnte und sich mit einigen Herren, die er an Bord kennengelernt hatte, unterhielt. Er trug die Ledergamaschen und die erstaunliche Mütze, die er voll Stolz in Manchester erstanden hatte. Den Spazierstock hatte er über dem Arm hängen. Die Mütze beschattete sein kleines mageres Gesicht und betonte den streitbaren schwarzen Schnurrbart. Die Gamaschen ließen die Spindeldürre seiner Beine erkennen. Der Spazierstock wirkte angeberisch.

Da stand er, der blasierte Reisende, und dozierte mit affektierter Stimme und den müden Gesten eines Europäers. Er war der von Paris und London, von Kopenhagen und Berlin und Stockholm gelangweilte Weltenbummler, ein Suchender nach allem Neuen, das Amerika zu bieten hatte. Ganz beiläufig ließ er durchblicken, daß er in einigen Städten experimentelle Forschungen zu betreiben und mit ungenannten, geheimnisvollen Kollegen Gespräche über Fragen der chemischen Industrie zu führen gedachte. Da er viel darüber gelesen hatte, überdurchschnittlich intelligent war und einen scharfen Verstand besaß, der es ihm gestattete, die Lücken in seinem Wissen geschickt zu überspielen, vermochte er seine Zuhörer zu überzeugen. Dazu kam der glückliche Umstand, daß diese Menschen seiner eigenen Klasse angehörten. Allesamt waren sie armselige Poseure und strebten nach Einfluß und Gewicht, obgleich sie instinktiv erfaßten, daß ihnen diese Attribute nicht zu eigen waren und nie zu eigen sein würden. Jeder versuchte, den anderen zu beeindrucken. Glaubst du an meine Geschichten, schienen sie sagen zu wollen, glaubst du an meine Wichtigkeit und meine Einschätzung meines Wertes, dann will ich gerne an deine glauben. Gönne mir meine jämmerliche falsche Glorie, mein Stündchen in der Sonne deiner Bewunderung, und ich gönne dir die gleiche Glorie und lasse dich in meiner Bewunderung sonnen. Tu, als glaubtest du an das Ansehen und die Würde meiner Person, und ich will tun, als glaubte ich das gleiche von dir.

Der kleine Frank stand in einiger Entfernung, beobachtete und lauschte. Noch vor wenigen Tagen hätte er seinen Vater kaum beachtet und sich eilig davongemacht. Erwachsene waren langweilige Geschöpfe ohne erkennbare Existenzberechtigung. Nun aber streckte sich seine überempfindliche Antenne ruhelos nach seinem Vater und den anderen gewollt unbekümmerten Herren aus, und so unbeschwert von Erfahrungen er auch sein mochte, er hörte und verstand.

Er war noch nicht fähig, zu begreifen, warum sie so kläglich wirkten, warum sie so schreckliche Angst hatten, warum ihr Schicksal ihm so ans Herz griff. Ganz plötzlich aber überkam ihn bitteres, tränenloses Mitleid, eine brennende Traurigkeit. Er sah seinen Vater, wie er ihn nie zuvor gesehen hatte. Er durchschaute seine erbärmliche Verstellung, seine sorgfältig überlegten Gesten. Die Mütze, die Gamaschen, der Spazierstock, das waren schmerzliche Eindrücke für den Jungen, sehr persönliche Schläge für sein unerträglich empfindsames Gemüt. Er hätte weinen mögen, doch sein reifer Kummer bescherte ihm keine Tränen. Er hätte auf Francis zustürzen, nach seiner Hand greifen und ihm in seiner Seelenqual zurufen wollen: »Ich weiß! Ich verstehe!« Es drängte ihn, in Francis' verängstigte blaue Augen aufzublicken und aus der Tiefe seines kummervollen Herzens zu ihm zu sagen: »Ich begreife, Papa. Und es tut mir so leid. Ich möchte dir helfen, aber ich weiß, daß es nirgendwo Hilfe gibt.«

Doch die lähmende Impotenz der Kindheit lastete schwer auf ihm, und er fand keine Worte, um seinem neuen Wissen Ausdruck zu verleihen, keine Möglichkeit, sein Bedauern auszusprechen. Er wandte sich ab und ging in den Salon zurück. Länger als eine Stunde saß er dort und empfand zum erstenmal tiefes Mitleid mit seinem Vater, fand zum erstenmal Verständnis für ihn. Zum erstenmal auch erfüllte ihn ein undefinierbarer Zorn auf die Welt. Er empfand es als schändlich und schrecklich, daß es auf dieser Erde Menschen geben sollte, die Mitleid erweckten. Es schien ihm von Übel und empörend, daß man Mitleid spüren mußte.

Frank entsann sich nicht, an Bord irgendwelche Freundschaften mit anderen Kindern geschlossen zu haben. Kein junges Gesicht blieb in seinem Gedächtnis haften. Er erinnerte sich an den eleganten Speisesaal, an die Stewards und Stewardessen, an den Nachmittagstee auf dem Promenadendeck, an die kleinen Tassen Hühnersuppe, an den Klang des Gongs, der zum Essen rief, und an den wogenden Atem des Ozeans.

Am fünften Tag ihrer Reise wich die »Baltic« wegen Stürmen und der Gefahr von Eisbergen vom Kurs ab, und bald war es mit der Wärme des Golfstroms vorbei. Die Delphine, die ausgelassen hinter dem Schiff hergejagt waren, ließen sich nicht mehr blicken. Das leuchtende Blau des Wassers wandelte sich zu nebeligem, von Dunstschleiern bedecktem Grau, und das Schiff rollte und schlingerte unaufhörlich. Mit jeder Mahlzeit wurde der Speisesaal leerer. Auf Kapitän Smiths Gesicht zeichneten sich Unruhe und Besorgnis. Drei Tage lang durften die Passagiere das Deck nicht betreten.

In den Gängen und Kajüten zischte der Dampf in den Heizungsrohren, doch eine schneidende Kälte drang in Kajüten und Kabinen, bis hinunter in das überfüllte Zwischendeck. Als die Passagiere wieder aufs Deck durften, kamen sie mit blauen Gesichtern und zitterten am ganzen Körper. Es war Anfang März, und sie näherten sich der amerikanischen Küste. Francis trug seinen Tweedanzug und dankte Gott dafür. Franks Wollhemden kratzten ihn nicht mehr. Maybelle hatte selbst in der Kabine den Mantel an und legte ihn auch nicht ab, wenn sie sich aufs Bett legte. Die Stewardessen brachten Gummiwärmflaschen mit siedendheißem Wasser. Englisches Blut gefror in englischen Adern.

Am sechsten März schwoll der Ozean zu grauen, glatten, öligen Dünungen an, doch die Wut des Sturmes ließ nach. Die bittere Kälte »fror einem das Mark in den Knochen«, wie Francis Clair sich ausdrückte, dessen kurze spitze Nase ständig blau gefärbt war. In seinem ganzen Leben hatte er noch keine so niedrigen Temperaturen, keinen so beißenden Wind ertragen müssen. Seine Mutter hatte recht gehabt. Er dachte an die warme englische Luft, an die Gänseblümchen, an die purpurnen Hügel und grünen Wiesen, und zum erstenmal in seinem Leben packte ihn das Heimweh.

Am Morgen des siebenten März kam Francis in die Kabine gestürzt und forderte in erregtem Ton seine Frau und seinen Sohn auf, mit ihm auf Deck zu kommen. Maybelle aber, deren rosige Frische sich zu fahler Blässe gewandelt hatte, fuhr fort, ihr Gepäck zusammenzurichten und erklärte dezidiert, sie spüre kein Verlangen, die Küste zu sehen. Für sie war das Schiff etwas geworden, was sie mit England verband. Sie hing bis zum letzten Augenblick an dieser Nabelschnur. Frank aber sauste mit seinem Vater hinauf. Francis hatte sich einen Feldstecher verschafft. Er schob seinen Sohn vor sich hin, durch die wartenden Menschen bis an die Reling, und stellte das Glas für ihn ein.

Zitternd vor Erregung starrte Frank durch das Fernrohr. Dort, unmittelbar auf dem Boden des wogenden Ozeans erhob sich, wirr und zerrissen, blau und gelb und lavendelfarben eine niedere, steil aufsteigende Mauer. Rauch überflutete das Deck, und die gellenden Dampfpfeifen begrüßten jubelnd die Neue Welt. Stimmen vereinten sich zu einem Sturm von Rufen und Lachen. Die gefahrvolle Reise war zu Ende. Ein starker, widerwärtiger Geruch, süßlich und zum Erbrechen reizend, stieg Frank in die Nase. Möwen stießen auf das Deck herab; ihre schrillen Schreie vermischten sich mit dem Wind. Frank sah geschäftige, kleine schwarze Schleppdampfer, die wichtigtuerisch auf die »Baltic« zukamen, dichte Rauchwolken ausspien und einen höllischen Lärm machten.

Dann kamen die Beamten der Einwanderungsbehörde in die Kabine. Als Passagieren der zweiten Klasse blieb den Clairs die Demütigung einer Untersuchung auf Ellis Island erspart. Unter den Beamten war auch ein Arzt, der den drei Clairs sein Stethoskop auf die Brust setzte.

Frank hörte die zornige, empörte Stimme seines Vaters: »Wovon reden Sie denn da, Mann? Nie im Leben habe ich Schwindsucht gehabt! Ich bin völlig gesund!«

Der Arzt schüttelte den Kopf und setzte das Stethoskop ein zweites Mal an. Francis hatte Leibchen und Hemd abgelegt. In seiner wollenen Unterhose stand er da, Wut und Angst zeichneten sich auf seinem mageren Gesicht, unruhig funkelten seine Augen, sein Schnurrbart sträubte sich, und die Zunge fuhr immer wieder über die trockenen Lippen. Schreckensbleich starrte Maybelle ihn an.

»Es sind deutlich Rasselgeräusche zu hören«, meinte der Arzt und legte das Hörrohr weg. »Haben Sie schon einmal Bronchitis gehabt?«

»Wer nicht?« spottete Francis. »Das ist doch Englands nationales Leiden!«

Der Arzt besah sich die Papiere in seiner Hand. »Apotheker, hm? Also kein ungelernter Arbeiter. Na ja. Es sind jetzt schon genug Arbeiter aus Europa gekommen. Beunruhigen Sie sich nicht, Mr. Clair. Ich habe nicht gesagt, daß Sie an Schwindsucht beziehungsweise an Tuberkulose leiden. Ich habe nur festgestellt, daß Sie eine gewisse Neigung dazu zeigen. Wahrscheinlich eine chronische Bronchitis. Bei Passagieren, die aus England kommen, finden wir das häufig.« Er lächelte und klopfte Francis auf die zitternde, so dünne und so knochige Schulter. »Wir haben viel Sonne hier. Vielleicht tut sie Ihnen gut. Sollten Sie aber Husten bekommen, etwa gar mit blutigem Auswurf, gehen Sie, so schnell Sie können, zu einem guten Arzt.«

Kaum hatten sich die Beamten entfernt, ließ sich Francis aufs Bett fallen. Er atmete schwer. Angst und Verzweiflung malten sich auf seinem bleichen Gesicht. Er hüstelte. »Ich hab dir ja gesagt, du sollst deinen Wollschal tragen«, tadelte ihn Maybelle. »Aber nein, du mußtest ja mit bloßem Hals herumlatschen!«

»Halt 's Maul!« replizierte Francis wütend. Er hüstelte und hustete und lauschte dem Geräusch mit völliger leidenschaftlicher Hingabe. Es war ein trockener, harter Husten. Francis begann zu zittern. »Honig und Zitrone«, schlug Maybelle zaghaft vor.

»Halt 's Maul!« kreischte er. Er hustete und hustete. Er führte sein Taschentuch an die Lippen. Es blieb trocken und sauber. Das Gesicht des kleinen Mannes hellte sich auf. »Hast du mich jemals in der Nacht husten gehört?« fragte er aufgeregt.

»Nein, Liebster.«

»Habe ich nachts Fieber? Bekomme ich Nachtschweiß?«

»Gewiß nicht.«

Frohlockend sprang er auf die Beine. »Diese amerikanischen Ärzte! Verstehen überhaupt nichts! Ich habe schon von ihnen gehört! Studieren ja bloß zwei Jahre! Durham hat es mir erzählt. Schwindsucht! Ich war in meinem ganzen Leben noch keinen Tag krank! Hast du meinen Husten gehört? Ich mußte mich dazu zwingen!«

X

Außer einem verschwommenen Bild von grauer Kälte, schmutzigen Schneehaufen und einem chaotischen Durcheinander von Häusern blieb nichts von New York in Frank Clairs Gedächtnis haften. Ebensowenig entsann er sich der Reise nach dem 450 Meilen entfernten Bison.

Aber er erinnerte sich an seine Ankunft am Bahnhof der Lackawanna-Eisenbahn. Vor ihm und seinen Eltern lag eine lange, schneebedeckte, öde, schmutzige, auf eine Anhöhe führende Straße, die in die Untere Main Street einmündete. Es war bitterkalt. Verlassene Lagerhäuser säumten die Straße, Kneipen und verdächtige Logierhäuser für Vagabunden und Schiffsleute, die im Sommer die Seen befuhren. Ein fauler Gestank von Kloaken, Abwässern, Alkohol und ranzigem Öl erfüllte die aschfahle Luft. Überquellend mit dicken, schweren, zusammengeballten Wolken wölbte sich der nördliche Himmel über Frank. Ein lähmender Sturm kam vom Fluß und von den Seen her. Wie Sandkörner stachen ihm Schneeflocken und Eissplitter ins Gesicht. Erschöpft schleppte er sich mit der vor Kälte zitternden Maybelle den Hügel hinauf. Seinen kostbaren Koffer in der Hand, prächtig anzusehen mit Mütze, Spazierstock und Ledergamaschen, kletterte Francis ihnen voran.

Nie wieder vergaß Frank die flitzenden Beine, die drahtige, hagere Gestalt im Tweedanzug, die da flink und munter die Anhöhe hinaufhastete.

Sie erreichten das obere Plateau der Unteren Main Street, und auch diese war von einem Kunterbunt von Läden, Kneipen, Restaurants und Logierhäuser eingefaßt. Alles schien sich vor dem unendlich weiten, wuchtigen Winterhimmel zu ducken. Schmutziger Schnee lag auf Straßen und Dächern. Mit seinen dreihunderttausend Seelen machte Bison den Eindruck einer Grenzstadt. Vielleicht waren es der endlose Winter, die Kälte, die Nähe der großen Süßwasserseen und des wilden Niagaraflusses, die diesen Eindruck vermittelten, aber obwohl die Bevölkerung auf über siebenhunderttausend anwachsen sollte, verlor Bison nie diesen Charakter einer Grenzstadt, seine winterliche Trostlosigkeit, die Atmosphäre rauher Abgeschiedenheit. Es war die zweitgrößte Stadt im Staate New York, doch zwischen ihr und New York lagen Hunderte von Dörfern, Gemeinden, Märkten und Kleinstädten, so verschieden in ihrer Art, als ob sie tausende Meilen von den zwei großen Städten entfernt wären. Eingebettet zwischen dem Erie-See und dem Niagara, grenzte Bison an die schneebedeckte einsame Weite Kanadas und war dem eisigen Aufprall der Polarluft ausgesetzt.

Mrs. Jamie Clair, die niemals »Familie« mit Geschäft verquickte, hatte sich nicht darauf eingerichtet, die Neueinwanderer in ihrem eigenen düsteren Logierhaus in der nicht weit vom Fluß gelegenen Porter Avenue aufzunehmen. Sie hatte für Francis und seine Familie in der Vermont Street, nächst der Normal Avenue, zwei Zimmer »mit Küchenbenützung« gemietet. Sie hatte es auch unterlassen, ihre Verwandten am Bahnhof dieser trübsinnigen Stadt zu erwarten. Francis hatte seine Anweisungen. Er fand einen Wagen, und die Familie stieg zähneklappernd ein.

Zwar waren seine Füße erstarrt und seine unbehandschuhten Hände blau vor Kälte, aber Frank war doch noch zu klein, um größeres körperliches Unbehagen zu verspüren. Seine Aufmerksamkeit war voll in Anspruch genommen, und er starrte durch die schmutzigen Fenster des Wagens. Sie fuhren durch endlose Straßen mit schmutzfarbenen, dunklen Holzhäusern, hohen Schneehaufen auf den Prellsteinen, die Dächer von weiß-schwarzem Aussatz befallen. Ein heftiger Wind wirbelte weißen Sand durch die Luft. Keine Menschenseele war um zehn Uhr morgens dieses 8. März unterwegs. Schneeschleier wehten durch verlassene Straßen und formten sich an den Ecken zu gespenstischen Gebilden. Die Häuser waren nur trübe, dunkle Flecken hinter den auf und nieder tanzenden Wänden aus wirrem weißem Gewebe.

»Das Ende der Welt kann nicht mehr weit sein«, jammerte Maybelle und verkroch sich tiefer in ihren Mantel.

Francis blieb stumm. Auch er starrte durch die Fenster des Wagens, an denen sich Eisblumen rankten. Die Lippen verkniffen, das kleine Gesicht verschlossen, zwinkerte er ruhelos mit seinen blauen Augen. Sein Vater tat Frank mehr leid als seine Mutter, aber er hätte nicht sagen können, warum das so war. Der Spazierstock lag vergessen neben seinem Besitzer; die bisher so eleganten Ledergamaschen schienen mit einemmal armselig; der Kopf war zu klein für die Mütze geworden. Selbst der prächtige Schnurrbart hing traurig herab.

Nach endlosem Schütteln und Rütteln durch eisgefurchte Straßen blieb der Wagen endlich in der Vermont Street stehen. Frank sah einen Gemüseladen, eine Schneiderwerkstatt und eine Reihe armseliger, öder, den Angriffen des Winters schutzlos preisgegebener Holzhäuser. Er kletterte eine lange, steile und düstere Holztreppe hinauf. Oben öffnete sich eine Tür, und eine scheußliche, dicke alte Vettel starrte durch eine in Metallrahmen gefaßte Brille schweigend auf sie herab.

Maybelle versuchte ein Lächeln. »Guten Morgen«, sagte sie mit heiserer Stimme. »Wir sind die Clairs. Wir sind eben angekommen.«

Das fette alte Weib trat stumm zur Seite. Sie schnupfte laut auf; ob aus Geringschätzung oder auf Grund einer Verkühlung war nicht zu erkennen. Ein eisiger Luftzug traf die Reisenden. Maybelle sah sich um, und ihr Mut sank; nie wieder sollte ihn in Amerika etwas stärken.

Zwei Räume erwarteten sie. Der eine war ein großes Schlafwohnzimmer mit einem breiten, filigrangeschmückten Bett, darauf naßkalte, dumpfige Laken und eine zusammengeflickte weiße Decke, einem offenbar für den kleinen Frank bestimmten Sofa, dessen schmutzige Laken zusammengeknüllt auf einem Haufen lagen, einer schiefen Frisierkommode aus Eichenholz, einem blinden Spiegel, mit zwei Schaukelstühlen und einem runden Tisch, ebenfalls Eiche. Abgewetztes und stellenweise abgelöstes Linoleum in einem undefinierbaren braunen Muster bedeckte den Fußboden. Widerwillig war ein kleiner Gasofen angemacht worden; seine gelblichrote Flamme verbreitete einen Gestank nach unverbrauchtem Gas. Von der mit Leimfarbe gestrichenen Decke hing ein Gasluster ohne Glühstrümpfe.

Der andere Raum war die Küche. Sie enthielt eine Kochplatte auf einer Kiste, ein eisernes Spülbecken mit einem einzigen Hahn, aus dem kaltes Wasser tropfte, einen kahlen Tisch und drei oder vier Holzstühle, deren Sitze mit Lederimitation gepolstert waren. Von Ruß überzogene grobe Baumwollgardinen hingen schlaff herab. An der Wand gähnte ein offener Geschirrschrank.

Jedes einzelne schmale, schmutzige Fenster umrahmte ein Bild der Trostlosigkeit: Holzdächer, düstere, schwarze Schornsteine, verrottete Hauswände und unten die scheußliche Straße.

Für diese Pracht sollten die Clairs eine Wochenmiete von drei Dollar zahlen, sehr billig, wie Mrs. Clair ihnen versichert hatte, war doch alles, Heizung, Beleuchtung und Einrichtung, »gefunden«.

»Nun sind Sie also da«, meinte die alte Hexe, die Arme unter der Schürze verschlungen. »Ich habe Sie schon vor zwei Tagen erwartet.«

Francis nahm seine Mütze ab und ließ sie auf das breite feuchte Bett fallen. »Wir hatten einen Sturm«, sagte er und versuchte mit starker und sicherer Stimme zu sprechen. »Dadurch verloren wir drei Tage.« Er unterbrach sich. »Ich nehme an, Sie sind Mrs. Watson.«

Die Alte grunzte etwas. Unter ihrem schmutzigen Kleid aus irgendeinem schwarzen Baumwollmaterial verbarg sich ein enormer Bauch. Das weißliche Haar war auf dem großen Kopf zu einem kleinen Knoten gedreht. Weiße Haare sprossen üppig aus ihrem Doppelkinn. Ihr ganzes Aussehen verriet Gewöhnlichkeit, Gefühllosigkeit und tiefes Mißtrauen.

Mit einer Handbewegung zeigte Francis auf seine Frau und auf seinen Sohn. »Mrs. Clair und mein Sohn Frank.«

Maybelle nickte. Aus Angst, sie könnte ihre Tränen nicht mehr zurückhalten, wagte sie nicht zu sprechen. Frank starrte vor sich hin. Die Alte musterte Maybelle und den Jungen und sagte dann: »Ich hoffe, der Kleine gibt keinen Ärger. Es ist das erste Mal, daß ich an eine Familie mit Kind vermiete.«

»Der Junge ist gut erzogen«, erklärte Francis und warf seinem Sohn einen grimmigen Blick zu.

»Oben an der Straße ist eine Schule«, bemerkte Mrs. Watson. »Nummer achtzehn. Alt genug ist er ja wohl schon, oder?«

»Frank ist schon ein Jahr zur Schule gegangen«, ließ Maybelle sich, wenn auch mit gezwungenem Lächeln, vernehmen. »Er kommt gut vorwärts.«

»Hoffentlich näßt er das Bett nicht«, meinte Mrs. Watson verdrießlich. Sie streckte die Hand aus. »Drei Dollar. Das zählt bis Sonnabend. Es sind zwar nur mehr vier Tage, aber ich habe die Zimmer fast eine Woche lang für Sie reserviert, und darum sind Sie mir das jetzt schuldig.«

Francis holte sein Geld heraus. Seine Finger zitterten ein wenig, als er die drei Scheine auszählte. Er reichte sie der Hexe, die sie ihm aus der Hand riß, sie argwöhnisch betrachtete, zusammenfaltete und in den Ausschnitt steckte. Sie haßte »Zugereiste«. Ganz besonders haßte sie Engländer.

»Sie müssen das Badezimmer im Stock benützen«, teilte Mrs. Watson ihren neuen Mietern mit. »Es ist auch mein Badezimmer. Es liegt hinter meiner Wohnung. Diesbezüglich ist eine Vorschrift zu beachten. Wenn Sie ein Bad nehmen wollen, müssen Sie mich vorher fragen, und ich erlaube nur ein Bad pro Woche für jeden.« Sie schnupfte laut. »Haben Sie Geschirr und Zeug?«

»Unsere Kisten sind noch am Bahnhof«, antwortete Francis. »Ich habe das Nötige veranlaßt, daß sie nachmittag geschickt werden«. Im kalten Halbdunkel der Räume schien er kleiner zu sein, als er es in England war.

»Wir haben unser eigenes Bettzeug«, sagte Maybelle mit einem entsetzten Blick auf Bett und Sofa. »Gute Federbetten, Laken und Kissen.«

Mrs. Watson verzog geringschätzig den Mund. »Dann benützen Sie eben ihr eigenes. Das ist mir gleich. Wenn Sie soweit sind, geben Sie mir meines zurück.«

Sie watschelte zur Tür. Die Dielenbretter ächzten unter ihrem schweren Tritt. Sie verließ das Zimmer und schlug die Tür hinter sich zu.

Schweigen herrschte jetzt in den armseligen, häßlichen Räumen. Maybelle ließ sich auf einen der hölzernen Küchensesseln fallen. Sie begann ihre feinen Glacéhandschuhe abzustreifen. Ihre Finger zitterten heftig. Francis ging von einem Fenster zum andern und sah hinaus. Es wurde immer dunkler. Die Koffer standen verloren da, und es schien, als schrumpfte das gute braune Leder zusammen.

Und dann fing Maybelle an, hemmungslos zu weinen. Sie verbarg ihr Gesicht in den Händen. Ihr Hut, ein enormes, mit Blumen geschmücktes Plateau, neigte sich zur Seite. Sie kauerte auf dem Sessel und gab sich ganz ihrem Schmerz hin. Zu elend und zu verängstigt, um Tränen fließen zu lassen, drückte Frank sich an sie. Francis wandte sich vom Fenster ab und maß seine Frau mit einem durchdringenden Blick. »Um Himmels willen«, sagte er mit schwankender Stimme, »hör doch auf, Maybelle. Daran läßt sich doch jetzt nichts ändern. Es ist ja nur vorübergehend.«

»Wenn ich mir vorstelle«, stieß Maybelle, immer wieder von Schluchzen unterbrochen, hervor, »daß ich dafür mein schönes, gemütliches Heim aufgegeben habe, die Kamine und die blankgeputzten Kaminvorsetzer, meine guten Betten und meine schönen Möbel! Wenn ich denke, daß wir dafür England verlassen haben!«

»Wo ich dir doch sage, daß alles nur vorübergehend ist!« erwiderte Francis in scharfem Ton, der seine eigene Niedergeschlagenheit, Angst und Verzweiflung verriet. »Es ist billig. Wir werden unser Geld sparen und wieder heimfahren. Vielleicht in zwei oder drei Jahren. Man hat mir in einer Apotheke, einem Drugstore, wie sie das hier nennen, eine gute Stellung verschafft. Fünfundzwanzig Dollar die Woche! Das sind mehr als fünf Pfund! Später bekomme ich mehr. Wir können fünfzehn Dollar die Woche zurücklegen, also drei Pfund. Drei Pfund die Woche, das sind siebenhundertachtzig Dollar im Jahr oder hundertsechsundfünfzig Pfund. Und ich werde bald mehr verdienen. Es werden mindestens zweihundert Pfund im Jahr sein, tausend Dollar! In drei, vier, fünf Jahren haben wir ein Vermögen beisammen und können die Heimreise antreten. Für soviel Geld können wir mit allem fertig werden.«

Er wartete auf Maybelles Stellungnahme, doch sie blieb stumm. Hilflos zwirbelte er seinen Schnurrbart. »Stell dir das Ganze als eine Art Verbannung vor«, meinte er nicht sehr selbstbewußt. »Ein Exil. Wir sind noch jung. Ein paar Jahre lang können wir durchhalten. Dann haben wir die Taschen voller Geld und können nach Hause fahren.«

»Ein paar Jahre aus unserem Leben in diesem gottverlassenen Nest!« schluchzte Maybelle.

»Du redest dummes Zeug«, brauste Francis auf. »Wie weit sind wir denn gekommen in England drüben? Hier gibt es Geld. Halt die Ohren steif, verdammt noch mal! Glaubst du vielleicht, für mich ist es leicht?«

Er senkte den Blick auf seine zitternden Hände. »Ich geh mich waschen«, sagte er. »Das Badezimmer ist da hinten. Inzwischen könntest du dich umziehen. Etwas Warmes. Nachmittag kommt dann das restliche Gepäck. Reiß dich zusammen! Wasch dem Jungen das Gesicht. Ma erwartet uns. Reiß dich zusammen! Die Dinge sehen oft schlimmer aus, als sie in Wirklichkeit sind.«

Mit flottem Schritt ging er aus dem Zimmer. Von äußerster Verzweiflung erfüllt, fuhr Maybelle fort zu weinen. Scheu legte Frank den Arm um sie. Er fühlte, wie ihre rundlichen Schultern sich hoben und senkten; er fühlte, mit welcher Leidenschaft sie sich ihrem Schmerz hingab. »Ma«, flüsterte er.

So heftig drückte sie ihn an sich, daß ihm fast der Atem wegblieb. »Ach, mein Liebling, wie kann ich das ertragen?« schluchzte sie. »Dieses schreckliche Land! Ich wußte, wir hätten nicht von daheim fortgehen sollen! Wir können nie wieder zurück, Frankie, nie wieder! Wir werden England niemals wiedersehen — nie, nie, niemals!«

XI

Mrs. Jamie Clairs Logierhaus, »vornehm möblierte Zimmer mit ausgezeichneter Verpflegung und Hausmannskost«, stand auf der Porter Avenue, nahe der Niagara Street, wo es im Winter eisigen, verheerenden Stürmen standhalten mußte, dafür aber im Sommer manch kühlendes Lüftchen genießen durfte. Es war einst ein Herrschaftshaus gewesen, nach dem Geschmack trübsinniger Leute in den siebziger Jahren errichtet, und war in dunklem Schokoladebraun gestrichen. Es besaß zwei »Turmzimmer«, unförmige Wucherungen, die wie angeschwollene Bäuche zu beiden Seiten des zweiten Stockwerks hervorragten. Unmittelbar unterhalb der zwei Turmstümpfe boten sich die jeweils von vier schmalen, gerundeten Fenstern eingeschlossenen »Erker« dem Auge des Betrachters dar. Der eine gehörte zum Salon, der andere zum Speisezimmer. Es gab auch noch ein drittes Geschoß, das aus je vier winzigen, in das Schieferdach eingelassenen Giebelfenstern bestand. Eine tiefe düstere Veranda, vom Erbauer listigerweise so angelegt, daß sie auch noch die geringste Spur von Sonnenlicht abhielt, das sich unter Umständen durch die vorne in einen schmalen Rasenstreifen hingepferchten Kastanienbäume einen Weg gebahnt hätte, umgab das Haus auf drei Seiten. Da die schattigen Bäume es erfolgreich verhinderten, daß auf dem »Rasenstreifen« Gras wuchs, mußte ein feuchter, fleckiger Moosteppich den gleichen Zweck erfüllen. Zu beiden Seiten von Mrs. Clairs Monstrosität standen nahezu identische Häuser, und zwar so nahe, daß man ihre Seitenfenster mit der ausgestreckten Hand berühren konnte. Dazwischen lagen enge, dunkle, mit rußigem Kies bedeckte Durchgänge. Doch rühmten sich alle diese Häuser eines »Gartens«, wo während der kurzen Sommerzeit immer wieder versucht wurde, Blumen, hauptsächlich Sonnenblumen, Kapuzinerkressen und Bauern-Rosen, zu ziehen.

Frank Clair konnte nur wenig Unterschied zwischen diesem Haus auf der Porter Avenue in Bison im Staate New York und dem in Leeds feststellen. Es war Mrs. Clair auf wundersame Weise gelungen, ihre ganz persönliche Atmosphäre nahezu unverändert nach diesem fremden Land zu verlegen. Hier wehte die gleiche von Fensterläden eingeschlossene, feuchtkalte Luft, standen die gleichen roßhaargepolsterten, plüschbezogenen Möbel, lagen die gleichen dunklen Teppiche, gab es die gleichen engen Gänge und dämmrigen Stiegen, umrahmten die gleichen karmesinroten Draperien die gleichen groben Gardinen. Rein instinktmäßig hatte sie dieses Haus aus der Zahl jener gewählt, die ihr angeboten worden waren. Der gleiche Gestank nach gekochtem Kohl, Kartoffeln, Fruchtpudding, Gerste und Hammelfleisch verpestete die Luft. Dazu kam ein Geruch von Chlorcalcium, Wachs, Kohlengas und Linoleum, der Francis und Maybelle veranlaßte, zu schnuppern und einander Blicke zuzuwerfen, sooft er ihnen in die Nase stieg.

Mit dem gleichen Instinkt, der sie bewogen hatte, sich gerade für dieses Haus zu entschließen und es entsprechend einzurichten, war sie auch darauf bedacht gewesen, ihre »Gäste« sorgfältig auszuwählen. Frank hörte das gleiche unterwürfige, hohle Husten im Speisesaal, in Gängen und Schlafzimmern, das gleiche, geradezu verlegene Rascheln und Knistern der Kleider, die gleichen verängstigten, nervösen Stimmen. Die Gäste waren, wie in Leeds, Angestellte und Buchhalter, Putzmacherinnen und Schneiderinnen. Es war ein seriöses Logierhaus, in dem Zucht und Ordnung groß geschrieben wurden, aber das Essen war gut. Mrs. Clair hatte das Haus stets voll. Ihre Preise betrugen, mit Verpflegung, »Sonntags zwei Mahlzeiten«, sieben Dollar die Woche für die heißen, kleinen Räume unter dem Dach und neun Dollar für die Zimmer im zweiten Stock. Dann gab es auch noch die zwei großen Vorderzimmer, die »Salons«, von denen jedes ihr die unglaubliche Summe von zwölf Dollar in der Woche einbrachte. Das eine wurde von einem Mr. Farley bewohnt, dem Eigentümer des Drugstores, in dem Francis arbeiten sollte. Das andere war an eine »vornehme« Witwe mittleren Alters, eine Mrs. Prescott, vermietet, die sich einer Jahresrente von zwölfhundert Dollar erfreuen durfte. Eine kolossale Summe! Gegenüber diesen beiden Gästen, und nur ihnen gegenüber, legte Mrs. Clair ihre starre Haltung ab. Mr. Farley und Mrs. Prescott waren jederzeit im Wohnzimmer willkommen und speisten »standesgemäß« mit ihrer Hausfrau.

Mrs. Clair hatte sich genötigt gesehen, ihr Hauspersonal auf zwei Personen zu erweitern, eine Mutter mit ihrer Tochter. »Diese Yankees sind so selbstsicher, man sollte es kaum glauben!« beklagte sie sich bei ihrem Sohn. Die zwei Frauen bewohnten ein düsteres Zimmerchen im Dachgeschoß und erhielten zusammen zehn Dollar die Woche. »Zwei Pfund!« jammerte Mrs. Clair mit tragischem Stolz. »Stell dir das vor! Eine ganze Familie verdient bei uns nicht soviel!« Sie vertraute Francis an, daß sie Mrs. Clark und ihre Tochter Sally »mit Glacéhandschuhen anfassen« mußte. »Verantwortungslos und ohne jedes Pflichtgefühl«, beklagte sie sich bei Maybelle. »Und unverschämt. Jeden zweiten Sonntag nach vier Uhr nachmittag wollen sie frei haben und nach zehn Uhr abends überhaupt nichts arbeiten. Es ist wirklich unerhört.«

Jeden Sonntag waren die Clairs zum Dinner eingeladen. Frank saß stumm dabei und fröstelte, sogar im Sommer. Sein Wahrnehmungsvermögen hatte sich verschärft. Er haßte das düstere Haus in der Porter Avenue. Er fing an, seine Großmutter zu hassen. Er richtete kaum mehr das Wort an sie, was sie in ihrer Meinung bestärkte, daß der Junge einen »Klaps« hatte. Ihr Sohn tat ihr leid, wie sie Francis mit einem mörderischen Ausdruck auf ihrem harten Gesicht zu verstehen gab. Aber schließlich mußte man dem Kind die Herkunft seiner Mutter zugute halten.

Überhaupt war Mrs. Clair in zunehmendem Maß über Maybelle beunruhigt, die ihre typisch englische, warme, rosige Gesichtsfarbe verloren hatte. Ihre Blässe war chronisch geworden, und sommersprossenartige Leberflecke verunstalteten ihre Wangen. Das helle Korallenrot ihrer Lippen war für alle Zeiten dahin. Auch Maybelles Haar hatte viel von seiner leuchtenden, kastanienbraunen Tönung verloren, war verblichen, mausgrau und streifig geworden, und die Locken hingen wie müde Bindfäden herab. Sie war immer noch rundlich, aber nicht mehr fest und herzhaft wie früher; was sie jetzt kennzeichnete, war eine ungesunde, schlaffe, formlose Fülle. Ihre Augen, die nie sehr lebhaft und strahlend gewesen waren, wurden stumpf und trübe. Eine Veränderung ging in ihr vor, und es war keine erfreuliche oder wohltuende Veränderung.

Trotz ihrer heimlichen Abneigung gegen die alte Frau hatte sich Maybelle in England immer wieder von ihr einschüchtern lassen. Nur selten hatte sie ihrem natürlichen Widerspruchsgeist die Zügel schießen lassen, wenn es zu Reibereien oder Unstimmigkeiten gekommen war. Jetzt aber wurde sie mürrisch und kratzbürstig. »Nie hat sie ein freundliches Wort für mich«, beklagte sich Mrs. Clair unter vier Augen bei ihrem Sohn. »Sie knurrt und faucht in einem fort. Ich dachte, der Junge wäre ihr Augapfel, aber nun läßt sie keine Gelegenheit vorübergehen, ohne ihm eins auf den Hut zu geben. Manchmal wird es sogar mir zuviel. Was ist nur in sie gefahren?«

Francis wußte es nicht, ja es interessierte ihn nicht einmal. Er war ein Mann von seichten Gefühlen, feige und selbstsüchtig. Er war »Apotheker« in Mr. Farleys gutgehendem Drugstore in der Niagara Street nahe der West-Fähre und verdiente fünfundzwanzig Dollar die Woche. Er hatte seine eigenen Probleme. Es fiel ihm schwer, sich auf diese für ihn neue Art von Laden einzustellen. Er konnte sich nicht damit abfinden, daß in einem Drugstore »Sodas« »gemixt« werden mußten, die er als »scheußliches Gebräu« abtat. Er begriff nicht, warum eine Apotheke, zusätzlich zu Arzneimitteln, Schokolade, Eiscreme und Tabak verkaufen sollte. Und er verstand Mr. Farley nicht.

Mrs. Timothy Farley war Ire. Zuerst war Francis über die Zumutung, daß er für einen Iren arbeiten sollte, empört. Er würde »dem Kerl schon den Herrn zeigen«! Der ebenso offene wie warmherzige Mr. Farley jedoch schien absolut nicht erpicht darauf zu sein, sich einen Herrn zeigen zu lassen. Er war ein gütiger, freundlicher, dicker kleiner Mann, auf dessen kahlem Schädel ein spärlicher Rest roter Haare ein dürftiges Dasein fristete. Er hatte leuchtende grüne Augen, ein breites einladendes Lächeln und eine schwere goldene Uhrkette, und er bewies guten Geschmack in der Wahl seiner Schneider. Als kinderloser Witwer empfand er tiefste Zuneigung für junge Geschöpfe, ob menschlicher oder tierischer Herkunft, und seine Taschen waren stets mit allerlei Zuckerwerk gefüllt, das er mit großer Liebe unter seinen Schützlingen verteilte. Seinem volltönenden, dröhnenden Lachen war schwer zu widerstehen, aber Francis schaffte es. In England hätte Mrs. Clair natürlich nicht im Traum daran gedacht, einen Iren als »Gast« zu beherbergen. In Amerika aber war alles anders. »Man muß mit den Wölfen heulen«, sagte sie.

Francis aber konnte sich nicht damit abfinden, daß er für einen Iren arbeiten sollte. Es war »erniedrigend«. Er war so unverschämt zu seinem Brotgeber, wie er es zu sein wagte, denn Mut gehörte nun einmal nicht zu seinen hervorstechendsten Eigenschaften, und so blieben seine Frechheiten nahezu unbemerkt. Herablassung nahm Mr. Farley nicht zur Kenntnis. Er hielt Francis für ein »komisches Kerlchen, ohne Saft und ohne Kraft«. Der herzensgute und großzügige Mann bemitleidete Francis aus ganzer Seele und begegnete seinem neuen Angestellten mit allzuviel Wohlwollen. Wenn er ihm Sonnabend das Gehalt auszahlte, drückte er ihm unweigerlich eine Bonbonniere für Maybelle und Zuckerwerk und einen großen Napf mit Eiscreme für den kleinen Frank in die Hand.

Francis nahm diese Geschenke, die Mr. Farleys aufrichtiges Mitgefühl ausdrückten, mit huldvoller Zurückhaltung an. Sie ließen ihn seine Demütigungen leichter ertragen.

Francis war ein gewissenhafter, wenn auch kein begeisterter Apotheker. Mr. Farley war zufrieden und dankbar. Er hatte sich schon fast mit der Untüchtigkeit, Saumseligkeit und Verantwortungslosigkeit seiner Angestellten abgefunden. Und mit ihrer Unredlichkeit. Bei Francis aber konnte er sich darauf verlassen, daß er Punkt acht im Laden war, das Reinigen des Fußbodens und der Fenster beaufsichtigte und diese Arbeiten sogar selbst ausführte, wenn dem faulen Schuljungen an gewissen Tagen die Mühe des Aufstehens zuviel war. Auch an der Ladenkasse konnte er Francis vertrauen, wie das der deutliche Anstieg der täglichen Einnahmen augenscheinlich machte. Francis war höflich, wenn auch kühl zu den Kunden, und so sorgsam und genau bei der Zubereitung von Arzneimitteln, daß er sich unter den Ärzten der Stadt, selbst unter jenen, die Mr. Farleys Drugstore für gewöhnlich nicht empfahlen, einen ausgezeichneten Ruf erwarb.

Francis' weißer Arbeitsmantel war stets peinlich sauber, seine Erscheinung untadelig. Er war ein anscheinend unermüdlicher und präzise funktionierender Automat. Nach sechs Monaten erhöhte Mr. Farley sein Gehalt auf dreißig Dollar und überreichte ihm zu Weihnachten einen Scheck auf fünfundzwanzig Dollar.

Mr. Farley wünschte sich heimlich, Francis würde ihn einmal zu sich nach Hause einladen. Er hatte große Zuneigung zu dem kleinen Frank gefaßt, in dessen Gesicht er die Züge eines leidenschaftlichen, wenn auch stummen Heiligen zu sehen vermeinte. Maybelle tat ihm leid. Er versorgte sie laufend mit allerlei Patentmedizinen, denen sie in zunehmenden Mengen zusprach. Er lauschte ihren Klagen über undefinierbare Beschwerden und rätselhafte Schmerzen mit unendlicher Geduld und fand nichts dabei, auch an einem Sonntag in seinen Laden zu laufen, um ihr irgendeinen besonderen Trank zusammenzubrauen. Von Mitgefühl bewegt, blickte er in ihr dickes, schlaffes Gesicht mit den schmollend aufgeworfenen Lippen und den umschatteten Augen und sprach ein stilles Gebet für sie.

Doch die Clairs luden Mr. Farley niemals in ihr armseliges Heim in der Vermont Street. Der Gedanke kam Francis einfach nicht in den Sinn. Mr. Farley war sein Brotgeber; es war für einen Angestellten nur schicklich, die »gebührende Distanz« zu halten. Es stand einem Dienstnehmer nicht zu, die Menschenliebe seines Dienstgebers zu mißbrauchen. Dienstgeber gehörten einer eigenen, gehobenen Klasse an. Das Widersprüchliche seiner Überzeugung, wonach Mr. Farley als Ire weit unter, als Unternehmer jedoch weit über ihm stand, kam Francis nicht zum Bewußtsein.

Maybelle, der die Vorzüge mittelständischer Lebensart vorenthalten geblieben waren, fand Mr. Farley wirklich sehr nett. Sie begegnete ihm, dem sie ja schließlich ihren Unterhalt verdankte, mit unterwürfigem Respekt. Manchmal gelang es ihm, sie zum Lachen zu bringen. Er war ein mitfühlender Zuhörer, wenn sie ihre »Verbannung« beklagte und mit Tränen in den Augen von England erzählte, und zeigte volles Verständnis für die arme Frau, obwohl er persönlich England für ein »Dreckland« hielt.

Wie Maybelle sich veränderte, so veränderte sich auch Francis, und mit der gleichen unerbittlichen Konsequenz. Zwei oder gar drei Jahre mußten vergehen, bevor Frank sich dieser Veränderungen bewußt wurde. Der schon immer empfindliche und ängstliche Francis, der dazu neigte, sich vor jeglicher Offenbarung der naturgegebenen Mißgunst des Schicksals zu ducken, wurde allmählich von einer quälenden, lähmenden Furcht befallen. In einer Anwandlung von Mitgefühl legte sich Frank in späteren Jahren oft die Frage vor, ob diese Veränderung nicht an jenem Tag begonnen hatte, da der Arzt der Einwanderungsbehörde seinen Vater an Bord der »Baltic« untersucht hatte.

Aber noch stellte diese kaum wahrnehmbare und nicht aufzuhaltende Veränderung im Charakter seiner Eltern nicht das größte Problem im Leben des jungen Frank Clair dar.

Für Miß Jones waren die Kinder der ersten Klasse keine Masse namenloser Quälgeister, denen sie sozusagen ihren Lebensunterhalt verdankte. Sie sah in ihnen Individuen, jedes einzelne mit seinen eigenen, ganz besonderen Wesenszügen, völlig ungleichartige, aber immer wieder neue und erregende Geschöpfe. Die meisten Kinder kamen aus armen Arbeiterfamilien; sie waren schwer von Begriff, seelisch und geistig stumpf und hoffnungslos unintelligent. Miß Jones empfand ein verzweifeltes Mitgefühl für sie; nicht weil sie arm waren und in geflickten Kleidern zur Schule kamen, sondern weil ihr beschränktes Denkvermögen sie zu einem Leben verurteilte, das kaum wertvoller war als das eines Tieres. Sie sah in ihnen ewige Embryos, die halbgeformt vorzeitig aus dem Schoß des Lebens ausgestoßen wurden.

XII

In Franks Leben gab es drei Lehrer, die einen entscheidenden Einfluß auf ihn ausübten und die er nie vergaß. Zwei davon waren Frauen, einer ein Mann. Sie hatten weder altersmäßig noch charakterlich noch dem Aussehen nach irgendeine Ähnlichkeit miteinander. Eines aber war allen dreien eigen: Einfühlungsvermögen und liebevolles Verständnis für ihre Schüler.

Franks erste Lehrerin in Amerika war etwa fünfzig Jahre alt und unverheiratet; eine magere kleine Person mit einem Gesicht, das an eine Rosine erinnerte, und schwarzen Haaren, die zu einem riesigen, unordentlichen Knoten aufgesteckt waren. In seltsamem Kontrast zu ihrer kleinen Gestalt war alles andere an ihr riesig, vom Haarknoten bis zu den enormen Schuhen, von ihren großen Händen bis zu der Uhr, die sie an der Bluse trug. Sie sah leicht verwegen und abenteuerlich aus, und dieser Eindruck wurde noch verstärkt durch ihr spontanes strahlendes Lächeln, das ihre großen weißen Zähne entblößte und von viel Humor zeugte. Diese kleine, grillenartige Person sprang meist blitzartig von ihrem Stuhl auf und schoß zur Tafel; ihre riesigen Schuhe dröhnten auf dem Holzboden wie die Stiefel eines Grenadiers; der Haarknoten saß wie eine Riesengeschwulst schief über ihrem winzigen Gesicht; die schwere Uhr tanzte auf ihrem vertrockneten Busen; die silbernen Armreifen klirrten um ihr knochiges Handgelenk. Während sie lief, stieß sie hohe zwitschernde Laute aus, Laute ohne Bedeutung, die offenbar der natürliche Ausdruck ihrer Persönlichkeit waren. Sie gehörten genauso zu ihr wie das Zirpen zu den Grillen, an die sie so sehr erinnerte. Ihr Name war Emily Jones.

Frank war hingerissen. Er liebte sie von dem Augenblick an, da sie ihn zum Spaß an den Ohren zog und »Schätzchen« nannte. Sie hatte eine lebhafte, rauhe Art. Oft gab sie einem Jungen einen liebevollen Nasenstüber, band einem Mädchen die Schürzenbänder, entließ es mit einem Klaps auf das baumwollene Hinterteil und sah sich dann munter und erwartungsvoll um. Alles an ihr war Leben und Bewegung, Zärtlichkeit und Verstehen, Disziplin. Die Kinder lachten über sie und beteten sie an. Drei Jungen und zwei Mädchen wurden in ihrem späteren Leben auf verschiedene Weise und in verschiedenem Maße berühmt, und sie alle sprachen von Miß Jones nie anders als mit liebevollem Lächeln. Einem einzigen — es war Frank Clair — kam je der Gedanke, daß sie mit ihrem mageren Einkommen von 450 Dollar im Jahr kaum genug zum Leben hatte; sie mußte damit sich selbst, ihre Mutter und eine körperbehinderte Schwester erhalten. Nur Frank machte sich in späteren Jahren einmal auf die Suche nach ihr, mußte aber erfahren, daß sie inzwischen an Unterernährung gestorben war.

Miß Jones sah sich jede neue Klasse von Sechs- und Siebenjährigen genau an, betrachtete aufmerksam prüfend jedes Kindergesicht, als suchte sie etwas. Nur vier oder fünfmal in den langen Jahren, die sie unterrichtete, hatte sie ein bestimmtes Leuchten der Augen bemerkt, eine gewisse Kopfbewegung, eine Geste, einen bestimmten Klang der Stimme und war sofort voll Energie und Entzücken gewesen. Hier war ein Kind, das nicht wie die anderen aus schwerem Lehm gemacht war, sondern eines, aus dem einmal ein ganzer, vollwertiger Mensch werden konnte; eines, das man herausheben, betreuen, führen mußte, das mit Respekt und Ehrfurcht zu behandeln war, für das man beten mußte.

Niemand begleitete Frank an jenem ersten Tag zur Schule. Maybelle zeigte ihm das Schulhaus von weitem, es lag ja nur zwei Häuserblocks entfernt in der Vermont Street auf Nummer 38. Sie zog ihm seinen zweitbesten Matrosenanzug an, trug ihm auf, sich ordentlich zu benehmen, zog seine Hosenträger enger, putzte ihm die Nase und steckte ihm das Taschentuch in die Hose. Zuletzt ermahnte sie ihn noch, auf dem Heimweg nicht zu trödeln. Dann entließ sie ihn und kehrte zu ihrer neuen Hauptbeschäftigung zurück: über ihr Unglück nachzugrübeln und zu versuchen, den Schmutz und Ruß in ihren armseligen Räumen wenigstens teilweise zu entfernen.

Frank war schon um ein Viertel vor neun in der Schule. Er war eher bestürzt über die Kinder, die auf dem Gehsteig spielten und warteten, bis die Glocke zum Schulbeginn läutete. Es waren wilde, lärmende Kinder, und sie rempelten ihn gedankenlos an, als er vorüberging. Er betrat die dunkle Eingangshalle des altmodischen Ziegelbaus und sprach schüchtern einen Lehrer an, der sich sofort seiner annahm und ihn zu Miß Emily Jones führte.

Miß Jones war gerade eifrig damit beschäftigt, das Alphabet an die Tafel zu schreiben, als der Lehrer Frank in das Klassenzimmer schob. Die zerkratzten Pulte waren alle leer, die grauen Fenster ließen die kalte Märzsonne ein, und es roch nach Kreidestaub, Schweiß und Holz. Miß Jones wandte sich sofort um und richtete ihre kleinen, ruhelosen schwarzen Augen auf Frank, lächelte ihn strahlend an und rief: »Oh, ein neuer Schüler! Wie heißt du denn, Schätzchen?«

Sie kam mit schwerem Schritt auf ihn zu, zog ihn liebevoll am Ohrläppchen und betrachtete ihn aufmerksam und prüfend. Sie sah sein blasses, schmales Gesicht, seine verträumten blauen Augen, die kastanienbraunen Locken, die magere, hochaufgeschossene Gestalt. Er versuchte sie anzulächeln, brachte aber nur eine freudlose Grimasse zustande. Sie sah seine langen weißen Hände, die zarten Finger, die kräftigen Gelenke. Und wieder einmal spürte sie in ihrem Inneren die seltsame Erregung, die atemlose Überraschung, das plötzliche Erkennen.

Sie nahm ihn an der Hand und führte ihn zum Katheder. Sie setzte sich, verschränkte ihre großen Hände und starrte ihn lange an. Seltsamerweise machte dieser eingehende, lange Blick Frank weder scheu noch verlegen, er fühlte vielmehr den Wunsch, auf die stumme Frage zu antworten. Später sagte er ihr seinen Namen, seine Adresse, die Namen seiner Eltern, seinen Geburtsort. Den Kopf zur Seite geneigt, hörte sie ihm zu, und der riesige Haarknoten leuchtete in der Frühlingssonne. Sie schien nicht nur seiner Stimme, sondern noch etwas anderem zu lauschen.

Auf Grund der wenigen Fragen, die sie Frank gestellt hatte, wußte sie, daß er eigentlich in eine höhere Klasse gehörte. Der Junge konnte lesen, schreiben und so halbwegs rechnen. Aber sie konnte ihn nicht fortschicken. Sie mußte ihn behalten, sie mußte ihm helfen. Er war einer jener Seltenen. Sie wies ihm einen Platz in der letzten Reihe an, während die Kinder in die Klasse strömten.

Sie bemerkten natürlich sofort, daß ein Neuer da war, und betrachteten ihn neugierig den ganzen langen Vormittag. Einige seiner Nachbarn schenkten ihm ein scheues Lächeln, und er lächelte zurück. Dann aber hörte das Lächeln plötzlich und ohne ersichtlichen Grund auf, und Frank sah wieder die starre Maske der Feindseligkeit auf ihren Gesichtern. Er kannte diese Maske, und einen Augenblick lang fühlte er sich entsetzlich elend, schuldbeladen, ausgestoßen aus dem Reich der Kinder. Wieder einmal verstärkte sich in ihm die Überzeugung, daß er abstoßend wirkte, unzumutbar häßlich, ein Ungeheuer, das immer zurückgestoßen, unterdrückt und hinausgeworfen werden mußte. Und er wappnete sich gegen die unvermeidliche Ächtung, gegen den Ausschluß durch seine Schulkameraden.

Wie immer überempfindlich gegen alle Umwelteinflüsse und mit einem untrüglichen Gefühl für die Schwingungen des menschlichen Gemütes ausgestattet, verbrachte Frank den Vormittag damit, das Klassenzimmer, die Lehrerin und seine Mitschüler zu »erfüllen«. Er streckte seine geistigen Fühler aus und betastete die beiden schwarzen Tafeln, die schmalen, schmutzigen Fenster, die Gesichter der kleinen Jungen und Mädchen. Es war, als hätte er keine Haut, als lägen alle seine Nerven bloß und fühlten auch den leisesten Hauch von Empfindung, der über ihn hinwehte. Nichts war für ihn ohne Persönlichkeit und Charakter. Die Wände waren nicht nur schmutziggelb; sie waren auch dumm und unfreundlich und besaßen eine tote Seele, die ihn mit leerem Blick betrachtete. In der Zimmerdecke war ein langer, zackiger, schwarzer Sprung, um den die Farbe abbröckelte. Er sah ihn an, und Schwermut überkam ihn. An einer der trostlosen Wände hing die Lithographie eines alten Mannes, dessen weiße Haare seltsam geschnitten waren: sie hatten die Form einer Pyramide. Der Mann trug auch ganz ungewöhnliche Kleider. Frank wußte nicht, daß es George Washington war, aber er geriet in den Bann dieser ernsten, ruhigen Augen, dieses sanften Lächelns, dieses überlegenen Gesichtsausdruckes. Er fragte sich, ob dies vielleicht ein Porträt des Schuldirektors war. Er war überzeugt, daß dieser Mann ihn gern hätte und daß auch er mit Zuneigung auf die große Freundlichkeit in dem stillen Gesicht reagieren würde. Er fühlte eine Art Blutsbrüderschaft zwischen sich und dem Mann auf dem Bild, ein gegenseitiges Verstehen.

Die blasse Märzsonne fiel in das Klassenzimmer, und wieder senkte sich Schwermut über Frank. Draußen vor dem Fenster sah er eine vorstehende Ziegelmauer der Schule, und die rauhen Flächen der dunkelroten Ziegel waren ihm fremd und unheimlich. Seine Traurigkeit verstärkte sich. Alle Nerven seines Körpers schmerzten, da so viel Neues auf sie einwirkte.

Miß Jones rief ihn nicht auf, noch gab sie ihm Papier und Bleistift oder ein Buch. Sie ließ ihn in aller Ruhe seine Umgebung in sich aufnehmen und hoffte, er würde sich bald an all das Fremde, Neue gewöhnen. Sie beobachtete ihn ständig, auch wenn sie den Kindern etwas vorlas oder große Buchstaben auf die Tafel malte, und sie bemerkte seinen verwirrten Blick, die Art, wie er seine Mitschüler musterte, seine selbstvergessene Betrachtung des Sprunges in der Decke und der Lithographie. Sie bemerkte auch die Blicke, die die anderen Kinder ihm verstohlen zuwarfen, und sie seufzte. Den ganzen Morgen erklang ihre fröhliche, zwitschernde Stimme im Klassenzimmer. Sie besaß in besonderem Maß die Gabe, die Aufmerksamkeit auch des lebhaftesten Kindes zu fesseln. Nachdem sie das Alphabet mit den Kindern geübt hatte, zeichnete sie in das A und das B Augen, Nase und Mund, machte einen Eichhörnchenkopf aus dem C, eine Hexe aus dem E. Die Kinder lachten glücklich. Dann wischte Miß Jones mit einem Blick zur Tür die lustigen kleinen Zeichnungen hastig von der Tafel.

Sie hatte erkannt, daß Frank auf Grund seines seltsamen Wesens und seiner ungewöhnlichen Art zum Unglücklichsein verdammt war. Sie wußte aber auch, daß Kinder sogar einen Außenseiter bewundern und anerkennen, wenn er irgendeine besondere Fähigkeit aufzuweisen hat. Frank konnte gut lesen. Und so sagte sie um 11 Uhr in ihrem hohen, munteren Tonfall: »Meine Lieben, meist lese ich euch um diese Zeit ein oder zwei von Grimms Märchen vor. Heute haben wir jedoch einen Neuen in der Klasse, der genausogut lesen kann wie ich. Ich möchte ihn bitten, uns etwas vorzulesen.«

Die Kinder machten große Augen. Miß Jones lächelte freundlich und trug das Buch zu Franks Pult. Voll Angst und Entsetzen sah er zu ihr auf — er wußte, was nun kam. Sie jedoch blickte ihm fest in die Augen, ihr Gesicht war ganz ernst und ruhig.

Sie legte das Buch vor ihn hin. »Frank Clair«, sagte sie langsam und deutlich, »willst du mir die Freude machen und den Kindern etwas vorlesen? Wir sind bis zu Seite 157 gekommen.«

Frank war ganz benommen vor Schrecken und Verwirrung, konnte aber den Blick nicht von Miß Jones wenden. Sie sagte ihm etwas mit ihren kleinen Vogelaugen, und was sie ihm sagte, machte ihm Mut. Er schlug sich das Knie an, als er aufstand. Er nahm das Buch mit zitternden Händen. Miß Jones ging zum Katheder zurück. Ihr Lächeln, ihr Vertrauen zu ihm traf ihn wie ein Lichtstrahl über die Köpfe der staunenden Kinder hinweg.

Frank begann zu lesen, fast unhörbar zuerst, dann jedoch mit zunehmender Sicherheit. Er kannte die Geschichte, sie gehörte zu seinen liebsten. Seine junge, klare, geschulte Stimme erfüllte den Raum. Ein oder zwei Kinder machten sich über sein offenes englisches »a« lustig, über seine sorgfältige Aussprache, die sich so sehr von ihrer verschwommenen, nachlässigen Redeweise unterschied. Bald vergaß Frank seine Zuhörer. Er sah den dunklen Wald im hellen Sonnenschein; er sah das niedrige rote Dach des Knusperhäuschens; er sah die bleichen Gesichter der verängstigten Kinder, das Blau und Weiß ihrer Kleider in der Dämmerung. Er hörte den Gesang seltsamer Vögel in den Bäumen, das Rascheln kleiner Tiere unter blühenden Sträuchern, das Heulen des Windes im hohen kalten Himmel. Er legte seine eigenen Gefühle in die Geschichte hinein, so daß die Schüler unwillkürlich mit gespannter Aufmerksamkeit lauschten und keinen Blick von ihm wandten, um nur ja kein Wort des Abenteuers der verirrten Geschwister zu überhören. Die Uhr an der Wand tickte; die Märzsonne wurde weißer und heller und beleuchtete die Ziegelmauer vor dem Fenster. Unten rumpelte ein Wagen über die Pflastersteine. In der Ferne bellte ein Hund. Die Kinder hörten zu und bewegten keinen Muskel.

Das Märchen war zu Ende. Benommen setzte Frank sich nieder. Er war noch im Hexenwald, in seinen Ohren sangen noch die Vögel. Es dauerte einige Augenblicke, bis er in das Klassenzimmer zurückkehrte.

Miß Jones sagte eindringlich: »Kinder, ich hoffe, ihr habt Frank aufmerksam zugehört. Ich hoffe, ihr wißt nun, wie Englisch wirklich gesprochen werden sollte. Versucht euch zu merken, wie Frank die Worte ausspricht, klar und deutlich und nicht, als ob er ein Butterbrot im Mund hätte. Englisch ist eine schöne, reiche Sprache; sie verdient es, so gut gesprochen zu werden, wie Frank das getan hat.«

Die Kinder starrten Frank mit großen, runden Augen an. Ihre Feindseligkeit war unübersehbar, aber gleichzeitig fühlte Frank auch ihre Bewunderung. Er war ein Fremder, aber er wußte nun, daß er auch als Fremder geduldet und geachtet wurde, wenn er in irgendeiner Beziehung den anderen überlegen war. Ihre Zuneigung gewann er vielleicht nie; er mußte seine Überlegenheit nützen, um wenigstens ihre Bewunderung zu erregen. Frank erkannte, daß es wichtiger war, von Unterlegenen bewundert und respektiert als von ihnen akzeptiert zu werden.

Auf Anraten von Mrs. Watson, der Zimmervermieterin, hatte Maybelle ihrem Sohn einige Brote und einen Apfel in die Schule mitgegeben. Auch die anderen Kinder hatten Proviantpäckchen mit. Sie gingen zum Essen in den dunklen Keller hinunter und setzten sich auf die schmutzigen Bänke gegenüber dem Heizungskessel. Frank fand einen stillen Platz und begann zu essen. Die Einsamkeit umschloß ihn wie die Mauer einer Festung. Die anderen Kinder aßen, kreischten, spielten und rannten um die Heizungsrohre herum. Frank war zufrieden. Es schien ihm lange schon das Erstrebenswerteste, einfach nicht beachtet zu werden. Er horchte auf die Stimmen der Kinder, und sie erinnerten ihn an das Quieken rosiger Ferkel, an das Blöken junger Schafe, das Miauen kleiner Katzen.

Dann bemerkte er, daß ein großer, dicker Junge von etwa acht Jahren vor ihm stand, und erkannte in ihm einen Banknachbarn. Frank sah zu ihm auf, zuerst ängstlich, wie es seine Art war, dann mit Abscheu. Der Junge hatte ein breites, dummes Gesicht, Augen voll Bosheit, kurzgeschorene gelbe Haare, einen schwammigen Körper und große, derbe Hände. Er war sein größter Mitschüler, dieser Herman Kolzmann, denn er saß schon zwei Jahre in der ersten Klasse. Darüber ärgerte er sich natürlich und war aus Rache zum Klassentyrannen geworden. Die anderen Kinder haßten, fürchteten, bewunderten ihn und folgten seinen Befehlen, weil sie seine Kraft und seine Grausamkeit kannten und seine Fäuste fürchteten. Er war einer der Unverbesserlichen.

Die Hände in die Hüften gestützt, starrte er auf Frank herunter. »Verdammter Engländer«, sagte er verächtlich. »Was machst du in unserem Land? Wir haben euch siebzehnhundertsechsundsiebzig besiegt, weißt du das?«

Frank sah ihn fasziniert an. Er spürte: hier waren blinde Bosheit, unmenschliche Brutalität, allzeit bereite Zerstörungswut. Sein empfindliches Ohr merkte sofort die ungewohnte Aussprache. »Du sprichst aber komisch!« entgegnete er. Was hatte sein Vater erst gestern zu ihm gesagt? »Dies ist ein englisches Land. Wir sind mit mehr Berechtigung hier als alle die verdammten Ausländer, die rund um uns wohnen. Vergiß es nicht, du bist ein Engländer, Frank, und Amerika ist auch dein Land.« Und jetzt fügte Frank hinzu: »Du sprichst nicht sehr gut Englisch. Das ist also gar nicht dein Land.«

Das große, gedunsene Gesicht des Jungen färbte sich dunkelrot. Er ballte die Faust und hielt sie Frank unter die Nase. Frank aber zuckte zum erstenmal nicht vor einem Fremden zurück. Seine blauen Augen weiteten sich vor Verachtung. Er fühlte, wie etwas heiß in ihm aufstieg und ihm Kraft verlieh. Er stieß die dicke kleine Faust beiseite und stand auf. Er war lang und dünn, und seine Augen befanden sich beinahe auf gleicher Höhe mit Hermans Augen. Er zitterte nun, aber nicht vor Angst, sondern vor Begier, in dieses stumpfe, gemeine Gesicht zu schlagen, es von sich fortzustoßen.

»Verschwinde!« sagte er ganz ruhig.

Herman trat einige Schritte zurück, und seine kleinen braunen, glanzlosen Augen blinzelten ausdruckslos. Einige der anderen Kinder witterten ein Abenteuer und kamen näher. Herman war wütend, aber seine angeborene Feigheit wich vor Franks bitterer Verachtung und Furchtlosigkeit zurück. Er kaute an seiner Lippe und starrte den seltsamen kleinen Fremden an. Man sah deutlich, wie sein schwerfälliger Geist versuchte, sich zurechtzufinden.

»Ich könnt euch ja alle verprügeln!« rief er, aber seine Stimme war unsicher, fast ein wenig weinerlich.

»Versuch es doch«, antwortete Frank. Und zum erstenmal in seinem Leben ballte er die Hände zu Fäusten. Heiß und rot fühlte er die Wut in sich aufsteigen und gleichzeitig die Gewißheit, daß in diesem Kampf er der Sieger sein würde.

Auch Herman schien dieser Überzeugung. Er versuchte es mit einem Grinsen. »Was ist eigentlich los mit dir, du verdammter Engländer, du?« Die Kinder waren erstaunt, riefen aber ebenfalls begeistert: »Verdammter Engländer! Verdammter Engländer!« Mehrere kleine Mädchen klatschten dazu in die Hände und hüpften im Takt auf und ab. Immer mehr Kinder kamen herbei.

»Schlag ihn nieder, Hermy«, hetzte ein blutrünstiger kleiner Junge.

Nichts hätte Herman lieber getan, aber angeborene Vorsicht hielt ihn zurück. »Ah, ich will mir nicht die Hände mit ihm schmutzig machen«, sagte er verächtlich. Dann kam ihm ein anderer Gedanke. »Was bist du denn eigentlich? Etwa gar ein Mick?«

Frank öffnete die Fäuste. Es ärgerte ihn, daß er diesen gräßlichen Jungen nicht niederschlagen konnte. Dann horchte er auf. »Ein Mick?« wiederholte er.

»Ja, ein dreckiger Mick.« Herman wartete auf eine Antwort. Frank starrte ihn immer noch verständnislos an. Ungeduldig fügte Herman hinzu: »Du weißt schon, ein Cat!«

Frank staunte und schwieg. Herman strahlte. »Ah, du weißt wirklich gar nichts, du verdammter Engländer! Er weiß nicht mal, was ein Mick oder Cat ist«, teilte er seinen Getreuen hämisch mit und sah sich über die Schulter nach ihnen um. Die Kinder lachten laut und triumphierend. Frank wurde immer verwirrter. Dann bemerkte er, daß ein kleiner Junge und ein kleines Mädchen mit verlegenen, roten Gesichtern sich von der Gruppe entfernten und hinter dem Heizungskessel verschwanden.

»Ich weiß nicht, worüber ihr sprecht«, sagte Frank in neuem Zorn. »Was ist das: Mick? Cat?«

Herman brüllte vor Lachen. »Dreckige Papst-Freunde, das sind die Micks und die Cats. Die bringen dich um, bevor du weißt, wie dir ist. Du bist vielleicht blöd, du verdammter Engländer! Gibt's denn keine Micks und keine Cats in eurem Land?«

Frank dachte nach. Er hatte nie von Leuten gehört, die herumgingen und sozusagen gewohnheitsmäßig ihre Mitmenschen töteten. Er sagte:

»Die Polizei würde nicht zulassen, daß die Micks und Cats uns töten.« Seine Neugierde war geweckt. »Wie sehen die denn aus?«

Wiederum schüttelten sich Herman und seine Freunde vor Lachen. Herman sah sich suchend um. »He, wo sind Tom Murphy und Mary Flynn? Sie waren grad da. Jetzt sind sie weg.« Er wandte sich wieder an Frank. »Sie haben ein schwarzes Herz, und sie halten zum Papst, und sie bringen jeden sofort um. Wir müssen sie zuerst umbringen!«

Frank erschrak. Was für ein schreckliches Land war das doch, in dem es gleich auf Leben und Tod ging! Seltsam, daß seine Eltern ihn nie vor dieser Gefahr gewarnt hatten.

Herman fragte: »Bist du ein Prodesant?«

Wiederum kannte Frank sich nicht aus. »Ein Prodesant?« fragte er. »Was ist denn das?«

Herman schlug sich stolz auf die Brust, während die Kinder lachten und jubelten. »Ich bin Prodesant, du Hornochs. Und diese Kinder hier. Und du?«

»Ich weiß es nicht«, gestand Frank. »Ich habe noch nie von Prodesanten gehört. Vielleicht gibt es keine in England.«

Herman kniff die Augen zusammen, und ein roter Funke glomm in ihnen auf. »Bist du denn nicht getauft, du dummer Esel?«

Schon wieder ein Wort, das Frank Clair nicht kannte! Er rieb sich die Stirn. »Ich weiß es nicht«, sagte er. »Ich habe nie davon gehört.«

Herman traute seinen Ohren nicht. Er strahlte, und der rote Funken zwischen seinen hellen Wimpern wurde immer heller. Er zeigte mit dem Finger auf Frank, während die Kinder ihn hingerissen anstarrten, und kreischte: »Dann bist du nicht nur ein verdammter Engländer, dann bist du auch ein dreckiger Jid!«

Die Kinder klatschten in die Hände und hüpften auf und ab. »Ein dreckiger Jid! Ein dreckiger Jid!« schrien sie ganz in Ekstase.

Herman grinste unverschämt. »Wie heißt du denn wirklich, du verdammter Jid?« fragte er. »Heißt du vielleicht Levy?«

Frank schwieg, und wieder stieg die Wut heiß in ihm auf. Er fühlte sie hämmern und brennen, fühlte sie in seinen Armen, in seinem ganzen Körper, in seinem Schädel — eine einzige gewaltige Flutwelle des Hasses. Er trat einen Schritt auf Herman zu. Herman aber wurde plötzlich still; er leckte sich die Lippen, er zerrte an seiner Hose. Die Kinder fühlten die Spannung, die in der Luft lag, und waren still und aufmerksam.

»Ah, du kannst kein Jid sein«, sagte Herman in versöhnlichem Tonfall und beobachtete Frank unruhig. »Ein Jid kämpft nicht! Hör zu, du Esel, ich will keine Rauferei mit dir. In welche Kirche gehst du?«

Noch loderte die Wut in Frank. Alle seine Muskeln waren angespannt, er hätte zu gerne zugeschlagen. Er trat noch einen Schritt an Herman heran, der ängstlich zurückwich. »Hör mal«, sagte der kleine Deutsche,

»ich will keine Rauferei mit dir. Weißt du wirklich nicht, in welche Kirche du gehst?«

Frank hielt inne. Seine Neugier war plötzlich stärker als sein Zorn. »Das geht dich zwar nichts an«, sagte er verächtlich, »aber ich kann es dir ruhig sagen, du schmutziger Kerl. Mein Vater ging in England immer in die Hochkirche, und meine Mutter ist Baptistin. Warum ist das so wichtig? Was hat es mit dir zu tun?«

Herman atmete erleichtert auf. Franks Gesichtsausdruck und seine geballten Fäuste hatten ihm gar nicht gefallen. Mit weinerlicher, besänftigender Stimme sagte er: »Dann bist du ja auch ein Prodesant wie wir alle. Du bist kein Mick und kein Jid. Ich bin ein Luthraner.« Er machte eine hoffnungsvolle Pause. »Du weißt, was ein Luthraner ist?«

»Nein, und ich will es auch nicht wissen«, antwortete Frank ärgerlich. »Wenn du ein Prodesant bist, will ich keiner sein und werde nie einer sein.«

Er wartete einen Augenblick, aber Herman sagte nichts mehr. Er sah ihn nur an, und in seinem Blick waren Feigheit und ohnmächtiger Haß. Daraufhin wandte sich Frank verächtlich von ihm ab und ging die Treppe hinauf in sein Klassenzimmer.

Das war seine erste Begegnung mit Vorurteil und Haß in dieser freien, edlen Republik, die von Engländern in der Überzeugung ausgerufen worden war, daß alle Menschen gleich seien vor Gott; daß innerhalb der Grenzen dieses glücklichen Landes Toleranz, Sicherheit und Gerechtigkeit für alle Menschen herrschen würde.

Gleichzeitig war es seine erste und berauschendste Bekanntschaft mit der Kraft, die in ihm selber wohnte und anderen Respekt abverlangte. Zum erstenmal hatte er helle Wut und Abscheu empfunden, zum erstenmal erfahren, daß feige Brutalität durch die Verachtung und Empörung furchtloser Menschen im Zaum gehalten werden kann. Er kannte jetzt die Antwort auf rohe Gewalt. Er kannte die Antwort auf Bosheit und alles Böse. Die Antwort lag in seinem eigenen, unerschrockenen Herzen.

Selbst wenn die Kinder ihm jeden Tag nach Hause nachliefen und »verdammter Engländer« schrien, selbst wenn sie Steine nach ihm warfen und ihm die Zunge herausstreckten und ihn in ihrem gedankenlosen kindlichen Haß verhöhnten — er fürchtete sich nicht. Er hatte gelernt, was es heißt, unterdrückt und verfolgt zu werden, und er vergaß das nie. Aber er wußte auch die Antwort darauf: Verachtung und Mut.

Er konnte in späteren Jahren nie die Meinung seiner Freunde teilen, für die die Antwort auf Unterdrückung, Dummheit, Haß und Verfolgung »Bildung« hieß. Er wußte nur zu gut, daß Bildung in tierische, untermenschliche Hirne nicht eindrang; daß Erziehung in Güte und Weisheit solche Menschen nicht beeindruckte. Nein, es gab nur eine Antwort: Verachtung und Mut, notfalls bewaffnete Stärke, und unerschütterlichen Stolz.

XIII

Maybelle blickte auf das Sparbuch in ihren Händen. Francis stand daneben und lächelte zufrieden. »Wiederum fünfzehn Dollar — drei Pfund!« sagte er. »Wenn wir so weitertun, haben wir bald ein kleines Vermögen auf der Bank.«

Maybelle strich mit ehrfürchtiger Hand über die kleinen Seiten. Das Büchlein war für sie zum Buch des Lebens geworden. Sie betrachtete die vielen leeren Seiten und sah sie im Geiste alle beschrieben, angefüllt mit Reichtum und Hoffnung. Sie schlug das letzte Blatt auf. O Gott, wenn dieses letzte Blatt vollgeschrieben und zusammengezählt war, dann konnten sie doch sicher nach Hause fahren! Aber wie lange das wohl noch dauerte? Die ersten vier Eintragungen nahmen so schrecklich wenig Platz in Anspruch. Wieder wandte sie sich der letzten Seite zu. Wenn die erst voll wäre! Tränen brannten in ihren Augen.

»Ich möchte genauso gern nach Hause fahren wie du«, sagte Francis, der ihre Gedanken kannte. »Ich verspreche dir, sobald das Sparbuch voll ist, fahren wir heim!«

»Das wird Jahre dauern«, entgegnete Maybelle bedrückt.

»Nicht, wenn wir weiterhin so sparsam sind. Wir geben keinen Penny aus, den wir nicht unbedingt ausgeben müssen. Darum war ich auch so böse, daß du dem Jungen ein zweites Paar Schuhe kaufen wolltest. Kinder wachsen doch so schnell. Wenn er ein Paar hat, genügt das völlig. Es hat keinen Sinn, Geld an überflüssige Dinge und Luxus zu verschwenden. Mir tut immer noch leid, daß wir vergangenen Sonntag im Crescent Park einen Dollar und fünfzig Cents ausgegeben haben. Wir hätten das Geld lieber auf die Bank legen sollen.«

»Wir brauchen von Zeit zu Zeit ein bißchen Abwechslung«, schmollte Maybelle.

»Du bist leider nicht sehr weitblickend«, sagte Francis vorwurfsvoll. »Wer den Cent nicht ehrt, ist den Dollar nicht wert, und kleine Löcher haben schon die größten Schiffe zum Sinken gebracht. Ein Penny auf der Bank ist besser als zwei in der Tasche. Denk an später! Bring jetzt Opfer! Spare, soviel du nur kannst.«

Maybelle drehte und wendete das Sparbuch immer wieder in den Händen, die plötzlich kalt geworden waren und zitterten. Sie war hilflos. Sie konnte doch nichts tun. Ja, sie mußten sparen. Was aber, wenn etwas passierte und sie nicht weitersparen konnten? Maybelle kannte die unvorhersehbaren Wechselfälle des Lebens nur zu gut. Wenn sie sich nicht so viel ersparen konnten, wie sie planten, mußten sie auf immer in der Verbannung bleiben.

Der kleine Frank saß in der Küche und las eines der Bücher, die Miß Jones ihm geliehen hatte. Er spürte etwas Unangenehmes, Beängstigendes in der Atmosphäre. Er sah auf, konnte aber nichts Ungewöhnliches entdecken. Seine Eltern hatten am Küchentisch sitzend das Wochenbudget aufgestellt und beschäftigten sich mit einem kleinen grauen Büchlein. Alles schien still und friedlich, niemand sprach ein Wort. Und doch lag etwas Böses in der Luft, eine lauernde Gefahr, schrecklich und furchterregend.

Oft dachte er später an jenen kühlen Abend im April. War es damals, daß seine Eltern anfingen, sich so auffällig zu verändern? Oder hatte sich die Veränderung schon seit Wochen vorbereitet? Wann hatte er zum erstenmal die Angst in jenen häßlichen Räumen über dem Gemüseladen in der Vermont Street gerochen? Seit wann durchdrang diese gräßliche Angst das Leben seiner Eltern und machte ihre Tage zu einer einzigen Qual? Seit wann fraß sie sich in ihre englischen Durchschnittscharaktere ein und zerstörte sie, so daß Vater und Mutter grausam und böse wurden, hysterisch und unverträglich und haßerfüllt — und das nicht nur gegeneinander, sondern auch gegen ihn, der noch so jung und hilfebedürftig war?

Er wußte es nicht und würde es nie erfahren. Er wußte nur, daß seine Mutter ihn einmal liebgehabt hatte, daheim in England und auch noch während der ersten Wochen in Amerika; sie hatte ihn gegen seinen jähzornigen und griesgrämigen Vater in Schutz genommen, hatte sich über seine Fortschritte in der Schule gefreut und zärtlich sein Abendgebet mit ihm verrichtet. In England hatte seine Mutter oft gesungen — sie besaß eine hübsche Stimme — hatte gern und viel gelacht und sich oft kleine Überraschungen für ihn ausgedacht, Bonbons oder ein Picknick oder einen Einkaufsbummel. Er erinnerte sich, daß auch sein Vater zeitweise gelacht und gescherzt hatte, daß er ihm am Kaminfeuer das Damespiel beibrachte und auf den Wiesen die ersten Frühlingsblumen mit ihm pflückte. In England hatten sie ein angenehmes, bescheidenes, aber durchaus nicht freudloses Mittelstandsdasein geführt.

Frank erinnerte sich, daß er in England häufig Schläge bekommen hatte, aber das war eine kurze, heilsame Prozedur gewesen. Er mußte ja ehrlich zugeben, daß seine Eltern es mit einem schwierigen und mühsamen Kind zu tun hatten. Wenn er jetzt verprügelt wurde, schien das nicht so sehr die Bestrafung einer kindlichen Unart, sondern die Abreaktion der Furcht zu sein, die seine Eltern quälte. Francis fing an, den Jungen zu kneifen, ihn an den Ohren zu ziehen und ihm Maulschellen zu verabreichen, wobei er wie ein Tier die Zunge herausstreckte und mit den Zähnen festhielt. Manchmal bestrafte er Frank für eine Kleinigkeit wie Trödeln beim Essen, indem er ihn mit den Fäusten auf den Kopf schlug und dabei genießerische Grunzlaute ausstieß. Und wenn der Kleine unabsichtlich ein paar Tropfen Tee auf seine Bluse schüttete, riß ihm Maybelle regelrecht die Haare aus und kratzte ihn mit den Fingernägeln, und ihre Augen leuchteten dabei vor Grausamkeit.

»Sie müssen verrückt gewesen sein«, sagte er oft in späteren Jahren.

»Verrückt vor Angst! Nur Angst konnte bewirken, daß sie so entsetzlich brutal gegen ein Kind waren — was immer dieses Kind auch angestellt haben mochte.«

Umgab damals schon die Angst alle Dinge ihres Lebens mit einem grauen, ekelhaften Dunst? Frank wußte nur, daß sie bald alles fürchteten, jedes Klopfen an der Tür, eine Nuance in Mrs. Watsons Stimme, einen unerwarteten Brief, der sich später als Reklamesendung erwies, die Nachbarn, die Leute auf der Straße. Und unweigerlich wurde aus der Angst Haß — Haß gegen alles, gegen die »Yankees«, Mr. Farley, das Wetter, das Haus, das Geld, das sie für die lebensnotwendigen Dinge ausgeben mußten, Haß gegen Mrs. Clair, die Sonne auf der Straße, den Schnee im Winter. Und — noch unweigerlicher — Haß gegeneinander und gegen Frank.

Es muß wohl Franks sonderbare Art gewesen sein, die ihnen in zunehmendem Maß auffiel und die sie so wütend machte. Hätte er ihre eigenen Ängste geteilt, hätte auch er bei jedem unerwarteten Schritt vor der Tür gezittert, hätte er Interesse daran gezeigt, die wenigen Pennies zu sparen, die er bekam, sie hätten ihn als ihr eigen erkannt, als ihresgleichen, und hätten ihn geliebt.

Hätte er geschrien, wenn sie mit so wilder und unvernünftiger Wut über ihn herfielen, hätte er gebrüllt und gewinselt, sein Los wäre leichter geworden, denn nichts fürchteten seine Eltern so sehr wie die »Nachbarn«. Er aber gab keinen Laut von sich, und so konnten sie ihn unbekümmert quälen, bis er zerschunden, atemlos und verzweifelt war.

In späteren Jahren noch war es ihm unerklärlich, wie solcher Wahn über zwei durchschnittlich begabte, unauffällige Menschen kommen konnte. Wenn er anderen von diesem Wandel seiner Eltern erzählte, nicht zornig, sondern bloß verwundert, sahen sie ihn immer ungläubig an. Schließlich gab es nicht viele Menschen, die so besessen, so verrückt vor Angst waren wie Francis und Maybelle.

Frank wäre keine normale menschliche Kreatur gewesen, hätte er sich nicht vor seinen Eltern zu schützen gesucht. Er wußte, daß die Übertretung der nebensächlichsten Regel, die unbedeutendste Klage eines Nachbarn über ihn, der geringste Ärger, den er einem Erwachsenen bereitete, gräßliche Prügel zur Folge hatten. Wenn Maybelle ihn in den Gemüseladen schickte, und er brachte einen Penny zuwenig zurück, überfiel sie ihn wie eine Wilde. Und so wurde Frank aus Selbsterhaltungstrieb zum Lügner.

Das aber verzieh er seinen Eltern nie. Aus seinem späteren Verständnis ihrer Lage vergab er ihnen ihre entsetzliche Angst. Aber er konnte es ihnen nicht verzeihen, daß sie ihn gezwungen hatten, sein junges Leben mit Lügen zu beschmutzen. Er konnte ihnen nicht verzeihen, daß sein Dasein sich verdunkelte, weil sie in ihrer Unvernunft Falschheit notwendig machten.

Miß Emily Jones machte sich große Sorgen um Frank Clair. Er hatte ihre Klasse im Juni 1908 verlassen und genoß nun den lieblosen Unterricht einer Miß Leona Burkholz. Diese Lehrerin mochte Kinder nicht und ließ nur jene gelten, die ihr keine Mühe machten. Frank gehörte nicht zu diesen. Er war unaufmerksam, gelangweilt und entsetzlich begriffsstützig, sobald ein Gegenstand ihn nicht interessierte. Er kritzelte komische Gesichter, Dreiecke und anderen Unsinn auf ein Stück Papier, während seine Mitschüler Arithmetik oder Grammatik oder Orthographie lernten. Was die Arithmetik betraf, war sie noch immer eine Geheimwissenschaft für ihn, obwohl er gelegentlich — aus reinem Zufall, wie er meinte — die richtige Lösung fand. Lesen und Schreiben konnte er ausgezeichnet, Grammatik erfaßte er instinktiv, und nie mußte er sich die Rechtschreibung eines Wortes mühsam einlernen wie andere Kinder. Infolgedessen gingen seine Gedanken in solchen Stunden auf Reisen; während Miß Leona den anderen Kindern hartnäckig ihre Lektionen eintrichterte, träumte er.

Frank maß Miß Leona keinerlei Bedeutung bei, weil ihre Stimme nicht volltönend war, ihre Art geziert und weil sie sich für die Fächer, die sie unterrichtete, nicht im geringsten interessierte. Er vergaß ihr Gesicht und ihre Erscheinung. Sie langweilte ihn einfach, und er war jung genug, um das ganz offen zu zeigen.

Auch vor seinen Mitschülern fürchtete er sich nicht mehr und ließ sich von ihnen nichts mehr gefallen. Ihre anfängliche Feindseligkeit hatte sich noch verstärkt. Er wiederum verachtete sie und war oft in Raufereien verwickelt.

Seine Kleidung wurde bald schäbig und zu klein für seinen rasch wachsenden Körper; auch war sie an vielen Stellen geflickt. Schuld daran war Maybelles zunehmende Knausrigkeit und die Weigerung seines Vaters, auch nur einen »unnötigen« Penny auszugeben. Maybelle hatte billige Läden entdeckt, wo man abgelegte, unmoderne Kleidung aus zweiter Hand kaufen konnte. Die wenigen Sachen, die Frank bekam, waren altmodisch, schlecht geschnitten und fehlerhaft und paßten ihm nicht. Die anderen Kinder lachten natürlich über ihn. Am meisten belustigte sie ein komisches Paar Schuhe, mit dem Frank eines Tages in der Schule erschien. Diese Schuhe hatten Kappen und Fersen aus glänzendem Lackleder, Oberteile aus grauem Stoff und schwarze Knöpfe. Sie waren für einen Jungen angefertigt worden, der einige Jahre älter war als Frank, und waren etwa vor zehn Jahren modern gewesen, was man an ihrer spitzen Form sofort erkennen konnte. Maybelle hatte den zwei Zoll langen leeren Raum vor Franks großer Zehe mit Wattebauschen ausgestopft. Sogar Miß Burkholz konnte ein Lächeln nicht verbeißen, als sie Frank in diesem Aufzug sah. Niemand aber außer Miß Jones ahnte, daß diese Schuhe für Frank eine ungeheure körperliche und seelische Qual bedeuteten. Nicht nur, daß jeder die Schuhe anstarrte und lachte, sie drückten auch und verdrehten durch ihren engen Schnitt den Fuß des Jungen auf schmerzhafteste Weise.

Am schlimmsten aber fand Miß Jones eine andere Veränderung, die sie an Frank bemerkte. Er war ja immer schon verträumt und in seine eigene Welt versunken gewesen, nun aber wurde er zunehmend nervös, unsicher und angespannt. Er war immer blaß gewesen, aber jetzt sah er ausgesprochen krank aus, und unter seinen Augen lagen tiefe Ringe. Seine Hände zitterten bei der geringsten Aufregung, und er stotterte jetzt oft, was er früher nie getan hatte. Seine Lippen waren trocken und rissig und sahen aus, als würde er ständig daran herumbeißen. Seine großen Augen waren zu glänzend, zu wachsam.

Sie war zu klug und feinfühlend, um anzunehmen, daß der Grund für alle diese Veränderungen allein in der Feindschaft der anderen Kinder lag. Zweifellos lastete irgendein anderer Kummer auf dem Jungen. Sie erkundigte sich unauffällig nach den Familienverhältnissen und erfuhr, daß Frank das einzige Kind seiner Eltern war, sein Vater Apotheker mit relativ gutem Verdienst. Warum dann diese schrecklichen Kleider? Warum diese Ängstlichkeit und Nervosität? Sie hatte Franks Eltern nie kennengelernt und konnte sie ohne stichhältigen Vorwand nicht gut besuchen.

Es gelang ihr, Frank dazu zu bringen, daß er öfter nach der Schule zu ihr ins Zimmer kam. Dann sprach sie liebevoll mit ihm und hielt dabei manchmal seine Hand. Sie verschaffte ihm Bücher und war gerührt und erstaunt über seinen Eifer und sein Verständnis. Sein Lesehunger schien unstillbar, und er begnügte sich nicht mehr mit Märchen- und Kinderbüchern. Wenn er bei ihr war, wenn er mit ihr sprach, entspannten sich seine Züge, die Augen glänzten nicht mehr so unnatürlich, und manchmal geschah es sogar, daß er lachte. Er redete mit lebhafter Stimme und nahm ihre Worte geradezu heißhungrig in sich auf.

Der Gedanke an den Jungen ließ ihr keine Ruhe. Manchmal konnte sie auf dem Korridor ein paar Worte mit ihm wechseln. Manchmal brachte sie ihm Süßigkeiten mit, die er dann so gierig verschlang, daß sie es kaum mit ansehen konnte. Wenn er zu stottern anfing, wandte sie zartfühlend den Kopf zur Seite und sah ihn nicht an. Bis an ihr Lebensende hatte sie dieses mühselige Stottern im Ohr und sah den verzweifelt hilflosen Gesichtsausdruck, wenn er sich mit einem Satz abmühte.

Als sie ihn im November 1908 einige Zeit nicht zu Gesicht bekam, erkundigte sie sich bei Miß Burkholz, die ihr mitteilte, der Junge fehle schon seit einigen Tagen. »Meinetwegen kann er ganz wegbleiben, mir wird er nicht abgehen«, sagte sie gehässig. »Von all den bösen, dummen, aufsässigen, unartigen Kindern, mit denen ich zu tun habe, ist er der ärgste! Er gehört in ein Heim für Schwachsinnige!«

Miß Jones kaufte fünf »Schlecker«, drei Orangen und zwei Bananen, und bewaffnete sich in der Bibliothek mit mehreren Büchern. Dann ging sie Frank und seine Mutter besuchen.

Die Nachbarschaft war ärmlich, das sah sie gleich. Aber es gab ärmere Häuser, in denen glückliche, gesunde Kinder lebten und gediehen. Die dunkle Treppe, die zu den Räumen der Clairs hinaufführte, war — wie sie mit Genugtuung bemerkte — sauber geschrubbt und aufgewaschen. Sie klopfte an die Tür und wartete. Sie hörte drinnen leise Schritte, dann war alles wieder still. Sie klopfte noch einmal, nun etwas kräftiger. Nichts rührte sich, und doch fühlte sie auf geheimnisvolle Weise Aufregung und Angst hinter dieser geschlossenen Tür und meinte auch, jemanden scharf und schnell atmen zu hören, wie in großer Anspannung und Furcht. Besorgt klopfte sie zum drittenmal und rief: »Ist jemand zu Hause?«

Wiederum diese Empfindung von Angst, dieses Gefühl, daß hinter der Tür jemand stand und sich fürchtete. Dann hörte sie eine Frauenstimme, unfreundlich, mißtrauisch: »Wer ist das? Was wollen Sie? Wir lassen keine Agenten herein!«

Miß Jones wunderte sich. Agenten? Wessen Agenten? Sie wußte nicht, daß man in England Vertreter und Hausierer so nannte. »Ich bin Miß Jones, Franks Lehrerin«, sagte sie laut und deutlich. »Ich möchte ihn besuchen.«

Zu ihrem Staunen hörte sie das Klirren einer Türkette, das Zurückschieben eines Riegels. Die Tür öffnete sich einen Zoll breit, und sie sah hellbraune Haare, zusammengekniffene dunkle Augen und eine Schürze. »Mrs. Clair?« fragte sie freundlich und stellte einen Fuß in den Türspalt. »Ich bin Miß Jones. Frank fehlt seit einiger Zeit in der Schule, und da habe ich mir Sorgen gemacht.«

Die Tür öffnete sich nun zur Gänze, und Miß Jones betrat eine armselige Küche, die wohl sehr sauber war, aber unangenehm nach Desinfektionsmittel, Kernseife und Petroleum roch. Maybelle hatte die Unterlippe trotzig vorgeschoben und ließ Miß Jones nicht aus den Augen. Eine komische kleine Person! dachte diese. Das muß Franks Mutter sein. Sie sieht — nun ja — irgendwie verstört aus.

»Ich freue mich, Sie zu sehen«, stammelte Maybelle und nahm die Schürze von ihrem vielfach geflickten Baumwollkleid. Sie brachte ein unnatürliches, unfreundliches und immer noch mißtrauisches Lächeln zustande. »Das ist sehr nett von Ihnen, wirklich. Frankie hat Masern. Er hat ja jeden Augenblick irgend etwas«, fügte sie hinzu, und ihr Gesicht bekam einen geradezu gehässigen Ausdruck. »Immer kränklich!« ergänzte sie in einem Tonfall, als hätte sie gesagt: ein Verbrecher!

Sie mag ihn nicht. Er kostet Geld, und wenn es noch so wenig ist. Diese Eingebung kam Miß Jones so plötzlich und mit solcher Klarheit, daß sie sich selber wunderte. Es grenzte an Hellsehen. Sie verstand nun alles.

Maybelle bot ihrem Gast keinen Stuhl an. Es war ihr deutlich anzusehen, daß sie Miß Jones wieder loswerden wollte, ja daß sie sich vor ihr fürchtete. Glaubt sie, ich will ihr etwas stehlen? dachte die Lehrerin verwundert. Und dann in großer Sorge: Wird sie das arme Kind dafür bestrafen, daß ich hergekommen bin?

Sie schaute auf das Paket und die Bücher, die sie im Arm trug. »Ich habe Frank einiges mitgebracht«, sagte sie und versuchte mit hoffnungslosem Lächeln, ein wenig Freundlichkeit und menschliche Anteilnahme in dieser Frau zu wecken. Maybelle lächelte auch tatsächlich, aber immer noch war es ein künstliches, falsches Lächeln. »Das ist sehr freundlich von Ihnen, wirklich«, antwortete sie; es klang nervös und verängstigt.

»Ich hoffe, Frank ist nicht ernstlich krank«, sagte Miß Jones nach einer Gesprächspause, während der Maybelle die Geschenke übernahm. »Was sagt denn der Arzt?«

»Ach, wir haben keinen Arzt geholt«, erwiderte Maybelle nun richtig verärgert, erschrocken und mit offensichtlich schlechtem Gewissen. »Ich weiß schon, was gut für ihn ist. Und ich hoffe, Sie sagen nichts weiter. Wir wollen keinen Anschlag an der Tür. Masern sind doch harmlos.«

Bei Masern besteht Anzeigepflicht, dachte Miß Jones und war so empört wie noch selten. Und dieses arme Kind wird nicht einmal von einem Arzt behandelt! Aber ich verstehe! Es würde Geld kosten.

»Natürlich werde ich nichts erwähnen. Ich hätte nur gern Frank einen Augenblick gesehen, wenn er nicht zu unwohl ist.«

»Unwohl?« wiederholte Maybelle mit gerunzelter Stirn und neuem Mißtrauen. »Oh, ich verstehe. Sie meinen ›krank‹! Ich bin die ›Yankee-Sprache‹ noch nicht gewöhnt«, fügte sie mit einem abfälligen Lächeln hinzu. »Nein, unser Frankie ist nicht sehr krank.« Sie zögerte. »Wenn Ihnen ein unaufgeräumtes Zimmer nichts ausmacht — er liegt im Schlafzimmer.«

Jede Bewegung ihres plumpen Körpers drückte Abwehr aus, aber sie führte Miß Jones doch in das Nebenzimmer. Dort lag Frank auf seinem harten, unebenen Diwan und döste. Er war hochrot im Gesicht, gefleckt, schweißbedeckt und offensichtlich sehr krank. Er wachte auf, als die beiden Frauen eintraten, und starrte sie mit roten, entzündeten, tränenden Augen an. Als er seine ehemalige Lehrerin erkannte, lächelte er, und sein ganzes Gesicht wurde von ungläubiger Freude erhellt.

Miß Jones beugte sich liebevoll über ihn. Sie legte ihm ihre große, kühle Hand auf die Stirn. Es ängstigte sie, wie heiß diese Stirn sich anfühlte. Sie sagte leise: »Mein armes Kind. Ich wußte das nicht. Du hast mir so gefehlt.«

Frank schaute besorgt zu seiner Mutter hinüber, und dieser Blick erfüllte Miß Jones plötzlich mit Zorn und tiefem Mitleid. Er stotterte: »I-i-ich bin nicht sehr k-krank, Miß Jones. B-b-bald geht es mir wieder besser.«

»Aber natürlich«, sagte Miß Jones munter. »Masern sind harmlos, ganz ohne Bedeutung. Jeder bekommt sie früher oder später. Mehrere meiner Schüler haben sie auch gerade. Gar nichts dabei.« Was rede ich nur für einen Unsinn, dachte sie. Staunend bemerkte sie, daß sie zitterte. Sie sah die Novembersonne durch das unbeschattete Fenster in das Zimmer scheinen; das Licht blendete die kranken, schmerzenden Augen des Kindes. Frank hustete heiser und tief. Das klumpige Oberbett war ihm sichtlich zu heiß und zu schwer.

Miß Jones wandte sich an Maybelle, die sie genauestens und mit süßsaurer Miene beobachtet hatte. Sie räusperte sich. »Man hat da jetzt eine neue Idee«, sagte sie vorsichtig und mit falschem Lachen. »Man meint, daß die Augen der Kinder bei Masern geschont werden sollen. Was meinen Sie? Vielleicht könnte man die Jalousien ...« Ihre Stimme erstarb, als sie Maybelles abweisenden, finsteren Blick sah.

Auch eine, die sich in alles einmischt, dachte Maybelle. Sie bot die Karikatur eines Lächelns. »Luft und Licht sind gut für ihn«, sagte sie. »Das mit den Jalousien ist Unsinn. Man kann nicht den ganzen Tag im Dunkeln sitzen.«

Miß Jones seufzte. Flüchtig kam ihr der aufrührerische Gedanke, das Gesundheitsamt zu verständigen. Aber nein, das konnte sie nicht tun. Frank wäre der Leidtragende gewesen.

Wieder neigte sie sich über den Jungen und biß sich auf die zitternden Lippen. Sie lächelte ihn zärtlich an. »Ich habe dir Obst und Süßigkeiten mitgebracht. Und ein paar Bücher. Aber, Frank, du mußt mir etwas versprechen, und ich verlasse mich darauf, daß du das Versprechen hältst. Du darfst keine Zeile lesen, keine einzige Zeile, bis du wieder ganz gesund bist. Wirst du daran denken? Wirst du deine Augen schonen? Versprichst du es mir?« fragte sie drängend.

Er nickte ernst. Maybelle ließ die Geschenke auf das Bett fallen. Eifrig versuchte er, sie zu öffnen, und zerrte mit heißen Händen an dem Papier. Miß Jones nahm die Bücher und legte sie auf die Kommode. Sollte sie sie nicht lieber mitnehmen? Aber der Junge hatte sein Versprechen gegeben, und sie wußte, er würde es halten. Sie konnte ihm vertrauen.

Sie half ihm beim Schälen einer Orange, und dann saugte er begeistert an der Frucht und befeuchtete seinen ausgetrockneten Mund mit dem erfrischenden Saft. Ein Blick reinster Freude kam in seine Augen. Etwas schnürte Miß Jones die magere Brust zusammen, und als er ihr dann noch einen glühend dankbaren Blick schenkte, machten die Tränen sie blind.

»Seit wir hier sind«, begann Maybelle mit kläglicher, vorwurfsvoller Stimme, die vor Selbstmitleid bebte, »ist er nie richtig gesund. Er war früher nie kränklich. Immerzu fehlt ihm jetzt etwas. Es ist wirklich eine Plage! Ich bin ja selber nicht gesund. Nie hätte ich gedacht, daß ich einmal mit einem kränklichen Kind belastet sein würde. Es ist eine schwere Last — zu allem anderen noch dazu.«

Miß Jones krampfte die Hände fest zusammen, ihre Stimme aber blieb freundlich: »Ach, er ist doch nicht kränklich. Im Grunde ist er ein gesunder kleiner Junge. Alle Kinder bekommen einmal Masern. Das ist nicht anders zu erwarten.«

Maybelle stöhnte leise. »Ich weiß nicht, warum ich so geprüft werde. Kein Tag ohne Leiden, seit ich hier bin. Flaschen und Flaschen voll Medizin. Massenhaft Pillen. In England mußte ich nie Medikamente nehmen. Aber dieses Klima ist ja tödlich!«

»Es ist ein bißchen — schwierig«, gab Miß Jones zu. Sie beugte sich über Frank und küßte ihn. Ich kann ja gurgeln, wenn ich heimkomme, sagte sie sich. Ich darf die anderen Kinder nicht gefährden. Sie blickte auf das helle Fenster. Wenn sie nur den Mut hätte, die schäbigen Jalousien selbst herunterzulassen!

»Werde bald gesund, mein Kleiner«, flüsterte sie, und die salzigen Tränen brannten auf ihren Lidern. Sie stand auf. Maybelle deutete mit traurigem Stolz auf die zahllosen Fläschchen auf der Kommode. »Alles von mir«, murmelte sie.

»Sie Ärmste«, sagte Miß Jones und hoffte, daß es mitleidig klang. Am liebsten hätte sie die Fläschchen alle zerschlagen. Was tut sie für Frank? fragte sie sich. Aber sie wußte ja, daß nichts für ihn getan wurde.

Maybelle, deren ursprüngliche natürliche Freundlichkeit sich in Amerika zu tödlicher Feindseligkeit gewandelt hatte, sah Miß Jones mißtrauisch an. Die kleine Lehrerin war ihr unsympathisch; sie fand sie ausnehmend häßlich. Da stand nun Miß Jones, mit dem schmerzlichen Lächeln auf dem schmalen Rosinengesicht und den lebhaften, intelligenten Grillenaugen. Der alte schwarze Samthut thronte hoch auf dem riesigen Haarknoten, Rock und Jacke aus grauem Wollstoff waren, obwohl sorgfältig gebürstet und gebügelt, offensichtlich alt, die Handschuhe sauber gestopft; die großen Schuhe glänzten wie zwei Spiegel. Nein, Miß Jones hatte nichts Anziehendes an sich, und ihr Bemühen, um Franks willen Liebreiz zu entwickeln, mußte Maybelle falsch und verlogen erscheinen.

Gemeinsam verließen sie das Schlafzimmer, und sogleich fing Maybelle wieder an, sich zu beklagen. »Ich weiß nicht, was mit dem Kleinen los ist. In England war er immer gesund. Dabei bekommt er gut und reichlich zu essen. Er hat wirklich alles, was er braucht.« Sie deutete auf den Küchentisch, und Miß Jones sah mit Freude und Staunen die Lebensmittel, die da ausgebreitet lagen: ein frisches Hühnchen, rund und appetitlich, eine Packung Hammelkoteletts, ein Stück wirklich schönes Rindfleisch, viele Eier, Butter, frisches Gemüse, Brot und Milch. Dankbar stellte die Lehrerin fest, daß Maybelle offenbar eine gute Köchin war. Ein großer Topf Suppe stand neben der Herdplatte, und Miß Jones roch etwas sehr Gutes, Schmackhaftes.

»Er bekommt Haferbrei mit Zucker und Milch«, erklärte Maybelle,

»und gerade habe ich ihm eine schottische Graupensuppe gekocht. Aber er ißt ja nichts. Er hat überhaupt keinen Appetit! Wir müssen ihn zum Essen zwingen.«

Miß Jones dachte an Franks zunehmende Nervosität und Unruhe. Mangelhafte Kost konnte nicht die Ursache sein. Es war also etwas Seelisches. Die alte Dame glaubte zu wissen, was es war.

»Wir leben nur für den Tag, an dem wir wieder heimfahren können«, sagte Maybelle mit unsicherer Stimme. »Wir sind todunglücklich hier. Das ›Yankeeland‹ gefällt uns gar nicht.«

Ein kleiner heißer Stachel drang Miß Jones ins Herz, aber sie unterdrückte die scharfe Entgegnung, die ihr auf der Zunge lag.

»In England hatten wir es so schön«, fuhr Maybelle fort. »Da lebten wir allein in einem Haus und hatten herrliche Möbel. Prachtvoll, sage ich Ihnen. Wir lebten wie Könige — jetzt leben wir wie Bettler.«

Miß Jones versuchte sich in Mrs. Clair hineinzudenken. Einwanderer machten oft abfällige Bemerkungen über Amerika, um selbst in besserem Licht dazustehen. Plötzlich aber wurde ihr klar, daß Franks Mutter die Wahrheit sagte. Sie wunderte sich und bedauerte sie nun aufrichtig. Aber war es denn wirklich notwendig, so armselig zu leben? Offensichtlich legten die Clairs jeden Penny beiseite, um möglichst bald nach England zurückkehren zu können. Wiederum spürte sie den kleinen heißen Stachel. Sie ärgerte sich über diese Leute, die ihre geliebte Heimat als Schatzinsel betrachteten, die man plündern, seiner Edelsteine berauben und dann mitsamt dem Schatz wieder verlassen konnte. Wie konnten sie es wagen, in dieses Land zu kommen, um Mitternacht an den goldenen Ufern zu landen, nichts von der Schönheit zu sehen, die große, gewaltige Melodie nicht zu hören! Sie wollten ja nur ihre Säcke anfüllen und dann wieder abreisen! Hatten für solche Leute zahllose Amerikaner gelitten, geträumt, gehofft, waren sie für solche Leute gestorben? Gott hatte dieses große, herrliche Land reich gesegnet, ihm berauschende Schönheit geschenkt, hatte Berge und Klippen in farbiges Licht getaucht, tosende Flüsse tief in die Ebenen versenkt, die Sonne leuchtend über endlose gelbe Weiten gesetzt.

Wie konnte Maybelle nur so sprechen, mit soviel Verachtung, soviel Unverstand, soviel Taktlosigkeit? Es schnürte Miß Jones die Kehle zusammen, und von neuem stieg Zorn in ihr auf. Dann aber wußte sie, was sie zu tun hatte. Sie durfte um keinen Preis die Geduld verlieren!

»Nun ja«, murmelte sie, »so geht es im Leben. Es tut mir leid, daß Sie sich hier so unglücklich fühlen, meine liebe Mrs. Clair.« Sie machte eine Pause. »Aber Sie haben doch auch eine große Freude. Ihr Frank ist ein prächtiger kleiner Junge. Wirklich wahr! Aber das wissen Sie natürlich.«

Maybelle hörte mit störrischem Gesicht zu. Dann aber, zu Miß Jones' Erleichterung, schwand der schwermütige, wehleidige Blick aus ihrem Gesicht. Anscheinend gegen ihren Willen erhellten sich ihre Züge. Es war also doch noch ein Rest natürlicher Mütterlichkeit und Liebe in der armen kleinen Frau vorhanden, die so besessen war von Selbstmitleid, Abwehr und Heimweh.

»Ach, ich weiß nicht«, sagte Maybelle und versuchte, streng dreinzuschauen. »Seine neue Lehrerin hält nicht viel von ihm, nach dem Zeugnis zu urteilen.« Aber ein Licht, vorsichtig und zögernd, leuchtete in ihren Augen auf.

Miß Jones sprach mit echter Begeisterung weiter. »Man braucht viel Einfühlungsvermögen, um Frank zu verstehen. Ich glaube, ich verstehe ihn. Er hat Anlage zur Größe. Ich bin sicher, er wird eines Tages Großes leisten.«

Maybelle lächelte geziert. »Komisch, genau dasselbe hat seine Lehrerin in England auch immer gesagt. Er war dort in einer Privatschule«, fügte sie stolz hinzu. »Miß Ballister meinte, er habe große Träume.« Sie schwieg und wartete auf weiteres Lob.

»Oh, ganz sicher hat er große Träume! Er liest ja so viel! Worte faszinieren ihn. Er ist äußerst feinfühlend und zart besaitet. Er liest viel besser als alle seine Altersgenossen und mit soviel Verständnis! Er spielt mit Worten, wie ein Maler mit seinen Farben spielt. Er liebt Gedichte, und ich habe ihm schon einiges beigebracht. Sogar Shakespeare.«

Wieder lächelte Maybelle geschmeichelt und warf den Kopf zurück. »Nun, zu Hause wird ihm ja auch nur Gutes geboten. Sein Vater und ich lesen beide sehr viel. Wir gehen jede Woche in die Bücherei. Sein Vater interessiert sich für Geschichte und erzählt Frank davon. Und für mich ist Lesen überhaupt das größte Vergnügen.«

Einen Augenblick lang zweifelte Miß Jones wieder an den Worten der Frau, dann aber wurde ihr mit Staunen klar, daß Maybelle auch hierin die Wahrheit sprach. Diese Leute waren wirklich nicht wie die große Masse der Einwanderer — irgendwie hatte sie das ja immer geahnt. Diese Menschen, dachte sie, sind von meinem Fleisch und Blut, es sind Engländer. Engländer haben schließlich die Vereinigten Staaten gegründet, und es ist englisches Blut, das dieses Land immer wieder retten wird. Sie machte sich lange schon heimliche Sorgen wegen der immer größer werdenden Zahl junger Ausländer in den Schulen, die nur gebrochen Englisch sprachen und deren Gesichter nicht in das helle Licht Amerikas zu passen schienen. Die Kelten und die Engländer — sie waren das Herzblut des Landes, und solange sie in der Überzahl blieben, war Amerika nicht ernstlich in Gefahr.

In ihrer Rührung legte sie spontan die Hand auf Maybelles weichen, runden Arm. »Frank kann froh sein, daß er solche Eltern hat«, sagte sie und fuhr dann ganz offen und ehrlich fort: »Aber er ist ein so nervöser kleiner Junge. Und deshalb glaube ich auch, daß er künstlerisch begabt ist. Wissen Sie, Mrs. Clair, ich habe das Gefühl, er wird einmal eine künstlerische Tätigkeit ausüben. Vielleicht wird er Dichter!«

Die beiden Frauen schieden in bestem Einvernehmen, und das Herz war Miß Jones sehr viel leichter, als sie die saubere, dunkle Treppe hinunterging.

Maybelle stellte den Suppentopf auf die heiße Platte. Sie füllte eine Schüssel mit der dampfenden, köstlich duftenden Flüssigkeit und brachte sie Frank, der wieder in Halbschlaf gesunken war. Sie weckte ihn auf. Als er die Suppe sah und roch, drehte er sich um und fühlte sich sogleich elend.

»Du mußt etwas essen«, sagte Maybelle energisch. Dann wurde ihr mürrisches Gesicht weicher. »Schau her, Frank, gute, kräftige Suppe. Sie wird dir schmecken. Also iß jetzt, oder du kriegst ein paar!«

Frank lag auf seinem heißen Kissen und döste wieder vor sich hin. Maybelle stand neben ihm und heftete ihren Blick auf seine roten, verkrusteten Augen. Dann ging sie zum Fenster, zog ungeduldig die Jalousie herunter und starrte eine Weile auf die hellen Sprünge und Löcher, durch die das Licht ins Zimmer drang. Ihre Augen füllten sich mit Tränen.

Frank schlief unruhig. Worte erschienen in seinem Kopf wie Sterne am Nachthimmel. Wunderschöne Worte, die majestätisch dahinzogen, seine eigenen Worte, die aus den Tiefen seines Seins emporgestiegen waren:

»Gott ist im Garten ganz allein.
Nebel hängt über dem Sonnenschein,
schwebt über wogenden Bäumen,
die leise rauschen und träumen.«

Er sah den dunklen rauschenden Wald, die tiefen, samtschwarzen Schatten, die Wipfel im sonnigen Dunst, die Stämme, leuchtend im Abendrot. Er sah ein Wesen, das wie das Mondlicht strahlte, und über dessen erhabenem Haupt die Zweige einen Baldachin bildeten. Das Wesen kam zu einem Baumstamm, der auf dem Boden lag, und setzte sich darauf. Alles war Stille, feierliche Stille, einbrechende Dunkelheit und Frieden. Dann begann in weiter, unerreichter Ferne eine Drossel zu singen — und Gott hob den Kopf und lauschte.

Miß Emily Jones, der in ihrem schweren Leben so wenig freie Zeit blieb, widmete ihrem Schützling, sooft sie konnte, eine viertel oder halbe Stunde. Sonnabends bat sie manchmal Maybelle, ob sie Frank zu ihrem Lieblingsplatz am Kai mitnehmen dürfe, und nur Regenwetter konnte die beiden von einem solchen Ausflug abhalten.

Da standen sie dann, die magere alte Frau und der kleine Junge, und blickten auf den Niagara-Fluß. Aschgrau unter aschgrauem Himmel zischten und brodelten seine Fluten, während er mit Macht den großen

Fällen zustrebte. Oft beobachteten sie, wie der Sonnenuntergang den Fluß mit roten Adern durchzog. Manchmal wieder war der Himmel ganz niedrig und kalt und hatte die Farbe matten Silbers, und auch das Wasser sah dann weiß und tödlich aus. Einmal aber erlebten sie etwas so Wunderschönes, etwas so Großartiges, daß sie nie wieder miteinander darüber sprechen konnten.

Es war im Juli 1909 bei Sonnenuntergang, daß sie diesen unbeschreiblich herrlichen Anblick genießen durften. Tagsüber hatte ein Sturm getobt, abends aber war die Luft frisch und kräftig. Das kanadische Ufer, das man meist als verschwommene grüne Mauer sah, war ganz im Dunst verschwunden, so daß der Fluß uferlos schien. Der Himmel aber, weit und unbewegt, leuchtete in den strahlendsten, schönsten Farben, die man sich nur denken konnte. Im Zenith war er kobaltblau, zum Westen hin wandelte er sich nach und nach von dunklem Purpur zu kräftigem Amethystrot, zu leuchtendem Lavendelblau, zu lebhaftem hellen Grün, das unmerklich in zartes Dunkelrosa überging. Das Rosa wurde zu Scharlachrot und — je näher der Horizont kam — zu blutigem Karmesin. Die Sonne war untergegangen, aber die Farben am Himmel wurden immer noch heller, weiter und tiefer und veränderten sich jeden Augenblick, so als ob die lebendige Sonne nicht untergehen könnte, sondern ewig ihre farbigen Strahlenbündel, ihre flammenden Regenbogen über die dunkle Erde senden und das Universum mit unerträglichem Glanz erfüllen müßte.

So herrlich der Himmel auch war, der rauschende Niagara übertraf ihn noch an Schönheit. Vom dunkelsten Purpurrot am Horizont verblaßte er zu tiefem, doch zartem Violett in der Nähe der Betrachter. Die Schaumkronen leuchteten malvenrot, die Wogentäler schienen zu glühen. Die kleinen Wellen wälzten sich muschelförmig an das schimmernde Ufer und waren von klarstem Türkis wie flüssige Emaille. Sie spiegelten das Grün des Himmels wider, und während sie immer wieder geruhsam und sanft herbeiwogten und zurückwichen, hinterließen sie leuchtende Spuren auf dem nassen Sand.

Zwischen Himmel und Erde schwebte Nebeldunst, rosig und geheimnisvoll. Ein Leuchtturm zur Linken, der weit draußen im Wasser auf einem steinigen Felsen stand, sandte seinen zarten Lichtstrahl in den Nebel, der sich sogleich zu wolkigem Lila erhellte.

Miß Jones und Frank standen allein am Ufer und hielten einander bei der Hand. Ehrfürchtig und anbetend, standen sie inmitten dieser unbeschreiblichen Herrlichkeit. Sie atmeten kaum. Sie fühlten sich einem Wesen nahe, das majestätisch an ihnen vorüberzog. Lange Zeit blieben sie so, denn Himmel und Erde schienen noch nicht bereit, dieses wunderbare Farbenspiel dem Dunkel der Nacht zu überantworten.

Dann fing Miß Jones leise zu sprechen an, und ihr Gesicht war von Frieden und Freude erhellt. »Als ich noch ein kleines Mädchen war, erzählte mir meine Großmutter eine sehr seltsame Geschichte. Gott habe, als er seine Künstler nach getaner Arbeit von der Erde zurückberief, jedem von ihnen gestattet, zur Freude der Menschen, die auf Erden wohnten, einen Sonnenuntergang zu malen. Und so nimmt denn bei jedem Sonnenuntergang ein anderer Maler seine große Farbpalette und seinen Pinsel und malt den Himmel so schön er nur kann, kunstvoll, mit viel Liebe; dann wartet er hoffnungsvoll auf das Urteil der Menschen.

Aber die Menschen sind sehr achtlos. Sie sehen nur selten zum Himmel hinauf, und so manches Mal muß sich der Künstler mit der Bewunderung der Engel begnügen. Aber bis zum letzten Moment, bis die Nacht anbricht und es dunkel wird, wartet der Künstler. Und wenn nur ein einziger Mensch sein Kunstwerk bemerkt und es bewundert und Gott und dem Künstler für die Schönheit dankt, ist der Künstler glücklich.«

Franks Herz wurde weit, er sah auf die bunte Pracht des Himmels und des Wassers, und Tränen traten ihm in die Augen. Und in seinem Inneren sagte er: Danke! Danke!

Auch in seinem späteren Leben gab es kaum einen Sonnenuntergang, den er nicht einen Augenblick lang betrachtet hätte, mochte er es noch so eilig haben. Und obwohl er über sich selbst schmunzelte, flüsterte er doch jedesmal: Danke! Selbst als für ihn »die Schönheit der Welt schon vergangen war«, fühlte er noch Dankbarkeit für diese Schönheit, konnte er sie noch sehen, wenn auch nicht mehr fühlen. Ich sehe, aber ich fühle nicht, wie herrlich die Erde ist, sagte er sich oft mit den Worten des Dichters Coleridge. Wenn er auch das Gefühl verloren hatte, die Dankbarkeit war immer da, und diese Dankbarkeit war wie ein stiller Spiegel, der nur wiedergeben, selbst jedoch nichts hervorbringen konnte.

Manchmal lagen Miß Jones und er am Flußufer im Rasen und betrachteten die weißen Wolken, die, sich aufplusternd, über den tiefblauen Himmel segelten. Manchmal saßen sie auf den alten Kanonen aus dem spanisch-amerikanischen Krieg, ließen die Füße baumeln und sangen. Oder sie gingen hinunter und sahen den Soldaten zu, die vor der Kaserne exerzierten. Der Anblick des Sternenbanners, das so frei und strahlend in Wind und Sonne wehte, ließ Franks Herz höher schlagen. Miß Jones sagte dann mit bebender Stimme: »Es ist so eine edle Flagge, so eine liebe, teure Flagge! Nur Streifen in Rot und Weiß, und weiße Sterne im blauen Himmel. Aber was das bedeutet! Freiheit, Sicherheit, gleiche Chancen für alle, Güte, Größe, Hoffnung, Anständigkeit. Die Menschen sind schwach, aber das Blut großer Männer färbte diese Streifen rot, und dazwischen liegt weiß und klar ihr Glaube, und ihre Seelen strahlen als Sterne ewig vom blauen Himmel. Wenn Amerika nicht mehr lebt, muß die ganze Welt sterben. Was tut es schon, daß es so viele böse Menschen auf Erden gibt, selbst hier — gottlose Menschen, verbrecherische, verlogene, habgierige und gemeine Menschen? Die Flagge bleibt bestehen, und auch die Dinge, an die sie uns erinnern soll, bleiben bestehen. Und solange diese Fahne unter dem Himmel weht, so frei und edel und offen, so lange wird es auf Erden Hoffnung für gute Menschen geben.«

Wohltuend fühlte Frank die Sonne auf seinen Schultern; sie war stärker und wärmer als in England. Er spürte tief in seinem Inneren etwas aufblühen, er hörte den Klang wilder, zarter, großartiger Worte wie Akkorde einer verwehten Melodie, die man aus weiter Ferne hört.

Wie herrlich waren doch die Tage seiner Kindheit, wie geruhsam die Abende seiner Jugendzeit! Sosehr er auch unter der Hysterie und Verrücktheit seiner Eltern litt: er konnte sie vergessen, wenn er allein oder mit Miß Jones zusammen war. Seine Seele quoll über von Bildern und Tönen, von Schönheit und Musik, von Dingen, die man nicht sehen und nicht hören, die man nur erträumen konnte. Damals schwebte noch geheimnisvolle Pracht über der Welt, Glanz und herrliches Leuchten, schlug das Herz der Menschheit im Einklang mit Gott. Die großen Bäume waren seine Freunde — liebevoll streichelte er ihre Rinde. Das Gras war seine Schwester. Der Himmel war das Dach seines Tempels. Die Stürme um Mitternacht sangen für ihn das Lied des großen Abenteuers, mächtige Geister brausten über die Welt. Wenn Schnee auf seinen Arm fiel, hielt er ihn an das Licht der Gaslaterne und staunte über die komplizierte, unendlich zarte Form jeder einzelnen Flocke und sank im Geist vor diesem Wunder auf die Knie. Da gab es keine Seite des goldenen Frühlings, des grünen Sommers, des karmesinroten Herbstes und des weißen, frostigen Winters, die sein Herz nicht in Begeisterung versetzt hätte.

Oft sah er den roten Feuerball der Sonne über den dunklen Abgründen enger, ärmlicher Häuserzeilen, und er schien ihm wie der Anruf Gottes in der Wüste. Dann wieder betrachtete er das blaße Blau des Winterhimmels und hatte das Gefühl, sich im kristallenen Glanz der Gesellschaft von Engeln zu befinden. Als er die ersten zarten Blüten der Iris im Garten seiner Großmutter entdeckte, überwältigte ihn die Rührung so sehr, daß er weinte. Die ersten Knospen an den Bäumen versetzten ihn in Ekstase. Ein rotes Blatt, das ihm vor die Füße geweht wurde, war eine Botschaft, die ihm allein galt.

Manchmal saß er an einem Sommerabend auf den steinernen Stufen des Gemüseladens und lauschte den Stimmen, die aus den Nachbarhäusern herüberwehten, lauschte dem grellen, lauten Gekreische mehrerer Grammophone. Er hörte Gelächter gedämpft durch den Abend klingen und manchmal auch ein Lied, einfach, klar und fröhlich. Sogar der häßliche Schlager »Meet me in St. Louis, Louis!« kam ihm hübsch und lustig vor, und er lachte leise vor sich hin, wenn er ihn hörte. Gruppen von jungen Männern und Frauen auf Fahrrädern flogen vorbei wie ein Wirbelwind von guter Laune, und er sah ihnen nach, bis sie in der Dämmerung verschwanden. In seinem Herzen war Liebe und seltsame Traurigkeit. Er saß dort auf den Stufen, bis die Fenster gegenüber nur noch freischwebende helle Vierecke waren, bis der Stein unter ihm kühl wurde und seine Mutter ihn rief und zu Bett schickte. Es wohnten wohl Kinder in der Nachbarschaft, aber er sprach mit ihnen nie ein Wort, und auch sie sprachen nicht mit ihm. Dennoch war er nicht mehr einsam. Einsam fühlte er sich nur in Gesellschaft anderer. Ihm genügten seine Gedanken, Gefühle und Träume, die alles schöner und heller machten.

Er liebte das Plätschern des Regens in der Dachrinne. Er liebte die glitzernden Glimmerstücke im Asphalt der Gehsteige. Er liebte es, wenn der Staub sich im Glanz der Sonne zu Gold verwandelte. Wenn die Märzwinde an ihm zerrten und ihm grobe Stöße versetzten, lachte er laut. Er stieg mit beiden Füßen in weiche Schneewächten und beobachtete die blauen Schatten auf dem Weiß.

Als er elf Jahre alt war, schrieb er sein erstes Gedicht nieder und gab es Miß Jones.

»Fliederfarbenes Dämmerlicht
und der duftende Fliederbaum,
blühende Dornen, ein Nebelgesicht,
über Wassern silberner Schaum!
Ich ging diesen Weg schon im Traum.«

Ja, dachte die Lehrerin, du bist diesen Weg schon gegangen.

»Frankie«, sagte sie, »aus dir wird einmal ein Dichter oder ein großer Schriftsteller. Vergiß das nie, nie, nie! Laß dich von niemandem aufhalten, behindern oder fortschieben! Du hast eine Berufung! Wenn du versagst, versagst du nicht nur vor dir selbst, du versagst auch vor Gott.«

Sie sah den Jungen eindringlich an. »Vergiß es nicht! Vergiß es niemals!«

Zu Weihnachten schenkte sie ihm einen Band mit klassischen Gedichten. »Vielleicht verstehst du jetzt noch nicht alles, später wirst du es verstehen.«

Er war nun in der vierten Klasse und sehr unbeliebt bei seinen Lehrern, die ohne Ausnahme eine Abneigung gegen ihn entwickelt hatten. Er sei indolent, sagten sie, ungehorsam und verschlagen. Er wolle nicht lernen, er zeige kein Interesse am Unterricht. Außerdem sei er streitsüchtig. Immer wieder fange er mit den anderen Kindern zu raufen an. »Er verteidigt sich nur gegen ihre Bosheit«, wandte Miß Jones dann immer ein. Die Kinder nannten Frank bald »Jonesys Liebling«. Er sah sie voll Verachtung an und wandte sich wortlos von ihnen ab.

Eines Tages erzählte er Miß Jones, daß seine Eltern von der Vermont Street in die Albany Street übersiedelten und daß er eine andere Schule besuchen mußte. Ganz kummervoll und verzweifelt sah er dabei drein.

Aber obwohl die Nachricht einen Schlag für Miß Jones bedeutete, drückte sie ihm die Hand und lächelte. »Mach dir nichts draus, Frank. Du mußt mich eben oft besuchen, und auch ich werde dich besuchen.«

Aber sie sah ihn nie wieder. Als er sie nach zwei Monaten einmal aufsuchen wollte, war sie inzwischen an eine andere Schule, viele Meilen weit entfernt, versetzt worden. Er wartete, daß sie zu ihm kam, und sie hatte das auch ganz fest vor. Doch da starb ihre Mutter, und sie selbst wurde schwer krank. Kurz darauf erkrankte ihre verkrüppelte Schwester, sie mußte sie wochenlang pflegen und letztlich doch in ein staatliches Pflegeheim geben, da sie weder Zeit noch Mittel hatte, für sie zu sorgen. Sie besuchte ihre Schwester nun jedes Wochenende. Und nach etwa einem Jahr starb sie selbst. Unzureichende Ernährung und Kleidung und die kalte Witterung hatten dazu geführt, daß sie sich eine Lungenentzündung holte. Sie wurde an einem unauffälligen Platz im Friedhof ihrer Kirche beerdigt, und das Gras wuchs hoch und dicht und schützend über ihr Grab. Es war nur durch ein Holzscheit und eine Nummer gekennzeichnet, und es gelang Frank Clair nie, es zu finden.

XIV

Die Übersiedlung in die Albany Street war eine aufregende Angelegenheit, der die Clairs alles andere als freiwillig zustimmten: Sie wurde notwendig, als Mrs. Watsons Schwiegersohn plötzlich starb und ihre verwitwete Tochter mit zwei Kindern zu ihr ziehen wollte.

Mit welchen Klagen und Vorwürfen, mit wieviel Entsetzen und Verzweiflung wurde die Kündigung aufgenommen!

Hätte der Tod die armseligen Räume heimgesucht, wäre Francis von einer unheilbaren Krankheit befallen worden, hätte der kleine Frank irgendein schreckliches Verbrechen begangen — es hätte nicht ärger sein können. Francis versuchte die Hausfrau umzustimmen, Maybelle schluchzte laut. Solches Getue war selbst der unfreundlich gleichgültigen Mrs. Watson zuviel. Sie sagte ihnen rund heraus, daß sie »verrückt« waren. Es gab genügend Zimmer und Wohnungen in Bison. Sie brauchten sich nur ein wenig umzusehen. »Ihr seid die närrischesten Leute, die mir je untergekommen sind«, sagte sie offen. »Ihr führt euch ja auf, als ob ich euch eine Million Dollar weggenommen hätte!«

Nicht einmal sie, die sehr bescheiden lebte und jeden Penny dreimal umdrehte, ehe sie ihn ausgab, konnte ahnen, mit welchem Grauen Francis an die Übersiedlungskosten dachte, und mochten sie noch so gering sein. Hätte sie vorgeschlagen, er solle einen halben Liter Blut opfern anstatt auszuziehen, er hätte mit Freuden zugestimmt. Sie sah ihn voll Verachtung an und watschelte achselzuckend davon. Übersiedlungskosten! Höchstens zwei Dollar, und er verdiente doch gut in diesem

Drugstore. Sie wußte es — sie hatte an der Tür gehorcht, als Francis strahlend verkündete, Mr. Farley habe seinen Wochenlohn auf 35 Dollar erhöht. Das war vor nahezu einem Jahr gewesen. Jetzt verdiente er vielleicht noch mehr!

Nach dem ersten, vernichtenden Schock war Maybelle die erste, die sich wieder faßte. Ein berechnender Blick trat in ihre Augen. Sie hatte mehr als Francis unter den elenden Wohnverhältnissen gelitten, und nun ergab sich plötzlich die Möglichkeit, zu einem »eigenen Heim« zu kommen. Vielleicht bekamen sie eine Wohnung. Ein kleines Haus. Wie in England.

Sie ging auf die Suche, und nach wenigen Tagen schon fand sie in der Albany Street das winzigste Haus, das man sich vorstellen konnte. Seine Fassade war so klein, daß es an ein Spielzeughaus erinnerte. Erstaunlicherweise hatte es ein großes »Vorderzimmer«, eine geräumige Küche, ein Schlafzimmer und »unsere eigene Toilette«. Badezimmer war keines vorhanden, dafür ein großer Hinterhof mit Gras und Bäumen und Büscheln gelber Blumen. Die Miete war nicht höher als bei Mrs. Watson.

»Das ist alles gut und schön«, stöhnte Francis, »aber wir werden Möbel kaufen müssen.«

»Die müssen nicht viel kosten«, versprach Maybelle. »In der Connecticut Street gibt es eine Unmenge von Altwarenhandlungen. Ich habe mir schon einiges angesehen, die Sachen sind nicht teuer.«

Sie kaufte zwei alte Betten, eines aus Messing, eines aus Eisen, letzteres für Frank. Sie kaufte braunes, glänzendes Linoleum für das Vorderzimmer, das ihr und Francis als Schlafzimmer dienen sollte. Dann erwarb sie noch eine häßliche Eichenholzkommode für dieses Zimmer, einen Tisch und einen einzelnen Holzsessel sowie einen Gasofen aus Ton mit Fenstern aus Fischblase. Dies war die Einrichtung des elterlichen Schlafzimmers. Franks Zimmer war noch spärlicher möbliert, es stand darin nur das Eisenbett, ein Tisch und ein Stuhl, und auf dem Boden lag ein undefinierbarer Teppich für seine Füße. Ein Herd, dick mit Ofenfett eingeschmiert, wurde in der Küche aufgestellt, daneben ein alter Holztisch und drei Stühle. Neben dem Fenster bekam ein uraltes, mit Kunstleder bezogenes Sofa seinen Platz. Dieser Raum sollte den Clairs lange Zeit als Wohnküche dienen.

Die Kosten für diese Herrlichkeiten beliefen sich auf 35 Dollar.

»35 Dollar«, jammerte Francis. »Die Ersparnisse von zwei Wochen! Wie uns das zurückwirft! Du willst mich ruinieren, das sehe ich schon.«

Aber Maybelle — insgeheim begeistert, daß sie wieder ein »eigenes Heim« hatte — war optimistischer. »Du kannst das Haushaltsgeld um einen Dollar kürzen, und ich verzichte auf meinen neuen Wintermantel, und du kommst schon noch ein Jahr ohne neuen Anzug aus«, sagte sie. »Dann haben wir das Geld wieder hereingebracht. Und sind allein! Unabhängig!«

Für kurze Zeit war sie glücklich, sie schrubbte und putzte das kleine Haus und brachte es auf Hochglanz und schob die Möbel hin und her. Natürlich vertrugen weder das Haus noch die Möbel einen Vergleich mit dem Komfort, den sie in England gehabt hatten, aber es war ihr Eigen. Sie war endlich von der dauernden Nähe einer »Fremden« befreit. Für die Engländerin sind Privatleben und Unabhängigkeit heiliger und wichtiger als vieles andere. »Eine Hütte, in der man allein leben kann, ist besser als ein Palast, den man mit anderen teilt«, erklärte sie strahlend dem kleinen Frank.

Sie empfand sogar wieder mehr Liebe für ihren Mann und ihr Kind, und dieses Gefühl hielt ganze zwei Monate an.

Das Haus lag nur zweihundert Meter von der Niagara Street entfernt, wo Frank eine herrliche alte Schmiede, Ställe, Lagerhäuser am Fluß, den Erie-Kanal und die Anlegestelle der Fähre entdeckt hatte. Auch führte am Fuß der Straße die Eisenbahn vorbei, und er wurde es nie müde, die Züge vorbeibrausen zu sehen. Bald wußte er genau, wann ein Zug zu erwarten war. Dann lief er den Hang jenseits der Niagara Street hinunter, vorbei an Bordellen, Bars und schäbigen Hütten, wo Angelgerät und Köder zum Kauf angeboten wurden, und wartete auf den Zug. Er liebte den Fischgeruch des Flusses; das heiße, abgesplitterte Deck der Fährstation; die lauten Stimmen hinter den Schwingtüren der Bars; den Anblick zweifelhafter Damen, die sich auf wackeligen Holzbalkons über der schmutzigen, engen Straße sonnten; die Fischer mit ihren gebogenen Angeln, die am Ufer saßen; ja er liebte sogar den Bierdunst und den Staub, der über dem kleinen Stück Land zwischen der Niagara Street und dem Fluß lag.

Es war eine Gegend mit vielen verschiedenen Gerüchen und außerdem eine gewalttätige, gefährliche. Aber hier war alles voll Leben, Lärm und Vitalität, und das gefiel Frank besser als die langweilige Stille der West Avenue und der Albany Street, wo die Pflastersteine grau und hoffärtig aussahen und wo 1912 ausschließlich solider Mittelstand wohnte.

Die geplagten kleinen Fährschiffe, die zwischen Bison und Kanada verkehrten, begeisterten ihn; und es war eine aufregende Sache, die riesigen Eisblöcke, die sich im Frühling heftig krachend übereinanderschoben und den Niagarafällen zutrieben, zu beobachten. Manchmal wurde seine Geduld belohnt, und er sah einen großen Dampfer, der schwer beladen mit Waren aus fernen, fremden Städten den Erie-Kanal hinunterfuhr. Welch ein Erlebnis, wenn nach dem Ertönen der Schiffssirene die Brücke sich hob, um den Schornsteinen eines größeren Frachters Platz zu machen! Bald bemerkte er, daß auf manchem Schiff auch Frauen und Kinder lebten, und er kannte nichts Lustigeres als die färbige Wäsche, die in langen Reihen zum Trocknen an Deck hing und im Wind flatterte. Manchmal waren Hunde auf den Schiffen und bellten den kleinen Jungen auf der Kaimauer wütend an. Der Gestank schalen Wassers, faulender Pflanzen, schlammiggrüner Algen, die sich vom Ufer bis zur Hälfte des Kanals ausbreiteten, stieg ihm in die Nase, doch ihn ekelte vor diesen Gerüchen nicht. Hier, unter diesen rauhen, lärmenden Leuten, zwischen diesen Schiffen, in den halbverfallenen Hütten entlang des Kanals, lebte das Abenteuer; im Vorbeibrausen der Züge hörte man es und im Rauschen der Fährschiffe, die das Wasser durchpflügten.

Auch das kanadische Ufer gegenüber war ein erfreulicher Anblick: das helle Grün, die fröhlichen kleinen Hügel, die winzigen weißen Häuser und weit unten am Fluß der anmutige Bogen der internationalen Brücke. Bisher hatte er noch nie den Fuß auf kanadischen Boden gesetzt, obwohl Francis jeden Sommer fest versprochen hatte, mit seiner Familie nach Erie Beach zu fahren, »sobald die Dinge etwas rosiger aussahen«. Nun, sie sahen immer noch nicht »rosiger« aus.

Hier verbrachte er seine Tage, sobald die Schule aus war; er verschwand heimlich aus dem Liliputhaus in der Albany Street und kehrte erst in der Abenddämmerung wieder heim. Oft wünschte er, Miß Jones könnte alle diese neuen Wunder sehen, und er hoffte, sie würde bald einmal kommen. Doch sie kam nicht.

Er durchforschte die wilden Siedlungen der Uferbewohner, wurde von ihren verwahrlosten Hunden gejagt und sah begeistert den abgerissenen Weibern und dreckigen Kindern zu, wie sie in Müllhaufen zwischen Asche, leeren Konservendosen und weggeworfenen Matratzen nach Schätzen suchten. Einmal hatte er das Vergnügen, eine wilde Balgerei zwischen zwei Anrainern mitzuerleben; er sah ein blankes Messer und Blut und hörte das Kreischen der Straßenmädchen.

Er fühlte sich nicht einsam, begann sich aber nach einem Kameraden zu sehnen, mit dem er alle diese aufregenden Erlebnisse teilen konnte. Es sollte sich jemand mit ihm darüber freuen, daß er die herrlichen Zierbrunnen im Kai-Park und ein Zeughaus in der Niagara Street entdeckt hatte! Oft rannte er hinter einem Holzfuhrwerk her, schwang sich auf die Stämme und machte eine herrliche, lange Spazierfahrt; oder er hängte sich im Winter an einen Pferdeschlitten, der Milch ausführte, und erforschte neue Stadtteile. Jeden Samstag gab ihm Maybelle sechs Cents Fahrgeld, und er besuchte die Städtische Bücherei in der Washington Street, am anderen Ende der Stadt, und brachte einen Stoß Bücher mit heim. Wenn Maybelle sich besonders freigebig zeigen wollte, gab sie ihm noch zwei oder drei Pennies dazu. Dann kaufte er sich um den ganzen Betrag Süßigkeiten und ging, lutschend, kauend und träumend, die drei Meilen zu Fuß nach Hause. Für ihn war jede fremde Straße ein Erlebnis — die seltsamsten und aufregendsten Dinge konnten da passieren — und jedes neue Gesicht war ein Märchen.

Nein, einsam fühlte er sich nicht, aber er sehnte sich nach einem Kameraden, nach einem offenen Ohr.

Später dann entdeckte er die Häuser der Reichen auf der Richmond und auf der Delaware Avenue und den wunderschönen Friedhof, der »Waldwiese« hieß.

XV

Es war einer jener Sommertage, die die Sinne in schlaffe, träge Gefühllosigkeit versetzten; an denen es nichts zu geben schien als dunstige Wärme und vollkommene, goldene Stille. Selbst die Schatten der riesigen Bäume verschwammen auf den flirrenden Gehsteigen. Die Häuser sahen so unwirklich aus, als wären sie nur Kulissen auf einer Bühne, und auch die Straßen wirkten verlassen, gestaltlos, heiß und leer. Wenn man dennoch ein Geräusch hörte — das Zuschlagen einer Tür, das Rumpeln eines Wagens auf gleißenden Pflastersteinen —, so klang das wie ein Echo in einem Traum, körperlos und ohne Bedeutung.

Frank liebte diese Stimmung. An einem solchen Tag schwanden alle störenden Gedanken an andere Menschen aus seinem Bewußtsein, und er war allein. In seinen Träumen sah er sich oft als einzigen lebendigen Menschen in einer großen, verlassenen Stadt, die still und friedlich dalag. Da konnte er durch lange Alleen wandern, nur die Bäume leisteten ihm Gesellschaft, kein Gesicht starrte ihn voll Verachtung und Feindseligkeit an, und ein phantastisches Märchenland glänzte silbrig in weiter Ferne. Dann war er glücklich und froh in seinem Traum, bewunderte prunkvolle Herrenhäuser, in denen keine Feinde wohnten, und blieb an Rasenflächen stehen, auf denen leise Schatten spielten.

Dieser Sommertag erinnerte ihn lebhaft an seine Träume. Unter den vielen Menschen, die in verdunkelten Schlafzimmern dösten, in Hängematten unter Bäumen schliefen oder leise auf Veranden schaukelten, war er allein wach, lebendig, auf der Suche. Die Stadt gehörte ihm. Er ging zwei oder drei Meilen, freute sich über die leeren Straßen in der dunstigen Sonnenglut und begegnete niemandem als hier und da einem Hund mit heraushängender Zunge oder einem Bierwagen, der sich langsam dahinschleppte und auf dessen Bock der Kutscher eingeschlafen war. Ein oder zwei Schaufenster glitzerten, als er vorüberging, aber nichts rührte sich hinter den staubigen Scheiben.

Er gelangte in eine breite, vornehme, auf beiden Seiten von Bäumen gesäumte Straße. Der Rasen vor den Häusern lag samtweich, grün und gepflegt in der silbrigen Stille, kein Lufthauch regte sich. Frank sah niedrige graue Gartenmauern, terrassenförmig angelegte Wiesen, seidenumrauschte Fenster und sonnenbeschienene hohe Dächer, sah Beete und Blumenrabatte. Auch hier lag alles völlig still und regungslos.

Er blieb am Gittertor einer etwa vier Fuß hohen Mauer stehen und guckte zwischen den Stäben durch. Er sah gewundene, von Bäumen überschattete Pfade, sah Büsche und Sträucher und in der Ferne die graue Wand eines Hauses mit hohen glänzenden Fenstern. Nichts regte sich, alles war still und bot sich in ruhiger Majestät und Schönheit seinen Blicken dar. Er faßte das Gitter und drückte traumverloren dagegen. Das Tor öffnete sich. Ohne viel zu denken, betrat er die lieblichen Gefilde des Gartens, hörte das leise Knirschen des Kiesweges unter seinen Füßen. Wie in Trance ging er auf das Haus zu. Zu einer Seite sah er weinbehangene Lauben, zur anderen eine Mauer aus grünen Blättern. Und dann vergaß er alle anderen Häuser, die ganze Nachbarschaft, und war allein in einem geheimnisvollen Garten voll sanftem, schattenlosem Licht.

Er war noch ein Kind, und ein ziemlich schmutziges dazu. Sein Gesicht war voll Staub, seine Haare ungekämmt, die Schuhe abgestoßen. Und doch fühlte er sich nicht als Eindringling. Es war ganz in Ordnung, daß er hier war: dies war sein Heim. Er hatte den Weg hierher wiedergefunden, er gehörte in diesen Garten. Es war gut und richtig, daß er den Pfad entlang auf das prächtige Haus zuging, das im Hintergrund auf ihn wartete.

So versunken war er in seine Träume, so hingegeben seinem Entzücken, daß er das kleine Mädchen nicht sah, das ihm vom Haus her entgegenkam. Er bemerkte es erst, als es knapp vor ihm stand und ihn mit riesengroßen dunklen Augen anstarrte. Es war ein sehr hübsches kleines Mädchen mit langen dunklen Locken, schlanken, glatten Beinen in roten Söckchen und Lackschuhen an den Füßen. Sie trug ein hellrosa Kleid, ganz aus Bändern, Rüschen und Spitzenvorstößen, und auf ihrem Kopf saß eine rosa Masche.

»Guten Tag«, sagte sie ernst und blickte ihn erwartungsvoll an.

Er gab keine Antwort, er konnte sie nur sprachlos anstarren. Niemals zuvor hatte er etwas annähernd so Schönes gesehen, etwas so Süßes, so Hinreißendes wie dieses Geschöpf. Seine Feindseligkeit gegen Mädchen war geringer als sein Haß gegen Jungen. Mädchen waren sanfter, nicht so brutal und böse. Aber sie konnten gemein und hinterhältig sein, und das fürchtete er mehr als Brutalität. Gegen physische Grausamkeit konnte man mit den Fäusten ankämpfen; es gab keine Waffe gegen Gemeinheit und Hinterlist, keine Verteidigung gegen sanften Betrug und Boshaftigkeit. Das kleine Mädchen bezauberte ihn durch ihre Schönheit, aber er dachte daran, daß Mädchen verschlagen und gemein waren. Er stand da und starrte sie an und war bereit, zu fliehen, sobald er den boshaften Ausdruck in ihren Augen sah, den er so gut kannte.

Zu seiner Verwunderung blieb sie ernst und erwartungsvoll und schien sich über seine Anwesenheit zu freuen. »Wie heißt du?« fragte sie.

»Frank«, antwortete er ängstlich.

»Ich heiße Jessica«, teilte sie ihm mit. Ihre Augen wurden noch ein wenig größer, während sie darauf wartete, daß er den nächsten Schritt tat. Er jedoch scharrte verlegen mit dem Schuh im Kies und sah sie an.

Ihr Gesicht war wie das Gesicht einer Puppe mit zarten, rosigen Wangen und einem vollen, roten Mund. Auch sie musterte ihn voll Interesse.

Dann sagte er mit heiserer Stimme: »Du wohnst hier?«

Sie schüttelte so heftig den Kopf, daß die Locken flogen. »O nein, nur mein Onkel. Ich wohne mit meinem Vater auf der Porter Avenue. Aber heute habe ich Geburtstag, und da veranstaltet mein Onkel für mich eine Party. Er hat mir auch dieses Kleid gekauft. Ist es nicht hübsch?« Und sie breitete die zarten Rüschen aus, bis sie wie ein rosaroter Schleier ihre kleine Gestalt umgaben. »Kommst du zu meiner Party?«

»N—nein«, stammelte er. »Ich bin nicht eingeladen. Dein Onkel kennt mich gar nicht.«

Sie ließ die Rüschen fallen und schaute ihn enttäuscht an. Dann erhellten sich ihre Züge. »Wenn du willst, kannst du trotzdem hierbleiben. Um vier Uhr geht es los.« Sie hatte eine süße, hohe Stimme und sah ihn mit uneingeschränkter Zuneigung an. »Ich mag dich«, erklärte sie. »Eigentlich mag ich Jungen ja nicht besonders, aber dich mag ich. Raufst du?«

»Nur wenn ich muß«, sagte er. »Dann allerdings raufe ich wie wild. Das kommt daher, daß ich Engländer bin«, fügte er stolz hinzu und ohne den Trotz, den er sonst immer empfand, wenn er seine Herkunft eingestehen mußte.

Sie bewunderte ihn mit den Augen. Sie sah ihn sich genau von oben bis unten an und fand alles an ihm wunderbar. Plötzlich tat sie einen Sprung. »Ich habe ein junges Kätzchen im Gartenhaus!« rief sie. »Die anderen sollen es nicht sehen, aber dir zeige ich es.«

Sie drehte sich um, deutete ihm, mitzukommen, und rannte voraus. Er lief hinterher und sah, wie ihre hübschen schlanken Beine nur so flogen. Sie war eine Fee, eine rosige Fee, die über das grüne Gras schwebte, und er folgte ihr wie hypnotisiert. Sie führte ihn seitlich an dem großen grauen Haus vorbei, und er sah es neben sich hoch in die Luft ragen. Und dann war er in einem Garten, einem Traumgarten, leuchtend von Blumen, mit einzelnen Beeten und Rabatten wie in einem Park, mit mächtigen Weiden und Ulmen. Am Ende des Gartens stand ein weißes Gartenhaus, das über und über mit Heckenrosen bewachsen war, als läge ein grün-roter Schleier darüber. Hier standen weiße Korbmöbel mit roten Kissen, und ein Kätzchen miaute in einem kleinen Korb, der auf dem Tisch stand.

Frank war anfangs mißtrauisch gegen das Kätzchen und fürchtete sich ein wenig davor. Er hatte mit Tieren nie engeren Kontakt haben dürfen. Nach Ansicht seiner Mutter wurden Hunde leicht »wütend«, und Katzen waren »schmutzig«. Er sah Jessica zu, wie sie das weiße Kätzchen in den Arm nahm und mit ihrer kleinen Nase das weiche Fell streichelte. Er stand da und beobachtete sie wie gebannt, dann streckte er zögernd seine schmutzige Hand aus und strich dem Tier über den Kopf.

Jessica setzte sich und hielt die Katze im Schoß, und auch Frank setzte sich auf den äußersten Rand eines Stuhles. Er konnte den Blick nicht von dem kleinen Mädchen wenden. Mit jedem Augenblick schien ihr Gesicht noch lieblicher zu werden, noch hinreißender — es war ein Gesicht aus seinen Träumen. Alles kam ihm seltsam vertraut vor. Er beobachtete das Mädchen; sie gackerte und zwitscherte nicht wie seine Mitschülerinnen, sie machte sich nicht wichtig und kicherte nicht andauernd. Sie saß nur still da und streichelte das Kätzchen und sah den Jungen mit ihren ernsten dunklen Augen an. Ihr Mund war zu gedankenverlorenem Lächeln geöffnet, ihr Blick voll Erwartung.

»Du erinnerst mich irgendwie an meinen Vater«, vertraute sie ihm schließlich nachdenklich an.

Frank lachte heiser und verlegen. »So alt bin ich ja noch gar nicht.«

Sie runzelte die Stirn, ihr Blick wurde noch ernster. »Mein Vater ist ein großer — Künstler«, sagte sie. »Er spielt Klavier.«

»Mein Vater spielte früher Geige«, rühmte sich Frank.

Jessicas Gesicht erhellte sich. »Vielleicht kennt er meinen Daddy!« Als Frank den Kopf schüttelte, war sie enttäuscht. Sie sah auf das Kätzchen in ihrem Schoß, und selbst Frank erkannte, daß sie traurig war.

Heiße, dunstige Sommerstille lag über dem kleinen Gartenhaus. Draußen flogen Insekten summend zwischen den Blumen umher. Eine Wespe kam brummend hereingeflogen und verschwand wieder. Eine Wolke gelber Schmetterlinge schwebte an der Tür vorbei. Die beiden Kinder saßen still da und sahen einander ernst an.

»Ich wünschte, du könntest zur Party bleiben«, sagte Jessica endlich. Aber er entnahm ihrem Tonfall, daß sie recht gut verstand, warum er das nicht konnte. Sie seufzte. »Ich habe dich gern«, sagte sie, und ihre Stimme war nun klar und kräftig. »Ich habe dich gern, Frank. Ich wollte, du müßtest nie mehr fortgehen. Aber vermutlich mußt du.«

Er sah durch die offene Tür des Gartenhauses auf den großen parkartigen Garten und die Bäume mit ihren dunstigen Schatten. »Eines Tages werde ich wiederkommen«, sagte er leise. »Ja, ganz bestimmt. Und dann gehe ich nie mehr fort.«

Er wußte nicht, warum er sich in Gesellschaft dieses kleinen Mädchens so wohl und unbefangen fühlte, warum sie ihn nicht störte, warum er so großen Trost und so innige Freude darin fand, sie immer wieder anzusehen. Sie kam ihm nicht wie ein lebendiges Kind vor, sondern wie ein Wesen aus einem wunderbaren Traum. Es war, als hätte er sie immer schon gekannt und würde sie immer kennen; als wüßte er genau, daß er eines Tages zu ihr zurückkommen würde. Sie saß ganz ruhig und streichelte ihr Kätzchen und sah ihn nur an.

»Freust du dich auf deine Party und auf — alle, die kommen?« fragte er.

Sie schüttelte den Kopf. »Nein, aber mein Onkel Wentworth — er ist Daddys Bruder — sagt immer, ich wüßte nicht, wie man richtig spielt, und daß ich Mädchen kennenlernen muß und vielleicht auch einige Jungen. Daddy findet das nicht. Ich wäre auch viel lieber bei Daddy und würde ihm beim Spielen zuhören. Manchmal geht er auf Reisen und spielt, und dann haben wir wieder Geld. Und manchmal haben wir gar keines, dann müssen wir Mrs. Marks entlassen — sie paßt auf mich auf, wenn wir gerade Geld haben. Daddy wartet dann und übt jeden Tag, bis er wieder wegfährt, und dann läßt er Mrs. Marks wieder kommen.«

»Du mußt einen netten Onkel haben«, sagte Frank nachdenklich.

Jessica schüttelte heftig den Kopf. »O nein, er ist gräßlich. Er mag mich nicht und Daddy auch nicht. Aber er hat keine Frau und nichts, und da meint Daddy, Onkel Wentworth will mir vielleicht sein Geld hinterlassen; Daddy will aber nicht, daß ich es bekomme. Aber er hat erlaubt, daß Onkel Wentworth diese Party für mich gibt, denn wir fahren nächsten Monat sowieso nach New York, Daddy und ich, und da ist es ja gleichgültig.«

»Du fährst fort?« rief Frank entsetzt.

Jessica nickte und strahlte. »Ja, und vielleicht komme ich nie mehr zurück.«

Dann veränderte sich ihr Gesicht und wurde so ernst, wie es zu ihrem kindlichen Alter gar nicht paßte.

Frank umklammerte seine Knie mit den Händen und starrte sie an. Dann sagte er: »Du wirst zurückkehren. Ich weiß es. Und ich werde immer wieder hierherkommen und auf dich warten, Jessica.«

Sie betrachtete ihn schweigend eine ganze Weile, dann nickte sie langsam. »Ja. Ich glaube dir. Und ich werde nie einen anderen Jungen gern haben.« Sie hob das kleine weiße Kinn, und ihre warmen Augen lächelten ihm zu. Alles an ihr war ernst und nachdenklich, reif und verständnisvoll. Sie war stark und sanft zugleich, und es ging ein Zauber von ihr aus, der ihn glücklich machte.

Er stand auf, als wäre etwas vorläufig zu Ende gegangen, und sagte: »Ich glaube, ich muß jetzt gehen.«

Sie nickte und legte das Kätzchen wieder in den Korb. Dann reichte sie ihm ihre kleine Hand und lächelte ihm zu.

Sie sah ihm nach, als er ging, geleitete ihn aber nicht zurück zum Eingangstor. Einmal drehte er sich um und winkte ihr. Sie stand in der Tür des Gartenhauses und winkte ihm gleichfalls.

Am nächsten Tag kam er wieder, sah sie aber nicht. Er hatte es eigentlich auch nicht erwartet. Dennoch kam er immer wieder. Er kam, als es Herbst wurde und die Blätter fielen und dunkle Wolkenfetzen über den Himmel trieben. Er sah Jessica nicht, aber es machte ihn glücklich, wieder an jenem Ort zu sein, wo er sie getroffen hatte.

Er vergaß sie nie. Nicht einmal, als er Paul Hodge kennenlernte, der ein wichtiger Bestandteil seines ganzen Lebens wurde! Ein- oder zweimal spielte er mit dem Gedanken, Paul dieses Haus zu zeigen, aber irgend etwas hielt ihn zurück. Er konnte Paul nicht einmal von Jessica erzählen. Im Laufe der Jahre vergaß er die genaue Lage des Hauses und vergaß sogar, wie die Straße hieß. Niemals aber vergaß er Jessica. Sie und sein schwerer Lebenskampf waren der Grund dafür, daß er sich nie ernsthaft für andere Mädchen interessierte, sondern immer nur oberflächlich, vorübergehend.

Er vergaß sie nie, aber nach einiger Zeit meinte er, es sei auch dieses Erlebnis nur ein schöner Traum gewesen, wie die vielen anderen verlorenen Träume seiner Kindheit. Doch immer, wenn er ein Mädchen auf eine bestimmte Art lachen hörte, drehte er den Kopf und schaute und wartete, bis das Mädchen vorübergegangen war.

XVI

Schule und Elternhaus verloren immer mehr an Bedeutung für Frank.

Die Schule Nummer 18, in der West Avenue, nahe der Hampshire Street, war größer als die in der Vermont Street, aber ebenso alt und schmutzig. Er fand bald heraus, daß er dem Spott und der Gehässigkeit der Kameraden entging, wenn er nach Unterrichtsende um drei Uhr noch ein wenig herumtrödelte. Kam er dann heraus, hatte er die stillen, von edlen Bäumen gesäumten, sonnenbeschienenen Straßen ganz für sich. Während er langsam und verträumt heimging, konnte er sich phantastische Geschichten ausdenken; Geschichten von unwahrscheinlichen Abenteuern und geheimnisvollen Inseln im türkisblauen Meer. Er begann um diese Zeit, sie in seine Hefte zu schreiben, und zwar während der Stunden, in denen Geschichte, Mathematik und Grammatik gelehrt wurden. Noch bekam niemand sie zu sehen. Manchmal schrieb er auch Gedichte voll lebhafter, farbenfroher Wörter, die seinen Geist beruhigten, ihn gleichzeitig aber auch anregten.

Und dann, an einem trüben Tag im November, fand er seinen Freund, sein Ohr, sein anderes Ich, seinen Gefährten.

Es war ein aschgrauer Tag, nur kurz schien farblos und wäßrig die Sonne, und es wehte ein eisiger Wind. Es war in der Pause, daß Frank seinen Freund fand, der verloren in einer Ecke des Spielplatzes herumstand, genauso verloren herumstand wie er selbst.

Zwischen den Eisenstäben, die den Schulhof umschlossen, sah man die kahlen Zweige der Bäume, die graubraunen Dächer der Häuser und ihre schäbigen Mauern und langweilige, leere, verschmutzte Straßen. Pergamentene Stille lag in der Luft. Nur aus einer Seitenstraße klang das eintönige Kreischen eines Schleifsteins — ein Messerschleifer und Regenschirmflicker war da am Werk —, und hier und da hörte man das Getrappel eines Pferdes und das Knirschen schwerer Räder. Diese Geräusche machten die Stille jenseits des Schulhofes noch melancholischer und bedrückender.

Der Schulhof selbst war häßlich, und es gab keine Schaukeln oder anderen Spielgeräte für die Kinder. Der Boden bestand aus scharfen weißen Kieselsteinen, die unter den Füßen der Kinder laut knirschten. Zwischen den Geschlechtern herrschte keine Freundschaft. Wenn die Sonne sich hinter dunklen Wolkenhaufen versteckte, leuchteten die roten Mützen der Mädchen plötzlich wie Feuer im trüben Licht. Aber die Feuermützchen blieben fein säuberlich unter sich und mischten sich nicht unter die schwarzen Kappen der Jungen. Die Lehrerin, müde und erschöpft, ging in das Schulhaus und erschien wieder in einem dicken Umhang. Trotzdem stand sie frierend im Tor und rieb sich die knochigen Hände, die niemals weich und warm und zärtlich zu sein schienen. Sie war diese Woche zur Beaufsichtigung der Kinder während der Pause eingeteilt und betrachtete sie haßerfüllt unter roten, geschwollenen Lidern. Sie hoffte nur, daß die Jungen nicht wieder anfingen, sich zu schlagen oder sich an die kleinen Mädchen heranzumachen, um sie an den Haaren zu ziehen und sie anzurempeln.

Frank Clair spielte nie mit den anderen. Sie hätten ihn sowieso nicht mitspielen lassen, und er sehnte sich gar nicht nach ihrer Gesellschaft. Er ging die Ziegelmauer der Schule entlang und stieß mit dem Schuh Kieselsteine vor sich her. Selbst die kleinen Mädchen, die sich bei aller zur Schau gestellten Gleichgültigkeit doch heimlich sehr für das andere Geschlecht interessierten, beachteten ihn nicht, obwohl er auf seine Art hübsch war und immer hübscher wurde.

Plötzlich stieß er mit einem Jungen zusammen, der an der Mauer lehnte und teilnahmslos vor sich hin starrte.

Frank hätte nicht sagen können, warum er plötzlich stehenblieb und den Fremden so offen anstarrte. Er erinnerte sich dunkel, ihn am Morgen in der Klasse gesehen zu haben, hatte aber seine Existenz bis zu diesem Moment völlig vergessen. War es der Gesichtsausdruck des Jungen, starr und in sich versunken, der Franks Aufmerksamkeit erregte, oder war es mehr — eine plötzliche Anziehungskraft von Leib und Seele? Er wußte es nicht. Er sah den Jungen an, und er kam ihm auf geheimnisvolle Weise bekannt und vertraut vor.

Der andere war so groß wie er selbst und etwa gleich alt. Frank sah ein blasses kleines Gesicht, eher unauffällige Augen von undefinierbarer Farbe, helles, gepflegtes Haar, eine feine, gebogene Nase. Haare, Haut und Augen schienen von derselben fahlen Art; fast hätte man sie grünlichgelb nennen können. Das Gesicht war völlig ausdruckslos, dabei eher verschlossen als leer, die Augen aber waren wachsam und auf der Hut, fast wie die einer Katze: grünlich, glänzend, unirdisch, voll Vorsicht, Angst und Mißtrauen.

Der Junge war sehr mager und von zartem Knochenbau. Seine Kleidung war nicht schmutzig und geflickt wie die Franks, sondern außerordentlich sauber und nett. Seine Arme hingen schlaff am Körper herunter. Als er bemerkte, daß Frank ihn so aufmerksam und ernst betrachtete, machte er einen verlegenen Schritt zur Seite, als wollte er fliehen, und Furcht und Verzweiflung zeigten sich in seinem Blick.

»Hallo«, sagte Frank und wunderte sich selber, wie zuversichtlich seine Stimme klang.

»Hallo«, sagte auch der Neue, leise und ohne Betonung. Seine Stimme war irgendwie klanglos und schwach, fast eine Mädchenstimme.

Und ganz plötzlich hatte Frank das Gefühl, daß er diesen Jungen schon ewig kannte, daß er nie Angst zu haben brauchte, von ihm mißverstanden, verspottet und verachtet zu werden. In der Nähe stand eine Holzbank, Frank setzte sich. Der andere Junge setzte sich gleichfalls, als wäre er von einem Willen beherrscht, der stärker war als sein eigener. Seine Hände entspannten sich in seinem Schoß. Er sah Frank erwartungsvoll an, ungläubig und wachsam — ein Blick, der Frank mit der Zeit so vertraut wurde wie sein eigenes Gesicht. Warmes, wohliges Gefühl erfüllte ihn. Er, der Fremden immer ausgewichen war und auf der Straße jeder größeren Gruppe von Menschen aus dem Weg ging; der weite Umwege machte, nur um nicht einen Bekannten begrüßen zu müssen, er fühlte sich plötzlich als Beschützer. Er besaß einen grimmigen, wenn auch nur selten sichtbaren Sinn für Humor und zudem, was niemand vermutet hätte, ausgeprägtes Verständnis für andere Menschen. Er lächelte dem fremden Jungen, der ihn immer noch mit wachem Mißtrauen betrachtete, aufmunternd zu. Vielleicht war es gerade dieses Mißtrauen, das Frank rührte, das ihm ein Gefühl der Überlegenheit und Stärke gab.

»Du fürchtest dich, nicht wahr?« sagte Frank freundlich. »Aber wovor fürchtest du dich? Vor der alten Lehrerin da oben oder vor den verflixten Kindern? Ich tu das nicht. Sie kann nichts tun als brüllen, und auch die Kinder tun nichts anderes. Sogar im Geist brüllen sie. Und ihre Väter und Mütter brüllen im Geist genau wie sie. Die ganze Welt brüllt. Sie hängt mir beim Hals heraus!«

Das Gesicht des Jungen nahm einen seltsamen Ausdruck an. Es sah aus, als wollte die grünliche, runzelige Blässe aufblühen und rosig werden. Das Blut schimmerte warm und zaghaft durch die bleiche Haut. Immer noch betrachtete er Frank schweigend, aber es war ein verständiges Schweigen voll Dankbarkeit und Staunen. Seine Katzenaugen wurden durchsichtig wie Smaragde, auf die die Sonne fällt. Sein Mund öffnete sich und zeigte eine Reihe gesunder weißer Zähne. Sein

Blick war der eines Menschen, der in einem fremden feindlichen Land plötzlich seine Muttersprache hört.

»Wie kommst du drauf, daß ich mich fürchte?« fragte nach längerem Schweigen seine dünne, ausdruckslose Stimme.

Frank zuckte die Achseln. »Ich—ich k—kann Angst erkennen, wenn ich sie sehe. Wie alt bist du, und wie heißt du?« fragte er dann abrupt — er hatte es aufgrund seiner Kontaktarmut noch nicht gelernt, taktvoll und auf Umwegen an einen Menschen heranzukommen.

Die nervöse Anspannung des anderen Jungen legte sich langsam. Seine Beine ließen die Beine der Bank wieder los, um die sie sich krampfhaft geschlungen hatten. »Ich bin dreizehn, bald vierzehn; ich heiße Hodge, Paul Hodge. Wir sind erst vor ein paar Tagen nach Bison gezogen. Früher haben wir in Erie, Pennsylvania, gewohnt, mein Vater und ich und mein Bruder Gordon. Gordon geht in die erste Klasse Oberschule, er ist zwei Jahre älter als ich. Mutter habe ich keine.« Seine Stimme wurde noch dünner. »Mein Vater ist Buchhalter in einem Laden in der Main Street — ich habe den Namen vergessen.« Er machte eine Pause. Er schien selbst verwundert über seine Gesprächigkeit. »Und wie heißt du?«

»Frank Clair. Ich habe noch meinen Vater und meine Mutter.« Er fuhr fort: »Ich bin genauso alt wie du. Und mein Vater ist Apotheker, er arbeitet in einem Drugstore. Das ist alles. Wo wohnst du?«

»Auf der West Avenue, in der Nähe der Connecticut Street.«

»Und ich wohne in der Albany Street, nicht weit vom Fluß. Hast du den Fluß schon gesehen? Ich kann dir viel zeigen! Da gibt es Schiffe auf dem Kanal und Fährboote nach Kanada. Und Angler und Bars und Eisenbahnzüge!«

Beglückt sahen sie einander an. Der kalte, unfreundliche Schulhof schwand aus ihrem Bewußtsein. Das Schreien und Kreischen der anderen Kinder war ihnen nicht mehr als der Wind in den Bäumen.

»Was machst du?« fragte Frank leise.

Die vollkommene Übereinstimmung, die sich zwischen ihnen plötzlich ergeben hatte, ermöglichte es dem anderen Jungen, ihn sofort zu verstehen. Er murmelte: »Ich spiele Geige. Ich nehme Stunden.« Sein Gesicht leuchtete nun. »Mein Lehrer sagt, ich werde einmal ein großer Künstler, wenn ich brav weiterlerne.«

Frank war selig. »Ich schreibe«, sagte er. »Ich schreibe Geschichten, und bald werde ich ein ganzes Buch schreiben.«

»Ein Buch«, sagte Paul begeistert und voll Bewunderung. »Darf ich lesen, was du schreibst?«

»Ja. Wenn du mir dafür manchmal etwas vorspielst. I—ich habe Musik so gern. Mein Vater spielte früher Geige; das Instrument liegt noch bei uns im Keller, aber ich darf es nicht anrühren.«

Die Pause war zu Ende. Frank und Paul rannten dicht nebeneinander die Stiegen zu ihrem Klassenzimmer hinauf, als flüchteten sie vor einer gemeinsamen Gefahr, die ihnen nur drohte, wenn sie allein waren. Überall trampelten und klapperten Füße; Schüler kehrten nach der Pause in ihre Klassen zurück, für andere begann die Pause erst, und sie stürmten laut und ungeduldig die Treppe hinunter. Die Gänge quollen über von Kindern, und die abgestandene Luft war düster und staubig. Paul und Frank hielten sich nahe der Mauer, huschten an ihren Feinden vorbei und schoben sich noch vor ihren Mitschülern in das Klassenzimmer.

Der Raum war unfreundlich, dunkel und schäbig, die Pulte voll Tintenklecksen, die Tafeln alt und grau. Ein Geruch von Kreide, vermodertem Holz, Feuchtigkeit und Kälte hing in der Luft. Die beiden Jungen setzten sich und lächelten einander zu wie Verschwörer. Pauls Augen blickten nicht mehr ängstlich. Sie wurden vertrauensvoll, sobald sie auf Frank ruhten, was an diesem Nachmittag sehr oft geschah.

Er betrachtete Frank hingebungsvoll, aber er hatte ein so unbewegliches Gesicht, daß es unmöglich war, seine Gedanken zu erraten. Er war von Natur aus folgsam und artig, und Miß Hempstead stellte dankbar fest, daß der neue Schüler ihr wenig Ärger bereiten würde — im Gegensatz zu diesem gräßlichen Frank Clair, der gegen sie und ihren Unterricht eine Mischung von Unaufmerksamkeit und offener Gleichgültigkeit an den Tag legte, die sie in Wut versetzte. Er wußte nie seine Lektionen außer in Orthographie und Englisch. Er zeigte kein Interesse an ihrem Vortrag, außer in der letzten halben Stunde, wenn sie aus »Die Geschichte Napoleons, für Kinder bearbeitet« vorlas. Auch schien es ihm nichts auszumachen, daß er der schlechteste Schüler der Klasse war. Oft war er frech, aber auf so indirekte Weise, daß sie keinen greifbaren Anlaß für eine Bestrafung fand. Er saß nur da und brütete vor sich hin, drehte Papierschlangen mit den Fingern oder sah mit völlig leerem Blick zum Fenster hinaus, und nur sein Körper blieb in der Klasse zurück wie ein weggeworfenes Bündel Kleider. Sie mußte allerdings sein außergewöhnliches Talent im »englischen Aufsatz« anerkennen und las seine Arbeiten widerwillig der Klasse vor. Ein Junge, der so schreiben konnte, so klar und reif und schön, konnte sicher auch lange Divisionen und Bruchrechnungen mit Leichtigkeit erlernen. Ein Junge, der so ausdrucksvoll und mit soviel Verständnis vorlesen konnte, sollte mit Geographie und Geschichte keine Schwierigkeiten haben. Dennoch erreichte er nur selten, wenn überhaupt, eine gute Note in diesen Gegenständen, obwohl er sie öfters bei einem schriftlichen Test in Geschichte durch sein Erfassen eines Streiflichtes, das sie im Unterricht gar nicht erwähnt hatte, in Erstaunen versetzte.

Frank träumte den ganzen Nachmittag mit offenen Augen; dabei war er am Vormittag, als die Klasse einen Aufsatz über das Meer zu schreiben hatte, ganz Aufmerksamkeit, ganz Tätigkeitsdrang gewesen.

Dann, um halb drei, begann Miß Hempstead aus der »Geschichte Napoleons« vorzulesen, und Frank erwachte wieder, stieg aus der Tiefe empor, in der sein Unterbewußtsein sich befunden hatte.

Wenn man dem Buch glauben durfte, war die Nase des jungen Napoleon sein wesentlichstes Merkmal gewesen. Und während des ganzen Kapitels drehten sich die Kinder immer wieder grinsend und Grimassen schneidend nach Frank um. Franks Nase war nämlich, obwohl klassisch gerade und wohlgebildet, nach Meinung der anderen zu groß und hervorstechend, und er wurde verlegen, wenn Miß Hempstead die Stellen über Napoleons große Nase vorlas. Mit dem angeborenen Spürsinn der Kinder für die Schwächen eines anderen hatten seine Mitschüler sofort diese Verlegenheit gemerkt. Außerdem lief in einer lokalen Zeitung gerade ein sehr populärer Comic strip über ein altes Pferd, das lächerlicherweise Napoleon genannt wurde. Nicht oft boten so viele Umstände gemeinsam Gelegenheit zu Spott.

Einer der Jungen in seiner Nähe flüsterte Frank höhnisch zu: »Steh auf, Napoleon, es sieht nach Regen aus.« Frank gab vor, diese Bemerkung nicht zu hören, und konzentrierte seine ganze Aufmerksamkeit auf Miß Hempstead. Er traute sich nicht, Paul Hodge anzuschauen, weil er fürchtete, auch auf seinem Gesicht den Spott zu sehen. Als er sich zuletzt nicht mehr zurückhalten konnte, sah er, daß Pauls Gesichtsausdruck starr und unergründlich war und daß er der Lehrerin aufmerksam und selbstvergessen zuhörte. Da erkannte Frank, daß Paul anders war als die anderen — genau wie er selbst.

Dann beobachtete Frank noch etwas mit besonderem Interesse. Außer Paul Hodge war an jenem Tag auch noch ein stilles kleines Mädchen mit Zöpfen und einem sommersprossigen Gesicht neu in die Klasse gekommen. Sie saß in würdevoller Haltung neben Paul. Die anderen Kinder, die es schon langweilte, immer nur Frank zu hänseln, wandten ihre Aufmerksamkeit Paul und dem kleinen Mädchen zu und musterten sie mit jener schimpansenhaften Neugier und Zudringlichkeit, die die menschliche Rasse auszeichnet. Sie waren noch unkultiviert, sie hatten noch nicht gelernt, daß man auch dem Fremden zumindest anfangs höflich entgegenkommt und sich Antipathie nach Möglichkeit nicht anmerken läßt. Prüfend musterten sie das kleine Mädchen. Und aus undurchschaubaren Gründen — geradeso, als hätten sie darüber öffentlich abgestimmt und einen einstimmigen Beschluß gefaßt — nahmen sie sie ohne Einschränkung in ihre Mitte auf. Sie gehörte zu ihnen. Ganz gefühlsmäßig kamen sie zu diesem Schluß. Dann vergaßen sie sie vorläufig — später konnte man gelegentlich nähere Bekanntschaft mit ihr schließen und sich anfreunden. Zufrieden wandten sie ihre Aufmerksamkeit Paul zu. Und sofort wurde seine Umgebung lebendig.

Paul saß ruhig da und hörte der Lehrerin zu. Seine wohlgeformten Hände hatte er vor sich auf das Pult gelegt. Nichts an seinem Gesicht oder seiner Erscheinung war ungewöhnlich oder lächerlich, wie das bei Frank der Fall war. Nichts Seltsames war an seinem Benehmen, nichts Fremdländisches in seinem Aussehen. Er sah genauso farblos aus wie die Mehrzahl der anderen Kinder. Er wirkte vollkommen alltäglich und akzeptabel. Und doch traf ihn kein einziger freundlicher oder auch nur interessierter Blick. Alle Augen wandten sich gelangweilt von ihm ab, kehrten dann zurück, und plötzlich zeigten sich Ablehnung und Feindschaft in ihren Blicken.

Ich fürchte, das ist ein sehr dummer Junge, seufzte Miß Hempstead innerlich, als sie von ihrem Buch aufblickte und Paul Hodge ansah. Völlig ausdruckslos, ein dummes, leeres Gesicht. Auf seine Art kommt er mir ärger vor als dieser Frank Clair! Sie war jedoch nicht beunruhigt; sie wußte instinktiv, daß Paul ihr nie Schwierigkeiten machen würde. Seine Zeugnisse aus Erie zeigten außerdem, daß er doch ein durchschnittlicher Schüler war.

Um drei Uhr rannten die Kinder hinunter, um sich anzuziehen. Frank trödelte noch ein wenig. Er wartete wie immer, bis die anderen fort waren, um ihren Verfolgungen auf der Straße zu entgehen. So langsam es nur ging, packte er seine Bücher ein, suchte seine Bleistifte zusammen. Im stillen hoffte er, daß Paul auf ihn warten würde, aber das war mehr ein verzweifelter Wunsch als eine reale Hoffnung. Er war deshalb sehr erstaunt, als er entdeckte, daß Paul ebenfalls noch in dem leeren Klassenzimmer saß und ihm wortlos zuschaute.

»He! Gehst du nicht heim?«

»Hm — ich will jetzt noch nicht weggehen«, antwortete Paul mit seiner hohen Stimme.

Verwundert sah Frank ihn an, und Paul erwiderte seinen Blick. Er lächelte ein wenig und wieder wurden seine grünen Augen glänzend und warm. Frank legte seine zerschlissene Büchermappe auf das Pult.

»Sag mir«, fragte er langsam, »du haßt — du haßt doch nicht vielleicht die Kinder genau wie ich, oder?«

Paul zuckte die Achseln. Und plötzlich sah er nicht mehr ängstlich aus. In seinem Blick lag nur Verachtung. Aber er blieb stumm. Frank sah aus dem Fenster; die Straße war beinahe leer.

»Ich glaube, wir können — jetzt gehen«, murmelte er. Schweigend verließen sie miteinander das Klassenzimmer.

XVII

Die Bösartigkeit der Kinder schien die Luft in den Straßen rund um die Schule zu vergiften. Bestrebt, diesen Dunstkreis hinter sich zu lassen, eilten Frank und Paul dahin, bis sie andere Straßen erreichten, wo die Wahrscheinlichkeit, ihren Quälgeistern zu begegnen, geringer war.

»Mensch«, sagte Frank lächelnd, »ich muß mich drehen und winden wie ein Aal, um heimzukommen. Zuerst die Kinder hier. Dann muß ich an einer Pfarrschule vorbei. Das ist eine katholische Schule, weißt du, wo Nonnen unterrichten. Dort verfolgen die Schüler protestantische Kinder und schimpfen sie ›dreckige Blauköppe!‹. Manchmal werfen sie auch mit Steinen. Ein Junge in meiner Klasse hätte beinahe ein Auge verloren.« Nachdenklich fügte er hinzu: »Ich bin Protestant. Bis wir hierherkamen, wußte ich es gar nicht. In England wurde nie darüber gesprochen.«

»In Erie machen wir es genauso mit den Katholiken«, meinte Paul. »Geschieht ihnen recht.«

Verdrießlich schlurfte Frank dahin. »Aber warum machen sie denn das? Ist doch sinnlos.«

Paul preßte die Lippen zusammen und blieb die Antwort schuldig.

Franks nervöse Spannung löste sich. »Ich habe fünf Cents«, sagte er, verlangsamte seine Schritte und schob seine Bücher zurecht. »Wollen wir was zum Knabbern kaufen?«

Paul nickte. Er schien nicht eben begeistert. Er zeigte selten Interesse für etwas, aber es war charakteristisch für ihn, daß er die verschiedenen Süßigkeiten auf den Regalen des dunklen kleinen Ladens mit plötzlicher Gier studierte. Frank ließ sich bei der Auswahl des Zuckerwerks Zeit. Er kaufte zwei mit rosafarbenem Paraffin überzogene Fläschchen, die mit einem herrlichen süßen roten Sirup gefüllt waren, der wie Nektar auf der Zunge lag. Nach reiflicher Überlegung erstand er auch noch zehn kleine Schokolade-»Nigger«, zwei winzige Blechdöschen mit weicher Fondantmasse (mit ebenso winzigen Löffelchen zu verspeisen) und, für den letzten Cent, eine Lakritzenstange. Dann schlenderten sie weiter die Straße hinunter, und Paul verzehrte seinen vollen Anteil mit Genuß und einer Art unterdrückter Gefräßigkeit, die mehr als nur ein wenig katzenhafte Verstohlenheit verriet. Als er fertig war, leckte er sich mit der feinen Spitze einer sehr hellen Zunge artig die Lippen. Wie er so neben Frank her spazierte, war er ihm in Gang und Haltung überlegen. Er besaß eine Art kalter, negativer Würde. Mit ihm verglichen, schlich Frank förmlich dahin, wachsam und angriffslustig, während sich heftiger Grimm auf seinem Gesicht abzeichnete.

Zum erstenmal in seinem kurzen Leben fühlte er sich richtig wohl und zeigte sich daher auf eine ganz besondere Art gesprächig. Er fühlte sich gelöst. Sein Geplauder wurde witzig, und Paul, wie überrascht von seiner eigenen Heiterkeit, lachte. Von diesem Lachen inspiriert, begann Frank eine, wie ihm schien, brillante Konversation zu liefern. Feinsinnig, sarkastisch, schalkhaft, ungewöhnlich intelligent und das Wesentliche erfassend, strömte sein Witz aus ihm heraus. Immer wieder richtete er erwartungsvolle Blicke auf Paul. Pauls grünlich schimmernde Augen funkelten vor Freude und Vergnügen, und hin und wieder sah er Frank mit überraschter und aufkommender Zuneigung an. Franks Stimme wurde lauter und erregter, lebhafter und farbiger; noch war sie von stammelnder Unreife geprägt, aber schon voller Kraft und Autorität. Er sprach mit heftigen, weit ausschwingenden Gesten. Erwachsene, die ihnen begegneten, lächelten belustigt. Frank wurde sich dessen gar nicht bewußt, aber Paul merkte es, und ein dunkles Rot überzog seine Wangen. Er empfand immer stärkere Zuneigung für Frank. Er fühlte sich als sein Beschützer. »Schrei nicht so, Frank«, meinte er nachsichtig. »Diese Idioten starren uns schon an.«

Unmutig blickte Frank zwei vorübergehenden Frauen nach. »Dumme Kühe«, brummte er ärgerlich, aber mit einem gewissen Unbehagen. Paul sagte nichts, aber er betrachtete die Erwachsenen mit einem Ausdruck katzenfreundlichen Grolls auf seinem glatten Gesicht, was in Frank ein Gefühl der Verwirrung, ja sogar Widerwillen auslöste.

»Was gehen uns denn die alten Leute an?« warf er hin. »Wo war ich stehengeblieben? Ach ja. Also ich schreibe Gedichte und Geschichten. Bald werde ich ein ganzes Buch schreiben. Über die Französische Revolution.« Kindlicher Stolz schwellte seine Brust. »Ich hatte mal eine Lehrerin. Sie sagte, ich würde Schriftsteller werden. Aber vielleicht war ich das schon, bevor ich überhaupt schreiben konnte ...« Er unterbrach sich. »In meinem Geschichtsbuch habe ich ein Gedicht. Wenn wir uns irgendwo hinsetzen, lese ich es dir vor.«

Paul wandte sich ihm zu und lächelte ihn an. Es war ein sanftes, strahlendes Lächeln voller Zärtlichkeit, und ein Schauer fast schmerzhafter Freude ließ Frank erbeben. Keiner von beiden sprach davon, daß sie sich bald trennen mußten. Frank machte einen großen Umweg, um so lange wie möglich mit seinem neuen Freund beisammen bleiben zu können.

Er begann von seinen Eltern zu erzählen. »Also mein Vater ist Apotheker. Er arbeitet in einem Drugstore. Sie verkaufen dort auch allerhand Zuckerwerk, aber ich darf nicht hinkommen, wenn er arbeitet, und sonst auch nicht. Zuviel ›Vertraulichkeit‹ wäre nicht gut, meint er. Er ist überhaupt komisch. Nie führt er Ma aus, und das paßt ihr gar nicht. Aber ihm ist es gleich; er läßt sie einfach reden. Er tut so, als wäre er ihr Gebrumme schon so gewöhnt, daß er es nicht mehr hört. Wie so ein lästiges Geräusch. Pa sagt, wir müssen sparen, damit wir nach England zurückfahren können, bevor er und Ma zu alt sind.« Sein Gesicht veränderte sich, verdunkelte sich, spannte sich. Er kämpfte mit seinen Gedanken. »Dabei ist er gar nicht so alt. Er ist erst zweiundvierzig. Aber Ma ist siebenundvierzig. Wenn Pa von England spricht, wird er richtig lebendig. Da geht er manchmal ganz aufgeregt im Zimmer herum. Nein, alt ist er nicht. Ich glaube, er kommt sich wichtig vor, wenn er so herumgeht. Wenn Erwachsene Angst haben, haben sie das Gefühl, sie müssen etwas Bedeutsames tun. Wenn es nichts Bedeutsames gibt, das sie tun könnten, sehen sie so tot aus, nicht wahr? Ist das nicht komisch?« In plötzlicher Erregung beobachtet er Pauls so unbewegtes, unergründliches Gesicht mit fiebrigen Augen. »Vielleicht müssen wir uns alle so wichtig vorkommen, weil wir sonst sterben — auch wenn wir noch am Leben bleiben. Wenn wir älter werden, meine ich. Darum möchte ich niemals groß und nie alt werden. Davon handelt mein Gedicht.«

Sie kamen zur Ecke einer stillen Straße, wo grasbedeckte Hügel sich vor ihnen ausbreiteten und die Häuser wie heimlichtuerisch in sich gekehrt im schwindenden Novemberlicht standen. Ein eisernes Geländer säumte den Gehsteig. Mit scheuer Gebärde zog Frank ein beschriebenes Blatt Papier aus seinem Geschichtsbuch.

»Das habe ich geschrieben, während die alte Hempstead ihre Weisheit über die Brüche verzapfte«, erklärte er. »Brüche gehen mir nicht in den Kopf. Ich verstehe ihren Sinn nicht.«

Paul blickte amüsiert auf. Die zwei Knaben lehnten sich gemütlich gegen das Geländer. »Bitte lies mir dein Gedicht vor«, bat Paul höflich.

Den Blick auf das Blatt Papier gerichtet, räusperte sich Frank. Seine blasse Wange rötete sich. »Also«, sagte er, und es war nun kein Stammeln mehr, »es heißt ›Und wenn ich einmal sterben soll —‹«

Er hob den Kopf, um zu sehen, ob etwas wie Spott auf Pauls Gesicht lag. Doch ein seltsamer, fast zu angespannter Blick strahlte aus Pauls Augen, und Frank begann zu lesen:

»Und wenn ich einmal sterben soll,
Dann mag der Laute süßer Klang
Ans Herz mir greifen, rein und voll,
Wie Vogeltriller schall'n vom Hang.
Wenn ich so muß, dann will ich scheiden
Von grünen Tälern, satten Weiden,
Von jungem Glück und alten Leiden.
Wenn Gott mich ruft, ist mir nicht bang.

Wenn ich so muß, dann laßt mich ruh'n,
Bevor mein Stundenglas ganz leer,
Bevor der Winter hemmt mein Tun,
Noch vor des Sommers Wiederkehr.
Wenn ich dahin muß, laßt mich gehen
Solang noch mein des Glaubens Lehen.
Wer Gottes Wort nicht kann verstehen,
Den tröstet Hoffnung nimmermehr.«

Während er sein schlichtes, aber kraftvolles Gedicht vorlas, erhob sich seine Stimme zu volltönender, pulsierender Höhe und schien im

Licht des scheidenden Tages über den beiden Knaben zu schweben. Paul blieb am Geländer lehnen und rührte sich nicht. Er beobachtete Frank und hörte aufmerksam zu. Aber seine Augen weiteten sich, und eine sich verstärkende Spannung ließ die Partie rund um seine bewegungslosen Lippen weiß hervortreten. Er blieb stumm, als Frank unbeholfen das Papier zusammenfaltete und es mit gespielter Gleichgültigkeit wieder zwischen die Blätter des Geschichtsbuchs legte. »Na ja«, meinte Frank, »viel ist nicht dran. Vielleicht werde ich später einmal bessere Gedichte schreiben.«

Aber er wartete mit klopfendem Herzen. Paul lehnte immer noch reglos am Geländer.

»Die Laute ist eine Art Saiteninstrument«, sagte Frank mit leiser Stimme. »Die alten Griechen spielten darauf. Es ist ein schönes Wort, findest du nicht? Laute.« Er legte die Stirn in Falten und wiederholte leise: »›Solang noch *mein* des Glaubens Lehen.‹ Genau weiß ich selbst nicht, was das bedeutet. Aber ich will damit sagen, daß ich sterben möchte, bevor ich das Gefühl habe, daß es nichts Schönes mehr auf der Welt gibt. Genau das. Wenn du dir die Erwachsenen so ansiehst, weißt du, daß es nichts Schönes mehr für sie auf der Welt gibt. Es ist, als — als wären sie farbenblind oder so was Ähnliches, als ob alles für sie nur mehr grau oder schwarz oder schmutziges Weiß wäre.«

Paul holte kurz Atem. Ein funkelndes kleines Licht entzündete sich in seinen Augenwinkeln.

Der kurze Novembertag ging zu Ende. Der trockene, scharfe Wind hatte sich gelegt, und die Luft, still und tot und sehr kalt, hing wie ein Mantel um die beiden Kinder. Die Straßen lagen wie ausgestorben da. Nur hin und wieder eilte eine Hausfrau mit ihrem Einkaufskorb, strampelte ein Junge auf einem Fahrrad, klapperte ein Bierwagen mit rumpelnden Fässern vorbei, verbreitete ein rasselndes, dröhnendes, rauchendes Automobil Wolken von Benzingestank. Gaslicht flackerte in den Fenstern der armseligen, aber großen Holzhäuser auf, und die Schornsteine entließen wirbelnde Fahnen aus Dunst und Dampf in den sich verdunkelnden Himmel. Türen schlugen gespenstisch zu, und einoder zweimal drang das Bellen eines hungrigen Hundes aus der Düsternis. Feiner Sand lag auf dem Gehsteig, und auf dem braunen Rasen tanzten welke Blätter einen lautlosen Reigen. Die nackten Zweige der Bäume am Straßenrand vermischten sich zu undurchsichtigem Gewirr. An der Ecke begann eine Bogenlampe zu zischen und zu spucken; ihr stechendes, grelles Licht zerriß die hereinbrechende Dunkelheit.

Eine Art grauer Staub schien alle Farbe erstickt zu haben und ließ alles in der gleichen tödlichen Tönung erscheinen. Nur der Himmel hatte diesem zehrenden Verfall widerstanden. Zwar zeigte sich der Zenit trübe und düster, doch im Westen loderte der Horizont in wildem, kräftigem, tiefrotem Feuer. Oberhalb dieses Flammengürtels glühte der Himmel in einem sanfteren, schmelzenden, aber bitterkalten Rosa, und noch höher leuchtete ein See aus durchsichtigem Jade, in dem sich ein Flug goldener Vögel tummelte.

Frank beobachtete den Sonnenuntergang, aber er sprach nie von Dingen, deren einsame Schönheit ihm ans Herz griff und ihn quälte. Zu groß war seine Angst vor dem Spott, den er bei früheren Versuchen, sich etwas von der Seele zu reden, geerntet hatte. Auch Paul sah den Sonnenuntergang. Er verfolgte ihn mit hingebungsvoller Aufmerksamkeit. Aber sein Gesicht blieb reglos, wie erstarrt, von unausgesprochenem Schmerz gezeichnet. Er empfand nichts von jener Verzückung, die Frank so belebte und aufrüttelte, nichts von seiner geradezu andächtigen Ekstase. Er überließ sich einer Verzweiflung, die keine Worte fand, einer verzehrenden Hoffnungslosigkeit, die über sein Begriffsvermögen hinausging.

»Dein Gedicht ist wunderschön«, sagte er schließlich mit seiner sanften Stimme, die ihm, wie es schien, nur widerstrebend gehorchte. »Es ist — es ist wie dieser Sonnenuntergang, findest du nicht?« fügte er fast unhörbar hinzu.

»Ach, ich weiß nicht«, antwortete Frank mit leisem Stolz. »Ich habe schon bessere Sachen geschrieben.« Aber sein Herz klopfte vor Entzükken. Er nahm Paul beim Arm, und zusammen gingen sie die nächste Straße hinunter. Und dann die nächste. In tiefem, in sich gekehrtem Schweigen schritten sie dahin, und jeder hatte nur Augen für den anderen.

Sie kamen zur Ecke West Avenue und Massachusetts Street. Paul blieb vor einem kleinen grauen Holzhaus mit hohen, schmalen, unbeleuchteten Fenstern stehen. Ein paar wacklige Stufen führten zu einer geschlossenen Tür hinauf. Das Haus hatte ein kaltes, düsteres, armseliges Aussehen. Kein Rauch stieg aus dem Schornstein. Der Rasen war den ganzen Sommer über vernachlässigt worden, und das trockene, verblaßte Gras stand fast kniehoch; in dem böigen Wind, der sich jetzt erhob, fing es an zu rascheln. Frank betrachtete das Haus mit vagem Unbehagen. Es erschreckte ihn. Ein Gefühl überkam ihn, als ob seine düstere Ausstrahlung ihm den Atem benähme, ihn ersticke. Halb erwartete er, Paul würde ihn hereinbitten. Aber Paul tat nichts dergleichen. Noch war sein kühles, zurückhaltendes Herz solcher Vertrautheit nicht fähig. Er sah Frank nur ausdruckslos an.

»Morgen ist Sonnabend«, platzte Frank unvermittelt heraus. »Ich komme dich besuchen.«

»Schon recht«, erwiderte Paul gleichgültig. Aber ihm wurde warm ums Herz. Feiner Schweiß überzog sein Gesicht, und ein freudiges Lächeln erhellte seine sanften Züge.

Frank scharrte mit dem Fuß. Er warf Paul einen besorgten Blick zu.

»Magst du Football?«

»Nein!« Zum erstenmal war echte Bewegung in Pauls Stimme zu hören. Ohne es zu wollen, machte er eine Geste des Ekels. Frank grinste entzückt.

»Ich auch nicht. Das ist was für Dumme. Magst du sonst was von der Art?«

»Nein!«

»Ich auch nicht.«

Aus dem Innersten kommendes Entzücken brachte sie einander noch näher. Sie lachten. Sie waren Freunde. Frank lachte laut und heiter, Paul aber geizte mit seinem Lachen, das sich wie ein greller, aber dennoch wohltönender Flötenton anhörte. Da standen sie nun und sahen sich an, diese großgewachsenen mageren Jungen mit ihren eigenartigen Gesichtern. Frank strahlte selbst noch in der beginnenden Dunkelheit Lebensfreude und Feuer aus, Paul hingegen bot ein Bild unerschütterlicher Integrität. Frank war der Blitz, dessen funkelndes Licht über den Himmel zuckte, Paul der granitene Felsblock, auf dem sich dieser Blitz drohend widerspiegelte.

Frank ging allein die Straße weiter. Er war sehr spät dran, aber das machte ihm keine Sorgen. Als er sich umblickte, stand Paul immer noch auf dem Gehsteig vor seinem Haus und sah ihm nach. Er winkte ihm herzlich zu, aber es war schon zu dunkel, als daß er hätte erkennen können, ob Paul die Geste erwiderte. Doch Paul winkte nicht zurück.

Nachdem Frank ihn verlassen hatte, schwand die Wärme, die Zuversicht, das Behagen, das Paul eben noch empfunden hatte, und wieder hielt die Furcht in seiner Seele Einzug. Er ging ins Haus.

Leise vor sich hin pfeifend, setzte Frank seinen Heimweg fort. Er blickte zum Himmel empor, auf dem nun die silbernen Sterne aufgingen. Ein geschäftiger kleiner Mann, ein Lampenanzünder, lief vor ihm her und brachte die Gaslaternen zum Leuchten, und es war, als ob hellgoldene Sonnen Frank auf seinem Weg voranschwebten und bei seinem Näherkommen zu feurigem Leben erwachten.

Er kam an eine Straßenecke. Ein Mädchen näherte sich; es trug einen roten Mantel und eine rote Kapuze. Die dunklen Locken, die ihr rundes, rosiges Gesicht umrahmten, fielen ihr auf die Schultern. Die Hände in den Hosentaschen zu Fäusten geballt, blieb Frank stehen und wartete. Im Lampenschein sah er, daß es nicht Jessica war. Sie starrte ihn frech an und wandte dann den Blick von ihm ab. Traurig ging er weiter.

XVIII

Pauls Bruder, Gordon, war gerade dabei, das grelle Gaslicht in dem kalten und schäbigen kleinen Wohnzimmer anzumachen, als der jüngere Knabe ins Haus trat.

Gordon war größer und breiter gebaut als Paul, und dem Aussehen nach auch gesünder. Sein Gesicht hatte eine gute Farbe und ließ auf große Intelligenz schließen. Überdies war es, im Gegensatz zu Paul, lebhaft und ausdrucksvoll und verriet eine gewisse Verschlagenheit. Seine rastlosen grauen Augen hatten etwas von Pauls kaltem Argwohn, aber keine Spur von seiner Integrität. Seine Neigung, die breite weiße Stirn ständig in Falten zu legen, deutete auf einen Mangel an Selbstbeherrschung. Das hellbraune Haar war sorgfältig geschnitten. Er besaß den in Farbe und Form anziehenden Mund eines Satirikers.

Er spielte kleine körperliche Leiden hoch, um sich von Verantwortlichkeit und allen möglichen Verpflichtungen zu drücken. Von Natur aus indolent und keiner echten Gefühlsbewegung fähig, zeigte er diesbezüglich außergewöhnliche Begabung.

»Hallo!« begrüßte er seinen Bruder in einem Ton ironischer Belustigung. »Wer war denn der komisch aussehende Junge, mit dem du da draußen gesprochen hast? Der so mit den Händen herumfuchtelte und wie ein Floh von einem Bein aufs andere hüpfte?«

Paul preßte ärgerlich die Lippen zusammen, zuckte aber scheinbar gleichgültig die Achseln.

»Ein Schulkamerad, der mich nach Hause begleitet hat.«

Gordon kicherte boshaft.

»Na, der sah wirklich ziemlich sonderbar aus«, spottete er.

Paul zog seine hellen Augenbrauen zornig hoch, obgleich sich sein Gesicht sonst kaum veränderte. Wieder regte sich in ihm ein Gefühl wie Besitzerstolz in bezug auf Frank. Die Erinnerung an seinen neuen Freund wurde etwas Kostbares, wurde ein Teil seiner selbst. Wie die Schalen einer Muschel umschloß sein Geist diese Erinnerung an Frank, saugte sie auf, verarbeitete sie und fügte sie seiner eigenen Substanz ein.

»Er sieht überhaupt nicht sonderbar aus. Er ist ein netter Junge. Er kommt mich morgen besuchen.«

Gordon spielte den Erstaunten. »Was? Seit wann schließt du Freundschaft mit deinen Schulkameraden? Noch dazu mit so einem? Wenn du dich schon entschlossen hast, Freundschaften zu schließen, warum suchst du dir nicht einen attraktiveren und kultivierteren aus?«

»Du kennst ihn doch gar nicht, Gordon. Er ist der erste Junge, der mir nicht schon von Anfang an zuwider war, und ich möchte auch nicht, daß du dich morgen über ihn lustig machst. Sein Vater ist Apotheker in einem großen Drugstore«, fügte er hinzu, wobei er sich einiges von der Wirkung erhoffte, die diese Mitteilung auf den enormen Snobismus seines Bruders ausüben würde.

Doch Gordon ließ sich nicht so leicht überzeugen. »So sieht er aber nicht aus. Ich meine, er sieht so komisch aus und ist auch so schäbig angezogen. Als ob sein Vater ein Taglöhner wäre. Ich hoffe nur, du wirst es nicht so wie die anderen Leute treiben und alle möglichen

Rotznasen ins Haus bringen. Du weißt, daß Vater das niemals dulden würde, und auch ich wünsche keine Horden von Lausbuben in unserer Wohnung herumspringen zu sehen. Hast du übrigens daran gedacht, Brot und Milch mitzubringen?«

»Nein«, erwiderte Paul zornig.

»Dann sei so freundlich und geh es holen. Und brüll mich gefälligst nicht so an. Du bist kein Tenor. Und Vater wird ganz bestimmt auf die Zeitung vergessen, also bring die auch gleich mit. Ein paar Cents liegen auf dem Küchentisch. Bei der Gelegenheit kannst du den Tisch auch gleich saubermachen. Ich bereite dann das Abendessen vor.«

Paul stand schweigend da und sah sich traurig im Zimmer um. Tiefe Niedergeschlagenheit bemächtigte sich seiner. Die Hodges waren erst vor drei Tagen aus Erie gekommen und hatten sich noch nicht eingerichtet. Das Haus war vor der Ankunft der neuen Mieter nicht gereinigt worden, und so bedeckte eine fettige Staubschicht die verschrammten Fensterbretter, die scheußlichen »Missions«-Eichenholzmöbel, den durchgescheuerten, ausgefransten Teppich und was sonst noch zur Einrichtung gehörte. Die Gasbrenner waren noch nicht mit Glühstrümpfen versehen worden, und das gelblich-trübe, flackernde Licht erhellte ein trostloses Bild, aber die ursprünglich braune, jetzt schon verfärbte und schmutzige Tapete würde auch das hellste Licht aufgesogen haben. Auf dem rechteckigen Eichentisch, der mehrere Tintenflecke aufwies, stand eine Messinglampe mit einem in Messing eingefaßten Schirm aus farbigem Milchglas, von dem einige Stücke fehlten. Zuzüglich zu den Missionsmöbeln gab es auch noch einen mit schwarzer Lederimitation überzogenen Lehnsessel, aufgerissen und abgeblättert, dessen Polsterung hier und dort aus den Nähten quoll. In einer Ecke stand das einzige Möbelstück, das den Hodges gehörte: eine wunderschön polierte, einfache Mahagonikommode, deren Schönheit jedoch vorübergehend durch kleine Zeitungspacken, Zündholzschachteln, einen Sack Äpfel, einen Sack Trauben, einen abgegriffenen Violinkasten und ähnliches Zeug verhüllt war. In einem Eisenöfchen brannte ein armseliges kleines Feuer. Das Zimmer war ungelüftet, und es war bitter kalt. Zwischen den zwei vorhanglosen schmalen Fenstern türmten sich mehrere alte Koffer. Gordon hatte das Gas in der Küche und im Schlafzimmer angemacht, und Pauls Blick fiel auf den mit Abfällen und Resten bedeckten Frühstückstisch, den schmutzigen Herd und die ungemachten Betten.

Ein Frösteln überkam ihn. Zorn entzündete sich in ihm wie Schießpulver. Am Morgen hatte Gordon über Kopfschmerzen geklagt und war nicht zur Schule gegangen, wo er sich in drei Tagen bereits einen Ruf erworben hatte. Ungeachtet seiner »Indisposition« sah er jedoch recht frisch und zufrieden aus.

»Du warst den ganzen Tag zu Hause«, warf Paul ihm vor. »Du hättest schon ein wenig saubermachen und auspacken können.«

Rasch blickte Gordon von dem kleinen Ofen auf, in dessen Inneren er eben herumgerührt hatte. Seine sandfarbenen Augenbrauen zogen sich gereizt zusammen. »Ich hatte Kopfschmerzen. Außerdem hätte Vater eine Putzfrau bestellen und saubermachen lassen sollen, bevor wir auspacken. Aber scheinbar erwartet er von uns, daß wir schrubben und scheuern.«

»Natürlich. Wer soll es denn sonst machen? Du redest so dumm daher, Gordon. Du weißt doch, daß Vater kein Geld hat. Er hat nicht einen überflüssigen Cent. Und jetzt wird er bald aus dem Büro kommen, es ist nichts zu essen im Haus, und du hast nicht einmal die Betten gemacht.«

»Na schön, Aschenbrödel«, antwortete Gordon mit geringschätzigem Achselzucken, »wenn du was getan haben willst, mußt du es schon selber tun.« Sein helles Gesicht spannte und verfärbte sich böse. Er ging ins Schlafzimmer, drehte das Gas weiter auf, griff sich ein Buch von einem Haufen auf einem gebrochenen Stuhl, schob sich ein schmutziges Kissen unter den Kopf, ließ sich auf das ächzende Bett fallen und begann in aller Ruhe zu lesen. »Ich muß nachholen, was ich heute versäumt habe«, sagte er. »Schieb ab jetzt und hol das Brot und die Milch. Stell ein paar Kartoffeln zum Kochen auf, und wenn du schon gehst, könntest du gleich etwas Schinken oder Lammkoteletts mitbringen. Und eine Dose Bohnen und zwei Napfkuchen. Ach ja, und Tee. Und laß mich zufrieden.«

Ohnmächtige Wut drückte Paul die Kehle zusammen, krallte sich in sein Herz. Er ballte seine feinen weißen Hände zu Fäusten. Ein wildes Verlangen durchzuckte ihn, Gordon mit diesen Händen zu packen, ihn zu zerreißen, zu zerfetzen, zu vernichten, doch nichts von diesen Gefühlen zeigte sich auf seinem kleinen, ausdruckslosen Gesicht, dem sogar die Muskeln zu fehlen schienen, um eine Gemütsbewegung zu zeigen. In seinen Augen lag ein gelblicher, intensiver Schimmer, aber er blickte nur starr und verkrampft vor sich hin.

Nach einem Augenblick des Überlegens ging er in die Küche. Er zitterte an seinem ganzen schmächtigen Körper und verspürte eine leichte Übelkeit. Eilig wusch er ein paar Kartoffeln und stellte sie zum Kochen auf. Auf einem schmutzigen Regal befand sich der Familienschatz an kleinen Münzen, und Paul nahm sich einige. Er warf einen Blick ins Schlafzimmer. Gordon las gelassen in seinem Buch. Seine kalten Lippen zu eisigem Schweigen zusammengepreßt, verließ Paul das Haus.

In dem kleinen, schmutzigen, muffigen Laden an der Ecke kaufte er gekochten Schinken, eine Dose Bohnen, etwas Brot, Butter und Tee. Er sah einen Korb mit Orangen und zögerte. Sein Vater liebte Orangen, doch der Geldbeutel der Familie war recht mager, und bis zum nächsten Zahltag fehlten noch vier Tage. Er suchte in einer anderen Tasche, in der er zehn Cents gehortet hatte. Er kaufte ein halbes Dutzend Orangen für seinen Vater und bat den Händler, sie separat zu verpacken. Er mußte sie vor Gordon verstecken, der sie sofort verspeisen und Paul dabei noch ins Gesicht lachen würde. Die Abneigung, die Gordon für seinen Bruder empfand, war stärker als die Liebe, die er seinem Vater entgegenbrachte. Die Tatsache, daß er seinem Vater etwas wegnahm, würde in seinen Überlegungen wesentlich weniger Raum einnehmen als die Aussicht, Paul vor Wut beben und sich in seiner Hilflosigkeit »lächerlich machen« zu sehen.

Paul kaufte auch noch eine Abendzeitung und ließ, während seine Einkäufe verpackt wurden, seine Blicke teilnahmslos über die Schlagzeilen gleiten. Es geschah nur selten, daß er sich wirklich für etwas interessierte. Er las von zwei Frauenrechtlerinnen, die während eines Hungerstreiks in einem Londoner Gefängnis gestorben waren. Eine Gruppe von Geistlichen erhob entrüstet und lautstark ihre Stimme gegen den Humpelrock und die dadurch bedingte Zurschaustellung weiblicher Waden, sobald die Besitzerin eines solchen Kleidungsstückes ein öffentliches Verkehrsmittel bestieg. Einer der um die Moral so besorgten Herren verstieg sich zu einer herzzerreißenden Klage über die Wirkung, die diese Zurschaustellung auf die heranwachsende, zarte Jugend ausüben würde. »Die Frauen haben alles Schamgefühl verloren«, stellte er betrübt fest. »Man geht nicht mehr in die Kirche, und man verletzt Sitte und Anstand.« Paul gähnte. Er gehörte nicht zu den Burschen, die an Straßenbahnhaltestellen herumlungerten, weil sie hofften, dort hin und wieder ein bestrumpftes Damenbein zu Gesicht zu bekommen. »König Georg besucht Kaiser Wilhelm« lautete eine andere Schlagzeile, und auch das interessierte ihn nicht. Republikanische Politiker ergingen sich in düsteren Prophezeiungen, wonach die vor kurzem erfolgte Wahl Woodrow Wilsons »zu den üblichen Begleiterscheinungen einer demokratischen Regierung, nämlich zu Panik, Depression, Inflation und Desorganisation«, führen würde. Der in der Präsidentenwahl unterlegene Mr. Taft beschränkte sich auf würdevolle und gemäßigte Kommentare, Mr. Theodore Roosevelt hingegen blieb seinem sarkastischen Stil treu und drückte sich weniger zurückhaltend aus. Einer Mitteilung zufolge sollte die Lieferung von Kriegsmaterial nach Mexiko mit einem Embargo belegt werden. Allenthalben herrschte große Aufregung darüber.

Eine ärmlich gekleidete Frau mit verarbeiteten roten Händen betrat, ein etwa fünfjähriges Mädchen hinter sich her ziehend, den Laden. Die Frau hatte ein von stetiger Verzweiflung geprägtes, blasses, spitzes Gesicht; das Kind, dem der Hunger aus den Augen sah, schien halb erfroren. Der Ladenbesitzer war gerade dabei, Pauls Orangen von der Theke in einen Papiersack zu befördern, als das Kind gierig nach einer der großen goldenen Früchte griff und sie gegen seine aufgesprungenen Lippen preßte.

»Ts, ts, das darfst du nicht«, sagte der Händler mit gezwungener Freundlichkeit, doch bevor er die Orange noch zurücknehmen konnte, war Paul schon auf das Mädchen losgefahren und riß ihm die Frucht gewaltsam aus den mageren, schmierigen kleinen Fingern. »Ferkel!« schrie er mit schriller, scharfer Stimme. Die Frau, der Krämer, die Kleine, sie starrten ihn an wie gelähmt, denn sein Gesicht war zu grauem Stein geworden, und in seinen Augen glühte der mörderische, zerstörerische Haß, von dem nicht einmal sein Vater ahnte, daß er einen wesentlichen Teil seines Charakters ausmachte. Wild glitzerten seine weißen Zähne zwischen den feuchten, aschgrauen Lippen. Er war erst dreizehn Jahre alt, doch in diesem Augenblick hatte er das Aussehen eines bösartigen, tückischen Greises.

Vor Schreck brüllte das Kind plötzlich los, doch die Frau und der Händler standen immer noch wie versteinert. Stumm sahen sie zu, wie Paul den Laden verließ. Dann holte der Krämer tief Atem und wandte sich mit schiefem Grinsen an seine Kundin. »Also wirklich!« rief er. »Haben Sie so was schon erlebt? Hier, Schätzchen, hier hast du eine schöne große Orange. Halt sie nur fest, so ist's recht.«

XIX

In das armselige kleine Haus auf der West Avenue zurückgekehrt, wusch Paul die Teller und warf einen Blick auf den abgewetzten Violinkasten auf der Kommode. Er runzelte ein wenig die Stirn; ein plötzlicher Schmerz durchzuckte ihn. Insgeheim glaubte er daran, daß regelmäßige Unterrichtsstunden seine Genialität ans Licht bringen würden. Des Nachts umgaukelten ihn liebliche, berauschende Träume von einer Welt, die ihm huldigte, ihm schmeichelte und ihn in der Überzeugung bestärkte, sich der edelsten Schöpfungen der Musik würdig gezeigt zu haben.

Es war schon beinahe warm im Zimmer, das Abendessen fast fertig, als Edward Hodge im Dunkel todmüde die Straße heraufgekrochen kam. Sein alter Mantel mit den fadenscheinigen Ärmeln und dem ausgefransten Kragen war mit ein paar trockenen Schneeflocken bestäubt. Der Hut war ihm zu groß und ließ das gütige, von Kummer gezeichnete Gesicht mit dem verlegenen, schiefen Lächeln zu klein und zu eckig erscheinen. Seine Hosenbeine waren, der vorherrschenden Mode entsprechend, eng geschnitten und flatterten dennoch lose um seine abgezehrten Waden und Knöchel. Er schleppte sich wie ein Mann dahin, der die letzte Grenze der Erschöpfung erreicht hat und nicht weiterkann. Er ging mit eingezogenen und gebeugten Schultern und schien vor dem kalten Wind zurückzuschaudern. Er war nicht sehr groß und wirkte durch seine Magerkeit noch kleiner.

Edward Hodge war ein sehr kranker Mann, wie jeder aufmerksame und scharfsichtige Beobachter sogleich erkannte. Wäre da nicht sein gütiges, trauriges und zugleich satirisches Lächeln gewesen, sein Anblick würde jeden erschüttert haben; das Lächeln aber bewahrte ihn davor, das einem Hilflosen zugedachte Mitgefühl der anderen über sich ergehen lassen zu müssen. Er war erst vierzig Jahre alt, machte jedoch den Eindruck eines wesentlich älteren Mannes. Es lag nicht daran, daß er vorzeitig ergraut oder runzelig gewesen wäre oder sich nur langsam fortbewegt hätte; es lag mehr am Ausdruck seiner klaren, sanften und intelligenten blauen Augen. Die Reinheit, Festigkeit und Milde seiner feinen Züge gaben ihm ein schrullig-weises, zuweilen geradezu koboldhaftes Aussehen. Er begegnete aller Welt, sich selbst nicht ausgeschlossen, mit einer Mischung aus brüchigem Humor und verschmitzter Verachtung. Ein sonderbarer und aufopfernder kleiner Mann war Edward Hodge, von ungeheurer Zähigkeit und einer Art fein ausgesponnener Wildheit.

Paul war erst sechs Monate alt gewesen, als Edward Hodge seine Frau Edna verloren hatte. Für ihren Mann hatte sie nie wirklich existiert; für ihre Söhne noch viel weniger. Edward besaß eine verblaßte Photographie von ihr; Gordon sah ihr sehr ähnlich, aber die ruhige Beständigkeit, die aus ihren Augen sprach, erinnerte an Paul. An sich sah Paul seinem Vater ähnlich, obzwar ihm die grazile Beweglichkeit fehlte, die Edwards Züge kennzeichnete. Wohl aber waren die Konturen die gleichen, und er besaß ihre Würde, ihre Verschlossenheit und Zurückhaltung.

An jenem Abend schien es Edward, als könnte er nicht mehr die Kraft aufbringen, die zersplitternde Holztür seines neuen Zuhause aufzustoßen. Er war schon den ganzen Tag lang überzeugt gewesen, daß er nicht mehr imstande sein würde, weiterzumachen, daß er sich hinlegen, daß er würde aufgeben müssen. Vielleicht sogar sterben. Aber er hatte es nicht wirklich geglaubt. Es gab gar keine andere Wahl: er mußte weitermachen, seine Söhne großziehen und ihnen die Möglichkeit geben, mehr zu werden, als er es gewesen war.

Sosehr sein kranker Körper auch schmerzte und den Tod herbeisehnte, er durfte nicht sterben, solange sie ihn noch brauchten, solange sie noch hilflos waren. Sein Wille erhielt ihn am Leben, sein Wille und die Tatsache, daß seine Kinder ihn brauchten. Er war aus Erie nach Bison gekommen, weil Bison eine viel größere Stadt war, über bessere Schulen und ein staatliches College verfügte und äußerst geringe Studiengebühren vorschrieb.

Als er das kleine Haus betrat, schlug ihm heimelige Wärme entgegen, schien ihn einzuhüllen und freundlich zu begrüßen. Gordon, der mit einiger Verspätung alte Zeitungen vom Boden auflas, berichtete dem Vater sogleich von seinen Kopfschmerzen, die es ihm unmöglich gemacht hatten, zur Schule zu gehen. Edward lächelte nur: er war noch nicht genügend zu Atem gekommen, um etwas dazu zu sagen. Sein bleiches, feines Gesicht leuchtete auf. Mit einem Messer in der Hand kam Paul aus der Küche gelaufen, und seine Augen begannen zu strahlen, als er den Vater erblickte. Er hätte nicht verklärter blicken können, wenn eine Geliebte über die Schwelle getreten wäre. Dennoch blieb er stumm, als er dem Vater beim Ablegen des Mantels half.

»Na, Jungens«, begrüßte Edward seine Söhne mit schwacher Stimme. Er sah sich im Wohnzimmer um und verzog kaum merklich den Mund. Sie hatten wieder nichts getan, obwohl er sie am Morgen darum gebeten hatte; das war deutlich zu sehen. Aber er beklagte sich niemals — eine Tugend, mit der er den Kindern nicht wiedergutzumachenden Schaden zufügte.

»Das Abendessen ist beinahe fertig«, sagte Paul. Er sah, daß sein Vater völlig erschöpft war, doch er fand nie die Worte, um seine Gedanken auszusprechen, und er war nicht weich genug, um seine Gefühle zeigen zu können.

Edward ging ins Schlafzimmer, um sich die Schuhe auszuziehen. Die Betten waren notdürftig gemacht. Der nackte Fußboden war zersplittert und fleckig. Auf der einen wackligen Kommode lag ein Haufen Kram und Plunder. An der Wand flackerte trübe ein Gaslicht. Mit einer Geste völliger Unterwerfung warf er sich plötzlich quer über eines der Betten und blieb regungslos, wie tot, liegen. Ein Fluidum, ein Gemisch aus Verzicht und fehlgeschlagenen Hoffnungen, umgab den schmächtigen Körper in seinem abgetragenen, ausgebeulten Sergeanzug. Wie ein abgetrennter Körperteil hing ein Arm schlaff über die Bettkante. Ein unerträglicher brennender Schmerz bohrte in seiner Brust. Er schloß die Augen, und eine dunkle Woge flutete über ihn hinweg.

Er hörte, wie die zwei Jungen in der Küche kabbelten, während sie letzte Hand an das Abendessen legten, aber er fühlte sich zu schlecht, um die Worte aufnehmen zu können, die an sein Ohr drangen. Nichts war mehr von Belang, nichts von Wichtigkeit — außer der Tod. Aber er wagte es nicht, sich diesem Verrat an seinen Kindern zu überlassen. Ächzend kämpfte er sich zu einer sitzenden Haltung hoch und bedeckte mit feuchten, zuckenden Händen seine Augen. Erst jetzt merkte er, daß Gordon im Türrahmen stand und mürrisch auf ihn einredete, so als versuchte er schon seit einiger Zeit, die Aufmerksamkeit seines Vaters auf sich zu ziehen. »Das Essen ist fertig, Vater. Ich habe dich schon ein paarmal gerufen.«

»Ja, mein Sohn, ich höre dich«, flüsterte Edward.

Fröstelnd schleppte er sich in die Wärme der schmutzigen kleinen Küche. Er sah seine Söhne an und lächelte ihnen mit selbstsüchtiger, aber auch inniger Liebe zu. Es war eine schreckliche Liebe, die er für sie empfand, denn sie war zu persönlich, zu besitzergreifend, zu hartnäckig. Sie schloß die Welt aus, wies sie ab und stieß sie, von Argwohn und Furcht erfüllt, zurück. Die mitfühlende Liebe, die er für seine Söhne empfand, nahm ihm jedes Mitgefühl mit anderen.

Er versuchte zu essen, doch die Speisen vor ihm ekelten ihn an. Er lauschte den unwichtigen, banalen Dingen, die seine Kinder zu sagen hatten, und lächelte dabei sein gütiges, ein wenig spöttisches schiefes Lächeln. Er ließ seine Blicke von einem zum andern schweifen, und seine Augen weideten sich an ihrem Anblick.

Er sprach zu ihnen an jenem Abend, wie er immer zu ihnen sprach: nachsichtig, gütig, zweifelnd, nachdenklich. Er behandelte sie wie Gleichaltrige. Er debattierte mit ihnen. Sein Interesse an ihrem Denken und Tun war nicht das eifrig gepflegte Interesse Erwachsener, die es für ihre Pflicht halten, sich interessiert zu zeigen. Er war echt und leidenschaftlich und gierig an allem interessiert, was sie dachten und taten.

Paul sprach wenig. Ein großes Verstehen, zu vollkommen, um es in Worten auszudrücken, verband ihn mit seinem Vater. Er aß langsam und ausgiebig, das blasse kleine Gesicht gleichgültig, in seinen eigenen Bann gezogen, eigenbrötlerisch, womit er, wie immer, Gordon in Wut versetzte. Das alte ungute Gefühl begann an Gordons Nerven zu zerren, als er beobachtete, wie hingegeben Paul das armselige Abendbrot verzehrte. Er drehte jeden einzelnen Bissen genießerisch im Mund herum, als koste er den Geschmack bis zum letzten aus; dann schluckte er ihn und ließ wie berauscht einen zarten Schleier über seine gelblichgrünen Augen fallen. Wie eine Katze, dachte Gordon, und Haß flammte in ihm auf.

»Erzähl Vater doch von dem komischen Jungen, der dich heute nach Hause begleitet hat«, sagte er und lachte.

Überrascht die Augenbrauen hochziehend, heftete Edward lächelnd den Blick auf Paul.

Ärger ließ Paul erröten. »Er ist nicht komisch«, sagte er kühl. »Er ist nur nicht wie die anderen Jungen. Er ist sehr gescheit. Morgen kommt er mich besuchen.«

»Schon morgen!« rief Edward.

»Er sah aus, als ob er ein Bad dringend nötig hätte«, bemerkte Gordon genüßlich. »Und sein Anzug war ihm um drei Nummern zu klein. Er kommt mir vor wie so ein struppiger kleiner Hund, der nur aus Beinen und Pfoten besteht, und er springt auch herum wie ein Hündchen. Du wirst lachen, wenn du ihn zu Gesicht bekommst, Vater. Paul ist ja nicht imstande, sich einen netten Freund zu finden. Wir hätten ja wissen müssen, daß er sich eine Mißgeburt aussucht.«

Paul warf seinem Bruder einen wütenden Blick zu. »Er ist keine Mißgeburt. Er ist nur nicht so dumm wie alle anderen.« Aber plötzlich schämte er sich. Er erinnerte sich an Franks Eigenheiten, sein linkisches Wesen, seine sonderbar hastige Sprache, seine überschwenglichen

Gesten. Dann aber wandelte sich die Scham zu einer von seiner eigenen Überlegenheit bestimmten nachsichtigen Herzlichkeit. »Er ist der einzige Junge, den ich je gemocht habe.«

Edward nahm dies schweigend zur Kenntnis, aber er war verwirrt und beunruhigt.

»Bah, der einzige, den du je gemocht hast, das warst immer nur du selbst«, konterte Gordon mit süffisantem Lächeln. »Du bist der größte Egoist, den ich kenne. Du hast immer alles für dich haben wollen, sogar als du noch ein Baby warst. Wahrscheinlich besitzt dieser Junge etwas, was du gern haben möchtest. Oder aber er will dir schmeicheln.«

Paul und sein Vater tauschten Blicke. »Gordon, du bist dumm«, erwiderte Paul. »Ich will von Frank nichts haben, und er ist auch kein Speichellecker. Außerdem schreibt er Bücher und Gedichte und — und alles mögliche.«

Edwards bisher lässige Haltung verkrampfte sich, und Eifersucht krallte sich ihm ins Herz. »Wie manche Kinder doch angeben!« meinte er mit nachsichtigem Lächeln. »Auf diese Weise wollen sie sich wichtig machen.« Er tat Frank als etwas ab, das einer ernsthaften Diskussion nicht wert war. Aber diesmal teilte Paul seine Meinung nicht. Er preßte die Lippen zusammen und drehte störrisch den Kopf zur Seite. Edward wußte nicht recht, was er davon halten sollte.

Sie verzehrten ihre staubtrockenen Napfkuchen, als es diskret, aber doch laut genug an der Tür klopfte, um das trauervolle Heulen des Novemberwindes zu übertönen. Gordon erhob sich und ging ins Wohnzimmer, wo ein trübes Gaslicht flackerte. Er öffnete die Tür, und Edward und Paul hörten eine wohltönende, warme, ein wenig zaghafte Frauenstimme.

»Sie werden schon entschuldigen, junger Mann«, sagte die Besucherin mit einem kleinen Lachen. »Richtig kalt heute nacht, was? Na ja, ich dachte mir, die armen Jungs und ihr Pappi haben noch keine Zeit gehabt, sich ordentlich einzurichten, und Frau ist keine da, die für sie kochen könnte, und wo ich doch Ihre Nachbarin bin, also da dachte ich mir, ich bringe Ihnen eine schöne heiße Apfeltorte zum Abendessen. Hier ist sie. Aufgepaßt, sie ist noch heiß. Ist Ihr Vater zu Hause?«

Gordon bejahte, zwar schüchtern und zurückhaltend, aber doch freundlich und dankbar. Edward, den Blick auf den Türbogen gerichtet, runzelte die Stirn. Paul legte Messer und Gabel nieder. Das Zischen der Gasflamme unterstrich ihr Schweigen. Der rostige Herd stank nach Fett und Schmutz. Im Türrahmen erschien eine rundliche, dralle Frau von etwa vierzig Jahren mit vollen roten Backen und blitzendweißen Zähnen und dichtem schwarzen Haar, das zu einem nicht eben ordentlichen Knoten gerafft war. Sie trug ein Kleid aus steifem blauem Gingham und hatte einen schwarzen Schal um ihre Schultern gezogen. Edward und Paul betrachteten sie mit jener fast beleidigenden Voreingenommenheit, wie sie Menschen eigen ist, die allen Fremden grundsätzlich mit Mißtrauen begegnen. Edward gelang ein steifes und leicht erschrockenes Lächeln, aber Paul maß die Frau mit trotzigen Blicken. Sie blieb in der Tür stehen und strahlte sie an. Gordon, der sich hinter ihr hielt, murmelte etwas.

»Nein, nein, ich will Sie nicht belästigen«, sagte sie in herzlichem Ton und ließ ihr freundliches Lächeln wie die milde, wohlige Wärme eines lustigen Feuers auf sie einwirken. Sie kam aus der blinkenden Sauberkeit ihres wohlgeordneten Hauses und fand den Schmutz, in dem ihre neuen Nachbarn lebten, die offenbar mit Gleichmut hingenommene Schlamperei, entsetzlich. »Freilich«, sagte sie später zu ihrem Gatten, »er ist ein Mann, und die zwei sind Jungen, aber man sollte doch glauben, daß der Dreck sie stört und daß sie etwas dagegen tun würden, meinst du nicht auch?« Jetzt aber betrachtete sie die beiden weiter mit freundlicher Miene, ohne sie merken zu lassen, was sie sich dabei dachte.

»Scheußliches Wetter draußen, nicht wahr?« fragte sie heiter und wickelte sich den Schal fester um den Hals, so als wollte sie gehen. Edward murmelte etwas. Pauls starrer, beleidigter Blick lag ungebrochen auf ihr. Sein ganzer schmächtiger Körper schien verletzte Würde und Entrüstung auszudrücken. »Ja, ja, das ist der Winter, und jetzt ... Ich hoffe, Sie sind alle wohlauf? Haben Sie alles, was Sie brauchen? Ich weiß, wie das ist, wenn man umzieht.«

Wieder antwortete Edward mit einem unverständlichen Gemurmel. Er war nicht aufgestanden; nun drehte er den Kopf zur Seite und spielte mit seiner Gabel. Etwas Sterbensmüdes lag in der wächsernen Zerbrechlichkeit seiner Finger. Er bat seine großherzige Besucherin nicht, Platz zu nehmen. Er befeuchtete sich die Lippen und rückte unruhig herum, als dächte er an Flucht. Die Vitalität dieser Frau, ihr üppiger Körper, ihr allzu reger Geist, all das ließ ihn mit dem unausgesprochenen Beiwort »Vulgär!« und aus Furchtsamkeit geborener Blässe vor ihr zurückschrecken.

Die Nachbarin plapperte weiter. Gordon, ein gequältes Lächeln auf dem Gesicht, stand neben ihr im Türrahmen. Sie verschränkte die runden Arme über ihrem straffen Busen. »Ist Ihre Frau schon lange tot?« fragte sie mitfühlend.

»Ja«, erwiderte Edward mit schwacher Stimme. Pauls Wangen röteten sich vor Zorn.

»Schlimm, schlimm.« Sie schüttelte traurig den Kopf und stieß einen tiefen Seufzer aus. »Ja, ja, heute rot, morgen tot. Man weiß nie, wann einem die Stunde schlägt. So ist das Leben. Hoffentlich schmeckt Ihnen die Torte.«

Nichts vom Schmutz und der trostlosen Unordnung des Wohnzimmers entging ihr, als sie sich nun eilig zum Gehen wandte. An der

Haustür blieb sie stehen, um noch ein Wort mit Gordon zu wechseln, den das Betragen seines Vaters mehr als peinlich berührt hatte. »Wenn Sie was brauchen, Junge«, sagte sie liebenswürdig, »kommen Sie ruhig zu mir. Keine falsche Scham!« Sie klopfte ihm auf die Schulter und trat in die dunkle Winternacht hinaus. Empört kehrte Gordon in die Küche zurück, um Vater und Bruder mit Vorwürfen zu überschütten. Aber die Vorwürfe blieben ihm in der Kehle stecken, als er sah, daß Paul gerade dabei war, die gute Torte in den Mülleimer zu werfen. So wild, so rachsüchtig war sein Gehaben, daß Gordon wie versteinert dastand und kein Wort hervorbringen konnte. Edward tat nichts, um Paul zu hindern. Leise, fast nachsichtig lächelnd saß er stumm auf seinem Stuhl.

»Steckt ihre Nase in anderer Leute Angelegenheiten, diese alte Sau!« rief Paul mit seiner flötenden Stimme, während er dem Mülleimer noch einen Tritt versetzte. »Was geht sie das an, ob unsere Mutter tot ist? Oder was immer? Warum kümmert sie sich nicht um ihren eigenen Kram?«

Nur mit großer Mühe gelang es Gordon, sich zu beherrschen und nicht auf Paul loszustürzen. »Du — du —!« rief er heiser. »Du —!« An tausend glimmenden Feuern entzündete sich seine Wut, explodierte in seinem Innersten: die Schwäche und die unangreifbare Halsstarrigkeit seines Vaters, sein und Pauls herablassendes Lächeln, ihr Schweigen und ihre Teilnahmslosigkeit, ihre ungesunde Unbeweglichkeit, die ganze dumpfe, unerquickliche Trostlosigkeit seines Vaterhauses. Düsterkeit verschleierte seine Augen, und salzige Bitterkeit verätzte ihm den Mund. Und dann begriff er, daß es keinen Zweck hatte. Keinen Zweck.

XX

Als Edward Sonnabend mittag heimkam, fand er einen sehr sonderbaren, etwa dreizehnjährigen Jungen bei seinem Sohn Paul.

Es war sehr kalt geworden in der Nacht, und das Morgenlicht fiel auf eine stahlharte, starre, gewellte und gefurchte Erde, auf der hier und dort schon der erste Schnee lag. Zu knochiger Verwirrung verflochten, ragten die Bäume zu einem eisengrauen Himmel empor. Wie um sich vor der schneidenden Kälte zu schützen, verkrochen sich die armseligen Häuser unter den dünnen Schindeln, und der wenige Rauch schien nur widerwillig aus den Schornsteinen zu steigen.

Paul und Gordon hatten nur halbherzige Anstrengungen unternommen, um ihr neues Zuhause zu säubern und in Ordnung zu bringen. An diesem Morgen war die letzte Kiste gekommen und stand nun breit und unberührt auf dem staubigen Teppich des Wohnzimmers. Just in dem Augenblick, da Edward das Haus betrat, drang ein fahler, wäßriger Sonnenstrahl durch die staubigen Fenster, auf denen noch die durch die Finger der früheren Bewohner verursachten Schmutzflecken zu sehen waren. Er ließ den Schmutz, die Unordnung und Verwahrlosung des Zimmers noch deutlicher hervortreten.

Gordon saß auf der Kiste und verzehrte genüßlich ein Käsebrot. Sein helles und intelligentes Gesicht war voller Belustigung, und seine Augen leuchteten vor milder Bosheit. In einiger Entfernung schaukelte sich Paul lässig auf dem alten Ledersessel. Und zwischen den zwei Brüdern stand der sonderbare, großgewachsene Junge.

Kurz bevor er die Tür geöffnet hatte, war eine neue, erregte, kräftige und vehemente Stimme an das Ohr des müden Mannes gedrungen. Dann hatte Gordon angefangen zu lachen. Nun aber schwieg der fremde Knabe und betrachtete Edward mit den scheuen, halb feindseligen Augen eines jungen, verschreckten Tieres.

Auf anderer Leute Kinder reagierte Edward mit völliger Gleichgültigkeit. Allenfalls langweilten sie ihn. Daher zuckte er nur geistesabwesend, der Anwesenheit des Fremden scheinbar nicht bewußt, mit den Augenbrauen. Doch unter dieser offensichtlichen Gleichgültigkeit verbarg sich ein gewisses Unbehagen.

Aber er war zu erschöpft, um darüber nachzudenken. Paul war auf ihn zugetreten und half ihm, den Mantel abzulegen. Doch die gewohnte Mattigkeit hatte sich an diesem Vormittag bei Edward zu einem scharfen Schmerz in der Herzgegend verdichtet. Das war der Grund, warum der üble Zustand des Hauses diesmal die Mauer seiner lässigen Schlaffheit durchbrach.

»Kinder, Kinder«, sagte er mit schwacher Stimme, »warum habt ihr nicht ein bißchen Ordnung gemacht?«

»Du mußt dir diesen Jungen mal anhören, Vater!« rief Gordon in vor Ergötzen schrillem Ton. Er stopfte den letzten Bissen seines Brotes in den Mund und kaute hastig. »Was der für lächerliches Zeug zusammenredet! Du mußt dir das anhören! So was Spaßiges! Die Ideen, die er da —«

»Vater«, unterbrach Paul, »das ist Frank Clair, der Junge, von dem ich dir gestern abend erzählt habe.«

Mit dem leeren Ausdruck eines Menschen, dessen Aufmerksamkeit zwingend auf einen Gegenstand gelenkt wird, warf Edward einen kurzen, uninteressierten Blick auf Frank. Er brachte seine kalten Lippen zum Lächeln und vergaß den Knaben sogleich wieder. Nur jenes leichte Unbehagen blieb zurück. »Hast du den Hammer gefunden, Paul? Wir müssen diese Kiste gleich öffnen. Alles, was wir brauchen, ist da drin.«

Kein Mittagessen stand für ihn bereit. Die ungeheuerliche Selbstsucht seiner Söhne hatte sie gehindert, auch nur einen Gedanken daran zu verschwenden. Und, der Wahrheit die Ehre, eine Mahlzeit wäre ihm hochwillkommen gewesen. Sein verbrauchter Körper würde eine Schale heißen Tee, einen Teller Suppe und ein belegtes Brot dringend gebraucht haben. Er war zu müde, um sich selbst darum zu kümmern, und es kam ihm nicht in den Sinn, seine Söhne zu bitten. Es war von jeher seine Überzeugung, daß Eltern ihre Kinder nicht »behelligen« und nichts von ihnen verlangen sollten, was sie nicht auch von einem guten Bekannten verlangen würden.

Er schleppte sich mühsam auf seinen schmerzenden Füßen ins Schlafzimmer. Die Betten waren natürlich nicht gemacht. Er ließ sich auf eines niederfallen. Der schimmlige Geruch ungelüfteten Bettzeugs, nicht allzu sauberer Laken und säuerlicher Körperausdünstungen stieg ihm in die Nase. Es war ihm gleich. Er schloß die Augen und versank in einen wirren Alptraum bohrenden Schmerzes, in völlige, wenn auch vorübergehende Resignation. Er war zu müde, um zu schlafen.

Paul hatte den Hammer gefunden und versuchte den auf der Kiste hockenden Gordon zum Rückzug zu bewegen. Dieser aber machte es sich nur noch gemütlicher und begann seinen Bruder zu necken.

»Mach schon, Gordon, komm 'runter!« bat Paul in weinerlichem Ton.

»Hab keine Lust«, erwiderte Gordon. »Ich will noch ein Sandwich. Hol mir ein Käsebrot. Wenn ich es gegessen habe, steige ich hinunter. Aber solange ich es nicht bekomme, bleibe ich, wo ich bin.«

»Aber wir brauchen doch das Zeug. Ich brauche meinen Sweater, meine Galoschen und meine Handschuhe.«

»Quatsch. Was bist du denn plötzlich so arbeitsam? Das Ding steht seit acht Uhr früh hier im Zimmer, und du hast dich die ganze Zeit nicht dazu gedrängt, es aufzumachen. Was hast du denn heute schon groß geschafft? Du hast bis elf geschlafen. So eine Schlafmütze ist mir noch nicht untergekommen. Wie ein Toter liegst du da, und die wenigen Stunden am Tag, die du nicht schlafend verbringst, bist du auch halb tot. Ein fauler Hund bist du. Ich bleibe jedenfalls da, bis ich mein Brot bekomme.«

Frank hatte dem Gespräch interessiert und empört gelauscht. So jung er auch war, die Unordnung, der Gestank und der Schmutz in diesem Haus hatten seine Gefühle verletzt. Sein eigenes Heim mochte kalt und unbehaglich sein, aber es war sauber und ordentlich. Er hatte in seinem Leben nie eine schmutzige Umgebung gekannt. Von hitziger und selbstsicherer Wesensart, war ihm Pauls nachgiebige Haltung unverständlich. »Wenn ich du wäre, Paul«, sagte er, »würde ich ihm mal eins mit dem Hammer geben, aber sauber.« Er mochte Gordon nicht. Die unaufrichtige Liebenswürdigkeit und Freundlichkeit des älteren Bruders täuschten ihn nicht.

»Würdest du das tun, Freundchen?« fragte Gordon und lächelte gutmütig. »Lies mir doch noch einmal das Gedicht vor, das du vorhin rezitiert hast, dieses ›Und wenn ich einmal sterben soll‹. Es gefällt mir.«

Frank sah ihn finster an und bohrte den Fuß in den Teppich.

»Du bist ein Schwindler«, fuhr Gordon fort und stieß ihn leicht mit der Zehe an. »Ich glaube, du hast es gar nicht selbst gemacht. Du hast es aus einem Buch abgeschrieben. Mit so etwas kannst du in Teufels Küche kommen.«

Er fand Frank unglaublich amüsant. Schon lange hatte er sich nicht so gut unterhalten. Lächelnd musterte er den Jungen. Hatte man je schon so ein grobes Handgelenk, eine so lange, knochige Hand, eine so große Nase, so große Füße, eine so enge Hose und einen so zerzausten Haarschopf gesehen? Wie ein Bauernjunge! dachte er mit wohlgefälliger Geringschätzung. Aber bei allem Hänseln tat Frank ihm doch leid. Er hätte ihn beinahe gern haben können. Dennoch kam er zu dem Schluß, daß der Junge ein tiefes Wasser war; man mußte ihn im Auge behalten.

In der Zeit vor Edwards Heimkehr war Frank in bester Stimmung gewesen. Er besaß eine Gabe für sprechendes Gebärdenspiel und ein feines Gefühl für das Absurde und Komische, und wenn er ein aufgeschlossenes Publikum vor sich hatte, gebrauchte er seine Hände, seine Füße, seinen ganzen Körper als mimische Instrumente. Zu Pauls und seines Bruders Unterhaltung hatte er einige seiner Nachbarn kopiert und parodiert, und das kleine Haus war voll von laut schallendem Gelächter gewesen. Ein oder zweimal hatte Gordon inmitten der allgemeinen Heiterkeit Zeit gefunden, einen verwunderten Blick auf Paul zu werfen. Er hatte seinen Bruder nur selten lachen gehört, heute aber war Pauls melodisches Lachen ebenso oft erklungen wie sein eigenes.

Doch Wärme und Helligkeit waren aus Pauls Gesicht verschwunden, als er jetzt neuerlich versuchte, Gordon zu bewegen, von der Kiste herunterzusteigen.

»Ich sag dir was«, meinte Gordon mit breitem Grinsen. »Spiel mir doch ein Stück auf deiner Violine. Ich bin jetzt in Stimmung für Musik. Dann komme ich hinunter.«

»Knall ihm eine«, schlug Frank vor. »Ich nehme einen Arm und du den anderen. Zusammen kriegen wir ihn 'runter, Paul.«

Doch Paul seufzte erschöpft. In Wirklichkeit kam ihm Gordons Haltung gar nicht so ungelegen, ersparte sie ihm doch die Notwendigkeit, sich gleich jetzt an die Kiste zu machen. Es pressierte ja schließlich nicht. »Na schön«, sagte er, ging zur Kommode, öffnete liebevoll den Geigenkasten und nahm das Instrument heraus. Frank streifte die Violine mit einem Blick und war enttäuscht. Er erkannte sofort, daß es eine billige, schäbige Fiedel war, ganz im Gegensatz zu dem ausgezeichneten Instrument seines Vaters, das er zu Hause einmal heimlich betrachtet hatte. Das brachte ihn auf eine Idee. Irgendwie würde er es schaffen, Vaters Violine an Paul gelangen zu lassen. Schon sah er sich selbst, wie er seinem Vater mit großartiger Geste ein Bündel Banknoten reichte und ihm die Geige abkaufte. Er nahm Paul das Instrument aus der Hand und prüfte es geringschätzig. »Das ist ja schrecklich«, sagte er. »In allen Ramschläden um fünf fünfundsiebzig zu haben! Eine alte Seifenkiste mit ein paar Saiten drauf, nichts weiter. Ich dachte, du hättest eine wirkliche Violine.«

Paul errötete heftig und riß seinen Schatz wieder an sich. Frank begriff sofort, daß er seinen neuen Freund gekränkt hatte, und bedauerte es zutiefst. »Nun, ich versteh ja nichts von diesem Zeug«, versuchte er seinen Fehler wiedergutzumachen. »Aber ich wette, daß du einmal eine sehr schöne Violine haben wirst. Zum Üben ist die ja gut genug.«

Ohne von Frank Notiz zu nehmen, wandte sich Paul an seinen Bruder. »Soll ich den Spanischen Fandango spielen?« fragte er.

»Warum nicht?« meinte Gordon, holte einen kleinen Apfel aus der Tasche und fing an, daran zu knabbern. »Das spielst du ja doch am besten, Kleiner.«

Paul schob die Violine unter das Kinn und hob den Bogen. Er begann zu spielen.

Er spielte elendiglich, aber mit absoluter Korrektheit. Unter seinem Bogen wandelte sich die heitere Frische des einfachen spanischen Volksliedes zu etwas, das tot und kalt war und vollkommen wie eine Wachsblume. Die kleinen steifen Hände, bar jedes Gefühls, jeder Leidenschaft, erschlugen die kindliche, muntere Melodie. Nicht daß Paul unsicher gewesen wäre oder auch nur einen einzigen Fehler gemacht hätte. Er spielte genau und präzise. Und ebendarum machte er etwas Scheußliches aus dem kleinen Tanzliedchen, das für junge Füße geschaffen war, für die Füße junger Menschen, die unschuldig und fröhlich sind und das Leben lieben. Es wurde zu einem tristen Grabgesang, an dem nur das schnelle Tempo überraschte. Weder Empfindung noch Frohsinn beseelten es, weder Glut noch Feuer. Es war die in Grau und Dunkel gehaltene Reproduktion einer von Farbe und Lust überquellenden Szene.

Mit amüsiertem Lächeln knabberte Gordon an seinem Apfel. Er kaute stillvergnügt vor sich hin und summte die Begleitung zu der Melodie. Er hatte keine Meinung, was Pauls Können betraf, nahm aber an, daß sein Bruder recht gut spielte.

Er war überrascht, als er Frank mit einem flüchtigen Blick streifte. Franks Gesicht war eine grelle Maske aus schmerzlichem Nichtbegreifen- und Nichtglaubenkönnen. Er blinzelte beim Zuhören und schüttelte hin und wieder jäh und heftig den Kopf, so als wollte er etwas nicht wahrhaben. Er runzelte die Stirn, trat von einem Fuß auf den anderen und vergrub die Hände in den Taschen seiner engen Hose. Als Pauls Darbietung schließlich ihrem Ende zuging, befeuchtete er sich mehrmals die Lippen. Ein ernster Ausdruck zeigte sich auf seinen Zügen, und in seinen Augen leuchtete das Mitgefühl eines reifen Mannes. Ach, er kann ja überhaupt nicht spielen! dachte er, und in seinem Herzen war Trauer.

Die letzte Note zersplitterte zu Schweigen, und Pauls Spannung löste sich. Sein Gesicht war wieder leer und unbewegt. Er sah Frank nicht an; er hob seinen Bogen und betrachtete ihn kritisch. »Dachte ich mir doch!« murmelte er ärgerlich. Erst dann schenkte er Frank wieder einen Blick, den Frank stumm, mit ruhigem Auge, erwiderte.

Lässig strich Paul mit den Fingern über die Saiten. Es war, als ob Frank ihn nicht mehr interessierte oder, wie Frank zu spüren meinte, ob Franks Meinung über Pauls Können zu unwichtig wäre, als daß sie ihn, Paul, berühren könnte. Aber Frank war nicht beleidigt. »Das war wunderschön«, sagte er nervös. In seinem Innersten aber krümmte er sich. Ihm war, als ob die Luft selbst in Empörung über Pauls Musik aufwallte, als ob die schrillen Töne, die zuckenden Schwingungen für alle Zeiten im Raum schweben bleiben würden, ein Gedanke, den er nicht ertragen konnte.

Plötzlich nahm er die Violine aus Pauls schlaffen Händen und drückte sie fieberhaft an sich. Zitternd fuhr er mit dem Bogen über die Saiten, aber er entlockte dem Instrument nur jaulende, winselnde Töne, und auch das konnte er nicht ertragen. Er war einfach nicht imstande, die Klänge wiederzugeben, die er in seiner Seele empfand. Die Fiedel war nur Holz in seinen Händen, und der schreckliche Drang, diese innere Musik nach außen zu projizieren, blieb qualvoll unbefriedigt. Er hatte nur Worte. Er blickte auf, und seine Augen leuchteten. Er würde ein Gedicht schreiben. Um dem Unaussprechlichen, wenn auch in bescheidenem Maße, Ausdruck zu verleihen, würde er Worte in harmonische Formen gießen.

»Was der Kleine für ein dämliches Gesicht macht«, bemerkte Gordon und wischte sich den Mund ab. »Hör mal, Frank, du siehst aus, als ob du 'ne Schraube locker hättest. Was ist los mit dir?«

Wie betäubt von seiner Erschöpfung, lag Edward immer noch im muffigen Schlafzimmer. Aber er hatte seinen Sohn spielen gehört, und nun döste er, ein geheimnisvolles Lächeln auf den Lippen, friedlich in der Düsternis des kleinen Raumes. Er zweifelte nicht daran, daß Paul ein Genie war. Jetzt fiel der Schmerz allmählich von ihm ab, und er konnte die Stimmen im Nebenzimmer deutlich vernehmen.

»Nichts ist los. Ich — ich werde ein Ge-Gedicht schreiben — über das Lied, das Paul gespielt hat«, stammelte Frank. Dann schien er in Tagträume zu versinken, und ein dunkler Schatten fiel über sein Gesicht.

Gordon lachte leise vor sich hin. »Ich mag deine Gedichte, du kleiner Plagiator«, sagte er. Frank sah ihn an, und Paul folgte seinem Blick. »Weißt du überhaupt, was das ist, ein Plagiat?« fuhr Gordon selbstgefällig fort. »Das ist, wenn man etwas nimmt, was ein anderer geschrieben hat, und dann behauptet, es selbst erdacht zu haben. Wie kann denn ein Kind wie du Gedichte oder sonst was schreiben? Dazu bist du noch nicht gescheit genug.«

Die Augen von Träumen umwölkt, starrte Frank ihn an. »Ich weiß nicht«, antwortete er leise. »Die Worte kommen auf mich zu. Manchmal — manchmal weiß ich gar nicht, was sie bedeuten. Aber sie kommen. Wie Musik. Wie heute nacht ... Ich stand auf, holte mir Papier und Bleistift, ging ans Fenster und schrieb eines nieder — beim Licht der Straßenlaterne.«

»Dann laß doch hören«, sagte Gordon und blinzelte seinem Bruder zu. »Ich glaube ja immer noch, daß du es irgendwo geklaut hast. Ich werde das nachprüfen.«

Edward, im Nebenzimmer, lächelte zufrieden. Frank Clair war ihm auf undefinierbare Weise bedrohlich erschienen, aber das war jetzt vorbei. Er lauschte. Frank trug sein Gedicht vor, und der Mann auf dem Bett hörte die junge Stimme, die klar und melodisch und triumphierend, aber doch auch zart und zum Nachdenken einladend, durch den Raum schwang:

»Ich stand allein, wo Neptuns grüne Hand
Gar tiefe Furchen riß in gold'ne Flut.
Fest stand und ungebeugt der Felsen Wand,
Dem Himmel zugewandt die Stirn in roter Glut.
In tiefem Schweigen strahlt des Himmels kalte Pracht,
In froher Hoffnung vor der nahen Nacht.

Und doch warst du nicht da. Des Vortags Feuer
Verlosch enttäuscht im düsteren Gemäuer.

Wie Tropfen Taus auf nächtlichem Gewand
Sah ich der Sterne Glanz am Horizont.
In Düsternis ein schattenloses Band,
Ein flüsternd Licht, grüßt' mich der Silbermond.
Die ganze Welt ein einziger Pokal
Nahm auf des Silberweines Sturz zu Tal.

Die schwarze Nacht erstickt' der Sorge Schrei.
Mir blieb mein Schmerz, denn du warst nicht dabei!«

Edward stützte sich auf. Er spürte schmerzhafte kleine Pulsschläge am ganzen Körper, am Hals, an seinen Armen und Beinen. Er war ein Liebhaber der Poesie und verstand sie. Er wußte, daß das Gedicht, das er eben gehört hatte, unbeholfen, ungeschliffen und kindlich war, aber er fühlte die Größe der Bilder, die es trotz mangelnder Reife ausdrückte. Er verstand den Geist, der solche Bilder empfinden und hervorbringen konnte, und eine Art neiderfüllten, überwältigenden, vernunftlosen Entsetzens trübte seine Sinne.

»Nie im Leben hast du dieses Gedicht selbst geschrieben«, sagte Gordon vorwurfsvoll.

Nein, nein, nie im Leben! stimmte Edward im Geist seinem Sohn leidenschaftlich zu. Seine Hände krallten sich in die Bettdecke, und quälende Angst durchfuhr seinen Körper. Wie konnte es dieser elende kleine Wicht wagen, mit seinen frechen Lügen hierherzukommen und Paul so zu verletzen! »Mein armer Junge!« murmelte er kummervoll.

Schon hielt die frühe Dämmerung eines Winterabends Einzug in den Raum und schien sich nun zu einer Dunstwolke unerträglicher Qual zu verdichten. Edward rappelte sich auf. Er blieb an der Schwelle des Wohnzimmers stehen. Als er dann seine Blicke über die Jungen schweifen ließ, die seiner Anwesenheit nicht gewahr wurden, spürte er den Hauch einer bitteren, tödlichen Kälte auf seinem Fleisch.

Der fremde Knabe verteidigte sich leidenschaftlich gegen den Vorwurf des Plagiats. »Das ist nicht wahr!« schrie er. Ich b-b-brauche von niemandem abzuschreiben! Ich schreibe alles s-s-selber! Du bist ein Verleumder, Gordon Hodge! Ich — ich hau dir deinen verdammten Sch-Sch-Schädel ein!«

Gordon lachte heiter. Er parodierte Franks zorniges Gestammel.

Edward rieb sich mit den Händen die Augen. Er wußte es. Er wußte, daß Frank kein Plagiator war und daß all das, was er sich einzureden versucht hatte, eine Lüge gewesen war. Er ließ die Hände fallen und richtete einen Blick entsetzlicher Sehnsucht auf Paul, so als wollte er einen schützenden Arm um ihn legen. Aber er hielt jäh inne.

Denn Paul war zum Leben erwacht, zu erschütterndem Leben erwacht, wie eine Glasblume, die auf wunderbare Weise zu leuchtender Farbe erblüht und sich im Winde wiegt. Seine Bewegungslosigkeit war zu Bewegung geworden, seine Blässe zu schimmerndem Glanz. Sein Blick ruhte auf Frank, als ob dessen Gedicht noch in seinem Kopf widerhallte, und je tiefer sein Blick wurde, desto heller leuchtete das Leben auf seinem sonst so verschlossenen Gesicht.

Wie von Flammen berührt, zuckte Edward zusammen. Hier stand der Feind in Gestalt eines jungen Menschen, den er nie zuvor gesehen hatte. Es war kein gewöhnlicher Feind, vertraut und der Beachtung nicht wert, sondern ein fremder, unbekannter, mächtiger Gegner.

Edward legte die Hand an die Kehle. Er versuchte zu sprechen, aber er brachte nur ein Krächzen zuwege.

»Ist es nicht schon spät, Jungs?« fragte er. Krank und schwach lehnte er am Türrahmen. Er hörte ein raschelndes Trippeln; dann flammte ein Zündholz auf, um eine Gasflamme zu entzünden. Es schien Edward, als ob das plötzliche Kratzen des Streichholzes, der murmelnde Ansturm des Windes gegen Fenster und Türen aufdringlich laut, vielsagend laut, schicksalshaft laut wären. Sekundenlang waren alle Geräusche von unheilvoller Vorbedeutung.

Paul sah seinen Vater nicht an. Immer noch haftete sein Blick auf Frank. Und auf seinem Gesicht zeichnete sich zaghaftes Lachen, verlegen, erwartungsvoll, quälend und etwas, das auf Verehrung und Liebe hindeutete.

Unbeholfen, mit verschämtem Lächeln, zerrte Frank seine Mütze aus der Tasche. »Jetzt ist es wohl Zeit für mich, zu gehen«, sagte er. Mit Unbehagen nahm sein Bewußtsein den schmächtigen Schatten des Mannes im Türbogen auf. Lag Feindseligkeit in seinem Blick? Paul seufzte. Er legte die Geige in ihren Kasten zurück. Edward, der alles, was sein jüngerer Sohn tat, mit scharfem Auge verfolgte, glaubte in Pauls Geste Entsagung zu lesen — Entsagung, der Pein und Bitterkeit innewohnten. Wie von unerträglichem Leid befallen, schloß Edward die Augen.

»Es ist schon fast fünf«, sagte er dann. »Was habt ihr Jungen zum Abendbrot eingekauft?«

Es lag etwas in seiner Stimme, das Frank hochnäsig verabschiedete. Frank fühlte die Demütigung: wieder einmal war er der Unterlegene, der Ausgestoßene; dunkle Röte überzog seine Wangen. Edwards ganze Art, das leere, unverbindliche Lächeln, das trübe, fadenscheinige Licht in seinen Augen, verdammte ihn.

Er ging zur Tür. Paul folgte ihm. Einen Augenblick lang standen sie stumm da und sahen sich an, dann ging ein Lächeln über Pauls Gesicht. Es war ein junges, furchtloses, völlig natürliches Lächeln. »Bis morgen«, murmelte Frank trotzig und trat in die winterliche Dämmerung hinaus.

»Komischer kleiner Kerl«, gab Edward sich amüsiert, als Paul ins Zimmer zurückkehrte. »Wo, in aller Welt, hast du denn den aufgegabelt?« Bei den wenigen Gelegenheiten, da Paul mit einem anderen Kind eine lockere Freundschaft geschlossen hatte, war ein solcher Angriff stets von Erfolg gekrönt worden. Edward wartete.

Paul aber hob seinen feingeschnittenen schmalen Kopf und sah seinem Vater mitten ins Gesicht. In sanftem Ton, so als ob er ihn verstünde und warnen wollte, erwiderte er: »Er geht in meine Klasse. Ich sagte es dir schon, Vater.«

XXI

Wie unbeschreiblich schön, wie reich an Farbe und Licht waren die Tage, die Wochen, die Monate! Eine goldene Kugel, von Regenbogen umschlossen, umkreiste die Erde in Ellipsen himmlischer Musik. Die Welt war strahlende Harmonie. Alles schmolz in gelöster Begeisterung, in zarter und erhabener Bedeutsamkeit dahin. Alles erweiterte und verengte sich zu einer Art jauchzendem Erglühen. Engel begleiteten den Anbruch des Tages, und Gott wandelte in den Sternen. Leuchtende Gestalten bevölkerten helle, frohe Träume, und die Pracht dieser Welt nahm mit jeder Stunde zu.

»Ich weiß wirklich nicht, was über den Jungen gekommen ist, seit er mit diesem Paul Hodge herumlatscht«, beklagte sich Maybelle bei ihrem Mann. »Normal war er ja nie, aber jetzt ist es noch schlimmer. Ich habe ihn schon verwarnt, aber es ist alles umsonst. Gleich nach der Schule haut er ab und kommt erst zur Teezeit wieder.«

»Eine ordentliche Tracht Prügel, das braucht er«, sagte Francis. »Arbeiten muß er gehen. Wie alt ist er jetzt? Vierzehn? Alt genug, um etwas zu arbeiten. Was macht er denn schon groß in der Schule? Und wir brauchen das Geld.«

»Ich habe schon gearbeitet, als ich so alt war wie er«, stimmte Maybelle ihm zu. »Heute habe ich eine Mitteilung von seiner Lehrerin bekommen. Sie schreibt, daß er nie Hausaufgaben macht und daß er sich unmöglich benimmt. Er gehorcht nicht. Oft schleicht er sich in der Mittagspause davon und kommt manchmal gar nicht mehr zurück. Sie droht, sie müsse das melden. Aber sie sagt auch, er hätte einen guten Kopf«, fügte Maybelle nicht ohne Stolz hinzu. »Er könnte Großes leisten. Er interessiert sich für alte Geschichte. Aber er wird die siebente Klasse wiederholen müssen, weil er nicht einmal richtig addieren kann, und dann gibt es da ein Fach, das heißt Staatsbürgerkunde, und davon weiß er überhaupt nichts. Und er versucht gar nicht, es zu lernen.« Sie zögerte. »Die Lehrerin scheint eine anständige Person zu sein. Sie meint, für die englische Schularbeit im Juni bekommt er bestimmt die Goldmedaille. Es ist eine Art Wettbewerb. Und sie versteht nicht, sagt sie, warum er in den anderen Fächern nicht auch so gut vorankommt.«

»Arbeiten muß er gehen«, wiederholte Francis. »Goldmedaillen!« Er kicherte höhnisch. »Warum nicht ein Fünf-Dollar-Goldstück? Damit könnte man wenigstens was anfangen. Alles dummes Geschwafel! Eine Stellung — das ist es, was er braucht und was er auch kriegen wird. Da wird ihm der Unsinn bald vergehen.«

Aber Maybelle war nicht ganz wohl dabei. »Die Lehrerin meint, er könnte ein Stipendium bekommen, wenn er es nur versuchen wollte. Fürs College.«

Francis erschrak vor dieser Bedrohung seiner festen Hoffnung auf einen zweiten Lohnempfänger in der Familie.

»College? Arbeiten wird er gehen, verdammt noch mal! Wann kann er anfangen? In England würde er in seinem Alter schon längst in einer Fabrik stehen.« Er unterbrach sich. »Ich weiß wirklich nicht, wie wir zu so einem Sohn gekommen sind. Den wollten wir doch bestimmt nicht haben. Keinen Verstand, keine Intelligenz. Ein glotzäugiger Tölpel ist er, der über seine eigenen großen Füße stolpert und seine verdammten Gedichte schreibt. Habe ich dir nicht gesagt, daß du es ihm verbieten sollst, daß du ihm Papier und Bleistifte wegnehmen sollst, wenn er aus der Schule kommt?«

»Das habe ich auch getan«, verteidigte sich Maybelle zornig. »Dann habe ich ihn dabei erwischt, wie er auf Toilettenpapier geschrieben hat. Was kann man da machen? Er läßt sich durch nichts abhalten.«

Sie wußte nicht, was es war, das sie bedrückte.

Francis preßte die Zähne zusammen. »Ich sollte den verflixten Kerl nur einmal beim Schreiben erwischen!« schrie er. »Ich werd ihm den Unsinn schon austreiben, darauf kannst du dich verlassen! Arbeiten muß er gehen! Diese verdammten Yankees! Erst mit sechzehn Jahren darf er von der Schule abgehen, aber diesen Sommer kann er arbeiten, und vielleicht kann er auch in der Fabrik bleiben, wenn niemand sich darüber aufregt.«

»So ist das eben hier im Yankeeland«, jammerte Maybelle. »Kinder so lange in der Schule einzusperren! Wo ihnen Arbeit doch viel besser täte. Da hätten sie was zu tun und würden nicht auf der Straße herumlungern.«

Sechstausend Dollar lagen jetzt auf der Bank. Genug, um heimzufahren. Das Herz krampfte sich Maybelle zusammen, wenn sie daran dachte. Aber Francis meinte, es wäre nicht genug. »Zehntausend Dollar, und wir fahren. Das verspreche ich dir feierlich.«

Maybelle musterte ihren Mann. Sie hörte sein dumpfes Husten, das jeden Tag schlimmer wurde und immer öfter in einen schweren, würgenden Anfall überging. Weder Honig noch Zitrone, noch die Säfte, die er sich in der Apotheke selber zusammenmischte, halfen etwas. Er brauchte Ruhe. Aber er weigerte sich, der Arbeit auch nur einen einzigen Tag fernzubleiben, obwohl Mr. Farley ihm eine Woche bezahlten Urlaubs im Jahr angeboten hatte. Worauf Francis Mr. Farley mit abstoßend verschmitztem Zwinkern vorschlug, er möge ihm doch für den Urlaub, der ihm zustand, lieber den Überstundenlohn zahlen. Mr. Farley starrte ihn an, zuckte die Achseln und verzog das Gesicht. Er zahlte ihm den Überstundenlohn und zahlte ihn auch in den folgenden Jahren. Hochbeglückt trug Francis das Geld zur Bank. Es wunderte ihn allerdings, daß Mr. Farley jetzt weniger freundlich war und daß er seinem Angestellten nur mehr selten mit der alten Liebenswürdigkeit begegnete. Das beunruhigte Francis und veranlaßte ihn, noch fleißiger zu arbeiten und auf diese Weise zu versuchen, der unerklärlichen Feindseligkeit Mr. Farleys den Boden zu entziehen. »Ich weiß nicht, was der alte Knacker hat«, beklagte er sich bei Maybelle. »Ich tue mein Bestes.«

»Man kann den Iren eben nicht vertrauen«, tröstete ihn Maybelle, so als ob dies der Weisheit letzter Schluß wäre.

Francis' dunkles Barthaar war grau geworden. Dichte graue Fäden durchzogen jetzt auch den Schnurrbart, der nicht mehr so flott im Gesicht saß wie ehedem. Was Maybelle betraf, verrieten nur mehr wenige kastanienbraune Strähnen die einst lebhafte Farbe ihres Haares, das nun verblichen und weiß geworden war. Runzeln durchzogen das schlaffe, außerordentlich blasse Gesicht. Sie war dicker und unförmiger geworden, und ein stets unmutig herabhängender Mund gab ihr einen Ausdruck chronischer Verdrießlichkeit.

Sie hatte Francis dazu gebracht, hin und wieder in den Sommermonaten mit ihr und Frank nach Erie an den Strand zu fahren. Für gewöhnlich ließen sie sich mit dem knatternden Fährboot nach Kanada übersetzen, wo der Anblick des Union Jack, der in der warmen Brise des Sees flatterte, Maybelles Augen mit heißen Tränen füllte. Dort warteten sie dann auf das kleine Züglein, das sie klappernd und ratternd durch Wald und Dünen an den Strand brachte.

Es war ein schöner Strand dort am Eriesee. Blau glitzerte das Wasser im Sonnenlicht, munter tummelten sich die Badenden im Sand, und fröhlich schmetterte die Musik der Blaskapellen und Jahrmarktsbuden. Manchmal gelang es Maybelle, Francis zu überreden, dem kleinen Frank fünfundzwanzig Cents zu geben, so daß der Junge auf dem Karussell oder auf der Achterbahn fahren konnte. Sie und Francis saßen auf einem grasbewachsenen Hügel unweit des Strandes und vergnügten sich damit, die Spaziergänger auf der Promenade bissig und ironisch zu verlästern und herunterzumachen. Das war die Zeit der überweiten, wie Markisen gestreiften Damenröcke, und Maybelle wälzte sich schier vor Lachen über die Anhängerinnen einer so ausgefallenen Mode. Ein oder zweimal speisten sie sogar im »Seerestaurant«, wo sie lang und breit über das Fünfzig-Cents-Menü diskutierten, sich darüber lustig machten und es abfällig mit jenen verglichen, die ihnen »in der Heimat« vorgesetzt worden wären.

Wie in Bison ging Frank auch hier meist seine eigenen Wege, war jedoch immer pünktlich zur Stelle, um mit den Eltern in die Stadt zurückzufahren. Wohin diese Wege ihn führten, erfuhren sie nie. Es interessierte sie auch gar nicht.

Manchmal — aber auch nicht sehr oft — fuhren sie an den Crystal-Strand. Das Schiff, das sie hinbrachte, größer und stattlicher als die Fährboote, ließ Maybelle an eine Reise über den Atlantik denken, und wenn das Seeufer für eine kleine Weile verschwand, stellte sie sich im Geiste vor, sie befände sich auf der Heimfahrt, und bald, sehr bald, würde die purpurne Küste Englands wie eine Wolke aus dem weiten Ozean tauchen.

Francis ließ Maybelle für diese verwerflichen, sündhaften Ausflüge bezahlen, als deren Folge der Bank soundso viele Cents und Dollar entgingen. Sosehr er auch, allem Anschein nach, den Tag genossen haben mochte, auf der Heimreise machte er stets ein bitterböses, empörtes Gesicht.

Entgeistert und kummervoll las Edward Hodge Miß Gormans Bericht über seinen Sohn Paul, der unbewegt vor ihm stand.

»Aber, Paul!« entsetzte sich Edward. »Das verstehe ich nicht. Du schwänzt die Schule? Das ist doch nicht möglich. Da muß ein Irrtum vorliegen.«

»Ich fürchte, es ist kein Irrtum«, erwiderte Paul mit seiner farblosen Stimme. »Ich habe geschwänzt, Vater. Es tut mir leid.« Einen Augenblick lang zeichneten sich Bestürzung und Ratlosigkeit auf seinen Zügen. »Ich weiß nicht, wieso —«

»Aber *ich* weiß es«, versetzte Edward mit grimmigem Gesicht. »Es ist dieser Clair. Er verleitet dich zu den unglaublichsten Streichen, das weißt du doch selbst, Paul. Wie kommt er dazu? Wie, um Himmels willen, kommt er dazu? Was ist eigentlich los mit dir?«

»Ich weiß es nicht«, murmelte Paul. Aber wieder erschien auf seinem Gesicht jener abscheuliche Ausdruck der Unzugänglichkeit, der den Vater warnend aus seinem Leben ausschloß, und abermals überkam Edward ein Gefühl hoffnungsloser Schwäche.

»Du mußt mir versprechen, das nie wieder zu tun. Wie schrecklich! Du weißt doch, wir haben nur *eine* Hoffnung, daß ihr Jungen zu einer anständigen Ausbildung kommt: Stipendien! Und wie willst du das mit einem solchen Verhalten schaffen? Du bist jetzt im letzten Schuljahr. Dein Betragen in den nächsten vier Jahren wird deine Zukunft bestimmen. Du weißt auch, daß ich kein Geld habe ...«

»Ich weiß«, flüsterte Paul mit echtem, ratlosem Bedauern.

»Du hast dich doch in allen Schulen, die du besucht hast, ausgezeichnet geführt, warst immer einer der besten Schüler. Jetzt bist du ein Schulschwänzer! Paul, das ertrage ich nicht. Ich verstehe es einfach nicht. Versprich es mir, Paul.«

Paul blieb stumm. Warum folgte er Frank Clair wirklich überallhin, warum begab er sich in gefährliche Situationen und setzte sich unerfreulichen Folgen aus? Er wußte es nicht. Er wußte nur, daß er Frank nachlief und dabei jammerte: »Das geht nicht gut, Frank, das können wir nicht machen!« Aber sie machten es. Frank hatte etwas so Romantisches, so Lebensbejahendes und Übersprudelndes, daß Paul gar nicht anders konnte: Er mußte ihm folgen. So als ob Frank ihn hypnotisierte!

»Versprich es mir!« wiederholte Edward. Er bestrafte seine Kinder nicht; nie befahl er ihnen etwas. Es war seine Theorie, daß man mit Kindern »vernünftig reden« sollte und daß elterliche Autorität mit absurder Großspurigkeit gleichzusetzen sei.

Paul war schon weit weg von ihm. Er dachte zurück an jenen Tag am Fährdock, da sich die Eisschollen, knirschend und tosend wie hungrige Riesenzähne, durch schäumende Wellen ihren Weg gebahnt hatten. Schwarz wie Tinte hatte sich der Niagara zwischen den blauen und grauen Blöcken dahingewälzt, und der Frühlingshimmel war den Knaben wie ein mit kristallenem Licht gefüllter blauer Bogen erschienen. Vor und hinter sich eine Wand aus kalter Luft, war Paul neben

Frank gestanden, als ihn ganz plötzlich jener berauschende, undefinierbare Sinnentaumel erfaßte, der Freiheit und Glückseligkeit verhieß. Immer wieder überkam ihn diese Verzückung, wenn er mit Frank war. Sie war Leben für ihn, der das Leben nicht gekannt hatte. Wenn er sich seinem Freund näherte, war ihm, als umhüllten ihn eine Atmosphäre leuchtender Regenbogen, der Klang harmonisch rollenden Donners, Lachen, erregende Beglückung und ewig neue Hoffnung.

»Was ist die Schule, was sind dumme Bücher, verglichen — damit?« hatte Frank ihn gefragt, fragte er ihn immer wieder. »Der Sonnenschein, Luft und Licht und Schönheit — sind sie nicht wichtiger als der Staub und die Gedanken toter alter Männer?«

Mit stiller Begeisterung hatte Paul zugestimmt und in seiner Zustimmung die größte aller Wahrheiten erkannt.

Nun sah er sich wieder vom Kloster bedroht, vom Kloster des großen Nichts, der unendlichen Leere, der vertrockneten Stimmen und nebelhafter, lichtloser Tage. Nein! Dahin konnte er nicht mehr zurückkehren! Er konnte nicht auf den schillernden Schimmer von Pracht und Herrlichkeit verzichten, der ihn ankam, sooft er mit seinem Freund zusammen war.

»Ich werde versuchen, nicht mehr zu schwänzen«, versprach er mit matter Stimme. Wie sonst hätte er zu seinem Vater sprechen sollen? »Soll ich noch einmal sterben? Willst du das? Soll ich mein Leben lang in einem Kokon aus Einsamkeit und Kälte eingesponnen existieren?« Das konnte er nicht sagen. Er wußte, daß Edward es nie verstehen würde, und jetzt empfand er Mitleid mit seinem Vater.

Dieses Mitleid war es, das ihn veranlaßte, die nächsten zwei Aufforderungen, die Schule zu schwänzen, zurückzuweisen. Er sah, wie Frank sich mittags davonmachte, doch was er fühlte, war nicht die Selbstzufriedenheit des braven Schülers, sondern Schwermut und Sehnsucht nach etwas Versäumtem. Wo ging Frank hin? Welchem abenteuerlichen Geschehen entgegen? Welche erregenden Entdeckungen, welche Herrlichkeiten und Seltsamkeiten erwarteten ihn?

Die nächste Aufforderung kam an einem der ersten Märztage. Es war ein endloser Winter gewesen. Meterhohe Schneewehen hatten die Straßen unpassierbar gemacht und viele Häuser fast unter sich begraben. Dann war mit einemmal freundliches, klares, mildes Wetter gekommen, die Wanderdrosseln kehrten zurück und begrüßten die neue Morgenröte mit ihrem herzzereißenden Gesang. »Schieben wir zu Mittag ab!« hatte Frank gesagt. »Ich habe zehn Cents. Hast *du* Geld? Fünfzehn Cents? Phantastisch. Wir können mit dem Fährboot nach Kanada hinüberfahren. Ich möchte durch Felder und Wälder streifen. Das tue ich immer, sobald die ersten warmen Tage da sind. Man sieht natürlich noch nicht viel, aber trotzdem . . .«

Paul *war* abgeschoben. So wachsam die Lehrerin auch sein mochte, sie verstanden es, wie Schatten zu verschwinden. Sie wanderten durch stille Straßen zum Fährdock hinunter. Aus einiger Entfernung hörten sie eine Drehorgel, die das Intermezzo aus *Cavalleria Rusticana* spielte. Sanft und melancholisch, wie eine Stimme, in der sich alle Liebe und Süße und verhüllte Schönheit vereinten, kam die Melodie durch die einsamen, aschgrauen Straßen. Und auch ein Hämmern hörten sie; es klang wie ein dumpfes Echo.

Es war, als ob sie durch eine tote Stadt schritten, in der nur noch eine Melodie und ein Hämmern lebendig geblieben waren.

Wie Licht von einem fremden Stern drang die Frühlingssonne in langen, schrägen Stäben durch einen fahlen, dunstigen Himmel. Sie legten fünf Cents in einem Säckchen Erdnüsse an und verzehrten sie genüßlich an Bord des nur schwach besetzten Fährbootes, das den Fluß überquerte. So weit sie sehen konnten, und das war bis zum Eriesee, lag ein blauer Dunst über der Landschaft. Wie rastlose Haifische tummelten sich die Eisschollen rund um das Boot, krachten gegen seine Flanken und fielen in das türkisfarbene Wasser zurück. Erdfarben und verschlafen im Sonnenschein wartete die kanadische Küste auf die beiden Knaben.

Sie waren fast die einzigen Fahrgäste, die an Land gingen. Kalt, rein und klar wie frisches Quellwasser blies ihnen der Wind ins Gesicht. Verträumt lag das kleine Städtchen Fort Erie vor ihnen; hin und wieder holperte ein Bauernwagen über das Kopfsteinpflaster der engen Straßen. Sie erstiegen einen Hügel, gingen einen quatschigen Feldweg hinunter, hörten weitab einen Hund bellen, bekamen jedoch weder Mensch noch Tier zu Gesicht. Dann tauchte der Wald vor ihnen auf, und sie liefen auf ihn zu. Sie sprachen nicht viel. Es war jetzt nicht nötig. Sie kannten einander zu gut.

Nun schloß der Wald sie ein: schlanke weiße Birken, alte Ahorn- und Kastanienbäume, Buchen und Ulmen. Noch waren ihre Zweige nackt, aber schon sanft gebräunt und strotzend vor Leben. Rot und fett saßen die Knospen auf den Ahornbäumen, winzige gelbe Troddeln baumelten von den Ulmen. Wie hoch aufgeschossene schlanke Jungen, nackt und feierlich, standen die Birken. Ein dunstiges Licht, einem feinen Nebel gleich, schimmerte zwischen den Bäumen. In fahlem, schattigem Blau, unendlich weit wölbte sich der Himmel über ihnen. Völlige Stille umgab sie, und doch hörten sie die Dünung des Lebens, die Grunddünung der Natur, die nach einem langen Tod wieder aus dem Schlaf erwacht.

Schmutziggrau schimmerten die Pfützen, Farnkraut beugte sich über sumpfige Stellen. Ihre Schuhe versanken in braunem Schlamm. Tiefer und tiefer drangen sie in den Wald ein, hastend, keuchend, wie von Furien getrieben. Eingeschlossen waren sie vom Wald, ans Herz der Natur gedrückt. Kein Laut war zu hören, nicht einmal der Ruf eines Vogels.

Sie standen Seite an Seite, genossen mit allen Sinnen, lächelten einander zu und bewegten die Arme, als ob man ihnen gerade die Ketten abgenommen hätte.

Sie wußten nicht, wie lange sie so standen. Mit einemmal aber, ganz plötzlich, so als ob ein unsichtbarer Chorleiter seinen Taktstock gehoben hätte, erwachten Wald und Flur mit süßen, schrillen, anhaltenden Flötentönen zu wildem, leidenschaftlichen Leben. Die Luft war voll von diesen Klängen, sie hallten in den Bäumen wider, sie stiegen zum Himmel empor. Die zwei Jungen vernahmen die Stimme des wiederbelebten Universums, der auf den Tod folgenden Geburt, der Verzückung, der Hosiannas auf den Frühling. Die nahezu unerträglich jauchzende Stimme hob sich nicht und senkte sich nicht. Sie blieb fest und beständig; sie nahm an Ton und Intensität, nicht so sehr an Umfang zu.

Die Kinder lauschten in ehrfürchtiger Scheu. Das Leben selbst wallte vor ihnen auf, brach sprudelnd hervor, und ihre Herzen erhoben sich auf Flügeln schmerzlichen Entzückens. Ein ekstatischer Choral, der in allen Richtungen sein Echo fand, umbrauste sie.

»Wanderdrosseln«, flüsterte Paul.

Frank blieb stumm. Er wußte, was er bis jetzt nicht gewußt hatte: daß er gekommen war, um seinen ersten Päan an den Frühling zu feiern. Der Frühling hatte ihm in dem staubigen, kreidigen Schulzimmer zugewinkt. Er hatte eine Botschaft erhalten, als er in seiner Bank saß, während die Lehrerin langweilige algebraische Zeichen an die Tafel malte. Pan in seinem grünen Blätterkleid, die Augen noch von Schlaf verschwollen, ungeduldig mit den Hufen scharrend, hatte ihn gerufen.

Es war zuviel für ihn. Seine Augen füllten sich mit Tränen. Paul sah diese Tränen, und plötzlich waren auch seine Augen feucht. Er trat näher an seinen Freund heran.

»Danke dir — Gott!« murmelte Frank. Ein Sturm von Gefühlen ergriff ihn, schmerzliche Verzückung, jubelnde Erregung und Dankbarkeit gegen Gott, der ihn hierhergerufen hatte, auf daß er der Verheißung und der Stimme des Frühlings lausche.

Und während er lauschte, während die süßen Klänge in jede Zelle seines Geistes und seines Körpers eindrangen, begann ein Gedicht in seinem Geist Form anzunehmen. Es sollte Teil eines aus Blankversen bestehenden Werkes werden, an dem er jetzt arbeitete, ein Theaterstück in Versen in drei Akten. Er hörte die gemessene Majestät, den Fluß der Dichtung, ihren rhythmischen Schwung.

Auf dem Heimweg erzählte er Paul von seiner Dichtung. Sie schlenderten über den kotigen Weg, während Frank ein paar Verse rezitierte. Den Blick auf das Gesicht seines Freundes gerichtet, lauschte Paul hingegeben. Es war ihm, als hörte er eine Stimme, die aus seinem Innersten kam und etwas aussprach, was er schon immer gewußt, aber nie hatte ausdrücken können.

»O sonderbare, fürchterliche Welt,
So voll von feierlichem, hoffnungslosem Glanz!
Der Fuß, der Arm, die Hand, die sich bewegt,
Des Menschen Blick ist ein Mysterium.
In Wundern leben wir, stell'n jede Stund'
In Frag'; wir provozieren der Götter Zorn
Durch unser Dasein; und mit jedem Schritt
Verwirren wir den klügsten Philosoph.
Das seltsam' und geheimnisvolle Ding
Taucht aus dem Dunkel im vertrauten Kreis,
Und doch würd' jeder, hätt er nur den Sinn,
Zurück es stoßen, ohne es zu schau'n.
Denn gütig sind die Götter, und so schwach
Des Menschen Herz, daß Furcht es schlagen läßt.
Des Kindes blinder Geist ist unser Schild
Vor Unheil, das verhüllt um uns sich drängt.«

»Das ist wunderschön«, sagte Paul leise. »Ich habe es schon immer gewußt, aber ich fand keine Worte dafür.«

Frank versuchte, nicht zu zeigen, wie geschmeichelt er sich fühlte. »Ach, so gut ist es ja auch wieder nicht. Ich gebe mir alle Mühe, und dann kommt so ein Piepser heraus, gar nicht das, was ich ursprünglich sagen wollte.« Ein Schatten wie von echter Sorge und Sehnsucht flog über sein Gesicht. »Ich frage mich oft, ob es überhaupt eine Möglichkeit gibt, das, was einen bewegt, unzweideutig auszudrücken. Musik vielleicht, nur Musik. Ich wünschte, ich würde ein Instrument beherrschen. Worte allein sind so — so unzulänglich.«

Paul antwortete nicht gleich. Seine Züge verdüsterten sich. Dann sagte er: »Manchmal höre ich es. Aber ich kann es auch auf der Geige nicht wiedergeben. Ich nehme jetzt keine Stunden mehr. Papa hat sich geärgert. Aber ich — ich wagte es ganz einfach nicht, weiterzumachen. Es kam mir vor wie —«, eine feine Röte überzog seine Wangen —, »wie eine Gotteslästerung oder so ähnlich.«

In unbeholfener Verlegenheit hob Frank die Hand und berührte die seines Freundes; Pauls Herz krampfte sich schmerzlich zusammen. Dennoch fühlte er sich getröstet.

Sie wanderten über einsame Wege. Manchmal sahen sie ein Haus weitab von der Straße, hörten einen Hund bellen, liefen über eine feuchte Wiese, auf der das Vieh weidete. Sie kamen zu einer kleinen Holzbrücke, die sich über einen braunen, rieselnden Bach spannte. Sie spähten zu den Steinen am Grund hinunter, die wie Brillanten funkelten.

Dann hörten sie die Fabrikspfeifen, die von Bison her über das Wasser kamen, und wußten, daß es Zeit war, heimzufahren. Ein Gefühl tiefer Niedergeschlagenheit überkam sie. Sie drehten um.

Ein Holzzaun versperrte ihnen den Weg. Zwei Mädchen in ihrem Alter hockten wie Vögel auf dem Geländer. Sie waren barhäuptig, und ihre blonden Locken flatterten im Wind. Sie musterten Paul und Frank mit freundlicher, aber zugleich achtsamer Neugier.

Mit verschlossenem, nahezu feindseligem Gesicht wollte Paul weitergehen. Frank aber verlangsamte seine Schritte, zauderte und blieb stehen.

»Hallo«, sagte er.

Die Mädchen kicherten und erröteten. Die eine erwiderte unsicher den Gruß.

Frank war von ihrem Anblick angenehm berührt. Er betrachtete ihre rauhen roten Hände, die zerrissenen schwarzen Strümpfe, die kotigen, aufgeplatzten Schuhe und die ärmliche Kleidung. Sein Herz war voll von freundschaftlicher Gesinnung, Mitgefühl und Verständnis. Diese Empfindungen bewegten ihn in den letzten Jahren in zunehmendem Maß, so daß er gar nicht mehr imstande war, seinen Mitmenschen, insbesondere wenn sie harmlosen Gemütes waren und ihm nicht übelwollten, anders als mit einer Art leidmütiger Zärtlichkeit zu begegnen. In seinen Augen bestand die Welt aus den Schüchternen und Einsamen, Unterlegenen, Hoffnungslosen und Sehnsuchtsvollen auf der einen und den Gemeinen, Grausamen und Herzlosen auf der anderen Seite.

»Komm schon«, drängte Paul. Das Licht, das in seinem Inneren gebrannt hatte, war erloschen. Unbehagen und Widerwillen waren an seine Stelle getreten.

Frank aber verweilte. »Wohnt ihr hier?« fragte er.

Eines der Mädchen nickte und lächelte ihn strahlend an. Sie hielt sich fest, um nicht herunterzufallen.

»Es ist schön, hier zu wohnen«, sagte Frank.

Die Mädchen glotzten ihn erstaunt an. Sie wechselten Blicke und brachen gleichzeitig in Lachen aus. Sie schaukelten sich auf dem Geländer und betrachteten Frank mit spöttischen und abweisenden Blicken, so als ob er vor ihren Augen verrückt geworden wäre.

Paul zupfte ihn am Ärmel. »Siehst du?«

Vom hysterischen Lachen der Mädchen verfolgt, gingen sie weiter.

»Du wirst es nie lernen«, sagte Paul zornig. »Du weißt doch, daß man so mit Leuten nicht reden kann. ›Es ist schön, hier zu wohnen!‹ Denkst du denn, die haben dich verstanden? Nein! Ausgelacht haben dich diese Idiotinnen! Weil nämlich fast alle Menschen Narren sind, und das willst du nicht begreifen.«

Niedergeschlagen ging Frank neben ihm her und schüttelte nur immerzu den Kopf.

»Schrecklich«, sagte er. »Sie haben überhaupt nichts verstanden. Und das ist das Schreckliche: nicht zu verstehen.«

Plötzlich mußte er an Jessica denken. Jessica würde verstanden haben!

dachte er. Er wußte nicht, warum er das dachte oder warum er Jessicas Gesicht vor sich sah, aber das Bild war so lebendig und die Erinnerung an Jessica so stark, daß er stehenblieb und Paul anstarrte.

»Was hast du?« fragte Paul.

Aber Frank schüttelte nur den Kopf und ging weiter. Er konnte es seinem Freund nicht sagen, und er wußte auch nicht, warum das so war. Er wußte nur, daß er es nicht sagen konnte.

XXII

Frank gewann in jenem Frühling keine Goldmedaille für seinen Aufsatz. Das Thema hatte gelautet: »Warum wir unseren Eltern so viel verdanken.« Frank konnte sich einfach nicht vorstellen, was er seinen Eltern verdankte. Sein Leben? Es war nicht in ihrer Absicht gewesen, es ihm zu schenken. Pflichten? Welche Pflichten schuldete er ihnen, die in ihm nur etwas sahen, das Kosten verursachte — so gering diese Kosten auch sein mochten? Liebe? Sie verdienten keine Liebe. Bestenfalls empfand er Verständnis für sie und, selten genug, Mitleid. Sollte er einen Aufsatz über dieses verachtungsvolle Mitleid schreiben, über ihre zunehmenden Ängste und Befürchtungen, ihr Mißtrauen, über den Argwohn, mit dem sie allem und jedem begegneten?

Statt dessen schrieb er ein Gedicht über das Lied der Wanderdrosseln in den hellen Frühjahrswäldern.

Kurz darauf starb seine Lehrerin, und eine neue trat an ihre Stelle, eine kleine, dicke, ältere Frau, die eine erstaunliche Ähnlichkeit mit der Queen Victoria hatte. Sie war scharfsinnig, humorvoll, intelligent und freundlich und manchmal ein wenig spöttisch. Auch sie war, wie Miß Emily Jones, immer auf der Suche nach dem außergewöhnlichen Geschöpf, dem vielversprechenden Kind, das sich von der einfältigen, braven Mittelmäßigkeit der anderen Schüler wohltuend unterschied. Sie vertrat die Ansicht, daß es diese mittelmäßigen Geschöpfe waren, von denen ein Dichter einmal gesagt hatte, sie »schleckten die Teller leer, stürben und hinterließen der Nachwelt als Vermächtnis nur einen Haufen Abfälle«. Sie konnte wirklich keinen Sinn im Leben solcher Menschen sehen, die zugegebenermaßen die Mehrzahl bildeten. Vielleicht, so dachte sie manchmal, erfüllen sie dieselbe Funktion wie der Chor im griechischen Drama. Sie bilden den Hintergrund für die Großtaten der Helden.

Schon vier Tage nachdem Miß Lois Bendy Franks Klasse übernommen hatte, entdeckte sie ihn. Das ist wirklich ein sehr eigenartiger Junge, sagte sie sich. Manchmal hat er einen so gehetzten, verdrießlichen Gesichtsausdruck! Sie bemerkte bald, daß die anderen Kinder ihn verachteten, und das allein sprach ihrer Meinung nach schon für ihn und machte ihn interessant. Wenn sie ihn aufrief und eine Antwort von ihm wollte, erhob er sich langsam und linkisch und erklärte mit leiser Stimme, daß er die Antwort nicht wüßte. Die anderen Kinder brachen daraufhin unweigerlich in schallendes Gelächter aus, und Miß Bendy hörte sich die Art dieses Lachens sehr genau an. Ja, dieser Junge war zweifellos etwas Besonderes. Unbedeutende, dumme Menschen lachen nie über ihresgleichen.

Als sie dann die ersten Aufsätze der Klasse vor sich liegen hatte, wußte sie Bescheid. Frank hatte ein Prosagedicht verfaßt über das Licht, das durch das Fenster ins Klassenzimmer drang: wie es sich veränderte, wie es jeden Tag, jede Woche, zu jeder Jahreszeit eine andere Beschaffenheit, eine andere Leuchtkraft besaß.

Miß Bendy lächelte befriedigt — sie hatte sich nicht geirrt. Sie bat Frank, an diesem Tag nach dem Unterricht noch dazubleiben. Er sah sie entgeistert an und blickte dann fragend und ängstlich zu einem seiner Mitschüler hin. Sie folgte seinem Blick. Ah, Paul Hodge, dieser stille, verschlossene Junge, bei dem immer alles in Ordnung war, der pünktlich seine Hausaufgaben machte und auf Prüfungen immer gut vorbereitet war. Was verband diese beiden? Dann fiel ihr ein, daß man nie den einen ohne den anderen sah, daß die beiden während der Pausen immer am Rand des Schulhofes herumgeisterten und sich nie unter die anderen Kinder mischten.

Instinktiv sagte sie: »Aber wir können auch während der Mittagspause miteinander plaudern. Dann bist du nach der Schule nicht aufgehalten.«

Sie versuchte dann, mit Frank ins Gespräch zu kommen, merkte aber gleich, daß es schwer war, sein Vertrauen zu gewinnen. Sie sah ihn nicht an, während sie seinen Aufsatz kommentierte. Er hatte nur einen einzigen Fehler gemacht: ein Beistrich war falsch gesetzt. »Hast du das wirklich selber geschrieben, Junge?« fragte sie freundlich. »Es ist ausgezeichnet! Es könnte von einem Erwachsenen, von einem richtigen Dichter sein. Wenn du so etwas wirklich fertigbringst, hast du eine große Zukunft vor dir!«

Sie hob den Blick, und er sah in ihre fröhlichen kleinen grauen Augen voll gütigem Humor und verständnisvoller Freundlichkeit. »Ja, i-ich hab es geschrieben, Miß Bendy«, stammelte er, »ich schreibe andauernd solche Sachen. I-ich habe ein Buch geschrieben, ein Theaterstück, in Reimen.« Sein schmales blasses Gesicht wurde puterrot. »Wenn Sie wollen, z-zeig ich es Ihnen einmal.« Er starrte sie an und schluckte schwer. »I-ich hatte einmal eine Lehrerin, eine Miß Jones, aber sie ist tot.«

Miß Bendy dachte nicht: Was hat das mit unserem Gespräch zu tun? Nein, sie verstand sofort. Dennoch sagte sie munter: »Oh, ich kannte Emily Jones. Eine wunderbare Frau. Sie war deine Lehrerin? Da hast da aber Glück gehabt! Ja, Frank, bring mir doch dein Buch und deine Gedichte. Ich würde sie mir sehr gern anschauen. Wirklich sehr gern.«

Am nächsten Tag brachte er einen großen Stoß in Zeitungspapier gewickelt. Sie sah die Blätter, und wiederum wußte sie Bescheid, diesmal aber mit Zorn im Herzen. Einige dieser Blätter waren hinten aus Büchern herausgerissen, andere Toilettenpapier. Einige waren Tüten, sorgfältig aufgeschnitten und geglättet, und manche sogar Stücke einer Tapete, auf deren rauher Rückseite die Bleistiftschrift nahezu unleserlich war. Er hatte die Rückseiten von Schularbeiten verwendet wie auch Pappkarton und nur einige wenige Seiten auf normales Schreibpapier geschrieben. Alle diese verschiedenartigen Blätter aber waren sorgfältig auf die gleiche Größe zugeschnitten und sauber numeriert.

Sie nahm das rührende Bündel Papier am Abend mit nach Hause; sie wollte noch eine halbe Stunde darin lesen. Um Mitternacht las sie immer noch. Dann schrieb sie Maybelle einen kurzen Brief.

Maybelle und Francis waren entsetzt, als sie den Brief erhielten, und beschuldigten Frank lautstark und heftig, »schon wieder damit angefangen« und »zuviel geredet« zu haben. Womit er »schon wieder angefangen« oder was er »zuviel geredet« haben sollte, verstand Frank nicht. Er hörte nur die Anklage und fühlte sich sofort schuldbewußt.

Miß Bendy bat Maybelle, am nächsten Tag um vier Uhr in die Schule zu kommen, falls ihr dieser Termin recht sei. Frank sollte bei dem Gespräch nicht dabeisein, was Maybelle in ihren schwarzen Verdächtigungen nur noch bestärkte. »Er hat etwas gestohlen!« kreischte sie, zu Francis gewendet, während Frank an der Küchenwand lehnte und bleich wurde wie der Tod. »Die Polizei werden sie uns auf den Hals hetzen, ins Gefängnis werden sie ihn stecken! So eine Schande! Ich wollte, er wäre tot!«

Das war das erstemal, daß seine Mutter diesen Wunsch so ernst, so dringlich aussprach, und Frank wurde ganz schwach vor Schrecken. Er war doch ziemlich sicher gewesen, daß seine Eltern ihn trotz der vielen Schläge und Beschimpfungen auf ihre Art liebhatten. Nun wußte er, daß sie ihn haßten, daß sie ihn am liebsten tot und begraben gesehen hätten. Und er fragte sich, fragte sich in den folgenden Jahren wohl tausende Male: Warum? Noch als Mann beschäftigte ihn dieses Geheimnis und versetzte ihn in Wut. War er denn wirklich so schlecht und verdorben gewesen, wie die Behandlung, die seine Eltern ihm angedeihen ließen, zu bestätigen schien? Die bleierne Flut des Schuldgefühls breitete sich bis zum letzten Winkel seiner Seele aus, und es gelang ihm nie mehr, bis an sein Lebensende nicht, sich von diesem Schuldgefühl zu befreien.

Er schleppte sich in sein Zimmer hinauf, kroch ins Bett und wartete zitternd, daß sein Vater mit dem Riemen kam. Aber Francis erschien nicht. Er und Maybelle stritten heftig; sie schoben sich gegenseitig die

Verantwortung für die Verbrechen ihres Sohnes zu. Beinahe hätten sie einander geschlagen. Mitten im Streit mußte Frank die Toilette aufsuchen und sich übergeben. Dabei verspürte er zum ersten Mal einen mörderischen, scharfen Schmerz in der Brust, so bohrend, so stechend, so brennend, daß es ihm den Atem benahm. Er kroch wieder ins Bett und lag still. Er meinte zu sterben — und war froh darüber.

Der nächste Tag wurde ihm zur Hölle; schreckliche Angst und die bösesten Vorahnungen peinigten ihn. Immer wieder sah er seine Lehrerin voll Entsetzen an. Was wollte sie seiner Mutter sagen? Miß Bendy bemerkte seine Blicke, und Zorn legte sich ihr wie ein Eisenklumpen schwer auf die Brust. Sie hatte Franks Eltern nie gesehen, aber auf geheimnisvolle Weise wußte sie alles über sie.

Um drei Uhr klopfte sie ihm liebevoll auf die Schulter und sagte beruhigend: »Deine Mutter kommt heute, nicht wahr? Nun, ich habe eine wirklich schöne Überraschung für sie. Na, jetzt lauf! Dein Freund Paul wartet schon!«

Frank und Paul verließen miteinander die Schule, und zum erstenmal sprach Frank zu seinem Freund ganz offen und ehrlich über seine Eltern. Sie setzten sich auf die Stiege, die zu Pauls Haus hinaufführte, und aus Frank, der sich nicht länger beherrschen konnte, brach alle seine Bitterkeit heraus, sein Ekel, seine Verachtung, seine Qual und der Haß, den er seit kurzem empfand. Paul hörte ihm schweigend zu.

»Ich würde von zu Hause durchbrennen, wenn ich alt genug wäre«, sagte Frank mit geballten Fäusten. Er starrte mit einem Ausdruck vor sich hin, der einem Jungen seines Alters nicht anstand. »Ich würde fortlaufen und sie nie mehr wiedersehen, nie mehr! Für mich wären sie gestorben! Sie haben mich — beschmutzt. Die Prügel hätten mir nicht so viel ausgemacht, verstehst du, aber sie haben mich beschmutzt.« Er löste seine verkrampften Hände voneinander und sah sie lange an. »Ich habe das Gefühl, ich werde meine Hände nie mehr sauberbekommen. Ich fühle mich dreckig, innerlich dreckig.«

Paul war tief beeindruckt von Franks Worten, aber er sagte sanft: »Du bist beinahe fünfzehn. Du mußt es nur noch ein paar Jahre durchstehen. Du hast es doch so lange ausgehalten. Dann kannst du fortgehen und so tun, als wären sie tot.«

Frank aber fuhr fort, als hätte er seinen Freund nicht gehört: »Mir ist lange nicht aufgegangen, daß andere Eltern nicht so sind. Ich habe geglaubt, es ist natürlich, daß Kinder verprügelt und schlecht behandelt werden. Jetzt aber weiß ich es besser. Ich sehe, wie dein Vater ist und andere Väter. Was habe ich nur verbrochen? Ich weiß es nicht. Ich muß etwas Schreckliches verbrochen haben. Ich muß ein ganz abscheulicher Mensch sein.«

»Das bist du nicht.« Paul legte die Hand auf den Arm seines Freundes und drückte ihn fest. »Nein, Frank, das bist du wirklich nicht! Du bist bewundernswert. In gewisser Beziehung bist du bewundernswert. Vielleicht ist es das? Sie glauben, daß das Wunderbare an dir ein Verbrechen oder sonst etwas ist, weil du anders bist als sie. Du bist überhaupt nicht wie alle anderen, und darum hassen dich die Leute und auch deine Eltern.«

Frank wandte Paul seine umflorten Augen zu. Paul lächelte. Es war ein zärtliches Lächeln. Frank wollte etwas sagen. Dann aber, zu seiner Verzweiflung, brach er in Tränen aus. Er stützte den Kopf in die Hände und weinte.

Als Frank sich gegen Abend ins Haus schlich, begrüßte ihn Maybelle mit sonderbarer Stimme. Sie wich seinem Blick aus, ihre Mundwinkel hingen anders herunter als sonst. »Geh und wasch dich, Frankie«, sagte sie. »Der Tee ist gleich fertig, und dein Vater wird bald hier sein.« Sie zögerte. Dann trat sie zu ihm und fuhr ihm unbeholfen über die wirren Haare. Zum erstenmal überlief ihn ein Schauder bei ihrer Berührung, er wich zurück und zitterte. Aber er war erleichtert über ihren Tonfall und wusch sich im Spülbecken in der Küche die Hände.

Er hätte zu gern gewußt, worum es sich bei dem Gespräch in der Schule gehandelt hatte. Aber er sah nur, daß Maybelle ihrem Gatten vielsagende Blicke zuwarf, als er das Haus betrat. Bei Tisch brachte Frank keinen Bissen hinunter, obwohl ihn Maybelle mit ungewohnter Fürsorge immer wieder zum Essen drängte. »So laß ihn doch«, sagte Francis unmutig. »Wenn er unbedingt verhungern will, soll er.«

Maybelle erwiderte energisch: »Ich muß schon sagen, das ist eine feine Art, zu reden! Er muß essen, damit er bei Kräften bleibt. Schau doch, wie dünn er ist, und so blaß, fast grün.«

Nach dem Abendessen ging Frank noch eine Weile in der Frühlingsluft durch die dämmrigen Straßen. Er bemerkte, daß sein Herz zu stechen anfing, sobald er etwas schneller ausschritt. Das Atmen wurde ihm schwer, alle Glieder schienen gefühllos, und er mußte sich gegen einen Baum lehnen, bis der Krampf vorüberging. Er verstand nicht, warum sein Herz auch nachher noch so heftig klopfte und er sich so elend fühlte.

Unterdessen erzählte Maybelle Francis von ihrem Gespräch mit Miß Bendy. »Sie sagt, er ist ein Genie. Ein Genie! Ein richtiger Dichter, sagt sie, ein Schriftsteller, und daß er die beste Ausbildung bekommen muß, und daß wir noch sehr stolz auf ihn sein werden.« Sie sah ihren Gatten mit ihren leicht vorstehenden braunen Augen erwartungsvoll an.

»Blödsinn!« sagte Francis verärgert und raschelte mit seiner Zeitung. »Das ist nur ein Trick, damit er auf ein College kommt und wir unser Geld verschwenden. Die haben immer hirnrissige Ideen, diese Lehrer. Genie! Für ihn heißt es arbeiten, und zwar verdammt bald, sobald die verfluchten Yankees ihn arbeiten lassen. Wir brauchen das Geld. In einer Fabrik kann er sechs oder sieben Dollar die Woche verdienen, und das bedeutet mehr Geld auf der Bank.« Und wütend fügte er hinzu: »Sag bloß nicht, du hast dich von der verdammten alten Jungfer überfahren lassen! Er ist ein Träumer, das ist er, ein Träumer und außerdem dumm. Es wird Zeit, daß er aufwacht, mitsamt seinen Gedichten!«

Aber Maybelle war seltsam still. Sie spielte gedankenverloren mit dem Besteck und starrte vor sich auf den Tisch.

»Es ist doch nicht so, daß er ein guter Schüler wäre«, fuhr Francis aufgebracht fort. »Du kennst doch seine Zeugnisse. Und die anderen Lehrer hielten alle nichts von ihm, das weißt du auch. Diese verrückte Alte will uns nur dazu bringen, Geld auszugeben. Weißt du, was so ein College kostet? Hast du darüber nachgedacht? Alle unsere Ersparnisse würden draufgehen! Und ich will verdammt sein, wenn ich weiter in diesem Loch hocke, nur damit der junge Nichtsnutz seine Zeit auf einem College vertrödeln kann!« Sein mageres Gesicht war jetzt gerötet vor Aufregung und Wut. »College! Das ist wieder einmal eine typische Yankee-Idee!«

Maybelles Hände spielten immer noch mit dem Besteck. »Ich frage mich, ob sie nicht doch recht hat«, sagte sie beinahe unhörbar leise. »Sie hat gesagt, man muß ihm eine Chance geben, sonst geht der Welt etwas verloren. Das hat sie gesagt, Gott ist mein Zeuge.«

Francis lachte höhnisch. »Ich kann dir sagen, was verlorengeht: ein Taugenichts! Ein Narr! Noch nie habe ich so verdammten Blödsinn gehört! Wenn etwas in ihm steckt, was ich bezweifle, dann kommt es auch ohne College heraus. Arbeiten! Arbeiten heißt es für ihn! Nächsten Sommer wird er jede Arbeit annehmen, die er nur bekommt, und damit basta!«

Wieder schwieg Maybelle. Ihr schwammiges Gesicht hatte einen sehr bedrückten Ausdruck angenommen. Sie fuhr sich mit der Zunge über die Lippen. Dann sagte sie mit ausdrucksloser Stimme: »Ich weiß nicht, Francis. Vielleicht hat sie doch recht? Denk doch an das viele Geld, das er als Schriftsteller verdienen würde —«

Aber Francis konnte dieses dumme Geschwätz nicht länger ertragen. »Hör mal, du bist doch diejenige, die immer drängt, daß wir nach England zurückfahren! Willst du das Geld verschleudern, jetzt, wo es bald soweit ist? Willst du den Rest deines Lebens hier im Yankeeland verbringen?«

XXIII

Die Welt veränderte sich in jenem Monat August 1914, und obwohl der Weltbrand Frank Clair vorerst nicht unmittelbar berührte, veränderte er doch auch sein Leben.

Es war ein warmer, goldener Sommer gewesen, voll Sonnenschein und Vogelzwitschern und Frieden, bis zu jenem schrecklichen Tag im August. Ein Nachbar der Clairs, der besser situiert war als die meisten anderen, hatte sich ein Automobil gekauft. Es hatte ein Leinendach, das durch seinen Anstrich wie Leder aussah, und eine glänzende Karosserie im grellsten, lebhaftesten, auffallendsten Rot. Es war einzusehen, daß nur die Reichen sich ein solches Wunderwerk leisten konnten, und das Auftauchen eines Automobils in der Nachbarschaft war ein Ereignis, das tagelang Stoff für neiderfüllte, bewundernde oder höhnische Gespräche bot. Unglaublicherweise wurde Frank einmal zu einer Fahrt eingeladen.

Automobile waren im Straßenbild der Stadt nichts Ungewöhnliches mehr. Seit Jahren schon knatterten, heulten und pfauchten sie durch die Gegend, und niemand rief ihnen mehr nach: »Spann dir lieber ein Pferd ein!«, wie das anfangs üblich war. Frank jedoch war noch nie in einem Motorfahrzeug gesessen, obwohl er oft genug den Schlager gesungen hatte: »In my Oldsmobile!« Und nun war dieser Wagen tatsächlich ein Oldsmobile, und er war tatsächlich zu einer Fahrt eingeladen worden. Ungläubig und voll Staunen — er hatte sich ja mit keinem der Nachbarn näher angefreundet —, kletterte er auf den hohen Hintersitz des Fahrzeugs, hielt sich atemlos auf beiden Seiten fest und wurde mit einer Geschwindigkeit von ganzen 20 Stundenkilometern durch die Straßen gefahren. Der Wagen rollte ruhig dahin, wenn auch aus seinem Innern gelegentlich unheimliches Knattern und Quietschen drang, und bald schon saß Frank aufrecht und stolz und begeistert auf dem Sitz und betrachtete die Häuser, die so schnell an ihm vorüberzogen.

Dieser Ausflug war für ihn viel aufregender als die Ermordung des österreichischen Thronfolgers und seiner Gemahlin. Die Welt wand sich in schrecklichen Zuckungen, Frank aber träumte tagelang von seiner Fahrt mit dem Automobil. Die schlechten Nachrichten in den Zeitungen störten ihn weniger als das neue Lied »Auf dem Pfad der einsamen Fichte«. Stundenlang brütete er vor sich hin, aber nicht aus Aufregung über die Tatsache, daß England Deutschland den Krieg erklärt hatte, sondern aus Ärger über die rührselige Melodie.

Die Deutschen marschierten in Belgien ein, Frank aber las auf Anregung Pauls *»Pollyanna«* und hatte wiederum Anlaß, sich zu ärgern.

Schließlich aber drang die Aufregung seiner Eltern, ihr ungeduldiges Verschlingen der Zeitungen, doch auch in sein Bewußtsein. England war in Gefahr. Irgend jemand, »dieser dreckige Kaiser«, hatte es gewagt, England seine Vormachtstellung streitig zu machen. Während der Mahlzeiten bei seiner Großmutter wurde von nichts anderem gesprochen. Mr. Farley sagte zwar nicht viel, aber seine Augen funkelten zornig. Er haßte die Deutschen, denn die Deutschen in Bison schürten lange schon auf gefährliche Weise die Feindseligkeit und das Mißtrauen der

Bevölkerung gegen die Katholiken der Stadt. Die Katholiken waren bereits in ernster Sorge wegen der Rücksichtslosigkeit, mit der sie vorgingen. Mehr als einmal war es vorgekommen, daß ein Kind, das aus seiner katholischen Pfarrschule kam, von einer Bande zusammengeschlagen wurde. Mehr als ein Priester, der zur Dämmerstunde betend und meditierend in seinem Garten auf und ab ging, war von Steinen verletzt worden, die Rowdies nach ihm geworfen hatten. Aber obwohl Mr. Farley die Deutschen haßte, wie nur ein Kelte die Teutonen hassen kann, ärgerte er sich über die fanatischen Ausbrüche der Clairs — Mutter, Sohn und Schwiegertochter. »Wenn man denen zuhört«, sagte er oft, »könnte man meinen, niemand anderer hätte ein Recht zu existieren als die Engländer; und jeder, der die Engländer nicht leiden kann oder sie nicht für Gottes auserwähltes Volk hält, sei ein Verbrecher oder ein Narr.«

Mr. Farley betete aus ganzem Herzen, daß die Deutschen besiegt und vernichtet würden, und hoffte inständig, daß damit die ansteigende Haßwelle gegen die Katholiken in Amerika ein Ende fände. Ebenso inständig aber hoffte er, daß die Engländer zuerst noch einen ordentlichen Denkzettel erhielten, damit sie einmal das Fürchten lernten und etwas von ihrer Überheblichkeit verlören. Seinem Gefühl nach war England durchaus stark genug, dem Kaiser den Todesstoß zu versetzen, und er ärgerte sich über Francis' Verlangen, Amerika möge Deutschland sofort den Krieg erklären. »Wenn Amerika nichts tut, werden die Heinis bald das ganze Land überschwemmen«, prophezeite Francis mit düsterer Miene.

Mr. Farley war überzeugt, daß die Amerikaner mutig genug und stark genug waren, um eine solche Katastrophe zu verhindern, und er sprach das auch aus. Sein Benehmen war so schroff, daß Francis erschrak und beschloß, fürderhin in Gegenwart seines Arbeitgebers nicht mehr über den Krieg zu reden.

Zu Hause sprachen die Clairs über nichts anderes mehr. Als der erste Zeppelin London überflog und die ersten Bomben fallen ließ, rannten sie umher wie Küken, über denen ein Habicht kreist.

Große Erregung bemächtigte sich der Amerikaner bald nach Ausbruch des Krieges, als Teddy Roosevelt »sofortiges Handeln« verlangte. Mr. Wilson dagegen riet schüchtern zu Geduld. Der Kongreß befaßte sich in einer hitzigen Debatte mit der Situation.

Und dann, im September, bekam auch Frank den Krieg zu spüren.

Die Deutschen in Bison traten in Aktion. (Später dann, im April 1917, hißten sie deutsche Fahnen genau an dem Tag, an dem Amerika Deutschland den Krieg erklärte.) Mit allen Mitteln versuchten sie, Haß gegen England und Sympathien für Deutschland zu erwecken. Sie fanden ihre Mitläufer unter den Polen, aber vielfach auch unter den Iren, die Deutschland weniger fürchteten, als sie England haßten. Glücklicherweise befanden sich die Familien britischer Abstammung noch in der Mehrzahl, und die Hetzkampagne der fremden Teutonen verminderte nur unwesentlich die allgemeine Sorge und Angst und Liebe zu England in der Stadt Bison. Dann begannen die Italiener, die den Engländern immer gut gesinnt waren und erkannt hatten, daß sie ihre einzigen Freunde auf der Welt waren, sich in Straßenschlachten mit den bulligen Deutschen einzulassen, und oft gingen sie wider Erwarten als Sieger aus diesen Schlägereien hervor.

Die Schule Nummer 18 wurde von einer großen Zahl deutsch-amerikanischer Kinder besucht, die zwar in Amerika zur Welt gekommen waren, sich diesem Land aber niemals zugehörig fühlen konnten oder wollten. Ihr Englisch war mit deutschen Ausdrücken vermengt, und sie sprachen es mit leichtem aber doch merkbarem Akzent. Franks Leben in der Schule, das ja nie glücklich, nie sorglos gewesen war, wurde bald ganz unerträglich. Wieder einmal sah er ein, daß er sich verteidigen mußte. Solange ihn die deutschen Schüler nur »verfluchter Engländer« schimpften, ignorierte er sie. Als aber diese mündlichen Beleidigungen in tätliche Angriffe überzugehen drohten, machte er sich kampfbereit.

Er brauchte nicht lange zu warten.

An einem blaugoldenen Tag im Oktober entlud sich der Haß, der ihn verfolgte, in einer gewalttätigen Auseinandersetzung. Er und Paul Hodge hatten die Schule um ein Viertel nach vier in der festen Annahme verlassen, daß die Straßen von ihren Quälgeistern frei sein würden. Plötzlich entdeckten sie, daß eine Bande von jungen Deutschamerikanern sie erwartete. Die Jungen waren alle groß und stämmig und trugen finstere Mienen zur Schau. Die borstigen Köpfe drohend vorgeschoben, die Hände in den Taschen zu Fäusten geballt, standen sie da. Wie immer hatten es die Teutonen auf einen unfairen Kampf abgesehen. Alle fünf, so war es ausgemacht, sollten sich auf einmal auf die beiden Knaben stürzen.

Frank und Paul blieben stehen, als die anderen ihnen den Weg verstellten. Und plötzlich, obwohl noch nichts gesagt oder getan war, prickelte Franks Haut, die Haare auf seinem Hinterkopf stellten sich auf, und er wurde eiskalt. Paul schien wie immer teilnahmslos. Er betrachtete die deutschen Jungen mit Abneigung, spürte aber nichts von der Spannung, die in der Luft lag. Dann machte einer der Deutschen den Mund auf.

»Du dreckiger — du dreckiger, verfluchter Engländer!«

Frank erwiderte nichts, Paul zuckte die Achseln. »Geht aus dem Weg«, sagte er mit seiner klaren, hohen Stimme.

Die Deutschen brachen in schweinisches Gelächter aus, und einer von ihnen ahmte Pauls Stimme mit erstaunlicher Geschicklichkeit nach. Paul wurde dunkelrot. Er ballte die Fäuste, tat aber keinen Schritt vorwärts.

»Du bekommst einen Tritt in den Hintern, daß dir Hören und Sehen vergeht, du dreckiger Engländer!« erklärte einer der Rowdies.

Frank sagte ruhig: »Einer nach dem anderen — dann will ich's euch schon zeigen.«

Aber darauf ließen sich die Deutschen natürlich nicht ein. Einer nach dem anderen bezog womöglich Prügel! Ihre Hoffnung lag in ihrer Übermacht. Sie gingen mit geballten Fäusten auf Frank zu, der sich noch immer nicht bewegte, weder vorwärts noch rückwärts.

Nicht einmal Frank bemerkte, daß Paul sich rasch bückte und einen Schuh auszog, den er dann bei den Zehen packte und als Waffe hinter Frank bereithielt. Auch die anderen sahen es nicht. Was sie betraf, hatte Paul mit der Sache nichts zu tun. Sie verachteten ihn, aber er interessierte sie nicht. Ihre ganze Aufmerksamkeit galt dem jungen Engländer, den sie so schwer wie nur möglich verletzen wollten. Sollte sich Paul wider Erwarten einmischen, würde man ihn sofort ausschalten. Nichts an seinem Benehmen hatte je darauf hingedeutet, daß er sich an einer Schlägerei beteiligen würde.

Ein Junge war der Anführer. Abrupt trat Frank auf ihn zu und stieß ihm den Fuß mit aller Gewalt gegen das Schienbein. Der Bursche heulte auf, krümmte sich und hüpfte vor Schmerz jaulend auf dem Gehsteig herum. Er war, zumindest für eine Weile, als Angreifer ausgeschaltet.

Die vier übrigen Deutschen waren so verblüfft über den Überraschungsangriff, daß sie einen Augenblick zögerten. Einer bückte sich nach einem großen Stein. Dann drangen sie auf Frank ein.

Er schlug mit Händen und Füßen um sich und benützte seinen Kopf als Rammbock. In diesem unfairen, gemeinen Kampf war ihm jedes Mittel recht. Er wehrte sich mit seinen spitzen Ellbogen, mit dem Gewicht seiner Schultern. Aber er war nicht übermäßig kräftig und spürte außerdem wieder den lähmenden Schmerz in der Brust. Seine Arme wurden gefühllos, er ließ sie einen Augenblick fallen und keuchte laut. Einer der Deutschen benützte die Gelegenheit und versetzte ihm einen kräftigen Stoß in den Bauch.

Franks Nase hatte einen Schlag erhalten, und das Blut floß ihm über das Kinn. Sein Kopf dröhnte von der Wucht des Steines, der darauf niedergesaust war. Er sah nichts mehr, vor seinen Augen tanzten Funken und Sterne. Der Schmerz in der Brust wurde unerträglich.

Da hörte er einen lauten Schrei. Er schüttelte den Kopf, um ihn vom Nebel zu befreien, und entdeckte, daß seine Angreifer zurückgewichen waren. Paul wütete unter ihnen mit seinem Schuh, den er als schreckliche Waffe in den Händen schwang. Zwei Jungen hatte er schon getroffen, sie standen abseits und hielten sich die Köpfe. Ein anderer wich an den Rand des Gehsteigs aus und rieb sich jammernd das Handgelenk. Paul hatte sich gerade dem ältesten und stärksten zugewandt und schlug mit dem Absatz des Schuhes in einer Art wilden, wollüstigen

Freude auf seinen Kopf ein. Dann stieß er einen unmenschlichen Schrei aus, packte den Jungen mit seinen Händen, als wären es Krallen, und versenkte die Zähne tief in seinen Hals.

Entsetzen erfaßte den Deutschen. Einige Augenblicke stand er ganz ruhig, den Mund geöffnet, die Augen hervorquellend. Dann versuchte er verzweifelt, sich loßzureißen. Seine Hände zerrten hilflos an Pauls Schultern und Armen. Er begann zu brüllen und warf seinen Körper in panischer Angst hin und her.

Nun wachte auch Frank wieder auf. Das Stechen in seinem Herzen hatte nachgelassen. Er sah den Schuh in Pauls Hand und griff danach. Unwillkürlich ließ Paul ihn los. Frank drang damit auf die jammernden Deutschen ein, die sich immer noch die Köpfe hielten. Er schlug auf sie los, während sie immer weiter zurückwichen, und selbst als sie sich umdrehten und flohen, verfolgte er sie noch einen halben Häuserblock weit. Dann kehrte er zu dem einen zurück, der am Gehsteigrand stand, sich die Arme schützend vor den Kopf hielt und schluchzte: »Tu's nicht! Bitte, tu's nicht. Ich hab's ja nicht bös gemeint — es war nur Spaß!«

Frank versetzte ihm einen so kräftigen Stoß, daß er hintenüber in die Gosse fiel. Dann wandte er sich dem Jungen zu, dessen Hals Paul immer noch mit wildem Biß festhielt. »Laß ihn los«, sagte er und packte Paul fest an der Schulter.

Paul, der nun am ganzen Körper zitterte, gehorchte. Er trat einen Schritt zurück. Sein Mund war blutverschmiert, und seine Augen, ein einziges grünes Gefunkel, waren die eines Wahnsinnigen. Er zitterte so heftig, daß er sich kaum auf den Beinen halten konnte.

Frank schlug dem letzten Deutschen den Schuh auf den Kopf und versetzte ihm dann noch einen Kinnhaken. Der Junge fiel vornüber auf den Gehsteig.

Niemand hatte den Kampf beobachtet, der kaum zehn Minuten gedauert hatte.

Frank wandte sich Paul zu, der keuchend und zitternd dastand und auf die geschlagenen Feinde hinunterstarrte. »Das genügt«, sagte Frank befriedigt. »Es wird ihnen eine Lehre sein.«

Paul fuhr herum. Er sah Franks blutiges Gesicht. Sein Mund zitterte. Er zog sein sauberes weißes Taschentuch heraus und wischte Frank das Blut von der Nase. »Am liebsten hätte ich sie umgebracht«, sagte er heiser. »Warum hast du mich nicht lassen? Ich hätte ihn getötet.«

Frank lächelte und nahm seinen Freund am Arm. »Ich glaube, es genügt. Sie werden uns nicht wieder belästigen. Mein Vater sagt, daß die Deutschen Feiglinge sind. Sie kämpfen nur, wenn sie in der Überzahl sind. Ich glaube nicht, daß sie uns noch einmal angreifen werden.«

Sein Herz wurde ganz weit vor Dankbarkeit und Liebe. Dies war nicht Pauls Kampf gewesen, Paul war nur zu seiner Verteidigung geeilt. Er hakte sich bei seinem Freund unter, und gemeinsam gingen sie weiter.

Die Nachricht von der Schlägerei verbreitete sich wie ein Lauffeuer in der ganzen Schule. Frank behielt recht. Er und Paul wurden nie wieder angegriffen.

XXIV

Dies war das letzte Jahr von Franks Kindheit und zumindest in einer Beziehung sein glücklichstes.

Er reifte zum Jüngling heran, und seine Begeisterung für die Schönheit dieser Erde nahm weiter zu. Der Krieg dauerte nun schon sieben Monate, und die Welt versank immer mehr in Elend und Entsetzen. Die Menschheit erkannte, fühlte instinktiv, daß ein Zeitalter zu Ende ging. Die Wirtschaftskrise von 1913—1914 war durch den Krieg in Europa überwunden worden, mit Feuereifer produzierten die amerikanischen Fabriken die Munition des Todes, und die jungen idealistischen, noch nicht enttäuschten Amerikaner blickten mit glänzenden Augen über den grauen Atlantik. Im angelsächsischen Süden pulsierte die Feindschaft gegen Deutschland besonders heftig in den Adern der Menschen. Als die Deutschen verkündeten, sie hätten die Britischen Inseln mit einem Unterseebootgürtel umgeben, veröffentlichte Mr. Wilson seine *Note of Strict Accountability,* die feierliche Versicherung, daß man sich auf Amerikas Unterstützung verlassen könne. Am 7. Mai wurde der Krieg der *»Lusitania«* zum Schicksal — hunderte neutraler Amerikaner fanden bei ihrem Untergang den Tod. In Nicaragua gab es große politische Schwierigkeiten. Dennoch waren Frieden und Sicherheit Amerikas noch nicht unmittelbar bedroht.

Der Krieg kam Frank, der nun fünfzehn war, immer noch unwirklich und unwichtig vor. Er entdeckte sich selbst als menschliches Wesen, das sich langsam zu einer reifen Persönlichkeit, zu einem Mann entwickelte. Die Welt trat unmittelbar an ihn heran — ein Traum von ruhmreichen Abenteuern, an dem er bald teilhaben würde, um sich zu bewähren und auszuzeichnen.

Zu seinen liebsten Schlupfwinkeln gehörte die alte Kirche »Zur Geburt Christi« in der Albany Street. Nichts konnte Paul dazu bewegen, diese Kirche zu betreten, und so ging Frank immer allein hinein, während Paul sich mißmutig draußen herumtrieb und auf ihn wartete.

An einem schönen Tag im Mai kamen sie wieder an der Kirche vorbei, und Frank fühlte das Bedürfnis, hineinzugehen. Paul weigerte sich standhaft, mitzukommen; er ging in einen kleinen Park auf der anderen Straßenseite und wartete dort. Die Kirche war düster und von zartem, lavendelblauem Schatten erfüllt, in den die sonnigen Fenster wie feurige, farbenprächtige Edelsteine eingelassen waren. Frank sah die Statuen, die schneeweiß im Halbdunkel glänzten. Er sah weit vorne den Altar und das flackernde Licht. Er wußte wenig über den katholischen Glauben, aber irgend etwas an diesem Raum erfüllte ihn mit Ehrfurcht und Respekt. Die Kirche gehörte keiner reichen Pfarrei, und doch fand man hier soviel edle Schönheit. Frank ging die Kreuzwegstationen entlang; er blieb vor den Seitenaltären stehen, die Maria und Joseph geweiht waren; er sah den Halbkreis goldener Kerzen in der Dunkelheit. Und oft schon war er vorgegangen zum Hauptaltar, wo das Ewige Licht brannte. Da kniete er dann auf den roten Teppichstufen und blieb dort lange Zeit, versunken in ziellose Meditationen. Stille umgab ihn, die nur hie und da von einer leisen Kniebeuge oder dem Klang der Perlen unterbrochen wurde, die ein Besucher in einem der dunklen Kirchenstühle durch die Finger gleiten ließ.

Sie gefiel ihm, diese offene Kirche, die nicht nach dem Gottesdienst am Sonntag ihre Pforten schloß, um sie erst am Sabbat wieder zu öffnen. Hier warteten die Kirche und Gott immer auf die Menschen und hielten Trost und Stille und Güte für sie bereit.

Als er noch kleiner war, hatte Maybelle ihn manchmal in eine Baptistenkirche geschickt, die von dieser katholischen Kirche nicht weit entfernt lag, aber er war nicht sehr oft hingegangen. An solchen Sonntagen hatte er seine Bibel unter den Arm geklemmt, sich die Kleider glattgestrichen und war mit tiefem Seufzer zur Sonntagsschule aufgebrochen. Er war durch endlose, menschenleere Straßen gewandert, wo die Häuser wie Grabmale im Sonnenlicht lagen. Einige »chinesische« Glasornamente klingelten schwach in der leichten Brise auf verlassenen Veranden, und die Bäume rauschten leise. Das Holztor der Kirche knarrte, die Orgel setzte stöhnend ein, während die Gläubigen eintraten. Der Chor stimmte eine jener primitiven, melodienarmen Hymnen an, die für protestantische Gottesdienste so typisch sind. Ein halbgebildeter Prediger sprach tonlos brummend und endlos lang über ein Thema, das mit Gott und der Wirklichkeit des Lebens so wenig zu tun hatte wie das Brummen einer Fliege an der Fensterscheibe.

Frank sollte sich in seinem Leben noch oft langweilen, nie mehr aber langweilte er sich so abgrundtief, so hoffnungslos wie in dieser Kirche. Von all dem Überdruß, den Dummheit und geistige Leere ihm bereiteten, reichte keiner an die Stunden in der Kirche heran, und nichts versetzte ihn je wieder in so stumpfsinnige, tödliche Apathie. Nur gelegentlich belebte der Prediger seine Ausführungen, indem er wütend die römisch-katholische Kirche angriff, und seine Ausfälle gegen »die Hure Babylon auf ihrem scharlachroten Tier« erweckten in der schläfrigen Versammlung die erste Gefühlsregung. Nicht einmal seine Brandreden gegen den »Dämon Alkohol«, gegen Männer, die fluchten und rauchten, und Damen, die ihre Knöchel zeigten, gegen alle, die den

Sabbat entheiligten, konnten solche Aufmerksamkeit und Freude erwecken. Die Gesichter glühten vor unterdrücktem, fanatischem Haß, Hände zitterten wollüstig, Münder öffneten sich zu verzücktem Lächeln.

Dann entdeckte Frank die Kirche »Zur Geburt Christi« und besuchte oft das Hochamt dort, während seine Eltern ihn bei den Baptisten glaubten. Hier erlebte er Majestät, Geheimnis, erhabene Musik, kraftvolle Gesten und buntes Gepränge. Der Priester hatte nicht viel Wesentlicheres zu sagen als der Prediger drüben, aber seine Ansprachen waren kurz, und die restliche Zeit war alles feierlich bewegt, erhebend, eindrucksvoll. Er entdeckte, daß die katholische Kirche den nach Schönheit hungernden Massen, die sich in düsteren Fabriken und staubigen Läden abrackerten, ein Schauspiel voll Glanz und Wärme und leidenschaftlichem Gefühl bot.

Langsam begann er diese Dinge zu verstehen, und er verstand sie immer besser, je öfter er die Kirche »Zur Geburt Christi« besuchte. An jenem warmen Maitag aber — während Paul in dem kleinen Park auf ihn wartete — empfand er die Wirkung dieser Religion ganz besonders stark.

Er sah, daß mehrere Frauen dicke Kerzen in kleinen roten Gläsern entzündeten. Er trat zu ihnen und entnahm ihrem Flüstern, daß diese Kerzen zum Gedenken an die Toten brannten. Er stand ganz still, und unbeschreibliche Gefühlserregung erfaßte ihn, während er das Flackern der vielen kleinen Flammen beobachtete.

Er sah die Geister der Toten vor sich und sah, wie ihre starren, lehmgefüllten Augen von den kleinen Lichtern beleuchtet wurden. Er sah, wie diese Augen sich öffneten, glänzten, sich mit Tränen füllten, weil man sich ihrer erinnerte, weil ihre Liebe nicht vergessen war. Beim Schein dieser Kerzen taten sie einen weiteren Schritt der ewigen Sonne entgegen, und die Dunkelheit um sie wich zurück.

Er kannte das Dogma von der Hölle. Er dachte an die Seelen in der Hölle, die nie ein Licht sehen, sich niemals aus Dunkelheit und Qual erheben würden. Das schien ihm das Allerschlimmste! Er blickte auf die Kerzen, die noch darauf warteten, entzündet zu werden, und auf die Geldbüchse, die daneben stand. Er hatte kein Geld. Er wartete, bis die Frauen sich verliefen und nur die kleinen goldenen Flammen noch vor ihm tanzten. Dann nahm er ein paar Kerzen, entzündete sie und flüsterte: »Für die Seelen in der Hölle, damit ihr Weg hell wird.« Er war ganz fest und zuinnerst davon überzeugt, daß sie die Lichter sahen und nun ihren ersten Schritt zurück zu Gott tun konnten. Und es schien ihm nur richtig, daß die Lichter, die ihnen den Weg weisen sollten, gestohlene Lichter waren, und daß er sie durch seine Sünde gerettet hatte.

Er hatte schon früher in seinem Leben Mitgefühl empfunden, aber dieser kleine Akt des tätigen Mitleids in der Kirche erfüllte die Luft, die ihn umgab, mit unbeschreiblich herrlichem Duft wie eine Blume, die plötzlich voll erblüht. Er kniete sich vor den großen Altar, und tieferer Frieden überkam ihn als je zuvor, und zum erstenmal schwor er, den Verlorenen und Trauernden zu helfen, den Verlassenen und Hoffnungslosen, den Leidenden und Blinden und Verzweifelten, den Verfolgten und Ausgebeuteten und allen, die weder die Freude Gottes noch die Liebe der Menschen kannten.

Und während er so kniete, blickte er auf seine Finger und flüsterte: »In meine Hand!« Er fühlte eine geheimnisvolle Berührung, eine Weihe, eine Salbung. Er wußte, daß er einen Auftrag erhalten hatte, jenseits aller Vernunft und aller Worte.

Als er Paul im Park abholte, war es sein erster Impuls, ihm von seinem Erlebnis zu erzählen, von seinem Mitleid und seiner Liebe. Aber als er Pauls blasses, verschlossenes Gesicht sah und den Blick, den er den spielenden Kindern zuwarf, verstummte er.

Nachdem er sich von Paul verabschiedet hatte, lief er schnell zu dem großen Haus, wo er die kleine Jessica getroffen hatte. Er sah durch das Gittertor auf die leere Auffahrt. Er spazierte entlang der niedrigen grauen Mauer auf der Straße auf und ab. Eigentlich erwartete er gar nicht, das Mädchen zu Gesicht zu bekommen, aber er sehnte sich nach etwas, das er nicht erklären konnte. Er wußte gefühlsmäßig, daß Jessica das mit den Kerzen und den Toten in der Hölle verstanden hätte. Er faßte die Gitterstäbe und rüttelte daran, aber das Tor war versperrt.

Dennoch ging er getröstet fort. Eines Tages würde er Jessica wiederfinden und würde mit ihr alle die Dinge besprechen, über die er mit Paul nicht sprechen konnte. Aus irgendeinem Grund konnte er seinem Freund nicht alles erzählen. Es gab da eine Schranke, die er sich in seiner Unerfahrenheit nicht erklären konnte. Aber zwischen ihm und Jessica würde es keine Schranke geben, das wußte er genau, auch wenn er nicht hätte sagen können, warum.

Selbst als er nicht mehr zu dem stillen Haus ging, fühlte er noch lange Zeit den Trost, den es ihm schenkte. Selbst als er später seine Begegnung mit Jessica für einen Traum zu halten begann, war er nicht unglücklich, sondern wartete weiterhin hoffnungsvoll vertrauend. Selbst als er das Haus schon vergessen hatte, blieb ihm noch der Trost und die Hoffnung.

Im Juni teilte Miß Bendy Frank freudestrahlend mit, daß er sich nicht nur in Englisch und Geschichte ausgezeichnet hatte, sondern auch in Staatsbürgerkunde, Grammatik und Mathematik gut durchgekommen war.

»Ich habe ja gewußt, daß du es schaffst!« rief sie. »Ich habe gewußt, daß du dir meine Worte zu Herzen nehmen wirst. Ich habe getan, was ich konnte, nicht wahr? Ich habe dich davon überzeugt, daß es für dich beinahe ebenso wichtig ist, andere Gegenstände zu beherrschen, wie in Englisch und Geschichte gut abzuschneiden. Ja! Schließlich ist Bildung keine einseitige Angelegenheit, eine kopflastige Struktur fällt unweigerlich um. Wie kannst du ein Schriftsteller werden, wenn du außer Schreiben nichts kannst und weißt? Ein guter Schriftsteller muß jedenfalls eine gute Allgemeinbildung haben.«

Sie sah ihn feierlich an, und ihr rundes, faltiges Gesicht strahlte. »Und nun hast du die neunte Klasse geschafft. Du wirst die Oberschule besuchen und dann ein College. Hoffentlich lebe ich lang genug, um sagen zu können: ›Dieser wunderbare Schriftsteller war einmal mein Schüler, und ich durfte zu seinem Erfolg ein klein bißchen beitragen!‹«

Sie lächelte ihm zu und bemerkte nun erst, wie dunkel seine Augen waren und wie kummervoll er sie anblickte. Sie fragte schnell: »Was ist denn los, Frank?«

»Ich gehe nicht auf die Oberschule«, stammelte er. »Und auch nicht aufs College. Mein Vater sagt, ich muß arbeiten.«

Sie war entsetzt. »Aber das muß ein Irrtum sein! Ich habe doch mit deiner Mutter gesprochen, und sie hat völlig eingesehen, daß du eine gute Ausbildung brauchst. Ich war der Meinung, das sei alles längst erledigt und abgemacht!«

Er wetzte unruhig hin und her. »Nein, Miß Bendy.« Ein Klumpen würgte ihn im Hals, und es dauerte einige Augenblicke, bis er wieder sprechen konnte. »Ich b—bin fast sechzehn. Meine Eltern brauchen das Geld. Ich k—kann mir vielleicht Bücher aus der Bibliothek holen und weiterlernen. Ich bekomme jetzt schon meine Arbeitspapiere, weil ich die neunte Klasse abgeschlossen habe.« Er schwieg. Die Stimme versagte ihm.

Miß Bendy preßte ihre plumpen Finger aneinander, und in ihrem Herzen entbrannten Kummer und Zorn und Haß gegen Franks Eltern.

Sie versuchte trotzdem, vernünftig weiterzusprechen. »Deine Eltern brauchen das Geld nicht, das weiß ich. Dein Vater verdient sehr gut; ich kenne Mr. Farley, für den er arbeitet. Dein Vater — er verdient jetzt vierzig Dollar die Woche, und wie ich höre, ist er sehr sparsam. Er könnte dich ohne weiteres auf ein College schicken.«

Frank sagte mit zitternden, blutleeren Lippen: »Er wird es nicht tun. Er spart, soviel er nur kann, damit wir nach dem Krieg nach England zurückkehren können.« Er starrte vor sich hin. »Ich will aber nicht nach England zurück. Dies ist mein Land, ich liebe Amerika. Hier möchte ich leben und arbeiten und sterben. Es ist meine Heimat.«

»Aber natürlich, Frank«, sagte Miß Bendy geistesabwesend. Dabei sprach sie sich selber gut zu: ich muß an meinen Blutdruck denken! Sie fuhr fort: »Soll ich mit deinen Eltern reden? Vielleicht kann ich sie noch umstimmen?«

Aber in seine Augen trat nackte Angst. »Nein! Sie würden nur mir die Schuld geben! Ich—ich glaube, es ist besser, wenn wir nicht mehr darüber sprechen.«

Er nahm seine Mütze und wandte sich zum Gehen, sie aber packte ihn am Arm und zwang ihn, sie anzusehen. Dann sprach sie langsam und eindringlich: »Vielleicht sehe ich dich niemals wieder, Frank. Aber eines darfst du nie vergessen, keinen Tag deines Lebens. Gott hat dir ein herrliches Talent geschenkt. Wage nicht, es zu vergeuden. Wage es ja nicht! Es wäre eine ganz große Sünde. Du mußt dich auf irgendeine Art weiterbilden. Vielleicht kannst du Abendkurse besuchen — ja, das könntest du! Es wird furchtbar schwer sein, aber du mußt durchhalten! Es wird schrecklich lang dauern, schrecklich lang, aber es zahlt sich aus! Frank, sieh mich an: es zahlt sich aus!«

Er gab keine Antwort. Sie ließ seinen Arm los und sah ihm nach, wie er davonlief.

XXV

Noch im Juni bekam Frank seine Arbeitserlaubnis und fand einen Posten in einer kleinen Fabrik in der Ellicot Street, der ihm sechs Dollar einbrachte. Dafür mußte er sechs Tage in der Woche von halb acht Uhr früh bis sechs Uhr abends arbeiten. Seine Mutter nahm ihm fünf Dollar und fünfzig Cents ab, gab ihm das Geld für die Fahrt und richtete ihm ein Lunchpaket zum Mitnehmen. Die restlichen fünfzig Cents gehörten ihm.

In der Fabrik wurden kleine Broschüren gedruckt und zusammengeheftet und später um Zahnpastatuben gerollt. Franks Platz war an einer großen Maschine, die Massen solcher Broschüren ausspuckte. Er mußte sie zählen, heften und in Kartons legen. Eine Pause gab es nicht. Seine Welt war jetzt diese dröhnende, unpersönliche Maschine, die Schachteln, seine schmerzenden Arme, seine müden Füße, sein steifer Rücken und manchmal der bohrende Schmerz in der Brust. Er wagte es nicht, auch nur einen Augenblick zu verschnaufen, sonst ging die Kiste über, in die die Heftchen fielen, und der Werkmeister erschien sofort wie ein rächender Dämon, beschimpfte ihn heftig und drohte mit Entlassung.

Aber ihm war das alles gleichgültig. Seine Seele war eine offene, zuckende, blutende Wunde. Der erste und in vieler Hinsicht schlimmste Schicksalsschlag hatte ihn getroffen, und er war voll Verzweiflung und Kummer.

Gordon Hodge hatte triumphierend ein Stipendium für ein College in einer kleinen Stadt im Süden des Staates erhalten. Die Familie Hodge hatte ihre wenigen Habseligkeiten zusammengepackt und war dem erfolgreichen Sohn gefolgt.

Nie vergaß Frank den Tag, an dem er seinem ersten Freund Lebewohl sagen mußte. Bis zu seinem Lebensende erholte er sich nie gänzlich von jenem Abschied. In dieser Stunde hörte er auch auf zu schreiben und schrieb viele Jahre keine einzige Zeile.

Wenn er wenigstens die leiseste Ahnung gehabt hätte, den geringsten Hinweis auf die bevorstehenden Ereignisse! Aber nichts, gar nichts an jenem heißen Abend im August bereitete ihn auf den schrecklichen Verlust vor, den er erleiden sollte.

Er arbeitete schon etwa zwei Monate in der Fabrik. Jeden Morgen rannte er in der feuchtkühlen Dämmerung der Straßenbahn nach, die nur in unregelmäßigen Abständen verkehrte. Jeden Mittag löste er sich von der Maschine, schweißnaß, mit zitternden Händen und Knien und schmerzhaft pochendem Herzen. Jeden Abend verließ er den Betrieb auf Füßen, die so müde waren, daß sie sich wie Holz anfühlten. Kurz vor sieben Uhr kam er nach Hause. Wie Maybelle ihrem Gatten und Sohn versicherte, war ihr Gesundheitszustand so schlecht, daß sie die Arbeit des Tages nicht allein verrichten konnte. Und so war es Franks Pflicht, noch das Teegeschirr abzuwaschen und die Küche in Ordnung zu bringen. Um acht Uhr war er gewöhnlich mit allem fertig. Die entzündete Haut von juckendem Schweiß bedeckt, lief er dann los, um Paul zu besuchen.

Das war die Krönung des Tages, der abendliche Regenbogen nach einem Gewittersturm von Schmerz und Qual. Die Pubertät mit ihren Problemen trat sehr spät an ihn heran — so abgelenkt war sein Geist durch seine dichterische Arbeit, die vollen, stets zu kurzen Tage, seine Träume und Hoffnungen. Die jungen Mädchen, die er sah, regten ihn noch wenig auf; höchstens betrachtete er sie als goldene Wesen, die in der Zukunft auf ihn warteten. Er hatte sie nie kennengelernt, die Vergnügungen anderer Jungen, die fröhlichen Gruppen auf warmen, sommerlichen Veranden, die gemeinschaftlichen Picknicks, das gemütliche Beisammenhocken in Drugstores bei einem Soda, die Besuche in Tanzlokalen, die Parties bei befreundeten Familien. Seine Menschenscheu, sein Mangel an Taschengeld, die abweisende Haltung der anderen Leute, die er seiner schäbigen Kleidung und der Unfreundlichkeit seiner Eltern gegen ihre Nachbarn verdankte, hatten es ihm unmöglich gemacht, auch nur ein Mindestmaß jener Freuden zu genießen, die seinem Alter vorbehalten sind. Auch hatte er in Paul Hodge den einzigen Altersgenossen gefunden, mit dem er sprechen konnte und der ihn verstand. Frühreif und unreif zugleich, fühlte er sich weder unter Erwachsenen noch unter Jugendlichen wohl. Sein Verstand und seine Empfindungen waren die eines Mannes, und daher fand er die Gesellschaft jener wenigen Jungen, die ihn freundlich aufgenommen hätten, hohl, unproduktiv und ermüdend. Da er jedoch wie ein Kind aussah, schenkten ihm die Älteren keine Beachtung.

Und so eilte er denn jeden Abend zu seinem Bruder Jonathan. Erst wenn er Paul sah, ließ die angestaute Qual des ganzen Tages nach. Da war er wieder glücklich, gesprächig, interessiert und unternehmungslustig. Paul arbeitete natürlich nicht. Er verbrachte seine Tage, indem er viel las, das elende kleine Haus oberflächlich sauberhielt und träumte. Wenn die beiden zusammentrafen, sahen sie sich schweigend und lächelnd an, ihre Gesichter erhellten sich, und dann fingen sie gleichzeitig zu reden an. Sie saßen auf der Stiege vor dem Haus, wo die warme Abendluft sie umspielte, die Bogenlampe an der Ecke flackerte und die dunklen Bäume im Abendwind säuselten. Sie plauderten oder blieben auch eine ganze Weile nur still und zufrieden sitzen. Manchmal gingen sie in den kleinen Laden an der Ecke, und Frank kaufte zwei Tüten Eis, die sie dann genießerisch bis zum letzten süßen Tropfen schleckten.

Nein, es gab nicht die geringste Vorwarnung, nicht den kleinsten Hinweis auf das hereinbrechende Unglück. Auch an jenem Abend im August beeilte sich Frank, zu seinem Freund zu kommen. Die letzten Strahlen der untergehenden Sonne lagen noch wie erlöschendes Feuer auf den hohen Baumwipfeln. Die Straßen waren in angenehm kühlen, violetten Schatten getaucht. Auf jeder Veranda knarrten Schaukelstühle, flüsterten die müden, leisen Stimmen derer, die sich von des Tages Hitze erholten. Fern im Osten sah man Wetterleuchten, aber im Westen ging der Abendstern silbern und still über einem rosigen Himmel auf.

Frank hatte vor, heute von den Abendkursen zu erzählen, die er im Herbst belegen wollte. Er hatte herausgefunden, daß er jeweils die erste Unterrichtsstunde versäumen mußte, weil er erst so spät aus der Fabrik kam. Er beschloß, Paul um seinen Rat zu fragen. Sein grobes blaues Arbeitshemd war feucht unter den Achseln und rund um den zerknitterten, offenen Kragen. Seine schäbige Hose klebte an den Beinen. Seine Füße brannten wie Feuer. Aber er beachtete das alles kaum; er hatte es ja so eilig, zu Paul zu kommen.

Das kleine Haus war hell erleuchtet. Das allein war schon seltsam, denn Edward Hodge vermied es peinlich, Gas zu verschwenden. Paul erwartete ihn schon auf der Stiege vor dem Haus, erhob sich aber nur langsam, nicht wie sonst voll Eifer und Wiedersehensfreude. Frank ließ sich neben ihm auf die Treppe fallen und wischte sich mit einem schmutzigen Taschentuch das Gesicht ab. »Puh«, rief er, »war das eine Hitze heute! Ich hab geglaubt, ich klapp zusammen, bevor es noch sechs ist!«

Aus einem Nachbarhaus hörte man Krachen und Quietschen, und dann ertönte die schrille, durchdringende Stimme eines Mannes aus einem Grammophon. »Komm, Josephine, in meine Flugmaschine, und aufwärts geht's und aufwärts geht's —« Ein Grammophon gegenüber ließ sich das nicht gefallen und grölte mit weiblicher Stimme noch viel lauter. Ein Kind schrie ungeduldig, ein Automobil holperte hupend die

Nachbarstraße hinunter, eine Tür fiel zu, und schattenhafte Gestalten gingen hinter erleuchteten Fenstern auf und ab. Aus einem Hinterhof drang das wütende Gebrüll eines Mannes: »Aber wenn sie glauben, sie können uns in diesen Krieg hineinhetzen, werden sie sich täuschen!« Die Straße wurde dunkler, Schatten fielen wie Regen auf die matten Gehsteige und den staubigen Asphalt. Die Blitze in der Ferne zuckten quer durch die leuchtenden Sterne, die Bäume erhoben ihre Häupter und stellten einander geheimnisvolle Fragen. Nun hörte man auch fernes Donnergrollen, das aber nicht vom Himmel, sondern aus der Erde zu kommen schien.

Frank betrachtete die Blitze; er fühlte den trockenen, kühlen Wind auf den Wangen. »Vielleicht kommt ein Gewitter«, meinte er. »Ich hoffe es!«

Er sah, daß Paul sich nicht niedergesetzt hatte, und forderte ihn auf, es doch zu tun. »Ich muß dir viel erzählen«, sagte er.

Paul aber erwiderte mit leiser Stimme: »Auch ich muß mit dir sprechen.«

Irgend etwas in seinem Tonfall, ein leises Zögern, die Ausdruckslosigkeit seiner Stimme, ließ Frank aufhorchen. Aber immer noch ahnte er nichts Böses. Er war bloß neugierig.

Paul setzte sich — aber nicht schnell und behende wie sonst; schwer ließ er sich auf die Stiege fallen. Er umklammerte seine Knie mit den Händen und blickte starr vor sich hin.

»Vor zwei Wochen erfuhren wir, daß Gordon von einem kleinen College im Süden des Staates ein Stipendium angeboten bekommen hatte. Wir hofften, es gegen eines an einem College hier in Bison tauschen zu können.« Er unterbrach sich. »Aber das ging nicht.« Seine Hände verkrampften sich. »Und weil Vater das schon befürchtet hatte, fuhr er schon vor zwei Wochen hinunter, um sich dort — für alle Fälle — eine Stellung zu suchen. Du erinnerst dich doch, daß er fort war? Ich habe dir damals nichts davon erzählt, weil ich es einfach nicht glauben konnte. Ich wollte es nicht einmal aussprechen. Ich — ich hoffte, es würde sich doch noch zum Guten wenden.«

Er schwieg und sah seinen Freund nicht an, der totenstill dasaß und sich nicht rührte.

»Wir müssen ganz schnell übersiedeln. Wenn Vater den Posten haben will, muß er übermorgen dort sein. Wir fahren mit dem 5-Uhr-Zug. Morgen abend.«

Frank sollte in seinem Leben noch viele schreckliche Nachrichten erhalten, keine aber traf ihn so bis ins Mark wie diese. Die Unglücksworte tanzten vor seinen Augen wie brennende Funken. Es waren Fäuste, die auf sein Herz trommelten. Es waren Schläge, die ihn schwach und benommen machten. Er fühlte, daß ein trockener Klumpen ihn im Hals würgte. Kälte lief seine heißen Arme und Beine hinunter und blieb an seinen schmerzenden Füßen hängen. Seine Hände klammerten sich an das verwitterte Holz der Treppe. »Nein«, stammelte er, »du kannst nicht von mir fortgehen.« Die Trockenheit in seiner Kehle benahm ihm den Atem; er hustete.

Paul seufzte. »Doch. Wir fahren. Morgen.«

Das Licht der Bogenlampen flackerte heftig und überflutete Gehsteig und Baum mit bösem, weißem Glanz. Ein Grammophon bat seinen Schatz, es fest zu drücken. Der Donner rollte bedrohlicher, Nebeldunst legte sich über die Sterne. Der Mann im Hinterhof erhob seine Stimme: »Das garantiere ich euch, wenn die Heinis nur einen Fuß auf unseren Boden setzen, sprengen wir sie sofort in die Luft! Wie meine Frau immer sagt: Wir haben unseren Jungen nicht großgezogen, damit sie einen Soldaten aus ihm machen. Wir brauchen keine Soldaten. Wir brauchen nur unsere gute, alte, amerikanische Härte!«

Der aufkommende Wind trug das Pfeifen eines vorüberfahrenden Zuges zu ihnen herüber. Es war ein herzzerreißender Ton voll schmerzlichen Verlusts, Einsamkeit und Leid. Es war ein Aufschrei, der von Trauer und Verzweiflung sprach, von einem Abschied auf ewig, von etwas, das zu schrecklich war, als daß man es hätte ertragen können. Frank hörte das Heulen des Zuges; der Ton drang ihm durch die Haut, zerrte an seinem Herzen, und plötzlich legte er sich die Hände über die Ohren und kauerte sich in stiller Qual auf die Treppe.

Paul verstand. »Es ist nur ein Zug«, sagte er leise. »Wir hören ihn jeden Abend.«

Ja, sie hatten ihn jeden Abend gehört, aber Frank würde ihn von nun an nie mehr ohne Trauer hören, nie mehr ohne Qual, nie ohne den wilden Wunsch, zu fliehen. Nie mehr würde er ihn hören, ohne zu beben, ohne die Hände zu heben, um sich die Ohren zuzuhalten. Nie mehr würde er den Zug hören ohne das schreckliche Gefühl eines unersetzlichen Verlustes.

Endlich ließ er die Hände sinken. Nichts war geblieben als der Glanz der Bogenlampe. »Ich werde dich also nicht mehr wiedersehen«, murmelte er.

Er hätte nie gewagt, die Fabrik vorzeitig zu verlassen. Man hätte ihn sofort hinausgeworfen. Das konnte er nicht riskieren.

»Ich glaube, es ist besser, wenn du nicht zum Bahnhof kommst«, sagte Paul. Er wartete. Frank konnte nicht sprechen. »Ich werde dir schreiben. Jeden Tag. Wir können einander schreiben.«

»Du hast mir kein Wort gesagt«, flüsterte Frank. »Du hättest es mir schon früher sagen sollen.«

»Aber ich wußte es nicht sicher. Ich weiß es erst seit heute nachmittag.«

Edwards Stimme rief vom Fenster hinunter: »Paul, du solltest fertigpacken. Du weißt, wir haben morgen noch viel zu tun.«

Packen. Kleider zusammenlegen und in engen Schachteln und Säcken verstauen. Kleider, mit denen man auch sein Leben wegpackte. Ein Deckel schloß sich wie der Deckel eines Sarges.

»Was werde ich nur machen?« flüsterte Frank. »Was soll ich nur tun?«

»Du wirst Abendkurse besuchen. Du wirst dichten. Du wirst Briefe schreiben. Und wenn du ein bißchen Geld hast, kannst du mich besuchen kommen.«

Seine Stimme war so ruhig, so fest, daß Frank plötzlich wilde Wut packte. Er bedeutete für Paul so viel weniger, dieser Abschied, als für ihn! Seine eigene Stimme klang rauh, als er stammelte: »Dir — dir macht das gar nichts! Es macht — dir — überhaupt nichts aus! Du hast deinen Vater und deinen Bruder und deine Schule. Ich — ich habe nichts!«

Der tiefe Kummer in seinen Worten ließ Paul innerlich erbeben. Aber er sagte nur bitter und erstaunt: »Woher weißt du, wie mir zumute ist? Wie willst du das wissen?«

Frank schwieg. Paul legte ihm zögernd die Hand auf den Arm.

»Du wirst mir deine Gedichte und Erzählungen schicken, nicht wahr? Und wir schreiben einander jeden Tag.«

»Paul!« rief Edward mahnend vom Fenster. »Bitte komm jetzt sofort herein!«

Und im Inneren des Hauses brüllte Gordon: »Komm herein, du Faulpelz, und tu was! Wenn du glaubst, ich pack dir deine schmutzigen Sachen ein, bist du auf dem Holzweg!«

»Paul!« drängte Mr. Hodge.

»Komm doch mit ’rein, und hilf mir packen«, schlug Paul vor und erhob sich.

Auch Frank stand auf. Er schüttelte den Kopf. Er wußte nichts mehr zu sagen. Lange betrachtete er Pauls Gesicht im Schein der Bogenlampe. Er sah ihn an, als könnte er die Augen nicht von ihm lösen. Seine Lippen bewegten sich, aber sie formten keine Worte. Dann stolperte er die Stufen hinunter und fing an zu laufen. Paul folgte ihm mit den Blicken. »Ich schreibe dir sofort —«, rief er ihm nach.

Frank antwortete nicht. Seine schmale, hohe Gestalt verlor sich in den Schatten. Paul stand noch lange unbeweglich da und starrte in das Dunkel, in dem sein Freund verschwunden war. Dann wandte er sich um und ging ins Haus.

ZWEITER TEIL

Es ist jetzt nicht, wie's früher war; ich mag
Mich wenden, dreh'n,
Bei Nacht, bei Tag,
Was einst ich sah, kann ich nun nimmer sehen.

Der Regenbogen spannt
Sich über Stadt und Land,
Die holde Rose blüht,
Und über ihr glänzt mild der Mond.
In Sternennächten sieht
Man ihn am Horizont.
In gold'nem Lichte geht die Sonne auf,
Und doch: ich weiß, wohin mein Blick auch fällt:
Bar alles Glanzes ward der Erde Lauf.

Wordsworth

XXVI

Lange, nicht enden wollende Tage. Stille, unbewegliche Tage. Grau in grau dreht sich das Rad der Jahreszeiten. Morgen, Mittag, Abend, Nacht. Hellere oder dunklere Schatten, das ist der ganze Unterschied. Klänge, die kommen und gehen wie sinnlose Gezeiten unter einem toten Mond. Gesichter, die auftauchen und in die Vergessenheit zurücksinken. Unhörbare Stimmen wie im Traum. Die Zunge gelähmt, die Kehle trokken, das Auge trübe, unsichtbare Gewichte wie Alpträume auf Arm und Bein. Türen zu endlosen Korridoren öffnen und schließen sich, und Müdigkeit zehrt wie eine Krankheit am Fleisch.

»Ich weiß nicht«, führte Maybelle bei Francis bange Klage, nachdem Frank sich niedergelegt hatte. »Er interessiert sich für nichts. Hast du dir ihn in letzter Zeit einmal angeschaut? Er sieht aus wie ein lebender Leichnam. Kaum daß er den Mund aufmacht. Er unternimmt keine Wanderungen mehr wie früher, als der kleine Hodge noch da war. Er schreibt auch nichts mehr, obwohl ich versucht habe, ihn dazu zu ermuntern — jawohl, das habe ich. Es wäre immer noch besser als dieser Zustand. Er ißt nichts. Stochert nur auf seinem Teller herum und läßt alles stehen. Brütet vor sich hin.«

Was sich da unter der Decke ihrer Ängste und chronischen Trübsals leise regte, war Maybelles natürlicher mütterlicher Instinkt. Die Zeitung, die sie auf dem Schoß gehalten hatte, flatterte zu Boden. Francis blickte ärgerlich auf, hustete laut und krächzend, und nahm einen Schluck Bier.

»Mopst herum wie ein liebeskrankes Huhn«, sagte er grollend. »Obwohl ich zugeben muß, daß er seinen Lohn pünktlich abliefert. Diesbezüglich habe ich keine Klage. Was ist denn aus der Abendschule geworden, die er unbedingt besuchen wollte? Lauter leeres Gerede. Dieses Plappermaul! Ist er hingegangen? Nein. Schwätzen und Faseln, das kann er. Und du wolltest, daß ich ihn ans College gehen lasse! Ich kenne ihn besser als du. Dieser verzogene Grünschnabel!«

Eine ungesunde Röte überzog sein Gesicht, als er abermals, und noch heftiger, husten mußte. Er führte sein Taschentuch zum Mund und warf, bevor er es wieder in seiner Hose verstaute, einen verstohlenen Blick darauf. Keine Flecken zu sehen. Aber in dieser verflixten Stadt hatte ja jeder einen Katarrh oder eine Bronchitis. Hier war es noch ärger als in Manchester.

»Du hast ihn zu sehr verhätschelt«, fuhr Francis fort. Dieser Vorwurf veranlaßte Maybelle, den Kopf mit gespielter Nachdenklichkeit und scheinbarer Demut zur Seite zu drehen. »Bücher! Träume! Gedichte! Sei froh, daß er den ganzen Unsinn vergessen hat. Er reißt sich zusammen. Kümmere dich nicht um ihn; es wird alles in Ordnung kommen. In diesem Alter sind sie alle tapsig. Ungelenk. Wie Fohlen.«

»Ich weiß nicht«, wiederholte Maybelle verdrossen und seufzte. »Ich habe mein Bestes gegeben. Wenn ich nochmals von vorne anfangen müßte, ich könnte es nicht besser machen. Schmackhaftes Essen. Ein gutes Bett. Sauberkeit. Trotzdem schaut er aus wie ein Gespenst. Interessiert sich für nichts.«

»Quatsch. Er steckt in der Entwicklung. Ich bin nur froh, daß dieser Hodge weggezogen ist. Schlechter Einfluß. Ein Träumer. Frank reißt sich jetzt zusammen. Dafür können wir nur dankbar sein.«

Frank saß auf dem Bettrand, unter der flackernden Gasflamme. Pauls letzter Brief lag auf seinen Knien. Er beugte sich darüber und las ihn, wie er ihn an diesem Tag schon ein dutzendmal gelesen hatte.

»Mir gefällt die High School hier nicht. Vater macht sich Sorgen, weil sie sehr schlechte Lehrer haben. Aber Gordon ist mit seinem College zufrieden. Die Gegend ist wunderschön. Vater und ich machen weite Spaziergänge. Die Landschaft ist hügelig. Vorige Woche war es wunderbar: Die Bäume schlagen aus, und wir hörten die Wanderdrosseln, so wie du und ich sie im vergangenen Frühling hörten. Erinnerst du dich noch? Ich versuche, nicht allzu unzufrieden zu sein. Vater scheint sich hier viel wohler zu fühlen, und wenn die Schule hier auch so gut wäre wie Lafayette, würde alles in Ordnung sein. Vor kurzem hatten wir eine ›Bereitschaftstagsparade‹, und es war sehr aufregend. Vater meint, wir werden bestimmt auch in den Krieg hineingezogen werden, weil Deutschland doch immerzu unsere Schiffe versenkt. Aber ich weiß, daß er sich wegen Gordon Sorgen macht, daß er eingezogen werden könnte, wenn es Krieg gibt. Ich habe Bilder von der Bereitschaftstagsparade in Bison gesehen, und es kam mir alles, die Straßen, meine ich, so schrecklich vertraut vor. Da war zum Beispiel das Teck-Theater auf der Court Street. Erinnerst du dich, wie wir gespart haben, du und ich, um zu einer Varietévorstellung zu gehen, und wie wir dann oben auf der Galerie kaum etwas sehen oder hören konnten? Aber Spaß hat es doch gemacht.

Vater ist unzufrieden mit seiner Stellung. Man zahlt ihm zwei Dollar weniger, als er in Bison hatte. Trotzdem macht er ein fröhlicheres Gesicht. Ich nehme an, weil Gordon doch das Stipendium bekommen hat. Sonntags, wenn das Wetter schön ist, machen wir Ausflüge. Von den Bergen genießt man eine herrliche Aussicht —«

Die Buchstaben verschwammen vor Franks Augen. Aber er bewegte sich nicht. Er starrte auf den Brief hinunter, und die deutliche, regelmäßige Schrift hüpfte und tanzte. Er las weiter:

»In mehr als einer Beziehung gefällt mir diese Stadt besser als Bison. Es ist ruhiger hier, und es gibt nicht so viele Menschen. Ob du mich wohl im Sommer besuchen kommen könntest? In der Nähe haben wir ein recht gutes Hotel, billig —«

Von unten kam Francis' zorniges Gebrüll: »Dreh sofort das Licht aus, verdammt noch mal! Es ist halb zwölf, und du mußt morgen früh aufstehen. Glaubst du, wir sind Millionäre?«

Frank langte hinauf und löschte das Licht. Den Brief auf den Knien, blieb er im Dunkeln sitzen. Der frühe Sommermond lag auf dem Fenstersims und füllte die grobe Spitze der Gardinen mit Silberfäden. Leise raschelten draußen die Bäume. Lachend ging unten ein Pärchen vorüber. Von fernen Wassern her kam die wehmütige Stimme eines Flußdampfers. Ein Zug donnerte über eine Brücke, und sein melancholisches Heulen stieg zu den Sternen empor. Als krümmte er sich vor Schmerzen, beugte Frank sich vor und bedeckte die Ohren mit den Händen. Unbemerkt glitt der Brief zu Boden und blieb, von Mondlicht gebleicht, zu seinen Füßen liegen. Doch trotz der schützenden Hände hörte Frank den Zug; er konnte ihn noch hören, als er längst vorbei war. Er ließ sich seitlich aufs Bett fallen und starrte blinden Auges ins Dunkel; kaum, daß noch Atem über seine Lippen kam. Er hörte seine Eltern zu Bett gehen, hörte sie die Tür schließen, hörte ihre Bettfedern knarren. Lange lag er so in seinen Kleidern, die Füße auf dem Boden, bis er endlich in Schlaf sank.

»Es geht mich natürlich nichts an«, sagte Mr. Farley (er nützt die Situation aus, bemerkte Mrs. Clair dazu im stillen), »aber ich kann den Jungen gut leiden. Ihren Enkel, meine ich. Sein Aussehen hat mir heute gar nicht gefallen. Er ist sechzehn, nicht wahr?« Mr. Farley saß im Schaukelstuhl auf der Veranda. Er schüttelte nachdenklich den Kopf.

Im Sonnenschein und in sonntäglicher Stille lag die Straße. »Er ist zu blaß und zu mager, scheint mir. Ein kräftiges Kind war er ja nie, aber er ist zu groß für sein Alter, und er sieht krank aus. Vorige Woche habe ich Francis ein Fläschchen mit Eisenpillen für ihn mitgegeben.«

Mrs. Clair stickte emsig an ihrer Decke. »Im Wachsen ist er«, sagte sie, »das ist alles. Er war für seine Eltern immer eine Last. Früher dachte ich, er wäre im Oberstübchen nicht ganz richtig. Es hat mich überrascht, daß er seine Stellung in der Fabrik behalten konnte. Wie ich von Francis höre, bekommt er jetzt sieben Dollar die Woche, und das ist nicht zu verachten. Sie brauchen das Geld.«

Mr. Farley warf ihr einen unwilligen und verachtungsvollen Blick zu. Sie merkte es nicht. Ich zahle ihm vierzig die Woche, dachte er. Und das meiste von dem, was ich ihm bisher gezahlt habe, liegt auf der Bank. Wozu? Was haben die beiden von ihrem Leben gehabt? Und in diesem armen Kind haben sie etwas zerstört. Angezogen geht der Junge wie ein Bettler. Bettler? Ich habe schon besser gekleidete Bettler gesehen, meiner Treu! Dabei arbeitet er sechs Tage in der Woche in dieser verdammten Fabrik. Und dumm ist er nicht. Man muß nur in seine Augen schauen. Da liegt was drin! Aber man kann ja von diesen verbohrten Leuten nicht erwarten, daß sie das sehen. Kaum zu glauben, daß das ihr Kind ist. Ich wünschte, ich könnte etwas für ihn tun. Früher hat er mit mir gesprochen, jetzt macht er den Mund nicht mehr auf. Wenn ich das Wort an ihn richte, weicht er aus. Mir gefällt sein Ausdruck nicht! Er sieht aus, als ob er jemanden verloren hätte, als ob ein Wesen, das er geliebt hat, gestorben wäre.

»Der Junge sollte an einer Schule sein statt in einer Fabrik«, entgegnete er.

Schon wollte Mrs. Clair heftig erwidern, aber sie dachte noch rechtzeitig daran, daß Mr. Farley der Arbeitgeber ihres Sohnes und ihr eigener bester Mieter war. Nur das Knarren ihres Schaukelstuhls war Ausdruck ihres Protests.

»Wir verwöhnen unsere Kinder nicht so, wie das in Amerika üblich ist«, sagte sie mit unverhohlener Herablassung. »Wir halten darauf, daß sie selbst sehen müssen, wie sie weiterkommen. Das gibt ihnen Unabhängigkeit. Sie müssen lernen, auf eigenen Beinen zu stehen. Jeder muß auf eigenen Beinen stehen. Das predigen wir unseren Kindern schon in frühester Jugend. Der junge Francis ist sechzehn Jahre alt. Er ist ein Mann. Außerdem brauchen seine Eltern das Geld.«

Mit einem würdevollen Schwenken ihrer Röcke erhob sie sich. »Es ist Zeit für den Tee, scheint mir.«

Sie segelte ins Haus und ließ die fliegenvergitterte Tür mit einem eindrucksvollen Knall zufallen. Ihr Haar hatte sich winterlich weiß gefärbt, aber sie war immer noch tatkräftig und tüchtig wie eh und je. Mr. Farley gab keine Antwort und blieb auf der Veranda sitzen. Ein oder zwei Autos brausten, Staubwolken hinter sich lassend, vorbei. Kirchenglocken riefen zur Abendandacht. Mr. Farley seufzte.

Ich möchte etwas für den Jungen tun, grübelte er. Aber es hat keinen Zweck, mit dem Vater zu sprechen. Der hat nur Geld im Kopf. Verdammt! Ich möchte etwas tun. Vielleicht sollte ich eine Novene für ihn verrichten. Ich muß Vater Walsh fragen, ob man das für einen Protestanten tun kann.

Er stand auf. Wenn er sich beeilte, würde er noch rechtzeitig zum Abendgottesdienst kommen. Zwei Wochen schon hatte er keine Beichte abgelegt. Komische Sache, dachte er, da zerbricht sich einer, der seit zwei Wochen nicht gebeichtet hat, den Kopf über Gebete für einen protestantischen Jungen. Ich kann doch von Gott nicht erwarten, daß Er einen ungebesserten Sünder erhört!

In einem Nachbarhaus begann ein Grammophon zu schrillen: »Ich habe meinen Jungen nicht großgezogen, damit sie einen Soldaten aus ihm machen!« Ein Kind polterte eine Treppe hinunter. Golden verfärbte sich der westliche Himmel.

Mag schon sein, dachte Mr. Farley grimmig, mag schon sein, liebe Frau, daß Sie Ihren Sohn nicht großgezogen haben, damit sie einen Soldaten aus ihm machen, aber es sieht verdammt aus, als ob er doch Soldat werden würde!

XXVII

Während Schmerz und Schock allmählich nachließen, brach die Einsamkeit über Frank Clair herein. Einsamkeit wie eine schalldichte Glaswand, durch die er andere Menschen beobachten, ihre Gesten sehen, verzerrte Bilder ihrer Gesichter erhaschen, aber keine Stimmen hören konnte. Er ließ sich von Bisons klappernden Straßenbahnwagen durchschütteln, und die Menschen um ihn herum sprachen eine fremde, ihm unverständliche Sprache, und ihre Blicke gingen durch ihn hindurch, als ob er nicht da wäre.

Die Sonne war buchstäblich von ihm gegangen. Was blieb, war der grelle Abglanz einer Bühnenbeleuchtung auf primitiv bemalten, zweidimensionalen Prospekten. Verzweiflung umschlich ihn wie ein Echo. Was ihn betraf, war die Stadt tot. Er wanderte durch vertraute Straßen. Er sah die Sonne untergehen. Er saß auf einer Bank im Front Park und blickte auf den Fluß hinaus. Er sah den Frühling, den Sommer, den goldenen Herbst, den eisblau lodernden Winter. Aber ihre Herrlichkeit war dahin, das Wundersame, das Entzücken. Er konnte nichts lesen. Der Frühling beschwingender Phantasie, der farbenfrohe Frühling der Lebenslust, der Heiterkeit und Verzückung, war zu einer öden, kahlen Sandwüste geworden, und er hatte weder den Wunsch noch auch die Eingebung, um wieder zu schreiben. Stumpf, teilnahmslos, leer, wie verwaist ging er zur Arbeit, aß, schlief und empfand nichts als Schmerz und Trübsal. Er lebte in einem verdorrten Garten, in dem ein toter Wind raschelnd tote Gräser zauste und welke Blumen an fahlgelben Stengeln hingen.

An einem taufeuchten, nach Flieder duftenden Abend im April hörte er, daß Amerika Deutschland den Krieg erklärt hatte. Er sah die Extraausgaben von Hand zu Hand gehen, sah die Menschenhaufen an den Straßenecken. Von irgendwo kam Trommelschlag. In den Straßenbahnen summte es von lauten, erregten Stimmen. Für ihn aber war das alles nur ein idiotisches Durcheinander aus bedeutungs- und zusammenhanglosen Stimmen und den Geräuschen eines Alptraums.

Eines Abends richtete Maybelle besorgt das Wort an ihn: »Warum suchst du dir nicht einen Freund, Frankie? Du bist nicht mehr der Gleiche, seit Paul fortgezogen ist. Gibt es denn niemanden in der Fabrik, mit dem du reden könntest? Und auch mal nach Hause zum Essen einladen könntest? Einen jungen Kerl in deinem Alter?«

Er spürte die zaghafte Unruhe in ihrer Stimme, und er blickte ihr mitten ins Gesicht, wie er das schon seit Jahren nicht mehr getan hatte. Mitgefühl sprach aus ihren ein wenig hervortretenden braunen Augen. Er lächelte sie an; seine Gesichtsmuskeln gehorchten ihm nur widerstrebend. »Es gibt keinen, Ma«, antwortete er.

»Aber sieh dich doch um, Frankie! In unserer Straße wohnen ein paar nette Burschen. Du könntest doch einmal mit ihnen ins Varieté oder an den Strand gehen.« Sie zögerte. »Ich könnte auch mal einen oder zwei Dollar flottmachen. Du gehst nicht mehr in die Bibliothek. Du liest nichts. Schau doch wenigstens in die Zeitung! Interessierst du dich nicht für den Krieg? Wenn er noch lange dauert, werden sie dich nehmen.«

Er war gerührt. Aus der Finsternis hatte sich ihm eine Hand entgegengestreckt, eine schwielige, unsichere Hand. Ein klein wenig liegt ihr doch an mir, dachte er. Er versuchte noch einmal zu lächeln.

»Es würde mir nichts ausmachen, wenn ich einrücken müßte.«

Der ungeheure seelische Schmerz, der ihn in den ersten Monaten nach Pauls Abreise gepeinigt hatte, bohrte sich ihm jetzt von neuem wie ein glühendes Schwert mitten ins Herz. Er stand auf und verließ den Tisch.

Francis hatte befürchtet, sein Sohn könnte »Mädchen kennenlernen und Geld durchbringen«. Geriete Frank gar anderen unreifen Burschen nach, mochte es noch so weit kommen, daß er eine heiratete und seine Eltern, was seinen Lohn betraf, das Nachsehen haben würden. Doch Frank sah weder Mädchen noch Burschen um sich; er sah nur Schatten.

»Dieser Paul schreibt ihm jetzt nicht mehr so oft«, berichtete Maybelle. »Früher kam so ziemlich jeden zweiten Tag ein Brief, jetzt höchstens zweimal im Monat, und manchmal noch seltener. Aber anscheinend liegt es nicht an Hodge. Ich habe einen seiner Briefe gefunden. Darin fragt er Frankie, warum er ihm so lange nicht geantwortet habe.«

»Er hat eben nicht alle beantwortet«, meinte Francis verdrießlich. »Man sollte doch meinen, daß er sich für etwas interessiert. Wir haben Krieg, die ganze Welt ist in Aufruhr, und er spaziert wie ein Schlafwandler durch die Gegend. Und ich dachte, er würde sich zusammenreißen. Er wird es nie zu etwas bringen! Er ist ein Versager. Wenn er nur seinen Lohn bekommt, ist er schon zufrieden. Kein Ehrgeiz.«

»Ich versuche ja, ihn auf andere Gedanken zu bringen«, seufzte Maybelle. »Wenn er nur was essen würde. Er ist jetzt schon fast siebzehn und dürr wie eine Bohnenstange. Er setzt kein Fleisch an. Wenn er nur nicht krank wird!«

Aber Francis beendete das Gespräch so, wie er alle Gespräche beendete, die ihn ärgerten oder langweilten: mit einem heftigen Hustenanfall. Jetzt sah er sich das Taschentuch nicht mehr an, denn ein- oder zweimal hatte er etwas Salziges auf der Zunge gespürt. Bei Gott, er hatte seine Sorgen! Und jetzt machte ihm seine Frau auch noch mit diesem Leimsieder von Sohn den Kopf voll, der gar nicht zu schätzen wußte, wie gut es ihm ging. Er wußte von anderen Söhnen, ehrgeizigen Jungen, die ihr Geld sparten und eine Freude für ihre Eltern waren. Sein Pech, daß er einen Tölpel zum Sohn hatte, dem der Lohn nach zwei Jahren Arbeit um ganze zwei Dollar aufgebessert worden war.

Francis fing jetzt an, Maybelle zu versichern, daß sie nach dem Krieg ganz gewiß nach England zurückkehren würden. Zehntausend Dollar lagen jetzt auf der Bank. Zweitausend Pfund! Ein Vermögen. Ein drängendes Gefühl der Eile, der Beunruhigung, begann sich seiner zu bemächtigen, aber er hätte nicht sagen können, warum das so war. Sein Reden löste erwartungsvolle Freude in Maybelle aus. Sie sprach mit Frank über England. »Kannst du dich noch an die alte Heimat erinnern, Schätzchen?« fragte sie. »An Reddish Vale, an Sandy Lane? Unser eigener Grund und Boden? Denk doch, wie schön es sein wird, wenn wir erst wieder daheim sind!«

Ihre Worte drangen in Franks Bewußtsein ein, aber er fühlte nichts dabei. England? England war doch gar nicht seine Heimat. Amerika war seine Heimat! Er meinte, sich gegen diesen Gedanken wehren, Einwand dagegen erheben zu müssen. *Hier* war er zu Hause! An jenem Abend las er die Zeitung mit neugefundenem Interesse. Er sah Bilder von jungen Männern aus Bison, die, angeführt von einer Kapelle, in Reih und Glied zum Bahnhof marschierten. Ja, er hatte diese Kapelle heute selbst gehört! Die Arbeiter in der kleinen Fabrik waren auf die Straße gestürzt, um sie zu sehen, die Opfer Molochs, die Opfer der Dummheit, der Blindheit, der Saumseligkeit dieser Welt. Aber er war nicht mit auf die Straße gegangen. Das tat ihm jetzt leid. Und zum erstenmal regte sich ein dumpfes Sehnen in seinem verkümmerten Herzen, begann sein träges, erstarrtes Blut schneller durch die Adern zu strömen.

Um was ging es in diesem Krieg? Deutschland war in Belgien und Frankreich eingefallen. Der Kaiser stellte eine Gefahr dar. Woodrow Wilsons gemäßigte Töne klangen sorgenvoll. »Der Krieg, der allen Kriegen ein Ende setzen soll.« »Macht die Welt zu einem sicheren Hort der Demokratie!« Was hieß das alles? Er dachte an die Kinder in den deutschen Schulen, und eine kleine Feuerzunge rührte an seinen abgestumpften Geist. Ganz gleich, um was es in diesem Krieg ging; worauf es den Alliierten ankam, war, so viele Deutsche wie möglich zu töten. Dies war die einzig wichtige, die einzig erhebliche und entschuldbare Tatsache. Deutsche zu töten. Machtpolitik, Aggressionen, Feldzüge und Waffengeklirr: das alles zählte nicht, wenn man es mit der Notwendigkeit in Beziehung brachte, so viele Deutsche wie möglich, Männer, Frauen, Kinder, zu töten.

An jenem Abend drang Maybelle neuerlich in ihn, er möge sich doch »einen Freund suchen«. Dumm von ihr, gewiß, aber am nächsten Morgen brachte er es fertig, seine Arbeitskameraden mit spekulativem Interesse zu mustern. Es waren viele junge dabei; möglicherweise würden sie bald einrücken müssen. Neue Stimmen, neue Gesichter erlangten neue Bedeutung für ihn, neue Eindrücke stürmten auf ihn ein.

Seine Maschinenführerin saß oben auf einem Stuhl und bediente die Hebel. Sie war nicht älter als fünfundzwanzig, hatte die groben Züge einer Bäuerin, doch die Partie um Augen und Mund ließ auf Umsicht und Konzentrationsfähigkeit schließen. Sie verrichtete ihre Arbeit flink und sachkundig. Frank blickte zu ihr hinauf und lächelte. »Hallo, Elsie«, begrüßte er sie.

Sie sah auf ihn hinunter und verzog spöttisch den Mund. »Hallo, Taubstummer«, erwiderte sie seinen Gruß. »Hast du die Sprache wiedergefunden? Woher kommt denn plötzlich das große Interesse? Siehst du mich heute zum erstenmal?«

»Ja«, antwortete er ernst, »eigentlich ja.«

Sie betrachtete ihn prüfend. »Ich fühle mich geschmeichelt. Du siehst gar nicht so übel aus, Junge. Ich wollte nur, du wärst ein bißchen älter. Dann könntest du mich mal ausführen.«

Sie begann zu singen: »K-K-K-Katy, beautiful Katy!«

Zu seiner größten Überraschung (weil er sich der Tatsache nicht bewußt war, daß er das dumme Lied schon gehört hatte) stimmte Frank mit ein:

»You're the only g-g-g-girl that I adore!«

»Na, hört euch das an, Jungs!« rief Elsie, nicht weniger überrascht. »Ein Toter ist auferstanden!«

An jenem Tag aß er sein Mittagsbrot zusammen mit einigen Kameraden. Er saß neben Elsie, die sich das Verdienst anrechnete, etwas mit seiner Auferstehung zu tun zu haben. Sorgfältig, objektiv und interessiert studierte er die Gesichter und die schwieligen Hände.

Der Werkmeister war ein dicker kleiner Ungar. Die Arbeiter hatten ihn Tom getauft, obwohl er einen viel komplizierteren Namen hatte. Sein Gesicht strahlte rund und golden wie ein Herbstmond, und seine kleinen Äuglein blickten listig und humorvoll. Ein übelriechender, kompakter Kegel von einem Mann, saß er auf seiner Bank und holte für seine Freunde kleine ungarische Törtchen hervor, die seine Frau gebacken hatte. Wie gut die schmeckten! Frank aß eines mit großem Genuß und hielt hungrig nach einem zweiten Stück Ausschau. Tom gab es ihm und streifte ihn mit einem sonderbar abschätzenden Blick.

»Ich habe einen neunzehnjährigen Jungen«, erzählte er kauend. »Er wird eingezogen werden. Nun, ich bin zwar ein Ungar, und mein Land kämpft gegen die Alliierten, aber wißt ihr, was ich gestern abend zu meiner Alten gesagt habe? ›Österreich-Ungarn‹, hab ich gesagt, ›ist nicht mehr unsere Heimat. Schau doch mal, was Amerika für uns getan hat. Haben wir nicht unser eigenes Haus? Haben wir nicht Geld auf der Bank und genug zu essen? Sind die Leute nicht nett zu uns?‹ Das habe ich gesagt, und mein Junge — das ist der, der von der Universität hier in Bison ein Stipendium bekommen hat — der hat gesagt: ›Verdammt, Pa, du hast recht. Das ist unser Land, und ihm werde ich geben, was ich zu geben habe. Jawohl.‹«

Ein schmächtiges, offenbar schwindsüchtiges Mädchen meldete sich zu Wort: »In der Marine nehmen sie jetzt auch Frauen. Yeomanettes nennt man sie. Ich wollte mich freiwillig melden. Aber ich habe ja nichts gelernt. Sie brauchen Mädel, die auf der Schreibmaschine herumhacken können. Aber eines kann ich tun: Kriegsanleihe kaufen. Und das mache ich auch: jede Woche ein bißchen was.« Sie hustete krächzend, und die anderen betrachteten sie voll Mitgefühl.

Der Leiter der Versandabteilung, ein lang aufgeschossener, hagerer, mürrischer Mann mit einem roten Gesicht, kaute seine Brote und trank kalten Kaffee dazu. »Jetzt kriegen wir ja mehr Geld, nicht wahr? Wie ich höre, soll es bald wieder eine Lohnerhöhung geben. Bleibt ihm ja nichts anderes übrig, dem Boß. Curtiss sucht verzweifelt Arbeitskräfte. Dort kriegt jetzt jeder eine gutbezahlte Arbeit. Angeblich zahlen die Curtiss-Leute einem Versandleiter fünfunddreißig Dollar die Woche! Meine Alte meint: ›Wie lange willst du noch für zweiundzwanzig Dollar die Woche arbeiten?‹ Und patriotisch wäre es auch.«

Die Gesichter wurden nachdenklich.

»Jaja, heute läßt sich was verdienen«, räumte Tom ein. Er räusperte sich. »Die Arbeit hier in der Buchbinderei — damit werden wir den Krieg nicht gewinnen. Ich würde es keinem übelnehmen, der bei Curtiss mehr verdienen kann. Maria und Joseph! Man muß was tun, um zu Geld zu kommen.«

»Man muß das Eisen schmieden, solange es heiß ist«, bemerkte Elsie. »Ich bin eine gute Maschinenmeisterin, und von der Freundin meiner Schwester weiß ich, daß sie Maschinenmeistern bei Curtiss bis zu dreißig Dollar die Woche zahlen. Vielleicht gibt sie auch nur an. Wer hat denn schon jemals davon gehört, daß man Maschinenmeistern dreißig Dollar die Woche zahlt? Aber es könnte nicht schaden, sich die Sache einmal anzusehen.«

»Geld bleibt Geld«, sagte Tom. »Und ich würde ganz gern mal einen richtigen Haufen zusammenbekommen. Ich werde ja nicht jünger. Was soll ich tun, wenn ich nicht mehr arbeiten kann? Es heißt, sie hätten eine Gewerkschaft bei Curtiss. Wir müßten schon längst Gewerkschaften haben. Erinnert ihr euch an den Jungen, dem die Maschine vor zwei Monaten die Finger abgetrennt hat? Nun, das ist alles, was er davon hat: zwei Finger weniger. Und wenn uns eine Maschine den Kopf abreißt, ist das äußerst bedauerlich, aber sonst passiert gar nichts. Wißt ihr, was ich in der Zeitung gelesen habe? Daß es einem amerikanischen Arbeiter nicht besser geht als einem in Indien oder China. Kein Schadenersatz, keine Hilfe, wenn er einen Arm oder ein Bein verliert. Da gibt es diese I. W. W., ›Weltinternationale der Arbeiter‹ oder so ähnlich. Ich finde, es müßte eine Arbeiterunfallversicherung geben, wenn wir eine Hand verlieren oder uns sonst etwas zustößt. Die Großen sollen zahlen. Wie es jetzt aussieht, krepieren wir, wenn so was passiert.«

»Ach, die I. W. W.!« äußerte sich geringschätzig der Versandleiter. »Das sind alles Russkis.«

»Du redest dumm daher«, ereiferte sich Elsie. »Was ist denn dabei, wenn sie Russkis sind? Kann es uns nicht gleich sein, wer für unsere Interessen eintritt? Wie ist es denn meinem Vater ergangen? Er arbeitete für eine Firma, die im Hof einen Gleisanschluß hatte. Er mußte Kisten verladen. Eine Kiste kam ins Rutschen und zerquetschte ihm den Fuß. Wie eine Kartoffel. Wir Kinder waren damals noch klein; das älteste zwölf. Na ja, Vater bekam Blutvergiftung und starb. Meine Alte Dame mußte als Wäscherin gehen; dabei bekam sie Lungenentzündung. Ich war damals vierzehn. Bekam Vater von irgend jemandem Geld für seinen Fuß? Nicht die Spur. Nein, Mutter mußte sterben, und wir Kinder saßen da. Ich mußte von der Schule, obwohl ich im Rechnen ganz prima war! Ich hätte Arbeit in einem Büro finden und anständig verdienen können. Aber nein, ich mußte arbeiten gehen. Mein Bruder Jim verkaufte Zeitungen; dann mußte er auch von der Schule abgehen. So ging es mit allen meinen Geschwistern. Hätte es eine Unfallversicherung gegeben, wäre Ma nicht gestorben. Wir hätten weiter zur Schule gehen können, und alles wäre bestens gelaufen.«

Schmerz verzerrte ihre intelligenten Züge. Sie sprach nicht von ihrer hübschen jüngeren Schwester, die, ein Opfer der Umstände, eine Prostituierte geworden war. Sie hatte nicht genug »Bildung« besessen, um als Packerin in einem Warenhaus zu arbeiten. Die arme Mamie! Jetzt lag sie im Krankenhaus einer wohltätigen Stiftung und verfaulte dort bei lebendigem Leib.

Die Arbeitskameraden sprachen von ähnlichen Fällen in ihren eigenen Familien. Von Fällen, die ihnen Freunde erzählt hatten. Von Geld. Vom entsetzlichen, tragischen Bedürfnis nach Geld. Nicht Geld zum Sparen, um es »in den Strumpf zu stecken«, nein, einfach Geld für Brot, für ein Dach über dem Kopf, für etwas zum Anziehen, für einen Arzt, für ein wenig Sicherheit. Geld zum Leben. Geld für das Recht, zu atmen, ein menschliches Wesen zu sein. Geld für den Schutz der Kinder. Geld, Geld!

Frank hörte zu. Geld war für ihn kein neues Lied. Aber hier ging es um eine andere Art von Geld; es ging um eine absolute Notwendigkeit. Kein Geld für die Bank, kein Geld, um ein bestimmtes Ziel zu erreichen. Geld, um existieren zu können! Geld, Blut, Leben, Luft, Obdach! Dieses Geld verkörperte den Unterschied zwischen Mensch und Tier; ohne Geld war man ein armer Hund, ein Ausgestoßener, weniger als Weidevieh.

Frank hatte sein Leben lang Armut gekannt: zuerst in England, dann in Amerika. Er hatte sie bei sich in der Albany Street gesehen. (Aber das war eine andere Armut: aus eigenem Willen, bewußt herbeigeführt.) Er hatte diese entsetzliche Armut in den Straßen Bisons gesehen. Er hatte sie gerochen, denn ihre Ausdünstung war der schrecklichste Gestank, den es gibt: Angst. Aber sie war nicht herangekommen an ihn, der in regenbogenfarbenen Träumen wandelte. Er hatte immer genug zu essen gehabt, sich nie um ein Bett sorgen müssen. Wie armselig, wie grotesk, wie geflickt und gestopft seine Kleidung auch gewesen sein mochte, sie hatte ihn gewärmt und vor dem Wetter geschützt. Nein, sie war nicht an ihn herangekommen, die knochige Hand der Armut, nie hatte ihr Gestank seine Nase ernstlich beleidigt.

Jetzt sah er sie in ihrer wirklichen Gestalt. Der Schleier, der so lang über seinen Augen gelegen war, hob sich und offenbarte ihm die Gesichter seiner Arbeitskameraden, ihre bekümmerten, nachdenklichen, müden, von Angst gezeichneten Gesichter. Und nun überkamen ihn Schrecken und Wut. Sie besaßen ja nichts als ihre Hände, und wenn sie ihre Hände verloren, mußten sie verhungern! Ein unerträglicher Gedanke! Wie ein dunkler Nebel hing diese Bedrohung über der Stadt. Sie wirbelte in diesem staubigen Lagerraum herum. Sie klebte an den Maschinen. Wie ein Geist des Verfalls fuhr sie in jedem Straßenbahnwagen mit. Es war unmöglich, Zuflucht vor ihr zu finden.

Er hatte so viele stumpfe Gesichter in seinem Leben gesehen, erschöpfte, niedergeschlagene Gesichter. Sie hatten ihn irgendwie deprimiert, aus Gründen, die er selbst nicht verstehen konnte. Die Patina der Teilnahmslosigkeit, die auf diesen Gesichtern lag, war für ihn nur Ausdruck tierhafter Beschränktheit gewesen; er hatte sie gemieden. Jetzt wußte er, was es wirklich war: Armut, das schreckliche Verlangen nach genug Geld, die Angst vor dem Nichts.

Aber er empfand auch jetzt kein Mitgefühl für die Menschen, die um ihn herumsaßen. Gleich wie Lebenslust und Begeisterung, wie die Freude am Erhabenen und am Geheimnisvollen, war ihm auch das Mitgefühl fremd geworden, als Paul Hodge die Stadt verlassen hatte. Angst saß ihm in den Knochen, Sorge schüttelte ihn. Auf irgendeine Weise mußte er zu Geld kommen! Aber wie? Er verdiente ja so wenig. Wenn seine Eltern nach England zurückkehrten, würde er sich kaum selbst erhalten können. (Daß er sie nicht begleiten würde, stand für ihn fest. Er würde in Amerika bleiben.) Was sollte er bloß tun? Wenn er allein war, würde sein Leben genauso unsicher sein wie das der anderen. Er mußte Geld verdienen!

»Woran denkst du, Junge?« fragte Elsie und stieß ihn mit dem Ellbogen an.

Er fuhr zusammen und hob den Blick. »Ich — ich dachte an Geld«, stammelte er.

Sie nickte verständnisvoll. »Als ob wir das nicht alle täten! Ich bin jetzt schon weiß Gott wie lange in diesem Betrieb, aber es vergeht kein Sonnabend, wo ich nicht mächtig Dampf habe. Was tue ich, wenn einmal der blaue Brief in meiner Lohntüte steckt? Ich habe noch einen kleinen Bruder in der Schule. Ein gescheiter Junge. Meine ganzen Ersparnisse sind fünfzig Dollar. Mehr habe ich einfach nicht zusammengebracht. Habe nie genug verdient.« Sie betrachtete ihre narbigen, schwieligen Hände und schüttelte traurig den Kopf. »In all diesen Jahren harter Arbeit nur fünfzig Dollar gespart. Gebe ich vielleicht zuviel Geld für Kleider aus? Mein ganzer Besitz, das sind zwei Jäckchen, drei Paar Strümpfe, ein zweiter Rock und eine Baumwollbluse. Das ist alles. Und was ist, wenn ich krank werde? Ich habe mich schon an manchen Tagen so elend gefühlt, daß ich kaum stehen konnte. Bin ich zu Hause geblieben? Natürlich nicht. Mein kleiner Bruder braucht Augengläser. Jede Woche lege ich fünfzig Cents dafür zurück. Zehn Dollar muß ich zusammenbekommen. Weißt du, was ich gehört habe? In Deutschland gibt es etwas, das sie Kranken- und Arbeitslosenversicherung nennen. Stell dir mal vor! Man fliegt wo 'raus und kriegt Geld! Wer krank ist, wird umsonst von einem Arzt behandelt. Die Alten bekommen Renten —«

»Ach —!« meinte der Versandleiter. »Alles erstunken und erlogen, wenn ihr mich fragt. Und außerdem — Deutschland! Wir sind freie, unabhängige Amerikaner. Das klingt mir alles so russisch.«

»Rußland«, erklärte Frank starrköpfig, »wird von Zaren regiert. Dort sind alle Menschen Sklaven. Sie besitzen überhaupt nichts.«

»Mag schon sein«, sagte der Leiter der Versandabteilung, »aber hier gibt es auch Russkis, und die machen böses Blut. I. W. W.! Wollen Sozialisten aus uns machen. Aus freien, unabhängigen Amerikanern!«

»Von Sozialisten weiß ich nichts«, erklärte Elsie trocken, »aber, bei Gott, mir wäre alles recht, wenn ich das Geld für die Augengläser meines Bruders bekäme und wenn ich nicht verhungern müßte, sobald ich keine Arbeit habe!«

»Wenn einer von euch zu Curtiss gehen und sich dort einen guten Job finden sollte«, mischte sich der Werkmeister ein und räusperte sich verlegen, »ich würde es ihm nicht verargen.« Er lachte. »Warum schaut nicht mal einer von euch hin und gibt mir Bescheid? Könnte sein, ich schließe mich an!«

Geld, dachte Frank, ich muß Geld haben! Vielleicht nicht, um es zu sparen, nein, um es zu verwenden, um mir eine Festung damit zu bauen. Er musterte seinen geflickten und verblichenen Overall. Zum erstenmal haßte er seine ärmliche Kleidung, empörte sich dagegen mit einer Heftigkeit, die ihm fast Übelkeit verursachte. Wenn er Geld hätte, könnte er anständig, korrekt angezogen sein. Er könnte reisen. Er könnte die Welt sehen. Er könnte in den Zug steigen und zu Paul fahren —

Er dachte an Pauls Vater und an das Heim, das er seinen Söhnen geboten hatte und vermutlich immer noch bot. Wie kam es, daß ihm nicht aufgefallen war, in welch gräßlicher Armut die Hodges gelebt hatten? Wie erklärte es sich, daß sein Gewissen unbelastet geblieben war, daß er das nie verstanden hatte? Daß er sich vor diesem Anblick nie geekelt hatte? Ich muß Geld haben, Geld, Geld, Geld! Ich muß es haben, um mich aus der Umklammerung des Häßlichen zu befreien, der Ausdünstung der Angst, dem Sumpf der Hoffnungslosigkeit zu entfliehen! Ich muß es haben, um von diesen widerlichen Menschen fortzukommen!

Er musterte die Gesichter rings um ihn und haßte sie. Er betrachtete sie als seine Feinde, weil sie arm waren und alle Hoffnung aufgegeben hatten; weil sie nichts anderes tun konnten als leiden und sich ducken wie das Vieh vor der Peitsche eines Herrn. Sie hatten keinen Mut! Sie hatten keine Kraft! Sie beklagten sich, doch ihre Klagen waren nutzlos. Vergeblich. Sie waren allesamt häßlich. Sie waren abscheulich!

Die Glocke läutete, und er ging an seine Maschine zurück.

Zum erstenmal seit fast einem Jahr spürte er Stärke und Leben in sich, ein leidenschaftliches Zielbewußtsein, den reinen Zorn der Entschlossenheit. Von ihrem Sitz oben richtete Elsie das Wort an ihn, aber er ignorierte sie. Er mußte fort von hier. Von neuem erstrahlte ein Licht in der Welt, ein lebendiges, grelles Licht ohne Schönheit und ohne Milde.

XXVIII

Am nächsten Morgen machte Frank sich schon früh auf den Weg. Er war immer schon vor seinen Eltern auf, denn Maybelle stieg jetzt nicht mehr aus dem Bett, um Frühstück zu kochen. Frank machte es sich selbst, Weizenschrot, heiße Milch und Tee, und Francis tat desgleichen. Es fiel ihm also nicht schwer, seinen guten Anzug anzuziehen, sich sorgfältig die Krawatte zu binden und das Haar zu kämmen und den spärlichen Flaum wegzurasieren. Er putzte sich seine guten Schuhe, bürstete sich ab, setzte eine Miene aggressiven Selbstvertrauens auf und bestieg eine Straßenbahn, die ihn zur Curtiss-Fabrik in der Austin Street bringen sollte. Seine Arbeitskleidung befand sich in einem Päckchen, das er unauffällig unter den Arm klemmte.

Ratternd und klappernd fuhr die Straßenbahn dahin, voll besetzt mit Arbeitern in Overalls, die ihre Eßgeschirre auf dem Schoß hielten. In der sommerlichen Hitze waren ihre Gesichter abgezehrt und verschwitzt. Ihre Füße hatten sie träge vor sich hin gestreckt. Frank wandte sich ab. Er spürte den ihn vorantreibenden, aber tödlichen Haß gegen sie in sich aufsteigen. Sie waren es, die ihn bedrohten! Sie, die weder Geld noch Hoffnung, noch ein Ziel hatten, drohten ihm, ihn zu sich hinabzuziehen. Er blickte zum Fenster hinaus und sah die ungepflegten, schmutzigen Straßen. Staubwolken wirbelten über die mit Kopfsteinen gepflasterten Trottoirs. Vor den Haustüren standen Abfallkübel, und der heiße Wind trug ihren Gestank in das Innere der Wagen. Ungewaschene Kinder spielten auf verdreckten Gehsteigen. Das war Armut. Wieso hatte er diese Armut früher nie gesehen? Warum hatte er sie nicht verabscheut, wie er jetzt diese Menschen verabscheute, die die Fäulnis ihres zerstörenden Pesthauches personifizierten? Ja, die Armut war ein Pesthauch, der alle vergiftete, die mit ihm in Berührung kamen.

Geschieht ihnen recht, dachte er und preßte grimmig die Kinnbacken zusammen. Sie verdienen es nicht anders! Ihre Widerwärtigkeit und ihre geistige Leere sind es, die ihre Elendsviertel entstehen lassen. Sie sind zur gleichen Zeit Ursache und Folge ihrer gespenstischen Existenz. Sie haben keine Intelligenz. Sie sind es zufrieden, zu sein, was sie sind, und tragen kein Verlangen, etwas anderes zu werden. O Gott, wenn ich nur von ihnen los könnte! Aber ich werde loskommen: ich will es und ich werde es!

Der Personalchef der Curtiss Aeroplane Company war noch nicht da, als Frank die Fabrik erreichte, doch auf den Bänken vor seinem Büro saßen schon wartende Arbeiter. Kritisch ging Frank im Geiste seine Qualifikationen durch. Er konnte maschinenschreiben, zwar nicht »blind«, aber doch sehr schnell. Ich war drei Jahre an der high school, dachte er. Nachprüfen können sie's nicht, also spielt es keine Rolle, wenn ich lüge. Und ich bin achtzehn. Zumindest sehe ich so aus. Und im November bin ich's ja dann wirklich. Das ist also auch in Ordnung. Und im Herbst gehe ich in die Abendschule! Ich werde Blindschreiben und Stenographie lernen. Und Buchhaltung. Das wird nur der erste Schritt sein. Aber damit werde ich mich nicht zufriedengeben! Ich werde etwas aus mir machen! Ich werde Geld verdienen!

Er sah sich um. Wo er früher die Gesichter seiner Mitmenschen behutsam mit den Fühlern seiner Seele abgetastet, wo er früher Mitgefühl und Zärtlichkeit empfunden, wo er früher in jedem lebenden Wesen die Schönheit und das Wunder der Schöpfung gesehen hatte, da sah er jetzt Häßlichkeit und Gemeinheit. Er haßte die Arbeiter. Entschlossenheit und ehrgeiziges Streben vereinten sich in seinem Herzen zu kraftvollem Pulsschlag. Alles konnte er erreichen! Er hatte Hände, aber er besaß auch ein Hirn, das ihn von diesem stumpfsinnigen Vieh, das da um ihn herumsaß, unterschied. Wieder ließ er seinen Blick über ihre Gesichter streifen. Er empfand die Gewalt seines Hasses wie einen Sturmbock in sich selbst, wie ein Aufwallen seiner Stärke.

Der Personalchef war ein freundlicher, aber hektischer junger Mann. Er sah Frank, bevor er die anderen sah. Ja, dachte er, das ist ein intelligenter Kerl, der hat was auf dem Kasten! Und sah auf seine Art gar nicht schlecht aus. Er rief Frank an seinen Schreibtisch und trug die falschen Informationen auf einem Kärtchen ein. Er lauschte Franks ruhiger, beherrschter Stimme, die so verbindlich klang. »Drei Jahre high school. Maschinenschreiben. Hauptfach Englisch. Mit Zahlen können Sie auch gut umgehen. Clair, ich glaube, wir können Sie brauchen. Zweiundzwanzig Dollar die Woche zum Anfang. Sind Sie einverstanden? Ein tüchtiger Junge mit Ihren Kenntnissen kann es weit bringen. Sie sagen, Sie hätten im Büro der Getreidespeichergesellschaft in Bison gearbeitet? Nein, nein, wir brauchen keine Referenzen. Dafür haben wir in diesen Tagen keine Zeit.«

Frank atmete erleichtert auf. Zweiundzwanzig Dollar die Woche. Das war unglaublich. Das werden mir meine Eltern nicht alles wegnehmen, schoß es ihm durch den Kopf. Wenn es nicht anders geht, ziehe ich um. Ich gebe ihnen zehn Dollar die Woche und nicht einen Cent mehr. Wenn sie damit nicht zufrieden sind, sollen sie's bleibenlassen.

Er wanderte mit einer gelben Karte durch das hämmernde, dröhnende Werk. Irgendwo wurde ein Flugzeug getestet; der krachende Donner gellte ihm in den Ohren. Er kam zu einem kleinen Büro, das man mitten in der Halle hastig zusammengezimmert hatte. Er übergab seine Karte einem Mr. Wilson, der sich überaus erfreut zeigte. Er war ernstlich unterbesetzt, und dieser Junge sah aus, als ob er sein Geschäft verstünde. Er deutete auf eine Schreibmaschine.

»Sieh dir diesen Haufen von Frachtbriefen und Bestellungen an! Alle wollen Ersatzteile! Geh gleich an die Arbeit, Junge! Erledige, was du kannst.«

Junge Stenographinnen saßen hier und Mädchen, die an lärmenden Rechenmaschinen arbeiteten. Frank sah sich um und lächelte. Die Mädchen waren sauber, hübsch und gut angezogen und musterten ihn verstohlen. Die Herren trugen gutgebügelte Anzüge, weiße Hemden und Krawatten. Das ist schon was! dachte er in der Ausdrucksweise seiner Eltern. Er hatte den ersten Schritt getan, um sich von allem Häßlichen zu lösen, von der scheußlichen Arbeitskleidung, von den schwammigen, hoffnungs- und ausdruckslosen Gesichtern der Armen. Außerdem begann hier die Arbeit erst um neun und endete um fünf.

Seinen Mangel an Übung an der Schreibmaschine machte er durch unermüdlichen, eisernen Fleiß wett. Bis fünf Uhr hatte er fast den ganzen Haufen aufgearbeitet. Mr. Wilson war entzückt.

Frank kam um halb sechs nach Hause, eine gute Stunde früher als sonst. Maybelle war so erschrocken, daß ihr seine Sonntagskleidung anfangs gar nicht auffiel. »Haben sie dich geschaßt?« fragte sie in Angst und Zorn.

Er setzte sich in die Küche und erzählte ihr gelassen von seiner neuen Stellung. Zuerst wollte sie es ihm nicht glauben, dann war sie wütend und schließlich beeindruckt. Sie ließ sich auf einen Küchenstuhl fallen, blinzelte verwirrt und befeuchtete sich die Lippen. »Zweiundzwanzig Dollar die Woche«, murmelte sie. »Das wir sich nicht halten.« Sie war kreideweiß.

Francis erste Reaktion, als er die Neuigkeit erfuhr, war ein Aufschrei: »Erstunken und erlogen! Ich glaube dir kein Wort!«

Er zeigte sich weit weniger beeindruckt, als Maybelle es gewesen war. »Ich wußte ja, daß er nicht durchhalten würde«, erklärte er wütend. »Ganze zwei Jahre hat er in diesem Laden gearbeitet. Aber er hat ja nie lernen wollen, den Kopf unten zu halten! Das war immer schon das Übel, daß er nicht gelernt hat, den Kopf unten zu halten.«

Voller Verachtung starrte Frank ihm mitten ins Gesicht. Wie klar sah er jetzt seine Eltern, wie widerten sie ihn an! »Warum sollte ich meinen Kopf unten halten? Warum? Ich habe die Absicht, ihn hoch zu halten. Heute und immer.«

»Leeres Gerede. Du warst schon immer ein Schwätzer. Ein Plappermaul! Große Worte und nichts dahinter! Na, dort wirst du dich auch nicht lange halten. Du wirst dich nirgends halten. Du bist ein Versager.«

Frank ballte die Hände zu Fäusten. Grenzenlose Wut und ein wirklich mörderischer Haß auf seinen Vater nahmen jetzt Besitz von ihm. Mit einemmal schien er sich zu öffnen wie eine Knospe, ins Mannesalter hineinzuwachsen, die engen Grenzen seiner Kindheit zu sprengen. »Mein ganzes Leben lang hast du mich einen Versager geheißen«, erwiderte er. »Sprich weiter. Ich glaube dir nicht. Ich höre dir nicht einmal mehr zu.«

Francis funkelte ihn an. Er war es gewohnt, daß Frank seinem Blick nicht standhielt. Aber heute war es anders. Plötzlich kam ihm seine eigene Wenigkeit vor diesem ranken jungen Menschen zu Bewußtsein. Er knirschte mit den Zähnen. »Ich werd dich gleich bei den Ohren nehmen, wenn du so frech bist!« plusterte er sich auf. »Ein Lügner bist du, bist immer ein Lügner gewesen! Kein Wort kann man dir glauben! Plappermaul!« Aber er war klein, er war schmächtig, und vor ihm stand plötzlich ein Mann. Kein Fremder, kein Kind mehr, sondern ein Mann, über den er keine Macht hatte. »Die Knochen werd ich dir kaputtschlagen!« schrie er wütend. »Du hast noch nicht genug Prügel bekommen!«

Frank lächelte, und das Lächeln brachte seinen Vater in Weißglut.

»Zweiundzwanzig Dollar die Woche«, murmelte Maybelle unsicher. »Für einen Jungen in seinem Alter ist das ein Vermögen. Denk doch an das Geld, das wir auf die Bank legen können!«

Francis kaute an den Enden seines Schnurrbarts; nachdenklich kniff er die Augen zu. »Das sind mindestens achtzehn Dollar die Woche für die Bank«, brummelte er. »Extra. Zwei Dollar die Woche für Kleidung. Wenn er im Büro arbeitet, muß er was anzuziehen haben. Einen Dollar für die Fahrt. Das sind einundzwanzig Dollar. Einen Dollar für ihn —«

»Nein«, unterbrach ihn Frank sehr ruhig. »Zwölf Dollar für mich. Zehn für euch, für Wohnen und Verpflegung.«

»Was redest du da, du verdammter Kerl!« schrie Francis und umklammerte die Armlehnen seines Sessels. »Ich schlag dir die Knochen zusammen, ich — ich —!«

»Du wirst gar nichts tun«, entgegnete Frank. »Mein Entschluß steht fest. Ich bin ein Plappermaul, sagst du? Diesmal tue ich mehr als plappern. Ihr werdet die zehn Dollar nehmen, oder ihr bekommt gar nichts. Und komm mir nur nicht damit, daß ich minderjährig bin. Im November bin ich achtzehn und mein eigener Herr. Wenn ich von hier weggehe, habt ihr gar nichts. Ich meine es ernst.«

Sie saßen um den Tisch und sahen sich an, und es war Francis, der schließlich dem Blick seines Sohnes ausweichen mußte.

»Ihr habt mich zu lange ausgenützt«, fuhr Frank leise fort. »Ich tue euch einen Gefallen, wenn ich hierbleibe und euch überhaupt etwas gebe. Von meinem hartverdienten Geld habt ihr mir fünfzig Cents die Woche überlassen. Ihr habt es nicht gebraucht. Ihr habt über zehntausend Dollar auf der Bank. Jetzt stehe ich auf eigenen Füßen und werde auch in Zukunft auf eigenen Füßen stehen. Ihr könnt mir sagen, daß ich minderjährig bin und daß ihr ein Recht auf mein Geld habt. Ihr könnt mir auch mit der Polizei drohen, wie ihr es schon einmal gemacht habt. Dann werde ich der Polizei erzählen, daß ihr mich gezwungen habt, zu lügen, zu sagen, daß ich sechzehn bin, als ich erst fünfzehn war. Ich werde der Polizei erzählen, daß ihr einen fünfzehnjährigen Jungen in die Fabrik geschickt habt. Ja, auch ich kann reden.«

»Aber zehn Dollar sind nicht genug«, jammerte Maybelle, während Francis vor Zorn fast erstickte. »Wir haben doch schon bisher achteinhalb Dollar von dir bekommen. Und jetzt willst du uns nur eineinhalb Dollar mehr zahlen? Glaubst du nicht, daß du uns etwas schuldig bist für all die Jahre, die wir für dich gearbeitet und geschuftet und Opfer gebracht haben?«

Frank stand auf. Er faßte seinen Vater und dann seine Mutter ins Auge. Er sprach völlig ruhig, aber seine Worte glitten in einer Flut von Gift und Haß über seine Lippen:

»Ich schulde euch dafür, daß ihr mir mein Leben lang Schmerz zugefügt, mich beschimpft und der Lächerlichkeit ausgesetzt habt. Das ist alles, was ihr mir gegeben habt. Ich schulde euch eine unglückliche Kindheit, Gemeinheit und Angst. Das habt ihr mir gegeben. Ich schulde euch Grausamkeit und unverdiente Prügel. Ich schulde euch dafür, daß ihr es an einer anständigen Erziehung habt fehlen lassen. Wäre es euch nicht möglich gewesen, sie mir zu geben, ich hätte Verständnis dafür, ich würde euch verzeihen und für euch tun, was ich kann. Aber es wäre euch möglich gewesen! Ihr habt eine Zielscheibe des Spottes aus mir gemacht, weil ihr mir nichts zum Anziehen kaufen wolltet, was einem Hanswurst nicht besser zu Gesicht gestanden wäre. Ihr habt mir die nötige Ausrüstung für die Schule vorenthalten, so daß ich Papier und Federn und sogar Bücher stehlen mußte. Ich schulde euch Jahre schlechter Gesundheit, weil ihr mir die nötige ärztliche Pflege verweigert habt. Ich schulde euch Haß, denn ihr habt mir Haß gegeben. Ihr habt mich zum Lügner gemacht, so daß ich mich vor mir selber schämen muß. All das schulde ich euch, und als Entgelt dafür biete ich euch zehn Dollar die Woche.«

Maybelle konnte nur sprachlos zuhören und ihrer Empörung mit fahrigen Gesten ihrer fetten kleinen Hände Ausdruck verleihen. Dann traten Tränen in ihre Augen. »Daß ich das erleben muß!« stieß sie hervor. »So spricht mein eigenes Kind zu mir! Ein Schlangenzahn! Giftiger als ein Schlangenzahn! So nennt Shakespeare ein undankbares Kind. Ich habe mein Bestes getan. Und ernte nur Undank dafür.« Hilfesuchend wandte sie sich an ihren Mann. Francis' Gesicht war wutverzerrt und flammend rot. Mit den Zähnen hielt er seine Zunge fest, die ihm aus dem Mund hing. Er sah aus wie ein Irrer.

Ein letztes Mal empfand Frank eine Spur von Verständnis für seine Eltern. Dann schwand auch dieses Gefühl, um niemals wiederzukehren. »Soll ich meine Sachen packen?« fragte er.

»Du mußt uns achtzehn Dollar geben!« kreischte Maybelle und schlug ihre dicken Fäuste zusammen.

»Zehn. Soll ich meine Sachen packen?«

Francis erwachte aus seiner Lethargie. Er taumelte hoch und schwang seine Fäuste, er stürzte sich auf seinen Sohn. Geschickt packte Frank die fuchtelnden Arme und hielt sie mit einer Hand fest. Er senkte den Kopf, um seinem Vater ins Gesicht zu sehen, und dieser haßerfüllte, verächtliche Blick war es, nicht der Zugriff seines Sohnes, der Francis nötigte, von ihm abzulassen.

»Wenn du es noch einmal wagst, mich anzurühren«, sagte Frank leise, fast flüsternd, »schlag ich dich nieder. Ich kenne die Gesetze. Ich habe ein bißchen nachgelesen. Gewalttätiger Angriff. Willst du ins Gefängnis kommen, Pa?«

Er gab seinen Vater frei und rieb die Handflächen aneinander, als ob er sich von Schmutz reinigen wollte. Er hob den Kopf. Wie kleine Kinder standen seine Eltern vor ihm. Francis reichte ihm kaum bis zum Mund, und Maybelles staubfarbener Scheitel nicht einmal bis zum Kinn.

»Zehn Dollar. Überlegt es euch.«

XXIX

Im September wurde Franks Wochenlohn auf fünfundzwanzig Dollar erhöht.

Er konnte jetzt sieben Dollar die Woche sparen. Ein Blick in sein Sparbuch verhieß ihm Freiheit. Er studierte die Zahlen, aber nicht, wie es seine Eltern taten, mit Habgier, sondern mit leidenschaftlicher Entschlossenheit. Es war nicht genug! Er mußte mehr Geld haben, viel mehr, nicht zehntausend Dollar oder zwanzig- oder fünfzigtausend, nein, eine astronomische Summe! Genug, um sich für alle Zeiten vor der tödlichen Berührung der Armut zu schützen, um sich für alle Zeiten von ihren gräßlichen Gesichtern, ihrem enervierenden Gewinsel und ihren düsteren Wohnstätten abwenden und freimachen zu können.

Er nahm seine Wanderungen durch die Straßen der Reichen wieder auf, aber nicht, wie früher, um sich an der Schönheit der Bäume, der Gärten und Rasenflächen zu erfreuen, sondern von Neid und verbissener Zielstrebigkeit getrieben. Er sah nichts von der Schönheit. Er sah den verschwenderischen Luxus, das sorglose Wohlleben, die wie von Festungsmauern verbürgte Sicherheit. Er sah die eleganten Automobile, die die Auffahrten hinauf und hinunter rollten, und, im Geist, sich selbst am Steuer. Eine verzehrende Sucht nach Reichtum beherrschte ihn; ihn zu erwerben, schien ihm kein Preis zu hoch. Wenn er an Paul Hodge dachte, so wie an einen Traum — strahlend, farbenreich, lebensvoll, aber eben doch nur ein Traum. Eine Art Hornhaut überwuchs die Erinnerung an Paul, dick, undurchdringlich, narbig, aber gefühllos. Er hatte Paul seit sechs Monaten nicht mehr geschrieben.

Es war ein warmer, golden leuchtender Septembertag, als Mr. Wilson ihm auf die Schulter klopfte. »Draußen steht ein Matrose, der will dich sehen, Junge. Er sagt, daß er dich kennt und mit dir reden möchte. Geh nur; die Arbeit läuft dir schon nicht weg.«

Verwundert stand Frank auf und verließ das hölzerne Gehege des kleinen Büros. Sofort gellte ihm das Dröhnen eines Flugzeugs in den Ohren. Da stand tatsächlich ein Matrose und sah zu, wie der Motor erprobt wurde. Er drehte sich um und lächelte. Es war Paul.

Frank verhielt jäh den Schritt. Sein ganzes Blut strömte ihm zum Herzen und brachte ihn einer Ohnmacht nahe. Pauls Gestalt verschwamm ihm vor den Augen. Er spürte, wie Paul seine Hand nahm. Er hörte seine Stimme. Dann versank die Werkshalle um ihn, und sie standen wieder im lenzenden Wald und lauschten dem süßen Gesang der Vögel, die dem Leben ihr Hosianna darbrachten.

Dann blickte er in Pauls Gesicht und konnte nichts anderes tun, als nur schauen. Sie lächelten einander an und konnten kein Wort hervorbringen. Sie standen da und lächelten, und ein Gefühl der Beklemmung schnürte Frank die Kehle zusammen. Ihre Hände umklammerten sich. »Du hast dich verändert«, sagte Paul. »Mein Gott, freue ich mich, dich zu sehen! Warum hast du mir so lange nicht geschrieben?«

»Es hatte keinen Sinn«, antwortete Frank fast unhörbar. »Keinen Sinn.«

Er räusperte sich und deutete verständnislos auf Pauls Uniform. Paul blickte an sich hinunter. Eine leichte Röte überzog sein Gesicht. »Ich hatte keine andere Wahl«, sagte er verlegen.« Vater gab mir seine Erlaubnis. Schließlich bin ich ja bald achtzehn.« Er unterbrach sich. »Ich bin zum Great Lakes Truppenübungsplatz unterwegs. Mein Zug geht um sechs. Der Mann da drin hat gesagt, er hätte nichts dagegen, wenn du jetzt mit mir weggehst, damit wir ein wenig Zeit miteinander verbringen können, bevor ich weiterfahren muß.«

Die Tür öffnete sich, und Mr. Wilsons grinsendes Gesicht guckte heraus. »Geh nur. Ist schon in Ordnung, Jungs. Gute Fahrt, Matrose!«

Frank war ganz benommen. Ohne sich zu rühren, stand er da und starrte Paul an. Sein Freund war jetzt so groß wie er und so mager wie eh und je. Sein schmales, blasses Gesicht und die feinen Züge hatten sich kaum verändert. Die Uniform gab ihm eine Eleganz und eine Selbstsicherheit, die Frank an die kindliche Würde seiner Kinderjahre denken ließ.

»Es heißt, der Krieg wird bald vorüber sein«, sagte er.

Paul zeigte sich von dieser allem Anschein nach unerheblichen Bemerkung keineswegs betroffen; er war gerührt. Seine Hand glitt an Franks Ärmel entlang. »Wollen wir jetzt gehen?«

Sie gingen in die warme, goldene Bläue des herrlichen Tages hinaus. Schweigend wanderten sie die laute, schmutzige Straße hinunter. Dann sagte Paul: »Fahren wir doch zum Kai hinunter, was meinst du? Wir waren doch früher dort wie zu Hause.«

Frank blieb stumm. Pauls grünliche Augen musterten das Gesicht des Freundes, und sein eigenes verdunkelte sich ein wenig. Klappernd und rasselnd kam eine Straßenbahn daher. Sie stiegen ein. Der Wagen polterte die Niagara Street hinunter. Während der Fahrt sprachen sie nichts. Frank sah seinen Freund nicht an. Sein Profil war ihm zugekehrt; Paul betrachtete es aufmerksam, und sein dünner Mund formte eine krumme Linie, die seiner gedrückten Stimmung entsprach.

Sie erreichten den Kai. Eilig dahinfließend, blau glitzernd, lag der Strom vor ihnen. Ein Schiff, das den Kanal hinunterfuhr, ließ seine Dampfpfeife ertönen. In frischem Grün grüßte die kanadische Küste von jenseits des Wassers. In reinem, leuchtendem Ultramarin wölbte sich der wolkenlose Himmel über ihnen. Sie setzten sich auf eine Bank und ließen sich den warmen Wind ins Gesicht wehen.

Nie hatte Paul die Initiative zu einem Gespräch ergriffen. Auch jetzt konnte er nur warten. Eine tiefe Niedergeschlagenheit befiel ihn. Dieser abweisende, allzu beherrschte Fremde mit dem harten Kinn, den verschleierten Augen und dem kalten Schweigen, das war nicht der Frank, den er kannte. Wo war die vertraute Wärme geblieben, wo die überschäumende Ungeduld, das alte Lachen und die hastige, sprudelnde Redeweise? Wo war die Zuversicht, die seinen Freund stets gekennzeichnet hatte, wo die glückverheißende Kraft und die frohe Erwartung, wo das Auge, das so viele geheimnisvolle und bedeutsame Dinge zu entdecken wußte?

»Was ist mit deiner Ausbildung?« fragte Frank. Ein harter, fast höhnischer Unterton schwang in seiner Stimme. Er sah seinen Freund nicht an.

Paul wandte sich ab und blickte auf den Fluß hinaus. »Die kann warten«, antwortete er mit seiner leisen, monotonen Stimme. »Aber das — das kann nicht warten.«

Franks Mund verzog sich zu einem schwachen Lächeln. »Was kann nicht warten?«

Paul senkte den Blick auf seine schmalen, stillen Hände. Er bewegte sie ein wenig und erwiderte: »Mein Vaterland.«

War es möglich, daß Frank, wenn auch noch so unmerklich, die Achseln gezuckt hatte? Paul preßte einen Augenblick lang die Lippen zusammen und fuhr fort: »Für das, was Amerika mir bedeutet, kann ich ein Jahr opfern. Ich kann ein Jahr geben —«

»— um die Welt zu einem Hort der Demokratie zu machen«, führte Frank den Satz zu Ende.

Paul errötete. Er hob den Kopf. »Ja«, sagte er mit Würde.

Er wartete. Frank schwieg. Paul sprach weiter: »Politiker und Narren und andere Leute, die so gerne klug aus dem Munde reden, gebrauchen Worte oft so unüberlegt und gedankenlos, daß sie sinnlos und absurd, banal und kitschig klingen. Dennoch behalten sie ihre essentielle Bedeutung. Sie mögen von unreinen und unverständigen Lippen beschmutzt werden, aber sie bleiben trotzdem echt und wahr.« Er war kein Freund langer Reden, aber vor Empörung oder Angst schlug ihm das Herz jetzt bis zum Hals, so als versuchte es, jemandem etwas begreiflich zu machen, der blind und taub geworden war. »Aber das weißt du ja. Wir haben oft darüber gesprochen. Erinnerst du dich?«

Frank starrte auf den Fluß hinaus.

»Du weißt doch, was ich meine«, fuhr Paul ratlos fort. »Amerika ist mein Vaterland. Ich will etwas für mein Vaterland tun. Und das ist für mich die einzige Möglichkeit, etwas zu tun. Es ist — es ist alles, was ich geben kann.«

Wieder wartete er. Und fuhr schließlich verzweifelt fort: »Was ist los mit dir, Frank? Du hast dich verändert. Du bist nicht mehr, der du einmal warst. Was ist geschehen?«

»Hast du erwartet, einen kleinen Jungen in Kniehosen vorzufinden?« entgegnete Frank. »Auch du hast dich verändert. Reden wir nicht von mir. Wie geht es dir? Weißt du auch, daß ich verdammt froh bin, dich zu sehen?« Dabei lächelte er, und etwas in Pauls Brust krampfte sich schmerzlich zusammen. Es war ihm, als sähe er ein vertrautes und wohlgeliebtes Lächeln auf dem Gesicht eines völlig Fremden. Es war ihm, als hörte er den Tonfall eines Toten in der Stimme eines ihm Unbekannten. Es war ihm, als erblickte er in einer anonymen Menge einen Anonymus, der ihn an jemanden erinnerte, der nicht mehr existierte und ihm mehr bedeutet hatte als ein Bruder.

»Du bist also froh, mich zu sehen?« fragte Paul und wandte sich ab.

Er spürte Franks Hand auf seiner Schulter, fühlte sich freundschaftlich geschüttelt. Er wußte nicht, was ihn veranlaßte, scharf darauf zu reagieren: »Laß das!«

Frank ließ seine Hand fallen und blickte ernst in das gerötete Gesicht seines Freundes. Er empfand, was er einst empfunden haben mochte: Schmerz, Verwirrung, Bestürzung. Aber dann war es auch schon vorüber, noch bevor Paul es bemerkt haben konnte.

»Tut mir leid«, sagte er. »Ich hatte vergessen, daß du so sensibel bist.«

Das ist es ja gar nicht, das weißt du doch! protestierte Paul im stillen. Was ist mit dir geschehen? »Warum kommst du nicht mit?« wich er zögernd aus. »Wir könnten wieder zusammen sein, wie früher einmal.«

Nachdenklich und still ruhten Franks Augen auf Paul. »Wie steht es mit Gordon?« fragte er. »Hat er sich auch freiwillig gemeldet?«

Paul zuckte die Achseln. »Sie haben ihn nicht genommen. Seine Augen sind zu schlecht. Er studiert jetzt für das Lehramt. Man hat ihm eine Stellung als Dozent an der Universität zugesagt, sobald er fertig ist. Es bedeutet ihm sehr viel — ihm und Vater.«

Wie konnte er sich Frank verständlich machen, wie an ihn herankommen? Den ganzen Tag, die ganze lange Fahrt über hatte er an nichts anderes als an seinen Freund gedacht. Wie sie wieder miteinander reden würden und lachen und die gleichen Dinge sehen. Wie überzeugend Frank ihm alles erklären und es ihm endlich wieder möglich machen würde, die Schönheit, die Pracht und Herrlichkeit dieser Welt zu entdecken. Er hatte das Gefühl, als wäre er seines Sehvermögens beraubt worden von einem, der es ihm nie wiedergeben konnte; als hätte ihm einer das Gehör genommen.

Paul blickte auf den Fluß hinaus, der nun in allen möglichen Schattierungen von Grün und Blau kraftvoll dahinströmte. Aber er konnte diese Kraft nicht empfinden. Der, der sie ihm vermittelt hätte, saß stumm neben ihm. Er dachte an die Jahre der Abwesenheit von seinem Freund zurück. Er hatte in seinen Erinnerungen gelebt. Er hatte wunderschöne Bilder gesehen und sie im Geist mit Frank durchgesprochen. Das und das wußte Frank über diesen unglaublichen Sonnenuntergang zu sagen. Frank erläuterte die Bedeutung eines Weizenfeldes, das wie weißes Gold im Mondlicht schimmerte. Frank deutete ihm das Rauschen eines Flusses im Winter. Aber Frank war von ihm gegangen, und seitdem hatte die Welt allen Glanz verloren.

Ich war immer nur ein Spiegel, sein Spiegel, dachte Paul. Er ließ mich sehen, was er sah, ließ mich hören, was er hörte. Jetzt bleibt mir nichts mehr.

»Man zahlt mir fünfundzwanzig Dollar die Woche«, sagte Frank. »Ich werde auch noch mehr bekommen. Ich habe angefangen, Abendkurse zu besuchen. Wenn ich damit fertig bin, gehe ich an ein College.«

Pauls Züge erhellten sich; ein warmes Gefühl stieg in ihm auf. »Das war schon damals deine Absicht! Ich bin froh. Aber warum hast du die Kurse nicht schon früher besucht? Du sagtest, du hättest jetzt erst angefangen?«

Die Haut spannte sich über Franks Wangen. »Ja. Ich hatte die Zeit nicht. Ich verlor alles Interesse, als du fortzogst. Das war vielleicht dumm von mir. Ich hatte kein Ziel. Aber jetzt habe ich es.«

Paul schwieg lange Zeit. Dann fragte er leise: »Und was ist dein Ziel?«

»Geld. Nur Geld.« Die Worte waren ruhig gesprochen, aber Paul fühlte die stählerne Entschlossenheit, die ihnen zugrunde lag. Er versuchte zu lachen.

»So denke ich auch. Ich habe mir schon immer gewünscht, Geld zu haben. Ich hasse es, arm zu sein. Vielleicht klingt das zu hart. Ich möchte Geld haben, um mir gewisse Dinge kaufen zu können. Bücher. Bilder. Das meinst du doch, nicht wahr?«

Frank drehte langsam den Kopf zur Seite und sah sich um. »Nein«, antwortete er, »das ist es nicht, was ich meine. Ich will Geld haben und Schluß, aus. Weil ich hasse. Weil es nichts anderes gibt als Geld.«

Aus einer schmerzlichen Empfindung heraus, vielleicht auch aufgrund seines Einfühlungsvermögens, rief Paul: »Du bist ein Feigling!«

Aber Frank ließ sich nicht aus seiner Reserve locken. Paul bedrängte ihn mit ungewohnter Heftigkeit.

»Was ist mit deinen Gedichten? Mit deiner Schriftstellerei? Womit beschäftigst du dich?«

Frank brach in Gelächter aus. »Ach, diesen Unsinn habe ich längst vergessen! Ich habe seit Jahren nichts mehr geschrieben.« Er verstummte, drehte jäh wieder den Kopf zurück und starrte seinen Freund an. Seine blauen Augen glitzerten. »Wozu auch? Mit Schreiben kann man nichts verdienen. Das Schicksal der Dichter ist es, in Dachstuben zu verhungern.« Er wartete, aber Paul blieb ihm eine Antwort schuldig. Mit einiger Heftigkeit wiederholte Frank: »Mit Schreiben kann man nichts verdienen, habe ich recht? Hast du schon einmal von einem Schriftsteller gehört, der richtig Geld verdient?«

»Aber gewiß kann man mit Schreiben Geld verdienen«, erwiderte Paul ohne große Überzeugung. »Du hast doch früher nie an die finanzielle Seite gedacht, oder? Das wäre dir doch nie im Leben eingefallen.« Er seufzte. »Du wolltest etwas für die Welt tun, hast du immer gesagt. Du wolltest den Menschen etwas geben. So hast du immer gesprochen.« Er schwieg eine kleine Weile und fuhr dann mit müder Stimme fort: »Vor kurzem habe ich irgendwo gelesen, daß E. Phillips Oppenheim und Rex Beach und noch ein paar andere Hunderttausende von Dollars verdient haben. Ist *das* dein Ziel? Willst du *solche* Bücher schreiben?«

Eine seltsame Bewegung spiegelte sich in Franks Gesicht. Wie sprungbereit starrte er Paul an. »Wenn ich nur so schreiben könnte wie sie!« stieß er hervor. »Ja! Ich kann so schreiben und ich werde so schreiben! Ich weiß, daß ich noch schreiben kann! Aber zuerst muß ich für ein paar Jahre ans College. Ich muß noch viel lernen. Ich weiß so schrecklich wenig!«

Paul blickte ihn sprachlos an. Plötzlich brach Frank in Lachen aus.

»›Den Menschen etwas geben!‹ Daß gerade du davon redest! Du wolltest nie etwas geben. Du hast immer gesagt, du haßt fast jeden. Was hat dich denn so radikal zu Sanftmut und Milde bekehrt?«

Paul rückte ein wenig von ihm fort und entgegnete dann mit fester Stimme: »Ich mag die Menschen immer noch nicht. Aber du bist — warst — nicht ich. Du hattest etwas — anderes. Du hattest etwas zu geben. Ich nicht. Vielleicht war das der Grund, warum ich die Welt haßte. Ich hatte nichts zu geben, aber du schon. Du hattest etwas — Unschätzbares. Jetzt hast du es nicht mehr. Du hast mir sogar das genommen, was du mir gabst.« Seine hellen grünen Augen hatten sich geweitet.

Frank wollte ihm antworten, aber dann kräuselten sich seine Lippen zu einem verächtlichen Lächeln. »Wie sentimental du doch geworden bist!« sagte er schließlich. »Du bist wie alle anderen. Du hättest nichts dagegen, reich zu sein, und würdest alles tun, ohne dir irgendwelche

Skrupel zu machen, um zu Geld zu kommen. Gleichzeitig aber huldigst du der Meinung, die, ›die ihr Leben der Kunst weihen‹, sollten ein hingebungsvolles Hungerleben führen. Du möchtest, daß sie dir dienen, während du damit beschäftigt bist, Geld zu raffen. Warum in aller Welt sollten sie dir dienen? Warum? Lohnt es sich für sie? Bist du ein so wertvoller Mensch, ein so großer Held?«

Paul preßte die Handflächen aneinander. Er wandte sich ab und blickte zu den grünen Hügeln der kanadischen Küste hinüber. »Es gab eine Zeit, da hast du mich — das — Sehen gelehrt. Du gabst mir etwas, das mir die Welt erträglich machte. Du hast sie schön gemacht — für mich. Jetzt hast du sie mir fortgenommen.«

»Ach, Quatsch«, sagte Frank und zog verächtlich die Lippen herunter. »Ich weiß gar nicht, wovon du redest.«

Pauls Gesicht war zur Leblosigkeit erstarrt. Er glaubte zu sehen, wie alle Farbe aus der Landschaft ausfloß, die ihn umgab. Wie tot lag sie da, grau in grau. Ein übler Geschmack füllte seinen Gaumen. Die Welt war ihm zur Wüste geworden; dumpfe Stille brütete über grauer Asche.

Er erhob sich. »Ich habe ganz vergessen. Ich muß vor meiner Abreise auch noch ein paar andere Leute besuchen.«

Er blickte auf Frank hinunter. Sein Gesicht war jetzt ebenso unbewegt und teilnahmslos, frostig und starr wie damals, als Frank ihn zum erstenmal gesehen hatte. Frank fühlte sich von diesem Ausdruck wie gelähmt und auf seltsame Weise erschüttert. Er stand auf.

Paul streckte ihm die Hand entgegen, die Frank nach einem Augenblick des Zögerns ergriff. Es war die Hand eines Fremden, den er nicht kannte.

Paul entfernte sich. Frank stand da und sah ihm nach, so wie Paul an jenem schrecklichen, schon so weit zurückliegenden Abend dagestanden war und ihm nachgesehen hatte.

Erst als ihn ein jäher Schmerz umkrampfte, rief er ihm nach: »Schreibe mir! Vergiß nicht, mir zu schreiben!«

Doch Paul wandte sich nicht um und antwortete nicht.

Schon einmal war er so von Paul geschieden. Damals war er es gewesen, der seinen Freund verlassen hatte, ohne sich umzusehen. Aber er war schon einmal eine lange, leere, breite Auffahrt hinuntergegangen und hatte den Blick zurückgewandt. Jemand, ein kleines rosa Wölkchen, hatte ihm zugewinkt. Verdrießlich schüttelte er den Kopf. Das war natürlich einer seiner Träume gewesen, einer, der sich vor langer, langer Zeit mit einem Phantasiebild von der Frau im Regen in einem Lilienfeld vermischt hatte.

XXX

In einem Zustand tiefer seelischer Erschütterung kehrte er zu der Parkbank zurück. Er setzte sich nieder. Blinden Auges das Spiel von Licht und Schatten auf dem Fluß verfolgend, starrte er vor sich hin. Vor kurzem hatte er angefangen zu rauchen. Er zündete sich eine Zigarette an, aber sie schmeckte bitter und ätzend. Er hielt sie in der Hand, bis sie zu Asche verbrannte.

Wie hatte er so mit Paul sprechen können, mit Paul, um den er so lange getrauert hatte? Das war doch Paul gewesen, sein Freund Paul — seinetwillen hatte er soviel gelitten! Die Lichter der Welt waren mit seiner Abreise erloschen. Noch heute befielen ihn Niedergeschlagenheit und Trauer, wenn er an jenen schwülen Augustabend dachte.

Das Gefühl der Trostlosigkeit, das Gefühl, einen schmerzlichen Verlust erlitten zu haben, bewegte ihn wie eh und je, bohrend und düster, aber es hatte seine Beschaffenheit verändert. Er trauerte, wie er da im scheidenden Sonnenlicht auf der Bank saß. Doch die Trauer galt nicht mehr Paul, und das kam selbst ihm höchst sonderbar vor. Die Trostlosigkeit war über Paul hinweggewachsen, hatte ihre Konturen verloren, hatte alles umschlossen, was er sah, was er berührte, was er dachte. An einem Augustabend hatte es begonnen und war das Wesen all der Jahre seither gewesen. Aber es war kein persönlicher, klar zu unterscheidender Kummer. Es war etwas, das er nicht begreifen konnte.

Ich hätte ihn fragen sollen, wie es ihm geht, dachte er. Ich hätte mit ihm reden sollen. Einfach reden. Auch wenn ich hätte heucheln müssen. Ich hätte lächeln sollen und liebenswürdig sein und so tun als ob. So tun als ob? Wäre es denn wirklich nur das gewesen?

Jawohl, gestand er sich überrascht und bestürzt ein, es wäre alles nur Schein und Verstellung gewesen.

So tun als ob — mit Paul! Sich verstellen wie vor einem Fremden, an dem einem nichts liegt! Er hatte von Pauls Rückkehr geträumt, und es war ein Traum von Verzückung, von Verzweiflung und Tränen gewesen. Und nun war Paul zurückgekehrt und — nichts. Nichts hatte ihn bewegt, nichts hatte ihn aufgewühlt. Ein- oder zweimal hatte so etwas wie Überdruß, Auflehnung, Ärger in ihm aufgezuckt. Und nur ein einziges Mal war seine Seele für einen kurzen Augenblick seufzend erwacht, so als ob sich ein Toter in seinem Grab bewegt hätte. Das war, als er Paul in der Werkshalle plötzlich vor sich gesehen hatte. Doch der Tote war tot geblieben, und er hatte mit einem Unbekannten am Flußufer gesessen.

Es gibt keinen Weg zurück, dachte er. Keinen Weg zu Freude und Heiterkeit, zu Erinnerungen, zu längst vergangenen Sommertagen. Zu Leid und Schmerz kann man zurückgehen, ja, das kann man immer. Und stellt dann fest, daß das Leid größer geworden ist und daß der

Schmerz ein ganzes Brachfeld mit Unkraut und Steinen bedeckt hat. Auch zu seelischer Not und Pein gibt es einen Weg zurück, nur hat auch sie sich inzwischen gewandelt. Aus einem einzigen toten Soldaten ist ein ganzes Schlachtfeld geworden.

Eine bleierne Müdigkeit kam über ihn. Stumm, wie erstarrt saß er da und blickte auf den glitzernden Fluß hinaus. Ja, stumm, und diese Schweigsamkeit war es, die Paul so zur Verzweiflung gebracht hatte. Aber ich hatte ihm nichts zu sagen. Überhaupt nichts. Ich habe mir ja selbst nichts mehr zu sagen.

Er war schon einmal im Frühling in der Dämmerung auf ebendieser Bank gesessen, hatte dem Gemurmel des Flusses gelauscht, während die Bäume kristallene Tropfen über ihn ausschütteten. Jauchzende Glückseligkeit war in ihm gewesen und soviel Liebe und Zärtlichkeit! Er war allein hier gewesen und doch nicht wirklich allein. Nicht allein wie er es jetzt war. Er hatte seine Hand betrachtet und sich im Geist zugerufen: »In meiner Hand! In meiner Hand!« Jetzt lagen die Handflächen offen auf seinen Knien. Er senkte den Kopf und betrachtete sie. Sie waren leer. Leer, völlig leer. Und Paul hatte das gemerkt. Darum war er Paul nicht nachgeeilt, darum hatte er ihn nicht am Arm gefaßt und zurückgehalten. Unmöglich mit solchen Händen. Sie hatten nichts, was sie Paul hätten geben können, Paul, der immer zu ihm gekommen war, um an seiner Seite die Bedeutung des Lebens zu erkennen, Erkenntnisse zu gewinnen und von der Schärfe seines Geistes zu zehren.

Er trauerte, doch die Trauer galt nicht seinem Freund. Sie galt ihm selbst, seiner Leere und seiner Vereinsamung. Er fühlte sich kraftlos, und seine Kraftlosigkeit drohte ihn zu ersticken.

Er rückte auf der Bank herum. Ich bin sentimental, dachte er. Ich bin aufgewacht. Ich bin kein Grünschnabel mehr, der sinnloses Zeug faselt. Ich bin ein Mann, und ich habe etwas zu tun — für mich.

Eine zarte Röte, zart wie ein frisches Rosenblatt am Morgen, überzog den Horizont. Er beobachtete den Himmel, der sich langsam verdunkelte. Ein Flug weißer Möwen stieg vom Flußufer unten auf und strebte der untergehenden Sonne zu. Er sah die Röte auf ihren Schwingen, hörte ihr wildes Schreien. Der Strom wandelte sich zu einem dunklen, glänzenden Blau. Wunderschön, dachte er teilnahmslos. Aber er fühlte es nicht.

Er konnte den Blick nicht abwenden. Vor kurzem hatte er die Gewohnheit angenommen, alle schönen Dinge mit größter Konzentration zu betrachten; früher einmal hatte er sie empfunden und in dichterischem Sinnentaumel genossen. Jetzt beschränkte er sich darauf, sie in Erinnerung zu behalten. Er speicherte die Bilder von Sonnenuntergängen, von Bäumen und Blumen, von Bergen und Gewässern in seinem Gedächtnis. Er wußte auch, warum er das tat. Irgend einmal würde er darüber schreiben, wenn auch nüchtern, ohne Gefühl, aber schreiben würde er, und die aus seinem Gedächtnis neu geschaffenen Bilder würden ihm Geld bringen.

Dieser Plan mußte schon eine ganze Zeit in ihm geschlummert haben, erkannte er jetzt überrascht. Genau das hatte er im Sinn gehabt und es nicht gewußt. Es war ein Plan ohne jede Gefühlsregung, ein leidenschaftslos ins Auge gefaßtes Ziel. Eines Tages würde er sogar über Paul schreiben — sehr geschickt, mit viel Verständnis und einfühlsamem Scharfblick. Es würde allerdings ein Werk ohne Liebe und Zärtlichkeit sein, ohne Glanz, ohne die Überzeugung, daß Gott einen Augenblick lang an seiner Seite gewandelt war.

Ich muß eine Menge lernen, gestand er sich ein. Ich bin ein Ignorant reinsten Wassers. Ich habe eine ganze Bibliothek durchgelesen, und ich weiß nichts. Ich muß lernen — und das so schnell wie möglich. Was hat Paul da gesagt? Mit Schreiben kann man Geld verdienen? Aber das muß ich doch immer schon gewußt haben! Es ist mir nur nie zu Bewußtsein gekommen.

Er blieb sitzen, bis der lodernde Ball der Sonne in den fernen See eintauchte und die Dämmerung sich herabsenkte. Er sah dies alles so klar, wie er das in seiner Kindheit nie vermocht hatte, denn damals war alles von einem goldenen Nebel verhüllt gewesen, und sein Herz hatte gepocht, gehämmert und geschlagen. Jetzt aber war es, als ob eine Ebene sich verlagert, kaum merkbar verschoben, und eine sich weit in die Tiefe erstreckende Dimension verflacht hätte. Die Farben waren noch alle da und so auch die Konturen, aber sie waren zu scharf und das Licht ein ganz klein wenig zu grell. Es waren nur mehr statische Bilder von Szenen, die er einmal in lebendiger Wirklichkeit gesehen hatte, als die Bäume, vom Wind wahren Lebens bewegt, gerauscht hatten. Wie begabt der Künstler auch sein mochte, sein Pinsel brachte nur tonlose Stille hervor, und die Lichter auf seinen Bäumen und Landschaften und auf den Gesichtern der Menschen waren bewegungslose Lichter ohne jede Tiefe. Die Bilder blieben bestehen, doch was der Maler gesehen und vergeblich versucht hatte, zur Gänze auf die Leinwand zu übertragen, das war für immer dahin.

Die Galerie seiner Seele war voll von diesen statischen Landschaften und Porträts. Doch die Empfindungen, mit denen er sie einst gesehen hatte, waren erloschen. Nur eine stumme Trauer, ein Schatten nur, kaum ein Hauch von Erinnerung war geblieben.

Es wurde dunkler. Die Laternenanzünder machten ihre Runden. Gelbe Monde leuchteten am Kai auf. Ein dumpfes Rollen drang an sein Ohr, und Frank erblickte das kreisrunde weiße Licht eines Zuges, der unten auf den Geleisen rasch näher kam. Er versuchte sich abzuwenden. Er konnte es nicht. Der Zug war jetzt unmittelbar unter ihm, und plötzlich hörte er seine leidvolle Klage. Sie fand ihr Echo in jeder Zelle seines Körpers, sie fand ihr Echo in der großen Leere.

XXXI

Der Zug war fort, sein Dröhnen von der Stille verschlungen. Was blieb, war das Rascheln der herbstlich trockenen Blätter, der Duft des herbstlichen Grases und der wilde Geruch des dunklen Flusses. Ein Wind kam vom Wasser herauf, und die Bäume ächzten unruhig. Frank saß auf seiner Bank und rauchte eine Zigarette nach der anderen, bis sein Gaumen fast ausgedörrt war.

Es ist so lange her, daß ich etwas geschrieben habe, grübelte er. Es könnte sein, daß ich aus der Übung bin, aber das kommt schon wieder. Es geht mir wie einem Pianisten, der sein Klavier vernachlässigt hat und nun mit steifen Fingern wieder von vorn anfangen muß. Ich muß den Weg zurück finden. Ich werde ihn finden! Ich konnte es, als ich ein Kind war, und ich werde es auch jetzt können. Und um Geld! Nie hat es etwas gegeben, was so wichtig wäre wie Geld.

Er würde wieder zur Schule gehen. Gleich morgen wollte er sich darum kümmern. Zuerst die high school fertig machen, selbstverständlich, und dann die abendlichen Vorlesungen an der Universität von Bison. Es würde Jahre dauern. Das spielte keine Rolle. Die Zeit verging schon, wenn man entschlossen war und ein Ziel vor Augen hatte. Sie verging und bereicherte noch den, der sie zu nutzen wußte. »Der Schnellste gewinnt das Rennen, der Stärkste die Schlacht.« Ein Gefühl von Kraft, von verbissener Härte und jauchzendem Triumph wallte in ihm auf. Was machte es schon aus, wenn es nicht die alte, köstliche, ruhige Kraft, der Begeisterungstaumel von damals war? Dies war eine neue und doch vertraute Kraft. Es war das leidenschaftliche Streben eines Mannes, nicht das eines verträumten Kindes. Wonach hatte das Kind Verlangen getragen? Nach Schönheit, Mitgefühl, Dienst an — Dienst an was? Frank rieb sich die Stirn und lächelte böse. Er konnte sich einfach nicht erinnern, wem oder was er hatte dienen wollen. Es war eine erhabene, großartige Sache gewesen, aber er erinnerte sich nicht mehr, was es war. Sentimentalitäten! »Die Pracht und Herrlichkeit, der frische Zauber eines Traums.« Wordsworth mußte schon recht senil gewesen sein, als er das geschrieben hatte. Ja, es gab eine Pracht und Herrlichkeit — das Geld. Und es gab einen Traum — seinen eigenen Ehrgeiz. Alles andere war Quatsch!

Während ich die Abendschule besuche, muß ich viel üben. Ich muß viel schreiben. Aber worüber nur? Er hatte ja nichts gelernt, nichts erfahren. Er wußte nichts von großen Städten, aufregenden Abenteuern, seltsamen Orten. Über solche Dinge wurde geschrieben. Was wußte denn er, worüber konnte er schreiben? Wen kannte er, dessen Lebensgeschichte von Interesse für die Welt gewesen wäre? Er wußte nichts, er kannte niemanden. Wenn er schrieb, mußte er über nebensächliche Geschehnisse über unwichtige, bedeutungslose Leute schreiben. Wer interessierte sich schon für die Geschichte seines vor Angst halb verrückten Vaters, der einst ein berühmter Geigenvirtuose werden wollte und es schließlich nicht einmal zum simplen »Fiedler« gebracht hatte? Welcher gebildete Leser würde sich davon beeindrucken lassen, daß Francis Clair allwöchentlich zur Bank lief und sich an seinem Sparbuch ergötzte und daß er eines Abends unvermittelt auf dem Gehsteig stehengeblieben war und einem Geiger zugehört hatte, der hinter einem matterleuchteten Fenster spielte? Frank erinnerte sich gut an jenen Abend. Es war im Sommer gewesen, es hatte tagsüber geregnet, und leise und melodisch wie Musik waren die Tropfen von den Bäumen gefallen. Wie schwarze Spiegel hatten die verlassenen Straßen im gelben Gaslicht geglänzt, und die Gehsteige waren menschenleer gewesen. Er und sein Vater hatten für Maybelle eine »Besorgung« zu machen gehabt, aber kein Wort miteinander gesprochen — sie hatten einander schon lange nichts mehr zu sagen. Auf dem Heimweg kamen sie dann an dem Haus vorbei und hörten die Geigentöne, und Francis blieb so plötzlich stehen, als hätte er einen Schlag vor die Brust erhalten und könne sich nicht mehr bewegen. Frank roch das süße nasse Gras und fühlte auf der Wange einen Regentropfen, der von einem Baum gefallen war. Die Geige hatte sie wie eine seltsame, geheimnisvolle Stimme aus dem Nichts angesprochen. Es war ein Ruf, ein sanftes Drängen, ein unbeschreiblich süßer Klang, eine Sehnsucht jenseits aller Vernunft.

»Die Meditation — *Thais*«, flüsterte Francis. Der Junge sah zu ihm auf. Das Laternenlicht fiel auf seines Vaters kleines schmales Gesicht und beleuchtete tiefsten Schmerz, versteinerte Qual. Und als Frank näher hinsah, entdeckte er voll Staunen Tränen auf den hageren Wangen.

Nein, kein Mensch konnte sich für dieses kleine, belanglose Leid interessieren. Wer würde schon glauben, daß in dem geschäftigen kleinen Körper eines unbedeutenden Apothekers eine Seele lebte und daß diese Seele Qualen kannte und die Stimme eines Engels herbeisehnte? Wenn er, Frank, nur je einen großen Musiker, einen berühmten Komponisten kennengelernt hätte! Welche Geschichten könnte er von diesem Künstler erzählen, und wieviel Anerkennung und Lob — und Geld — würde der Verfasser einer solchen Biographie einheimsen!

Wer aber machte sich schon die Mühe und kaufte ein Buch, das die Lebensgeschichte von Mr. Timothy Farley enthielt, dem Brotherrn seines Vaters? Wen würde es beeindrucken, daß Mr. Farley sich mehr um den Stand seiner Seele als um den Stand seines Bankkontos kümmerte? Mr. Farley war einst in Irland mit einem hübschen jungen Mädchen verlobt gewesen. Am Tag vor der Hochzeit war sie ertrunken. Er hatte Frank einmal erzählt, daß er nicht ins Wasser schauen konnte, ohne im Grün der Wellen ihr weißes Gesicht zu sehen, und daß er seither jeden Fluß und jeden See mied.

Dann kannte Frank noch Mr. Brislow, dessen Frau und vier Kinder bei einem Eisenbahnunglück ums Leben gekommen waren. Nur eine Tochter war ihm geblieben, ein vierzehnjähriges Mädchen. Früher hatte Mr. Brislow ähnlich gelebt wie Francis Clair; er war ängstlich, gewissenhaft und äußerst sparsam gewesen. Als er aber für den Verlust seiner Familie eine Entschädigung von fünfzehntausend Dollar erhielt, verlor er plötzlich den Verstand. Er gab seinen Posten in einer Kleiderfabrik auf und unternahm mit seiner Tochter eine Weltreise. Er kaufte dem Mädchen die kostbarsten, schönsten Kleider, und er selbst trug nur mehr teure Tweedanzüge, Wollmäntel und italienische Schuhe. Francis fragte ihn einmal, wie lange er denn mit den 15 000 Dollar auszukommen gedachte. »Was kümmert's mich!« rief Mr. Brislow mit irrem Blick. »Wenigstens habe ich gelebt, nicht wahr? Wenigstens habe ich gesehen, was ich immer schon sehen wollte! Ich werde wissen, was das heißt, nach Belieben zu essen, zu trinken und zu schlafen! Zu tun, was mir Spaß macht, auch wenn es nur ein paar Jahre dauert. Was nachher kommt, ist mir egal! Das ist Blutgeld, verstehen Sie? Meine Frau Ethel hat oft zu mir gesagt: ›Matt‹, hat sie gesagt, ›wenn du doch nur einmal so richtig leben könntest!‹ Sie würde das wollen — daß ich lebe. Nur ein einziges Mal.«

Wer würde einen Penny für diesen Mr. Brislow geben, dessen Leben einem kleinen nützlichen Gemüsegarten glich, der plötzlich exotische Gewächse hervorbrachte? Wer würde wissen wollen, was diese Seele eines Wurms plötzlich so beflügelte und welche Macht diese glänzend gebürsteten Stiefel in unbekannte, geheimnisvolle Länder trieb?

Oder der alte Tom Sheridan, ein Krüppel seit seiner Geburt, der nie aus dem kleinen Garten hinter seiner ärmlichen Hütte herausgekommen war. Dennoch hatte Tom immer viel zu erzählen, weil er alles, was um ihn vorging, genau beobachtete. Er bewunderte den Fleiß der Ameisen, fand Freude an der Emsigkeit der Bienen, Vergnügen am Anblick, eines Vogels; über den Zug der Wildgänse im Herbst geriet er in Ekstase und in tiefes Staunen über das Herz einer Löwenzahnblüte. Er entdeckte Gott in einem Grashalm, das Geheimnis des Lebens in einem Blatt. Er »plauderte« mit den Rotkehlchen, die um ihn herumhüpften. Er kannte Frau Rotkehlchen und ihren Lebensgefährten, und er behauptete fest, daß jeder Vogel seinen eigenen, ausgeprägten Charakter besaß. Er stritt mit den Amseln, weil sie ständig meckerten, und er hatte eine Freundin, eine Krähe, die sich gern auf sein Knie setzte und den anderen Vögeln Schimpfnamen nachrief. Dummer alter Narr! Welcher verwöhnte Leser in New York würde etwas von Tom Sheridan hören wollen und seinem phantasievollen Unsinn in dem kleinen Hintergarten, einem Dickicht aus Winden und Kletterrosen?

Frank sah die Leser vor sich, für die er gerne schreiben würde und die ihm seine Mühe zu danken wüßten. Gebildete, elegante Luxusgeschöpfe waren es, die etwas über Machiavelli lesen wollten oder die Borgias, über große Komponisten, Sänger oder Abenteurer, mächtige historische Gestalten und vergessene tropische Inseln; die von Frankreich hören wollten und seinen Bordellen und Bistros, von Deutschland und seinen Burgen und Hochwäldern und Heidelandschaften, von Rußland mit seinen endlosen Steppen und schwermütigen Flüssen.

Sie wollten Geschichten über Bühnenstars und spanische Granden lesen, über Menschen ihrer eigenen Gesellschaftsklasse, die im blaßblauen, violetten, gelben Steindschungel New Yorks lebten, die sich in den vornehmen, teuren Restaurants und den exklusiven Zimmerfluchten der »oberen Vierhundert« zu Hause fühlten. Was aber wußte er über diese Menschen? Nichts. Kein Ignorant wie er durfte es wagen, für einen illustren Leserkreis zu schreiben. Er würde erbärmlich ausgelacht und verachtet werden. Er hatte ihnen noch nichts zu bieten als einen Francis Clair, einen Mr. Brislow, einen Tom Sheridan. Was bedeutete diesen Leuten Bison am rauschenden, reißenden Niagarafluß? Menschen wie sie ignorierten doch Kleinstädter, die der Welt nichts anderes zu geben hatten als ihre ungehobelten Philosophien, ihr ameisenhaftes Leben, ihre alltäglichen, lächerlichen Hoffnungen und ihren unromantischen Tod.

Ich muß lernen. Ich muß reisen. Ich muß mich bilden, rief er sich selbst mit dem Mut der Verzweiflung und Entschlossenheit zu. Ich darf keine Minute vergeuden!

In der Ferne läuteten Kirchenglocken. Frank sah auf seine billige Uhr und verspürte Hunger. Seine Mutter würde sich bereits Gedanken machen, wo er blieb, und würde endlos mit ihm schimpfen, wenn er heimkam. Immer noch konnte er ihr Meckern nicht ohne Brechreiz ertragen. Plötzlich war ihm kalt, er fröstelte. Weiter unten hörte er die tiefe Stimme des Flusses, aber der Fluß selbst war in der Nacht verschwunden und unsichtbar.

Er hatte die leisen Schritte im Gras nicht gehört, aber er fühlte, wie sich jemand neben ihn auf die Bank setzte. Unmutig wandte er den Kopf und wollte schon aufstehen. Neben ihm saß ein Mädchen. Sie trug billige, auffallende Kleidung und einen riesigen schwarzen Samthut, der mit rosa Samt gefüttert war. Ihre gelblichen Haare — das sah er im Schein der Lampe — waren gekräuselt und lagen in Löckchen um ein stark geschminktes, freches junges Gesicht; die vollen Lippen waren dunkelrot bemalt. Sie hatte blaßblaue Augen, wachsam, hart und sehr erfahren. Sie lächelte ihn an und zwischen dem Dunkelrot wurden verfärbte Zähne sichtbar. Es war ein herausforderndes Lächeln. Sie war höchstens zwei Jahre älter als er.

»Wie geht's, Süßer?« fragte sie mit rauher Stimme. »Schöner Abend, wie? Ganz allein?«

Sie trug ein hellgraues Kostüm, dazu eine leuchtendrote Bluse und eine lange Perlenkette. Ihre Strümpfe waren aus billiger, stark glänzender Kunstseide, und ihre Lackschuhe hatten Sprünge. Sie bemerkte Franks prüfenden Blick und hob den Rock gerade so weit, daß man ihre Waden sah. Sie hatte dünne, sehnige Beine. Sie grinste und zwinkerte ihm zu.

»Bist wohl ganz allein, Süßer?« murmelte sie. »Brauchst du Gesellschaft?«

Eine Prostituierte, dachte Frank angeekelt. Sofort fielen ihm die verlegenen Warnungen seines Vaters ein. »Böse« Krankheiten lauerten auf einen jungen Mann wie ihn; schlechte Weiber, die sich an einen unerfahrenen Jungen heranmachten und sich ihm für zwei Dollar hingaben. Er wäre gern aufgestanden und fortgegangen, aber irgend etwas hielt ihn auf der Bank fest. Er wußte nicht, was es war; jedenfalls blieb er sitzen und sah das Mädchen weiterhin wie gebannt an.

»Was willst du?« fragte er.

»Och, gar nichts«, antwortete sie. Sie betrachtete ihn mit ihren alten, wissenden Augen und lächelte. »Du kennst dich mit Mädels noch nicht aus, wie? Noch nie ein Mädel gehabt, wie?«

Frank fühlte, wie ihm die Hitze in die Wangen stieg, und ärgerte sich. Er war achtzehn Jahre alt, aber bisher hatte ihn sexuelle Begierde kaum geplagt. Die schrecklichen Erzählungen seines Vaters waren daran wahrscheinlich nicht ganz schuldlos. Auch war sein Leben für ausschweifende Phantasien zu beengt, zu mühsam, zu verzweifelt gewesen. Und die anzüglichen Berichte seiner Arbeitskollegen waren einfach an ihm abgeglitten — er hatte meist gar nicht richtig hingehört.

Er schwieg und starrte das Mädchen immer noch an. Mit dem Einfühlungsvermögen eines Künstlers sah er ihre billige Aufmachung. Er sah ihr Leben. Er sah ihren Hunger und ihr Elend. Aber er sah das alles streng objektiv. Der leise Schmerz, den er in der Brust fühlte: das konnte doch wohl nicht Mitleid sein? Er hatte jegliches Mitleid längst schon aufgegeben. Und doch hatte Traurigkeit ihn erfaßt und hielt ihn auf jener Bank am Fluß fest.

»Bist du hungrig?« fragte er. »Ich wollte gerade essen gehen.«

Es war ein dummes Gesicht trotz seiner Dreistigkeit, jetzt aber leuchtete dieses Gesicht kurz auf. »He, das ist eine gute Idee! Ich hab auch Hunger. Wohin wolltest du denn gehen? Übrigens: ich heiße Myrtle.«

Myrtle! Warum nur sah er plötzlich seinen Vater vor sich, wie er das Bratenmesser schliff, und dazu ein rosiges Roastbeef auf einer flachen Schüssel? Ein besonders häßlicher Name. Ein ätzender, unangenehmer, gemein grinsender Name! »Kannst mich Myrt nennen, mein Schatz«, fuhr das Mädchen fort. »Alle meine Freunde nennen mich Myrt.«

Er verzog das Gesicht. »Ich heiße Frank«, sagte er. Der leise Schmerz, die Traurigkeit in seiner Brust, wurde stärker, deutlicher, er biß die

Zähne zusammen und versuchte dagegen anzukämpfen. Und dann kam ihm plötzlich zu Bewußtsein, wie müde er war, wie einsam. Jede Gesellschaft war besser als gar keine. An Paul Hodge mochte er nicht denken. Was aber sollte er mit diesem schrecklichen Mädchen anfangen? Sie verbreitete einen abscheulichen, billigen Duft wie nach Vanille. So roch das Verderben. Er stand auf. »Gehen wir essen«, sagte er.

Auch sie erhob sich und ihr breiter Samthut reichte ihm kaum bis zum Kinn. Mit instinktiver Höflichkeit stützte er ihren Arm, der sich unter dem grauen Stoff mager und knochig anfühlte. Wieder der Schmerz, die Rührung, die Melancholie. Sie lächelte schelmisch und strebte mit kleinen Schritten neben ihm der Niagara Street zu. Sie lachte laut, und ihr Lachen klang wie das heisere Krächzen einer Krähe. Sie war zu jung für eine solche Stimme. »Wie alt bist du — Myrt?« fragte er.

»Neunzehn«, antwortete sie fröhlich. »Älter als du, nicht wahr?«

Er schüttelte den Kopf. Neunzehn. Eine alte, kranke, hungrige Frau. Ein Stück Abfall. Weggeworfener Unrat auf einer Müllablagerung am Fluß. Eine leere Konservendose, die im Regen rostet. Ein schmutziger Fetzen, der auf dem Kanal treibt. Ein häßliches, krankes, totes Ding. Dreck. Grauen.

Ihre hohen Absätze klapperten neben ihm auf dem Gehsteig. Der Geruch von Vanille und Verderben verstärkte sich und stieg ihm immer abscheulicher in die Nase; er wandte den Kopf ab. Sie hatte sich bei ihm eingehängt, ihre Hand lag auf seinem Arm. Ein billiger Handschuh. Fünfundzwanzig Cents. Er war geflickt. Warum arbeitete sie nicht? Die Rüstungsindustrie suchte verzweifelt Leute. In jedem Restaurant, in jedem Laden waren Posten zu bekommen. Sie aber trieb sich auf Parkbänken herum, lächelte mit dunkelroten Lippen und nannte fremde Männer »mein Süßer«.

»Hast du tagsüber einen Job, Myrt?« fragte er.

Die Hand verschwand von seinem Arm. Sie schüttelte den Kopf und sah ihn mißtrauisch an. »Ich kann nicht«, antwortete sie schroff. »Ich hab — Verpflichtungen. Ja, das ist es: Verpflichtungen.«

Sie blickte zum Mond hinauf. »He, ist das nicht hübsch und romantisch?« sagte sie heiser. »Ich mag den Mond, du auch?« Sie fing an, einen Schlager zu singen: »Beim Licht des Silbermondes.« Das Lied war genauso häßlich wie ihre Stimme. Frank hielt sich ganz steif, bis sie zu Ende gesungen hatte. Dann sagte sie lebhaft: »In der Niagara ist ein prima Restaurant, nicht weit von hier. Da kriegst du alles. Und billig.«

»Bier?« fragte Frank.

Sie schüttelte den Kopf, und blickte ihn dann lächerlich geziert und tugendsam an. »Ich trink nie was. Gar nichts. Aber du kannst dir Bier bestellen, wenn du willst.«

Er war noch nie mit einem Mädchen auf der Straße gegangen. Es war eine ganz neue Erfahrung für ihn und eher eine unangenehme. Er mußte seine langen Schritte ihrem kurzen Trippelgang anpassen. Er fühlte ihr Gewicht auf seinem Arm. Plötzlich vergaß er, daß sie eine Hure war; sie war einfach irgendein Mädchen. Was sagte man einem Mädchen? Was sagte man überhaupt in Gesellschaft? Paul Hodge war sein einziger Freund gewesen, und nun hatte er nicht einmal Paul mehr etwas zu sagen. Er dachte krampfhaft nach.

»Was meinst du, wird der Krieg bald aus sein?« fragte er nach einer Weile.

Sie schüttelte mit übertrieben düsterer Miene den Kopf. »Nein. Der dauert noch drei Jahre. Das sagen die da oben, Wilson und Pershing sagen das. Und die sollten's wissen! Noch drei Jahre — wo doch so viele sterben.« Ihre Stimme wurde immer leiser und klang seltsam erstickt. Erstaunt sah er sie an: in ihrer Antwort hatte echtes Gefühl mitgeklungen. Da hob sie aber auch schon stolz den Kopf und lächelte. »Aber da dran darf man nicht denken. Man muß weitermachen, nicht wahr? Was auch immer geschieht. Es wird ja nicht nur in Frankreich gestorben.«

Er hatte diese Haltung schon oft beobachtet, dieses stolz erhobene Kinn, diese heroische Tapferkeit, dieses theatralische »Den-Tatsachen-ins-Auge-Blicken«. Ihn selbst hatte der Krieg bisher innerlich kaum berührt. Er machte sich weder Gedanken noch Sorgen. Und eigentlich vermutete er, daß die meisten anderen Zivilisten — mit Ausnahme derer, die unmittelbar betroffen waren — sich ebensowenig um den Krieg kümmerten wie er. Dennoch hatte er auch bei seinen Arbeitskollegen diesen beschämenden Edelmut, das erhobene Kinn, die zusammengepreßten Lippen gesehen. Und nun begegnete ihm dieselbe Einstellung bei einer miesen kleinen Hure! Wieder einmal ärgerte er sich. »Hast du einen Bruder oder sonstwen bei den Soldaten?« erkundigte er sich.

Der Samthut hob sich. »Nein«, sagte das Mädchen laut und mit Betonung. »Niemand.«

Frank schwieg. Sie näherten sich einer Kreuzung. Einen Augenblick kämpfte er gegen die Versuchung, einfach den Hut zu lüften und zu verschwinden.

»Niemand«, wiederholte das Mädchen und diesmal fiel ihm auf, wie hektisch und verkrampft ihre Stimme klang. »Ich kenn niemand. Ich bin ganz allein, ich hab niemand, niemand.«

»Keinen Vater, keine Mutter, keinen Bruder, keine Schwester?« Zum Teufel, was scherte es ihn? In einer Minute würde er sich aus dem Staub machen. Ihre Antwort interessierte ihn gar nicht.

Sie schüttelte heftig den Kopf. »Ich bin eine Waise.« Und hastig fügte sie hinzu: »Und du, mein Schatz? Bist du noch nicht alt genug fürs Militär?« Sie blickte zu ihm auf, und er sah ihre hellen, harten Augen und dachte erstaunt: Sie sieht mich an, als ob sie mich haßte! Das verwirrte ihn, und er stammelte: »Nein, ich bin noch nicht alt genug. Ich werde erst achtzehn.«

Die Härte schmolz wie Eis. Sie streichelte seinen Arm. »Aber da bist du ja noch ein Kind«, flüsterte sie zärtlich. »Dagegen bin ich eine alte Oma. Ja, ja! Ich bin bald zwanzig. Ich fühl mich wie eine Oma neben dir.« Ihre Augen schimmerten feucht. »Vielleicht ist der Krieg bald aus. Vielleicht. Vielleicht brauchst du nicht einzurücken. Täte mir richtig leid, wenn du einrücken müßtest. Hör mal, ich les immer die Zeitung. Ich möcht bloß wissen, worum's überhaupt geht. Wieso hat man die Deutschen so groß werden lassen, das versteh ich nicht! Wir haben doch Augen im Kopf, nicht wahr? Wir haben doch gesehen, was die vor dem Krieg gemacht haben, nicht wahr? Warum haben wir da bloß nichts 'gegen getan? In der Zeitung steht, die Heinis wollten immer schon Krieg. Wir hätten was tun müssen, aber wir haben nichts getan, und das macht mich so wütend, daß ich kotzen könnte! Und jetzt müssen die Jungs alle sterben.«

Ich könnte ihr einen Vortrag über Geopolitik halten, dachte Frank mit grimmigem Humor. Aber sie würde nichts verstehen, und ich weiß ja selbst zu wenig darüber. Er tätschelte ihre Hand.

Zu seinem Staunen zitterte sie. »Mach dir nichts draus«, sagte er. »Vielleicht lernen wir noch, wie man die Deutschen behandeln muß.«

»Ja, vielleicht«, flüsterte sie und seufzte tief und schwer.

Sie hatten inzwischen die graue, lärmende Niagara Street erreicht, wo italienische Hausfrauen auf abgebröckelten Stiegen vor ihren Häusern saßen, schmutzige italienische Kinder sich auf den Gehsteigen balgten, spielten und kreischten und die neuen elektrischen Straßenlampen den Asphaltbelag und ungeputzte Mauern beleuchteten. Ein gelber »Schnellwagen« der Straßenbahn ratterte vorbei. Autos hupten. Ein ekelhafter Geruch lag über dieser Gegend, ein Geruch nach altem Sauerteig und Abfällen und Schweiß. Aus den Bars an den Straßenecken drang Lärm. Plötzlich roch es auch nach heißem Speck und Bier.

»Da ist das Restaurant«, sagte Myrtle. »Schaut nicht viel gleich, aber wenigstens sind es keine Makkaronifresser. Gute amerikanische Küche. Kein Firlefanz und keine Servietten. Aber gut!«

Frank hatte ganz vergessen, daß er sich ja eigentlich davonmachen wollte. Er war hungrig. Und er empfand nun beinahe Sympathie für Myrtle, dieses unbedeutende Mädchen, dessen elendes Leben eine einzige Beleidigung dessen war, was man Menschenwürde nannte. Sie führte ihn zu einem häßlichen kleinen Gasthaus, in dessen Auslagen die Kuchen und Torten und Braten schwarz vor Fliegen waren. Die Tür stand offen. Frank hatte wenig Erfahrung mit Gaststätten. Manchmal zu Weihnachten, wenn Maybelle sich »nicht wohl genug« fühlte, um ein

Festtagsessen zu kochen, hatte Francis seine Familie zu »Statler« am Shelton Square geführt, einem sauberen Restaurant, wo man um 65 Cent ein recht gutes Dinner einschließlich einer leckeren Nachspeise bekam. In einem Lokal wie diesem war er nie gewesen; es war eng, stickig, ungemütlich, die Gasbeleuchtung war zu grell und strömte entsetzliche Hitze aus, und Tische mit schmierigen weißen Wachstüchern warteten auf den Gast, der sich zufällig hierher verirrte. Überall wimmelte es von Fliegen. Es roch nach ranzigem, altem Fett und dem Schweiß der rauhen Gestalten in Hemdsärmeln, die in Begleitung fetter, unförmiger Frauen an einigen Tischen saßen. Auf dem Boden lag glitschiges, fleckiges Linoleum. Zwei Kellnerinnen eilten hin und her, ihre weißen Kleiderschürzen waren bekleckert und zu kurz, ihre gekräuselten Haare klebten an den feuchten roten Gesichtern, und ihre Hände waren schmutzig. Sie trugen Tabletts mit scharfen, fetten Fleischgerichten, grauem Kartoffelbrei und Kaffee. Als der Geruch dieser Speisen Frank in die Nase stieg, verlor er sofort jeglichen Appetit. Am liebsten wäre er umgekehrt und hätte das Restaurant »Statler« vorgeschlagen, aber Myrtle ging ihm bereits zielsicher zu einem Tisch voran, und er mußte sich setzen.

Offenbar war sie hier bekannt. Die Männer blinzelten ihr zu, die Frauen starrten sie böse an, die Kellnerinnen grinsten dreckig. »Tag, Myrt!« rief eine von ihnen ihr zu. Und dann richtete sich die Aufmerksamkeit des gesamten Restaurants auf Frank, der verlegen dasaß und sich in seinem sauberen blauen Anzug, der dunkelroten Krawatte und den glänzenden Schnürstiefeln ausgesprochen fehl am Platze vorkam. Man bemerkte sofort seinen weißen Kragen und die weißen Manschetten. Man sah seine gepflegten kastanienbraunen Haare, sein glattrasiertes schmales Gesicht, die klaren, harten, festen Züge, die verlegenen blauen Augen. Das Interesse der Gäste wuchs mit jedem Blick. Myrtle hatte sonst andere Freunde. Wo sie sich diesen Beau nur aufgegabelt hatte? An der Universität vielleicht? Ging Myrtle jetzt aufs College? Sie grinsten und starrten Frank unverhohlen an. Myrtle aber benahm sich so geziert und würdevoll, als wären sie im feinsten Restaurant. Sie lockerte ihre hellgelben Haare, fuhr sich mit einer Puderquaste über die Nase und zupfte die Rüschen ihrer roten Bluse zurecht. Ihre früheren Kumpane würdigte sie keines Blickes. Feierlich überreichte sie Frank die fette, fleckige »Speisekarte«, die in fehlerhaftem Englisch mit Bleistift hingekritzelt war.

»Ich kann das Roastbeef empfehlen«, sagte sie mit affektierter Stimme. »Das ist ganz gut hier. Und die eingemachten Erbsen und den Kartoffelbrei. Heute gibt's Erdbeerkuchen mit Schlagsahne. Der Kaffee ist auch gut. Der beste in ganz Bison.«

Die Gaslampen zischten und spuckten, die Hitze wurde immer unerträglicher. Frank sah sich Myrtle bei hellem Licht etwas genauer an. Ihre blonden Haare waren an den Wurzeln ganz dunkel; sie benützte einen dunkelroten Lippenstift; der sichtlich selbstfabrizierte Hut mit dem rosa Samtfutter war auf Pappendeckel gearbeitet und hatte eine geschwungene Krempe. Das aschgraue Kostüm war fleckig. Um die Handgelenke klimperten billige, grünlich verfärbte Metallreifen aus einem Kramladen. Myrtles Gesichtshaut war so dick mit Reispuder und roter Farbe bedeckt, daß sie aussah wie eine Leinwand, in der der Schweiß kleine Gräben und Rinnsale gebildet hatte. Sie hatte feine, fast zarte Gesichtszüge, sah aber so dreist und dummschlau aus, daß die Feinheit zu vulgärer Verderbtheit geworden war.

Nein, es war unmöglich. Er mußte diesen Alptraum, diesen Schmutz, diese Scheußlichkeit sofort loswerden! Und dann sah er ihren Hals.

Ein schlanker, junger, verwundbarer, mitleiderregender Hals, so kindlich, so zart, so unerträglich rührend. Frank konnte den Blick nicht abwenden. Die schmerzhafte Traurigkeit, die er schon vorher empfunden hatte, steigerte sich zu beklemmender Unerträglichkeit. Dies war der Nacken eines kleinen Mädchens, eines armen, hungrigen Waisenkindes, eines unschuldigen, hilflosen Geschöpfes! Eine Kette billiger Imitationsperlen war darum geschlungen und mit einem schwarzen Samtband zugebunden, aber das erhöhte nur den rührenden Eindruck. Frank wünschte sich, diesen Nacken zu streicheln, entsetzt aufzuschreien, sich abzuwenden. Dieses Gefühl war neu für ihn, oder besser gesagt, er empfand es neu. In jüngeren Jahren hatte er oft so empfunden, jetzt aber gehofft und geglaubt, daß diese Zeit vorbei war. Es sollte in seinem Leben keine verwundbare Stelle mehr geben. Mitgefühl war ein Abgrund auf dem Weg, den zu gehen er sich vorgenommen hatte. Er mußte über diesen Abgrund hinweg, so schwierig es auch sein mochte. Er biß die Zähne zusammen. »Ich nehme das gleiche wie du, Myrt«, sagte er. Und sah ihren Hals nicht mehr an. Unter dem Tisch ballten sich seine Hände zu Fäusten.

XXXII

Das Fleisch war unangenehm scharf gewürzt, die Sauce ranzig. Der Kartoffelbrei erinnerte an festgeklebte Seifenflocken. Die »eingemachten Erbsen« schmeckten nach Soda und saurer Milch, und der Kaffee war eine schwarz-bittere Zichorienbrühe, in der die sogenannte Sahne in einzelnen Flocken herumschwamm. Frank würgte einige Bissen hinunter, lehnte sich zurück und beobachtete, wie Myrtle den abscheulichen Fraß mit bestem Appetit hinunterschlang. Sooft sie seinen Blick bemerkte, nahm sie sofort eine vornehm gezierte Haltung an; kaum wandte er sich ab, stürzte sie sich wieder wie ein hungriger Wolf auf den Fraß. Dazu trank sie Milch, drei oder vier Gläser voll, und wenn sie sie auch nicht mit Genuß trank, so doch mit einer Art grimmiger Entschlossenheit. »Wenn dir die Milch nicht schmeckt, warum trinkst du sie dann?« fragte er. Sie wich seinem Blick aus. »Ich muß«, murmelte sie.

War sie vielleicht lungenkrank? Sie war sehr mager, und ihre Haut hatte unter der Puderschicht einen bläulichen Schimmer, aber es fehlten die hektisch roten Wangen der Schwindsüchtigen. Blutarm vielleicht? Milch war kein Mittel gegen Blutarmut. Frank hörte die energische Stimme seiner Mutter: »Eisen! Eisenpillen!« Er überlegte mit trockenem Humor, ob er Myrtle vielleicht ein Fläschchen Eisenpillen kaufen sollte.

Während sie aß, betrachtete er das Lokal und die Gäste. Er hatte sein Leben immer mit armen Leuten verbracht, mit Hilfsarbeitern, Mechanikern, kleinen Handwerkern, Waschfrauen, Kutschern. Niemals aber hatte die Armut sich ihm so aufgedrängt, nie war sie ihm so ekelhaft erschienen. War er denn bisher blind gewesen, ein blindes unschuldiges Kind? Oder hatte ihm jenes Mitgefühl, dessen Opfer er einst gewesen, den Blick getrübt? Er wußte es nicht. Er wußte nur, daß ihn Haß und Abscheu erfüllten, wenn er die tierischen Gesichter betrachtete, die schmutzigen, schweißnassen Hemden, die stumpfen Augen und breiten, schlaffen Lippen, die abgearbeiteten schmutzigen Hände und die schwarzen Fingernägel. Rundum gab es viel Gebrüll und Gelächter, und hie und da schnappte er ein Stück eines Gesprächs auf. Es hörte sich an wie das Grunzen, Wiehern, Bellen von Tieren. War es zu glauben, daß diese Wesen der heroischen menschlichen Rasse angehörten? Diese Frauen mit den flachen Schweinsgesichtern und den gekrausten Haaren, diese Männer, die dreinschauten wie Ochsen? Man brauchte sich nur den Mann dort drüben anzusehen; ein dichter, feuchter, häßlich brauner Haarschopf wuchs so tief in die Stirn, daß er fast bis zu den Augenbrauen reichte. Sein Hinterkopf war so flach, als hätte man ihn zwischen zwei Bretter gelegt. Er hatte einen Stiernacken, der Mund stand halb offen, die Nase war groß und breit, seine winzigen ausdruckslosen Schweinsaugen starrten stumpf auf den üppigen Busen seiner Begleiterin. War dies ein Mensch? Hatte dieses Ungetüm eine Seele? Eine Seele!

»Drauf sag ich, du Schuft, sag ich, ich hätt dich zehn zu eins schlagen können beim Kegeln, aber ich hab ja acht Gläser Bier gesoffen!« Seine Begleiterin kreischte zustimmend. »Und wenn er hundertmal der Werkmeister ist, dem hab ich's hineingesagt, und der Scheißer hat den Mund halten müssen!«

»Ja, ja, das müssen sie heutzutage«, warf ein großer, dicker Mann am Nebentisch ein. »Die haben wir in der Hand heutzutage. Müssen uns den Hintern küssen, oder wir gehen. Und wo bekommen sie andere Arbeiter her, das möcht ich nur wissen? Ja, ja, wir haben sie in der Hand. Wir verlangen zehn Cents die Stunde mehr und Kürzung der Arbeitszeit. Das wird ihnen unsere Gewerkschaft nächste Woche sagen. Ihr Burschen solltet euch auch eine Gewerkschaft zulegen. Prima Sache, sag ich euch! Der Krieg dauert mindestens noch drei Jahre, das sagen sie uns immer wieder, und sie brauchen uns für die Arbeit, die reichen Schweinehunde.«

Seine Begleiterin schüttelte trübsinnig den Kopf. »Ich hab was andres gehört. Der Krieg soll bald aus sein.«

Ihre Worte wurden mit wütendem Protest aufgenommen. »Halt den Mund« — »Du bist eine dumme Gans, Maisie!« — »Was weißt denn du schon? Drei Jahre dauert er noch, das weiß ich aus bester Quelle! Wollen's hoffen! Die Hunnen sind stärker als je zuvor.«

Die anderen brüllten und kreischten aufgeregt und nickten mit den Köpfen. »Der Krieg dauert schon noch. Vielleicht sogar fünf Jahre, wenn wir Glück haben!«

Frank starrte sie böse an, diese Kreaturen, die es wagten, sich für Menschen zu halten. Diese Männer besaßen das Wahlrecht. Sie waren die große Masse. So wie sie dachten drei Viertel der Bevölkerung aller Nationen. Sie waren die Feinde jeden Fortschritts, jeder Kultur.

Und wie so oft erhob sich aus seinem Unterbewußtsein Miß Bendys Stimme: »Die Welt ist voll von lichtlosen, stumpfen Seelen, die sich verstecken wie Maulwürfe. Wenn du älter bist und ein wenig herumkommst, wirst du ihnen begegnen: in jedem Dorf, jedem Markt, jeder Stadt, auf jedem Bauernhof. Du wirst die blinden Augen sehen und die versteinerten Herzen, die dicken grunzenden Zungen und die klobigen Hände. Sie bedeuten drohendes Unheil, und wir müßten etwas gegen sie unternehmen. Aber was?«

Frank stand abrupt auf. »Bist du fertig, Myrtle?« fragte er.

Myrtle wischte sich mit ihrem schmutzigen Taschentuch hastig den Mund ab und erhob sich.

Frank ging eilig voran. Ihn schauderte in der Nähe dieser Tiere, dieser entarteten Kreaturen. Er stand auf dem grauen Gehsteig. Vor ihm lag die schmutzige Straße laut und lärmend im Lampenlicht. Myrtle holte ihn ein und lächelte. »Wir gehen am besten zu mir hinauf, hm?« Sie sah ihn kokett an und lächelte einfältig.

Unwillkürlich mußte er seinem Ärger Luft machen. »Hast du die da drinnen gehört?« fragte er. »Sie wollen, daß der Krieg ewig dauert, nur damit sie in den Munitionsfabriken gut verdienen!«

Ihr Gesicht veränderte sich, es war nun alt und verschlossen, und ihre Augen blickten unruhig. »Ja. Ich hab sie gehört. Du haßt sie wohl deswegen, was? Du denkst vielleicht an die Jungs, die im Krieg fallen. Aber dann mußt du auch so denken: Jetzt haben diese Männer zum erstenmal genug zu essen und ein bißchen Geld in der Tasche, und zum erstenmal kommen sie sich nicht nur wie — wie — Packesel vor. Und sie haben eine Wohnung, und niemand wirft sie am Ersten hinaus. Daran mußt du denken. Wenn du da drinnen zu Johnny gesagt hättest: ›He, willst du, daß unsre Jungs sterben, nur damit du vierzig Dollar die

Woche verdienen kannst?‹ hätte Johnny verdammt schnell ›Nein!‹ gesagt und dir vielleicht sogar eine ’reingehaut. Sie wollen nicht, daß die Jungs sterben. Sie wollen sich bloß satt essen.«

Sie seufzte. »Ist doch eigentlich schrecklich, daß sie sich nur satt essen können, wenn die Jungs sterben.« Sie wartete auf seine Antwort; als sie nicht kam, fuhr sie fort: »Lloyd hat sich gefreut, daß er’s seinem Werkmeister mal richtig hineingesagt hat. Klar. Gibt ihm ein gutes Gefühl, daß er mal Oberhand hat und daß er auch ein Mann ist.«

Lloyd! Wieder einer dieser gräßlichen Namen, die die ungebildete Masse so schätzte! Frank ärgerte sich zuerst über den Namen, dann über Myrtles Worte. Ein Mann! Warum erhob nicht ein öffentlicher Wohltäter seine Stimme und erklärte diesen Geschöpfen, daß Männlichkeit nichts damit zu tun hatte, daß man es seinem Werkmeister »hineinsagte«? Daß Männlichkeit innere Würde und Selbstachtung bedeutete, Stolz und Selbstkritik und ständige Arbeit an der eigenen Persönlichkeit? Statt dessen ereiferten sich die Gazetten über die plötzliche Leidenschaft des amerikanischen Arbeiters für Seidenhemden und bedauerten scheinheilig die Dummen, die da meinten, daß große Worte, arrogantes Benehmen und sinnloses Geldausgeben einem Menschen Bedeutung und Ansehen verliehen. »Sie wissen nicht«, seufzte einer der Kolumnisten, »daß wirklich wohlhabende, bedeutende Männer keine Seidenhemden tragen und auch das Geld nicht beim Fenster hinauswerfen.« Niemand aber klärte die Massen auf. Ihre affenartigen Possen provozierten bloß nachsichtiges Lächeln und dumme Verteidigungsreden bei denen, die es besser wissen sollten.

Das harte Lampenlicht beschien die stumpfen Gesichter der Vorübergehenden, ihre kleinen, unsteten Augen, ihre brutalen, affenartigen Züge, und Franks Abscheu steigerte sich zu glühender Wut. Er hatte Myrtle vergessen. Als sie seinen Arm berührte, zuckte er zusammen, als hätte er einen Schlag erhalten.

»Da oben wohne ich«, flüsterte sie und deutete auf staubige Fenster über einem Geschäftslokal. Frank blickte automatisch hinauf. Grauweiße Vorhänge bauschten sich in die Nacht hinaus. Dahinter war matter Lichtschein zu sehen.

»Ich muß dich bitten, ein paar Minuten zu warten. Dann ruf ich ’runter, und du kommst ’rauf, o. k.?«

Frank war erleichtert. Sobald das kleine Ungeheuer außer Sicht war, würde er sich aus dem Staub machen. Er zögerte. Er sah auf ihr kleines, angemaltes Gesicht hinunter und fühlte sich schmerzlich berührt. Er steckte die Hand in die Hosentasche und zog sie wieder heraus. Er sah, wie sie die Tür zu einem dunklen Stiegenhaus öffnete, ihm noch ein vielsagendes Lächeln zuwarf und verschwand. Er hörte ihre Absätze auf den Holzstufen, hörte, wie sich oben eine Tür öffnete. Irgendwo weinte leise ein Kind.

Er stand allein auf der Straße. Eine Straßenbahn fuhr vorbei, Gesichter drückten sich gegen die hellen Fenster. Eine Windbö kam die Straße heruntergefegt und wirbelte Staub und Schmutz auf. Ein Grammophon verkündete kreischend, daß ein langer, langer Weg ins Land der Träume führe. Aus einiger Entfernung kam ein bald dröhnendes und krachendes, bald klapperndes Geräusch: eine nahe gelegene Kegelbahn. Daneben eine Kneipe, abgestandener Bierdunst und eine heisere, grölende Stimme. Zwei junge Soldaten kamen angeheitert die Straße heruntergeschwankt. Sie zündeten sich Zigaretten an, und einer begann zu singen:

»Überm Meer, überm Meer,
Steht das Heer.
Betet für die Jungs
Überm Meer —!«

Der andere machte eine zweideutige Bemerkung, und beide kicherten wie Schulmädchen, die aus einem Klassenzimmer kamen. Frank sah ihnen nach, bis sie unter den Bäumen verschwanden. Langsam fiel aller Haß, aller Abscheu von ihm ab, und er empfand nur mehr eine entsetzliche, widerliche Leere. Diese Burschen waren kaum älter als er. Gewiß bemitleidete er sie nicht, weil der Tod sie bedrohte. Er bemitleidete sie auch nicht wegen ihrer Jugend — er war ja selbst noch jung. Das Mitleid hatte keinen Namen.

»Betet für die Jungs überm Meer!« Nein, betet für alle Jungs hier in Amerika und auf der ganzen Welt. Sprecht ein Gebet für die Jugend, die immer wieder und unweigerlich betrogen wird — nicht von der Welt, sondern von ihren eigenen Träumen, von der Zeit, vom Leben selbst. Wenn man doch sterben könnte, solange man noch glaubte — was glaubte?

Es fiel ihm nicht ein. Was hatte er denn geglaubt? Goldener Nebeldunst hing zwischen ihm und dem Kind, das er einst gewesen, und sein Blick durchdrang den Nebel nicht.

Warum stand er nur hier wie ein Narr und war voll Traurigkeit und wußte nicht, weshalb? Er hatte gedacht, alle Traurigkeit, alle Sehnsucht, aller Schmerz seien zu Ende. Er richtete seinen Blick auf das dunkle Stiegenhaus, in dem Myrtle verschwunden war. Wenn er sich nicht beeilte, konnte das unangenehm und peinlich für ihn werden, denn er hatte nicht den Wunsch, sie auf ihr Zimmer zu begleiten. Schon wollte er gehen, als ihn etwas, das eigentlich nur Neugier sein konnte, zwang, das dunkle Stiegenhaus zu betreten und langsam die Stufen hinaufzusteigen. Er hatte keine Ahnung, warum er es tat. Wollte er feststellen, ob Myrtle vor ihm noch einen Kunden abfertigte, und eine entwürdigende Szene heraufbeschwören? Am oberen Ende der Treppe drang unter einer Tür Licht heraus. Die Tür war nicht ganz geschlossen. Er drückte sie leise auf und sah hinein.

Mit einem einzigen Blick umfaßte er das ärmliche Zimmer, das zerwühlte Bett, die überfüllte Kommode, die beiden Schaukelstühle, den gelben Gasluster, der von der gekalkten Decke hing. Gegenüber war eine zweite Tür, an der ein fettes altes Weib lehnte, die ihn an Mrs. Watson erinnerte.

Sie stand halb abgewendet von Frank und hielt die Arme über ihrem riesigen Busen verschränkt. Sie sprach mit vorwurfsvoller Stimme: »Sehen Sie zu, daß Sie paar Mäuse bei ihm lockermachen, mehr kann ich nicht sagen. Ich warte jetzt schon eine Woche. Hoffentlich hat er Geld, mehr kann ich nicht sagen. Beeilen Sie sich, Sie können den Kerl nicht so lang warten lassen. Und ich brauch meinen Schlaf. Ich behalt das Kind nur bis zwölf. Muß noch einen Besuch machen.«

Dann sah er Myrtle neben dem Fenster. Sie saß auf einem Schemel und wandte ihm den Rücken zu. Sie hatte ein Kind an der Brust. Mit zärtlicher Gebärde neigte sich ihr zarter Körper über das Baby. Frank sah die volle Rundung, an die das Kind seine gierig saugenden Lippen preßte. Myrtle hatte noch den Hut auf und hatte in der Eile nicht einmal ihre Kostümjacke abgelegt. Sie hielt die Beine schräg, um das Gewicht des Kindes von den Schenkeln tragen zu lassen. Sie gurrte leise vor sich hin.

Die Alte schimpfte: »Ich versteh nicht, warum Sie das Kind nicht in ein Waisenhaus oder so was geben. Dort geht's ihm besser als bei Ihnen, und Sie sind frei. Sie könnten sich eine Stellung suchen, wo Sie regelmäßig Ihren Lohn bekommen.«

Myrtle hob rasch den Kopf. Frank sah ihr Profil, voll Angst, voll Zorn, voll Abwehr. »Ich geb meinen Jungen nicht her! Dann adoptiert ihn jemand, und ich seh ihn nie mehr wieder. So kann ich bei Tag für ihn sorgen und in der Nacht Geld verdienen. Ich geb ihn nicht her!«

Die Alte zuckte die Achseln und kaute gleichgültig an ihrem Kaugummi. »Machen Sie, was Sie wollen. Einem Narren ist nicht zu raten! Aber der Schuft hätte Sie heiraten sollen, bevor er sich im Krieg totschießen ließ. Und Sie hätten auch gescheiter sein können!«

Myrtle fing an zu weinen. »Er hat zu früh wegmüssen. Wir wollten ja heiraten. Und dann hat er fortmüssen.« Plötzlich drückte sie das Baby heftig an sich. »Aber ich hab doch Floyd! Ich hab unser Baby! Und ich behalt es auch!«

Wieder höhnte die alte Vettel. »Ein schönes Leben bieten Sie ihm! Mit einer billigen Hure als Mutter!«

»Das bin ich nicht, das bin ich nicht!« rief Myrtle verzweifelt. »Wenn er nicht mehr an der Brust ist, nehm ich mir jemanden, der auf ihn aufpaßt, und ich geh arbeiten. Ich mach das doch nicht für mich, wegen dem Geld, ich mach es für Floyd! Und ich bin keine Hure!«

Tränen liefen ihr über das Gesicht; sie wischte sie mit dem Handrücken ab und schnupfte auf wie ein Kind. Das Baby trank zufrieden und schmatzend weiter. Myrtle schluchzte.

»Ich hab einen guten Posten in einem Restaurant gehabt. Den krieg ich wieder, wenn ich ihn nicht mehr stille. Aber er braucht mich noch ein paar Monate. Dann geh ich wieder arbeiten.«

Frank schloß leise die Tür. Er stand im Dunkel. Er fühlte den Schweiß auf seiner Stirne, fühlte, wie er ihm den Rücken hinunterlief, denn es war sehr heiß im Stiegenhaus. Er hörte das dumpfe Pochen seines Herzens. Er fuhr mit der Hand in die Tasche. Er wußte ganz genau, wieviel Geld er bei sich hatte. Fünfzehn Dollar. Er hatte das Geld am nächsten Tag zur Bank tragen wollen. Er bückte sich vorsichtig und schob die Geldscheine unter die Tür. Dann ging er die Stiegen hinunter und hielt den Atem an, bis er auf der Straße draußen war.

Drei Ecken weiter erst schimpfte er sich selbst einen Idioten. Was hatte ihn so schwach gemacht und wieder einmal zu schändlichem Mitleid bewogen? Fünfzehn Dollar! Vor zehn Minuten war er der Freiheit um fünfzehn Dollar näher gewesen, einen ganzen großen Schritt. Er aber war einen Schritt zurückgegangen. Warum nur? Auf dem ganzen Heimweg machte er sich Vorwürfe. Vor einer halben Stunde noch hatte er alles klar und vernünftig gesehen. Dann aber war sein Blick verschwommen, wenn auch nur für wenige Augenblicke, und er hatte sich den sentimentalen Narren zugesellt, die das Minderwertige, das Bestialische im Menschen noch unterstützten.

Was hatte er sich nur vorgestellt in seiner Dummheit dort auf der Stiege? Daß Myrtle in Ruhe bei ihrem Baby bleiben sollte diese eine Nacht, oder zwei Nächte! Aber die dritte Nacht? Verdammt noch mal, sagte er sich, was gehen mich die Myrtles und ihre gräßlichen kleinen »Floyds« an! Sie waren die Schwachen, die vom Leben Verstoßenen, ein Abfallprodukt der Menschheit.

Er war so versunken in seine wütenden Gedanken, daß er sich wunderte, als er plötzlich vor seinem Elternhaus in der Albany Street stand. Alle Fenster waren erleuchtet, und die Jalousien waren — ganz gegen Maybelles Gewohnheit — nicht heruntergezogen. An jedem anderen Abend hätte er sich darüber gewundert. Heute aber dachte er nur an sich selbst und an seine Abneigung, das kleine, stickige, blitzblanke Haus zu betreten und sich die Vorwürfe seiner Mutter wegen seines Zuspätkommens anzuhören.

Ein staubiger Wind wehte und brachte den Geruch von trockenem Pferdemist und heißem Asphalt und Kohl mit sich. Irgendwo kochte eine Hausfrau Tomatenketchup für den Winter ein, und plötzlich wurden alle anderen Gerüche von feinen Gewürzen und Tomatenmark übertönt. Dabei kam Frank zum Bewußtsein, daß er immer noch Hunger hatte. Er überlegte.

Dann ging er leise um das Haus herum und betrat den Garten durch den Hintereingang. Hier war es dunkel und kühler als auf der Straße. Viele harte Jahre hindurch hatte Francis jeden Abend und jeden freien Tag in diesem Garten gearbeitet. Entlang des Holzzaunes hatte er rote und weiße Rosen gesetzt und zwei Beete angelegt. In einem wuchsen Pfefferminze, Petersilie und Thymian, im anderen seine Lieblingsblumen, Stiefmütterchen. Auch das Gras war gepflegt worden, bis es wie ein dicker Teppich unter den Füßen lag. In der Mitte des Hofes stand ein Trompetenbaum, den Frank gepflanzt hatte. Wann hatte er ihn gepflanzt? Der goldene Nebel, der zwischen ihm und seiner Kindheit lag, hob sich ein wenig, und im hellen Dunst sah er sich selbst als Kind von — acht Jahren? Neun? Zehn? Er wußte es nicht mehr, aber das wußte er noch, daß es am »Tag des Baumes« war. In der Schule hatte jedes Kind einen Setzling erhalten, den es einpflanzen sollte. Er sah sich selbst im hellen, warmen Sonnenschein, neben ihm stand sein Vater, und der Frühlingswind blies ihnen ins Gesicht, und der Himmel war so strahlend blau wie ein Amethyst. Genau in der Mitte des Gartens stieß Francis den Spaten tief in die braune Erde. Frank sah die Krume, die er aushob, mit den zahllosen roten zappelnden Würmern. Wasser wurde in das tiefe Loch gegossen, und dann durfte Frank seinen Baum hineinstellen. Sorgfältig verteilte Francis die Wurzeln. Frank nahm den Spaten, schüttete vorsichtig Erde über die Wurzeln und drückte sie fest. Es war ein dürftiges Bäumchen, das sich da im Winde bot, knapp so groß wie der Knabe, kahl, schutzbedürftig und sehr jung.

Und nun war er groß. Sein Stamm war fest und stark und voll Lebenskraft. Seine Zweige reichten hoch über Franks Kopf hinaus; seine langen, breiten Blätter flüsterten leise und wurden vom Wind gegen die Sterne gehoben. Im Frühling — so erinnerte er sich — trug der Baum trompetenförmige, süß duftende Blüten. Seltsam, daß er sich an die Form der Blüten erinnerte, denn er hatte den Baum in den letzten Jahren — eigentlich seit Paul Hodge weggezogen war — nie mehr bewußt angesehen.

Er legte die Hand auf die Rinde. Mein Baum. Ich habe ihn gepflanzt. Er ist ein Teil von mir. Wäre ich nicht gewesen, stünde der Baum nicht hier mit seinem üppigen Laub, Lebenskraft aus dem Boden schöpfend, dem Himmel entgegenstrebend. Es gäbe keine Blüten und keinen Schatten, wenn ich nicht wäre. Paul und ich betrachteten den Baum im Frühjahr immer ganz genau und suchten nach den ersten Knospen. Und ich erzählte es ihm sofort, wenn die ersten Blüten sich öffneten. Dann pflückte er ein paar ab, aber sie glitten ihm immer durch die Finger. Seltsam: seitdem ich fünfzehn war, habe ich mich nicht mehr um den Baum gekümmert. Nächstes Jahr muß ich mir die Blüten wieder ansehen.

Der Baum flüsterte ihm etwas ins Ohr. Als Kind hatte er sich immer eingebildet, daß der Baum zu ihm sprach und ihm die seltsamsten Geschichten erzählte. Er hatte in seinem sanften Rauschen deutlich Worte gehört. Aber er erinnerte sich nicht mehr an die Geschichten, und wenn der Baum jetzt sprach, war seine Sprache ihm fremd, war ihm für immer verloren.

»Wohin gehst du im Winter?« hatte er den Baum einst gefragt. Wie alt mochte er damals gewesen sein? Zehn? Zwölf?

»Wo auch du hingehst, wenn du schläfst«, hatte der Baum geantwortet und geheimnisvoll dabei gerauscht. »Wo ich hingehe, wenn ich sterbe, und wo du hingehst, wenn du stirbst.«

»Und wo ist das?« hatte er gefragt und mit seinen kleinen Händen das schmale Stämmchen umklammert.

Der Baum hatte es ihm gesagt. Es war eine ganz klare, befriedigende, wunderbare Antwort gewesen — leider hatte er sie vergessen. Er erinnerte sich wohl an die Frage, nicht aber an die Antwort. Wie herrlich war die Welt doch damals gewesen! So voller Zauber und Wunder und grenzenlosen Verstehens! Nun war das goldene Licht erloschen, das grelle Licht des Alltags an seine Stelle getreten.

In jenen wenigen Minuten, die er unter dem Baum verbrachte, war er wieder jung wie einst, und in seinen Ohren klang leise das Echo jener wundersamen, zauberhaften Zeit. Er brach ein langes, kühles Blatt vom Baum. Wie oft hatte er ein solches Blatt in der Hand gehalten und seinen geheimnisvollen Pulsschlag gespürt, die leise Antwort auf sein eigenes pulsierendes Leben. Konnte er es wiederum fühlen? Nein. Er warf das Blatt fort. Kinder haben so verflucht viel Phantasie!

Plötzlich fiel ihm wider Willen Paul Hodge ein. Er würde Paul schreiben. Irgendwie mußte er ihm sein seltsames Benehmen erklären. Würde Paul ihn verstehen?

Frank zuckte die Schultern. Er fühlte sich müde und niedergeschlagen. Myrtle und die fünfzehn Dollar waren vergessen. Er ging durch die Hintertür in das Haus.

Aus dem Vorderzimmer drangen lautes Schluchzen und Weinen. Er schloß die Tür und eilte in das Schlafzimmer seiner Eltern. Francis lag auf dem Bett, das Gesicht weiß wie der Tod, die Decke bis zum Hals gezogen, die Augen eingesunken und geschlossen. Neben ihm saß Maybelle, auf der anderen Seite des Bettes Mrs. Clair. Maybelle hielt sich ihre Schürze vor das Gesicht. Sie war es, die er weinen und schluchzen gehört hatte. Mrs. Clair dagegen war still und grau und wie versteinert. Sie sah auf, als Frank eintrat.

»Wo warst du, als wir dich brauchten?« fragte sie streng. »Dein Vater ist heute im Geschäft zusammengebrochen. Der Doktor sagt, es wäre Schwindsucht und daß er nie mehr arbeiten wird können. Du bist mir ein feiner Sohn! Treibst dich auf der Straße herum, wenn dein Pa und deine Ma dich brauchen!«

XXXIII

Vor Frank lag bleiern und schwer der November 1918. Er schrieb an Paul Hodge, der sich anscheinend noch immer im Ausbildungslager in Great Lakes befand:

»Ich habe Dir fünf Briefe geschrieben, aber keine einzige Antwort erhalten. Warum? Nun, ich werde Dir auch weiterhin schreiben, Paul. Ich weiß, meine Briefe finden kein Echo, aber ich kann nicht anders. Ich will ja nur, daß Du weißt —«

Was weißt? Frank starrte auf die Tasten der Schreibmaschine, auf denen seine Hände lagen; dann blickte er aus dem Fenster in den Fabrikshof. Es war seine Mittagspause. Was sollte Paul wissen? Er erinnerte sich nicht mehr. Er fuhr fort: »— daß ich viel an Dich denke. Aber umgekehrt scheint das nicht der Fall. Ich bekam nicht einmal eine Antwort auf den Brief, in dem ich Dir mitteilte, daß mein Vater am 21. Oktober gestorben ist.«

Frank hielt inne. Warum fiel ihm gerade jetzt ein, daß er bei der Abschlußfeier der neunten Klasse, die in der Lafayette Highschool abgehalten wurde, nicht dabeisein konnte? Er bekam sein Zeugnis nicht feierlich überreicht, weil seine Eltern sich geweigert hatten, ihm zu diesem Anlaß einen neuen blauen Anzug zu kaufen. Sie waren der Ansicht, sein alter brauner Anzug, der längst zu klein und sehr schäbig war, sei gut genug für diesen »Yankee-Unsinn«. Er hatte also der Feier nicht beigewohnt, und Miß Bendy hatte dafür gesorgt, daß ihm sein Abschlußzeugnis mit der Post zugesandt wurde. Ihm war ganz schlecht vor Zorn, wenn er daran dachte.

Dann jedoch verebbte der Zorn, sosehr er sich auch bemühte, ihn festzuhalten. Es tut mir ja gar nicht richtig leid, dachte er und fühlte sich leer und niedergeschlagen.

»Ich glaube, ich habe Dir erzählt, daß mein Vater an Lungentuberkulose litt. Im September hatte ihm der Arzt gesagt, daß er nie mehr arbeiten dürfe, oder doch sehr lange Zeit nicht. Er war ernstlich krank, aber er hätte sich ausheilen können. Letztlich brachte ihn die Angst um, die Sorge, seine Ersparnisse könnten dahinschwinden. Er hörte nicht auf den Doktor. Bald nach dem ersten Blutsturz bestand er darauf, seine Arbeit wiederaufzunehmen. Er brach zusammen. Zwei Tage später war er tot.«

Franks Augen wurden ganz dunkel. Er zündete sich eine Zigarette an. Plötzlich und ohne den geringsten Anlaß mußte er an die Geige seines Vaters denken, die, von Staub und Spinnweben bedeckt, im Keller in der Albany Street lag. Er fühlte einen stechenden Schmerz in der Brust. Meine alte Schwäche, dachte er, und unterdrückte den Schmerz gewaltsam, bis er verging. Dieser Schmerz war jetzt irgendwie anders als früher.

»Du wirst gemerkt haben, daß meine Adresse jetzt eine andere ist und eine ganz tolle, wohlgemerkt. Meine Mutter ist zu meiner Großmutter in die Porter Avenue gezogen. Die beiden wollen in ein oder zwei Jahren nach England zurückfahren. Ich habe mich von meiner Familie getrennt, denn ich vertrage mich mit meiner Großmutter sehr schlecht, und außerdem will ich natürlich nicht nach England zurück. Nachdem mein Vater gestorben war, untersuchte der Arzt auch mich auf Tuberkulose — Gott sei Dank keinerlei Anzeichen! Aber Ma hustet jetzt ununterbrochen und ängstigt sich deswegen, obwohl ihr nicht das geringste fehlt.

Nun ist der Krieg also vorüber, und bald wirst Du der Marine Lebwohl sagen. Der Waffenstillstandstag in Bison war eine komische Angelegenheit. Ich ging in die Stadt, weil ich dachte, daß es irgendwelche Feiern geben würde. Aber ich begegnete nur ein paar Kindern mit Pfeifen und einigen Erwachsenen, die ziellos umherwanderten. Bedeutete ihnen denn das Kriegsende nichts? Anscheinend nicht. Ich weiß nur, daß hier in der Rüstungsfabrik sehr düstere Stimmung herrschte. Die Arbeiter waren sehr bedrückt.«

Franks eigene düstere Stimmung verstärkte sich. Draußen wurde es dunkel, und vereinzelte Schneeflocken trieben am Fenster vorbei. Wie er den November haßte, dieses bleierne Standbild, dessen Arme und Beine zusammengeschmolzen und starr waren! Er fuhr fort:

»Vermutlich ziehst Du wieder zu Deinem Vater und Gordon. Könntest Du nicht Deine Fahrt nach Hause in Bison unterbrechen und mich besuchen? Verständige mich nur, und ich erwarte Dich am Bahnhof. Ich habe ein hübsches Zimmer; die Adresse ersiehst Du aus dem Briefkopf.

Seit September besuche ich die Abendschule in Hutchinson. Die meisten Schwierigkeiten bereitet mir wie immer schon die Mathematik. Man hat mir gesagt, wenn ich nicht durchkomme, erhalte ich kein Abschlußzeugnis und kann nicht ans College gehen. Es ist vielleicht besser, ich belege nur die Kurse, die ich für meine schriftstellerische Arbeit brauche, und gehe dann als ›außerordentlicher Hörer‹ an die Universität von Bison. Das scheint mir die einzige Lösung. Man ist in Hutchinson schon draufgekommen, daß ich nicht einmal ungekürzte Divisionen beherrsche. Ich habe alles vergessen, was ich in der neunten Klasse noch wußte.

Aber in Englisch haben wir einen wunderbaren Lehrer, einen gewissen Mr. Mason. Unsere erste Hausarbeit war ein Aufsatz, aber ich habe ein kurzes Gedicht in Blankversen geschrieben.«

Wiederum machte Frank eine Pause und hörte Mr. Masons freundliche Stimme: »Bemerkenswert. Ausgezeichnet. Aber irgend etwas fehlt. Ich weiß nicht recht, was es ist. Alles Wesentliche scheint vorhanden, Farbe, Leben, Originalität und Ausdruckskraft. Sie haben ein großes Talent — wir müssen nur noch herausfinden, was fehlt.«

Frank runzelte die Stirn. Fehlte wirklich etwas? Nein, es fehlte nichts, gar nichts, außer vielleicht Sentimentalität. Er beendete den Brief mit einer kurzen Floskel und steckte ihn in einen Umschlag. Seine Mittagspause war vorüber, seine Kollegen kehrten lachend und plaudernd ins Büro zurück. Einer von ihnen war ein junger Mann, mit dem Frank sich ein wenig angefreundet hatte, ein großer, gebückter, immer lächelnder Südstaatler aus Kentucky. »He, schreibst du schon wieder?« fragte er.

Frank klebte den Umschlag zu, versah ihn mit einer Briefmarke und warf den Brief in den Postkorb. »Nichts Wichtiges. Sag mal, was wirst du jetzt anfangen, Tim? Hast du auch das Kündigungsschreiben bekommen?«

»Ja. Ich fahre heim, zurück in die Berge. Meine drei Brüder behaupten, es gibt da Öl. Man bekommt zwar nur eineinhalb Dollar pro Faß, aber dafür fließt es angeblich wie Wasser. Du solltest mitmachen, ich hab's dir schon oft gesagt. Komm mit! Mensch, du könntest einen Haufen Geld verdienen!«

Er hat mich wirklich gern, dachte Frank mit leichtem Staunen. Er betrachtete das bräunliche, hagere Gesicht, das so gutmütig aussah, die hellen blauen Augen, den brünetten Haarschopf. Er empfand die natürliche, weiche Art des jungen Mannes als angenehm, aber er hätte nicht sagen können, ob er Tim Cunningham mochte oder nicht. Etwas in ihm war verkümmert. Seine Reaktionen auf andere zeugten von Gleichgültigkeit und Teilnahmslosigkeit. Er bemerkte seine Mitmenschen kaum und beglückwünschte sich zu dieser »normalen« Einstellung. Er hatte es gelernt, die Welt leidenschaftslos und ohne Gefühlsaufwand zu betrachten.

»Vielleicht mach ich das wirklich«, antwortete Frank und fühlte sich plötzlich von Tim gelangweilt. Der sah ihn forschend an. Komischer Kauz, dachte Tim, aber ein großer, hübscher Kerl mit einem »amerikanischen« Gesicht. Nicht so einer wie diese verdammten Ungarn und Heinis und Makkaronifresser, denen man in dieser verrückten Stadt begegnete. Er war auch kein »Yankee«, war in England zur Welt gekommen. Tim wurde warm ums Herz. Die alte Freundschaft und Zuneigung der Südstaatler für die Engländer leuchtete aus seinen Augen. Wir gehören zusammen, dachte er. Er legte Frank die Hand auf die Schulter, drückte sie und ging an seinen Schreibtisch.

Kentucky. Frank spielte mit seinem Federhalter. Was hatte Mr. Mason zu ihm gesagt? »Sie müssen noch viel lernen, Mr. Clair, sehr, sehr viel. Noch viele Jahre müssen Sie lernen. Aber wenn Sie Vertrauen zu sich haben und lernen und ein bißchen in der Welt herumkommen, kann aus Ihnen ein Schriftsteller werden.«

Frank hatte sich sehr genau mit den Möglichkeiten eines Schriftstellers beschäftigt. Er war draufgekommen, daß nur einige wenige wirklich von ihrer schriftstellerischen Tätigkeit leben konnten. Und nur diese wenigen waren richtige Professionals und erhielten alle Preise zugesprochen. Daneben gab es Hunderte andere — die die zahllosen anderen Bücher schrieben, nur geringen Erfolg hatten und zwischen zwei- und dreitausend Dollar im Jahr mit ihren Büchern verdienten. Damit war nicht viel anzufangen. Am Gipfel des Ruhms, ja, da gab es verlockende Preise zu gewinnen. Aber bis zum Gipfel war es weit. Er wollte schneller zu Geld kommen. Und es gab keine Garantie, daß er den Gipfel je erreichen würde. Das Schreiben war ihm — im Gegensatz zu früher — zu einer Arbeit, einer Fron, einer Anstrengung geworden. Einst hatte er mühelos und voll Eifer geschrieben, die Sätze waren ihm wie flüssiges Feuer aus der Feder geflossen und hatten ihn selbst mit ihrem Bilderreichtum, ihrer Kraft, ihrer Schönheit entzückt. Seine Phantasie war ein Topf gewesen, den man nur umkippen brauchte, und ganz von selbst floß das Gold heraus. Damals war die Welt noch voll Wunder — heute war sie anstrengend, voll harter mechanischer Arbeit. Irgend etwas war mit ihm geschehen; er fühlte die körperliche Erschöpfung in Armen und Beinen, alle Kraft schien ihn zu verlassen, und alles deutete auf sein Versagen hin.

Kentucky. »Du könntest dir einen Haufen Geld verdienen«, hatte Tim gesagt.

Wenn ich Geld hätte, könnte ich wirklich studieren, wirklich Reisen unternehmen. Dann wäre ich von dem Zwang befreit, mir durch regelmäßige Arbeit meinen Lebensunterhalt zu verdienen, und ich könnte mir das aneignen, was »fehlt«, wie Mr. Mason meint. Nur der Druck des Gelderwerbs hindert mich daran. Außerdem würde ich das Land besser kennenlernen.

Er hatte die meisten seiner frühen Gedichte und Kurzgeschichten aufgehoben. Er fand sie ungeschliffen und dilettantisch und schrecklich übertrieben. Sie wimmelten nur so von Beiwörtern und Wiederholungen. Ja, er hatte viel dazugelernt. Er wußte, was er falsch machte. Er schrieb jetzt viel besser als damals. Aber zuinnerst wußte er, daß ihm etwas verlorengegangen war, das er einst besessen hatte: Kraft, Stärke, Lebensfülle — die Kunst, anschauliche Bilder hervorzuzaubern. Er zuckte die Achseln. Wenn er erst von der täglichen Fron befreit war, würde das alles wiederkommen. Plötzlich sagte er sich leidenschaftlich: »Es muß wiederkommen! Es muß! Es muß!«

Die Heftigkeit seines Wunsches versetzte ihn in Erstaunen. Es war, als riefe eine Stimme aus den dunklen Abgründen seiner Seele. Eine Stimme, die er jahrelang erstickt hatte.

Tim kam zu ihm herübergeschlendert und bot ihm eine Zigarette an. Dann zwinkerte er ihm zu, neigte sich zu ihm hinunter und flüsterte: »He, du, diese Mädchen neulich waren nicht von Pappe, wie? Und gesund sind sie auch, ich hab's dir ja gesagt. Versuchen wir's heute wieder?«

XXXIV

Frank zündete sich in der Dunkelheit noch eine Zigarette an. Er saß auf dem Bettrand und rauchte gierig. Was hatte Emerson gesagt? »Verteilt keine Wohltaten, schafft gleiches Recht für alle, sichert Leben und Eigentum, und ihr braucht keine Almosen zu geben. Öffnet dem Talent und der Tugend jedes mögliche Tor, dann können sie sich bewähren, und das Eigentum wird nicht in unrechte Hände gelangen. In einer freien und gerechten Wirtschaft entgleitet das Eigentum den Faulen und Dummen und geht auf die Fleißigen, Tapferen, Ausdauernden über.«

Er lächelte grimmig. Ich bin fleißig, dachte er. Ich habe Mut, und ich kann sehr ausdauernd sein. Drei Spaten, mit denen man in einem steinigen Garten nach Gold graben kann! Aber es gab etwas Neues auf der Welt; unheilvolle Ideen, die dem Einfluß der Schwachen und Weichherzigen zuzuschreiben waren. Es gab Narren, die behaupteten, daß die Dummen, die Feigen, die Untüchtigen genauso viel »Recht auf Leben« hatten wie die Mutigen, die Tüchtigen, die Begabten. Wer gab ihnen dieses Recht? Wer waren die Idioten, die erklärten, daß sie es besaßen? Kein Mensch besaß Recht auf Leben, der nicht arbeitete und sich selbst erhielt. Der alte, eiserne Grundsatz der Puritaner fiel ihm ein: »Wer nicht arbeitet, soll auch nicht essen.«

Frank nickte. Ja, Emerson hatte recht. Die Puritaner hatten recht. Er fühlte, daß sie recht hatten. Aber etwas fehlte, und zwar in ihm selber. Ein Faktor fehlte in seiner Gleichung, und er wußte es und ärgerte sich darüber. Er fühlte dieses »Etwas« hinter Emersons ernsten Worten. War es möglicherweise dasselbe, das nach Mr. Masons Behauptung bei seinen Arbeiten fehlte? Verdammter Blödsinn! Metaphysik!

Er stand auf und drehte am Schalter. Licht flammte auf. Seine Gedanken verflüchtigten sich beim tröstlichen Schein der Lampe, und er sah sich zufrieden in seinem Zimmer um. Während der letzten fünf Jahre hatte sich in der Linwood Avenue viel verändert. Die Besitzer vieler großer alter Häuser hatten sich aus kommerziellen Gründen an den Stadtrand zurückgezogen. Die verlassenen Häuser wurden aufgekauft und größtenteils in Pensionen umgewandelt — für »schöne Privatzimmer« wurden recht hohe Mieten verlangt. Franks Zimmer in einem Haus in der Nähe der North Street kostete ihn mit Frühstück 10 Dollar die Woche. Aber es war ein hübsches Zimmer, wenn auch nicht groß und eher altmodisch. Die Zimmerdecke war hoch, mit Stuck verziert und in hellem Apfelgrün ausgemalt. Auf dem Boden lag ein ausgebleichter Axminster-Teppich mit orientalischem Muster in mattem Rot, Blau und Grün. Er betrachtete seine Möbel und war wiederum befriedigt. Es mußten richtige Antiquitäten sein, der Schreibtisch zum Beispiel war aus echtem Mahagoni, prächtig gemasert und von mattem Glanz.

Er setzte sich in seinen Schaukelstuhl und rauchte und starrte vor sich hin. Seine goldene Uhr, das einzige Erbstück nach seinem Vater, zeigte halb elf. Gleich würde er ausgehen und sich ein Bier und ein Sandwich kaufen. Vorläufig aber genoß er sein Zimmer.

Plötzlich überfiel ihn Unruhe. Seine Arbeit bei Curtiss dauerte höchstens noch zwei Wochen. Natürlich würde er bald einen anderen Posten bekommen — trotz der Gerüchte, daß nun nach Kriegsende zunehmende Arbeitslosigkeit herrschte. Die Kündigung hatte er ja auch schon im November erhalten, jetzt schrieb man Januar, und er arbeitete immer noch. Er leistete gute Arbeit, er war intelligent und fleißig. Er hatte in Abendkursen Kurzschrift gelernt, und männliche Stenographen waren sehr gefragt. Aber er scheute vor dem bedrückenden Gedanken zurück, auf Stellungssuche gehen zu müssen, sich wieder an eine neue Umgebung zu gewöhnen. Tim Cunningham war schon im November »in die Berge« gefahren. Er arbeitete mit seinen Brüdern zusammen, sie bohrten nach Öl und anscheinend mit recht gutem Erfolg. »Vorige Woche haben wir jeder zweihundert verdient«, hatte er Frank geschrieben. »Warum kommst Du nicht her und machst mit? Ich muß Dich wirklich gern haben, sonst würde ich Dich nicht so drängen.« Die Briefe kamen aus Shortsville, Kentucky. Auf der Landkarte war der Ort nicht zu finden, er war offenbar sehr klein.

Zweihundert Dollar in einer einzigen Woche! Das war beinahe so viel wie Frank an Erspartem auf der Bank liegen hatte! Er drückte seine Zigarette auf einem Porzellanteller aus. Zweihundert die Woche — das waren etwa achthundert Dollar im Monat, rechnete er sich aus. Er kalkulierte den Betrag für ein Jahr, zwei Jahre, drei. Mein Gott, nach drei Jahren könnte er ein reicher Mann sein! Die Abendschule freilich müßte er aufgeben. Zum Teufel, ich kann ja den Abschluß der high school bleibenlassen und gleich als »außerordentlicher Hörer« an die Universität gehen, wenn ich zurückkomme! Und ich hätte inzwischen ein Stück Amerika kennengelernt!

Gedankenverloren zog er noch einmal die goldene Uhr aus der Tasche. Ein Viertel vor elf. Wenn er noch ein Bier und ein Sandwich wollte, mußte er gleich gehen. Er stand auf, trat an den Spiegel und richtete sich die Krawatte. Er betrachtete sein Gesicht. Es war nicht mehr das Gesicht seiner Kindheit.

Er war nun ein Mann, fast sechs Fuß groß, mit knochigen breiten Schultern und langen Armen und Beinen. Sein Anzug saß gut, und er sah gepflegt aus. Als Kind war er immer unordentlich und schmutzig herumgelaufen, das kam jetzt nicht mehr vor. Er griff nach der Uhr, um sie wieder einzustecken. Sie lag in seiner Hand, und seltsamerweise wurde sie plötzlich schwer und schien zu klopfen wie ein Herz. Er konnte sie nicht einstecken. Er starrte sie an.

Die goldene Glätte der Oberfläche erwärmte sich in seiner Hand. Er hörte das laute Ticken. Es war das Herz seines Vaters, das er da pochen hörte. Sogleich überfiel ihn wieder der wilde Schmerz in der Brust, er biß die Zähne zusammen und kämpfte dagegen an und verachtete sich.

Das Zimmer verschwamm vor seinen Augen, und er saß wieder am Bett seines Vaters, und es war der Tag, bevor Francis starb.

Die kurze, heftige Krankheit seines Vaters hatte nicht viel Eindruck auf ihn gemacht. Er war gewöhnt, daß seine Mutter unentwegt über ihren Gesundheitszustand jammerte. Seiner Meinung nach hatte ihr sein Vater nun endlich einmal die Schau gestohlen und nützte das weidlich aus. Und so dachte er während der Arbeitszeit überhaupt nicht an Francis. Er hatte es sich längst abgewöhnt, überhaupt an seine Eltern zu denken.

Der Oktobertag war von spröder, gelber Lieblichkeit gewesen. Alles war von magischem, gelbem Leuchten erfüllt, die Sonne, die Bäume, die Gesichter der Vorübergehenden, das Licht an den Häuserecken, entlang der Gehsteige, auf den staubigen Straßenbahnfenstern — alles sah metallisch aus, als wäre es aus Messing. Alles, nur der Himmel nicht! Der leuchtete und strahlte wie ein Bogen aus reinstem Aquamarin. Er hatte keine Tiefen, dieser Himmel. Er war ein Gewölbe, kunstvoll aus einem runden Edelstein geschliffen und so blau, daß es unwirklich aussah. Frank hatte am frühen Abend die Fabrik verlassen und mit Absicht einen oder zwei Straßenbahnzüge versäumt, um den Himmel und die goldene Beleuchtung genießen zu können, ehe alles wieder verblaßte. Und wie er so dahinschlenderte — sah, aber nicht fühlte; genoß, aber nicht teilnahm; begeistert war, aber nicht hingerissen —, da erinnerte er sich, daß er an einem ganz ähnlichen Abend neben den Eisenbahnschienen unterhalb der Ferry Street spazierengegangen war und den Unfall gesehen hatte.

Er war damals vierzehn gewesen und hatte die Schule geschwänzt. Er hatte einen wunderschönen Tag verbracht, war gewandert, hatte viel gesehen, in sich aufgenommen, geträumt. Er war schon fast bei der Ferry Street, als er den kleinen Jungen von etwa zehn Jahren sah, der einen Ball in die Luft warf und wieder auffing. Der Kleine war ärmlich gekleidet, und obwohl der Tag kühl war, ging er barfuß. Der Sohn eines Treidelpfadbewohners; ein Junge mit Haaren, die so metallisch gelb leuchteten wie die Nachmittagssonne, mit einem Gesicht so rosig und schmutzig und glücklich, daß jedem warm ums Herz werden mußte, der es sah.

Ein Zug kam um die Biegung und stöhnte wie eine Schar Verdammter, als er sich der Kreuzung näherte. Der Junge beachtete den Zug überhaupt nicht, er spielte mit seinem Ball und warf ihn hoch in die Luft. Es war ein roter Ball, ganz neu und vermutlich gestohlen. Wenn der Ball dem Himmel entgegenflog, sprang auch der Junge hoch, warf die Arme in die Höhe, streckte die Finger empor. Die nackten Füße und

Beine flogen, als wäre er ein junger Hermes, und das goldene Haar flatterte wie gezackte Flügel. Frank sah sein Profil, rein und entrückt. Er fühlte, daß dieser Junge nichts sehnlicher wünschte, als fortzufliegen, sich mit dem Ball in die Lüfte zu erheben. Und etwas anderes fühlte er mit seinen empfindlichen Sinnen, während er den Jungen und seinen Ball beobachtete: Er fühlte das Aufwärtsstreben der ganzen Menschheit in dem Wunsch des Knaben, sich zu erheben, schwerelos zu sein, die helle Weite der Luft zu durchmessen, sich von Fleisch und Tod und Häßlichkeit und Schmerz zu befreien und der Sonne entgegenzueilen. Er selbst war erst vierzehn, und doch hatte auch er schon eine Ahnung von diesem Streben, er wußte um diesen unerfüllbaren und doch so heldenhaften, großartigen Wunsch.

Wieder flog der Ball in die Höhe, wieder sprang der Junge. Aber als die kleine rote Kugel zur Erde zurückkehrte, verfehlte sie die ausgestreckten Hände. Sie fiel zu Boden, holperte den leichten Hang hinunter und blieb zwischen den glitzernden Schienen liegen. Der Junge rannte hinterher. Frank stand wie versteinert, er öffnete den Mund zu einem Schrei, aber kein Ton kam heraus. Es war, als hielten eiserne Hände seine Kehle umklammert. Er versuchte einige Schritte auf den Jungen zu, mußte aber stehenbleiben, als hätte er sich in Eis verwandelt. Er wollte die Augen schließen, aber unerbittlich wurde er gezwungen, zu sehen, was zu sehen war. Alles geschah in wenigen Augenblicken. Der Zugführer zog verzweifelt die Bremse. Der Zug kreischte und stöhnte und ächzte, und eine Sirene heulte auf. Aber da war nichts mehr zu machen.

Wie ein riesiges Ungeheuer schlitterte die Lokomotive im Staub und schob sich unaufhaltsam auf das Kind zu. Und da erst konnte Frank die Augen schließen.

An die nächsten Minuten hatte er keine Erinnerung. Als er die tränenden Augen wieder aufschlug, hatte sich aus dem Nichts eine kleine Menschenmenge angesammelt — ärmliche Männer in Overalls und Strickjacken, weinende Frauen, die die Hände rangen, neugierig gaffende Kinder. Der Zug stand still, und entlang der offenen Fenster waren wie Perlen auf einer Schnur die Köpfe der Reisenden aufgereiht, die sehen wollten, was los war. Der Zugführer stand auf dem Geleise und schluchzte laut, während sein Heizer ihn zu trösten suchte. Einige Männer schwangen sich vom Zug und kamen herbeigelaufen. Die Luft war erfüllt von Schreien, Rufen, Flüchen, ein einziges Durcheinander. Und dann kreischte eine Frau, eine dicke, ungepflegte kleine Frau in einem Baumwollkleid; sie kam von einer der schäbigen Hütten herbeigerannt. Frank sah die Strähnen ihrer schwarzen Haare, ihrer Zigeunerhaare, sah ihr fassungsloses weißes Gesicht, als sie den Zugführer und die entsetzte Menge erreichte, die die dampfende Lokomotive umstand. Immer wieder kreischte sie, es war ein irres, atemloses Kreischen. Aber das, worüber sie kreischte, dieses helle, strahlende Etwas, gab keinen Laut mehr von sich, würde nie wieder einen Laut von sich geben.

Seine Beine zitterten; er fühlte, wie ihm der Schweiß über die Haut lief. Er wandte sich ab, wollte davonrennen, wollte nichts als rennen, rennen, und vor seinem inneren Auge stand das Bild des Kindes, das einem strahlendblauen Himmel entgegenstrebte. Diesmal aber kehrte der Junge nicht zur Erde zurück. Er flog davon, verlor sich in der Sonne.

Plötzlich stieß Frank mit dem Fuß an etwas Rundes, das davonrollte. Unverletzt, unberührt, war der Ball auf unerklärliche Weise wieder auf den Weg zurückgeschleudert worden. Frank hob ihn auf. Er war warm wie ein Mensch, rot wie Blut. Er war unschuldig. Rundherum bedeckten ihn die Fingerabdrücke des Jungen, der nie wieder mit ihm spielen würde. Er vibrierte in Franks Händen, brannte ihm auf der Haut. Frank trug den Ball zum Kanal hinunter und warf ihn ins Wasser. Ein paar Augenblicke lang drehte sich der Ball, dann füllte er sich durch ein unsichtbares Loch mit Wasser und ging langsam unter.

Er hatte damals nicht gewußt, daß es reinstes, unverdorbenes Mitleid war, das er empfand. Aber an diesem Tag im Oktober, als er durch den goldenen Herbstabend heimging, da wußte er es. Was für ein lächerlicher Knirps war er doch gewesen! Und wie dumm! Wie ein rührseliger Narr hatte er sich gekränkt über den Tod eines dreckigen Fratzen vom Treidelpfad, aus dem ja doch nichts anderes geworden wäre als ein Trinker und ein Dieb wie sein Vater und der vermutlich im Gefängnis oder am Galgen geendet hätte. Er aber war dort gestanden und hatte zugesehen, wie der Ball langsam versank, und hatte seine idiotischen sentimentalen Tränen geweint. Das Bild des Kindes, das sich zum Himmel erhob, rein und klar, war verschwommen, verdunkelt, beinahe schon vergessen.

Er führte Selbstgespräche an jenem Abend im Oktober, während er an der Ecke auf die Straßenbahn wartete. Er sagte sich: Als Kind hatte ich die blödsinnigsten Ideen, ich träumte von Heldenmut und Nächstenliebe und ähnlichem Quatsch. Ich könnte kotzen, wenn ich nur daran denke. Ich wollte die Welt retten, ich wollte über so idiotische Sachen wie dieses tote Kind schreiben. Ich wollte allen Menschen Mitleid und Liebe und Freude und Poesie schenken! Wie unerhört anmaßend, wie unverschämt von mir!

Der Spiegel seines Geistes war so verschwommen wie der Spiegel über dem Spültisch in der Küche seiner Mutter — dunstig, fleckig, blind, eine harte Fläche, in deren Tiefe man nur Schatten sah.

All das fiel ihm wieder ein, als er in seinem Zimmer in der Linwood Avenue stand und die Golduhr seines Vaters anstarrte. Jener Oktobertag vor langer Zeit und der Tag, an dem sein Vater starb, waren untrennbar miteinander verbunden, waren in seiner Erinnerung zu einem einzigen Tag geworden. So wie er den Ball des Jungen gehalten hatte, ehe er ihn ins Wasser warf, so hielt er nun die Uhr seines Vaters in der Hand. Und wie er den Pulsschlag des Balles zu fühlen gemeint hatte, so fühlte er nun einen Augenblick lang den Pulsschlag der Uhr.

Seine Finger erwärmten sich an dem Metall. Schon wollte er die Uhr wieder in die Tasche stecken, aber etwas hielt ihn zurück, und er konnte nur einfach dastehen und die Uhr ansehen. Eigentlich — und das belustigte ihn — war das ja beinahe wieder der Ball, der Ball des namenlosen Kindes, das sich von der Erde lösen wollte, das davonzufliegen versuchte, das niedergestoßen wurde und starb!

Wiederum befand er sich im Vorderzimmer in der Albany Street, dem Schlafzimmer seiner Eltern.

Die Nacht war kühl geworden. Der kleine Gasofen mit den Tonringen war voll aufgedreht und strahlte angenehme Wärme über das glänzende, aber schon recht schäbige Linoleum aus. Maybelles vielfach gestopfte und geflickte »Spitzen«-Vorhänge hingen steif gestärkt wie Papier und ebenso weiß vor den heruntergezogenen grünen Jalousien. Ein geschwungenes Sofa aus Mahagoni mit einer giftgrünen Rückenlehne aus Plüsch und ein dazu passender Stuhl waren den spärlichen Möbeln hinzugefügt worden. Maybelle hatte die »Garnitur« bei einem Trödler gekauft und sorgte mit Waschleder und Poliertuch dafür, daß das Holz immer glänzte. Auch das Messingbett war so blank geputzt, daß die schmalen Säulen und gedrehten Knöpfe wie pures Gold leuchteten. In diesem Bett mit dem weißen Pikeeüberwurf lag Francis auf dicken weißen Kissen (Maybelles geliebte Kissen aus England). Das Gaslicht war heruntergedreht und gab milden Schein. Frank saß neben seinem Vater, während Maybelle schlief. Um ein Uhr sollte er sie wecken, damit sie die Nachtwache übernehmen und er selbst ein wenig schlafen konnte. Sie wußten zu diesem Zeitpunkt schon, daß Francis sterben mußte.

Das Licht war zu schwach, als daß man hätte lesen können. Frank konnte daher nur neben dem kleinen Gasofen auf einem unbequemen Schaukelstuhl sitzen und seinen Vater beobachten. Er schaukelte unentwegt, und der Fußboden krachte unter den Kufen. Die Gaslampe zischte, der Ofen zischte und knisterte. Der Oktoberwind rüttelte an den Fenstern, und die Vorhänge bewegten sich ganz leise. Francis schien zu schlafen, aber sein Atem ging unregelmäßig und keuchend, und manchmal wurde er von trockenem Husten geschüttelt.

Es war ein Totenkopf, der dort auf dem Kissen lag, grau, eingefallen, mit tiefen Schatten, runzelig und bleich. Der kahle Kopf, die gewölbte Stirn wirkten riesenhaft im Vergleich zu den darunterliegenden Gesichtszügen. Der Schädel war wie aus weißem Stein gemeißelt, während das in Auflösung begriffene Gesicht geisterhafte Ähnlichkeit mit affenartigen Vorfahren annahm. Jetzt, da alles Menschliche mehr und mehr von ihm abfiel, kam das verlorene Bild vom Anbeginn der Menschheit immer deutlicher zum Vorschein. Der Tod ist etwas Häßliches, dachte Frank, aber doch auch etwas sehr Geheimnisvolles. Er war fasziniert, wie sieghaft der Schädel und die Stirn bestanden — Symbol des Aufschwungs des Menschen, das nicht verging und sich verlor, sondern noch andauerte, wenn längst schon die affenartigen Züge darunter zu Staub zerfallen waren. Wie ein Monument, ein triumphierendes Grabmal, überdauerte die Rundung des Schädels, voll, glänzend, unverwundbar die Jahrhunderte, stummes Zeugnis für das seltsame Wesen, das ihn einst bewohnt hatte. Langsam hatte er sich von dem kleinen Affenschädel, der ohne Neugier die Bäume des Dschungels betrachtete, zu dem Kopf des Mannes entwickelt, der von Städten träumte und von bebautem Land.

Das Gaslicht flackerte, der Ofen zischte. Frank saß ganz still auf seinem Stuhl, und einige erhebende Augenblicke lang fühlte er wieder das Feuer und die Leidenschaft seiner Jugendzeit, die Begeisterung, die Ekstase, das Staunen und die Ehrfurcht. Und ohne daß seine große Freude darüber ihm bewußt geworden wäre, dachte er: Ich kann noch fühlen!

Aber dann kämpfte er gegen diese Dummheit an und dachte an die Schule, an seine ehrgeizigen Pläne, dachte an Geld und an die Flucht aus diesem Raum und allem, was er bedeutete. Er sah sich um und haßte und lehnte sich auf und die Vision verschwand.

Francis hustete tief und schwer und öffnete die Augen. Er sah, wie sein Sohn dasaß und grimmig vor sich hin starrte. Er sah die harten, zusammengekniffenen Augen seines Sohnes; sie waren weder auf den Raum noch auf den Vater, sie waren auf sein eigenes Inneres gerichtet. Und Francis sah darüber hinaus noch etwas anderes. Er sah seinen Sohn, diesen jungen Mann mit gekreuzten langen Beinen; der weiße Kragen war steif und makellos rein, die Krawatte sorgfältig gebunden, die kräftigen schlanken Hände hielten die Armlehnen umfaßt. Und ohne es zu wollen, rief Francis: »Söhnchen!«

Dieser Kosename, den er so lange nicht mehr gehört hatte, versetzte Frank einen Schock. Er starrte seinen Vater an. Der Kosename traf ihn wie ein Echo aus einer früheren, schöneren Kindheit auf den grünen Gänseblümchenwiesen Englands, aus der Welt der Karussells, der fröhlichen Spiele und der weihnachtlichen Kamine. Er hörte das Wort und fühlte die Frische des Hagedorns und der Brunnenkresse, schmeckte Pfefferminzstangen und Pfannkuchen zur Fastnacht und hörte das Lachen der Kinder, die Kartoffelchips aßen, während draußen der Regen rauschte. Er sah einen jungen Francis, der ihn an der Hand hielt, mit ihm in Reddish Vale in der Sonne spazierenging und ihm das Märchen vom Aschenputtel erzählte.

»Mein Söhnchen!« rief Francis, und Frank spürte den warmen Kuß seiner jungen Mutter und hörte seinen Vater steif und unbeholfen auf der »Fiedel« spielen. Er sah die komischen hohen Stiefel seines Vaters an Deck der »BALTIC«, sah die lächerliche Kappe und den üppigen schwarzen Schnurrbart, den Spazierstock und das Leuchten der wachen blauen Augen. Und in diesem einen kurzen Augenblick fühlte Frank leidenschaftliche Verbitterung und Verwirrung, und er versuchte sich zu erinnern, wann sein Vater aufgehört hatte, ihm diesen Kosenamen zu geben. Er wußte es nicht mehr, aber damals hatte die Qual seiner Jugendjahre und die graue Häßlichkeit und Verzweiflung seines Lebens in Amerika begonnen.

Bebend stand er auf und trat an das Bett seines Vaters. Seine glänzenden Schuhe krachten auf dem Linoleum. Er stand neben dem Bett und sah auf Francis hinunter. Francis sah ihn eindringlich an, und der eingefallene Mund bewegte sich krampfhaft unter dem grauen Schnurrbart. Was wollte er sagen? Frank beugte sich über das Bett. Die Lippen bewegten sich, aber es kamen keine Worte, nur erstickte Laute, gräßlich anzuhören in ihrer Sinnlosigkeit.

Francis fuhr mit der rechten Hand unruhig auf der Decke hin und her. Frank hätte seine Hand gern ergriffen; er wußte, sein Vater wünschte es sich. Aber er brachte es nicht fertig, eine eiserne Lähmung hielt ihn zurück. Dann lag Francis' Hand wieder still. Er sah seinen Sohn an, und seine scheidende Seele blickte leuchtend aus seinen Augen, als ob er alles wüßte.

Er stöhnte leise und flüsterte: »Meine Fiedel«.

»Ja, Papa.« Franks Stimme war kalt und ruhig. »Sie ist im Keller. Soll ich sie holen?« Er möchte seine Fiedel, bevor er stirbt! Etwas ähnlich Rührseliges war wohl zu erwarten gewesen. Er kann nicht einmal sterben, ohne einen letzten Versuch, Mitleid zu erregen!

Ich bin völlig gefühllos, dachte er bitter. Ich empfinde kein Mitgefühl für dieses armselige Leben. Nur mit Bitterkeit kann ich an alle die Jahre zurückdenken. Ich kann nicht vergessen.

Und Francis lag da und sah ihn an und schwieg und verstand. Einsamkeit lag in seinen stummen Augen und Angst und Hoffnungslosigkeit. Das Gaslicht beschien ein Antlitz, das so wissend war wie nie zuvor. Eine Seele schien noch einmal aufzuflammen, sich auszuweiten, die feuchten Flügel zu schlagen und sich auf die Flucht aus der abgetragenen Hülle vorzubereiten.

Welche Worte konnten dieses Wissen, dieses Verstehen beschreiben? Keine Sprache der Welt besaß sie. Es entzog sich menschlichen Ausdrucksformen.

Seine Fiedel, dachte Frank. Wozu braucht er seine Fiedel? Er wiederholte: »Soll ich dir deine Fiedel heraufbringen?«

Francis, der den Blick nicht von seinem Sohn wandte, schüttelte verneinend den Kopf. Er will mir etwas sagen, dachte Frank. Dann belächelte er verächtlich seine eigene Sentimentalität. Was konnte dieser armselige, kleinliche Mensch ihm schon sagen? Was konnte er wollen?

Er erinnerte sich nicht, Francis' Augen je so glänzend, so blau gesehen zu haben. Das Fieber — natürlich! Das Fieber und die Angst. Angst war ja immer das hervorstechendste Merkmal seines Vaters gewesen. Frank zog voll Abscheu tief den Atem ein.

»Fühlst du dich besser, Pa?« fragte er mit kalter, lauter Stimme.

Francis schien ihn nicht gehört zu haben. Wie seine riesigen Augen aus den schattendunklen Höhlen starrten! Wieder formten sich seine Lippen zu ungesprochenen Worten. Wieder zuckte seine Hand, hoffnungslos, tragisch. Frank sah es und wandte den Kopf ab.

»Soll Ma zu dir kommen?« fragte er. Er schielte auf den Wecker, der auf einem Tischchen am Fenster stand und laut tickte. Es war beinahe ein Uhr, Zeit, daß er seine Mutter weckte und selbst zu Bett ging.

Nach einer langen Weile nickte Francis. Frank ging an die Tür. Francis sah ihm nach. Das blaue Leuchten seiner Augen folgte seinem Sohn. Die Tür öffnete sich, schloß sich wieder hinter dem jungen Mann. Aber Francis' brennende Augen schienen sie zu durchdringen, etwas in ihm trat hindurch und ging seinem Sohn nach.

Maybelle erhob sich mit gedunsenem Gesicht und wirren Haaren von Franks Bett und stöhnte. Sie hatte sich mit seiner Decke sorgfältig zugedeckt. Seufzend und vor Erschöpfung den Tränen nahe, schob sie sich die grauen Strähnen aus dem Gesicht und blinzelte geblendet, als ihr Sohn die Lampe anzündete. Ihre braunen Augen waren tot, glanzlos. »Wie geht es ihm?« fragte sie.

»Er ist wach. Ich glaube, es geht ihm besser als gestern abend.«

Frank legte Rock und Weste ab und hängte sie an die Nägel an der Wand, die ihm als Garderobe dienten. Seine Mutter begann zu weinen. »Daß uns so etwas passieren muß!« schluchzte sie und wischte sich mit ihrer zerdrückten Schürze Nase und Augen ab. »Warum ist das nur passiert?«

Frank nahm seine Krawatte ab. Kritisch betrachtete er seinen Hemdkragen und hielt ihn gegen das Licht. »Warum sollte es gerade uns nicht passieren?« sagte er gleichgültig. »Es passiert jeden Tag.«

Maybelle putzte sich die Nase. »Kein Mitleid«, stöhnte sie. »Du hast überhaupt kein Gefühl, Frank. Wie kannst du nur so ruhig sein, wenn dein Pa stirbt?«

Er sah sie mit plötzlich erwachender Neugier an. Während seiner ganzen Krankheit hatte Francis über das Dahinschwinden seiner Ersparnisse gejammert, Maybelle hingegen hatte kein einziges Mal von Geld gesprochen. Mit sanfterer Stimme sagte Frank: »Vielleicht stirbt er doch nicht. Er kommt mir heute viel besser vor.«

Maybelle hielt sich die Hand auf den schmerzenden Rücken und ging aus dem Zimmer. Frank schloß die Tür. Er gähnte und legte sich zu

Bett. Aber da lag er dann und konnte lange nicht einschlafen. Immer noch starrten die Augen seines Vaters ihn an, brennend blau und völlig unbeweglich in der Dunkelheit.

Die Morgendämmerung wurde von Maybelles Schreien und Weinen zerrissen, und bevor Frank noch ins Vorderzimmer kam, wußte er, daß sein Vater tot war.

Nun konnte er die Uhr wieder in die Tasche stecken. Dort lag sie schwer wie ein Gewicht. Es war ihm nie aufgefallen, daß sie so schwer war. Plötzlich wollte er sie loswerden. Am Samstag verkaufe ich sie, dachte er. Und um das Geld kaufe ich mir eine andere Uhr.

Eilig lief er die Treppe hinunter. Er mußte schnell machen, sonst sperrte das Lokal zu. Es gingen Gerüchte um, daß der Ausschank von Alkohol verboten werden sollte. Aber das war natürlich Unsinn. Man sollte kein Glas Bier bekommen, wenn man gerade Lust darauf hatte? Sein Vater hatte sich mit dieser Prophezeiung sicher geirrt; so dumm waren die Yankees nicht. Er dachte einen Augenblick nach, dann verbesserte er sich: So dumm sind wir nicht.

Die Linwood Avenue lag vollkommen still, dunkel und verlassen da, als Frank die Haustür hinter sich schloß. Graue Eisschlieren lagen auf den vom Schnee freigeschaufelten Gehsteigen und glitzerten im Licht der vereinzelten Straßenlaternen. Schwarzgefleckt und pockennarbig lagen die großen Schneehaufen auf den Rasen und am Straßenrand. Die großen, schwermütigen Häuser zu beiden Seiten der Straße schienen sich noch weiter auf ihre verschneiten Grundstücke zurückgezogen zu haben. Die Balkone, die an den roten Ziegelfassaden klebten, bildeten schattige Höhlen. Ein Auto fuhr vorbei und stieß wehmütig in sein Horn. Ein großer, weißer Mond hing über den Dächern und versilberte die Dachziegel. Die kahlen Bäume knarrten in der Stille, denn in den letzten Stunden war es viel kälter geworden. Frank hörte das Rumpeln einer Straßenbahn, die die Main Street hinunterfuhr. Er bog in die North Street ein, wo an der Ecke zur Main Street die Schenke lag.

Das Lokal war verlassen und leer, bis auf den gähnenden Wirt, der schon alles zum Zusperren richtete, und einen einsamen Gast, der schwerfällig an der Theke lehnte. Eine kugelförmige, helle Lampe hing von der Decke, Der Raum roch nach Bier und Schweiß. Frank stellte sich ebenfalls an die Theke und bestellte ein Glas Bier. Der Wirt kannte ihn. »Eine Minute später, und wir hätten schon geschlossen gehabt«, sagte er. »Kalt draußen, wie?« Frank nickte und trank sein Bier. Der Wirt stützte die Ellbogen auf, seufzte müde und strich sich über die spärlichen Haare. Er war ein schwerer, unförmiger Mann mittleren Alters mit kleinen freundlichen Augen und einem schwammigen Gesicht. Er betrachtete Frank mit schläfrigem Wohlwollen.

»Vor einer Stunde waren zwei Flittchen hier«, erzählte er ihm. »Wollten sich Kunden angeln. Hab sie aber sofort 'rausgeschmissen.

Heutzutage muß man verdammt vorsichtig sein, wo die Schnüffler doch sogar die Prohibition einführen wollen. Nun, die Leute werden das nicht zulassen, das ist meine Meinung. Hundsjung war die eine«, fuhr er etwas lebhafter fort, »ein Kind von fünfzehn, vielleicht sechzehn. Kriegsgeneration, wie die Zeitungen schreiben. Bildhübsch, sag ich Ihnen, den Rock fast bis zum Knie hochgezogen und ein riesiger Hut wie in der ›Lustigen Witwe‹ — nein, eher wie ein Giftpilz.« Er grinste. »Kam da 'rein mit einer Älteren, wackelte mit den Hüften, kaute ihren Gummi und lachte alle an. Die Ältere war nichts wert, das hab ich gleich gesehen, aber dieses Kind — hat mir irgendwie weh getan. Ich hab selbst eine in diesem Alter zu Hause, wissen Sie? Ich sag: ›Warum gehst du nicht nach Hause, Schätzchen, putzt dir die Farbe vom Gesicht und gehst zur Schule?‹ Was, glauben Sie, antwortet sie mir? ›Ich hab kein Zuhause, und meine Mutter geht selbst auf den Strich.‹« Der Wirt schüttelte den Kopf. »›Schöne neue Welt‹ haben sie nach dem Krieg in den Zeitungen geschrieben. ›Schöne neue Welt‹ für wen? Nach dem spanisch-amerikanischen Krieg hat's keine ›schöne neue Welt‹ gegeben, aber ich glaub, die Leute machen sich gern was vor. Sie wollen nicht einsehen, daß sie sich diese Art von Welt selbst schaffen müssen, mit ihren eigenen Händen, und nicht warten, daß ein anderer sie schafft. Nur auf dem Hintern sitzen und warten, das ist zuwenig.«

Wieder seufzte der Wirt und strich sich über die Haare. Er sagte: »Man gibt den Kneipen die Schuld, man gibt dem Krieg die Schuld, man gibt allem und jedem die Schuld, aber keiner von den gottverdammten Hundesöhnen schaut in den Spiegel, wenn er sich rasiert, und sagt sich: ›Das ist es, was die „schöne neue Welt" am Kommen hindert; das ist der Hundesohn, der den Aufbau hemmt. Tu was, Bruder! Komm und hilf mit!‹ Nein, das tut keiner.« Der Wirt schüttelte traurig den Kopf.

»Und was tun Sie für diese schöne neue Welt‹?« fragte Frank gleichgültig.

Der Wirt grinste verlegen und rieb sich das Kinn. »Ich? Ich hör mir ihre traurigen Geschichten an. Ein Mensch braucht jemand, mit dem er reden kann, nicht wahr? Und ich kann Ihnen sagen, mein Junge, das Zuhören ist oft Schwerarbeit. Schwerer, als Sie denken. Ich geb ihnen auch einen Rat, wenn ich Zeit habe. Ich sag den Unzufriedenen, sie sollen heimgehen zu ihren Frauen und mit den Kindern spielen. Ich sage den Veteranen, sie sollen aufhören zu schimpfen, daß die Regierung zuwenig für sie tut. Ich sag den jungen Männern, sie sollen aufhören, auf leichtverdientes Geld zu warten, sondern einmal richtig mit der Arbeit beginnen. Ich sag den Burschen in Seidenhemden, sie sollen ihre Kriegsanleihen nicht einlösen und keine riesigen Zigarren mehr kaufen und große Reden schwingen, wenn sie einen Zwanzigdollarschein wechseln wollen. Ich sag ihnen allen, daß schwere Zeiten im Anmarsch sind, sie stehen schon vor der Tür. Und dann werden sie sich um jeden Penny raufen, statt mit Dollars um sich zu schmeißen, als wären sie große Herren. Ich sag ihnen, daß es bald keine leichten Jobs mehr geben wird und daß es nichts Unbeständigeres gibt als den sogenannten beständigen Wohlstand! Jeder wird ehrlich arbeiten und sich plagen müssen — das sag ich jedem, der hereinkommt.«

»Hören sie Ihnen zu?«

Tom dachte nach, richtete sich auf, kratzte sich am Kopf und schürzte die vollen Lippen. »Nun ja, einige hören zu, andere nicht.«

Frank lächelte freundlich. »Sie sind ja ein echter ›Kämpfer für das Gute‹, Tom!« Er zahlte sein Bier und aß sein belegtes Brot auf. Die Registrierkasse klingelte.

Tom stand mit dem Rücken zu Frank und sagte: »Es gibt Leute, die glauben, daß die Arbeiter kein Hirn haben. Sie halten sie für Packesel, weiter nichts. Aber es ist erstaunlich, wie viel die einfachen Leute nachdenken! Das ganze amerikanische Volk!«

Franks Augen verengten sich, während er den breiten, verschwitzten Rücken des Wirts anstarrte. Er stand unvermittelt auf, sagte »gute Nacht« und verließ das Lokal. Der Wirt drehte sich langsam um und sah ihm nach. Er blinzelte dem letzten Gast an der Theke zu und seufzte: »Das ist auch so ein junger Kerl, der glaubt, er hat alle Antworten in der Tasche. Eines Tages wird er aufwachen. Hoffentlich! Er wäre ganz in Ordnung, wenn er sich nur ein wenig gehen ließe. Hoffentlich wacht er nicht zu spät auf! Haben Sie sein Lächeln bemerkt? Wie eine Maske, nicht wahr? Ich wette, sein eigenes wäre viel netter, wenn er es nur zeigen wollte!«

XXXV

Frank verzehrte sein Frühstück um ein Viertel nach acht in Miß Woods' Speisezimmer. Er freute sich schon immer auf diesen morgendlichen Imbiß, denn die Unbedeutenderen unter den Gästen waren um diese Zeit schon fort, und die »besseren Leute« aßen noch gemächlich, oder sie tranken eine letzte Tasse des guten Kaffees. Aber von allen Tagen war der Sonntag der beste.

Miß Woods' Speisezimmer war ein freundlicher Raum mit getäfelten Wänden aus warmem Nußbaumholz. Die Helligkeit allerdings ließ zu wünschen übrig, denn die Ziegelhäuser der Linwood Avenue waren von einem bequemen Architekten geplant worden, der Angst vor der Sonne hatte. Es lag seitlich, hinter einem der Wohnzimmer. Seine Düsterkeit gab ihm einen aristokratischen Anstrich, der noch durch die hohen, schmalen Fenster betont wurde, die von Spitzenvorhängen geschmackvoll eingerahmt waren. Die dicken braunen Samtdraperien waren auf die Nußholztäfelung abgestimmt. Das massive Büfett mit seinem Spiegel und von Pfeilern getragenen Aufsätzen, der riesige, runde, spiegelglatte Tisch, die mit schwarzem Leder gepolsterten alten Stühle, der Teewagen und die silbernen Leuchter, das alles hatte Miß Woods von ihrer Mutter geerbt. Wie klobig und häßlich die Möbel auch sein mochten, sie war mächtig stolz auf ihre Einrichtung.

Im Winter war das Speisezimmer am Morgen besonders anheimelnd. Eine mit viel Geschick in den alten Gaslüster oberhalb des Tisches gelegte Kombination von elektrischen Kerzen schüttete ihr warmes Licht über das strahlendweiße Damasttischtuch, das funkelnde Silbergeschirr, das feine cremefarbene, mit Röschen gesäumte Haviland-Porzellan und die Teemaschine aus. Am Sonntagmorgen brannte Miß Woods manchmal ein oder zwei dicke Scheite im schwarzen Marmorkamin am anderen Ende des Zimmers an. Zusammen mit dem köstlichen Aroma des Kaffees, der knusprigen, rauchigen Süße gebratenen Specks und dem appetitlichen Duft warmer Semmeln, machte das Feuer dann das Speisezimmer zu einem höchst willkommenen und äußerst beliebten Aufenthaltsort.

Als Frank nun an diesem Sonntagmorgen Anfang März herunterkam, stellte er mit Vergnügen fest, daß im Kamin das Feuer prasselte. Er wußte, daß es draußen sehr kalt war, denn seine Fenster waren mit weißem Frost beschlagen gewesen, und er hatte erst eine Stelle mit seinem warmen Hauch auftauen müssen, bevor er mit dem Finger ein Loch reiben und so Ausblick auf die Straße gewinnen konnte. Des Morgens waren die Schlafzimmer immer ein wenig kühl, und so beschlich Frank ein angenehmes Gefühl, als er das Feuer sah und ihm der Duft von Kaffee, Speck und Brötchen in die Nase stieg. Alle Gäste waren schon unten und warteten auf den ersten Gang: Pflaumen in Obers. Das Lärmen des Windes, der ums Haus heulte und durch den Schornstein pfiff, hatte die Bewohner ungewöhnlich früh geweckt.

Miß Woods präsidierte am Kopfende der Tafel. Sie war eine sehr korpulente, kleine Dame, fast ebenso breit wie hoch, doch dieses Übermaß an Fleisch, die Weite von Brust und Schultern, die pralle Masse ihrer kurzen Arme, dies alles unterstrich auf höchst sonderbare Weise den angeborenen Adel ihrer Erscheinung, statt ihn zu verringern. Obgleich sie niemals Braut gewesen war, kleidete sie sich in die schwarze Seide einer Witwe. Da sie zweiundsiebzig und altmodisch (»und stolz darauf«) war, erschien sie niemals ohne einen Streifen weißer Spitze über ihrem schimmernden weißen Haar. Ihre schwammigen Züge und die zwischen Fettröllchen hervorlugenden grauen Augen hätten ihrem breiten, fetten Gesicht einen Ausdruck von plumper Derbheit verleihen sollen, doch auch dies trug sonderbarerweise dazu bei, ihr vornehmes Wesen zu betonen. Es war ein eigenartiges Fluidum, das von Miß Woods ausging: charakterliche Festigkeit, würdevolle Lebensfreude, Intelligenz und Hausverstand vereinten sich zu wahrhaft edler Geisteshaltung. Sie verfügte über eine umfassende Bildung und drückte sich entsprechend gewählt aus. Sie wußte einen gelungenen Spaß zu schätzen und liebte spitzfindige Feinheiten.

Sie bildete sich viel auf ihre kleinen weißen, schon am Morgen übermäßig beringten Hände ein.

Es war unerklärlich, mit welcher Wendigkeit diese so unscharf geschnittenen Züge die Regungen und Schwingungen, das Feuer und die Eleganz eines überaus lebhaften und scharfsinnigen Geistes widerzuspiegeln vermochten. Über die Vorzüge der menschlichen Natur machte sich Miß Woods keinerlei Illusionen. Aber sie war auch keine Zynikerin; dem stand ihr Alter entgegen. Im Umgang mit ihren Mitmenschen neigte sie weder zu Selbstzufriedenheit noch zu lässigem Gewährenlassen; immer nur »das Beste von ihnen zu denken« lag nicht in ihrer Art. Sie akzeptierte sie mit unbeirrbarem Humor, trockenem Kommentar und spöttischer, wenn auch liebenswürdiger Gleichgültigkeit. Niemand erwartete Sympathie von Miß Woods, und sie war niemandes Vertraute. Nicht daß ihr Gesprächspartner sie langweilte; dafür war sie zu intelligent und zu sehr am Leben interessiert. Aber sie hatte ihre eigene Philosophie entwickelt: Sie verwehrte es anderen, in ihre Privatsphäre einzudringen, und forderte von ihnen, die ihre zu hüten. Sie wünschte nicht behelligt zu werden. Mit ihrer Weigerung, sich in den Sog anderer Leute Ängste, Kummer und Sorgen ziehen zu lassen, ihrem Begehren, das Leben in ihrem Hause möge sich in einer Atmosphäre permanenter Liebenswürdigkeit, in Ruhe und Frieden abspielen, mußte sie vielen ihrer Gäste hart und gefühllos, ja sogar selbstsüchtig erscheinen.

Zu ihrer Rechten saß ein höchst unattraktiver junger Mann. Das war sonderbar, denn Miß Woods zog die Gesellschaft gutaussehender Menschen vor. Es machte ihr Vergnügen, sie anzusehen, denn sie hatte gerne Leute um sich, die ihrem kritischen Auge keinen unerfreulichen Anblick boten. Da aber Miß Woods niemals Erklärungen abgab, sich nie beklagte oder versuchte, ihre Handlungen mit Vernunftgründen zu rechtfertigen, wagte niemand zu fragen, warum Irving Schultz zu ihrer Rechten saß und warum sie ihm aufrichtigeres Wohlwollen und stärkeres Interesse entgegenbrachte als irgendeinem anderen Mieter. Nach seinem ersten Erscheinen an ihrem Tisch war sie sogar so weit gegangen, daß sie ihren Gästen eine kurze Schilderung des jungen Mannes gab, wobei die Anwesenden mit Staunen eine leise Spur von Gefühl in der damenhaften Stimme ihrer Hausfrau vermerkten.

Irving Schultz war der Sohn elsässischer Einwanderer. So viel ließ Miß Woods ihre Mieter wissen. Er hatte früher einmal in der Plymouth Avenue, nächst der Albany Street, gewohnt. Frank war mit dieser Gegend wohl vertraut und daher überzeugt, daß Miß Woods es nicht war. Es bereitete ihm ein zynisches Vergnügen, darüber nachzudenken, wie sie wohl reagieren würde, wenn sie Genaueres wüßte. (Miß Woods wußte Genaueres.)

Irvings Abkunft war einigermaßen zwielichtig. Er hatte nie mit Sicherheit feststellen können, ob Adrian oder sein (in diesem Fall) Onkel Rudolph Schultz sein Vater war. Die aus Vater, Onkel, einer zu ausgelassenem Randalieren neigenden Frau und acht Kindern bestehende Familie hatte ein entsetzliches Schneckenhaus in der Plymouth Avenue bewohnt. Daneben stand eine Scheune, die Adrians zwei Zugpferde beherbergte, denn Adrian war ein Fuhrmann, der nur gelegentlich für örtliche Transportunternehmen arbeitete, wodurch zwar die Pferde, nicht aber seine Kinder dick und fett wurden. Sogar die Anwohner dieser ärmlichen Nachbarschaft, die selbst nicht allzu heikel waren, was das Aussehen ihrer schäbigen Häuser oder den Zustand ihrer Inneneinrichtung betraf, fanden die Schultz's unerträglich. Die Bretterwände des Schultzschen Hauses waren seit gut zwanzig Jahren nicht mehr gestrichen worden. Im Sommer wellten sich die Schindeln des ramponierten Daches, im herbstlichen Regen und unter der Last des winterlichen Schnees sogen sie sich an wie Pappkarton. Zumindest ein Drittel der Fenster hatte Löcher, die mit Zeitungspapier oder alten Lappen zugestopft waren. Die wenigen Vorhänge waren so dreckig, so zerfranst und zerrissen, daß man sie nur noch als Fetzen ansehen konnte. Die Vorderveranda war so voller Löcher, so schief, so verschrammt und zersplittert, daß es einer guten Portion Mut bedurfte, um sich im Dunkeln darüber zu wagen. Nur Adrian und Robert gelang es, selbst wenn sie betrunken waren, auf wunderbare Weise den Weg zur Tür zu finden, die kraftlos in den Angeln hing. Vor und hinter dem Haus türmten sich Aschenkasten, durchweichte Kisten und Schachteln, Müll jeder Art, Berge von Abfall, einschließlich Haufen von leeren Bierflaschen, was überzeugend darauf hindeutete, daß Bier die wesentliche flüssige Grundnahrung der Familie Schultz darstellte. So scheußlich war der Gestank, den Haus und Grund verbreiteten, daß die Nachbarn sich ostentativ die Nase zuhielten, wenn sie vorbei mußten. Dies geschah mit Vorliebe dann, wenn es Mrs. Schultz gelungen war, eine sichere Stelle auf der Veranda zu finden, wo sie, die Arme bequem über dem Busen verschränkt, auf einem kaputten Schaukelstuhl sitzen konnte, ohne Gefahr zu laufen, durch die morschen Bretter durchzufallen. Wenn die Nachbarn auf diese Weise ihren Unmut zum Ausdruck brachten — und sie unterließen es nur selten —, pflegte Mrs. Schultz sich über die Brüstung zu beugen, um ein ebenso kräftiges wie unappetitliches Geräusch von sich zu geben, den Vorübereilenden eine lange Nase zu drehen und, nach einem saftigen Fluch, in ebenso lautstarkes wie unbändiges Gelächter auszubrechen.

Kein Nachbarskind spielte mit den Kindern der Familie Schultz, da diese unweigerlich dreckig und zerlumpt waren und vom ersten Frühlingstag bis zum Spätherbst barfuß herumliefen. Wie Eichkätzchen turnten und schwirrten sie über Haus und Grund und erschienen zuweilen auch auf dem schwankenden Dach der Veranda, wobei insbesondere die jüngeren Kinder so unbekümmert oben hockten, daß sie den Vorübergehenden Einblicke gewährten, die der Öffentlichkeit darzubieten ganz entschieden gegen die von der guten Gesellschaft dekretierten Regeln des Anstandes verstieß. Die Kinder fluchten, daß es eine Art hatte, saßen nasebohrend auf dem Gehsteig, spielten Murmeln auf der Veranda, rauften, schrien, kreischten und brüllten wie die Irren von morgens früh bis tief in die Nacht hinein. Da die Fenster keine schützenden Drahtnetze aufwiesen oder je aufgewiesen hatten, flogen ganze Schwärme von Fliegen, ungehindert und wie es ihnen gerade paßte, ins Haus hinein und wieder hinaus. Teppich besaß die Familie Schultz keinen, und der Fußboden starrte vor Dreck. Die Kinder schliefen, wo und wann es ihnen einfiel — wie Schweine in einem Koben. So etwas wie »geregelte Mahlzeiten« — Maybelle nannte es so — gab es nicht.

Um die Stimmung noch ein bißchen mehr anzuheizen, suchten sich Mrs. Schultz und die Brüder Adrian und Rudolph für gewöhnlich die Nacht von Sonnabend auf Sonntag für ein zünftiges Höllenspektakel aus — mit Geschrei und Gekreische, mit Flüchen und Verwünschungen und Hieben und was sonst noch zu einem Familienfest dieser Art paßte. Weithin konnte man Adrians Gebrüll hören, wenn er seine Frau unter Todesdrohungen aufforderte, ihn ein für alle Male wissen zu lassen, welche Kinder er und welche sein Bruder gezeugt hatte. Worauf Mrs. Schultz, eine kleine, gedrungene, sehr dunkelhäutige Frau und eine sehr energische Dame, ihm umgehend bekanntgab, wo er sie könne, und zwar unverzüglich. Als er seinem Forschungseifer einmal allzu emphatisch Ausdruck verlieh, hörte man sie mit lauter, schallender Stimme antworten: »Wie, zum Teufel, soll *ich* denn das wissen, du angeschissener Hurenbock?«

Irving war der älteste Sprößling dieser zweifelhaften Familie und etwa ein oder zwei Jahre älter als Frank. Wie alle seine Geschwister war auch er ausgesprochen häßlich, nämlich zu groß, mager und dunkelhäutig. Er ging stets vornübergebeugt und besaß seiner Mutter große Hakennase, ihre schwarzen kleinen Augen, das spitze Kinn und den dünnen Mund. Das dichte, struppige, krause schwarze Haar ließ einen negroiden Einschlag vermuten. Aber Irving war immer das einzige ruhige Mitglied der Familie gewesen, ein schweigsamer, verschlossener Junge und, unerklärlicherweise, ein ausgezeichneter Schüler, wohingegen seine Geschwister kaum über den Status von Idioten hinauskamen. Er war Frank Clair immer eine oder zwei Klassen voraus gewesen, aber seine Leistungen in Englisch und Grammatik hatten die schulische Leiter hinauf und hinunter von sich reden gemacht. Er war durch Miß

Bendys Hände gegangen, und sie hatte ihm jede Unterstützung gewährt.

Er hatte die high school besucht, ohne der Spötteleien der anderen Kinder zu achten, die sich über seine schäbigen, geflickten Kleider, seine schmutzigen Hände, sein Negerhaar, seine riesige Nase und seine Fetzen von Taschentüchern lustig machten. Anders als Frank, blieb er gegen die Verfolgungen, die er erlitt, völlig gleichgültig. Er schlug sich nie, sprach nie mit seinen Schulkameraden, und seine Stimme war nur zu hören, wenn er aufgerufen wurde, um etwas vorzulesen oder zu deklamieren — eine Aufgabe, der er sich in würdiger Haltung, mit Schwung und ausdrucksvollen Gebärden entledigte. Nicht einmal Miß Bendy wußte, was in seinem Inneren vorging.

Er arbeitete nachts in einer Kistenfabrik und finanzierte sich so sein Studium an der high school. Er machte das Abitur mit der unglaublichen Note hundert in allen Fächern und erhielt ein Stipendium von der Universität Bison.

Mittlerweile hatte er es zum Werkmeister in der Kistenfabrik gebracht. Bei Kriegsausbruch waren die Löhne gestiegen, und Irving arbeitete weiterhin in der dritten Schicht von Mitternacht bis acht Uhr früh. Von dort begab er sich geradewegs zur Universität, kam um vier Uhr nach Hause, schlief ein paar Stunden, erhob sich, bereitete sich auf die Vorlesungen des nächsten Tages vor, aß, was man ihm vorsetzte, und ging zur Arbeit. Zu dieser Zeit hatte Frank ihn bereits völlig aus den Augen verloren. Da Mrs. Schultz, Adrian und Rudolph damals bereits jenen Zustand relativer Ruhe erreicht hatten, wie er einem gesetzteren Alter entspricht, führten die Schultz auch nicht das in seiner Art erfrischend skandalöse Leben früherer Tage. Im Jahre 1917 starb Mistreß Schultz an Delirium tremens, und die Familie verschwand aus der Stadt.

Es war für Frank ein Schock gewesen, Irving in Miß Woods exklusiver Pension wiederzufinden. Ihre erste Begegnung verlief ohne jedes Zeichen des Wiedererkennens. Irving hatte höflich genickt und weitergegessen, denn Miß Woods stellte die beiden jungen Leute einander während des Frühstücks im gemütlichen Speisezimmer vor.

Später erfuhr Frank, daß Irving nun schon das dritte Jahr an der Universität studierte, daß er der geschätzteste Arbeiter in der Kistenfabrik war und fünfzig Dollar die Woche verdiente und daß er das kleinste und billigste Zimmer im Dachgeschoß bewohnte. Irving, so erzählte Miß Woods, wollte Arzt werden, ein »Spezialist« für Geisteskrankheiten, und sich vornehmlich der Forschung widmen.

Daß er in ihrer besonderen Gunst stand, ließ sie nur daran erkennen, daß er zu ihrer Rechten sitzen durfte und daß sie ihm gelegentlich einen warmen, fast mütterlichen Blick zuwarf. Sie stellte ihm nie irgendwelche Fragen, zeigte Verständnis für sein zuweilen seltsam düsteres Schweigen und war es zufrieden, wenn er eine ausschließlich an ihn gerichtete Bemerkung nur mit einem stillen Nicken oder einem leisen Lächeln quittierte.

Wenn sie wüßte, was er in Wirklichkeit für ein Mensch war, dachte Frank geringschätzig.

Außer daß sie einander höflich grüßten, bestand keinerlei Verbindung zwischen den beiden jungen Leuten. Mit der Zeit begann Frank, Irvings Anwesenheit zu ignorieren. Frank war fest davon überzeugt, daß Irving so wie seine Eltern in der Gosse enden würde. Wasser kann nicht höher steigen als die Quelle, aus der es kommt, hatte Francis gesagt. Die Kinder von Trinkern, Dieben und abartig veranlagten Menschen müssen ihrerseits Trinker, Diebe und abartig veranlagte Menschen werden. Irvings anmaßende Bestrebungen zeugten von maßloser Unverschämtheit.

Frank fand es unterhaltsamer, die anderen Mieter unter die Lupe zu nehmen.

Da war zunächst Mr. Roberts, ein ausgetrockneter kleiner Junggeselle, Oberbuchhalter bei Bethlehem Steel, dem der Ruf vorausging, »nicht unvermögend« zu sein. Er war Ende sechzig, ein ruhiger, manierlicher alter Herr mit sehr altmodischem Benehmen, äußerst höflich, unverbindlich liebenswürdig und ein eifriger Leser der Werke von Walter Pater, Aristoteles, Locke, Berkeley und Hume. Er und Miß Woods führten oft erbauliche und geistsprühende Gespräche über diese literarischen Persönlichkeiten.

Da war Miß Ethelinda Shaw, die Direktorin einer high school, eine lange, schlaksige, sehr modebewußte Dame von vierzig Jahren mit sehr fortschrittlichen Ansichten und recht autoritärem Gehaben. Sie war Frauenrechtlerin, und sie und Miß Woods — auch sie, überraschenderweise, eine Suffragette — standen auf fast vertrautem Fuß. Sie erinnerte Frank an einen Reiher und war ihm höchst unsympathisch, insbesondere dann, wenn sie ihren forschenden und abschätzenden Schulmeisterblick auf ihn richtete. Er kam sich dann wie ein die Schule schwänzender Sonderling vor, der sich seiner Umgebung nicht anpassen kann. Obwohl er gut angezogen war, erweckte Miß Shaw in ihm das Gefühl, als ob er immer noch in den stets zu engen und geflickten Kleidern seiner Knabenzeit herumliefe. Es genügte, daß Miß Shaw ihm ihr ausdrucksloses Gesicht mit den funkelnden Brillengläsern zuwandte, und er krümmte sich. Er zweifelte nicht daran, daß sie ihn durchschaute, und sie durchschaute ihn tatsächlich. Daß er ihr leid tat, das allerdings wußte er nicht.

Auch Miß Ida Stengel, ihre Hilfsdirektorin, eine unförmige kleine Frau von fünfundvierzig Jahren mit einem Gesicht wie helles Leder, war eine Mieterin in Miß Woods Pension, ja sie bewohnte sogar ein großes Doppelzimmer zusammen mit Miß Shaw. Den Blick starr auf ihre Vorgesetzte gerichtet, die Lippen ständig zu einem Anerkennung heischenden Lächeln verzogen, stimmte sie Miß Shaws lebhaft vorgetragenen Meinungen so vorbehaltlos zu, daß sie jedem auf die Nerven ging. Sie versuchte sogar, Miß Shaws elegante Kleidung zu kopieren — mit verheerenden Ergebnissen. Miß Shaw brauchte nur »Aber, Ida!« zu sagen, und ihre dicke kleine Assistentin zuckte zusammen wie eine Schnecke, die man mit Essig übergießt.

Und dann war da auch noch das Ehepaar Crimmons.

Frank mochte Irving verachten und ihn ignorieren, mochte Mister Roberts als einen umständlichen Pedanten, einen alten Narren abtun, mochte sich in Gegenwart der streitbaren Miß Shaw und ihres Anhängsels unbehaglich fühlen und versuchen, sie mit einschmeichelndem Lächeln für sich zu gewinnen, aber er fürchtete diese Menschen nicht — ausgenommen Mr. und Mrs. Crimmons. Vor allen anderen war er sicher. Aber nicht vor Mrs. Amy Crimmons.

Denn Mrs. Amy Crimmons gehörte zu jener hassenswerten Gattung Menschen, die »sich nichts vormachen lassen«. Sie war Frank Clair »auf die Schliche gekommen«.

Wo Frank auch hinkam, er stieß immer wieder auf einen oder zwei oder drei, die ihn nur einmal anzuschauen brauchten, um ihm »auf die Schliche zu kommen«. Ihm trotz seines so bitter erkämpften Aussehens eines Normalbürgers, trotz seiner zwar auf Lug und Trug aufgebauten, aber doch bestechenden Maskierung auf die Schliche zu kommen! Sie kamen ihm auf die Schliche, obgleich er immerzu bemüht war, eine Miene zur Schau zu tragen, die, wie es der damaligen Mode entsprach, Leere und Gefühllosigkeit zum Ausdruck brachte, das große Nichts, unverbindliche Liebenswürdigkeit oder schweigsame Zurückhaltung oder trügerische Milde oder unehrliche Höflichkeit. Eine Miene, angepaßt der Gewöhnlichkeit der Mittelmäßigen, dem gesichtslosen Gesicht der Massen, die den Erdball bevölkerten. Ja, sie kamen ihm auf die Schliche, diese scharfäugigen Monster, denen man nichts vormachen konnte, sie ließen sich nicht täuschen von seiner Verkleidung, nahmen es ihm nicht ab, wenn er so tat, als wäre er einer der ihren, wäre ihnen gleich in Redeweise, in Kleidung, im Mittelmaß des Geistes. Sie schienen von allem Anfang an zu erkennen, daß alles nur Maske war, zu einem einzigen Zweck vorgebunden: um von ihnen akzeptiert, in brüderlichem Geist von ihnen bewundert zu werden. Von allem Anfang auch wußten sie, von irgendeinem animalischen Instinkt geleitet, daß er Angst vor ihnen hatte, vor ihnen und vor dem, was sie darstellten, und fest daran glaubte, daß sie ihm überlegen waren und die Macht besaßen, ihm zu schaden.

Sie genossen es, wenn er vor ihnen auf dem Bauch rutschte, wenn er versuchte, sie friedlich zu stimmen, wenn er sich ihre gespreizte Redeweise, ihr geziertes Auftreten zu eigen machte. Denn ein kleiner Unterschied blieb immer bestehen. Und sie stießen ihn stets von neuem zurück. Sie waren ja so gescheit, diese »Normalbürger«, denen man »nichts vormachen konnte«. Sie waren so raffiniert, diese Parasiten auf den Weinreben des Lebens, diese selbstgefälligen Käfer im Herzen der erblühten Rose, diese zum Brand führenden Blattflechten, diese würgenden Moosbärte, die im Nebel der Gebirge von den Bäumen hängen. Sie waren weder harmlos noch rücksichtsvoll, weder liebenswürdig noch gutmütig wie ihre dümmeren Brüder und Schwestern. Eine Gefahr für die Welt waren sie, weil sie die Sprache der Tugend und das Gebärdenspiel der Rechtschaffenheit beherrschten, den unübertrefflichen Takt und das betörende Phrasengedresche der Raffer; weil sie die gepflegten Manieren der Grausamen besaßen und es verstanden, mit dem dünnen Lächeln der Menschenhasser die glatten, vollen Wangen der Selbstsucht und der Zügellosigkeit aufzublasen; und weil sie über jene Gelassenheit verfügten, die nur den Bösartigen gegeben ist.

Selbst wenn Frank versuchte, über Baseball- oder Footballspiele zu sprechen, über Gloria Swanson, Mary Pickford, Francis X. Bushmann und andere Filmstars, wenn er die konventionelle Meinung über Präsident Wilson äußerte — die Wissenden hörten ihm mit boshaftem, halb unterdrücktem Lächeln zu und tauschten Blicke untereinander. Sie wußten, daß er log, daß er sich verstellte und daß seine Bemerkungen, wenn auch in der von Adjektiven freien, sterilen Redeweise der Biedermänner vorgetragen, seinem opportunistischen Bemühen entsprangen, ihnen eine Freude zu machen und den Weg zu ihrem Herzen zu finden. Wenn er sich seines läppischen Geschwätzes schämte — eine reinigende, erlösende Scham —, glaubte er allein daran schuld zu sein, da er ihnen keine Freude gemacht und den Weg zu ihrem Herzen nicht gefunden hatte.

Warum Miß Woods ihn mit so ungewöhnlich ernstem Gesicht beobachtete, wenn er das Wort an Mr. und Mrs. Crimmons richtete, oder warum sie so kurz angebunden war, wenn er sich an sie wandte, das begriff er nie. Er sah den Grund darin, daß auch sie ihm auf die Schliche gekommen war. Aber wenn das so war, warum begegnete sie dann Irving Schultz, der doch nie das Bestreben erkennen ließ, andere für sich zu gewinnen, in den »inneren Kreis« aufgenommen zu werden, oder auch nur in einer Art zu plaudern, wie man eben plauderte, wenn man dazu gehören wollte, mit solcher Liebenswürdigkeit, warum lächelte sie ihm so freundlich und wie erleichtert zu?

Frank fand heraus, daß es vornehmlich Frauen waren, die sich »nichts vormachen ließen«, Frauen niedriger Geburt und mangelhafter Bildung, Angehörige des bescheidenen Mittelstandes. Meistens aber waren es Männer aus einem höheren Stand, die diese sauber gewaschenen, mit wohlriechendem Puder bestreuten Plebejerinnen, diese sich selbst mit Zärtlichkeiten überschüttenden Geschöpfe heirateten.

Diese Harpyien hatten alle das gleiche Aussehen, zumindest aber den gleichen Gesichtsausdruck. Ihre Haut war frisch, ihr Haar glänzend, ihr Kinn kindlich unschuldig. Die meisten hatten runde Gesichter mit runden, spitzen Mündern — wie sie Menschen haben, die Speisen in großen Mengen verzehren. Gewöhnlich hatten sie auch kleine Stupsnasen und winzige, alltägliche Äuglein, die hinter randlosen Brillen mit goldenen Nasenstegen listig hervorlugten. Sie kleideten sich teuer, aber nachlässig: sie neigten zu Spitzenbesatz über ihren wogenden Busen, zogen jedoch zuweilen auch eine schlichte, schmucklose Garderobe vor. Sie hatten Grübchen auf den Händen und an den Fingern außerordentlich gepflegte, sauber gefeilte und polierte, scharfe kleine Nägel. Mit sich und der Welt zufrieden, aßen sie wählerisch, aber in großen Mengen und mit zierlichen Bewegungen.

Für Frank waren sie die erste Stufe seines gesellschaftlichen Aufstiegs aus dem Keller der Armen, der Unwissenden, der Verachtungswürdigen und der Hoffnungslosen, der geistig Beschränkten mit ihren rauhen, schmierigen Arbeiterhänden. Sie waren die Höherstehenden, nach deren Anerkennung er dürstete. Das war der Grund, warum er den Crimmons' schmeichelte und nichts sehnlicher erhoffte, als auf vertrautem Fuße mit ihnen zu verkehren.

Mr. Bennett Crimmons war ein recht erfolgreicher Geschäftsmann; er lieferte Büromaterialien an den Einzelhandel. Da seine liebe Amy nur ungern in Hotels Aufenthalt nahm und er Miß Woods noch aus der Zeit kannte, da er ständig in Bison gelebt hatte, quartierte sich das Ehepaar während der zwei oder drei Monate, die er aus geschäftlichen Gründen in der Stadt zubringen mußte, bei der alten Dame ein. Sie waren die einzigen Mieter, die alle drei Mahlzeiten gemeinsam mit ihr einnahmen. Allem Anschein nach akzeptierte Miß Woods die Crimmons' ohne jeden Vorbehalt. Sie bewohnten das große, geschmackvoll eingerichtete Vorderzimmer, und da Mrs. Crimmons immer ein paar gute Nippsachen mitbrachte, dazu ein paar reichbestickte Kissen, einige Photographien ihrer reizlosen Töchter und deren noch reizloseren Kinder, ganz zu schweigen von einem japanischen Lackkästchen, das stets mit Bonbons und Plätzchen gefüllt war, wurde der Raum für die Zeit ihres Aufenthalts in Bison im wahrsten Sinn des Wortes zu *ihrem* Zimmer. Mrs. Crimmons beherrschte ihren Gatten, einen rundlichen kleinen Mann mit blondem Bart, mit der gleichen Brille, wie sie eine trug, den gleichen physischen Merkmalen und der gleichen Vorliebe für Wannenbäder und Körperpuder. Wie sie widmete auch er seiner Kleidung und seinem Essen nahezu leidenschaftliche Aufmerksamkeit. Er nannte sie »Mutter«. Sie nannte ihn »Daddy«.

Dennoch gab es etwas, zart wohl und gedanklich kaum faßbar, das ihn von dem gut gepolsterten Monstrum, das sein ach so penibles Ehegespons war, deutlich unterschied. Er sah in Frank einen gut gekleideten, höflichen und ruhigen jungen Mann mit einem einnehmenden Gesicht und guten Händen, der sich gewählt auszudrücken verstand. Nun ja, er war eben ein einfältiger Mensch und erkannte nicht gleich, daß Frank eine Maske trug und daß er in Wirklichkeit völlig unmöglich und nur mit äußerster Vorsicht zu genießen war.

Wenn Frank jetzt in ein Zimmer trat, tat er dies nicht mehr mit dem aufmerksam gespannten Blick seiner Kindheit, weil er, ohne sich dessen bisher bewußt geworden zu sein, die Gabe verloren hatte, das Wundersame und Erstaunliche in allen jenen Dingen zu sehen, die aus dieser Welt einen Ort aufregender Geschehnisse und glückhaften Zaubers machen. Diese Gabe hatte er verloren; geblieben war ihm seine instinktive Scheu. Darum lächelte er, lächelte zaghaft und höflich, als er an diesem Sonntagmorgen das Speisezimmer betrat, ohne einen der Anwesenden näher ins Auge zu fassen. Doch weil er sein feines Empfindungsvermögen nicht zur Gänze verloren hatte, trafen die Blicke, die er auf sich zog, eine wunde Stelle seines Gemütes. Er sah das trübe, ausdruckslose Lächeln Mr. Roberts', für den die Menschen nur dunkle Schatten waren, das flüchtige, schulmeisterliche Funkeln von Miß Shaws Brille, Miß Stengels milden leeren Blick, den gesenkten Kopf des in Gedanken verlorenen Irving Schultz, Miß Woods kühles Nicken und Mr. Crimmons' einfältiges Grinsen. Er sah Mrs. Crimmons' elegante Positur, ihr würdevoll gebeugtes Haupt, die gnädig hochgezogenen Winkel ihrer fetten Banane von Mund. Er musterte Mrs. Crimmons kritischer als alle anderen. Er saß zu ihrer Linken und nahm mit einem unbeholfenen kleinen Stolperschritt seinen Platz ein.

»Schrecklicher Tag heute, nicht wahr?« bemerkte er in seinem gewohnten steifen Ton. Alle stimmten ihm zu, alle außer Mrs. Crimmons, die mit sadistischer Geziertheit ihre Pflaumen auseinandernahm. Sie schwieg. Verstohlen beobachtete Frank, mit welch grausamem Vergnügen, ›als ob die Pflaumen etwas fühlen könnten‹, sie die Kerne aus den Früchten heraushob und sie am Tellerrand deponierte. Als sie dann das dunkle Fleisch in den Mund schob, überkam ihn sekundenlang Ekel und Übelkeit. Das weiche Schmatzen ihrer Lippen, die speichelnde Genußfreude ihres Gaumens, er fühlte es mehr, als er es hören konnte. Er betrachtete die Pflaumen auf seinem eigenen Teller; sie widerten ihn an. Aber er aß sie mit Bedacht. Er roch Mrs. Crimmons' Körperpuder und die Kaschmir-Bukett-Seife, mit der sie sich wusch. Etwas regte sich in ihm, das er nicht als ehrlichen Haß erkannte. Er hielt es für Unmut, weil Mrs. Crimmons ihn rein gewohnheitsmäßig mit Herablassung behandelte, wenn nicht gar ignorierte, so er das Wort nicht unmittelbar an sie richtete.

Mr. Roberts hatte mit Miß Woods ein friedliches Streitgespräch über Darwin und Huxley geführt. Er hatte seiner Meinung Ausdruck gegeben, wonach Huxleys Verteidigung des großen Biologen dem Wesen nach ironisch und satirisch und somit nicht ehrlich gemeint gewesen wäre. Miß Woods hatte Huxley vor diesem Versuch einer Verleumdung in Schutz genommen. Sie sprachen, als ob diese zwei hervorragenden Wissenschaftler noch am Leben wären, als ob sich die Zeitungen der ganzen Welt immer noch für diese Problematik interessierten.

Während er auf das Getreideflockengericht wartete, hörte Frank zu. Vor kurzem erst hatte Mr. Mason, sein Lehrer, diesen Punkt angeschnitten, und es mochte die Neuheit des Themas für ihn sein, die ihn veranlaßte, der freundschaftlich geführten Auseinandersetzung zwischen Miß Woods und Mr. Roberts besondere Aufmerksamkeit zu schenken. »Ich finde, Sie sind im Recht, Miß Woods«, mischte er sich ein, während sie eine Pause machte, um Kaffee einzuschenken. »Huxley hat sich aus seiner Überzeugung heraus für Darwin eingesetzt. Ich habe noch nie gehört, daß er ein Sarkast gewesen wäre.« Er verstummte. Miß Woods schenkte ihm ein Lächeln, so als ob sie nicht so sehr seine Worte als vielmehr einen Charakterzug ihres jungen Mieters billigte. »Wissenschaftler«, fügte Frank hinzu, »haben für gewöhnlich keinen Humor und neigen daher auch nur selten zur satirischen Behandlung eines Themas. Sie verteidigen oder sie greifen an — ohne jede frivole Zutat.«

»Jawohl«, stimmte Miß Woods zu. Ein sonderbares Glitzern war in ihren Augen, während sie ihm den Kaffee einschenkte, so als hätte sie eine neue Seite seines Charakters kennengelernt. Von ihrer Liebenswürdigkeit entzückt, nahm Frank den Kaffee nicht ohne Bewegung entgegen. Es entging ihm, daß Irving Schultz seinen träumenden Kopf gehoben hatte und ihn unverwandt ansah.

Mrs. Crimmons ließ ein geziertes Lachen ertönen. Miß Woods warf ihr einen fragenden Blick zu. »Ach, bitte, entschuldige, Pollie«, sagte Mrs. Crimmons mit ihrer affektierten Stimme, in der ein hämischer Unterton nicht zu überhören war, »ich lache nicht über dich, wirklich nicht. Aber das scheint mir doch alles so — so —«

»Irrelevant«, schlug Miß Woods vor, die Ironie und Konzilianz zu vereinen wußte, und setzte ein höfliches Gesicht auf.

Mrs. Crimmons hüstelte nach der Art vornehmer Leute. »Genau. Ir-eh-levant«, stimmte sie zu, ohne auch nur eine Ahnung von der Bedeutung des Wortes zu haben. »Ich meine, es hat doch nichts mit dem zu tun, was heute in der Welt vorgeht.«

Franks flache Wangen begannen zu brennen. Dennoch belustigte ihn die falsche Aussprache des geliehenen Wortes, das so possierlich über Mrs. Crimmons' vornehme Lippen gekommen war. Aber sogleich bedauerte er seine Regung und ärgerte sich über sich selbst. Sehr höflich und rücksichtsvoll wandte er sich an Mrs. Crimmons:

»In gewissem Sinne haben Sie wohl recht, Mrs. Crimmons«, sagte er. »Diese Frage hat keinen Bezug mehr auf die moderne Welt. Das ist alles tot und begraben.«

Mrs. Crimmons schmunzelte, ohne ihn dabei anzusehen. Seine Kapitulation bescherte ihr eine Art boshafter Befriedigung, einen schäbigen Triumph mehr. Miß Woods aber widersprach mit einiger Festigkeit: »Nichts ist ohne Bezug, nichts ohne Relevanz. Vergangenheit, Gegenwart und Zukunft sind unlösbar verbundene Teile eines lebenden Ganzen.«

Mrs. Crimmons verstand kein Wort von dieser Entgegnung, aber sie war intelligent genug, zu erkennen, daß der Tadel nicht ihr, sondern diesem widerlichen, eingebildeten, jungen Laffen Frank Clair galt. Warum das so war, wußte sie nicht. Die liebe Pollie, dachte sie, verwies den unverschämten Kerl auf seinen Platz, und das war nur recht so. Ihre Selbstzufriedenheit erhielt neuen Auftrieb.

»Offen gestanden«, mischte sich Miß Shaw mit greller, schneidender Stimme ein, »ich bin an Darwin und Huxley nicht mehr interessiert. Ich möchte nur eines wissen — und ich lasse da keine unsachlichen Gefühle mitsprechen —: wann bekommen wir Frauen das Wahlrecht? Seit die Welt besteht, war es noch nie so wichtig, daß den Frauen ihre vollen politischen Rechte erteilt werden. Die Männer haben jämmerlich versagt. Bürgerkriege, Religionskriege, internationale Vernichtungskriege! Massaker. Politische Anarchie. Rechtsverdrehung, Gottlosigkeit, Verrat. Unfähige Regierungen. Sehen wir uns doch nur unsere Politik gegenüber Rußland an!«

Sie sahen sie sich an — höflich und einigermaßen verwirrt. Offenbar merkte nicht einmal Miß Woods, wo die Schuldirektorin hinauswollte, und was Mr. Roberts betraf, so hatte er sich bereits wieder seinen Betrachtungen über Darwin und Huxley zugewandt, die ihm um ein Vieles verständlicher und eines gelehrten Geistes würdiger erschienen.

Miß Shaw warf herausfordernde, mahnende Blicke in die Runde. Miß Stengel murmelte: »Sehen wir uns doch nur unsere Politik gegenüber Rußland an!« Miß Shaw reagierte gereizt. »Plapper doch nicht alles nach, Ida!« rügte sie. »Das ist das Grundübel bei den Frauen. Sie wollen immer andere für sich denken lassen.«

Aber sie ließ nicht locker. »Hat jemand von Ihnen irgendwelche Vorschläge zu machen? Interessiert sich niemand für die ungeahnten Möglichkeiten, die sich aus der Teilnahme der Frauen am Weltgeschehen ergeben könnten? Besitzen Sie nicht genügend Vorstellungskraft, um sich der Bedeutung eines emanzipierten Frauentums bewußt zu werden?«

»Wehe, wenn sie losgelassen!« zitierte Miß Woods, die sich die Gelegenheit, eine geistreiche Pointe zu bringen, selbst dann nicht entgehen ließ, wenn ihre eigenen Überzeugungen davon in Mitleidenschaft gezogen wurden.

Mrs. Crimmons kicherte. Miß Shaw schoß das Blut ins Gesicht, und die Gläser auf ihrer Reihernase explodierten beinahe unter dem elektrischen Licht.

»Entschuldige, Ethelinda«, sagte Miß Woods. »Bis zu einem gewissen Punkt bin ich natürlich ganz deiner Meinung. Frauen sollten wählen können, wenn auch nur, weil sie reife Menschen sind. Aber ich bezweifle sehr, daß uns ihre ›Teilnahme am Weltgeschehen‹ eine neue und verjüngte oder auch nur eine tugendhaftere Welt bescheren würde. Die menschliche Natur — unser Pastor nennt sie Erbsünde — prägt Frauen und Männer in gleicher Weise. Das Frauenwahlrecht wird nur eine Vergrößerung der politischen Parteien zur Folge haben. Die Stimmenzählung wird komplizierter und kostenintensiver werden. Trotzdem bin ich dafür, daß die Frauen das Wahlrecht bekommen, und werde alle Bestrebungen in dieser Richtung unterstützen. Mir geht es um das Prinzip. Ich halte mich für ebenso reif und ebenso intelligent wie die meisten Männer, und ich weiß meinen eigenen Verstand zu gebrauchen. Ich lasse mich nicht gern mit Kindern, Verbrechern und Schwachsinnigen auf eine Stufe stellen.«

Mit leidenschaftlicher, aber doch gezügelter Heftigkeit schlug Miß Shaw auf den Tisch, so daß das Geschirr klirrte. »Aber Pollie! Wie kann man nur so kurzsichtig sein? Du glaubst doch nicht wirklich, daß die Männer mit den Dingen dieser Welt ebenso innig verquickt sind wie wir Frauen? Ich sage dir, die Männer *lieben* den Krieg! Sie *lieben* Mord und Totschlag. Es ist ihre Natur. Für die Frauen aber steht viel auf dem Spiel: ihre Kinder, ihr Daheim, ihr friedliches Leben. Sie hassen Mord und Krieg. Rein instinktiv hassen sie das Verbrechen, Unmoral, schmutzige Politik —«

Miß Woods schüttelte ihr weißes Haupt und lächelte zynisch: »Mag sein, meine Liebe«, erwiderte sie, »daß die Mehrzahl der Frauen den Krieg haßt. Das gebe ich zu. Aber für Propaganda sind sie genauso anfällig wie die Männer und in gewissem Sinne vielleicht noch mehr, weil sie vornehmlich gefühls- und nicht so sehr vernunftmäßig reagieren. Außerdem — ich gestehe es ungern — sind sie in ihrem Haß noch grausamer und unversöhnlicher. Und daß die Frauen Verbrechen und Unmoral hassen —« Wieder schüttelte sie humorvoll den Kopf. »Für jedes gefallene Mädchen, pflegte mein Vater zu sagen, gibt es auch einen gefallenen Mann. Wie wir aus der Geschichte wissen, haben viele Frauen die Männer an Untaten und Lasterhaftigkeit übertroffen. Tugend und Anstand sind nicht ausschließlich Domäne der Frauen. Ich habe viele ehrenhafte Männer gekannt, deren Rechtschaffenheit über jeden Zweifel erhaben war. Und — auch das muß gesagt sein — ich habe wesentlich mehr sittlich hochstehende Männer als Frauen gekannt.«

»Oh, Pollie! Wie kannst du nur so reden!«

Miß Woods' lächelndes Gesicht wurde ernst. »Es ist die Wahrheit, Ethelinda. Ich habe schlechte Männer gekannt, aber nur wenige unmoralische. Und das Erstaunlichste daran: die unmoralischesten Frauen, die mir begegnet sind, waren keusche Jungfrauen oder würdige Matronen. Aber vielleicht müßte ich das Wort ›Unmoral‹ schärfer definieren. Es gibt eine Unmoral der Seele, die weit verdammenswerter ist als die Unmoral des Körpers, und was diese Unmoral betrifft, sind unsere Schwestern ihren Brüdern weit voraus.«

Miß Shaw, eine furchtlose, aber naive Seele, zeigte sich verwirrt. Aber sie gab nicht auf. Ihre Augengläser glitzerten. Miß Woods beobachtete sie mit einer Spur belustigten Mitgefühls. Sie beugte sich über Irving Schultz hinweg, um ihr zärtlich die Hand zu tätscheln. »Mach dir nichts draus, meine Liebe. Über das Wesentliche sind wir uns doch einig, nicht wahr?«

»Manchmal sprichst du so unverständlich«, antwortete Miß Shaw und hob mutig ihren Reiherkopf. »Ich verstehe manchmal gar nicht, was du sagen willst.«

»Und das ist gut so«, meinte Miß Woods. »Erhalte dir dein reines Gemüt, Ethelinda. Es ist so erfrischend in einer schlechten Welt.«

Sie wandte sich Mrs. Crimmons zu. »Noch Kaffee, meine Liebe?«

»Nein, nein, danke vielmals«, erwiderte Mrs. Crimmons schelmisch und warf einen anzüglichen Seitenblick auf Franks zweite Tasse. »Ich bin nämlich sehr auf meine Gesundheit bedacht. Ein unbezahlbarer Besitz.«

»Ganz recht«, stimmte Miß Woods ihr lächelnd zu. »Mit fortschreitendem Alter müssen wir noch mehr um unsere Gesundheit besorgt sein, nicht wahr? Man ist nicht mehr so widerstandsfähig wie früher, als wir noch jung waren. Ja, ja.«

Mrs. Crimmons sah sie scharf an. Röte überzog ihre feisten glatten Wangen. Auf Miß Woods Gesicht zeigte sich unverbindliche Liebenswürdigkeit, von keinem feindseligen Zug beeinträchtigt. Worauf Mistreß Crimmons Frank mit einem grollenden, gehässigen Blick bedachte. Er spürte den giftigen Stich ihrer Augen und versuchte, seine Tischnachbarin zu besänftigen. »Ich weiß, ich sollte nicht mehr als eine Tasse trinken«, sagte er. »Aber der Kaffee schmeckt so gut.«

Miß Woods Ausdruck veränderte sich. »Natürlich sollen Sie mehr als eine Tasse haben«, bemerkte sie kühl. »Ein Vorrecht der Jugend, nicht wahr?«

Frank war bestürzt, wie immer, wenn Miß Woods in diesem Ton zu ihm sprach und ihn so geringschätzig ansah. Womit hatte er sie verletzt? Dabei war es ihm noch nicht einmal gelungen, diesen Drachen von einer Mrs. Crimmons friedlich zu stimmen.

Düsternis verdunkelte die morgendliche Helle vor den Fenstern. Nach einer kurzen Ruhepause griff der winterliche Sturm nun das Haus mit heiserem, donnerndem Tosen an. Alles blickte unbehaglich zu den Fenstern, deren Gardinen und Vorhänge unruhig hin und her schwankten. Es war unmöglich, durch die beschlagenen Scheiben hindurchzusehen. Eine flimmernde weiße Wand schloß das ächzende alte Haus ein. Die elektrischen Kerzen flackerten, und von irgendwoher drang ein frostiger Hauch in den behaglich warmen Raum.

»Ein schrecklicher Blizzard«, meinte Mr. Roberts, aus seinen Betrachtungen aufgeschreckt. »Vier Fuß Schnee in weniger als vierundzwanzig Stunden, und wie es scheint, bleibt's nicht dabei.«

Das Mädchen brachte eine große Platte mit zischendem, brutzelndem Speck herein, und alle griffen herzhaft zu. Dampfend ergoß sich der braune Kaffee in die Tassen, so als ob jeder und jede beweisen wollte, daß er oder sie noch »jung« war. Miß Woods lächelte und füllte ihre Tasse zum dritten Mal.

Mrs. Crimmons gab kund und zu wissen, daß sie heute morgen einen Expreßbrief ihrer Tochter erhalten hatte. »Meine liebe Sally«, teilte sie den Anwesenden mit affektiertem Lächeln mit, »fleht mich an, ich möge doch für ein paar Tage heimkommen. Natürlich erledigen sie alles sehr gewissenhaft, was unser kleines Häuschen betrifft, meine Sally und der liebe Billy. Sie kontrollieren die Leitungen und den Heizkessel und alles. Aber sie vermissen mich und Mr. Crimmons gar so sehr, die guten Kinder! Sie haben ihre eigenen Kinder und kommen trotzdem ohne ihre Mutti und ihren Daddy nicht zurecht! Sallys kleiner Billie hat Bronchitis gehabt. So ein intelligenter kleiner Kerl! Er geht noch nicht zur Schule und schreibt und rechnet schon wie ein Zehnjähriger. Erstaunlich. Ist das nicht erstaunlich, Daddy?« schoß sie ihren Gatten an, der sich bisher an der ganzen Konversation nicht beteiligt hatte. Da er ausschließlich mit dem Essen beschäftigt gewesen war, zuckte er jetzt zusammen und begegnete verwirrt dem starren Blick ihrer hellen blauen Augen. »Hm?« machte er. »Hm? Ja, ja, natürlich. Du hast völlig recht, Liebste.«

Mrs. Crimmons ließ sich ein viertes Brötchen reichen. Vor sich hin brütend, bestrich sie es mit Butter. Ihr Mann beobachtete sie beunruhigt. Miß Woods kräuselte nahezu unmerklich die Lippen. Mr. Crimmons hatte das Glück, die richtige Frage an seine Frau zu richten: »Möchtest du auf ein paar Tage nach Hause fahren, Mutter?«

Sie lächelte besänftigt und mit großer Zärtlichkeit. »Ich weiß nicht recht, Liebster. Jetzt, in dem Schneesturm? Da kann einem auch im Zug allerhand zustoßen. Und dann denke ich mir oft, es ist für die Kinder doch besser, wenn sie ohne uns auskommen müssen. Sie verlassen sich zu sehr auf uns. Sogar unsere Schwiegersöhne wollen Mr. Crimmons' Rat nicht entbehren«, berichtete sie den Anwesenden mit plumpem Stolz. »Man würde es nicht für möglich halten. Alles muß Daddy entscheiden. *Er* muß das neue Auto aussuchen — sie kaufen sich alle drei Jahre ein neues. Es geht den Jungen ja nicht schlecht, müssen Sie wissen. Billie ist in der Werbung und Mark im Lebensmittelgroßhandel. Brave, tüchtige Jungen! Aber Daddy muß alles für sie entscheiden. Und meine Mädel *bestehen* förmlich darauf, daß ich jedes neue Möbelstück aussuche, obwohl sie beide selbst einen ausgezeichneten Geschmack haben. Als Sally ihr Sofa neu aufpolstern lassen wollte — vierhundert Dollar hat sie dafür bezahlt, die kleine Verschwenderin! —, da mußte ich energisch werden. ›Sally, Schätzchen‹, sagte ich, ›das neue Material paßt ganz einfach nicht zu deinen Vorhängen.‹ Und es gab keine Diskussion. Sie war einverstanden, wie sie schon immer einverstanden gewesen war, als sie noch mit Matrosenbluse und langen Zöpfen zur Schule ging.«

Frank war der einzige, der ihr zuhörte, denn auf den Gesichtern der anderen malte sich höfliche Gleichgültigkeit. Frank sah vor sich drei Häuser des gehobenen Mittelstandes. Hinter den von Markisen abgeschirmten, blankgeputzten, von strahlendweißen Gardinen eingefaßten Fenstern zwitscherten Kanarienvögel. In sorgsam gepflegten Hinterhöfen standen elegante Autos in ihren Garagen. Die großen sonnigen Schlafzimmer waren geschmackvoll eingerichtet, in den Küchen prunkten riesige weiße Kühlschränke, bis zum Bersten mit Schinken und Geflügel gefüllt. In saftigem Grün leuchteten die Rasenflächen im Sommer, während im Winter die Dampfheizungen wohlige Wärme verbreiteten. Er sah Ruhe, Sicherheit und Zufriedenheit, das Leben in der Geborgenheit einer bürgerlichen Familie. Er sah das fröhliche Hin und Her zwischen drei schmucken Häusern und hörte das übermütige Lachen wohlgenährter Kinder. Und genau dieses Bild war es, das Mrs. Crimmons ihrem Publikum vorgaukeln wollte. Es war ein weiter Weg bis Detroit und daher mehr als unwahrscheinlich, daß einer der Anwesenden Nachforschungen anstellen und dabei entdecken könnte, daß Sally und Susan und ihre Ehemänner und Kinder in den zwei Dreizimmerwohnungen einer Mietvilla in einem sehr poveren Viertel lebten, daß die von Mrs. Crimmons so nonchalant hingeworfenen Geldbeträge jeder Grundlage entbehrten, daß Billie und Mark kleine Angestellte waren — der eine in einer Werbeagentur, der andere bei einem Lebensmittelgroßhändler — und daß die Crimmons' selbst ein schäbiges Häuschen in der Nähe ihrer Kinder bewohnten — ein Häuschen, kaum ansehnlicher als das in der Albany Street und kaum so sauber.

So fuhr sie denn fort, mit süßlichem Lächeln und blutarmem Humor, mit auftrumpfender Überheblichkeit die Saga ihrer Familie vorzutragen, wobei sie auch nicht darauf verzichtete, die Geschichte mit allerlei Schnörkel zu verzieren. Frank hörte begierig und respektvoll zu. Mistreß Crimmons spürte das und verachtete ihn darob um so mehr. Noch höher hob sich ihr Kopf aus den Tiefen ihres warmen, üppigen Busens. Da geschah es, daß sie den Blick aus Irving Schultz' schwarzen Augen auffing, der sie hinter seinen dicken Gläsern hervor anstarrte. Und was sie in diesen Augen las, ließ sie frösteln und versetzte sie in Wut.

Nur selten sah Irving einen Menschen so unverwandt an, und kaum jemals mit solch intensiver Konzentration. Dies war es, was er Mistreß Crimmons mit seinen Augen sagte: »Du bist eine schamlose Lügnerin.

Nicht einmal eine bemitleidenswerte Lügnerin, denn du bist eine bösartige, dumme Frau ohne jede Barmherzigkeit. Eine Wichtigtuerin bist du, protzig, billig und gewöhnlich.«

Seltsam, daß Mrs. Crimmons von diesen Augen so beeindruckt war und so in Wut geriet. Sie hatte nie Notiz von Irving genommen. Er versuchte nie, seine Persönlichkeit zu verleugnen, und schämte sich seiner Herkunft nicht. Er bedeutete Mrs. Crimmons weniger als nichts, und sie hatte sich schon mehr als einmal die Frage vorgelegt, was Miß Woods wohl eingefallen war, daß sie einer solchen Null, einem so reizlosen, ja häßlichen Burschen gestattete, ihr Haus auch nur zu betreten, geschweige denn, darin zu wohnen. Gewiß, sie verachtete Frank, weil sie mit untrüglicher Sicherheit in ihm den Heuchler erkannt hatte, wie sie selbst einer war, aber sie richtete doch hin und wieder das Wort an ihn.

Tatsächlich, sie zitterte. Der Schock, den sie empfand, rührte an ihr fettes, gefühlloses, knochenhartes Herz. Kraftvoll und heftig erhob sie plötzlich ihre Stimme, so als wollte sie diesen unverwandten Blick mit einem Schlag besiegen.

»Vielleicht werde ich doch ein paar Tage in unserem reizenden Haus verbringen, Daddy. Bei den Kindern. Habe ich es dir schon erzählt? Sally hat mir geschrieben, daß Mrs. Gregory St. John-Simmons eine wunderbare Party gibt — ganz exklusiv, nur für ein paar gute Freunde — und daß sie darauf *besteht,* daß wir alle dabei sind.« Sie unterbrach sich, um sogleich mit herablassendem Lächeln hinzuzufügen: »Sie haben doch sicherlich alle schon von Mrs. Gregory St. John-Simmons gehört. Sie sind mit den Cadillac-Leuten verwandt. Ein wunderbares Haus im Grünen. Herrlich. Und so unglaublich exklusiv! Marion hängt schon seit ihrer Kinderzeit an Sally, und kein gesellschaftliches Ereignis ist für Marion perfekt, wenn Sally nicht dabei ist.«

Irving verzog den Mund zu einem sonderbaren Lächeln und wandte sich wieder seinem Speck zu.

Mit seiner scharfen Beobachtungsgabe merkte Frank, daß Mrs. Crimmons zornig war. Er sah das leise Vibrieren ihres braunen Seidenärmels, sah das Zittern ihrer fetten kleinen Hand mit den grausamen Nägeln. Auf irgendeine seltsame Weise wurde ihm bewußt, daß ihre Feindseligkeit Irving galt. Ein schneller Blick überzeugte ihn, daß es so war, denn durch ihren Kneifer richtete sie düstere Blicke auf seinen negroid gekräuselten Haarschopf. Ganz natürlich, daß sich eine Frau wie Mrs. Crimmons an der Anwesenheit eines Menschen wie Irving Schultz stieß. Das war schließlich zu erwarten gewesen.

Er blickte jetzt selbst zu Irving hinüber. Der Bursche widerte ihn an. Er wußte nicht, woher dieser Ekel kam, den er plötzlich empfand. Er wußte nur, daß sich etwas in ihm entzündet hatte, ein heißes, loderndes Feuer. Zum erstenmal seit vielen Monaten richtete er nun das Wort an den jungen Mann.

»Wie geht es mit dem Studium, Irving?« fragte er lächelnd.

Sehr langsam hob Irving den Kopf und sah Frank ins Gesicht. Miß Woods legte ihre Gabel nieder. Sie bewegte sich nicht. Sie hörte nur zu.

Irving lächelte ein eigenartiges, schiefes, fast trauriges Lächeln. »Sehr gut, danke. Frank«, fügte er nach einer unmerklichen Pause hinzu.

Frank warf Mrs. Crimmons einen schutzbietenden, verschmitzten Blick zu. »Geisteskrankheiten!« sagte er. »Um Himmels willen, warum gerade Geisteskrankheiten? Warum nicht etwas anderes? Warum nicht etwas Greifbares?«

»Es gibt nichts Greifbareres als den Geist«, erwiderte Irving in sanftem Ton. »Der Geist ist das einzig Wirkliche, Greifbare — Frank. Die Außenwelt — das erklärte mir der Professor erst gestern — ist nur die Projektion, die Hinausverlegung aller Geisteskräfte der Menschheit. Ich weiß nicht, vielleicht gehört das zur Metaphysik. Erinnerst du dich noch, in der Schule, als die Frage gestellt wurde: Stürzte in einem Wald ein Baum um, und gäbe es in diesem Wald kein Ohr, würde dabei ein Geräusch entstehen?«

Frank versuchte etwas zu erwidern, doch eine Art Zauber hielt ihn umfangen, so als ob er eine wunderholde, längst vergessene, aber doch vertraute Stimme gehört hätte, eine teure, berückende, edle Stimme, die aus unendlicher, grauer Ferne nach ihm rief. Unsägliche Verzweiflung griff ihm lähmend ans Herz, ein Gefühl unwiederbringlichen Verlustes und grenzenloser Verlassenheit überkam ihn, als er diese Stimme hörte. Er konnte keinen Laut hervorbringen. Die anderen starrten Irving erstaunt an. Sie konnten sich nicht erinnern, daß er je mehr als nur ein paar Worte gesprochen hatte, und seine Stimme klang ihnen fremd. Es war eine rauhe und doch sanfte, eine heisere und doch weiche, zwingende, kraftvolle Stimme.

Irving hielt den Blick auf Frank gerichtet und wartete. Und wußte nun.

Seine Augen glühten hinter der Brille. Komm, komm heraus! riefen sie ihm zu. Komm ins Licht, wo dein Platz ist. Wo du einst gelebt hast. Komm heraus!

Mrs. Crimmons warf den Kopf zurück und kicherte. »Nun, ich war ja nur in einer der besten Schulen für höhere Töchter, aber ich weiß trotzdem nicht, wovon Sie reden, Mr. Schultz. Möglicherweise bin ich nicht gescheit genug. Vielleicht würden Sie es mir erklären.« Vergeblich versuchte sie, Miß Woods' Aufmerksamkeit auf sich zu lenken, um ihr einen verschmitzten, wissenden Blick zuzuwerfen. Miß Woods aber schien sich ganz der Betrachtung der silbern schimmernden Kaffeekanne hinzugeben. »Mag sein, daß ich mir nicht die richtige Schule ausgesucht habe«, fuhr Mrs. Crimmons in einer von amüsiertem Haß verätzten Stimme fort, »obwohl mein guter Papa fast zweitausend Dollar im Jahr für meine Erziehung bezahlen mußte. Vielleicht hätte ich in die

Schulen gehen sollen, die Sie besucht haben, Mr. Schultz. Vielleicht hätte ich mir mit ihrer Herkunft leichter getan.«

Doch Irving schien sie gar nicht gehört zu haben. Komm heraus, komm heraus! riefen seine Augen. Komm mit mir, Frank!

Laut aber sagte er mit seiner kräftigen, ein wenig unsicheren Stimme: »Würde ein Geräusch entstehen, wenn kein Ohr vorhanden wäre und, dem Ohr verbunden, kein Geist, um den Lärm zu hören, den der stürzende Baum verursacht — Frank? Und wenn du diesen Gedanken weiter verfolgst: würde es überhaupt eine Welt der Klänge und Bilder geben, wenn es nicht ein verstehendes Ohr und ein wahrnehmendes Auge gäbe, um sie zu hören und zu sehen? Das war es, was mein Professor meinte, als er sagte, daß der menschliche Geist das einzig Wirkliche und Greifbare ist und daß die Wahrnehmungswelt erst Wirklichkeit wurde, als der Geist das ›Innere‹ nach ›außen‹ verlegte.«

Abermals begann Mrs. Crimmons zu kichern, aber es hörte sie keiner. Mr. Roberts' altes, welkes Gesicht hatte sich aufgehellt, war zum Leben erwacht. Miß Shaw und Miß Stengel lauschten mit halboffenem Mund. Mr. Crimmons beschäftigte sich wieder mit seinem Speck. Miß Woods fuhr nachdenklich mit dem Zeigefinger über die Kaffeekanne. Frank saß regungslos, immer noch wie verzaubert, immer noch seinem Schmerz überlassen.

»Darum studiere ich Geisteskrankheiten«, fuhr Irving fort. »Verzerrt sich der Geist der Menschen, werden sie unfähig, klar zu sehen, dann wird auch die Welt, die sie projizieren, verzerrt, wird sie zu einem Alptraum von schiefen Winkeln und — Täuschungen. Zu einem Alptraum. Und genau das ist sie jetzt und schon seit langer Zeit.« Er überlegte. »Du guckst durch ein mehrschichtiges Glas, und du siehst die Welt perspektivisch falsch. Wir alle gucken durch mehrschichtiges Glas, und was wir sehen, ist die Projektion unseres kranken Geistes. Weißt du noch, wie dieser alte deutsche Philosoph den Menschen nannte? ›Das kranke Tier.‹«

Das kranke Tier! Ja, ja, das war genau richtig! Etwas regte sich in Frank, etwas Leidenschaftliches, Aufwühlendes. Eine kranke Welt, die auf den Heiler wartete, den Heiler nicht ihres mißgestalten Leibes, sondern des Geistes, der diesem Leib innewohnte und die Verzerrung auf ihn übertragen hatte. Eine Welt wartete auf die Heiler, auf den Arzt für die Seele, auf den großen Schriftsteller, den großen Künstler, den großen Propheten, der das Glas vom kranken Auge nehmen und diesem Auge endlich erlauben würde, eine Welt der Schönheit und des Erbarmens, der Freude und Herrlichkeit zu schauen, eine Welt der Liebe, des Friedens und Gottes!

Einst hatte er, Frank Clair, das alles gewußt. Es war ein von tiefem Erbarmen, von Liebe und von süßer Pein geprägtes Wissen gewesen. Er sah sich in der Geburt-Jesu-Kirche stehen, sah das Licht der Kerzen auf seinen Fingern spielen. Sie schienen ihm einen hellen Schein auszusenden, so als ob sie mit geweihtem Öl gesalbt worden wären. Er dachte daran zurück und fühlte sein Herz schlagen — jauchzend, demütig, zu Tode erschrocken und doch heiter.

Er hörte ein kratzendes, knirschendes Geräusch und zuckte zusammen. Mrs. Crimmons hatte sich hemmungslos in ihren Sessel zurückfallen lassen und war in ein giftiges Lachen ausgebrochen. »Ach du meine Güte!« stieß sie hervor. »So ein intellektuelles Gefasel habe ich noch nicht gehört! Und das an einem Sonntagmorgen, vor dem Kirchgang! Ausgerechnet von Ihnen, Mr. Schultz! Scheint mir doch, daß *Sie* einen kranken Geist haben, mein lieber Junge. Ich habe mir schon so etwas gedacht. Daß Sie nicht ganz — ganz —. Und sind *das* die Dinge, die junge Leute heutzutage in der Schule lernen? Daß die ganze Welt, diese schöne, behagliche Welt, wo alle froh sind, daß der Krieg endlich vorbei ist, daß diese Welt krank ist?«

Frank hörte sie. Er hörte ihren tierischen, dummen, kalten, unversöhnlichen Haß. Er hörte ihre überheblichen Worte, ihr kluges Pathos. Er sah ihre Grausamkeit und ihre Mittelmäßigkeit. Er erkannte sie und erkannte, wen sie verkörperte. Den Feind. Und es waren der Feinde so viele: die Lügner und die Wichtigtuer, die Gehässigen und die Sadisten — eine riesige, brodelnde, von Maden und Würmern wimmelnde Masse, die wie ein stinkender Haufen die strahlende Straße versperrte. Er ballte die Hände zu Fäusten. Jäh wandte er sich ihr zu, und Wut und Ekel loderten wie ein blaues Feuer in seinen Augen.

»Jetzt halten Sie mal 's Maul, Sie Spatzenhirn!« schrie er sie an. »Sie eingebildete, dumme Gans! Sie verlogene Idiotin!«

Er sprang so plötzlich und mit solcher Vehemenz auf, daß sein Stuhl hinter ihm krachend zu Boden stürzte. Miß Stengel quietschte. Die anderen saßen stumm und reglos da. Mrs. Crimmons starrte ihn ungläubig, mit offenem Mund, an. Er sah es und frohlockte. Ihm war, als hätte er zum zweitenmal die Taufe empfangen. Er hätte ihr in ihr wohlgenährtes, schwabbeliges Gesicht schlagen mögen, das für ihn all die widerliche Mittelmäßigkeit der Welt verkörperte.

»Sie gottverdammtes, blödes, altes Weib!« rief er. »Sie und alle, die so sind wie Sie! Ihr — ihr dreckigen Mörder!«

Blind stürmte er aus dem Zimmer, polterte die Treppe zu seinem Zimmer hinauf und schlug die Tür hinter sich zu. Er atmete pfeifend und rasselnd, so als ob er zu lange gelaufen wäre. Das Zimmer schwamm in düsterem Nebel. Er setzte sich auf das Bett und umfaßte mit beiden Händen seine Knie — so wie Francis es immer getan hatte, wenn er seiner Gefühle nicht Herr werden konnte.

XXXVI

Schwer atmend kletterte Miß Woods die Treppe zum dritten Stock hinauf. Ihre fetten alten Schenkel schmerzten von der Anstrengung, und bald benetzte Schweiß ihre Wangen. Das Herz schlug ihr bis zum Hals. Sie spürte, wie sich ihre Fleischmassen durch die Korsettstäbe zwängen wollten. Aber das machte ihr alles keine Sorge. Sie wußte, daß sie alt war, und verspürte keinerlei Sehnsucht nach ihrer entschwundenen Jugend. Als Kind und als junge Frau hatte sie zuviel Häßliches und Abstoßendes erlebt und ihr Glück erst im Alter gefunden. Sie betrachtete die Jugend als den scheußlichsten Lebensabschnitt, als eine Zeit, die, außer für stumpfsinnige und sentimentale Erwachsene, weder erheiternd noch trübselig war, nicht frisch und heiter, wie die Romanschreiber sie darzustellen pflegten, und keine sternenhelle Landschaft mit flimmernden Lichtern auf silberglitzernder See.

»Keiner ist wie der Gott Jeschuruns; er fährt daher auf dem Himmel dir zu Hilfe, und in Seiner Herrlichkeit auf Wolken, dem Wohnsitz des alten Gottes.« Miß Woods blieb auf dem zweiten Treppenabsatz stehen, um sich die Wangen zu trocknen, eine Locke ihres weißen Haares zurechtzuschieben und ihr Korsett herunterzuziehen. Das vom Sturm umbrauste alte Haus ächzte und knarrte in der Düsternis dieses Sonntagnachmittags. Sie hörte das Zischen des Schnees gegen die in allen Regenbogenfarben schillernden Fenster, hörte den Wind gegen die Mauern stürmen. Sonst war alles still. Die Mieter schliefen oder lasen. Sie hatte das gelbe Licht unter den Türen gesehen.

Der März, dachte sie zerstreut, ist in diesem Klima der schlimmste Monat. Sie öffnete ihren großen Mund, um dem Herzen Stütze zu geben. Sie haßte den Schmerz, den eigenen wie auch fremden. Der Schmerz erniedrigte den Menschen und erinnerte ihn daran, daß, wie hoch sein Geist sich auch aufschwingen, philosophieren oder über die Existenz Gottes meditieren mochte, der Körper jederzeit die Macht hatte, ihn wie einen Drachen an der Schnur zurückzureißen und ihn auf den Abfallhaufen des Fleisches zu schleudern. Das war das Demütigende daran, daß die sich emporhebende, der Sonne zustrebende Seele durch ein Nesselfieber, einen Gallenstein, ein krätziges Ohr oder, wie ihre Generation dies zu bezeichnen pflegte, durch einen »Ruf der Natur« höchst unsanft zur Erde zurückgeholt werden konnte. Wenn es so etwas wie eine Seele gab und sie den Verfall des abgestorbenen Körpers überlebte, wie glücklich mußte sie sein, wenn sie endlich frei war und entfliehen durfte — nicht nur dem bitteren Elend dieser Welt, sondern auch der heimlichen Schmach des Leibes. Es war eine falsche Welt für die Menschheit, weil die Menschheit zu denken gelernt hatte. Und es war eine falsche Welt für die Jungen, weil die Jungen sich einer Zeit entsinnen konnten, da die Seele noch kein Fleisch angesetzt hatte.

Miß Woods, die ein dumpfes Grollen in ihrem Inneren vernahm, klopfte sich auf den großen, vorstehenden Bauch. »Dich werde ich bald los sein«, teilte sie ihm nicht ohne Befriedigung mit. »Ich weiß nicht, ob ich es rechtzeitig erfahren werde, aber ich werde mich wenigstens nicht mehr über dich ärgern müssen, du abscheulicher Auswuchs.«

Es war ihre Gepflogenheit — von der niemand im Haus etwas ahnte —, am Sonntagnachmittag die Treppe hinaufzusteigen, um Irving Schultz zu besuchen. Sie saßen dann zusammen in der kleinen Dachstube, von der aus man im Winter den Schnee und im Sommer nur Bäume sah.

Sie stieg die letzten steilen Stufen hinauf und klopfte oben an die Tür. Sie öffnete die Tür und trat über die Schwelle.

Das kleine Zimmer so hoch oben war nicht an die Zentralheizung angeschlossen, doch der in die Ziegelmauer eingelassene Gasofen bot mehr als ausreichenden Ersatz. Gar munter flackerte und strahlte er in der grauen Düsternis unter dem steilen Dach, die auch noch durch eine große Lampe gemildert wurde, die auf dem breiten Kirschholztisch stand, der Irving Schultz als Arbeitstisch diente. Wenige Wochen nachdem er in Miß Woods' Haus eingezogen war, hatte sie den blankgeputzten Fußboden mit einem ihrer besten Perserteppiche bedeckt, hatte die vier winzigen Fenster mit Vorhängen aus gelbem und grünem Leinen geschmückt und hatte die Einrichtung, die hauptsächlich aus einem schmalen Himmelbett und einem kleinen Tischchen im Chippendale-Stil bestand, um einen alten, bequemen Schaukelstuhl, eine gute Lampe und einen geschnitzten Lehnsessel mit roßhaargepolstertem Sitz vermehrt. Irving selbst hatte sich den großen Bücherschrank gegenüber dem Bett gezimmert, hatte ihn geschickt auf Mahagoni gebeizt und mit Wachs abgerieben. So kam es, daß dieser Raum freundlicher und behaglicher wirkte als all die anderen Zimmer.

An einem Ende des Kirschholztisches standen Irvings Lehrbücher in einer Reihe. Er hatte seine Hefte aufgeschlagen und machte sich eifrig Notizen. Er sah auf, als Miß Woods eintrat, und erhob sich mit unbeholfener Höflichkeit. Lächelnd schob er den Schaukelstuhl näher an den Ofen heran und stellte seinen eigenen Stuhl gegenüber.

»Ich hoffe, ich störe Sie nicht, Irving«, sagte Miß Woods. Dies entsprach der Etikette ihrer sonntäglichen Besuche.

»Natürlich nicht«, erwiderte er. »Ich habe Sie erwartet, Miß Woods.«

Mit leisem Stöhnen ließ sie sich auf dem Schaukelstuhl nieder. Die schwarze Seide knisterte unter ihren beringten Fingern. Sie warf einen Blick auf die winzigen Fenster und sah die weißen Flocken dagegengeschlagen. Sie lächelte den jungen Mann an. »Ist das nicht ein schreckliches Wetter?« bemerkte sie. »Jetzt lebe ich schon zweiundsiebzig Jahre in Bison und habe mich noch immer nicht an den Winter gewöhnt.«

»Ich mag den Schnee«, antwortete er. »Er — er schließt mich ein. Er gibt mir Sicherheit und Zufriedenheit.«

Er sprach ruhig und zwanglos, denn er und Miß Woods waren gute, wenn auch heimliche Freunde. Er betrachtete sie mit Zuneigung, und sie erwiderte dieses Gefühl. »Wirklich wahr«, sagte sie, »Sie sehen Abe Lincoln mit jedem Tag ähnlicher. Na ja. Wie geht es mit dem Studium?«

Sein dunkles, häßliches Gesicht erhellte sich. »Ich kann gar nicht genug davon kriegen. Ich gehe nur ungern schlafen, weil ich beim Schlafen nicht in meine Bücher schauen kann. Klingt das sehr dumm?« Eine dunkle Röte überzog seine hohlen Wangen.

»Unsinn«, entgegnete sie resolut. »Wenn man nicht mit Passion bei einer Sache ist, sollte man lieber gleich die Finger davon lassen. Ich, zum Beispiel, habe schon immer mit Passion — gelebt. Darum rechne ich auch damit, daß ich hundert Jahre alt werde.« Sie lachte in sich hinein. »Mein Vater pflegte zu sagen, ein Mensch ohne Passionen sei schon halb tot, und es sei wünschenswerter, einem Laster zu frönen — sofern man es mit Begeisterung und regsamer Hingabe tut —, als nach zweifelhaften Tugenden zu streben. Er war ein großer Trinker, aber kein Säufer, und ich bin in meinem ganzen Leben keinem gesünderen und charmanteren Mann begegnet. Sie hätten den Weinkeller hier in diesem Haus sehen sollen. Vater besaß die reichste Auswahl an edlen Weinbränden, die man sich vorstellen kann. Dabei fällt mir ein: wie steht es mit unserem Kognak? Ich kann mich nicht erinnern, ob wir ihn vergangenen Sonntag ausgetrunken haben.«

Irving ging an seinen Schrank, ein wahres Museumsstück, das Miß Woods' Urgroßmutter von ihrer Großmutter geschenkt bekommen und aus England mitgebracht hatte. Er öffnete eine Lade und holte eine Flasche Napoleon und zwei kleine, sorgfältig in Seidenpapier verpackte Kristallgläser hervor. Miß Woods sah aufmerksam zu, wie er das köstliche Naß eingoß. Dann nickten sie sich schweigend, freundlich zu, sogen den Duft ein und tranken. »Mmm«, machte Miß Woods, »das ist reiner Nektar. Ein göttliches Elixir für das Blut. War es nicht Omar Khayyam, der einmal gesagt hat, man müsse Gott verzeihen, daß Er den Alkohol erdacht hat, weil Er dem Menschen helfen wollte, das Leid zu ertragen, daß Er ihm auferlegt? Ja, so ähnlich hat er sich ausgedrückt. Und da gibt es nun diese sauertöpfischen Weiber, die uns die Prohibition auf den Hals laden wollen! Und wissen Sie, was, Irving? Ich fürchte, sie werden ihr Ziel erreichen. Für Spinner dieser Art ist Amerika ein ideales Betätigungsfeld. Schon allein darum, weil die große Mehrheit der Amerikaner leider die Söhne und Enkel abergläubischer Bauern sind und nur über ein sehr bescheidenes Denkvermögen verfügen. Schlimm, schlimm. Wir sollten Einwanderungsgesetze haben, nach denen nur die Mittelklasse, die gehobene Mittelschicht, bei uns Aufnahme finden dürfte. Zu viele Individuen hier sind nur dem Aussehen nach Menschen, und das gilt leider auch für die sogenannten ›alten‹ Amerikaner.«

Irving lächelte leise und schwieg.

Miß Woods blickte ihn scharf an. »Weiß Gott, es liegt nicht in meiner Absicht, Sie zu beleidigen. Sie sind die rühmliche Ausnahme von der Regel. Aber sehen Sie doch mal, was wir in den letzten, na, sagen wir, siebzig Jahren an Menschenmaterial hereinbekommen haben! Mißgestalte Bauern aus dem ärmsten Gegenden Europas! Analphabeten. Jetzt reden sie von Quoten. Sie wollen die Zahl der Einwanderer beschränken, aber unsere vernagelten Gesetzgeber lassen die Qualität völlig aus dem Auge. Ein Landarbeiter hat genau die gleiche Chance, nach Amerika zu kommen und sich zu vermehren, wie ein Akademiker. Man müßte selektiv vorgehen. Das ist meine Meinung. Keine Einwanderungsbeschränkungen für Lehrer, Professoren, Künstler, Denker, Schriftsteller, tüchtige Geschäftsleute. Herein mit ihnen, sage ich! Aber nicht die Bauern, diese fiesen Arbeitstiere. Es spielt keine Rolle, von wo die besseren Leute kommen. Herein mit ihnen, ob sie jetzt Italiener oder Deutsche, Polen oder Türken, Juden oder Christen sind. Wichtig ist allein, daß die Besten ins Land strömen und die anderen draußen bleiben. Wir müssen Europa den Rahm abschöpfen und einen Damm gegen den Abschaum aufrichten. Aber das geht über das Begriffsvermögen unserer Politiker hinaus, weil sie selbst dumme Bauern und dickköpfige Ochsen sind.«

Genüßlich schlürfte sie den Kognak. »Ethelinda Shaw ist Prohibitionistin. Sie ist ganz versessen darauf. Weil nämlich ihre Seele ausgetrocknet ist und weil sie, trotz ihrer Begeisterung für die Suffragetten und ihres Eintretens für das, was sie ›das gewöhnliche Volk‹ nennt, alle Menschen haßt. Ist Ihnen nicht auch schon aufgefallen, daß die Streiter für ›das gewöhnliche Volk‹ fast immer Misanthropen sind? Ungute Leute. Und gefährlich. Es gibt ein paar Menschen, die ich gut leiden kann. Die anderen sind mir gleichgültig, aber ich hasse sie nicht. Außerdem ist Haß schlecht für die Verdauung.«

Sie ließ sich von Irving ein wenig nachschenken und belohnte ihn mit einem zärtlichen Blick. »Sie hassen wohl niemanden, was, Irving?«

Ein belustigtes Lächeln glitt über Irvings Gesicht. »Meine Verdauung ist in Ordnung«, erwiderte er.

»Hm. Nun ja. Es ist wirklich recht sonderbar. Solche Leute sind oft gute Kirchgeher — wie Ethelinda zum Beispiel. Aber sie haben alle eines gemeinsam: Sie hassen die Menschen. Ich frage mich, warum.«

»Dafür gibt es ein neues Wort«, sagte Irving. »Freud, ein bedeutender österreichischer Arzt, hat es geprägt: Kompensation. Diese Leute fühlen sich schuldig; sie wissen, was sie denken und was sie wirklich sind. Bewußt oder unbewußt, sie wissen, daß sie — böse sind. Sie wollen nicht, daß die Welt es erfährt; manchmal wollen sie es selbst nicht wissen. So kommt es, daß sie die menschlichen Aktivitäten störend beeinflussen.«

Er stand auf, brannte sich eine alte Pfeife an und paffte nachdenklich vor sich hin. »Der Verdacht liegt nahe, daß die sogenannten Reformer, die ständig Gesetze verabschieden möchten, um dies zu verbieten und jenes zu verpönen, um die arbeitende Bevölkerung zu ›schützen‹, die den Sturz der eingesetzten Regierung anstreben, alles ›anders‹ machen und ›gute‹ Gesetze erlassen wollen, allesamt bösartige und schädliche Menschen sind.«

Sie nippten in geselliger Stille an ihrem Kognak und lauschten dem Sturm, der peitschend an die Fenster schlug. Ein wenig beunruhigt und zögernd ergriff Miß Woods schließlich wieder das Wort. »Mir gefällt die Welt nicht, wie sie sich uns heute darbietet. Etwas ist da nicht in Ordnung, Irving, ganz und gar nicht in Ordnung. Man hat uns allerlei Unheil prophezeit, als wir in den Krieg eintraten: das Ende des Kapitalismus und der Freiheit des einzelnen, weltweite Hungersnot und Vernichtung. Es ist zum Großteil nicht eingetreten. Dafür müssen wir Gott danken. Wir haben einen gesunden Kapitalismus, wir sind immer noch frei, und wir werden alles daransetzen, daß auch die anderen Völker ein menschenwürdiges Leben führen können. So ist also das Unheil schließlich doch ausgeblieben. Aber da ist noch etwas anderes, viel Schlimmeres. Ich weiß nicht, was es ist. Etwas, das uns, wie auf der Suche nach Beute, umschleicht und uns verderben könnte. Ich habe Angst. Was ist das, Irving?«

Wie zu einem Altersgenossen sprach diese zweiundsiebzigjährige Frau zu einem kaum zweiundzwanzigjährigen jungen Mann, und sie sprach in dringlichem Ton.

»Ich fürchte, wir sind alle krank«, erwiderte er ernst. »Ich weiß zwar nicht, wie die Welt aussah, als Sie noch jung waren, aber —«

»Nun, ich weiß es, mein Lieber. Es war eine harte, aber gesunde Welt. Wer nicht arbeitete, durfte auch nicht hoffen, etwas zu essen vorgesetzt zu bekommen. Und darum arbeiteten auch alle, sogar die reichsten Leute. Ich kann mich nicht mehr erinnern, wofür die Leute arbeiteten, aber sie taten es mit Begeisterung und nicht mit Widerwillen, wie es heute ist. Ich glaube, sie alle, die Reichen wie die Armen, hatten das Gefühl, daß es etwas gab, wofür es sich zu arbeiten lohnte. Heute ist das nicht mehr so. Eine Art Gottlosigkeit ist das jetzt ...« Sie stellte ihr Glas nieder und wischte sich die Lippen ab. »Ich habe nie die Erwartungen anderer Leute geteilt, die da meinten, daß nach dem Krieg ein Zeitalter seelischer Größe anbrechen, daß jeder von uns seinen Nachbarn lieben und daß uns allen eine neue geistige Offenbarung zuteil werden würde. Aber ich dachte doch, daß wir aus dem blutigen Geschehen etwas lernen würden. Daß, wenn es nur einen einzigen Gott gibt, es auch nur eine einzige Welt von Menschen geben dürfte. Der arme Mr. Wilson weiß das. Aber er wird scheitern müssen, und das ist das Furchtbare. Mag sein, daß das Alter aus mir spricht, aber ich bin ganz sicher, daß wir in zehn oder zwanzig oder dreißig Jahren furchtbare Dinge erleben werden, wenn wir nichts lernen und aus dem Gelernten die richtigen Schlüsse ziehen. Ja, es ist eine Art Gottlosigkeit. Eine kranke Welt.«

»Richtig«, stimmte Irving ihr zu. Selbst in diesem matt erleuchteten Raum konnte Miß Woods sehen, welch leidenschaftliche Anteilnahme sich auf seinem Gesicht spiegelte. »Genauso drückte sich Dr. Pembroke aus, als er kurz nach Kriegsende zu uns sprach. Er sagte, wir hätten versucht, in uns selbst eine Lösung für alle unsere Probleme zu finden — wie eine Schnecke, die in ihrem kleinen Haus eine Welt zu entdecken sucht und sich nur immer tiefer in seinen Windungen verliert. Er meinte, wir müßten außerhalb des Hauses Umschau halten. Wir müßten uns zu einer Vorstellung unseres eigenen Wesens durchringen, die nicht nur von Animalismus und Materialismus geprägt ist, zu einem Glauben, daß der Menschheit etwas Bedeutsames innewohnt. Was natürlich allen jenen, die nach eigenem Dafürhalten zu den Intellektuellen zählen, lächerlich und metaphysisch erscheinen mag.«

»Oder auch jenen, für die es angenehm oder vorteilhaft ist, die Menchen gegeneinander aufzuhetzen«, fügte Miß Woods grimmig hinzu.

Wieder trat ein Schweigen ein. Irving rückte auf seinem Stuhl herum und hing seinen Gedanken nach. »Tut mir leid, Miß Woods, was heute beim Frühstück passiert ist«, begann er schließlich zögernd. »Ich fürchte, ich war nicht ganz schuldlos daran. Vor allem möchte ich nicht, daß Sie es Frank Clair ankreiden, daß er Mrs. Crimmons so aufs Dach gestiegen ist.« Er blickte Miß Woods bittend an, denn er wußte, daß sie Leute, die den Frieden ihres Hauses störten, ohne viel Federlesens vor die Tür zu setzen pflegte. »Ich kannte Frank vor Jahren. Nicht sehr gut, aber doch. Er war sehr unglücklich. Ich beobachtete ihn, obwohl wir kaum jemals miteinander sprachen. Ich glaube, es fehlt ihm an Selbstbeherrschung.«

Miß Woods schwieg und musterte ihn mit unergründlichem Blick.

»Ich weiß, daß Sie es hier gerne nett und freundlich haben. Ich wage es nicht auszusprechen, aber es hat mir richtige Freude gemacht, als er diese Person so — so anpfiff. Ich hoffte, er würde etwas sagen oder tun. Das können Sie wohl nicht verstehen. Aber, sehen Sie, ich kenne Frank Clair. Ja, ich war froh.«

»Ich weiß, daß Sie ihn kannten«, bemerkte Miß Woods ruhig. »Er erzählte es mir, als er hier einzog.«

Irving setzte sich überrascht auf. »So? Auch das freut mich.«

Er versuchte in ihrem Gesicht zu lesen. Dann seufzte er. »Ich verstehe«, murmelte er traurig. Und fügte hinzu: »Aber ich bin trotzdem froh. Es fällt mir schwer, meine Gefühle in Worte zu fassen. Aber Frank schrieb, als er noch zur Schule ging, Gedichte und Geschichten. Meine alte Lehrerin, Miß Bendy, zeigte sie mir manchmal. Dann ging er von der Schule ab, um zu arbeiten. Nicht daß seine Eltern arm gewesen wären — wie meine etwa. Aber er mußte arbeiten gehen. Ich verlor ihn aus den Augen und sah ihn erst wieder, als er hier das Zimmer bezog. Ich bemerkte sofort, daß er sich verändert hatte. Ich — ich fand das schrecklich, Miß Woods. Er ist jünger als ich, aber er macht mir jetzt den Eindruck eines müden, kranken, alten Mannes. Irgend etwas muß mit ihm geschehen sein. Ich konnte ihn natürlich nicht fragen, weil wir uns ja nur oberflächlich kannten.« Irvings Gesicht hatte sich gerötet. »Ich weiß, ich rede Unsinn. Ich finde einfach nicht die richtigen Worte. Darum kann ich von Ihnen auch nicht erwarten, daß Sie verstehen, warum ich froh war, als er so aufbrauste, so wütend —«

»Doch«, unterbrach ihn Miß Woods, »ich glaube, daß ich Sie verstehe. Darum werde ich der Familie Crimmons auch morgen kündigen. Ich habe diese Frau nie ausstehen können, aber ihr Mann tat mir leid. Er ist ein Dummkopf.«

Mit ungläubigem Lächeln, aber auch mit Freude, blickte Irving sie an. »Sie meinen, daß Sie Frank nach dieser Szene heute morgen hier wohnen lassen und den anderen kündigen wollen?«

»Selbstverständlich«, antwortete Miß Woods, ohne zu zögern. »Es wäre doch peinlich für Frank, wenn sie noch blieben, nicht wahr?« Sie schenkte Irving ein freundliches Lächeln und schien in bester Stimmung. »In der letzten Zeit war ich oft nahe daran, mit Frank die Geduld zu verlieren. Ich glaube, ich würde ihm gekündigt haben, wenn er heute nicht endlich den Mund aufgemacht hätte. Warum? Das, mein Lieber, ist etwas, wofür *ich* keine Worte finde.«

Sie stand auf, und er erhob sich mit ihr. Sie glättete die schwarze Seide über ihren mächtigen Brüsten. »Ich hoffe, daß Sie beide nun Freunde sein werden. Das wird gut für Sie beide sein, und ganz besonders für Frank. Er braucht Sie, Irving. Wirklich wahr. Er hat keinen einzigen Freund. Er ist anders als Sie: Sie haben etwas Besseres als Freunde. Aber der arme Junge hat gar nichts.«

XXXVII

Frank trat in den Sturm hinaus. Er konnte sein stilles, kleines Zimmer nicht länger ertragen. Eigentlich hatte er am Nachmittag lernen wollen, Hausübungen machen, den »Aufsatz« schreiben, den Mr. Mason ihm aufgegeben hatte. Am Morgen hatte er sich auf den geruhsamen Nachmittag gefreut. Als er aber nach dem Frühstück mit heftig pochendem Herzen und noch zitternd vor Aufregung und Wut in seinem Zimmer auf dem Bettrand saß, da wußte er, daß er in diesem Gemütszustand unmöglich konzentriert arbeiten konnte. Er beschloß auszugehen. Später dann würde er seine Mutter und seine Großmutter besuchen und zum Tee bei ihnen bleiben.

Mit überwältigender Klarheit und Verbitterung kam ihm plötzlich zu Bewußtsein, daß ein Besuch in der Porter Avenue die einzige Möglichkeit für ihn darstellte, mit menschlichen Wesen in Berührung zu treten. Er stand auf und sah sich in seinem Zimmer um. Zum erstenmal wurde er sich seiner Einsamkeit, seiner völligen Isolierung, des mangelnden Kontakts zu seinen Mitmenschen bewußt. Jahrelang hatte er diese Einsamkeit nicht empfunden — nun machte ihn die Entdeckung zwar traurig, belebte ihn aber gleichzeitig auf seltsame Weise. Seit Paul Hodge fortgezogen war, hatte er ausschließlich in seiner eigenen, eng begrenzten Welt gelebt; sein eigener Atem, sein eigener Herzschlag hatten ihm genügt. Nun aber hatte eine Explosion in diesem seinem Schnekkenhaus stattgefunden, es war in viele kleine Teile zersprungen, und er war schutzlos allen Blicken preisgegeben. Er konnte noch nicht sagen, ob diese Bloßstellung erfreulich oder unangenehm war. Er wußte nur, daß sie ihn seltsam erregte und unruhig machte und daß er es auf seinem Zimmer nicht aushielt. Außerdem scheute er vorläufig noch vor seinen eigenen Gedanken zurück; er fürchtete sich davor, über die Folgen seines unerklärlichen Ausbruchs beim Frühstück nachzudenken, und er wollte sich auch noch nicht mit den Gründen auseinandersetzen, die zu seinem Ausbruch geführt hatten. Er achtete darauf, daß niemand ihn hörte, als er das Haus verließ. Er wollte vor allem Miß Woods nicht begegnen, die sich bereits auf dem Weg vom Oberstock zu seinem Zimmer befand, um mit ihm zu reden.

Ein rötlicher Himmel trieb ihm Schnee und Wind ins Gesicht. Die Linwood Avenue war völlig ausgestorben. Zwischen den Gehsteigen lagen weiße, weiche Streifen, Bäche aus Schnee; die Laternen trugen Schneemützen; die schmutzigen Eishaufen am Straßenrand hatten sich in blütenweiße kleine Hügel verwandelt. Eisige Kälte stach Frank in Wangen, Nase und Kinn; er schlug den Mantelkragen hoch und schmiegte sich tiefer in seinen Mantel. Er zog den Hut ins Gesicht und schlug die Krempe herunter, die bald wie ein weißer Kranz seinen Kopf umgab. Er war entschlossen, dem Wetter zu trotzen, und freute sich, daß er seine hohen Winterschuhe und Wollfäustlinge anhatte. Der Schnee reichte ihm bis zu den Knien. Bald keuchte er vor Anstrengung, und doch wurde ihm, trotz seines Kampfes gegen Wind und Schnee, nicht wärmer. Im Gegenteil, die Kälte schien den Wollstoff über seinen Knien zu durchdringen und in jede Falte seiner Kleidung hineinzukriechen.

Es war noch zu früh, um zum Tee zu seiner Großmutter zu gehen, und er hatte noch nicht zu Mittag gegessen. Er wollte eine Weile weiterwandern und dann bei »Louis« in der West Utica Street einkehren, wo man ein gutes Luncheon bekam — ein Vergnügen, das Frank sich jeden Sonntag vergönnte. Aber auch dafür war es noch zu früh. Er ging auf der Linwood Avenue weiter und stemmte sich gegen den Wind.

Jedes Haus war weiß gesprenkelt, jedes Fenstersims voll Schnee. Manchmal sah er die Häuser kaum und kämpfte sich blind durch einen weißen, wilden Schneesturm, bis seine Haut brannte und die Augen tränten. Er begegnete keinem Menschen, keinem Fahrzeug und hörte nur von Zeit zu Zeit die Straßenbahn, die sich mit dumpfem Stöhnen auf den verschneiten Schienen die Main Street hinunterquälte. Manchmal entdeckte er ein gelbes Rechteck im weißen Flockentreiben und wußte, daß es ein erleuchtetes Fenster war. Die riesigen Ulmen am Straßenrand stäubten Schneelawinen auf und über ihn, und ihre weißen Äste ächzten in der bitteren Kälte. Sonst war kein Laut zu hören, nur das wilde Rauschen des Sturmes vom Himmel her. Frank ging immer weiter. Der Wind benahm ihm den Atem, und er hielt sich einen Zipfel seines Mantelkragens vor den Mund, um nicht zu ersticken.

Ganz plötzlich tat sein Herz einen gewaltigen Sprung, und er empfand unsagbares Glücksgefühl. Er blieb stehen, um die Empfindung voll auszukosten, um diese Woge, diese Flut in seinem Inneren nicht zu versäumen. Sie brachte ihm erhabenste Freude, höchste Erregung. Seit seinem fünfzehnten Lebensjahr, als die Welt noch aus bunten Träumen bestand, hatte er einen derartigen Gefühlssturm nicht mehr erlebt. Mit einemmal verließen ihn alle Einsamkeit und Angst, namenloses Feuer wärmte ihn, er war voll leidenschaftlicher freudiger Erwartung, er fühlte sich — befreit.

Was hatte ihn so plötzlich von seiner Qual und seiner Einsamkeit erlöst? Welche Hand hatte den eisernen Ring, der sein Herz umgab, zerbrochen? Er stand da und dachte nach, und er fühlte und hörte den Schneesturm nicht mehr. Wie kam es, daß ihm die süße, alte Flut aus dem Dunkel der vergangenen vier Jahre wieder zugeflossen war? Die süße, alte Flut zitternder Erwartungsfreude; die Woge von Kraft, Stärke und Zärtlichkeit; das vertraute Gefühl des Einsseins mit geheimnisvollen Kräften, mit großen Dingen außerhalb seiner selbst! Er schwankte ein wenig unter der Wucht des Windes; er trat unter eine große Ulme, lehnte sich gegen den Stamm und schloß die Augen.

Es fiel ihm ein, daß er zum erstenmal wieder das Nahen der Flut geahnt hatte, während er Irving Schultz zuhörte. Als er dann aufgesprungen war und Mrs. Crimmons angebrüllt hatte, war die Flut schon heftiger und bewegter gewesen. Sie hatte ihm die Füße umspült und ihn so ruhelos gemacht, daß er sein Zimmer verlassen und fliehen mußte. Das wußte er jetzt. Und mit diesem Wissen wuchsen auch sein Mut, sein Glaube und seine Freude. Noch war er sehr verwirrt, noch schmerzte ihn sein Kopf. Er konnte das alles nicht verstehen. Plötzlich aber wurde ihm klar, daß er in den letzten Jahren eine ernste Krise durchgemacht hatte. Wenn er noch einige Minuten wartete, würde ihm sicher auch klarwerden, welcherart diese Krise gewesen war, und der Konflikt würde sich lösen.

Das Heulen des Windes wurde in seinen Ohren zum Donnern einer gigantischen Harfe, deren Urtöne vom Himmel widerhallten. Die Musik wurde leiser und verklang. Der Schneesturm ließ nach, er konnte nun die dunklen Umrisse der Häuser ausnehmen. Plötzlich aber waren es nicht mehr bloß Häuser; es waren seine eigenen Gefühle, die ihn über die schneeige Fläche hin ansahen. Sie besaßen ihr eigenes Wesen, ihre eigene Persönlichkeit, und er blickte sie starr an und blinzelte nur, wenn eine Schneeflocke ihm auf die Wimpern fiel. Ja, genauso hatte er als Kind empfunden, es aber dann vergessen!

Seine Kehle war wie zugeschnürt vor Erregung, und sein Herz pochte wild. Er erinnerte sich. Er erlebte noch einmal, was er einst erlebt hatte. Er starrte auf die Häuser, auf die schneebedeckten Bäume, und fühlte ihren Geist in seinem eigenen Körper, der von der Kälte nichts spürte.

Er erinnerte sich an eine Zeit in seinem Leben, da jedes Ding, ob Teetasse oder Stuhl, ob Gabel oder Tisch, ob Vorhang oder Bett, ein Baum, eine Wolke, ein Grashalm, die Treppe — einfach jedes Ding, auf das sein Blick fiel —, eine Gefühlsregung in ihm ausgelöst, einen ganz persönlichen Charakter, eigenes Wesen und Sein für ihn besessen hatte. Es war nicht so sehr Beschaffenheit oder Aussehen der Dinge, ihre Stellung in Zeit und Raum, ihre Farbe oder Farblosigkeit, die sich seinem Bewußtsein so eingeprägt hatte. Es war vielmehr die Wirkung, die sie auf sein Innenleben ausübten, die ganz individuelle Bedeutung, die sie für ihn annahmen, ihre intensive Ausstrahlung, was ihn so fasziniert hatte. Und er hatte sie ganz vergessen, diese Freude, dieses wunderbare Teilhaben an allem Sichtbaren, sein gefühlsmäßiges, kindliches Wissen, daß alles, was Form annimmt, auch Leben besitzt!

Er erinnerte sich, daß einst ein Löffel oder ein Glas Wasser für ihn nicht wie für andere Menschen ein lebloser Gegenstand gewesen war. Vielleicht hatte er den Dingen in seiner Kinderzeit (so sah er es heute) unbewußt die magische Zauberkraft seiner eigenen kindlichen Phantasie verliehen, ähnlich wie primitive Völker Bäume, Berge und Flüsse mit guten oder bösen, wohlwollenden oder bösartigen Geistern identifiziert hatten. (Anderseits waren vielleicht das Auge und das Herz eines Kindes klüger und scharfsichtiger als der getrübte Blick und die abgestumpfte Empfindungsfähigkeit eines Erwachsenen.)

Wie auch immer, die Schönheit oder Häßlichkeit eines Dinges, seine glatte oder rauhe Oberfläche, hatten — ungeachtet dessen, wozu es verwendet wurde — Zuneigung oder Haß in ihm hervorgerufen. Wurde ein Gegenstand von achtloser Hand zerbrochen, war es nun ein Trinkglas oder eine Lampe, eine Schüssel oder ein Teller, hatte er das als persönlichen Verlust, als beinahe körperlichen Schmerz empfunden. Etwas, das es gerade noch gegeben hatte, war gestorben, war zerstört. Einmal hatte Maybelle unabsichtlich eine Teeschale fallen lassen, und gerade mit dieser Schale war Frank auf geheimnisvolle Weise befreundet gewesen. Sie war ein lustiges Ding, breit und rund und mit einem komischen Henkel. Sie war nicht kostbar, durchaus nicht; Maybelle hatte sie in einem billigen Laden gekauft und besaß viel schönere Tassen, die sie aus England mitgebracht hatte. Diese Schale aber war Franks Vertraute gewesen vom ersten Augenblick an. Er liebte sie, obwohl sie völlig schmucklos und nicht besonders schön war. Er liebte sie um ihrer Persönlichkeit willen, um des Gefühls willen, das sie in ihm hervorrief.

Er erinnerte sich, daß es in der Wohnung seiner Mutter Vorhänge gegeben hatte, die er besonders haßte. Sie waren aus roter Baumwolle, aber es war nicht die Farbe, die ihn so abstieß. Die Vorhänge schienen ihm arrogant und unfreundlich, sie hatten den kleinen Jungen ganz offensichtlich nicht gemocht. Er hatte ihre Ablehnung gespürt, so wie er die Ablehnung gewisser Türen gespürt hatte. Auch seines Vaters Fußschemel konnte ihn nicht leiden, während eine seiner Tabakspfeifen ihm besonders zugetan war. Ein bestimmtes Haus auf der Normal Avenue haßte ihn, obwohl es sich kaum von den anderen Häusern dieser Straße unterschied. Er hatte sich immer vorgestellt, daß das Haus seine Dachfenster wie Fäuste ballte und sie ihm über der Veranda feindselig entgegenstreckte, sobald er ihm in die Nähe kam. Die Stufen, die zu dem Haus hinaufführten, verhöhnten ihn jedenfalls ganz offen.

Die Weinreben an der Veranda seiner Großmutter hatten ihn gern und begrüßten ihn mit freundlichem Nicken ihrer roten Köpfe, aber der Gehsteig vor ihrem Haus war sein Feind. Das kam nicht so sehr daher, daß seine Risse und Löcher ein mürrisches Gesicht bildeten. Nein, sein grauer Kiesbelag starrte ihn ausgesprochen bösartig an, während die benachbarten Straßenstücke, die beinahe genauso aussahen, ihm nur gleichgültig nachblickten.

Und während er sich gegen den schwächer werdenden Wind fest in seinen Mantel hüllte, fiel ihm ein, daß ein bestimmter Holzzaun immer dreist gegrinst und ihm verschwörerisch zugenickt hatte. Eine kleine Fichte auf einem staubigen Rasen hingegen warf ihm so schmachtende, sehnsüchtige Blicke zu, daß er nie vorüberging, ohne ihr heimlich mit zärtlicher Hand über den Stamm zu streichen. Wenn er dann weiterging, fühlte er, wie sie ihm nachsah — ein armer kleiner Hund, verloren und heimatlos. Ihre Traurigkeit schmerzte ihn.

Seine Mutter besaß eine bunte Schüssel aus billigem Glas, die sie einmal um fünfundzwanzig Cent gekauft hatte. Ihre Grundfarbe war Mittelbraun, und sie hatte gelbe, rostrote und beigefarbene Flecken. So stand sie immer auf dem Küchentisch, abstoßend häßlich und doch so selbstzufrieden, als wäre sie aus kostbarstem Kristall. Frank verabscheute sie aus ganzem Herzen. Wenn er allein war, lehnte er sich oft zu ihr und flüsterte: »Du bist eine miese, alte Schüssel. Du bildest dir nur ein, du wärst etwas Besonderes!« Aber die Schüssel glänzte selbstgefällig und beachtete ihn überhaupt nicht, oder sie glitzerte ein wenig im

Sonnenlicht, als zuckte sie verächtlich die Achseln und hielte seine Meinung für zu unwichtig, um sich darüber aufzuregen.

Ganz vertieft in seine Erinnerungen, vertieft in sein neugeschenktes Bewußtsein und Verständnis, stand Frank im Schnee, den Rücken an den Stamm der Ulme gelehnt. Ich lebe! dachte er. Ich lebe tatsächlich! Ich wußte ja gar nicht, daß ich so viele Jahre tot war!

Er empfand seine große Einsamkeit, und er empfand sie als Segen. Er war einsam und doch eins mit allem Sein in ihm und um ihn, und so wurde die Einsamkeit zur Teilnahme. Plötzlich entdeckte er, daß der Sturm sich fast ganz gelegt hatte. Der Himmel war immer noch rötlichgrau, aber nur mehr wenige Flocken fielen. Das Stöhnen und Ächzen der Bäume war zu ruhelosem Gemurmel geworden.

Er sah gegen Westen, wie er es als Kind immer getan hatte, und fühlte plötzlich wilde Erhebung in der Brust. Die Wolkenfetzen rasten über den Himmel, als wären sie auf der Flucht vor hohen, unsichtbaren Winden. Und dann war dieser westliche Himmel wieder von hellem, klarem Blau erfüllt. Fasziniert beobachtete Frank ein seltsames Wolkengebilde; er hatte Ähnliches nie gesehen. Ein hoher Wolkenpfeiler, der mit seinem schweren Sockel auf der Erde zu stehen schien, erhob sich wie eine Säule aus weißem Stein gegen den blauen Himmel, glatt, schlank, nach oben sich verjüngend, von Gold gekrönt. Er traute seinen Augen nicht, so unwirklich sah dieses Monument aus, das der Wind mit Riesenhänden geformt hatte.

Es war eine »Nadel der Kleopatra« aus Wolkendunst und sah doch aus, als wäre es aus Marmor.

Er betrachtete das wundersame Gebilde und empfand nach vielen Jahren zum erstenmal wieder die süße, mystische Vorfreude, die plötzlich wie helles Licht auf den Geist fällt; genoß den herrlichen Augenblick, da das Herz wartet, hofft, betet, daß ihm etwas geoffenbart wird, daß etwas herabsteigt, aus dem Nichts hervortritt und sichtbar wird, und gewiß — ganz gewiß — zu herrlicher, allumfassender, alles erklärender Wirklichkeit wird, und daß der Seele die Erkenntnis wiedergeschenkt wird, die sie vor Äonen von Jahren besaß. Welch ruhig sichere und doch verzückte Erwartung! Dieses Wissen — schwach geahnt, einst schon besessen, halb vergessen, von Tag zu Tag mehr verloren —, das plötzlich die Schwelle des Bewußtseins zu übertreten scheint, klar, hell, vollkommen, so wie einst!

Er beobachtete und wartete, allein in der Eiswüste der Linwood Avenue. Vor ihm stand die goldgekrönte weiße Säule, ein ehrfurchtheischendes Denkmal alles Bestehenden. Dann aber wurde die Säule von Augenblick zu Augenblick gestaltloser, verschwand im Dunst, entschwebte, löste sich in Nichts auf.

Wieder empfand er den Kummer und die Enttäuschung, die er tausendmal vorher empfunden hatte, das Dunkel des Geistes, die Verlassenheit, die Trauer und daß wieder entschwunden, was beinahe offenbar geworden und dann doch verborgen geblieben war.

Er blieb nicht leer und ausgebrannt zurück. Das erhebende Gefühl war noch da, wenn auch die Flut nun ruhiger wogte. In ihm war es hell, als ob — war auch die Herrlichkeit vergangen — die Erinnerung daran noch süßen Trost und feierliches Versprechen bedeutete.

Er ging weiter. Er sah auf die Uhr seines Vaters, die er nun doch nicht verkauft hatte. Es war drei Uhr. Er wollte nun bei »Louis« zu Mittag essen und dann seine Mutter und Großmutter besuchen. Plötzlich sehnte er sich nach Mr. Farley, nach einem Gespräch mit ihm.

XXXVIII

Das Restaurant war beinahe leer; draußen reichten die Schneehaufen bis zu den breiten Fenstern, innen war es gemütlich warm, und die Witterung verlieh dem Lokal eine Atmosphäre der Abgeschlossenheit von aller Welt. Frank stampfte den Schnee von den Schuhen und fühlte, wie die Wärme ihn belebend durchdrang. Der Oberkellner kam eifrig herbei, nahm ihm den Mantel ab und hängte ihn an einen Haken. Dann machte er eine Bemerkung über den schrecklichen Schneesturm und geleitete Frank, der ihm freundlich zulächelte, zu seinem Lieblingstisch.

Frank sah sich um; er war noch immer erregt. Die Wände des Restaurants waren jetzt nicht mehr bloß Wände, sondern gute Bekannte, die sich freuten, ihn zu sehen. Die runden weißen Tische wirkten glücklich und zufrieden, die Stühle mit ihren Überzügen aus Chintz sahen aus wie pummelige kleine Persönchen, die auf Freunde warteten. Der Teller mit Brot und Gebäck auf seinem Tisch war von knusprig-brauner Freundlichkeit, und das Silberbesteck blinzelte ihm übermütig zu. Sogar die Speisekarte in seiner Hand schien ihm vertraut, und er freute sich über ihre glatte Oberfläche.

Er sah die wenigen Gäste, die Lampenschirme, die leeren grauen Flächen der Fenster; er fühlte den Teppich unter den Füßen, die Speisekarte in seiner Hand, den Sitz seines Kragens und seiner Krawatte. Alles besaß drei Dimensionen, Tiefe, Patina, Farbe. Vorige Woche noch war er hier gesessen, und die Welt hatte ausgesehen wie auf einer Photographie, flach, grau, schal. Nun aber war alles bedeutsam, ließ Methodik erkennen, strahlte eigene Persönlichkeit aus, nahm die seine in sich auf und gab ihm so das Gefühl der Teilnahme an einer beglückenden Wirklichkeit.

Während er aß, wurde seine Erregung eher noch heftiger. Seine Phantasie überschlug sich geradezu. Er hatte plötzlich ein Dutzend Romane im Kopf. Nichts war zu wertlos, zu unbedeutend, zu gering, um sich nicht in geschriebenen Worten ausdrücken zu lassen. Man brauchte nur den alten Kellner zu nehmen; sein Lebenslauf war vielleicht besonders ergreifend. Jenes gutgekleidete ältliche Paar, das sich beim Essen anlächelte, besaß natürliche Würde; sicher war ihre Geschichte fesselnd und von tiefer Menschlichkeit. Die junge Frau an der Kassa, mit ihren kaffeebraunen Knoten und Ringeln, könnte ihm sicher Stoff für ein Dutzend Kurzgeschichten liefern. Jeder Mensch, der draußen vorüberging, der Koch und seine Helfer in der Küche — alle besaßen eine Seele, erlitten ihr Schicksal, waren bedeutungsvoll und wichtig. Ihr Leben war Teil eines großen Ganzen, mystisch und vollkommen.

Sein Wissen um alle diese Zusammenhänge überwältigte ihn beinahe. Er bemerkte, daß er keine Angst mehr hatte, daß er nicht mehr unsicher und angespannt war. Einen Augenblick lang dachte er an das Debakel von heute morgen und lächelte. Wenn Miß Bendy ihm kündigte, würde ihm das natürlich leid tun, aber im Grunde war es nicht wichtig. Es gab viele andere Pensionen, die ihre war schließlich nicht die einzige. Außerdem, er hatte der alten Hexe die Wahrheit gesagt, und das erfüllte ihn mit tiefer Befriedigung. Er fragte sich, warum er ihr früher immer nach dem Mund geredet, immer um ihr Wohlwollen geworben hatte. Das Gefühl, sich gedemütigt zu haben, trieb heiße Röte in seine Wangen, heizte jedoch seine Erregung seltsamerweise noch weiter an.

Was seine Stellung betraf, die er vermutlich in ein oder zwei Wochen verlieren würde — es gab andere. Auch Stellungen waren nicht wichtig. Er hatte etwas viel Wertvolleres wiedergeschenkt bekommen: die Fähigkeit, zu denken und zu fühlen. Plötzlich war er voll Ungeduld, es drängte ihn, sein Zimmer aufzusuchen und zu schreiben zu beginnen. Der Gedanke an seine schriftstellerische Arbeit erfüllte ihn erstmals wieder mit Freude. Worte, Sätze, Gedankengefüge voll Farbe und Leben durchwogten seine Phantasie wie ein feuriger Strom.

Er dachte an Irving Schultz und nahm sich vor, mit ihm zu sprechen. Wie konnte ich nur übersehen, dachte er, was für ein wunderbarer Mensch er ist? Vielleicht wird er mein Freund? Mit ihm kann ich reden! Er wird mich verstehen.

Ich bin frei, dachte er. Und dieser Gedanke allein machte ihn froh.

Ich werde Paul schreiben. Ich werde ihm alles so erklären, daß er mich verstehen muß. Vielleicht bekomme ich eine Stellung in seiner Nähe, und wir können wieder beisammen sein wie früher. Ja, ja, nun ist alles möglich!

Der goldene Fluß seiner Gedanken wurde zu einer reißenden Flut; er überschwemmte kalte, dunkle Ufer mit seinen glitzernden Wogen und leuchtenden Strömen. Frank sah Himmel und Erde in unbeschreiblicher, strahlender Herrlichkeit vor sich liegen. Er hörte Stimmen, klingende, singende Stimmen, und jede einzelne hatte ihm eine Geschichte zu erzählen. Der alte Kellner stellte ihm sein Lieblingsdessert auf den

Tisch — Brotpudding mit süßer Sauce —, er aber hielt den Löffel reglos in der Hand und starrte mit verzückten Blicken vor sich hin. Eine Marmortreppe erhob sich aus der goldenen Flut seiner Phantasie, und er stieg sie empor. Stimmen und Glanz wurden eins, und sie erzählten eine einzige Geschichte, einen Roman, der sich, gleich einer Symphonie, von Akkord zu Akkord weiterentwickelte. Nun hatte er sein Thema! Es war schön; es war harmonisch; alles daran war ideal. Er stieg weiter empor, und jede goldbeglänzte Marmorstufe gab seiner Geschichte eine neue Dimension.

Er würde über den Arzt schreiben, der ein Jünger Christi gewesen war: über Lukas, den feinfühligen Griechen, den Mann, über dessen Herkunft man nichts wußte und der doch Unsterblichkeit erlangt hatte. Im Hintergrund weiße Säulenhallen im violetten Dunst, Stimmen zum Streitgespräch erhoben, eine Welt, die in Bedeutungslosigkeit versinkt, die nur noch eine Wüste unfruchtbarer Worte ist. Lukas, ein junger Mann — ja, sicherlich, ein junger Mann — mit dunklem Gesicht und feinem Lächeln, hoch gebildet, mit dem Gebärdenspiel der Dekadenz und des Verfalles, ein eleganter junger Mann, der nicht über sich selber sprach, dessen Augen aber Zynismus und Verzweiflung verrieten. Seine Hände waren die Hände eines Arztes, kräftige, ruhige Hände, nun aber waren sie leer. Hatte er Rom gesehen? Ja, natürlich kannte er Rom und all seine Pracht, und er wußte, daß es eine vergängliche Pracht war, so gefährdet wie ein Fresko auf einer baufälligen Mauer. Wo war er dem jungen Juden begegnet, der mit einem Blick seiner Augen die Seelen der Menschen erschüttern konnte und ihnen Wissen vermittelte, das sie schon vergessen hatten? Er, Frank, mußte es in der Bibel nachlesen. Aber wenn er sich recht erinnerte, war die Geschichte des Lukas verschwommen, mehr oder weniger unbekannt. Er aber kannte sie! In seinem Herzen stand sie geschrieben. Er kannte Lukas, als wäre er Frank Clairs eigenes Fleisch, sein eigener Geist.

Was hatte er gedacht, als er den jungen Juden zum erstenmal sah — staubig, abgerissen, müde vom langen Weg, und doch so eindrucksvoll in seiner Erscheinung? Was hatte er gedacht, dieser Grieche Lukas, als er zum erstenmal dem Wort lauschte, das eine dekadente, verlorene Welt aufrüttelte und verzweifelten, körperlich und geistig kranken Menschen neue Hoffnung gab? Frank sah diese Welt deutlich vor sich; ihre Klänge, ihr Lärm drangen an sein Ohr. Aus diesem Chaos von Hochmut und Wollust, Sklaverei und Tod, von Heereszeichen, Zorn und großen Worten, von Eroberungszügen und Majestät, aus diesem römischen Weltreich des Triumphs, der Pracht und Machtentfaltung war Lukas in das sandige, schmucklose Jerusalem gekommen, in dem die Juden hoffnungslos, doch unbesiegt ausharrten. War Lukas ein Sklave gewesen, der aus Rom geflohen, sich hier unter diesen staubigen Palmen, an der Küste des Toten Meeres, in den lärmenden schmutzigen Straßen verstecken wollte?

Hatte er gehofft, zwischen diesen roten Felsen, auf diesen von Skorpionen wimmelnden Wegen eine neue Philosophie zu finden? Lukas, der gelehrte und vornehme Grieche, war müde, wie nur ein Intellektueller müde sein kann, der seiner Welt überdrüssig ist. Was war mit ihm geschehen, als er sah, wie der Pöbel sich um diesen ärmlichen jungen Mann scharte, dessen Stimme sich wie eine Posaune über den Tumult erhob? Hatte der Pöbel plötzlich den Weg freigegeben, so daß Lukas, der müßig und müde am Rand der Menge stehengeblieben war, den jungen Juden deutlich sehen konnte? Worüber hatte Jesus damals gerade gesprochen? Hatte Er gelächelt? Hatte Er sofort gewußt, daß dieser Fremdling sein Jünger werden mußte? Hatte Er ihn angesprochen, die Hand gehoben? Oder hatte Sein Blick genügt, um diese poesievolle, empfindsame, schwermütige Seele zu beherrschen, zu erwecken? Was war vorgegangen, als ihre Blicke sich zum erstenmal trafen?

Etwas Großes, Gewaltiges, Grundlegendes mußte sich zwischen ihnen ereignet haben. Lukas hatte Ihn erkannt Er war dort gestanden unter den sengenden Sonnenstrahlen, die vom Himmel auf die rote, unfruchtbare Erde fielen, und hatte Ihn erkannt. Er war so reglos gestanden, als würde er sich nie wieder bewegen, denn er hatte Gott geschaut. Hatte er sich verneigt, das Knie gebeugt, die abgetragenen Sandalen ausgezogen wie Moses an heiliger Stätte? Ja, Frank sah ihn, wie er seinen hageren Gelehrtenkörper beugte, sein hübsche schmale Hand ausstreckte und sich seiner Schuhe entledigte. Und dann war er vor Jesus gestanden, einfach und doch voll Würde, die nackten Füße im Staub, und hatte Jesus angesehen mit einem Blick voll Stolz und Demut, voll Verstehen, Frieden, Freude. Seine hohle Philosophie, seine schlagfertige Klugheit, sein Kunstsinn und seine müde Dekadenz hatten sich in Nichts aufgelöst; er hatte das alles mit den Sandalen abgestreift.

Plötzlich konnte Frank es nicht mehr erwarten, wieder in seinem Zimmer zu sein und die wundersame Geschichte niederzuschreiben. Aber vielleicht sollte er ein Theaterstück daraus machen? Frank, der schon aufgesprungen war, ließ sich wieder auf den Stuhl fallen. Ein Drama in drei Akten, sechs Szenen, in feurigen, feierlichen Blankversen. Da stand Lukas vor den Stufen des bedrohten Tempels und sprach mit einigen bärtigen jüdischen Ältesten. Die gelehrten Männer hörten ihm höflich, neugierig, aber doch mit deutlicher Ungeduld zu. Hinter ihnen erhob sich vor einem scharlachroten Sonnenuntergang der Tempel; unentwegt strömten Leute vorbei, Lastesel, Frauen mit gestreiften Kopftüchern, gelb und weiß, blau und rot. Lukas lächelte überlegen und sagte:

»Verliert die Menschheit jetzt das Augenlicht,
gibt es kein Leben, keine Schönheit mehr.
Des Menschen Auge, schwach, verwirrt und stumpf,
es hält die Götter, Weisheit und die Sonnen.«

Frank sah, wie die Ältesten die Köpfe schüttelten und würdevoll die Gesichter hoben und diesen Gedanken offensichtlich ablehnten. Einer sprach von der objektiven Existenz Gottes, von wunderbaren Welten, die kein menschliches Auge je geschaut und die es dennoch gab, unabhängig von den Menschen. Vers um Vers hörte Frank im Geiste; er lauschte hingerissen. Wie konnte er die Schönheit und Majestät dieser Worte je auf Papier bannen? Er mußte sich beeilen, mußte schnell in sein Zimmer zurückkehren und versuchen, wenigstens ein leises Echo festzuhalten!

Er stand auf. Der Kellner brachte ihm die Rechnung. Frank sah ihn an, blieb stehen. Was war mit seinen Augen geschehen? Waren sie von einer seltsamen Kurzsichtigkeit geheilt worden, daß er jetzt das Gesicht des alten Kellners, jede kleinste Falte, so deutlich und genau sah? Der Mann kannte ihn schon lange, er wußte seinen Namen und unterhielt sich oft und lange mit seinem Gast. Und doch kam es Frank mit Staunen zu Bewußtsein, daß er sich an kein einziges Gespräch, keinen einzigen Satz mehr erinnern konnte. Warum nur?

Und da er alles jetzt so intensiv erlebte und für bedeutungsvoll und wichtig hielt, sagte er: »Wie geht es Ihrer Familie, Giovanni?« Giovanni! Das war kein bloßer Name mehr, das war ein Mensch, ein lebendiges Wesen, Fleisch von seinem Fleisch, ein Bruder, in dessen Brust sein eigenes Herz schlug, seine eigenen Gefühle lebten!

Hatte Giovanni überhaupt eine »Familie«? Frank wußte es nicht genau, aber er glaubte sich dunkel zu erinnern, daß in ihren Gesprächen von einer Familie die Rede gewesen war. Er beobachtete Giovanni, um zu sehen, ob der alte Mann sich erstaunt zeigte. Der jedoch lächelte strahlend. Er stand da und hielt ein Tablett mit leeren Tellern auf dem Arm, und sein faltiges Gesicht wurde ganz weich. »Maria Pia ist jetzt glücklich«, sagte er.

Maria Pia? Wer war Maria Pia? Der Name kam ihm irgendwie bekannt vor, aber er wußte nicht, wieso; er schämte sich. Giovanni hatte sicher schon oft von Maria Pia gesprochen, und er hatte nicht zugehört! Schändlich, daß man gegen einen Mitmenschen so unempfindlich sein konnte! Er bemühte sich, interessiert dreinzuschauen, und schämte sich aufs neue.

»Was tut Maria Pia jetzt?« fragte er.

»Sie tanzt jetzt wieder.« In Giovannis müden alten Augen glänzten Tränen, aber es waren Tränen des Glücks.

»Fein.« Franks Stimme war vorsichtig, tastend. In einer Minute würde er alles über Maria Pia wissen, wer immer das war. Er wartete.

Der alte Kellner legte gebrauchtes Besteck auf das Tablett. Seine welke Hand zitterte heftig, aber auf seinem Gesicht lag noch der helle Schein. »Nach all dieser Zeit tanzt sie jetzt mit den Engeln im Himmel«, murmelte er. »Ihre Mamma und ich, wir sind sehr froh.«

Nach diesen Worten entfernte er sich mit schnellen Schritten seiner müden Kellnerbeine. Frank starrte ihm nach — er war unglücklich und tief enttäuscht. Eine Geschichte war ihm erzählt worden. Er kannte das Ende, aber nicht den Anfang. Er würde ihn nie mehr erfahren. Da hatte sich vor seinen Augen eine menschliche Tragödie abgespielt, er aber war blind und taub gewesen, hatte einen eisernen Ring ums Herz getragen. Er ließ sein übliches Trinkgeld von fünfzig Cents auf dem Tisch zurück, legte dann aber, einem plötzlichen Impuls folgend, noch einige Münzen dazu.

Maria Pia, Giovannis Tochter? Eine jüngere Schwester? War sie Tänzerin gewesen und dann plötzlich krank geworden? Giovanni hatte es ihm bestimmt erzählt. Er ging in das dämmrige Zwielicht hinaus, ruhelos, unbefriedigt. Die letzten, tränennassen Seiten hielt er in der Hand. Die ersten waren verloren. »Lebwohl, Maria Pia«, sagte er demütig.

Wieviel versäumte doch der Mensch, wenn er seinen Nachbarn nicht kannte, ihn nicht liebte, sich nicht um ihn sorgte! Wie leer und arm wurde doch sein Leben, wenn Egoismus, Habgier, seine eigene Bedeutungslosigkeit ihm den Blick verstellten! Wenn man den Nächsten nicht sah, sah man auch Gott nicht. Man sah nur Leere, einen ausgetrockneten Brunnen in einer Wildnis bleicher Felsen und Steine, einen toten Garten voll verwehtem Stroh und die Skelette zerborstener Bäume. Und man wurde selbst zu Stein, zur Salzsäule, zu einem Wesen ohne Anfang und ohne Ende.

Frank fühlte einen Klumpen in der Kehle und Haß gegen sich selbst. Verzeih mir, dachte er. Verzeih mir mein abgestumpftes, egozentrisches Leben, mein Selbstmitleid und meine Unfruchtbarkeit. Wenn es eine Hölle gibt, dachte er, ist sie sicher mit den bitteren Wassern der Eigenliebe und des Egoismus angefüllt, und der Fuß wird sich an steiniger Erde wundreiben.

Er wollte zu seiner Großmutter gehen. Er wollte seine Mutter mit anderen Augen, mit neuem Verständnis ansehen. Er würde mit Mr. Farley sprechen. Und dann würde er heimgehen und schreiben — schreiben, wie er seit Jahren nicht mehr geschrieben hatte. Die klangvollen Akkorde der Geschichte des Lukas tönten immer lauter und gewaltiger in seinen Ohren und erfüllten ihn mit Jubel.

XXXIX

Der Sturm war nun gänzlich abgeflaut, doch bis auf wenige Männer und Frauen, die es eilig hatten, vor der eisigen Kälte Schutz zu finden, lag die Hauptstraße immer noch verlassen da. Eine Straßenbahn polterte vorbei. Man sah vor lauter Schnee kaum die Fenster. Frank überquerte die Straße; bleiche Laternen blühten verschwommen im

Zwielicht. Er entschloß sich, einen Wagen jener Linie zu nehmen, die zur Niagara Street fuhr, um noch rechtzeitig vor dem Tee bei seiner Großmutter einzutreffen.

Er war der einzige Mensch, der auf die Straßenbahn wartete, und es gab weit und breit nichts, das ihm vor der grausamen Kälte Schutz hätte bieten können. Er stapfte sich im tiefen Schnee einen Platz frei, aber die Kälte drang durch seine Schuhe und ließ seine Füße erstarren. Der ärgste Sturm war wohl vorbei, aber immer noch wurde der Schnee von plötzlichen Windböen hochgewirbelt und stob als weißliche Wolke in die graue Luft.

Er dachte an Kentucky. Tim Cunningham hatte ihm vor kurzem geschrieben, daß es in den Tälern schon Frühling wurde. Die Blüten der Obstbäume verwandelten die Hügel in weiße und rosa Kugeln, im Wald roch es schon nach Hartriegel, die Felder wurden langsam grün. Er hatte das einfache, poetische Leben des Landmannes beschrieben und das Klima im Süden mit dem erbärmlich kalten Winter im Norden verglichen. Frank sah in Gedanken stattliche weiße Häuser auf grünen Anhöhen, sah die Bürgerkriegsveteranen ihre kühlen Drinks schlürfen. Alles war vornehm und feierlich, immer schien die Sonne, und auf den Feldern arbeiteten die Neger und sangen dabei ihre schwermütigen Lieder. Plötzlich sehnte er sich nach Wärme und Behaglichkeit, nach dem malerischen Süden, so wie er ihn sich auf Grund der sentimentalen Romane, die er gelesen hatte, und auf Grund der Erzählungen einiger Südstaatler vorstellte. Wie herrlich wäre es, tagsüber auf den Ölfeldern zu arbeiten und des Abends an seinem poetischen Roman über Lukas zu schreiben! Er und Tim würden vielleicht miteinander eine von wildem Wein umrankte Hütte im Wald bewohnen, wo nur der Mond die Dunkelheit erhellte und die Nachtschwalbe ihr Lied sang. Er sah sich unter einer Lampe an einem grob geschnitzten Tisch sitzen; da schrieb er viele Stunden lang, während Tim schlief oder ein Buch las, und das Mondlicht vermischte sich mit dem Schein der Lampe, und durch das laubbehangene französische Fenster duftete es süß nach Erde und Blumen und Bäumen.

Viele Leute hofften, daß der Krieg wieder aufflammen und die Fabriken erneut mit voller Kraft arbeiten würden; Frank jedoch machte sich keine Illusionen. Er wußte, daß Curtiss die Produktion von Tag zu Tag mehr einschränkte. Er mußte stündlich damit rechnen, arbeitslos zu werden. Worauf wartete er? Er nahm sich vor, Tim Cunningham noch heute abend zu schreiben und ihm mitzuteilen, daß er im April, spätestens im Mai, zu ihm nach Benton, Kentucky, kommen würde.

Wie ein vorzeitliches, weißes Ungeheuer näherte sich der Straßenbahnzug der Haltestelle. Frank stieg ein; er war der einzige Fahrgast in dem luftlosen, eisig kalten Wagen, wo sein Atem wie eine Wolke aufstieg. Die Fenster waren weiß und völlig undurchsichtig. Er klammerte sich an seinen Sitz, während der Zug die verschneiten Schienen entlangratterte. Das Licht flackerte auf und ging wieder aus, sobald der Kontakt durch vereiste Verbindungsstellen unterbrochen wurde. Durch leere, windige Straßen fuhr der Zug, aber Frank war tief versunken in seine aufregenden Träume; obwohl er ganz steif war vor Kälte, merkte er es nicht.

Als der Zug die Niagara Street erreichte, war Frank immer noch der einzige Passagier. Mit starren, gefühllosen Beinen stieg er aus. Er würde wohl zu Fuß weitergehen müssen, denn er hatte wenig Hoffnung, in dieser Schneewüste eine Straßenbahn der anderen Linie zu bekommen. Fröstelnd machte er sich auf den Weg und ging die Niagara Street hinunter. Er kam zur Albany Street, wo er früher gewohnt hatte und wo sein Vater gestorben war.

Plötzlich hatte er den Wunsch, seinen Trompetenbaum wiederzusehen, wie er steif und schwarz und erwartungsvoll im Hof stand. Er wollte ihn sich ansehen und dann Paul Hodge davon berichten; er wollte einen Zweig genau untersuchen und feststellen, ob die zukünftigen Knospen schon weich wurden und anschwollen. Er wollte den Stamm streicheln und ihm erzählen, wovon sein Herz jetzt überging, und der Baum würde lauschen, auch wenn er noch so müde und verschlafen war, er würde ihn verstehen und sich freuen.

Zweifellos wohnten neue Mieter im Haus. Nun, es war dunkel, und der Schnee hatte alles Leben verstummen lassen. Niemand würde es merken, wenn er den Hof betrat und seinen Freund besuchte. Er würde nur so lange bleiben, bis er dem Baum alles erzählt hatte; dann würde er bereichert und getröstet wieder fortgehen. Dieser Baum, den er vor so vielen Jahren gepflanzt hatte und der nun — wie er selbst — bald Blätter und Blüten treiben und die Luft mit seinem Duft erfüllen würde! Unaufhaltsam, hoffnungsfroh, stetig stieg ja schon der Saft; der Baum wußte aus Erfahrung, daß bald das Frühjahr kam und daß trotz Eis und Schnee gewaltiges Leben in jedem seiner Zweige schlummerte.

An der Ecke Niagara Street und Albany Street blieb er stehen. Er zögerte. Er verstand die plötzliche Hemmung nicht, die ihn wie eine warnende Stimme zurückhielt. Es ist ja nur ein Umweg von wenigen Minuten, redete er sich selbst zu. Aber sein innerer Widerstand wurde nur noch stärker. Fast schien er Hände auf seinen Schultern zu spüren, die ihn drängten, in der Niagara Street weiterzugehen. Aber warum? In einigen Augenblicken würde er sowieso seinen Weg hier fortsetzen. Er fühlte, daß der Baum sehnsüchtig auf ihn wartete und sich im Schlaf leise bewegte. Entschlossen bog er in die Albany Street ein.

Das alte, kleine, weiße Haus sah noch genauso aus, wie er es in Erinnerung hatte. Hinter den Fenstern brannte Licht. Er blieb stehen. Sicher saßen seine Eltern vor dem Gasofen und ließen sich durchwärmen, und in der Küche duftete es vermutlich nach gebratenem Huhn. Er brauchte nur die Türklinke niederzudrücken, und schon würde er die verärgerte Stimme seines Vaters hören: »Mach die Tür zu, verdammt noch mal! Es kommt kalt herein!«

Dennoch kam ihm das Haus irgendwie fremd vor, so als hätte es sich von ihm zurückgezogen. Fremde bewohnten es jetzt. Das war nicht das Fenster, von dem aus er den Schnee, Bäume, grüne Rasen gesehen hatte. Nie war er auf diesen Stufen gestanden. Etwas Unerklärliches war mit dem Haus geschehen; es hatte sich auf eine Ebene zurückgezogen, die ihm nicht vertraut war. Nur noch entfernt erinnerte es an das Haus, das er gekannt hatte, so wie das Lächeln eines Menschen uns manchmal einen kurzen Augenblick lang an das Lächeln eines guten Freundes erinnert, wie die Geste eines Fremden uns vertraut vorkommt. Irgend etwas hatte sich verschoben, war verrückt! Die Dachschindeln, die Kellertür, selbst die Form der Fenster stellten in Abrede, daß er sie je gekannt hatte. Irgend etwas war in Raum und Zeit weitergegangen, aber nur als Teil von ihm, nicht als Teil dessen, was er hier sah.

Die dunkle Straße mit ihren flackernden Laternen wirkte unheimlich. Frank sah sich die umliegenden Häuser an, er blickte die Straße hinunter. Dort an der Ecke war Vincents Laden, wo er manchmal — selten genug — mit großer Begeisterung eine Limonade getrunken hatte. Und vor der Auslage war er oft gestanden und hatte die bunten Anschläge für die verschiedenen Arten von Lutschbonbons bewundert. Das Licht, das aus dem geschlossenen Laden auf die Straße drang, war nicht das Licht, an das er sich erinnerte. Nur sechs Monate waren vergangen, doch die Welt, die er gekannt hatte, war mit ihm fortgezogen, war nicht mehr hier. Dies war eine andere Welt. Auf der anderen Straßenseite wohnten die Campbells; das Haus mit der gelben Veranda gehörte den Flahertys. Die alte Witwe Berger lebte drüben in der braunen Hütte. Sie waren nicht fortgezogen. Oder doch? Würden vertraute Gesichter ihn anblicken, wenn er jetzt an ihre Türen pochte? Oder würden die Gesichter von Fremden ihn fragend und abwartend ansehen?

Während er im Schnee stand und sich umsah, fühlte er sich wiederum gedrängt, seinen Baum nicht zu besuchen, sondern sich umzudrehen und zu gehen. Der Baum, den du kanntest, ist nicht hier. Du trägst ihn in deinem Herzen. Dort wird er immer gedeihen, immer blühen, immer leben. Du hast den Baum bei dir, dir gehört er, niemand kann ihn dir nehmen. Dreh dich um. Geh fort. Du kannst nicht zurückkehren, denn du kehrst zu Dingen zurück, die du nicht kennst. Und die Dinge, die du kennst, sind immer bei dir.

Frank stampfte ungeduldig mit den Füßen und zuckte die Achseln über die alten Weisheiten, die eine innere Stimme ihm zugeraunt hatte. Er bahnte sich seinen Weg durch die Schneewächten zum Hintereingang des Hauses. Unter seinen Schuhen knirschte der Schnee. Als er das Laternenlicht im Rücken hatte, sah er vor sich, verzerrt und verkrümmt, seinen eigenen Schatten. Und wie verzaubert, dachte er: Dieser Schatten gehört hierher. *Er* wohnt in dieser Straße, *er* lebt in diesem Haus, *er* besitzt den Baum. Ich habe hier nichts zu suchen.

Vorsichtig, um die unbekannten Gestalten hinter den erleuchteten Fenstern nur ja nicht zu stören, schlich er sich hinter das Haus.

Der Mond brach durch die Wolkendecke und warf sein gespenstisches Licht auf eine Landschaft aus Alabaster. Frank sah den Holzzaun, fast versunken im Schnee. Er sah das Dach des Hühnerstalles auf der anderen Seite. Er sah die Schornsteine der Nachbarhäuser, und die Rauchschwaden schienen aus purem Silber. Er sah Lichtkegel aus Hoffenstern fallen. Er fühlte die Stille und die feierliche, eisige Unbeweglichkeit der Nacht.

Seinen Baum aber sah er nicht. Der Baum war fort. Nicht einmal ein schwarzer, verwundeter Stumpf war im glatten Marmor des nächtlichen Hofes zu sehen. Es war nichts da.

Frank stand regungslos, und in ihm wurde alles kalt, so als stünde sein Herz still, so als wäre sein Blut erstarrt. Es hatte immer lange gedauert, bis starke Gefühlsbewegungen gänzlich von ihm Besitz nahmen. Immer war er, so wie jetzt, zuerst nur betäubt und starr gewesen, wie wenn ihn ein Blitz getroffen hätte und der Donner noch mit seinem Widerhall zögerte. Darum fühlte er vorerst nichts, als er die glitzernde weiße Fläche sah, wo sein Baum gestanden hatte. Sie haben ihn gefällt, dachte er. Und er dachte es wie etwas Unpersönliches, Gleichgültiges.

Sie haben ihn gefällt, dachte er, während er da im Garten stand — eine große, hagere Gestalt im Mondenschein, die Hände tief in den Taschen vergraben, die Füße bis zu den Knöcheln im Schnee.

In dem kleinen Haus, in dem er einst gewohnt hatte, wurde in der Küche das Licht angezündet, und eine schmale, goldene Flut ergoß sich über den Schnee. Automatisch trat Frank einige Schritte zur Seite, so daß das Licht nicht auf ihn fiel. Aber er ließ dabei den Platz nicht aus den Augen, wo sein Baum einst gestanden war.

Dann wandte er sich zum Gehen. Traurig und verlassen sah er noch einmal zurück. Da war die geisterhafte Stelle, da hatte sein Baum gerauscht, geblüht, geduftet. Und nun erst empfand er die Leere, empfand grausamen Schmerz und Wut. Sicher, sicher war sein Baum noch vor einer Minute dagestanden. Eben erst hatte man ihm die Axt an den Stamm gelegt, und er war in Nichts zerfallen und verschwunden. Er lief zu der Stelle hin, stand darauf, tastete verzweifelt suchend mit dem Fuß. Da war kein Stumpf, aber er ahnte plötzlich die Wurzeln in der Erde, tief in der Erde, so wie man die Toten in ihren Gräbern erahnt. Die Wurzeln waren noch da, sie verrotteten, so wie die Toten vermodern.

Wie die Hände von Blinden versuchten die Wurzeln nach ihm zu greifen.

Sterbend noch seiner Liebe bewußt, bettelten sie um sein Mitgefühl und seine Hilfe. Er fühlte ihr Sehnen, ihre Verwirrung. Der Frühling war nahe. Noch stand Saft in den Wurzeln, doch der Weg war ihm versperrt, und er mußte ersticken. In der luftigen Höhe über ihnen gab es nichts, zu dem er hätte aufsteigen können. Stunde um Stunde starben die Wurzeln ab; bestürzt, erstarrt, konnten sie nicht verstehen, warum sie so betrogen wurden, warum die Hand, die sie gepflanzt hatte, das Schreckliche zuließ.

Frank fühlte sein eigenes Blut zu den Wurzeln hinuntersickern und sich mit ihnen vermischen. Er fühlte ihren blinden Ruf. Ohne zu wissen, was er tat, kniete er nieder und schaufelte wie wild den Schnee zur Seite. Seine Hände in den Fäustlingen gruben sich immer tiefer. Er hörte lautes Rasseln, wußte aber nicht, daß das sein eigener keuchender Atem war.

Seine Hände stießen auf harte, schwarze Erde. Er tastete darüber. Nichts. Dennoch preßte er die nassen Fäustlinge fest gegen die rauhe Fläche. Unter seinen Händen pochte es leise, als schlüge dort ein krankes Herz. Er fühlte das Leben der Wurzeln, ihre junge Kraft. Und dann, als ob sie ihn mit einem letzten Seufzer hätten grüßen wollen, wurde das Pochen schwächer und verklang.

Frank richtete sich langsam auf und blickte auf das Grab seines Baumes hinunter. Er fühlte sich krank und elend vor Trauer. Und dann kam der Zorn, wilder, wütender Zorn. Warum hatte man diesen Baum umgebracht? Wer hatte es gewagt, einem so wunderbaren, so lebendigen Wesen das anzutun? Der Mensch ist eine abscheuliche, böse Kreatur, ein Tier, eine Bestie. Ohne Bedenken, ohne Gewissensbisse zerstört er etwas Schönes und völlig Harmloses. Frank sah im Geiste, wie man seinen Baum mit einem Karren fortgeschafft und auf einen Abfallhaufen geworfen hatte. Vielleicht waren seine Blätter herbstlich bunt gefärbt gewesen, als ihm das angetan wurde. Er sah die Blätter, wie sie langsam verwelkten, braun wurden und abfielen. Warum hatte er nichts davon gewußt?

Mit lautem Knarren öffnete sich eine Tür, und eine rauhe Männerstimme rief: »Was, zum Teufel, machen Sie da draußen?«

Zitternd und schwach drehte Frank sich um und sah einen großen, kräftigen Mann, der durch den Schnee auf ihn zustapfte. Der Mond kam gerade wieder hervor, und in seinem Schein sah er unter einem kahlen Schädel ein breites, unrasiertes Gesicht, das Gesicht eines ungebildeten, primitiven Menschen. Der Mann näherte sich in gebückter Haltung — ein Gorilla, der eine Nymphe geschändet hatte. Deutlich sah Frank die vorstehenden Augen, die ihn bedrohlich und mißtrauisch anfunkelten.

»Wo ist mein Baum?« fragte er mit erstickter Stimme. »Der Baum, den ich gepflanzt habe?«

Der Mann blieb stehen und starrte Frank an. Er sah auf das schwarze Loch im Schnee, dann wieder auf Frank. »Sind Sie verrückt?« polterte er. »Sie meinen den Baum, der früher da stand? Ich hab ihn gefällt, damit die Kinder Baseball spielen können, klar? Was fällt Ihnen bloß ein, hier 'reinzukommen?«

Es war Frank nicht bewußt, daß er die Hände zu Fäusten geballt hatte; er merkte auch nicht, daß er einen Schritt auf dieses Schreckgespenst zuging, auf diese Verkörperung einer Welt, die er nur mehr hassen konnte. Er sah, daß der Gorilla langsam und ängstlich vor ihm zurückwich. Er folgte ihm Schritt für Schritt. Sehr leise und ruhig sagte er: »Ich habe diesen Baum gepflanzt. Ich habe ihn wachsen gesehen. Er gehörte mir. Und Sie haben ihn getötet.«

»Sie sind ja nicht bei Trost«, entgegnete der Gorilla und blieb schließlich stehen. »Sie haben hier gewohnt, bevor wir eingezogen sind? Na, wenn schon? Die Kinder wollten Baseball spielen, drum habe ich das verdammte Ding weggetan. Wer schert sich schon um so was, Sie Knallkopf? Und jetzt 'raus hier, oder ich hol die Polizei!«

Er wagte es nicht, Frank aus den Augen zu lassen, dessen Gesicht er ganz klar im Mondlicht sah. Mit lauter Stimme rief er: »Grace! Ruf die Polizei! Hier ist ein Verrückter, der wollte bei uns einbrechen!« Vom Haus her hörte man das Kreischen einer weiblichen Stimme. Frank war sich nicht bewußt, daß er eine Bewegung machte. Ganz automatisch holte er mit dem Arm von der Schulter weg aus, und seine geballte Faust schnellte wie ein nasser Stein vor. Er fühlte, daß er auf Fleisch und Knochen traf, und er hörte dumpfes Knirschen und Bersten. Der Gorilla fiel mit baumelnden Armen und Beinen hintenüber in den Schnee. Halb in Trance trat Frank ihn noch einige Male mit dem Fuß. Dann rannte er durch den tiefen Schnee davon.

XL

Wieder saß er in der Straßenbahn, und wieder war er der einzige Fahrgast in dem ratternden Wagen, dessen Fenster völlig von Eisblumen bedeckt waren. Fast zusammengekrümmt saß er auf seinem Platz, hatte die Hände tief in die Taschen vergraben, den Kragen bis über die Ohren hochgeschlagen, den Hut in die Stirn gezogen. Er hörte und fühlte das Knirschen und Klappern der Räder, und jeder Laut bereitete ihm Qual. Er schwankte auf seinem Sitz hin und her, vor und zurück. Seine Hand tat ihm weh; er wußte, daß sie aufgeschürft war. Er bewegte die Finger im Fäustling, und der Schmerz der geschundenen Haut tat ihm wohl.

Mit stumpfen Blicken sah er um sich. Alles schien ihm ohne Perspektive wie auf einer Photographie. Er fühlte sie mehr, als er sie sah, die

Wände des Wagens, die weißen Fenster, die flackernde Deckenbeleuchtung. Alles blieb flach und bedeutungslos. Irgendwo weit weg im Raum war ein Schmerz, ein Schmerz und ein Brechreiz. Er dachte nicht an den Baum, der Baum war tot; er war kein Teil mehr seiner selbst. Er dachte nur an seinen Haß.

Der Wagen schwankte, und er schwankte mit ihm; immer wieder wurde er gegen den Sitz geworfen. Der Schmerz wurde stärker und quälender. Er sah den Wagenführer an seinem Schaltbrett stehen; der Mann pfiff leise vor sich hin und läutete wie wild die Glocke. Er haßte den Wagenführer. Er haßte die breiten, geraden Schultern, die roten Ohren, die läppische Uniformkappe, die Art, wie er am Glockenseil riß. Er war ein Tier wie alle anderen, eine Bestie im blauen Anzug, ein Unding, ein Nichts.

Knirschend blieb die Straßenbahn stehen. Eine alte Frau stieg mühsam ein. Sie trug einen uralten schwarzen Mantel, der ihr bis zu den geschwollenen Knöcheln reichte. Große schwarze Knöpfe funkelten im gelben Licht. Auf ihrem Kopf saß ein formloses Stück Filz; ihre strähnigen grauen Haare lagen glatt um die runzelige Stirn und die eingefallenen Wangen. Sie schwankte den Mittelgang entlang, fand einen Sitz und ließ sich hineinfallen.

Frank sah sie an. Er haßte sie. Es erfüllte ihn mit Zorn, daß sie atmete, diese mißgestaltete, schmutzige, häßliche Parodie eines Menschen. Ihre wäßrigen blauen Augen blinzelten hinter stahlgeränderten Brillen. Sie verzog den zahnlosen Mund und schien zu kauen. Ausdruckslos sah sie um sich. Sie rieb sich mit der Hand die Wange; die Hand zitterte, sie ließ sie in den Schoß fallen, und die welken Lippen kauten weiter.

Frank drückte den Rücken an die Lehne seines Sitzes. Er durfte nicht aufstehen und ihr einen Tritt versetzen. Dafür wurde man eingesperrt. Wie hätte er der Polizei auch erklären können: Sie sah schrecklich aus; sie war alt und abstoßend; sie hatte keinen Geist, kein Gefühl! Sie lebte ja gar nicht. Sie machte mich krank, ich mußte ihr einen Tritt versetzen.

Die lichtlosen Augen wandten sich ihm zu. Die Kaubewegung hörte abrupt auf. Er sah sie an. Sie zuckte zurück und murmelte etwas Unverständliches. Dann stand sie auf und setzte sich etwas entfernt auf einen anderen Platz. Ihr Gemurmel wurde lauter. Ihr eingefallenes Greisinnengesicht sah nun verschlagen aus und auch ein wenig ängstlich. »Was gibt's denn da zu schauen?« zischte sie hinter Franks Rücken.

Er mußte sich beherrschen. Er mußte sich fester an den Sitz klammern. Der Wagenführer läutete, und Frank biß die Zähne zusammen. Wieder blieb der Wagen stehen. Eine abgezehrte, ärmlich gekleidete Frau von etwa dreißig Jahren kletterte herauf. Auf dem Arm trug sie ein blasses Kind. Das Gesicht des kleinen Mädchens — es mochte vier Jahre alt sein — starrte vor Schmutz und angetrockneten Tränen. Frank sah sie vorbeigehen. Sie waren wie das Vieh. Sie fraßen und entleerten sich wie alle Tiere und schliefen und schnarchten und lebten in ihrem eigenen Dreck. Aber sie besaßen nicht die wilde Schönheit und Anmut der behaarten Kreaturen in den Wäldern, der gefiederten Geschöpfe auf den Bäumen. Sie konnten als Entschuldigungsgrund für ihr Dasein nicht einmal ihre Schönheit anführen. Warum war es nicht möglich, sie zu töten, sie zu beseitigen, und die Nahrung, die sie zu sich nahmen, jenen Menschen zukommen zu lassen, die wirklich lebten und deren Leben Sinn hatte? Es war von Übel, daß sie überhaupt geboren wurden; harmlos waren sie erst, wenn sie starben. Zwischen Geburt und Tod war ihr Anblick eine Beleidigung des Himmels.

Die Übelkeit und der Schmerz wurden schlimmer; es war ihm jetzt wirklich zum Erbrechen. Er preßte die Lippen zusammen, um nicht aufstoßen zu müssen. Wo immer er hinsah, gab es nur Häßlichkeit, sinnloses Tun, abstoßende Bilder. Alles war unvollkommen, düster, oberflächlich. Wie hatte er einige wenige Stunden lang vergessen können, wie abscheulich und verrottet die ganze Welt war, welch eine Beleidigung für das Auge, und wie sie zum Himmel stank.

Das Kind hinter ihm schrie. Er bebte vor Haß und Ekel. Die alte Frau brabbelte immer noch vor sich hin. Und nun wandten sich sein Haß und sein Ekel mit aller Heftigkeit gegen sich selbst. Was war er doch für ein sentimentaler Idiot! Noch vor wenigen Stunden hatte er diesen lächerlichen Glanz in sich gefühlt; hatte gemeint, einen Sinn im Leben solcher Kreaturen entdeckt zu haben. Er hatte Schmerz mitgelitten; hatte gebebt vor hassenswertem Mitgefühl; hatte sich schmachtender Romantik hingegeben. Maria Pia! Giovanni! Das alte Weib und die blasse junge Frau mit dem schreienden Kind! Tierhafte Kreaturen in der verzerrten Gestalt von Engeln. Stumpfsinnige Gesetze gaben ihnen das Recht, zu leben. In einer vernünftigen, realistischen Gesellschaft hätten sie gar nicht erst auf die Welt kommen dürfen oder wären, einmal geboren, gleich beseitigt und in die Erde versenkt worden.

Er wäre gerne zu Hause gewesen, umgeben von seinen Büchern, in seinem hübschen, ruhigen Zimmer, wo der milde Schein der Lampe das alte Bett beleuchtete. Er wollte alles Häßliche aussperren und vergessen.

Plötzlich überfielen ihn Angst und Schrecken! Jetzt erst fiel ihm Miß Woods wieder ein und die schreckliche Szene am Frühstückstisch. Was würde Miß Woods ihm zu sagen haben, wenn sie ihn heimkommen hörte? Würde sie ihm kündigen? Narr! Was hatte er getan, und wofür? Für einen pickeligen, graugesichtigen Idioten, der nicht einmal genau wußte, wer sein Vater war? Für eine Kellerratte, die in ihrem Hochmut glaubte, ein Mensch zu sein? Er hatte sein wunderbares Refugium, sein angenehmes Leben aufs Spiel gesetzt — für einen Irving Schultz! Er hatte eine ehrbare Frau beleidigt und ein gemütliches, warmes Zimmer in peinlichen Aufruhr versetzt. Wenn er die Kündigung erhielt, geschah ihm nur recht. Vor Zorn und Sorge begann er schneller zu atmen. Er sah auf die Uhr. Es war nach acht. Miß Woods saß jetzt sicher in ihrem »Salon«. Er wollte sie sofort aufsuchen, sich untertänigst entschuldigen und dann zu Mrs. Crimmons gehen und auch sie für seine verrückten und ungerechtfertigten Beleidigungen um Verzeihung bitten. Vielleicht erlaubte ihm Miß Woods dann zu bleiben. Vielleicht jagte sie ihn dann nicht aus dem Haus. Wenn er sich nur beeilte.

Er hauchte das Fenster an und rieb ein Loch in das Eis. Bald würde er die Linwood Avenue erreicht haben. Er verfluchte sich, daß er heute morgen so ein Narr gewesen war. Er sehnte sich nach der Sicherheit und Ruhe, die er gefährdet hatte. Wenn es nur nicht zu spät war! Was war ihm nur eingefallen, sich selbst derart zu schaden? Was hatte ihn bewogen, aufzustehen und die arme Mrs. Crimmons anzuschreien? Was am Gesicht, an den Augen der Kellerratte hatte ihn dazu gebracht, sich so schändlich zu benehmen? Plappermaul! Sein Vater hatte letztlich doch recht gehabt: er war ein Träumer, ein dummer Schwätzer. Nach all diesen schweren Jahren hatte er es geschehen lassen, daß ein namenloser Niemand ihn ruinierte. Nach den vielen Jahren, in denen er sich so sehr bemüht hatte, normal, achtbar, unauffällig im guten Sinn zu werden, hatte er zugelassen, daß sein verrücktes Gefühl die schmerzhafte Arbeit der Umerziehung zunichte machte. Er erinnerte sich nicht einmal mehr an dieses Gefühl, aber er wußte, daß es schändlich war. Sein Gesicht brannte, er fühlte sich elend und gedemütigt.

Er stand auf und zog an der Schnur. Er lief zur Tür. Die beiden Frauen beobachteten, wie er ausstieg. Das Kind weinte und wand sich in den dünnen Armen seiner Mutter. Dann schloß sich die Tür hinter Frank; die Bahn fuhr ohne ihn weiter.

Die Alte schneuzte sich in einen schmutzigen Lappen und murmelte: »Haben Sie den gesehen? Der war ja betrunken oder verrückt oder sonst was. Hat mich angeschaut, als wollte er mich umbringen. Dabei hab ich ihn noch nie gesehen! Vollkommen blau, der Mann.«

Frank stapfte und stolperte seinem Logierhaus zu. Er war heiß am ganzen Körper, und doch fröstelte ihn. Blinder, rührseliger Idiot! Wenn es nur nicht zu spät war. Er würde sofort zu Miß Woods gehen und dann zu Mrs. Crimmons und sich entschuldigen. Wenn er doch Überzeugungskraft besäße. Aber er besaß keinen natürlichen Charme, keine Überredungsgabe. Fieberhaft probte er die Worte, die er sagen wollte. »Miß Woods, es tut mir unendlich leid. Ich weiß wirklich nicht, was in mich gefahren ist.« Nein, das war ein britischer Ausdruck. Er hatte sich in letzter Zeit sehr bemüht, sich die britischen Redensarten abzugewöhnen, die er von seinen Eltern gelernt hatte und über die die Amerikaner sich offenbar ärgerten. »Miß Woods, ich bedaure aufrichtig, was heute morgen geschah. Glauben Sie, daß Mrs. Crimmons meine Entschuldigung annehmen wird?« Das war schon besser. Es hatte Würde. Er sprach sozusagen von Mann zu Mann mit Miß Woods. Er sah ihr großes, mildes Gesicht vor sich und haßte sie. Ich hasse alles, dachte er zornig. Ich habe alles satt.

Im Vorraum stampfte er fest auf, um den Schnee von den Schuhen abzuklopfen. Dabei bemerkte er, daß seine Hose bis weit über die Knie naß war; Schnee war von oben in seine Schuhe eingedrungen; zwischen den Schulterblättern spürte er eine unangenehm kalte Stelle, die sich anfühlte, als läge dort eine eisige Hand. Es fröstelte ihn nun recht heftig. Er atmete tief ein; sofort spürte er einen schmerzhaften Stich in der rechten Seite. Er hielt den Atem an, ließ ihn dann langsam und ängstlich entweichen. Er hätte bei diesem Wetter nicht draußen herumlaufen sollen.

Er warf einen Blick durch die Samtvorhänge des Korridors, der zum Salon führte. Miß Woods saß vor dem Kamin, umgeben von Familienschätzen. Die Katze schlief zu ihren Füßen, sie selbst las. Als Frank eintrat, legte sie ruhig das Buch aus der Hand und sah ihn an, sprach aber kein Wort. In ihren Augen war weder Feindseligkeit noch Entgegenkommen zu lesen. Sie wartete ganz einfach. Warum sagte sie nichts? Meist begrüßte sie ihn freundlich, aber diesmal wartete sie offenbar auf etwas Bestimmtes — das war selbst Frank in seiner Verwirrung klar. Er fühlte sich erleichtert; sie wartete auf seine Entschuldigung. Rasch sagte er seinen eingelernten Spruch herunter: »Miß Woods, ich bedaure aufrichtig, was heute morgen geschah. Glauben Sie, daß Mrs. Crimmons meine Entschuldigung annehmen wird?«

Ihr Gesicht schien sich ihm über den ausgebleichten Teppich hinweg zu nähern, und er sah nun ihre Augen, bohrend, sehr konzentriert. Sie lächelte nicht. Ihr Gesichtsausdruck war verschlossen, undurchschaubar. Dann sagte sie langsam: »Bedauern Sie es wirklich?«

Er sah sie so klar, als betrachtete er sie durch ein Teleskop. Alles um ihn herum war zu nah, zu deutlich. Er war sehr erleichtert, denn er hatte gefürchtet, ihre ersten Worte würden streng und tadelnd sein. Sie jedoch musterte ihn aufmerksam und schien gespannt auf seine Antwort zu warten.

Er versicherte eifrig: »Ja, es tut mir schrecklich leid! Verstehen Sie —«

Sie wandte den Kopf von ihm ab, und er sah ihr großes, fleischiges Profil vor dem Kaminfeuer. Nachdenklich betrachtete sie ihre beringten Hände. Dann sagte sie: »Ja, ich verstehe.«

Sie seufzte. Ihr schwerer Busen hob und senkte sich, als hätte sie großen Kummer. Und ohne ihn anzusehen, fuhr sie fort: »Auch mir tut es leid, Mr. Clair. Aber ich weiß, Sie werden mich verstehen. Ich kann solche Auseinandersetzungen in meinem Haus nicht dulden. Mr.

und Mrs. Crimmons sind alte — Bekannte, sie kommen schon seit Jahren hierher. Es wäre peinlich für sie, wenn Sie hierblieben, nicht wahr?«

Frank war wie vor den Kopf gestoßen. Er spürte die kalten, nassen Hosen an seinen zitternden Beinen; die Hand aus Eis drückte stärker auf seinen Rücken. Sein Magen krampfte sich schmerzhaft zusammen. Er stotterte, wie er seit Jahren nicht mehr gestottert hatte: »I-ich h-habe gedacht — ich könnte mich doch bei Mrs. Crimmons e-entschuldigen — dann wäre alles wieder in Ordnung —«

Sie schüttelte den Kopf. Dann wandte sie sich gänzlich von ihm ab, so daß er nur mehr ihre vollen weißen Haare und die massiven Schultern sah. »Ich glaube, es ist besser für alle, auch für Sie, wenn Sie Ihr Zimmer bis heute in einer Woche räumen. Das ist meine ehrliche Meinung.«

Wut, Kränkung und Enttäuschung überströmten ihn wie eine heiße Flut. Mit jener seltsamen Klarheit, die den ganzen Raum auszeichnete, sah er jede Falte im Gesicht der alten Dame, sah jeden Faden der schwarzen Seide, die auf ihren Schultern glänzte und wie ein Futteral ihre Arme umgab. Alles an diesem Zimmer war ihm nun feindlich gesinnt, stieß ihn fort, zog sich vor ihm zurück. Er war ein Fremder; nie hatte er hier gewohnt, nie auch nur eine Nacht hier verbracht.

»Bitte, M-Miß Woods, können Sie es sich nicht noch überlegen?« stotterte er flehentlich. »I-ich bin so gern hier. Ihr Haus i-ist eigentlich die einzige Heimat, die ich je hatte —«

Er haßte sie aus tiefster Seele, weil er sich so vor ihr demütigen mußte.

Sie sagte beinahe unhörbar: »Es tut mir leid. Ich fürchte, Sie werden nirgends eine Heimat finden, bevor Sie sich nicht selbst gefunden haben. Sie tun mir sehr leid. Wirklich. Vielleicht verstehen Sie eines Tages, wie ich das meine. Und nun müssen Sie mich entschuldigen. Ich kann meinen Entschluß nicht ändern, also hören Sie auf, mich darum zu bitten!«

Diese gemeine alte Hexe! Diese fette, habgierige alte Vettel! Sie hatte ihn dazu gebracht, sich zu erniedrigen, und sie hatte jede Minute genossen. Er hätte am liebsten ihren Kopf mit seinen Fäusten bearbeitet, hätte sie mit Füßen getreten wie den Gorilla in der Albany Street. Aber sie fuhr fort: »Sie sollten sofort ein heißes Bad nehmen. Sie sind ja total durchnäßt. Und nun gute Nacht, Mr. Clair.«

Er stieg die Treppe hinauf; die Stufen verschwammen ihm vor den Augen. Auf dem ersten Stiegenabsatz mußte er rasten und Atem schöpfen, und wiederum bohrte sich ein Messer heiß in seine Brust. Er hatte nun so heftigen Schüttelfrost, daß er sich am Geländer festhalten mußte, um nicht zu fallen. Die Wärme, die Stille und das gedämpfte Licht des alten Hauses umgaben ihn, doch die angenehme Atmosphäre war unpersönlich — sie galt nicht ihm. Unter mancher Tür drang Licht heraus, er hörte da ein leises Lachen, dort ein Husten oder das Rascheln einer

Zeitung. Morgen in einer Woche war er nicht mehr hier; das Haus und seine glücklicheren Bewohner würden ihn bald vergessen. Er hörte die alte Uhr im Salon schlagen; vor ihm an der Wand blitzte ein hoher Spiegel und zeigte ihm sein geisterhaftes Gesicht. Der Wind war wieder aufgekommen; er brauste über die festen Dachrinnen und das Dach, das ihm bald nicht mehr Schutz bieten würde. Nie wieder würde er sich die schönen Bücher in Miß Woods' Bücherecke ausleihen können, nie mehr Gelegenheit haben, in den Tiefen ihres alten roten Lederfauteuils zu sitzen und zu lesen — ein Privileg, das ihm erst vor kurzem erteilt worden war. Nie wieder würde er das melodische Schlagen der Uhr hören oder im Speisezimmer stundenlang bei einem gemütlichen Winterfrühstück sitzen. Kummer brannte ihm in den Augen. Dies war sein Heim; man hatte ihn daraus vertrieben. Jetzt war er wieder allen Stürmen ausgesetzt, nackt, bloß, heimatlos.

Sein Zimmer am Ende des Korridors war ihm plötzlich viel zu weit. Als er die Tür öffnete, hießen ihn die Möbel, die Teppiche, die schweren alten Vorhänge nicht wie sonst willkommen. Er drehte die Lampe neben dem Bett an. Kalt beschien sie die weiße Bettdecke, die ihn an eine schneebedeckte Fläche erinnerte. Er fühlte, wie heiß seine Haut war, während ihn fror. Der Schmerz in der Brust wurde immer stärker; bei jedem vorsichtigen Atemzug spürte er einen Stich.

Er zog den nassen Mantel nicht aus. Mit großer Verwunderung dachte er: Ich bin ja krank! Ich kann nicht hierbleiben! Etwas ist mit mir passiert!

XLI

Der Mai beherrschte jede Straße, jeden Garten mit seiner Flut blühender Büsche, Sträucher und Bäume. Fliederdolden neigten sich strahlend weiß oder dunkelviolett über zerbrochene Zäune; Ligusterhecken umgaben Veranden und Terrassen mit ihrer schneeigen Blässe. Die rosige Blütenpracht knorriger Apfelbäume erweckte vergessene Hinterhöfe zu neuer Schönheit; Ulmen ergossen ihren braunen Samen auf die Erde; die jungen Blätter des Ahorns trugen goldene Spitzen. Der Frühling bekleidete jeden Zweig mit einem blaßgrünen Schleier. Zur Dämmerstunde konnte man in den Straßen zarte Klänge hören, und die malvenrosa Schatten auf den grünenden Wiesen wurden immer länger. Die Stadt war eingehüllt in süßen Duft unter einem weiten, sanften Himmel, aber die Luft war noch kühl, und von den Seen her wehte kalt und scharf der Wind.

In dicke Mäntel gewickelt, eine alte Decke auf seinen Knien, saß Frank Clair auf der Veranda seiner Großmutter und blickte schweigend auf die Straße jenseits des schmalen Rasens. Er konnte den Flieder riechen, die Frische der jungen Gräser. Sonnenstrahlen fielen auf seine schmalen weißen Hände mit den breiten Gelenken. Still und kraftlos lagen die Hände auf der Decke. Er hörte die Kirchenglocken läuten; sie klangen in der Frühlingsluft besonders klar. Einige Familien kamen an ihm vorbei, sie eilten zum Gottesdienst. Seine Augen folgten ihnen gleichgültig, wandten sich aber dann wie angewidert ab. Ihm fehlte die neue Kraft eines Rekonvaleszenten, die Hoffnung und die Freude am Leben waren ihm nicht wiedergeschenkt worden. Bewegungslos saß er da und fühlte die Wärme der Sonne auf seinen Händen, aber er freute sich nicht darüber, er fühlte sie kaum. Der frische Wind wehte ihm eine Locke seiner kastanienbraunen Haare in die Stirn; er schob sie nicht zurück. Sie bewegte sich weiter und lag nun über den Augen, aber er warf nicht den Kopf hoch, um sich von ihr zu befreien. Seine ausgeprägten, hageren Züge schienen sein abgemagertes Gesicht ganz zu beherrschen; seine Lippen waren beinahe so bleich wie seine Wangen, und seine Augen bewegten sich zu langsam in den tiefen, schattigen Höhlen.

Maybelle ging an der Fliegengittertür vorbei und warf ihm einen verstohlenen Blick zu. Sie sah sein Profil; sie sah, wie still er dasaß, und sie mußte daran denken, wie lebhaft und ruhelos er früher gewesen war. Das sieht Frank doch gar nicht ähnlich, dachte sie besorgt und verdrießlich. Es war wirklich mehr, als sie ertragen konnte, daß er Tag für Tag einfach dasaß, fast nichts sprach — und wenn, dann nur einige schwerfällige Worte —, daß er keinerlei »Interesse zeigte«, daß er nur aß, wenn man ihn drängte, und überhaupt nicht reagierte, wenn man ihm sagte, nach Meinung des Arztes sei er wieder gesund und könne sich bald nach einer Arbeit umsehen.

Wo ich mich doch so abrackern muß, dachte Maybelle, und so viel durchgemacht habe. Niemand hat Mitleid mit mir. Ich bin verwitwet, setzte sie ihre Klagen in Gedanken fort, habe niemanden, an den ich mich wenden könnte, und nicht einmal ein eigenes Heim. Ich muß unter Fremden leben! Das war doch wirklich das geringste, was man von einem Sohn verlangen konnte: daß er ein wenig »Interesse zeigte« und daß er sich aufraffte und wieder eine Anstellung fand und Geld heimbrachte. Der Arzt hatte gemeint, man solle ihm noch »Zeit lassen«, er hätte eine schwere Attacke der grassierenden spanischen Grippe hinter sich und sei noch recht schwach. Er aber verzärtelte sich ja richtig, wie er da immer nur herumsaß, an schönen Tagen auf der Veranda, bei Regen in seinem Mansardenstübchen. Nie bot er im Haus sein Hilfe an. Den Arzt zahlte er wohl pünktlich und gab seiner Großmutter jetzt auch zehn Dollar die Woche für Kost und Quartier. Dennoch sollte er sich nicht als gewöhnlicher Mieter ohne jegliche Verpflichtung betrachten. Schließlich hatte ihn seine Mutter drei »höllische Wochen« hindurch gepflegt, und er hatte ihr nie dafür gedankt — nicht ein einziges Wort des Dankes war über seine Lippen gekommen. Dabei hatte Mrs. Clair ihrer Schwiegertochter in dieser Zeit keineswegs den Dienst im Haus erleichtert, nicht einmal in der ersten Woche, als er Lungenentzündung hatte und sie drei Nächte hintereinander an seinem Bett verbringen mußte. Und er war ganz gemütlich unter seiner Decke gelegen, mit rosigen Wangen, und hatte sie nicht angesehen. Was hatte er nicht alles geredet! Lauter Unsinn über einen Baum, und geflucht hatte er wie ein Matrose und geweint wie ein Baby, der große Kerl! Nie hatte er anerkannt, was sie für ihn tun mußte, seine Leibschüssel ausleeren und den Boden aufwaschen, wenn er erbrochen hatte. Sogar wenn sie vor Müdigkeit in ihrem Sessel eingenickt war, hatte er laut geredet und geschrien und geflucht, sich wie ein Verrückter gebärdet und ihr keine Minute Ruhe gegönnt. Der Doktor hatte leicht reden: man sollte eine Krankenschwester aufnehmen. Wer hatte Geld für eine Krankenschwester? Sie, Maybelle, hatte ihm übrigens auch ihre Meinung gesagt, als er vorschlug, man solle Frank in ein Spital bringen. »In den Spitälern gibt es nur Quacksalber. Unter dem Motto: Bringt sie möglichst rasch um!« hatte sie ihm geantwortet, und er war mit eingezogenem Schwanz fortgeschlichen. Diese Yankees!

Niemand hatte Mitleid mit ihr, weder die »alte Hexe« noch ihr Sohn, und was den Doktor anbelangte, der würde sich wohl nie wieder bei ihr sehen lassen. Maybelles braune Augen funkelten böse, während sie zu Frank hinüberschaute. Kuschelte sich in seine Decken, anstatt Geld zu verdienen! Und wenn er überhaupt nicht mehr arbeiten ginge? dachte sie ängstlich. Was würde die »alte Hexe« sagen? Mrs. Clair ließ immer wieder unmißverständlich durchblicken, daß es höchste Zeit für ihn war, etwas zu tun, sich nach einer Arbeit umzusehen. Was würde geschehen, wenn sein Geld zu Ende ging? Er besaß nur noch etwa 200 Dollar. Jemand mußte mit ihm reden, ihm sagen, daß er sich zusammenreißen, seinen Mann stellen, wieder auf eigenen Füßen stehen sollte.

Plötzlich begann Frank heftig zu husten. Ein Krampf schüttelte ihn, er beugte den Kopf über die Armlehne, und sein ganzer hagerer Körper zuckte. Und wenn er nun die Schwindsucht bekam wie sein armer Vater? Angst und Zorn erfüllten Maybelle. Wenn das so war, dann mußte er fort ins Fürsorgespital, jawohl! Sie war eine arme Witwe, auf Fremde angewiesen, im Yankeeland, sie konnte sich an niemanden wenden und besaß nicht ein einziges eigenes Möbelstück — und da erwarteten die Leute, daß sie »ihn« pflegte.

Frank richtete sich aus seiner gebückten Haltung auf und warf dabei einen Bick auf die Tür. Er hat mich gesehen, dachte Maybelle ängstlich und doch erleichtert. Er macht das absichtlich, damit man ihn bedauert. Will verhätschelt werden. Hustet absichtlich.

Aber als sie seine Briefe geöffnet hatte, war er plötzlich kein »stiller Dulder« mehr gewesen! Brutal hatte er sie angefahren. Dabei hatte sie doch immer alle Briefe geöffnet, die »ins Haus« kamen, ob sie nun an Francis oder an ihren Sohn adressiert waren. Wie er sich aufgespielt hatte! Und sich dann auch noch geweigert hatte, mit ihr darüber zu reden, was in dem Brief stand; ihr zu erklären, wer dieser Fremde war, der ihn aufforderte, nach Kentucky zu kommen. Ja, dazu war er kräftig genug: zu schimpfen, wenn seine arme, alte Mutter einen Brief aufmachte. Und wie böse er sie angesehen hatte! Nach all der Mühe und Plage — und keinen Dank! Und jetzt hustete er, damit sie kein richtiges Gespräch mit ihm führen und ihm sagen konnte, daß er sich eine Arbeit suchen mußte. Nun, sie würde es ihm schon zeigen!

Sie stieß die Tür auf und betrat mit schweren Schritten die Veranda. Ihr Doppelkinn war kampfeslustig vorgereckt, die Augen glitzerten vor Empörung und Bosheit. Der kräftige Maiwind verwehte ihr unordentliches Haar, das nun schon recht grau war. Sie rollte sich die Schürze um ihre rundlichen Arme und ging zielstrebig auf ihren Sohn zu. Schluß mit dem Unsinn! Sie hatte sich gerade genug gefallen lassen.

Frank sah sie nicht an. Er starrte wieder mit leerem Blick auf die Straße. »Hör zu«, sagte sie schroff, »zur Abwechslung könntest du einmal an mich denken. Es fehlt dir nichts mehr, verstehst du? Morgen ist Montag. Morgen wirst du gehen und dir einen Posten suchen — und zwar schnell. Ich hab's satt, daß du hier herumlungerst. Ständig ist die Alte hinter mir her und will wissen, wann du dich endlich aufraffen und was für deine Mutter tun wirst.«

Frank antwortete nicht sofort. Seine Hände sahen in der Sonne beinahe durchsichtig aus, das Kinn wirkte noch knochiger, die Schatten um die Augen tiefer. Gerade als sie wieder den Mund aufmachte, um in ihren gereizten Forderungen fortzufahren, sagte er ruhig: »Ich geh sowieso. In ein paar Tagen.«

»Morgen«, sagte Maybelle laut und bestimmt.

Frank fuhr fort: »Ich werde mir meine Fahrkarte besorgen.«

Mit vor Verblüffung hervorquellenden Augen starrte sie ihn an.

»Ich fahre nach Kentucky«, setzte Frank fort. Seit seiner Krankheit klang seine Stimme seltsam hohl. »Ich habe gestern mit dem Arzt telephoniert; er meint, das wärmere Klima und die Luftveränderung werden mir guttun.«

»Das kommt überhaupt nicht in Frage!« schrie Maybelle wütend. »Nach allem, was ich für dich getan habe, Nacht für Nacht, und nie ein Wort des Dankes von dir! Du wirst dir einen Posten suchen und Geld heimbringen —«

Sie zog die Hände unter der Schürze hervor, ballte sie zu Fäusten und schlug sie gegeneinander, als ob sein Kopf dazwischen wäre. »Dir werd ich's geben, so mit mir zu reden!« schimpfte sie weiter. »Du bist mir etwas schuldig.«

»Ich werde dir fünfzig Dollar geben«, sagte Frank gleichmütig und folgte mit dem Blick einem Hund, der langsam vorübertrottete. »Der Arzt ist bezahlt, und Großmutter schulde ich auch nichts.«

»Sieh mal an! Fünfzig Dollar!« rief Maybelle empört. »Du frecher Kerl! Wer bist du denn, daß du so mit mir redest, wo ich mich halbtot geracktert habe mit deiner Krankheit? Geholt hast du sie dir unter Fremden, beim Herumflanieren, und ich hab deinen Dreck putzen können und den Topf ausleeren, und du hast nur was gefaselt von einem Baum oder so ähnlich! Du bist ja nicht normal. Du bist ein Versager, ein Plappermaul — dein Vater hat es ja immer gesagt. Nun, ich schwöre dir, du wirst nicht hier herumsitzen, während ich Tag und Nacht schufte —«

Ein kräftiger, grauhaariger alter Herr kam von der Straße auf die Veranda zu. Er warf Frank einen schnellen Blick zu, dann lächelte er Maybelle freundlich an, die vor Erregung hastig atmete.

Er kam die Stufen herauf, nahm seinen alten braunen Filzhut ab und fächelte sich damit Kühlung zu. »Herrlicher Tag, nicht wahr?« sagte er. »Es muß angenehm sein, hier draußen zu sitzen. Ich finde, du siehst gut aus, Frank. So als ob nichts gewesen wäre.«

»Das sage ich ja gerade!« rief Maybelle und nickte energisch. »Waschen Sie ihm mal den Kopf, Mr. Farley. Sagen Sie ihm, was er seiner Mutter schuldig ist.«

Mr. Farley setzte sich auf das Geländer der Veranda. Er lächelte immer noch, aber seine Augen blickten nachdenklich. Er wartete.

»Ich hab ihm gerade gesagt, er muß sich eine Arbeit suchen und Geld heimbringen«, fuhr Maybelle erbost fort. »Wie sein armer Vater gestorben ist, ist er einfach auf und davon, obwohl er hier bei seiner Mutter und seiner Großmutter ein gutes Zuhause gehabt hätte. Aber nein, er mußte fort, und man sieht ja, was daraus geworden ist. Dabei habe ich immer wieder gebettelt und gesagt, sein Platz wäre doch bei seiner Familie. Aber Fremde waren ihm lieber als wir — bis er dann krank geworden ist.«

Mr. Farley sah auf seine breiten, glänzenden Schuhe hinunter. Er dachte an die Nacht, da Frank, völlig durchnäßt, mit starkem Schüttelfrost, die Augen schon wirr und glänzend vom hohen Fieber, in dieses Haus gekommen war. Er war instinktiv zu seiner Mutter gekommen, so wie ein krankes Tier in eine altvertraute Höhle kriecht, um zu sterben. Mr. Farley bezweifelte, daß Franks Entschluß irgend etwas mit Vernunft zu tun gehabt hatte. Er hatte rein gefühlsmäßig gehandelt. Hätte er einen Augenblick nachgedacht, wäre er wahrscheinlich nicht hierhergekommen.

Mr. Farley dachte auch daran, daß er den jungen Mann drei Wochen lang gepflegt hatte — mit Ausnahme der wenigen Nächte, da Maybelle bei ihm »aufgesessen« war. Er hatte Frank verlassen, phantasierend, im Delirium aufgefunden. Genaugenommen waren es ja Franks laute

Fieberphantasien gewesen, die den müden alten Mann hinauf in die elende Mansarde geführt hatten. Vorher hatte er stundenlang gelauscht; er hatte keine Schritte gehört, keine beruhigende Stimme. Da war er hinaufgegangen und hatte Frank aufgedeckt gefunden und im Begriff, aus dem Bett zu steigen. Mr. Farley erinnerte sich nicht gern an jene Nacht. Er war bis zum Morgen bei Frank geblieben und dann leise wieder gegangen. Seine Wasserschüssel und seinen eigenen Schwamm, um die glühende Haut des Kranken zu kühlen, hatte er wieder mitgenommen. Aber zu diesem Zeitpunkt schlief Frank bereits ruhig und friedlich.

Von da an war er jede Nacht mit Schüssel, Schwamm und Handtuch lautlos die Treppe hinaufgeschlichen. Er hielt Frank kühles Wasser an die ausgetrockneten Lippen, flüsterte ihm beruhigende Worte zu, betete gläubig seinen Rosenkranz. Niemand ahnte etwas von diesen Wochen geduldiger, liebevoller Pflege außer Frank und ihm selbst. Niemand wußte, daß er es war, der Frank seine Medikamente verabreichte und ihm heiße Milch brachte, als er endlich wieder schlucken konnte, und Becher mit Eiscreme aus seinem Drugstore, die er unter dem Mantel versteckte. Maybelle, »völlig erschöpft«, verließ ihren Sohn jeden Abend um acht Uhr und ging in ihr eigenes Zimmer und Bett, wo sie den tiefen Schlaf der Gerechten schlief — auch wenn sie behauptete, »kein Auge zugetan« zu haben. Sie lebte in der Illusion, daß Frank von selbst seine Medizin nahm und während der Nacht zufrieden schlief und daß seine Genesung ausschließlich ihrer Pflege zuzuschreiben war.

Und weil Mr. Farley ein geduldiger, freundlicher und noch dazu sehr verständnisvoller Mann war, sagte er: »Nun, eines Tages wird er Sie überraschen, Mrs. Clair, und eine gute Stellung finden. Er erholt sich ja jetzt erst so richtig, nicht wahr, Frank?«

Frank sah ihn an und lächelte ein wenig.

»Unsinn«, sagte Maybelle grob. »Es geht ihm gut genug; er kann sich gleich eine Arbeit suchen und Geld verdienen. Sie müssen ihm richtig zusetzen. Er braucht einen Mann, der ihm den Kopf wäscht. Jetzt redet er gar davon, daß er nach Kentucky will.«

Mr. Farley zog die rötlichen Augenbrauen in die Höhe. »Tatsächlich?« murmelte er heuchlerisch — Frank hatte den Plan längst mit ihm besprochen. »Nun, darüber müssen wir uns unterhalten, nicht wahr?«

»Das will ich meinen«, sagte Maybelle und warf ihrem Sohn aus ihren hervorquellenden Augen einen triumphierenden Blick zu. »Vielleicht hört er auf Sie!« Sie ging ins Haus zurück und warf die Fliegengittertür hinter sich zu.

Auf der Veranda herrschte zunächst Schweigen. Mr. Farley fächelte sich weiterhin mit seinem Hut und betrachtete die Straße und die Vorübergehenden mit jenem wohlwollenden Verständnis, das Frank früher oft in Wut versetzt hatte. Jetzt allerdings gab es kaum noch etwas, das den jungen Mann aus der Ruhe brachte; nichts erschütterte seine Gleichgültigkeit. Bilder, Töne, Begebenheiten — alles blieb am äußersten Rand seines Bewußtseins haften, nichts drang tiefer in seine Innenwelt ein. Und nur Mr. Farley — dieser ungebildete, einfache, fromme Mann — verstand, daß Franks Gemüt sich in einem Zustand äußerster Labilität befand, daß er ein gefährliches Maß an negativer Einstellung und geistiger Erschöpfung erreicht hatte.

Frank hatte in seinen Fieberträumen von einem Baum gesprochen. Soviel Mr. Farley verstanden hatte, war dieser Baum gefällt worden. Welcher Baum, und warum? Was bedeutete dieser Baum für Frank? Er wußte, daß Frank überempfindlich und leicht verwundbar war, aber er hatte an ihm auch Härte und Rücksichtslosigkeit beobachtet und eine gewisse Gefühlskälte. Mr. Farley war ein Mensch und daher neugierig; und weil er auch gütig und großherzig war, machte er sich Sorgen. Die Geschichte mit dem Baum hatte sicher etwas zu bedeuten, aber was?

Auch jetzt, da er anscheinend zufrieden dem Treiben auf der Straße zusah, machte er sich Gedanken über den Baum, und er gelangte rein gefühlsmäßig zu der Überzeugung, daß der Baum etwas mit Franks seltsamem Benehmen, seiner Geistesabwesenheit, seiner Schweigsamkeit zu tun hatte.

Mr. Farley stand auf und schloß die Holztür, die ins Haus führte. Er grinste, als er zu Frank zurückkam. »Jetzt sollte ich dir wohl ›den Kopf waschen‹, wie deine Mutter sagt.«

Frank gab nicht zu erkennen, ob er ihn gehört hatte. Mr. Farley bot ihm aus seinem zerbeulten Päckchen eine Zigarette an, reichte ihm Feuer und zündete sich dann selbst eine an.

»Zweihundert Dollar sind nicht genug für Kentucky, Frank«, sagte Mr. Farley. »Es wird gut sein, wenn ich dir noch ein paar hundert leihe. Du willst doch nicht ohne einen Penny da unten sitzen. Ja, ja, ich weiß schon, du hast mir die Briefe von dem jungen Burschen gezeigt; aber junge Burschen sind leicht zu begeistern, und plötzlich bist du blank und sehr, sehr weit von zu Hause weg. Nicht erfreulich!«

Frank schüttelte den Kopf. »Nein, danke, ich möchte mir nichts ausborgen.« Er lächelte. »Ich gebe meiner Mutter fünfzig, dann bleiben mir noch hundertfünfzig. Das genügt. Ich werde ja bei Tim Cunningham wohnen. Er hat dort in den Bergen ein großes Zelt ganz für sich allein.«

Mr. Farley, in seiner Naivität, dachte an schneebedeckte Gipfel und tiefgrüne Täler, klare, würzige Luft; Wind, der nach Tannennadeln duftete; gesundes, friedliches Leben. So ein Leben würde Frank sicher guttun, und er käme von hier fort. Hatte der Doktor nicht geheimnisvoll vom Anfangsstadium einer Tuberkulose gesprochen? Dafür gab es nichts Besseres als die Berge! Mr. Farleys Vorstellung von den Bergen in Kentucky war beinahe ebenso falsch wie die Franks.

»Wann möchtest du fahren?« fragte Mr. Farley.

»Spätestens Dienstag.«

Mr. Farley runzelte die Stirn. »Wirst du das schaffen? Du warst sehr krank, vergiß das nicht. Und du fühlst dich immer noch schwach, hab ich nicht recht?«

Franks hageres Kinn war energisch vorgestreckt. »Ich werde es schon schaffen.« Er machte eine Pause. »Ich habe mich nie richtig bedankt für alles, was Sie für mich getan haben. Ich frage mich nur, warum Sie es getan haben?«

Mr. Farley sah ihn höchst erstaunt an. »Du fragst dich, warum? Wenn du so redest, Frank, dann frage *ich* mich, was mit dir los ist. Ich hätte gedacht, du wüßtest über die Dinge besser Bescheid. Oder hast du alles vergessen? Hast du vergessen, was du wußtest, als du ein Kind warst?«

Er wartete, aber Frank gab keine Antwort. Mr. Farley war sehr beunruhigt. Er hatte die äußerste Schichte von Franks Wesen berührt und gespürt, wie hart und kalt und abweisend sie war. Das machte ihm angst. Er lehnte sich zu dem jungen Mann hinüber und fuhr mit Nachdruck fort: »Sag mir, Frank, daß du mich nicht beleidigen wolltest! Sag mir, daß du das nur so dahergeredet hast —«

Frank antwortete so rasch, wie er das früher immer getan hatte: »Um Gottes willen, Mr. Farley, es würde mir nicht im Traum einfallen, Sie beleidigen zu wollen! Ich habe mich nur gefragt, warum Sie sich so viel Mühe gemacht haben. Weiter nichts. Schließlich bedeute ich Ihnen doch nichts.«

Daraufhin konnte Mr. Farley ihn nur so voll tiefer Traurigkeit ansehen, daß Frank innerlich betroffen war. Er unterdrückte jedoch die Regung sofort und lächelte. »Jedenfalls bin ich Ihnen sehr dankbar — und natürlich verstehe ich Sie. Ich werde versuchen, mich eines Tages zu revanchieren. Wenn Tims Ölquellen etwas taugen, werde ich ja als Millionär zurückkommen.« Er lachte und erlitt sogleich wieder einen Hustenanfall. Mr. Farley nahm ihm fürsorglich die Zigarette aus den dünnen Fingern und warf sie fort.

»Du mußt mir versprechen«, sagte er ein wenig heiser, »daß du mich wissen läßt, wenn du Geld brauchst. Ich habe keine Ruhe, wenn ich fürchten muß, daß du da unten vielleicht auf dem trockenen sitzt.«

Frank nickte. Nach dem Hustenanfall war er zu matt, um zu widersprechen.

»Du wirst weiterschreiben, Frank, nicht wahr? Du hast so viel Talent.«

Frank rieb die Hände aneinander. Schreiben? Er würde nie mehr schreiben. Das war für immer vorbei — unwiderruflich. Sein schriftstellerisches Talent war zugleich mit dem Baum dahingegangen. Wo früher Glanz und helles Licht waren, gab es jetzt nur Leere, Grabesstille, tote Steine. Er wußte es. Er hatte während der letzten Woche einige Male versucht zu schreiben. Er hatte versucht, das poetische Drama über Lukas anzufangen. Er dachte daran, wie er an dem Tisch in seiner Kammer unter dem Dach gesessen war und die Feder an das Papier gehalten hatte. Dort war die Feder dann geblieben, ihre Spitze lag bewegungslos auf der weißen Fläche. Nichts geschah. Die dunkle Leere in ihm wurde immer umfassender. Schließlich hatte er sich gezwungen, einen Satz zu schreiben. »Lukas stand vor dem Tempel — dem Eingangstor des Tempels, und die Ältesten — die jüdischen Ältesten —« Dann war die Krankheit über ihn gekommen, Schwindel und entsetzliche Übelkeit, und er hatte das Papier zerrissen und den Federhalter auf den Boden geworfen. Und nun war nur dieses elende Nichts geblieben, dieser Abscheu vor allem und jedem, dieses schreckliche Verflachen jeder Perspektive, das Verblassen der Farben, die kraftlose Verzweiflung, das Unlustgefühl. Schreiben! Tödliche Verachtung seiner selbst hatte ihn wie ein gewaltiger Schlag getroffen. Er war nichts, ein Niemand. Was er sich einst eingebildet hatte zu sein, war Selbstbetrug gewesen, Tagtraum eines Kindes, eine vollkommene, schändliche Lüge.

Ein Versager! Das war er. Seine Eltern hatten ihn einen Versager genannt, seine Lehrer ihn verachtet; seine Mitschüler sich über ihn lustig gemacht. Miß Woods hatte ihn hinausgeworfen. Sie alle hatten ihn durchschaut! Nun durchschaute er sich selbst; sah sich, wie andere ihn sahen. Ein Versager. Er hatte Jahre mit seinen Illusionen vergeudet, Jahre, in denen er den soliden Grundstock für seine Zukunft hätte legen können. Voll Bitterkeit betrachtete er sich gleichsam im Spiegel, und sein Selbsthaß war in seinem Mund so bitter wie Galle.

Teilnahmslos sagte er: »Ich werde es versuchen, sobald ich wieder kräftiger bin.« Er hatte schnell gelernt, dem geringsten Konflikt auszuweichen, er, der doch früher sofort zum Angriff übergegangen wäre. Jetzt hatte er nur den Wunsch, sich in keine Auseinandersetzung hineinziehen zu lassen.

Nein, ihm war wirklich nichts geblieben — außer seiner Gier nach Geld. Die allerdings war mächtiger als je zuvor. Irgendwie, irgendwo mußte er zu Geld kommen, zu viel Geld, zu Massen von Geld. Und da sah er im Moment nur einen Weg: die Ölfelder von Kentucky.

Mr. Farley sah Franks hageres, hartes Profil. Er sah seine durchscheinenden Wangen, die dunklen Ringe unter den Augen. Und er dachte: Mein Gott, das arme Kind!

Und fügte im Geiste demütig und flehend hinzu: Heilige Maria, Mutter Gottes, bitte für uns Sünder, jetzt und in der Stunde unseres Todes — Amen. Bitte, Heilige Mutter, elfenbeinener Turm, Zuflucht der Sünder, Du mußt diesem Jungen helfen — ich weiß nicht, warum, aber ich habe das Gefühl, er ist mein eigenes Kind — ich habe doch keins, das weißt Du — er leidet, heilige Mutter Gottes, und er braucht

Hilfe — er ist jetzt wie Dein eigener Sohn, er hängt am Kreuz, nur hat er keinen Glauben, der ihm hilft — er weiß ja nichts von Dir — und er kämpft mit sich selbst, ohne Hoffnung — Du mußt ihm helfen — Gegrüßet seist Du, Maria, voll der Gnaden, der Herr ist mit Dir, Du bist gebenedeit unter den Frauen und gebenedeit ist die Frucht Deines Leibes, Jesus — ich werde eine Novene abhalten — ich werde —

Vorher — da konnte ich doch schreiben, dachte Frank. Vorher — vor diesem verfluchten Sonntag im Schneesturm. Es fiel mir schwer, aber ich konnte schreiben. Ich brachte einigermaßen gute Aufsätze zustande und sogar Gedichte. Kunstfertige, geschickte Arbeit. Mason jedenfalls war dieser Meinung. Er sagte, ich wäre geradezu ein Genie. Und nun kann ich keinen zusammenhängenden Satz schreiben. Mein Kopf ist leer, völlig leer. Und ich will nichts. Ich will nur Geld.

Laut sagte er: »Alles muß jetzt zurückstehen, bis ich etwas Geld verdient habe. Ich möchte auch meiner Mutter Geld schicken.«

Mr. Farley erwachte aus seinem innigen Gebet und antwortete: »Deine Mutter sagt, daß sie und deine Großmutter nach England zurückfahren wollen. Vielleicht schon nächsten Sommer.«

»Ja, ich weiß.«

Das Glockenzeichen durchbrach die sonntägliche Stille und rief zum Essen. Frank machte Anstalten, aufzustehen. Verzweifelt erkannte Mister Farley, daß er sich beeilen mußte. Er wußte, daß Maybelle etwa zwölftausend Dollar besaß — er selbst hatte ihr nach dem Tod ihres Mannes tausend gegeben und etwas von einer »Versicherung« gemurmelt, die er für seine Angestellten abgeschlossen hatte. Maybelle hatte sich weder gewehrt, noch hatte sie diese völlig aus der Luft gegriffene Erklärung in Zweifel gezogen. Nun wünschte er, er hätte statt dessen das Geld Frank gegeben und behauptet, Francis hätte diese Summe seinem Sohn »hinterlassen«.

Aber es gab etwas Wichtigeres, über das nun gesprochen werden mußte. Der Junge ging fort. Aber so durfte er nicht fortgehen: so verbittert, gleichgültig; ablehnend gegen jede Freundlichkeit, als könnte er sie nicht ertragen; überwältigt von Unlustgefühl und Verzweiflung. Mr. Farley räusperte sich und fing dann schnell und unzusammenhängend zu sprechen an.

»Hör zu, Frank, vielleicht sehe ich dich nicht mehr. Du warst mir so eine Art Sohn, weißt du. Ich habe dich immer gern gehabt, schon als kleinen Hosenmatz, wie du noch mit deinen Eltern jeden Sonntag hierher zum Essen gekommen bist. In dir steckt eine ganze Menge, Frank. Das mußt du mir glauben, Junge. Das darfst du nie vergessen. Aber — viele andere Dinge — die *mußt* du vergessen!«

Frank hob den Blick zu seinem alten Freund; sein Interesse war nicht sehr groß. »Was muß ich vergessen?« fragte er in dem Ton, in dem man auf die Grillen älterer Menschen eingeht.

Mr. Farley lief dunkelrot an. Er rieb sich die Stirn und fing an zu schwitzen. »Nun, du findest vielleicht, daß ich meine Nase in Sachen stecke, die mich nichts angehen. Vielleicht tue ich das wirklich. Aber du bist mir wie mein eigenes Kind, wenn ich eines hätte. Verstehst du, was ich meine? Nun gut. Du hast vielleicht ein schweres Leben gehabt, und es ist dir viel Unrecht geschehen. Ich war auch einmal ein Kind, und es ist komisch: was mit dir geschieht, wenn du ein Kind bist, das hinterläßt sozusagen Spuren auf dir — mehr, als wenn du erwachsen bist und alles verstehst. Wenn die Leute einen Menschen als Kind schlecht behandeln, das merkt sich dieser Mensch. Und wenn er nicht charakterfest und verständnisvoll ist, dann kann es passieren, daß diese Leute ihm sein ganzes Leben ruinieren, weil er ständig an sie zurückdenkt.«

Franks mageres Gesicht wurde immer ernster und verkniffener, aber es blieb verschlossen wie eine steinerne Wand. Immerhin hörte er zu und wandte keinen Blick von Mr. Farley.

»Ich, zum Beispiel«, sagte der Ire, verfluchte seine schwerfällige Zunge und betete inständig um ein bißchen Beredsamkeit, »ich war erst dreizehn, als ich aus Irland kam. Mein Onkel und meine Tante haben mich gleich in eine Fabrik gesteckt. Das war in Detroit. Sie nahmen mir meinen ganzen Lohn ab und ließen mich nicht zur Schule gehen. Ich mußte auf dem Dachboden schlafen. Im Winter war es verdammt kalt da oben. Nun, ich haßte sie, und ich haßte ihre Kinder, alle sechs. Mein Onkel versoff seinen ganzen Lohn, und meine Tante mußte für andere Leute Wäsche waschen. Ich arbeitete in der Fabrik und lieferte meinen Lohn ab, fünf Dollar waren es, und davon sah ich vielleicht zehn Cents die Woche. Oft lag ich auf meinem Bett und konnte vor Haß nicht einschlafen, bis es dann Zeit zum Aufstehen war. Manchmal gab mir mein Onkel Pat eins auf den Schädel, nur weil er schlecht gelaunt war, oder meine Tante prügelte mich mit dem Besenstiel. Da haßte ich sie noch mehr. Mit der Zeit machte mir der Haß geradezu Vergnügen.«

Frank lächelte, aber es war kein gutes Lächeln. Er hörte immer noch aufmerksam zu. Mr. Farley räusperte sich und fuhr fort:

»Vielleicht würde es mein Leben zerstört haben, wenn ich sie immer nur gehaßt und immer nur überlegt hätte, wie ich mich an ihnen rächen könnte. Aber eines Tages rief mich der alte Pfarrer unserer Kirche zu sich und erzählte mir einiges, was ich nicht wußte: daß Onkel Pat ein wehes Knie hatte, daß er ununterbrochen Schmerzen litt. In Irland war er ein hübscher, ehrgeiziger Bursche gewesen und hatte die Reise nach Amerika mit großen Hoffnungen angetreten. Aber er besaß nur seine Muskelkraft und seine beiden Hände, und — wie Rockefeller sagt — vom Hals abwärts ist ein Mann pro Tag nur einen Dollar wert. Onkel Pat besaß weder Schulbildung noch die Zeit, sie nachzuholen, denn er brachte seine junge Frau mit, und dann kamen bald die Kinder, eins nach dem anderen. Onkel Pat arbeitete als Kutscher für einen Bierbrauer. Ein Dollar pro Tag und ein Kind nach dem anderen! Und Tante Bridget: das hübscheste Mädchen von York, so hatte man sie genannt. Hätte was Besseres bekommen können als Onkel Pat, aber das war eben Liebe oder so etwas Ähnliches. Hergekommen waren sie, um die Welt zu erobern. Und dann verdiente Onkel Pat einen Dollar pro Tag, und Tante Bridget mußte neben der Arbeit mit den Kindern auch noch fremde Wäsche waschen. Vielleicht war sie wirklich einmal hübsch. Als ich sie zum erstenmal sah, war sie bereits eine alte Vogelscheuche, dabei noch nicht dreißig; sie hatte fast keine Zähne mehr und kein Geld für eine Prothese.

Beide waren krank, ohne Hoffnung, abgerackert und erschöpft und ohne Aussicht auf Besserung ihrer Lage. Du wirst vielleicht sagen: Das war keine Entschuldigung dafür, daß sie mich so schlecht behandelten. Aber der alte Priester erklärte mir, daß sie nicht anders handeln konnten. Sie waren nicht von Haus aus schlecht und gemein. Ich glaube, sie waren nicht schlechter als andere Menschen auch. Aber sie brauchten mein Geld, und so nahmen sie es sich. Sie sahen keinen Ausweg aus ihrem Elend. Und so schlugen sie einfach nach allem, was ihnen in den Weg kam, und ich war ein großer, starker Bursche und konnte schon was einstecken. Sie schlugen nach allen Richtungen aus, so wie ein verletzter Hund nach allem beißt und schnappt, was ihm nahe kommt, sogar nach der Hand seines Herrn.«

Frank stand auf. Mr. Farley, der heftig schnaufte, beugte sich über ihn und half ihm aus seinen Decken. Frank stand im Sonnenschein am Rand der Veranda, und das helle Licht schien seinen Körper zu durchdringen. Er sah Mr. Farley nicht an.

Der alte Herr legte ihm die Hand auf die knochige Schulter und sah mit mattem Lächeln zu ihm auf. »Du wirst daran denken, nicht wahr, Frankie? Ich wüßte so gern, daß du daran denkst. Hör mal, Frankie«, fuhr er verzweifelt fort, »versuche doch einmal, die Dinge so zu sehen: Im Augenblick, wo dir ein Mensch leid tut, von dem du glaubst, daß er dir weh getan hat, bist du gerettet. Aber bevor er dir leid tut, mußt du ihn verstehen. Das ist gar nicht so schwer: Du verstehst ihn, dann tut er dir leid, und dann bist du gerettet. Und außerdem bist du dann frei!«

Er wartete. Frank bewegte sich nicht. Er starrte wie gebannt auf die warme, stille Straße hinaus.

Mr. Farley, der jetzt noch mehr schwitzte, fuhr fort: »Es gibt alle möglichen Arten von Leuten auf der Welt. Du mußt sie nicht alle lieben. Es gibt schlechte und gute, gemeine und nette, freundliche und grausame, dumme und gescheite. Du siehst Hunderte von verschiedenen Gesichtern. Das kann man von der menschlichen Natur nicht verlangen: daß einer herumgeht und jeden Dreckskerl auf der Welt liebt! Es gibt welche, denen mußt du einfach ausweichen. Eines aber kannst du für jeden tun: du kannst ihn bedauern. Verstehst du? Und warum? Weil er auf der Welt ist, darum. Das Leben ist für niemanden leicht, ob gut oder böse. Schon weil einer auf der Welt ist, kann er einem leid tun.«

Er ging mit Frank zur Tür. Während er sie öffnete, sah er Frank fast beschwörend an und stammelte: »Nächstenliebe. Das ist es. Unser Herr hat gesagt, die ist wichtiger als Glaube und Hoffnung. Einfach Nächstenliebe. Verstehst du?«

»Ja«, erwiderte Frank höflich. »Ja, ich verstehe. Danke.«

Sie betraten die düstere »Halle« des Hauses, die an eine kühle, dunkle Höhle erinnerte. Die Gäste kamen schüchtern und bleich die Eichenholztreppe herunter. Sie nickten Mr. Farley und Frank zu und schlichen oder schlurften auf das Eßzimmer zu. Mr. Farley sah ihnen nach.

»Gott sei mit dir«, murmelte er. »Er möge dir helfen und dich beschützen!«

XLII

Franks Mattigkeit und Gleichgültigkeit waren größtenteils vergangen, als sich der Zug Cincinnati näherte. Dabei wurde der rußige Waggon an diesem Maientag immer heißer und stickiger und der Schweißgeruch immer stärker. Frank war noch nie so weit von daheim weggewesen. Als er jetzt durch Städte und Dörfer fuhr und ein ganz neues Stück Amerika zu sehen bekam, erwachten Neugierde und Interesse ganz von selbst in ihm; er vergaß seine körperlichen Beschwerden und seine Verzweiflung; seine Stimmung besserte sich beträchtlich.

Nun, da er Bison hinter sich hatte, begann er sich in Gedanken mit Kentucky zu beschäftigen, und alle romantischen Vorstellungen, die der Norden über den Süden hegte, fielen ihm wieder ein. Tim Cunningham hatte ihm das große, bequeme Zelt beschrieben, in dem er wohnte. Frank sah saftige Wiesen, umgeben von hohen, majestätischen Bergen; stattliche Herrenhäuser inmitten blühender, farbenprächtiger Gärten; vornehme Familien trafen sich zur kühlen Dämmerstunde auf schattigen Piazzas, und anmutige südliche Städtchen wurden von fröhlichen, geselligen Menschen bevölkert. Zum erstenmal seit seiner Krankheit fühlte er ein wenig Erregung. Er bemerkte auch, daß er die trockenen Brote essen und den starken, heißen Kaffee, der im Zug zum Kauf angeboten wurde, trinken konnte; daß er beinahe wieder jugendlichen Appetit hatte.

Kurz bevor der Zug in Cincinnati einfuhr, begab er sich wieder einmal in den dunstigen Raucherwaggon, um eine Zigarette zu rauchen.

Hätte er diese Reise einige Monate früher unternommen, sein Urteil über seine Mitreisenden wäre wohl milder und toleranter ausgefallen. Nun empfand er nichts als Haß und Abneigung für sie. Und er hegte und pflegte seinen Haß. Die schmutzigen Kinder, die überall herumkrochen und schrien, Bananen und Orangen in sich hineinstopften und den Waggon mit scharfen Gerüchen erfüllten; die dreckigen, unordentlichen Weiber, die abgearbeiteten Männer in Hemdsärmeln — sie alle waren ihm Symbol des Daseins, dem er um jeden Preis entrinnen mußte. Er ging häufig in den Raucherwaggon, wo er nur die Gegenwart männlicher Fahrgäste zu ertragen hatte und wo er sich den Anblick und den Gestank der schmutzigen Kinder und der stumpfsinnigen, häßlichen Arbeiterfrauen ersparte. Wenn an manchen Stationen die Fahrgäste der ersten Klasse auf den Bahnsteig hinaustraten, um sich ein wenig die Beine zu vertreten, starrte Frank sie durch das staubige Fenster an und dachte: Ich gehöre zu euch, auch wenn ich hier in diesem elenden Wagen sitze. Eines Tages werdet ihr mich kennen und wiedererkennen und mich in eure schönen, kühlen Häuser einladen; und ihr werdet stolz darauf sein, daß ich euch besuche.

Solche Gedanken regten ihn an, und er wurde so ruhelos, daß er die Enge seines Abteils nicht ertrug. Dann stand er auf und ging wieder in den Raucherwaggon, bis es ihn auch dort nicht mehr hielt und er an seinen Platz zurückkehrte. Er hatte die ganze Nacht aufrecht sitzend geschlafen — vor dem unbequemen grünen Plüschteppich, der nach Staub und Ruß und Rauch roch —, aber zu seiner Überraschung fühlte er sich nicht erschöpft. Sein Herz klopfte schneller, er wurde zusehends kräftiger, und er hustete kaum mehr.

Obwohl die Fenster offenstanden, sah man im Raucherwaggon alles nur verschwommen. Rauch und beißender Ruß kamen von der Lokomotive hereingeweht, und Rauch entstieg den Pfeifen und Zigaretten der Passagiere. Die Männer saßen im Hemd da, und die meisten hatten auch den hohen steifen Kragen und die Krawatte abgenommen; die weißen Nacken glänzten schweißnaß. Zeitungen lagen herum. Unter den Fahrgästen waren viele abgerüstete Soldaten; sie spielten Poker oder würfelten und tranken den schwarz abgebrannten Gin und Whisky mit offensichtlichem Genuß. Zivilisten scharten sich um sie und nahmen geräuschvoll Anteil am Verlauf des jeweiligen Spieles. Der Waggon war unbeschreiblich schmutzig und stank nach allem möglichen, aber es herrschte hier wenigstens eine rauhe, männliche Atmosphäre.

Frank setzte sich neben einen stillen Fahrgast, der ein Buch las. Er beachtete den Mann nicht weiter, zündete sich eine Zigarette an und starrte an seinem Nachbarn vorbei auf die grauen Vororte von Cincinnati. Dann fiel sein Blick auf das Buch: *Folklore und ländliche Kultur in Amerika*. Erstaunt sah er den Lesenden an und erkannte in ihm einen ehemaligen Klassenkameraden aus der Abendschule.

Jim Watson, ein großer, schweigsamer junger Neger, war Fabriksarbeiter. Er redete nur wenig, hatte freundliche braune Augen, ein strahlendes, weißblitzendes Lächeln und eine höfliche, ernste Art, die von Würde und Selbstachtung zeugte. Einige wenige ihrer Mitschüler hatten verächtlich auf Jim Watson herabgesehen. Er gab offen zu, daß er über die siebente Klasse nicht hinausgekommen war und nie eine high school besucht hatte; aber er stellte das alles so dar, als wäre es völlig bedeutungslos. Niemand wußte, warum er eigentlich die Abendschule besuchte. Er konnte ja nie einen akademischen Grad erlangen, mochten seine Leistungen noch so ausgezeichnet sein — und sie waren ausgezeichnet. Er belegte etwa sechs Fächer, darunter Deutsch, Französisch und »Musikverständnis« — ein gewaltiges Pensum. Er war in jedem Gegenstand Klassenbester, und seine schriftlichen Arbeiten waren Wunder an Genauigkeit, Klarheit, Logik und Intelligenz. Seine Gedichte hatten Mr. Mason in aufrichtige Begeisterung versetzt, denn sie waren wunderbar einfach und beinahe vollkommen und in der ungekünstelten Sprache Amerikas geschrieben. Einige Gedichte — so hatte er Mr. Mason gestanden — waren schon im Hinblick auf eine spätere Vertonung verfaßt worden. Jim wollte irgendwann einmal die Musik dazu schreiben; auch das belustigte einige seiner Mitschüler ungeheuer.

Frank, dessen Gefühle für andere Menschen seit langem abgestumpft waren, hatte sich Jim Watson gegenüber völlig neutral verhalten. Für ihn war er nur ein dunkelhäutiger Niemand in einem Raum voll von Niemanden. Frank hatte Ungeduld und Eifersucht empfunden, wenn Mr. Mason der Klasse gelegentlich Jims Gedichte oder Aufsätze vorlas. Nach Franks Meinung waren sie banal und unbedeutend. Als Kind britischer Eltern und in der Tradition der Briten erzogen, hatte Frank sich kaum eines der rassischen und religiösen Vorurteile angeeignet, die in Amerika so verbreitet waren. Selbst sein Vater, Francis, der wie alle Engländer die Iren verachtete (wie der Südstaatler die Neger), hatte zu Hause selten ein Wort des Vorurteils geäußert, und Maybelle hatte immer nur ganz allgemein über das »Yankeeland« geschimpft — einfach aus dem Grund, daß Amerika nicht England war. Frank erlebte wohl die Ausbrüche rassischer oder religiöser Vorurteile in der Schule, an seinem Arbeitsplatz und bei seinen wenigen Bekannten, aber sie riefen in ihm nie etwas anderes hervor als Langeweile und Gleichgültigkeit. Er war durchaus nicht immun gegen vernunftwidrige Leidenschaften, aber ihm als Amerikaner britischer Herkunft kam es unsinnig vor, einen Menschen wegen seiner Hautfarbe oder Rasse abzulehnen. Er hatte außerdem eine Entdeckung gemacht: Je intelligenter und sozial höhergestellter ein Mensch war, desto weniger Vorurteile hegte er gegen Angehörige einer anderen Rasse oder Religion. Daher war er zu dem Schluß gekommen — und hatte damit nicht unrecht —, daß Vorurteile typisch für ungebildete und geistig minderwertige Menschen waren. Jene seiner Bürokollegen, die aus angesehenen Familien des Mittelstandes kamen und zumindest die Highschool besucht hatten, lächelten nur über wilde Haßausbrüche; jene aber, die aus dem Arbeitermilieu kamen, betonten mit allen Mitteln ihre Überlegenheit Negern, Katholiken, Juden, Polen,

Italienern und ganz allgemein allen »Ausländern« gegenüber. Hätte Frank die dummen, primitiven Vorurteile übernommen, die man in Amerika so häufig antraf, er würde sich selbst zum Angehörigen einer Klasse gestempelt haben, die er aus tiefstem Herzen verachtete.

Franks Gleichgültigkeit und vielleicht sogar Abneigung gegen Jim Watson hatte also keine rassischen Gründe. Ihm waren in zunehmendem Maße alle Menschen gleichgültig; auf Jim war er außerdem noch eifersüchtig. Seinem ersten Impuls folgend, wollte er aufstehen und den Wagen verlassen. Doch Jim bemerkte ihn, als er sich gerade dazu anschickte; seine weißen Zähne blitzten, und er lächelte Frank strahlend an.

»Hallo, Frank!« rief er überrascht. »Was machst *du* da?«

Frank ließ sich verdrießlich auf seinen Sitz zurückfallen. »Ich fahre nach Kentucky«, antwortete er kurz angebunden. »Und du?«

»Noch weiter nach Süden. Tennessee. Ich kam von dort, als ich fünfzehn war.« Jim besaß eine weiche, melodische, ins Ohr gehende Stimme, der Frank stets gegen seinen Willen mit Vergnügen gelauscht hatte.

»Wirst du wieder dort leben?« fragte Frank gleichgültig, fast gelangweilt.

»Nein.« Das Wort wurde kraftvoll ausgesprochen. Franks Interesse erwachte. »Nein, Frank. Nie wieder. Ich fahre nur hinunter, um Material zu sammeln.«

»Material? Wofür?«

Jim zögerte mit der Antwort. Er senkte den Blick auf das Buch, das in seinem Schoß lag. Dann aber, als ob ihm klar geworden wäre, daß er sich durch sein bloßes Zaudern erniedrigt hatte, sagte er: »Ich möchte Lieder schreiben, Texte und Melodien. Ich kann das. Ich habe die Absicht, ein paar Jahre im Süden zu bleiben, um meine Erinnerungen aufzufrischen. Ich möchte den schwarzen Landarbeitern und Baumwollpflückern zuhören, wenn sie ihre Lieder singen, und diese Lieder dann bearbeiten. Es sind wunderbare Lieder!« Die sanften braunen Augen leuchteten, von Träumen beflügelt. »Sie sind melancholisch und — und — und von quälender Süße. Sie sind ein Ausdruck der Seele des schwarzen Amerikaners. Sie sind ein Teil Amerikas, und alle Amerikaner sollten sie kennen. Weißt du, Frank«, er sprach jetzt langsamer, so als müßte er die passenden Worte suchen, um seinen Gedanken Form zu geben, »die Lieder der schwarzen Amerikaner sind von eigener Art — eine Mischung aus Verzweiflung, Unbeschwertheit, Fröhlichkeit, Trübsal und Fatalismus, wie sie keine andere Volksgruppe hervorbringt. Und doch spiegeln sie die — die Empfindungen *aller* Menschen wider. Die ganze Erfahrung der Menschheit, wie Mr. Mason das nennt.«

Frank schwieg, und erst nachdem Jim eine kleine Weile auf Antwort gewartet hatte, erwiderte er: »Ich verstehe nicht viel von Negerliedern. Ich nehme an, daß ich sie in Kentucky hören werde. Ich werde an deine Worte denken.«

»Kentucky«, sagte Jim. »In welcher Gegend von Kentucky wirst du dich aufhalten?«

»In den Bezirken Lawrence und Johnson, denke ich.«

Jim schüttelte den Kopf. »Du wirst nicht viel Neger in den Bergen finden. Wo du hinfährst, ist es nicht viel anders als im Norden.«

Frank war enttäuscht und zornig. »Das wußte ich nicht.«

Dieser eingebildete Jim Watson! Ein Fabrikarbeiter als Liederkomponist! Anmaßend war das von dem Kerl, genauso anmaßend wie seine eigenen Träume und Phantasien. Und als Frank nun an diese Träume und Phantasien zurückdachte, stiegen Groll und Unmut in ihm auf. »Jim«, sagte er, »es liegt mir fern, dich zu entmutigen, aber ich fürchte, du bist auf dem falschen Weg. Kein Mensch interessiert sich für solche Lieder. Du verschwendest deine Zeit. Ich weiß es. So wie ich meine Zeit verschwendet habe.«

Jim warf ihm einen durchdringenden Blick zu. »Denkst du das wirklich? Das ist ja schrecklich! Mr. Mason meinte, du hättest das Zeug zu einem Genie. Glaubst du das nicht?«

»Absolut nicht.« Franks Stimme klang bitter. »Mr. Mason war ein pedantischer Narr. Er hielt jeden zweiten Kritzler in der Klasse für einen Dickens oder einen Tolstoi. Man müßte Leuten wie Mason das Handwerk legen. Sie impfen Anfängern und mittelmäßigen Idioten falschen Ehrgeiz ein und verleiden ihnen so die Freude an kleinen Erfolgen. Was mich betrifft, ich bin froh, daß ich wieder in die Wirklichkeit zurückgefunden habe.«

»Soll das heißen, daß du nicht mehr schreiben wirst? Daß du aufgegeben hast?«

Diese Frage machte Frank wütend. »Was redest du da für Quatsch? Ich habe nichts ›aufgegeben‹ als unreife, dumme Träume. Und da ich sonst nichts hatte — wie du zugeben wirst —, konnte ich rein gar nicht ›aufgeben‹!«

Jim schwieg. Er drehte den Kopf zur Seite und blickte lange durch das staubige Fenster. Die demobilisierten Soldaten mußten laut schreien, um den Lärm der Lokomotive zu übertönen. Schwarzer Rauch drang in das Abteil. Die Hitze nahm zu. Mit dem Schütteln und Schwanken des Wagens stieg eine leichte Übelkeit in Frank auf. Er lehnte sich zurück und schloß die Augen. Er schluckte die salzige Flüssigkeit, die sich in seinem Mund angesammelt hatte. Angst befiel ihn, und er kämpfte dagegen an. Er fühlte sich erschöpft und krank, eine Welle von Trübsal und Hoffnungslosigkeit rollte über ihn hinweg. Anscheinend war er von seiner Krankheit doch noch nicht ganz genesen. Trotz der Hitze fröstelte es ihn ein wenig. Schwäche floß wie Wasser, wie kaltes, brackiges Wasser, über seinen ganzen Körper. Unruhe und Betäubung erfaßten ihn gleichzeitig. Sein Kopf dröhnte. Ein Stechen und Brennen war hinter seinen geschlossenen Augenlidern, und in seiner Brust bohrte und wühlte etwas wie die Erinnerung an einen furchtbaren Kummer. Was machte es aus, wo er hinfuhr, ob er überhaupt fuhr oder nicht? Das Leben wich vor ihm zurück wie eine bleifarbene See. Sollte er beim nächsten Halten des Zuges aussteigen? Sollte er weiterfahren? War nicht alles gleich? Wenn ich nur sterben könnte, dachte er. Aber er wußte, daß ihm der Wille dazu fehlte, wie ihm auch der Wille zum Leben fehlte. Wenn es nur möglich wäre, zu vergessen — *was* zu vergessen? Er konnte sich nicht erinnern, was es war, was er vergessen wollte. Er wußte nur, daß er von einer schleichenden und tödlichen Krankheit befallen war — ob des Körpers oder des Geistes, blieb ihm verborgen.

Seine heißen, feuchten Hände rieben sich am sandigen grünen Plüsch der Sitzbank, sein Kopf rollte dumpf auf der Kopflehne hin und her. Die Hitze brannte auf seiner Haut, und doch war ihm kalt. Der Lärm im Zug wurde zu einem fernen Brausen. Er hatte den jungen Mann neben sich vergessen. Neue Bilder formten sich und flimmerten gegen den roten, brennenden Hintergrund seiner geschlossenen Augenlider, widerliche, lüsterne Bilder, groteske Gesichter, quälende Visionen, dunkle Gewässer, von lodernden Bergketten eingeschlossen, zuckende Blitze über steil abstürzenden, bodenlosen Abgründen.

Etwas stieß gegen sein Knie. Er öffnete in Tränen schwimmende Augen zu einem wirren Tosen von Lärm und Hitze. Sein schweres Buch unter dem Arm, stand Jim neben ihm. »Muß in einen Jim-Crow-Wagen umsteigen«, erklärte er.

Blinzelnd setzte Frank sich auf. »Jim-Crow-Wagen?« Er hatte diese Bezeichnung schon gehört, und jetzt fiel ihm ein, daß es sich dabei um Wagen handelte, die den Negern vorbehalten waren. Er runzelte die Stirn, ließ Jim an sich vorbei, und der junge Neger holte seine Taschen aus dem Gepäcknetz. Frank fühlte sich gedemütigt und beschämt.

»Wir sind nämlich schon in Kentucky, weißt du«, sagte Jim in freundlichem, unbefangenem Ton.

Auch die anderen Neger erhoben sich von ihren Sitzen. Frank musterte sie verstohlen.

»Lebwohl, Frank«, sagte Jim. Er zögerte. Keine Spur von Unmut zeigte sich in seinem schönen dunklen Gesicht. Er beugte sich vor. »Du darfst nicht aufgeben«, fuhr er fort. »Ich habe dich jetzt fast eine Stunde lang beobachtet. Du kannst gar nicht aufgeben. Weil du sonst nicht weiterleben kannst. Es tut mir schrecklich leid. Du hast behauptet, du hättest nichts aufgegeben. Aber das ist nicht wahr, und das weißt du auch. Lebwohl.«

Frank blieb stumm. Das Gefühl, eine beschämende Demütigung hinnehmen zu müssen, verstärkte sich, und nun brach stürmisch auflodernd das Leben wieder über ihn herein. Ein heißer, reiner Zorn ergriff ihn, als er sah, wie Jim und die anderen Neger den Wagen verließen, der bis dahin nur ein buntes Bild gewesen war, alltäglich und bedeutungslos, und jetzt in eine neue Dimension hineinwuchs. Jedes Abteil, jede Wand, jeder Sitzplatz, jeder Koffer, der im Gepäcknetz schaukelte, alles hatte eine Bedeutung, ein ureigenes Wesen. Die Gesichter der jungen Soldaten verschwammen ineinander zu einem lebendigen und bedeutsamen Ganzen. Die heißen, weißen Wolken, die über einen fahlen, glühenden Himmel trieben, glichen grinsenden Fratzen.

»Ist der Platz frei?« Die dröhnende Stimme setzte Franks wirren Träumen ein Ende. Er sah den Mann, der gegen seine Knie drückte, einen großen, hageren Mann mit stumpfen und brutalen Zügen in einem roten Gesicht. Der Gestank von Stallmist haftete an seiner Drillichhose, und über seinem blauen Arbeitshemd trug er eine Drillichjacke mit Metallknöpfen. Ein breitkrempiger, staubiger Strohhut saß tief über listigen, bösartigen Augen, und sein Grinsen ließ ungepflegte gelbe Zähne sehen. Er setzte sich neben Frank, holte eine Stange Kautabak aus der Tasche, biß hinein und begann zu kauen.

Frank ballte die Hände zu Fäusten. Wieder erfüllte ihn Haß, doch es war nicht der gleiche Haß wie vorher. Jetzt war es der vertraute, aus Ekel und Abscheu geborene Haß. Frank rückte von dem kauenden Mitreisenden ab. Abermals überkamen ihn Erschöpfung, Trauer und Verzweiflung. Der Traum war dahin. Er zerrann in Sekundenschnelle und war in wenigen Augenblicken vergessen.

XLIII

Paintsville im Staat Kentucky im heißen, grellen Licht des frühen Morgens.

Nie zuvor hatte Frank Clair eine so glühende, so erbarmungslose Hitze erlebt oder sich auch nur vorstellen können. Nie zuvor hatte er eine so trostlose, so fremde Stadt gesehen. Ihre Gesichtslosigkeit deprimierte ihn. Seine Eltern hatten ihm erzählt, daß in England jeder Weiler, jedes Dorf, jedes Städtchen seinen individuellen Charakter, seine besonderen Eigenheiten in bezug auf Architektur und Straßen besaß. Aus den vielen Büchern, die er gelesen hatte, wußte er, daß sich in Europa jede Stadt von den anderen unterschied.

Jetzt sah er seine erste amerikanische Kleinstadt — öde, häßlich, unpersönlich. Tim Cunninghams Briefen hatte er entnommen, daß Paintsville eine Art »Siedlung«, ein Grenzdorf, war. Eine »Endstation«, von der aus es in die Berge ging. Paintsville ähnelte jedoch in keiner Weise jenen farbenfreudigen Pionierstädten, wie sie in den Westernfilmen so verlockend gezeigt wurden. Es besaß eine scheußliche, kleine, mit Brettern verschalte Methodistenkirche, ein oder zwei als solche erkennbare, von Holzhäusern gesäumte Straßen, ein ebenfalls aus Holz errichtetes »Hotel« mit einem Giebeldach, einen winzigen Bahnhof und aufgebrochene Gehsteige. Die wenigen staubigen, von der frühen Sommerhitze gebräunten Bäume waren ohne Frische und ohne das lebhafte Grün im Norden angesiedelter Bäume.

Vor den Läden standen ein paar schäbige, arg mitgenommene Kutschwagen. Frauen in langen, an Nachthemden erinnernden Ginghamkleidern, die bis zu den Knöcheln reichten, auf dem Kopf blau- und rosakarierte Sonnenhüte aus dem gleichen Stoff, spazierten, schmutzige Säuglinge im Arm, über das heiße Pflaster. Gelbe Köter schlichen ihnen nach. Die Männer, in Overalls und Drillichhemden, mit verbeulten Filz- oder breiten Strohhüten, standen barfuß an den Straßenecken, kauten Tabak und unterhielten sich müde. Neugierig starrte Frank sie an. Das waren doch gewiß nicht die »Südländer«, die er sich vorgestellt hatte. Also mußten sie wohl zum »weißen Gesindel« gehören, wie Tim Cunningham, aber auch viele Schriftsteller sie bezeichneten. Sehr malerisch sahen sie nicht aus. Sie waren nur häßlich und schmutzig, und ihre Physiognomien schienen Frank, der aus Bison an die ausdrucksvolleren Gesichter der Italiener, Polen und Slawen gewohnt war, fremd und wunderlich.

Die meisten Männer waren unglaublich großgewachsen, sechs Fuß im Durchschnitt, dazu hager und schlaksig. Die Frauen waren kleiner; sie hatten spitze, teilnahmslose Gesichter, kalte, leere Augen und, mit wenigen Ausnahmen, mausgraues Haar. Anscheinend waren die meisten von ihnen kränklich. Ständig husteten und spuckten sie. Die Kinder litten offenbar alle an Pellagra, denn sie hatten blasse, ausgemergelte Gesichter, geschwollene Bäuche, und mißgestalte X-Beine. Die Leute gingen ausnahmslos barfuß. Zweifellos waren die meisten von ihnen Bauern aus der Umgebung, denn die besser gekleideten und lederbeschuhten Städter ließen durch ihr gesundes, blühendes Aussehen deutlich erkennen, daß sie nicht zur Landbevölkerung zählten.

Paintsville lag im Vorgebirge. Jenseits der häßlichen kleinen Stadt lag das dunkle, wellige Hügelland mit seinen flachen Gipfeln und sanften Hängen. Frank war sehr enttäuscht: seine Träume von hoch aufragenden, schneebedeckten Bergen verblaßten. Das kommt von meiner Ignoranz, warf er sich vor. Ich hätte wissen müssen, daß es diesseits der Rockies solche Steinriesen gar nicht gibt.

Die Hitze und das grelle Licht sogen die müden Stimmen in sich ein. Pferde stampften und wirbelten Staubwolken auf. Die Türen der Läden klapperten. Überall summten Fliegen. Es stank nach Stallmist. Die elenden Häuser spendeten weder den Bummlern noch den Tratschmäulern Schatten, die an den mit Abfällen bedeckten Straßenecken standen. Gnadenlos brannte die Sonne herab.

Tim Cunninghams Anweisungen folgend, lenkte Frank, seinen Mantel in der einen, den großen Pappkoffer in der anderen Hand, seine Schritte zu einer Schmiede. Eisen klirrte auf Eisen. Der Schmied, ein wohltuend betriebsamer Mann, ließ seinen Hammer auf den Amboß niedersausen. Sein großes, bärtiges Gesicht war sinnenfreudig und kraftvoll, und Frank mußte an die ländlichen Figuren in Shakespeares Stükken denken. Er begrüßte Frank mit einem breiten Lachen, das abgebrochene, von Tabaksaft verfärbte Zähne sehen ließ. Mit dem bloßen Arm wischte er sich den Schweiß von der Stirne. »Was kann ich für Sie tun, Sir?« fragte er höflich, nachdem er einen Klumpen Tabak mit lässig gespitzten Lippen auf einen Haufen Abfall neben der breiten Einfahrt befördert hatte. Der Gestank und die Hitze der Schmiede waren fast zuviel für Frank, aber der Mann gefiel ihm. Er hörte seinen eigenen englischen Akzent in der ungelenken Stimme des Schmiedes, und das machte ihn plötzlich froh. Wie beharrlich, mit wieviel Beflissenheit und Eifer, hatte er in Bison danach gestrebt, seinen Akzent loszuwerden. Wie groß war seine Angst in der Schule gewesen, sich mit seiner Redeweise vor den Kindern von Deutschen und Italienern und anderen Einwanderern lächerlich zu machen! Hier konnte er ohne Sorge sprechen und brauchte nicht zu befürchten, als Außenseiter über die Schulter angesehen zu werden. Was er jetzt hörte, war die wahre, von einem schmachtenden Brummton ein klein wenig überdeckte Stimme Amerikas. Der wohlgenährte und muskelbepackte Schmied war, wie er, rein englischer Abkunft. Das lodernde Feuer warf einen rötlichen Schein auf seine gebräunten Wangen, seinen lockigen Stutzbart und sein eher langes, lockiges, schwarzes Haar. Von der Dekadenz, wie sie sich auf den Gesichtern des Landvolkes spiegelte, das draußen auf den Straßen herumlungerte, war bei diesem Mann nichts zu merken.

Frank stellte seinen Koffer nieder. Er sprach langsam, aber ungehemmt: »Eine Kutsche oder sonst irgendein Fahrzeug hätte mich hier erwarten sollen. Um mich nach Benton zu bringen. Wissen Sie davon?«

Der Schmied kniff die Augen zusammen und legte den Hammer zur Seite. Er zog eine Stange Tabak aus der Tasche seines Overalls und bot ihn Frank an, der höflich ablehnte. Der Schmied biß ein Stück ab und begann nachdenklich zu kauen, während er Frank freundlich ansah. Dann ließ er seinen Amboß stehen, versetzte einem Maultier, das neben dem Tor im Sand scharrte, einen zärtlichen Klaps auf die Kruppe und kam auf Frank zu.

»Wie ist Ihr Name, Sir?« fragte er in einem Ton kindlicher Offenheit.

»Frank Clair. Ich bin ein Freund von Tim Cunningham. Kennen Sie ihn?«

Prüfend musterte der Schmied den jungen Mann. Frank roch seinen scharfen Schweiß, aber der Schweiß störte ihn nicht, denn es war nur die Ausdünstung gesunder Männlichkeit. Was ihm zu denken gab, war der forschende Blick des Schmiedes und die Art, wie dieser mißtrauisch die Augen zusammenkniff.

»Ja, Sir, ich kenne Tim Cunningham. Und Sie, Sie heißen also Frank Clair?«

Die sonderbare Art des Mannes rief ein Gefühl des Unbehagens in Frank hervor. »Ja, so heiße ich.«

»Woher kommen Sie, Sir?« fragte der Schmied womöglich noch mißtrauischer.

Frank runzelte die Stirne. »Aus Bison oben im Norden. Was soll die Fragerei?«

Aber der Schmied maß ihn nur mit einem fast hinterlistigen Blick und schwieg. Dann fing er langsam an zu grinsen. Schließlich klopfte er Frank herzhaft auf die Schulter. »Sie werden wohl der Bursche sein, von dem Tim gesprochen hat«, sagte er und brach in ein Gelächter aus. »Entschuldigen Sie, Sir, aber wir müssen vorsichtig sein. Die Finanzer lassen uns keine Ruhe. Aber Finanzer sind Sie wohl keiner, was?«

Frank war verwirrt. Finanzer? Er dachte angestrengt nach. Dann erhellte sich sein Gesicht. Ein Beamter der Finanzverwaltung! Er schüttelte den Kopf. Das Grinsen des Schmiedes wurde breiter. Er griff nach hinten, zog eine Flasche aus der Hosentasche und hielt sie Frank unter die Nase. »Nehmen Sie einen Schluck, Sir!« lud ihn der Schmied ein. »Apfelschnaps.«

Er sah zu, wie Frank mit spitzen Fingern den schmierigen Flaschenhals abwischte und sie sodann an die Lippen setzte. Beinahe wäre der junge Mann an dem scharfen, brennenden Naß erstickt. Der Schmied zeigte sich überaus belustigt und bog sich vor Lachen. »Hat mein Bruder gemacht«, teilte er Frank mit, nachdem dieser wieder einigermaßen zu Atem gekommen war. »Es gibt keinen besseren in der ganzen Gegend.«

Nachdem nun ein freundschaftliches Verhältnis hergestellt war, wurde der Schmied mitteilsam. Das Maultiergespann sollte jeden Augenblick eintreffen. »Wir haben immer noch schlechte Straßen«, erklärte er. »Diese faulen Hundesöhne sind durch nichts zu bewegen, die Schlaglöcher zu füllen. Haben nichts anderes im Sinn, als an den Straßenecken zu stehen und zu schwatzen.«

Er forderte Frank auf, sich auf eine Bank neben der Tür zu setzen. Während er plauderte, erfrischte er sich häufig mit seinem Apfelschnaps. Das Maultier scharrte unruhig. Ein Wagen polterte über die mit Kopfsteinen gepflasterte Straße. Das unerträglich grelle Sonnenlicht fiel in die dunkle, vom Feuer nur matt erhellte Schmiede. Jenseits der Tür sah Frank die verschwommenen Umrisse der »Berge.«

Er erfuhr, daß der Schmied »nach Benton zu«, etwa fünfundzwanzig Meilen von hier, einen Hof besaß. Das Land war »Bruch«, wie der Schmied sich ungezwungen ausdrückte, aber Tim Cunningham und seine Brüder hatten dort Öl entdeckt und förderten jetzt dreihundert Faß am Tag. Das waren dreihundert Dollar für den Schmied. Dreihundert Dollar im Tag! Wozu er dann noch hier arbeite, fragte Frank den Mann. Wo er denn sonst hingehen solle, entgegnete der Schmied arglos. Nach Louisville etwa? Die Stadt »liege« ihm nicht, meinte er. Überhaupt nicht, nein, Sir. Dies wäre doch hier eine hübsche Gegend, in der er nun seit vierzig Jahren lebe. Gottlos gehe es in den Städten zu, dort werde auch sonntags Alkohol getrunken und Karten gespielt, und dann die Weiber ...! Von den Theatern ganz zu schweigen. Der Schmied schüttelte den Kopf. Er konnte sich einfach keine Vorstellung von Dingen und Gegebenheiten machen, so schien es Frank, die jenseits seines Gebirglerhorizontes und seines einfachen, frugalen Lebens lagen. Was er denn mit seinem Geld mache? Hier auf die Bank legen, erwiderte der Schmied, ohne einen Augenblick zu zögern. Was sonst sollte man mit dem Geld machen? Ganz offensichtlich hatte er keinerlei Kenntnisse von den »Siedlungen«, wie er die Außenwelt bezeichnete; lange Fahrten mit dem »Dampfwagen« »lägen« ihm nicht. Als Frank auf Automobile zu sprechen kam, schüttelte der Schmied abermals den Kopf. Es gab nichts Besseres als ein gutes Pferdegespann, und so ein Gespann hatte er. Er wohnte in einem Blockhaus, ein Stück die Straße hinauf, und die drei Zimmer reichten für ihn, seine Frau und seine zwei Töchter. Eines der Mädchen — »Sie hat 'ne Menge auf dem Kasten!« — würde nach Berea aufs College gehen und dann in Paintsville unterrichten. Die andere würde in Bälde einen Bauern heiraten, der fünfzig Hektar gutes Schwemmland sein eigen nannte. Geld an sich bedeutete dem Schmied nichts. Er hatte keine Wünsche. Außerdem, meinte er naiv, was *könnte* man sich denn noch wünschen? Mehr Weiber? Weiber brachten einen Mann nur in Schwulitäten, und für ihn war seine Alte gut — oder schlecht — genug. Und schließlich sei er schon ein alter Mann, bald einundvierzig, und wer seine Jahre vergesse, handle sich nur Kummer ein. Bücher? Gott sei Dank könne er nicht lesen, denn was da geschrieben stehe, sei alles nur sündhaftes Zeug.

Frank dachte an die dreihundert Dollar, die Tag für Tag auf die Bank gelegt wurden und dort ungenutzt liegenblieben. Er dachte an die Freiheit und an den Frieden, die dieses Geld ihm geben könnte; er dachte an die neunzig Dollar in seiner Tasche, die seinen ganzen Besitz darstellten. Mit unschuldigen schwarzen Augen sah der Schmied ihn an, wunderte sich, daß dieser schlanke, junge Mann ein so saures Gesicht machte, und kam zu dem Schluß, daß ihm wahrscheinlich der Apfelschnaps nicht bekommen habe.

So tief in seine bitteren Gedanken versunken war Frank, daß er nicht merkte, wie jemand die Schmiede betrat und vom Schmied herzlich begrüßt wurde. Es war ein großgewachsener junger Mann in der dunklen Kleidung eines Städters; er trug hohe schwarze Gamaschen und einen breitkrempigen schwarzen Filzhut. Seine gepflegte Eleganz, sein würdevolles Auftreten erweckten Franks Aufmerksamkeit.

»Wie geht's, Pastor?« rief der Schmied und rieb sich die Hände an seiner Lederschürze. »Schöner Tag heute, was? Ihr Maultier ist beschlagen. Ein störrisches Biest ist das.«

Wahrscheinlich einer von diesen Reisepredigern, dachte Frank, ein reitender Evangelist. In irgendeinem längst vergessenen Schmöker aus den Bergen des Südens hatte er einmal von diesen Leuten gelesen. Schon wollte er sich geringschätzig abwenden, als die angenehme, wohltönende Stimme des jungen Mannes abermals seine Aufmerksamkeit fesselte.

»Vielen Dank, Les«, sagte er und gab dem Maultier einen zärtlichen Klaps. Das intelligente Tier rieb seine Nüstern an ihm. »Du bist ja gar nicht störrisch, was, Boß? Einen hellen Kopf hast du, das ist alles. Was vielleicht letzten Endes aufs gleiche herauskommt. Habe ich recht, Boß?«

Les, der Schmied, der »Pastor«, das »helle« Maultier, die dunklen Konturen der Hügelkette jenseits der Stadt, die strahlende Sonne, die unvertrauten Laute und Gerüche und Formen, die ihn umgaben — alles wirkte in verstärktem Maß auf Frank ein und regte sein Wahrnehmungsvermögen, das so stumpf und schwach und oberflächlich geworden war, von neuem an. Weil aber alles so jäh auf ihn einstürmte, verwirrte und deprimierte es ihn, und fast schmerzlich empfand er so etwas wie Heimweh.

Les und der Pastor ergingen sich in mehr oder minder geistreichen Bemerkungen über das Maultier. Frank hörte zu. Der vertraute Akzent in ihren Stimmen sprach ihn nicht mehr so recht an. Isoliert, von seiner Niedergeschlagenheit wie von einer Wolke umhüllt, saß er da. Er beherrschte diese Fähigkeit, sich im Hintergrund zu halten. Indem er seine Persönlichkeit aussonderte und seinem Geist und seinem Körper eine ausdruckslose Neutralität auferlegte, schien er seine Anwesenheit zu verleugnen. So war es nicht zu verwundern, daß der Schmied unwillkürlich zusammenfuhr, als er sich vom »Pastor« abwandte und Frank auf der Bank sitzen sah. »He!« machte er und lachte. »Scheint mir, Sie werden den Pastor dabeihaben, wenn Sie losfahren, Frank«, fügte er hinzu und, erklärend, zu dem anderen jungen Mann gewandt, »der Bursche kommt aus den Siedlungen und will nach Benton zu. Ist ein Freund von Tim Cunningham. Heißt Frank Clair. Schütteln Sie dem Pastor die Hand, Frank.«

Der »Pastor« zeigte sich überrascht, streckte Frank jedoch mit freundlicher Offenheit die Hand entgegen, die dieser trotz seines großen Unbehagens beflissen ergriff. Er spürte den warmen Druck der harten, schlanken Finger und sah sich gegen seinen Willen genötigt, das stille, freimütige Lächeln des anderen zu erwidern.

»Wollen Sie zu den Ölleuten?« fragte der »Pastor«. »Na, dann werden wir uns ja häufig sehen. Ich bin Dr. Wade O'Leary und komme aus Salt Lake City im Staate Utah. Ich bin Arzt, nicht nur Theologe.«

Sein Lächeln wurde breiter, und Franks Spannung ließ wohltuend nach. Er weiß, daß ich kein Ignorant bin, dachte er und sprach gelöster, als er erwiderte:

»Dr. O'Leary? Sind Sie auch Priester?«

»Ja. Priester der Kirche Jesu Christi der Heiligen der Letzten Tage. Man nennt uns auch Mormonen. Ich und mein Bruder Peter, wir sind eigentlich Missionare bei den Bergbewohnern Kentuckys. Es ist uns gelungen, eine kleine Schule für Kinder zu errichten, wo mein Bruder unterrichtet. Er sorgt sich um ihren Geist, und ich sorge mich um ihr leibliches Wohl. Manchmal, wenn es not tut, auch um ihre Seele.« Doktor O'Leary lachte, drückte Frank noch einmal fest die Hand und gab sie frei. »Aber am meisten freut es uns, daß wir ein kleines Krankenhaus für arme Frauen auf die Beine stellen konnten. Sie werden viel lernen da oben im Bergland, Mr. Clair. Woher kommen Sie eigentlich? Doch nicht aus den Südstaaten?«

»Nein. Ich komme aus Bison im Staat New York.«

»So, so.« Dr. O'Leary machte ein nachdenkliches Gesicht, als er Frank jetzt näher ins Auge faßte. Auch Frank seinerseits musterte den Arzt, und was er sah, gefiel ihm und baute seine Spannungen noch weiter ab. Wade O'Learys sonngebräuntes, schmales, von zarten Winkeln und Flächen geprägtes Gesicht war das eines fortschrittlichen, aber doch bedachtsamen Gelehrten. Er besaß offensichtlich, was Maybelle »gutes Blut« genannt hätte. Seine tief in breiten, knochigen Höhlen liegenden Augen wurden von äußerst dichten schwarzen Brauen überschattet. Die scharfe Adlernase verlieh seinen Zügen einen falkenhaften Ausdruck, eine stolze und, paradoxerweise, dennoch sanfte und rücksichtsvolle Ausgeglichenheit. Er hatte seinen Hut abgenommen, und Frank sah den aristokratischen Zuschnitt des plastisch geformten kleinen Kopfes und das glatte schwarze Haar.

»Sie kommen von weit her«, bemerkte Wade. »Kennen Sie Tim Cunningham gut? Netter Kerl. Ich kenne auch seine Brüder. Vor einem Monat, als ich heimfuhr, um Typhusserum zu holen, sah ich sie das letzte Mal. Typhus ist weit verbreitet in Benton. Ich habe auch etwas Pockenserum mitgebracht. Wenn Sie schon seit längerem nicht geimpft wurden, möchte ich Ihnen eine Spritze geben, wenn wir nach Benton kommen. Als ich abreiste, hatten wir schon zehn Fälle. Ich hoffe nur, es sind inzwischen nicht mehr geworden.«

»Haben Sie denn keinen anderen Arzt dort?« fragte Frank besorgt.

Wade schüttelte den Kopf. »Es gibt dort nur einen sonderbaren alten Kauz, nicht viel besser als ein Medizinmann aus dem Urwald. Ich bezweifle, daß er je auch nur die primitivste medizinische Ausbildung genossen hat. Ob es jetzt Pocken sind oder Kindbettfieber, er braut immer die gleichen Tränklein und gibt allen Kranken Abführmittel. Ich bin auch der einzige geistliche Ratgeber in Benton, wenn ich von einem

Mitglied der Holy-Roller-Sekte absehe, das jeden Sommer einen Blitzbesuch absolviert und alles zerstört, was ich in jahrelanger Arbeit aufzubauen versucht habe. Aber mit seiner Show bringt er ein wenig Farbe in das elende Leben dieser Menschen, und das sollte ich ihnen wohl nicht mißgönnen.« Er lächelte. »Es wird eine neue Welt für Sie sein — Frank. Und ich kann nur hoffen, daß Sie Interesse daran finden werden.«

Der Wahrheit die Ehre, Frank war über die Ausführungen des Arztes nicht wenig beunruhigt. Er hatte sich Benton nie als einen Ort vorgestellt, der auf Missionare und Impfstoffe angewiesen war, wo aufopfernde Männer ihr Leben einer Gruppe von Menschen, einer Gemeinde weihten, die verdächtig an eine Leprakolonie erinnerte. Benton, so hatte er angenommen, war nicht mehr und nicht weniger als ein Landstädtchen, in dessen Umgebung Öl aus der Erde sprudelte.

Mit ernster Stimme fuhr Wade O'Leary fort: »Sie werden dort eine Menge über Land und Leute lernen. Und ich bin zu dem Schluß gekommen, daß alles, was man lernt, seinen Wert hat — auch wenn es zu dem Zeitpunkt, da man es lernt, nicht so aussieht.«

Frank konnte sich nicht zurückhalten. »Ich bin nicht gekommen, um — um zu lernen«, entgegnete er verbittert. »Ich bin gekommen, um Geld zu verdienen.«

»Ich verstehe«, sagte Wade nachdenklich. Er holte eine Pfeife aus der Tasche, stopfte sie und zündete sie an. Er tat dies alles, ohne seinen Blick von Frank abzuwenden. Dann fuhr er fort: »Wie ich höre, verdient Tim Cunningham eine Menge Geld. Ich hoffe, es wird auch Ihnen gelingen.«

»Tim verdient sein Geld, ob er will oder nicht«, warf der Schmied ein.

»Werden Sie bei Tim wohnen?« fragte Wade.

»Ich nehme an.« Franks Stimme klang niedergeschlagen, wie tot. »Aber vielleicht nehme ich mir ein Zimmer mit Pension in einem kleinen Hotel.«

Wade lächelte. »Es gibt keine Hotels in Benton. Es gibt nicht einmal ein Logierhaus.« Er unterbrach sich. »Vielleicht täten Sie besser daran, wieder heimzufahren. Ich fürchte, Sie wissen nicht, worauf Sie sich da einlassen.«

Von draußen war ein Rasseln und Klappern zu hören, und ein flacher, offener, mit Stroh bedeckter, von vier Maultieren gezogener Wagen hielt vor der Schmiede.

»Das ist Ihr — Fuhrwerk«, sagte Wade. »Sind die Schlaglöcher schon ausgebessert?« fragte er den Schmied.

Les kicherte und schüttelte den Kopf. »Nichtsnutzige Hundesöhne«, antwortete er vergnügt. »Seit dem Frühjahrsregen haben sie keinen Finger mehr krumm gemacht. Vorige Woche ist einer mit der Suppe am Wagen in die Luft geflogen. Jetzt ist das Loch an der Stelle noch größer geworden.« Er lachte schallend und klatschte sich auf seine lederbedeckten Schenkel.

»Die Suppe«, erklärte Wade dem verständnislos dreinschauenden Frank, »das ist das Nitroglyzerin, das für Tiefenbohrungen verwendet wird. Ich habe einen solchen Unfall erwartet. Diese Straßen sind für Motorfahrzeuge ungeeignet. Der arme Kerl hätte es besser wissen müsse. Ich habe den Leuten immer wieder nahegelegt, nicht mit Lastkraftwagen zu fahren und das Zeug ausschließlich mit Pferdefuhrwerken zu transportieren. Aber es sind fünfundzwanzig Meilen, und dafür braucht man mindestens zwölf Stunden.«

»Zwei Meilen in der Stunde!« rief Frank in ungläubiger Bestürzung.

Wade nickte. Er überprüfte den Sattel und die Gurten seines Maultiers. »Sie werden ja selbst sehen. Sind wir soweit?«

Er nahm eine große, pralle schwarze Tasche vom Boden auf und befestigte sie geschickt am Sattel. Dann führte er sein Tier auf die Straße und begann eine Unterhaltung mit dem bärtigen Mann, der auf dem Boden des Wagens saß. Frank folgte ihm und trat blinzelnd in die grelle Sonne hinaus. Im nächsten Augenblick brach ihm der Schweiß in dicken Tropfen aus allen Poren. Weißglühend wie eine feurige Kuppel wölbte sich der Himmel über ihm. Die Pflastersteine tanzten vor seinen Augen, flimmerndes Licht hing über der verbrannten Straße. Gedämpfte, von der Hitze wie überflutete Stimmen quollen aus leeren Torbögen. Die Maultiere schlugen mit den Schwänzen, richteten ihre tückischen, klugen Augen auf Frank und schüttelten den Staub von ihren Flanken. Jenseits der Stadt krümmten sich die Rücken der Berge wie riesige Schlangen.

Wade O'Leary machte ihn mit Ben Calloway, dem bärtigen Treiber des Gespanns, bekannt, der ihn prüfend musterte, einen mächtigen Priem Tabak ausspuckte und ihm feierlich eine schwielige, schmutzige Hand hinhielt. »Frank Clair heißen Sie also?« fragte er. »Ich habe Sie schon erwartet. Haben Sie Ihr Futter dabei?«

Frank schwieg verdutzt. Dr. O'Leary, der sich schon in den Sattel geschwungen hatte, wies auf seine schwarze Tasche. »Ich habe genug für ihn und für mich, Ben, und vielleicht bleibt auch für dich noch ein Hühnerkeulchen über. Und Les hat mir eine große Flasche Apfelschnaps verehrt. Wir werden weder verhungern noch verdursten.«

Nachdem er seinen schwarzen Pappkoffer auf das Stroh hinaufgeworfen hatte, kletterte Frank mit übertriebener und unbeholfener Vorsicht auf den Wagen. Er wunderte sich, daß es keine Bretter zum Sitzen gab, fand jedoch sehr bald heraus, daß das seinen guten Grund hatte.

Er entledigte sich seiner Jacke und seiner Krawatte, nahm den Hut ab und legte alles fein säuberlich auf das gelbe Stroh. Er rollte sich die Ärmel auf und spürte sogleich, wie die Sonne auf sein weißes Fleisch brannte. Nun, das war nicht so schlimm. Wenn er sich nur keinen Sonnenstich holte! Les winkte ihnen fröhlich zu, warnte sie mit derben Worten vor den Schlaglöchern, sprach die Hoffnung aus, daß sie niemandem begegnen würden, der Suppe geladen hatte, und zog sich in die düstere Höhle seiner Schmiede zurück. Ben hob die Zügel, schnalzte mit der Peitsche, und der Wagen setzte sich in Bewegung. Dr. O'Leary kanterte daneben her, lächelte auf Frank hinab und bot ihm eine Zigarette an.

Die Frauen auf den Straßen und auf den hohen Verandas der alten Häuser folgten ihnen mit teilnahmslosen Blicken. Oberhalb seiner Schuhe stach das Stroh durch Franks Socken; es ließ eine Wolke von Spreu aufsteigen, die Frank veranlaßte, zu niesen. Wie ein glühender Hammer schlug die Sonne auf ihn ein. Die Hügel rückten näher. Bald hatten die Reisenden die Stadt hinter sich, und der Wagen rollte über eine holprige, staubige Straße von der Farbe frisch gemünzten Kupfers. Von einer ebenfalls kupferfarbenen Patina bedeckt, beugten sich lange, dünne, leblose Bäume über die Straße, ohne Schatten spenden zu können. Der schmale Landstreifen am Fuß der Berge war mit hohem braunen Gras bewachsen. Vereinzelt wuchsen rote und gelbe wilde Blumen. Und über alldem strahlte die mörderische Sonne, verbrannte die Erde und füllte die Lungen mit heißer Luft.

Die Stadt war hinter einer Senke verschwunden, und nun war nichts zu sehen außer hin und wieder der ausgetrocknete Arm eines Gewässers, eine Gruppe halbtoter Tannen und kränkliche Nachwuchsbüsche. Frank sah sich genötigt, von neuem den Hut aufzusetzen, um seinen Kopf zu schützen. Teils weil er sie vor dem staubigen Stroh bewahren wollte, teils weil er der Sonne heilende Kräfte zuschrieb, krempelte er sich die Hosenbeine auf. Der Schweiß lief ihm von der Stirn, über Nase, Wangen und Kinn. Das Hemd klebte ihm am Rücken. Wade O'Leary kanterte gemächlich neben dem Wagen her, wofür Frank ihm Dank wußte. Er zweifelte nicht daran, daß der Arzt das schwankende Gefährt jederzeit hinter sich lassen konnte.

Schon nach einer Meile begriff Frank, wie klug es war, das Stroh auf dem Boden des Wagens auszubreiten, denn alle zwanzig oder dreißig Fuß krachten die Holzräder in tiefe Löcher. Wären sie nur noch ein wenig tiefer gewesen, sie hätten als perfekte Grabstätten Verwendung finden können. Ben Calloway hockte auf dem Stroh und schwang die Peitsche über den widerspenstigen Mauleseln. Über die meisten Schlaglöcher kam er erfolgreich hinweg, indem er so geschickt an den Rändern vorbeifuhr, daß der Wagen sich nur in einem Winkel von dreißig Grad zur Seite neigte, so daß Frank sich nur an den Seitenbrettern festhalten mußte, um nicht hinunterzufallen. Manchmal aber lagen zwei Löcher nur drei Fuß voneinander entfernt. Dann geschah es, daß das Vehikel am vorderen Ende plötzlich steil in die Höhe ragte oder aber in die Tiefe tauchte, wobei die Zugtiere himmelwärts zu streben oder in einem Abgrund zu versinken schienen. Da hatte Frank alle Hände — und Füße — voll zu tun, um auf dem Wagen zu bleiben. Schließlich kam er drauf, daß eine halb liegende Stellung seinen Körper weniger strapazierte als ständiges Trachten nach einer sitzenden Haltung. Störend empfand er, daß die Spreu an seinem feuchten Fleisch klebenblieb und einen modrigen Geruch verbreitete.

Sie fuhren in der flammenden Stille der dunklen Hügel über die kiesige Erde der Straße. Hin und wieder bedachte Ben seine mit schäumendem Schweiß bedeckten schnaufenden Tiere mit saftigen Flüchen. Wolken von hungrigen Insekten summten über den Köpfen der drei Männer oder stürzten sich auf sie, um von ihrem Schweiß zu trinken. Die Maulesel waren nicht so fügsam wie Pferde; sie ergaben sich nicht ohne weiteres in ihr Schicksal. Frank spürte förmlich ihren Ärger und ihre Verbitterung und konnte sich gut vorstellen, wie sie ihr elendes Dasein verwünschten. Er sah ihre langen grauen Ohren, ihre geblähten Nüstern und ihre gefletschten Zähne. Trotz seines eigenen Unbehagens fühlte er sich belustigt. Er erblickte in diesen Tieren zynische, gewissenlose Geschöpfe, zäh und schrullig, die von den Menschentieren, die sie hinter sich her zogen, nicht viel hielten und dem gepflegteren Artgenossen, auf dem Dr. O'Leary ritt, alles andere als gewogen waren. Offenbar beschimpften sie ihn hemmungslos, denn Boß stellte gelangweilt und geringschätzig die Ohren auf, warf den Kopf hoch und ignorierte die vier auf eine Weise, daß es jeder merken mußte.

»Bockiges Viehzeug«, erboste sich Ben. »Ich hasse Maultiere. Gottverdammte Biester. Aber sie haben mehr Hirn als die Pferde. Sie denken nämlich. Jawohl, sie denken. Man muß sie immer an der Kandare halten, darf ihnen nichts durchgehen lassen. He, Wade, komm mal mit dem Apfelschnaps 'rüber!«

»In dieser Hitze?« wunderte sich Wade. Aber er »kam 'rüber« und reichte Ben die Flasche, der sie sofort an die Lippen setzte. Frank schüttelte den Kopf, als sie auch ihm angeboten wurde. Sein Kopf schmerzte ihn von der Sonne und von dem Schnaps, den er in der Schmiede getrunken hatte. Die ganze dürre, kahle Ödnis der Landschaft begann vor seinen Augen zu verschwimmen. Wade versuchte, ihn in ein Gespräch zu ziehen, aber er fühlte sich zu elend, um sich mit Antworten abzumühen. Sein Koffer schlug ihm gegen die Beine, die nassen Kleider klebten ihm am Leib: Er lag im Stroh und litt.

Trotzdem mußte er eine Weile geschlafen haben, denn mit einemmal merkte er, daß der Wagen stand. Benommen richtete er sich auf. Er empfand Brechreiz und fürchterlichen Durst. Er stellte fest, daß sich seine entblößten Arme rot gefärbt hatten und schmerzten. Zwischen den aufgekrempelten Hosenbeinen und den Socken sahen auch seine Beine so aus; sie juckten und taten weh.

Der Wagen stand unter einer Gruppe von Bäumen, ein wenig abseits von der aufgebrochenen, staubigen Straße. Ben war abgestiegen und versorgte die Maultiere, deren Fell von Schaum bedeckt war. Ihr keuchender Atem zerriß die dampfende Stille. Mit Bedacht hatte Doktor O'Leary sein Tier in einiger Entfernung von seinen Artgenossen festgebunden und ein kleines weißes Tuch auf den Boden gelegt, um das »Futter« darauf auszubreiten.

Frank kletterte vorsichtig vom Wagen herunter. Ihm schwindelte, der Boden schwankte unter seinen Füßen. Er torkelte auf die Bäume zu und setzte sich hastig nieder. Wade warf ihm einen Blick zu und lächelte. »Jetzt werden wir etwas essen«, sagte er. Seine dunkle »Städterkleidung« war immer noch sauber und elegant, das Haar auf seinem schmalen Kopf glatt und ordentlich. »Hören Sie mal«, fügte er besorgt hinzu, »Sie sind ja ganz schön verbrannt. Da werden wir etwas tun müssen.« Er öffnete seine Tasche und holte ein Töpfchen mit weißer Salbe hervor. »Schmieren Sie sich das auf, sonst werden Sie krank.«

Frank nahm das Töpfchen, fühlte sich aber so elend, daß er die Kraft nicht aufbrachte, es zu öffnen. Wade erfaßte die Situation, kniete sich neben ihm nieder und trug die Salbe reichlich auf die von der Sonne verbrannten Stellen auf. Frank sah ihm zu; er war zu matt, um dem Arzt danken zu können. Aber die Salbe hatte eine kühlende und beruhigende Wirkung. Trotz seiner Schmerzen wurde es Frank beim Anblick dieser schlanken braunen Hände, die ihm Hilfe leisteten, warm ums Herz. Ben, der von einer nahen Quelle Wasser geholt hatte, stand dabei. »Stadtfräcke«, meinte er verächtlich. Und spuckte aus.

Wade holte einen Blechbecher aus seiner Tasche, füllte ihn mit dem eisigen Quellwasser und hielt ihn Frank hin. Dann schüttete er einen halben Teelöffel voll Salz in Franks Hand und wies ihn an, es mit dem Wasser herunterzuspülen. »Sie werden sich bald wohler fühlen«, munterte er ihn auf, erhob sich und wischte das tote Gras von seinen Knien. Dann verstaute er wieder die Salbe und begann, seine Schätze auf dem Tuch auszubreiten: kaltes Brathähnchen, Maisbrot, ein paar Stücke gepökeltes Schweinefleisch, einen Kuchen und ein halbes Dutzend Orangen. In einem neuerlichen Anfall von Schwindel lehnte Frank den Kopf an einen Baum. Er konnte das grelle Licht nicht ertragen, das alles um ihn zu versengen schien.

Doch sehr bald begann er sich zu erholen, und auch das schmerzhafte Pochen des Sonnenbrands ließ nach. Er labte sich an einer fetten Hühnerkeule und nahm sogar einen Schluck Apfelschnaps. Das Maisbrot und das Schweinefleisch brachte er nicht hinunter, aber der Kuchen schmeckte fein, und die Orangen waren frisch und taten seinem Gaumen wohl. Er aß langsam und lauschte Wades und Bens heiterem Geplauder nur mit halbem Ohr.

Das also war Kentucky: dieses vom Brand befallene Land, diese messingfarbene, kochende Erde, diese düsteren Berge. Weit oben auf einem Gipfel sah er sein erstes Blockhaus, und nun hörte er das Gegacker von Hühnern und das bissige Bellen eines Hundes. Die staubbedeckten Blätter der Bäume raschelten im Wind.

XLIV

Ben und Wade lagen ausgestreckt im toten Gras und dösten vor sich hin. Frank lehnte immer noch an seinem Baum und überließ sich der Stille und seinen trüben Gedanken. Die Schatten der Bäume wurden kürzer. Er sah auf die Uhr. Es war ein Uhr vorbei. Er hatte keine Ahnung, wie viele Meilen sie schon zurückgelegt hatten, vermutete aber, daß es recht wenige waren. Nun waren auch die Hühner und der Hund verstummt. Der fahle Schein des Himmels war unerträglich.

Wie sollte er bei dieser Hitze, dieser sengenden Sonne die Weiterreise ertragen? Wohin fuhr er überhaupt, und wozu fuhr er? Mit seinem feuchten, schmuddeligen Taschentuch wischte er sich das Gesicht ab. Sein Körper schmerzte vor Erschöpfung, seine Haut brannte. Er betrachtete seine Reisegefährten. Den Hut halb über das Gesicht geschoben, lagen sie da und schliefen. Ben hatte seine muskulösen braunen Arme unter dem Kopf verschränkt. Dr. O'Learys gepflegte Erscheinung hatte auch unter dem anstrengenden Ritt nicht gelitten. Selbst seine schwarzen Gamaschen waren nur ganz wenig staubig. Frank mußte an die pathetischen Ledergamaschen seines Vaters denken.

Kentucky und Maultiere, Hitze und beklemmende Stille. Kentucky, ein Mormonenpriester und ein Mann aus dem Bergland. Eine sonderbare Verwirrung nahm Frank gefangen. Er konnte es nicht glauben, daß er sich tatsächlich an diesem Ort befand, daß er hier in einem ständig schrumpfenden Schatten kauerte. Eine Welle von Heimweh überrollte ihn. Rückschauend war Bison eine erfrischende grüne Insel der Zivilisation. Frank verwünschte seinen Entschluß, diese Fahrt angetreten zu haben. Er war fest davon überzeugt, daß er nichts erreichen würde und daß er sich selbst zu einem Leben in der Verbannung, zur Gefangenschaft in diesen Bergen verdammt hatte. Zehn von seinen ersparten neunzig Dollar hatte er Ben bereits gegeben. Zehn dazu, und er könnte morgen wieder in Paintsville sein. Fünfunddreißig Dollar für die Bahnfahrt nach Bison. Womit ihm ganze fünfundvierzig Dollar bleiben würden, um in Bison neu anzufangen. Das war nicht genug. Er mußte hier bleiben, bis er mindestens weitere hundert Dollar gespart haben würde. Wie lange würde er dazu brauchen?

Dr. O'Leary streckte sich mit Behagen, setzte sich auf und gähnte. »Haben Sie nicht geschlafen?« fragte er lächelnd. »Nun, Sie haben ja schon auf dem Wagen ein wenig gedöst. Geht es Ihnen besser?«

Frank rollte ein paar lange Grashalme in seinen zitternden Fingern.

»Ich hätte nicht kommen sollen«, murmelte er niedergeschlagen. »Ich war ein Narr.«

Dr. O'Leary lächelte immer noch, aber sein Blick ruhte nachdenklich auf Frank. »Wissen Sie«, sagte er schließlich, »ich habe da so eine Theorie. Ich glaube, es bleibt uns nicht sehr viel Wahl bei der Entscheidung, wo wir hingehen und was wir tun wollen. Die Entscheidung liegt in unseren individuellen Reaktionen auf die jeweiligen Umstände begründet. Vielleicht blieb Ihnen gar nichts anderes übrig, als hierherzukommen. Aber von Ihnen allein wird es abhängen, wie Sie die äußeren Lebensbedingungen meistern, wieweit es Ihnen gelingt, Ihre Gedanken in bestimmte Bahnen zu lenken, und — wie Sie handeln werden. Man kann, denke ich, aus seinen Erfahrungen Gewinn ziehen — oder nicht; die Wahl steht uns frei.«

Frank blieb eine Antwort schuldig. Er zupfte an den Grashalmen.

»Wie alt sind Sie?« fragte Wade.

»Fast zwanzig.«

»Zwanzig«, wiederholte der Arzt sinnend. »Nun, da sind Sie ja schon ein Mann. Was haben Sie in Bison gemacht?«

»Ich — ich war Stenograph.«

»Stenograph. Das meinte ich nicht. Ich meinte, womit Sie sich wirklich beschäftigt haben.«

Frank sah ihn an. Wades braune Augen ruhten unverwandt und sehr gütig auf ihm, und darum antwortete Frank rasch, doch mit unbewußter Bitterkeit: »Ich — ich hielt mich für einen — einen Schriftsteller. Ich schrieb — ich habe mein ganzes Leben immer geschrieben — seit dem Tag, da ich lernte, Worte zu Papier zu bringen.«

»Und jetzt schreiben Sie nicht mehr?«

Frank preßte seine Lippen so krampfhaft zusammen, daß Wade beunruhigt die Brauen hochzog. »Nein, ich schreibe nicht mehr. Ich besaß auch nie die Gabe. Es war nur so eine dumme Idee. Ich war noch ein Kind. Es war alles nur Einbildung. Ein Traum.«

»Wieso wissen Sie das?«

Frank öffnete den Mund und schloß ihn wieder. Erst nachdem Wade eine ganze Weile gewartet hatte, erwiderte er in dumpfem Ton: »Ich weiß es eben. Ich bin nicht gebildet. Alles, was ich weiß, habe ich aus Büchern gelernt. Von der Leihbibliothek ausgeliehene Bücher. Was kann der Mensch ohne Bildung anfangen? Ich besuchte Abendkurse, aber das war ein hoffnungsloses Beginnen. Es war mir unmöglich, etwas zu lernen — außer englische Grammatik. Was ich an Wissen besaß, war unerheblich und unanwendbar. Je mehr ich studierte, desto klarer wurde mir, wie dumm ich war. Ich hatte Hunderte von Geschichtsbüchern gelesen und — ich glaubte, das — das *Gefühl* für Geschichte erworben zu haben, aber bei der Nutzanwendung — ich meine, als ich bei der Prüfung nach Namen und Jahreszahlen gefragt wurde, und alles schön der Reihe nach, da — da fiel ich durch. Und Mathematik war für mich ein Buch mit sieben Siegeln. Ich war ein vollkommener Versager.«

Er verstummte. Wade wartete und fragte schließlich: »Und dann?«

Frank warf ihm einen bitteren Blick zu. »Und dann was?«

»Was«, fragte Wade in fast zärtlichem Ton, »was hat Sie zu der Annahme verleitet, Sie wären ein Versager?«

»Ich wußte es eben«, erwiderte Frank verdrossen. »Sie lachen mich aus«, rief er, »weil Sie mich für einen eingebildeten Tropf halten! Weil ich ungebildet bin!«

Wade zündete seine Pfeife an, warf das Zündholz fort und verfolgte seine Flugbahn durch die flimmernde Luft, bis es ins Gras fiel.

Er überlegte eine Weile und sagte dann: »Ich denke an einen Ausspruch Machiavellis: ›Keiner soll fürchten, er könnte nicht erreichen, was andere erreicht haben, denn alle Menschen erblicken das Licht der Welt, leben und sterben auf die gleiche Weise; darum sind sie einander ähnlich.‹«

Frank starrte ihn an. »Machiavelli!« wiederholte er. Er lachte auf. Und fügte nach kurzem Schweigen hinzu: »Wenn Machiavelli das gesagt hat, war auch er ein Narr. Ich kann nichts erreichen. Meine Eltern hatten von Anfang an recht. Ich bin ein Versager. Ich hasse sie, aber sie hatten recht.«

»Warum hatten sie recht? Warum glauben Sie das?«

Mit unerwarteter Heftigkeit und Zorn fuhr Frank auf ihn los: »Bis vor kurzem glaubte ich nicht, daß sie recht hatten. Dann sah ich es ein. So viele Jahre habe ich vertan, bis ich es einsah!«

Wade kratzte sich am Bein und richtete den Blick auf die fernen Berge. »Ein Mensch ist erst dann verloren«, sagte er, »wenn er das, was andere von ihm denken, als die einzige Wahrheit ansieht, ganz gleich, ob sie besser oder schlechter als er selbst über ihn denken. Ist er in Wirklichkeit besser, als die anderen ihn glauben machen wollen, ist es für immer um ihn geschehen. Ist er schlechter, wird er bis zu seinem Tode danach streben, der zu hohen Meinung der anderen gerecht zu werden. Ich weiß nicht, was schlimmer ist, aber eines ist sicher: Wenn er die Meinung, die andere von ihm haben, voll und ganz akzeptiert, hört er auf, ein Individuum zu sein. Er ist dann nur mehr ein Abglanz der Gedanken dieser anderen und hat seine eigene Persönlichkeit verloren.«

»Ich weiß, was Sie meinen«, erwiderte Frank, der aufmerksam zugehört hatte. »Aber auf mich trifft das nicht zu. Ich bin zu dieser Überzeugung gekommen, weil ich mich endlich selbst erkannt habe.«

»Sie könnten sich getäuscht haben«, meinte Wade. »Worüber haben Sie geschrieben?«

Frank hätte sich verwünschen mögen, aber er antwortete: »Zuerst habe ich Gedichte geschrieben, dann Geschichten und schließlich auch

Romane. Ich erinnere mich noch genau. Dilettantisches, stümperhaftes Zeug. Gestopft voll mit Anachronismen, Unverstand und Albernheiten. Immer wieder mußte ich herumreden und mir mit Umschreibungen behelfen, weil mir das nötige Wissen fehlte.« Er unterbrach sich und rief dann zornig: »Ich weiß, wovon ich rede! Es war hoffnungslos. Und jetzt habe ich das alles hinter mir. Ein neuer Weg liegt vor mir. Ich werde irgendwie Geld verdienen, damit ich nicht unter Menschen leben muß, die ich verachte.«

»Was sind das für Menschen?«

»Die Armen. Die Schmutzigen. Die Dummen und die Elenden. Was man gemeinhin ›die Masse‹ nennt. Ich hasse sie. Ich habe Angst vor ihnen.« Er unterbrach sich und wiederholte überrascht: »Jawohl, das stimmt. Ich habe Angst vor ihnen!«

Wade enthielt sich jeden Kommentars. Er schmauchte still seine Pfeife und blickte vor sich hin. So ruhig, so friedlich saß der Arzt da, so mild und vornehm und doch so entschlossen, daß Frank ihn fragte: »Was veranlaßt Sie, einen Arzt und Priester, sich mit ihnen abzugeben? Ihre Zeit mit diesen gräßlichen Menschen zu verschwenden?«

»Weil sie mir leid tun«, antwortete Dr. O'Leary. »Sie brauchen Hilfe. Sie werden ja selbst sehen. Und irgend jemand muß ihnen helfen. Es führt zu nichts, wenn man darauf wartet, daß es ein anderer tut. Getan mußte es werden. Darum kamen wir her, mein Bruder und ich.«

»Was kümmert es Sie, wenn sie Hilfe brauchen?« entgegnete Frank erregt. »Wenn ein Mensch Hilfe braucht, so nur darum, weil er nicht genug Verstand hat, um sich selbst zu helfen. Warum sollen andere tun, was er selbst hätte tun sollen, aber nicht tun konnte, weil ihm die nötige Intelligenz fehlt?«

»Mit anderen Worten«, bemerkte Wade mit leisem Lächeln, »›Bin ich der Hüter meines Bruders?‹ Ja, ich denke schon. Wenn ein Mensch am Ertrinken oder am Verhungern ist, halte ich mich nicht erst mit der Frage auf, wie er in diese Situation gekommen ist. Ich versuche ihn herauszuziehen, oder ich gebe ihm zu essen. So einfach ist das.« Und sehr leise fügte er hinzu: »Der Tag wird kommen, da auch Sie das verstehen werden, und dann werden Sie wieder schreiben, und zwar besser, als Sie es je für möglich gehalten haben.«

Frank unterdrückte eine Antwort, die verächtlich und bitter geklungen hätte. Er litt an seiner Abscheu wie an einer Krankheit.

»Sie sind gar nicht hinter dem Geld her«, sagte Wade nachdenklich. »Sie bilden sich das nur ein.«

»Sie reden nur so, weil Sie Priester sind«, entgegnete Frank feindselig. »Priester üben Barmherzigkeit aus Passion und begreifen nichts. Für gewöhnlich sind sie arm, und man hat sie gelehrt, das Geld zu verachten.«

Wieder ging ein Lächeln über Wades Gesicht. »Ich bin gar nicht so arm. Mein Vater ist ein recht wohlhabender Mann in Salt Lake City. Aber das Geld war ihm nie wichtig. Sie werden mir vielleicht erwidern: ›Keine Kunst, er hat es eben nie gebraucht!‹ Vielleicht haben Sie recht; ich weiß es nicht. Mein Bruder Peter und ich, wir hatten alles, was wir uns nur wünschen konnten. Aber uns fehlte etwas Wertvolleres. Darum kamen wir her. Hier haben wir es gefunden.«

»Vermutlich haben Sie das, was man ›Glaube‹ nennt«, wandte Frank gehässig ein. »Was ist denn das überhaupt für ein Glaube? Was wollen die Mormonen?«

Wade lachte. »Das ist ein weitschichtiges Thema. Ich habe Bücher in Benton, die können Sie lesen, wenn Sie wollen. Aber Peter und ich, wir versuchen gar nicht, Andersgläubige zu bekehren, jedenfalls nicht im herkömmlichen Sinn. Wir sind keine Evangelisten. Wir bilden uns nicht ein, daß wir den ›einzig wahren Glauben‹ haben. Wie kann das überhaupt jemand von sich behaupten? Bei Samuel Butler können Sie lesen: ›Man sagt, daß alle vernünftigen Menschen die gleiche Religion haben und daß kein vernünftiger Mensch je bekanntgibt, welche Religion das ist.‹«

Frank fühlte eine seltsame Erregung in sich aufsteigen, und unbewußt spürte er, daß die flache, verbrannte Landschaft Tiefe und Bedeutung und Perspektive gewonnen hatte. Diese Verwandlung erregte ihn, wie sie ihn schon immer erregt hatte.

»Aber Sie denken doch, daß das, was Sie glauben, die ›Wahrheit‹ ist, nicht wahr?«

»Ja, es ist die Wahrheit. Für mich. Aber ich glaube nicht, daß es die Wahrheit für alle ist. Weil es ja eine absolute Wahrheit natürlich nicht gibt. Wie alles, ist auch die Wahrheit relativ. Aber das verfälscht sie nicht und ändert nichts an ihrem spezifischen Wert.«

Er stützte sich auf seinen Ellbogen und lächelte Frank verschmitzt zu. »Darum habe ich ja auch versucht, Ihnen zu erklären, daß die ›Wahrheit‹ über Sie selbst nicht in den Meinungen anderer liegt. Vielleicht liegt sie auch nicht in Ihnen. Dann werden Sie sie auf Ihre Weise finden müssen.«

Doch Frank war wieder in seine Düsterkeit zurückgefallen, und die Landschaft hatte sich erneut verflacht und zu einem flimmernden Bild gewandelt. Dazu gesellten sich die schon vertraute geistige Vereinsamung, die völlige Lustlosigkeit und der Abscheu vor allem und jedem.

Ben Calloway stöhnte, drehte sich herum, fluchte und setzte sich auf.

»Na, Jungs«, sagte er gähnend, »dann wollen wir uns mal wieder auf den Weg machen, eh?«

XLV

Das Gezirpe der Laubheuschrecken kam aus den dunklen Wäldern, und die Ziegenmelker antworteten im Chor. Ein würziger Duft erfüllte die herbstliche Luft. Wie eine leuchtende Schale hing der Mond am schwarzen Himmel und versilberte die Gipfel der Berge und die Wipfel der Bäume.

Frank saß beim ungedeckten Holztisch im Zelt. Er lauschte den Stimmen, die aus dem Dunkel kamen, und dem Schnarchen Ira Cunninghams, der hinter ihm auf der Pritsche lag. Die Petroleumlampe warf ihr gelbes Licht auf den Tisch und auf Franks Buch, ein altes, zerlesenes Exemplar eines Romans von Lord Lytton.

Das Zelt maß etwa vier mal vier Meter, hatte ein Meter hohe Holzwände und darüber solche aus Fliegengittern, die bis zu dem aus starkem Segeltuch gefertigten Dach reichten, das sich auf eine dicke Eisenstange stützte. Das Zelt stand in einem Kreis von alten Eichen, Robinien und Ahornbäumen am Rande des Waldes, wo tagsüber Eichkätzchen und andere Tiere ihre Spiele trieben und nachts die Vögel zwitscherten, kreischten und schrien. Gegenüber, jenseits einer langgezogenen, unregelmäßig verlaufenden Lichtung, lagen Tabak- und Maisfelder, die sich sanft in ein enges Tal hinabsenkten. Unten loderte das Feuer einer Ölquelle, die gerade gebohrt wurde, und wenn ein Schatten daran vorbeihuschte, wußte Frank, daß es Tim Cunningham oder sein Bruder Ike oder einer der einheimischen Helfer war. Manchmal, wenn die Maschine unten ein paar Augenblicke stillstand, drang eine Stimme zu ihm herauf. Sonst aber machte das Hämmern und Schlagen im Tal den Vögeln und Tieren die Ehre streitig, die friedliche Stille des Waldes zu zerreißen.

Im Wald, der sich hinter dem Zelt über einen breiten Hang hinaufzog, gab es Himbeeren und Brombeeren, giftige Kletterpflanzen, Schlangen und wild wuchernde Blumen. Jetzt aber lag alles im Schoß der undurchdringlichen Nacht, und nur das Mondlicht und die züngelnde rote Flamme des Feuers im Tal gossen ihren hellen Schein über die Landschaft aus.

Die Einrichtung des Zeltes bestand aus zwei Feldbetten mit braunen Pferdedecken, auf denen Tim und Ike Cunningham tagsüber schliefen, und Frank Clair und Ira Cunningham nach ihrer Schicht, die um Mitternacht zu Ende ging, einem Ölofen, auf dem sie ihre einfachen Mahlzeiten bereiteten, aus zwei Holzbänken und einem großen, alten Reisekoffer. An Nägeln, die in die Fliegengitterwände eingehakt waren, hingen die Arbeitskleider der vier jungen Männer. Der hölzerne Fußboden wurde nie gereinigt und war mit großen, sandigen Ölflecken übersät. In den Ecken standen Kartons mit Nahrungsmitteln, die mit Ochsengespannen angeliefert wurden: Trockenmilch, Dosen mit Fisch und

Fleisch, Säcke voll Zucker, Kaffee, geräucherter Speck, ein oder zwei in Sackleinwand verpackte Schinken, Kekse und Salz. Der eine Krämerladen »*auf* Benton zu« (nicht zu verwechseln mit »*nach* Benton zu«) belieferte sie mit allem, was sie sonst noch nötig hatten, soferne er es auf seinen dürftigen Regalen vorrätig hatte. »Salatgemüse«, Beeren und saure Wildäpfel fanden sich im Wald, und die Flinten der Cunninghams sorgten für Wachteln, Opossums und Eichkätzchen. Hin und wieder lieferte der Krämer auch Orangen und Bananen und Maisbrot, und von einem Bauern in Benton bekamen sie ab und zu sogar frische Butter und Käse.

Die Küchenausstattung bestand aus ein paar Bratpfannen, einem großen eisernen Topf zum Kochen des »Salatgemüses« und des gepökelten Schweinefleisches (eine gräßliche Kombination für Frank) und einer gemischten Sammlung von stets schmutzigem Tongeschirr und Eßbestecken. Hin und wieder wuschen die jungen Leute ihre öligen Kleider in dem großen Holzbottich, der draußen auf einem Steinhaufen stand. Das Wasser mußte mühsam aus dem tiefen artesischen Brunnen geschöpft und den Hügel hinaufgeschleppt werden. Da es äußerst hart war und nur eine von den Bergbewohnern auf primitive Weise gesottene fettige Seife zur Verfügung stand, blieben die Kleider auch nach der Wäsche steif von Öl und Schmutz. Nur der brennendste Durst vermochte Frank dazu zu bewegen, das Brunnenwasser zu trinken. Sosehr es auch für seine Reinheit und Klarheit gelobt wurde, kaum stand es eine Weile im warmen Zelt, wurde es richtig braun und hinterließ einen rostigen Ring im Eimer. Außerdem roch es nach Schwefel, was Frank einerseits an faule Eier, anderseits an die Art der dort üblichen Abtritte erinnerte. (In der Nähe des Zeltes gab es keinen Abtritt. Der Wald und die Büsche erfüllten den gleichen Zweck.)

Auch jetzt, da Frank über sein Buch gebeugt am Tisch saß, roch er das Wasser. Und er roch den käsigen Schweiß in den Arbeitskleidern, die an den Wänden hingen. Der robuste und männliche Ira Cunningham, der auf der zerwühlten Pritsche schnarchte, verbreitete seine eigene saure Ausdünstung. Dazu kamen das scharfe Odeur verärgerter Stinktiere in der kühlen Herbstluft und der faulige Duft der absterbenden Vegetation. Manchmal, wenn der Wind auf das Zelt zu blies, brachte er den würgenden Geruch des Öls mit sich und den des Gases, das aus den Tiefen der Erde entwich. Die Cunninghams hatten nahe der Quelle, die sie jetzt bohrten, Öl entdeckt, und Frank hörte das dumpfe Hämmern der Pumpe, die an die Pipeline angeschlossen war, die die anderen Quellen in der Nachbarschaft miteinander verband. Unten im Tal wuchsen und schrumpften die Flammen, die Laubheuschrecken zirpten, die Ziegenmelker ließen ihren Trauergesang erschallen, die Eulen schrien herzerweichend, und der Mond ergoß sein kaltes Silber über Wälder und Felder.

Frank war erschöpft; er schloß die Augen und stützte den Kopf auf seine Fäuste. Er fühlte nichts als seine Einsamkeit, seine Fremdheit und Verzweiflung und das blaue Hemd, das an seinem Rücken klebte. Es war nicht die Arbeit, die ihn so erschöpfte, obwohl er täglich, auch sonntags, von Mittag bis Mitternacht rackerte. Ja, es half ihm sogar, seine Spannungen abzubauen, wenn er das Feuer unter Kontrolle hielt, wenn er vor dem Bohrloch stand und zusah, wie sich eine Bohrerspitze in die Erde fraß, wie das geschmolzene Gestein hervorströmte und sich auf das grüne Gras ergoß. Doch allzuoft stießen die Cunninghams nur auf trockene Quellen, und selbst dort, wo sie Erfolg hatten, förderten sie nur geringe Mengen, oder das Öl war von minderer Qualität. Frank hatte feststellen müssen, daß die Cunninghams nur so lange an fündige Quellen geraten waren, als sie im Auftrag anderer Ölleute gearbeitet hatten. Sobald sie sich selbständig gemacht hatten, war ihnen das Glück untreu geworden.

Aber sie sahen immer die große Chance, daß die nächste, und wenn die nicht, so eben die folgende Quelle sie alle reich machen würde, alle einschließlich Frank, dem sie drei Dollar im Tag für seine Arbeit zahlten. Frank wunderte sich über ihre stürmische Begeisterung, ihren durch nichts zu erschütternden Optimismus, ihre helle Freude am Abenteuer. Ihnen genügte das Leben, wie es sich ihnen darbot, das Leben mit einer Aussicht auf eine glänzende Zukunft oder auch nur auf ein gutes Essen und ein hübsches Frauenzimmer, eine zünftige Rauferei mit anderen Ölmännern, eine Jagd in den Wäldern oder einfach auf einen erholsamen Schlaf. Die Reichtümer, nach denen sie schürften, ohne je die Hoffnung zu verlieren, das waren nur schillernde Träume, die ihnen, wenn sie je wahr werden sollten, große Freude bereiten würden. Mittlerweile unterhielten sie sich prächtig: einfache, freundliche, immer lustige junge Tiere, die Frank recht gut leiden konnten, wenn sie ihn auch nicht immer verstanden.

Sie konnten nicht verstehen, daß er vom Geld wie besessen war, fürchterlich enttäuscht, wenn die Quelle nur Wasser zutage brachte, und völlig verzweifelt, wenn die Bohrerspitze schließlich aufgezogen und die Maschine an einer erfolgversprechenderen Stelle neu errichtet werden mußte. Es ging ihm doch prächtig, oder vielleicht nicht? Er aß und trank mit ihnen nach Herzenslust. Am Sonntag mieteten sie bisweilen ein paar Maultiere, und dann ritt er mit ihnen über die Berge, auf oder nach Benton zu, wo er dann, zusammen mit ihnen, ein etwas außerhalb des Ortes gelegenes Häuschen besuchte, in dem zwei bereitwillige junge Schwestern wohnten, deren schon etwas senile Großmutter den ganzen Tag pfeiferauchend in der Sonne saß. Sie hatten ihn schießen gelehrt und freuten sich wie Kinder und beglückwünschten ihn immer wieder, als er sich sehr bald als ausgezeichneter Schütze erwies und Eichkätzchen und Opossums und Vögel in Mengen herunterholte. Um so mehr bestürzte es sie, wenn sie in den grünen, schattigen Tiefen des Waldes das Wort an ihn richteten und ganz plötzlich einen Ausdruck von Trauer, Trübsal und Leid auf seinem Gesicht entdeckten.

»Wie stehen die Chancen bei dem neuen Bohrloch?« fragte er sie. Sie starrten ihn verwundert an und antworteten dann achselzuckend: »Recht gut. Vielleicht wird's was. Kommst du morgen mit zu den Mädels?«

Nun ja, der arme Kerl war eben ein Städter und noch dazu ein Yankee. Er arbeitete wie ein Hund — um des lieben Geldes willen. Nicht zum Vergnügen. Und selbst wenn er sich nach einem Himmelstoß oder zweien mit den Crawford-Mädels wieder zu ihnen gesellte, trug sein dunkles Gesicht einen gespannten, düsteren Ausdruck. Einfach unnatürlich. Nun ja, wie gesagt, ein Städter ...

Er erntete ihren gutmütigen Spott, wenn er Postanweisungen ausfüllte, um sich vom gleichen Versandhaus, bei dem sie Nahrungsmittel und anderen Proviant bestellten, Bücher schicken zu lassen. Sie lachten ihn aus, wenn er jede Woche die drei Meilen nach Benton marschierte, um sich die Zeitschriften abzuholen, die er abonniert hatte. Manchmal ließen sie ihn allein zurück, wenn sie durch die Wälder und über die Hügel wanderten, und fragten sich, was er wohl so Fesselndes in all den Büchern und Zeitschriften finden mochte, die er um sich verstreut hatte, während er im Schatten des großen Akazienbaumes lag.

Aber sie konnten ihn gut leiden. Er war ruhig und ausgeglichen und drückte sich vor keiner Arbeit. Er hatte sich die Fähigkeit angeeignet, ausgezeichnete Schmorgerichte aus Hasen- oder Eichhörnchenfleisch, mit Ziegenpfeffer und Tomaten, kleinen runden Kartoffeln und Zwiebeln, zu bereiten. Er hatte auch gelernt, Maisbrot zu backen, obwohl es ihm überhaupt nicht schmeckte, und als er mit Hefe, Mehl und Schweinefett experimentierte und herrliches Brot fabrizierte, erklärten sie begeistert, daß sie nie wieder das »Ladenbrot« anrühren würden, das zweimal die Woche aus Paintsville gebracht wurde. Anfangs verschmähten sie seine »Salate« aus frischem, ungekochtem, mit hartgekochten Eiern, Essig und Öl angemachtem Blattgemüse, langten dann aber doch artig zu, als er sie darauf hinwies, daß sie, wenn sie bei ihrer Weigerung bleiben sollten, mit Sicherheit an Skorbut erkranken würden. Dennoch betrachteten sie das »Medizinbuch«, das er sich hatte schicken lassen, mit äußerstem Mißtrauen und drohten, sie würden es »einmal verbrennen«. Doch keiner brachte eine bessere Backerbsensuppe auf den Tisch, und seine mit Sirup, gepökeltem Schweinefleisch und Senf gebackenen Bohnen rissen die Cunninghams zu Begeisterungsstürmen hin. Und Hühner konnte er braten wie kein zweiter. Die drei Brüder, die sich zuerst über das Kochbuch, das er geschickt bekommen hatte, lustig machten, betrachteten es bald mit der Verehrung, die wahre Südstaatler für gewöhnlich nur der Bibel zollen. Selbst wenn er ihnen seltsame, unbekannte Gerichte vorsetzte, sparten sie nicht mit Lob und klopften sich ächzend auf die vollen Bäuche. Frank war ein wundervoller Bursche; sie liebten ihn heiß und innig. Sie ahnten nicht, daß er in Notwehr kochen gelernt, daß er die typischen Speisen des Südens — gepökeltes und gebratenes Schweinefleisch, gekochtes »Salatgemüse«, in Bratenfett schwimmende Erbsen — widerlich und ungenießbar gefunden hatte. Er hatte kochen lernen müssen, um nicht zu verhungern.

Aber Frank kochte nicht nur; er arbeitete auch mindestens vier Stunden am Tag an den Bohrlöchern. Er begriff, wie leicht es passieren konnte, daß man ihm die »hauptberufliche Stellung« eines Kochs zuwies. Man würde ihm drei Dollar im Tag bezahlen, ihn jedoch von einer Beteiligung an einem möglichen Gewinn ausschließen. Arbeitete er aber zumindest die halbe Schicht durch, wahrte er seine Interessen als Ko-Prospektor und behielt seinen Anspruch auf ein Viertel des zu erwartenden Nutzens. Obwohl die Cunninghams hoch und heilig erklärt hatten, daß ihm dieser Anteil auf jeden Fall zustünde, zog er doch vor, sich nicht zu sehr auf die menschliche Natur zu verlassen.

Er verbrachte viele Tage lang, ohne nachzudenken, aber die Nächte waren schlimm. In der Stille des Waldes kehrten Sorge und Verzweiflung wieder, wie sie in jener Herbstnacht wiederkehrten, da das Buch aufgeschlagen vor ihm auf dem Tisch lag.

Wie sollte er das Leben in diesen schrecklichen Bergen, unter diesen gräßlichen Menschen noch länger ertragen? Er wußte auf den Dollar genau, wieviel er in dem alten Reisekoffer versteckt hatte. Vierhundert Dollar für die Arbeit von fünf Monaten. Etwas über tausend Dollar, wenn er noch bis zum nächsten Sommer blieb — soferne sie nicht eine fündige Quelle anzapften, was er bezweifelte. Der unbeschwerte Frohsinn der Cunninghams, die trockene oder wäßrige Quellen spaßig fanden, fing an, ihm schwer auf die Nerven zu gehen.

Er dachte an die primitiven Bewohner dieses einsamen Bergnests und schüttelte sich vor Ekel und Abscheu. Benton war durch einen einzigen Karrenweg mit dem fünfundzwanzig Meilen entfernten Paintsville verbunden.

Benton selbst zählte an die neunhundert Seelen, die alle in den gleichen grauen Blockhütten hausten, in denen sie und Generationen von Vorfahren geboren worden waren. Es besaß einen »Wasserlauf« mit »Zuflüssen«, die im Sommer allesamt zumindest teilweise austrockneten. Der Karrenweg, die einzige Verbindung mit der Außenwelt, wurde von niemandem gepflegt und war daher im Frühling und im Herbst unpassierbar. Hier und dort hatte sich eine wohlhabendere Familie ein Holzhaus mit Schindeldach und Wasserpumpe gebaut, und etwas außerhalb des Ortes fanden sich sogar ein oder zwei aus grauem Stein errichtete Häuser. An der »Hauptstraße« lagen das Postamt, der Gemischtwarenladen, die Schmiede, eine Sattlerwerkstatt und ein Drugstore, der in letzter Zeit auch dem Krämerladen Konkurrenz machte. Am anderen Ende stand eine kleine weiße Kirche mit einem Spitzturm, jedoch ohne Kreuz. Es war eine Baptistenkirche, in der jeden Sommer ein Reiseprediger sein Amt ausübte. Der Arzt lebte mit seiner Frau in einem Steinhaus gegenüber der Kirche. Hinter der Kirche hatten die Brüder O'Leary ein kleines Schulhaus gebaut und es hoffnungsvoll rot angemalt. Es bestand aus einem halben Dutzend Bänken ohne Lehnen, einer Tafel, einem großen schwarzen Ofen und einem Tisch für den Lehrer: Peter O'Leary. Die Brüder lebten in einem Zelt, ähnlich dem der Cunninghams, eine halbe Meile von Benton, auf einem Hügel.

Nur wenig Ackerbau wurde in Bentons nächster Umgebung betrieben. Die erodierte Erde öffnete sich in gelben Spalten, und es dachte auch niemand daran, längs der Höhenlinien zu pflügen und zu säen, um der Bodenerosion zu begegnen, wie dies die Brüder O'Leary seit Jahren vergeblich predigten. So bot das Land rund um den Ort nur kärgliches Auskommen.

Benton nistete in seinem engen Tal, baum- und schattenlos der grellen Sonne ausgesetzt, zwischen den von Strauchwerk bedeckten Hügeln, wie es seit Generationen genistet hatte, bis ein unerschrockener Ölmann den ersten Bohrturm aufgestellt hatte. Nun hatten die Ölleute, die nahezu insgesamt aus Kentucky, Tennessee oder Oklahoma stammten, dieser langweiligen, reizlosen, trockenen kleinen Siedlung etwas Leben eingehaucht und ein wenig besseres Essen, etwas anständigere Manieren und lärmende Unmoral mitgebracht. Es waren zumeist junge Männer in Reithosen und Gamaschen, rüstig und derb, Zigaretten rauchend und sangesfreudig, Trinker und geile Böcke, Raufer und Betrüger, die für ein paar Pennies Land aufkauften und dabei nicht selten reich wurden. Sie wohnten in Zelten oder verlassenen Blockhütten in den Bergen und kamen sonnabends und sonntags in ausgelassenen kleinen Gruppen nach Benton hinunter. Die einen lebten »nach Benton zu« im Osten, die anderen »auf Benton zu« im Westen. Sie hatten für ihren eigenen Gebrauch gute Maultiere und kräftige Pferde mitgebracht und ließen es großmütig zu, daß ihre Stuten sich mit den örtlichen Eseln paarten, wobei die sich hieraus ergebende Nachkommenschaft an Mauleseln für eine geringe Summe an den Besitzer des Esels überging.

Doch nicht diese Männer waren es, die Frank so verabscheute, denn viele von ihnen hatten eine überdurchschnittliche Erziehung genossen. Sie lasen Bücher und hatten Zeitschriften abonniert. Die Eingeborenen waren es, die den jungen Mann anwiderten, die Frauen, die mit schmutzigen Füßen, die ausdruckslosen Gesichter unter breitkrempigen Sonnenhüten aus blau- oder rosakariertem Gingham, in ihren langen, schlampig herunterhängenden Baumwollkleidern daherkamen, ihre dürre Nachkommenschaft, skrofulös, mit deformierten Beinen, und die bärtigen, bloßfüßigen, unglaublich schmalschultrigen Männer. So mancher von ihnen war zu Wohlstand gekommen, was jedoch weder zur Heilung ihrer Krankheiten noch zu einer Verbesserung ihres armseligen Lebens geführt hatte. Das Geld nahm seinen Weg über die Ölleute »auf die Bank« in den »Siedlungen«, wenngleich Frank vermutete, daß die »Bank« in den Taschen der Ölleute lag. Aber selbst wenn das so war, es schadete niemandem. Die Einwohner würden es sowieso nicht verwendet haben; für Menschen, die in ihrem ganzen Leben so wenig davon gesehen hatten, war Geld nur ein mystischer Begriff. Mit Fünfdollarnoten oder, häufiger noch, mit großen Silberdollars zeigten sich die Ölleute großzügig. Die Eingeborenen zogen das Silbergeld vor; sonnabends kauften sie Whisky oder Apfelschnaps und hin und wieder auch »Ladenbrot« oder Mehl oder die seltsamen gelben Orangen und Bananen, die sie nie zuvor gesehen hatten.

Nur wenige machten sich die Mühe, einen Gemüsegarten anzulegen, wenngleich man hier und dort hinter einer Blockhütte ein völlig ungepflegtes Beet Zwiebeln oder Tomaten, Pfeffer, Mais, Tabak oder Kartoffeln sehen konnte. Zuweilen arbeiteten hier die blassen und tuberkulösen Frauen und Kinder, um sich bald wieder in das Innere ihrer dunklen, verwahrlosten Hütten zurückzuziehen.

Hunde, knurrende, gelbe, halb verhungerte, räudige Köter, gab es natürlich zur Genüge. Jede Familie besaß ein oder zwei Hühnerställe; das Geflügel fand sich seine Nahrung in den ausgedorrten Gärten oder in der Nähe der Abtritte. Wolken von Fliegen schwärmten über das Land.

Die Reiseprediger, auch sie Bergbewohner, verstanden sich im Umgang mit ihren Leuten. Sie verdammten die »Sünden«, indem sie ihre Zuhörer aufforderten, nicht »ihres Nächsten Weib zu begehren«, nicht den »Sabbath des Herrn zu entheiligen« und nicht »Mammon anzubeten«, vermieden jedoch, auf gewisse Themen, wie etwa Mord, die unzulässige Herstellung von Whisky oder die Promiskuität unter den Jungen, näher einzugehen. Es handelte sich da schließlich doch nur um geringfügige Vergehen. Man nahm die Dienste der Reiseprediger nur für gelegentliche Eheschließungen und Kindstaufen, allenfalls auch noch für Totengebete in Anspruch — auch wenn die Betreffenden schon vor zehn Monaten das Zeitliche gesegnet hatten. Man erwartete aber auch von den Predigern, daß sie ihre Zuhörer zu religiöser Raserei hinrissen, bis diese sich wie wahnsinnig auf dem Holzboden der Kirche wälzten. Die Tatsache, daß diese Ausflüge in den Wahnsinn eine steigende Zahl von Morden zur Folge hatten, bekümmerte die Prediger nicht, die ihre eigenen Schießeisen an die Sättel ihrer Maultiere geschnallt hatten.

Von den Reisepredigern geringschätzig abgetan, von den Einwohnern spöttisch belächelt, hatten die Brüder O'Leary ihre kleine rote Schule gebaut. Dort, oder auch unter den Bäumen rings um die Schule, hielten sie ihre Gottesdienste ab. Sie vermochten nur wenige zu bekehren, waren sie doch verzweifelt bemüht, den Kindern ein wenig Wissen zu vermitteln, die Krankheiten und Schmerzen der Erwachsenen zu lindern und den Sterbenden Trost zu spenden. Oft brachten sie Patienten in ihr eigenes Zelt, um sie dort zu pflegen. Sie versuchten, die Bauern von neuen landwirtschaftlichen Methoden zu überzeugen. Sie arbeiteten jahrelang geduldig und entschlossen, bis die Einwohner sie schließlich akzeptierten und in den trostlosen Wintermonaten, wenn sich kein Reiseprediger auf die von Schlaglöchern übersäte Straße wagte, um Arzneien, Hilfe und Trost angingen. Dennoch blieb es undenkbar, daß jemand Wade O'Leary aufgefordert hätte, eine Ehe zu schließen. Er war Mormone und glaubte an die Vielweiberei, womit er sich in Widerspruch zur Bibel setzte. Woher sie sich diese irrige Anschauung verschafft hatten, blieb für die O'Learys ewig ein Geheimnis, wenngleich sie mutmaßten, daß die Reiseprediger nicht ganz unbeteiligt daran gewesen waren.

In dem in Benton geborenen und höchst angesehenen Dr. Jim Ward hatte Wade einen erbitterten Feind. Er hatte anfangs versucht, den alten Herrn für sich zu gewinnen, ihn zu seinem Verbündeten im Kampf gegen Krankheit und Tod zu machen. Dr. Jim aber, der zwei Jahre bei einem »Doktor« »studiert« hatte, der nicht weniger unwissend und unaufgeklärt gewesen war als er selbst, der nie eine medizinische Zeitschrift bezogen hatte, dessen Kenntnisse mittelalterlich anmuteten, lehnte den Neuankömmling mit seinen »neumodischen Ideen«, seinen Büchern und seiner medizinischen Ausbildung ab. Dr. Jim hatte in seinem ganzen Leben kein Mikroskop gesehen — und »hielt nichts davon«, betrachtete Bakterien als unsaubere Machenschaften der »Stadtfräcke«, hatte nie eine Geburtszange verwendet oder auch nur gesehen, wußte nichts von Kindbettfieber, obwohl ein Drittel seiner Patientinnen daran gestorben war, und verschrieb für alles vom Furunkel bis Diphterie Heilkräuter, die er selbst sammelte. Dysenterie und Typhus wurden gleichermaßen mit Kastoröl behandelt; Umschläge aus Brot und heißer Milch waren sein Heilmittel gegen Pocken — und Blutvergiftung. Für eine Blinddarmentzündung — die er »Krankheit des blinden Gedärms« nannte — verschrieb er das Auflegen heißer Steine, mit zumeist tödlichem Ausgang. Tuberkulose war für ihn eine »Lungenschwäche«, die er mit Wickeln und einem Gebräu aus Löwenzahnwurzeln bekämpfte. Er gab sich stets äußerst geheimnisvoll, womit er seine unwissenden Mitbürger tief beeindruckte. Ebendiese Geheimnistuerei hielt viele von ihnen ab, sich an Wade O'Leary mit seinen Instrumenten, Reagenzgläsern, Injektionsnadeln, seinen Speichelproben und Seren und seiner gut ausgestatteten Apotheke zu wenden. Erst als Wade gelernt hatte, unverständliche Dinge in seinen Bart zu murmeln, seltsame Handbewegungen zu machen, dunkle Brillen aufzusetzen und wichtig dreinzuschauen, kamen die ersten Patienten zu ihm.

Oft sah Frank die O'Learys, eine Mission der Barmherzigkeit erfüllend, auf ihren Mauleseln in die Berge reiten. Peter O'Leary war ein junger Riese, größer und muskulöser als sein Bruder Wade. Sein sonnverbranntes Gesicht trug einen kampflustigen und doch gütigen Ausdruck. Seine Züge verrieten ein erdgebundenes, offenes Wesen und eine gesunde Männlichkeit. Er latschte, statt zu gehen, womit er bei den Einheimischen besser ankam als Wade mit seiner gemessenen, vornehmeren Gehweise. Er besaß eine kräfte junge Stimme und hatte gelernt, ebenso derb und obszön zu fluchen wie die Ortsansässigen, wenn er die Kinder beim Kragen erwischte, um ihnen etwas »einzuschustern«. Die Leute mochten Wade Achtung und Verehrung entgegenbringen, aber sie liebten Peter O'Leary, weil er im Saufen seinen Mann stellte, ein weitaus besserer Schütze als sein Bruder war und weil er »fluchte wie ein Bürstenbinder«. Schon bald wurde Frank sich der großen Liebe bewußt, die das Brüderpaar verband, und des tiefen Verständnisses, das sie füreinander hegten.

Wade brachte Frank, der nie genug zu lesen fand, Bücher. Anfangs war Frank mehr als froh gewesen, ihn zu sehen, aber zu seinem Kummer merkte Wade nach einiger Zeit, daß Frank anfing, ihn zu meiden. Überdies waren die letzten Quellen weiter und weiter von Benton entfernt angebohrt worden, und nun kam Frank nur mehr selten »auf Benton zu«.

Wie Frank jetzt über seinem Buch im Lampenschein hockte, erinnerte er sich plötzlich, was Wade ihm bei ihrem letzten Zusammentreffen auf der staubigen Straße im Ort gesagt hatte: »Haben Sie unter diesen armen Menschen nichts gefunden, was Ihr Interesse geweckt hätte? Haben Sie nicht mit ihnen gesprochen?« Frank erinnerte sich an Wades nachdenklich gerunzelte Stirn, an die Enttäuschung in seiner Stimme, und die Zornesröte stieg ihm ins Gesicht. »Ich dachte, Sie würden etwas finden, worüber es sich zu schreiben lohnte . . .«

Diese scheußlichen menschlichen Karikaturen, diese greinenden Idioten, diese kranken, wie Gemüse dahinvegetierenden Geschöpfe sollten sein Interesse geweckt haben? Schon lange empfand er kein Gefühl der Kameradschaft mehr mit diesen Männern, die mit dem vertrauten englischen Akzent sprachen; sie waren nicht mehr Fleisch von seinem Fleisch, Blut von seinem Blut. Er nahm es ihnen übel und betrachtete es als Anmaßung, daß sie englische, schottische und irische Namen trugen. Mit Wehmut dachte er an die Italiener und an die Deutschen, an die Slowaken, ja sogar an die Polen in Bison zurück.

»Aber es ist doch nicht ihre Schuld, daß sie seit den Pioniertagen ihrer Vorväter auf der Stelle treten«, hatte Wade ihm entgegengehalten. »Und ist nicht schon allein das interessant, daß Ihnen Menschen wie aus den Seiten eines Geschichtsbuchs vor Augen treten, so wie sie vor Jahrzehnten aus den Planwagen gestiegen sind, die sie hergebracht und hier zurückgelassen haben?«

Nach einer kleinen Pause fuhr er fort: »Sie enttäuschen mich, Frank. Kommen Sie doch bald einmal in unser Zelt und helfen Sie mir, wenn ich die Leute gegen Typhus und Pocken impfe. Ich bringe es Ihnen bei. Es ist ganz einfach, und Sie werden es schnell lernen. Ich könnte Ihre Hilfe gut gebrauchen. Und Sie hätten die Möglichkeit, diesen Menschen näherzukommen und sie besser zu verstehen. Ich möchte, daß Sie sie verstehen. Sie werden lernen, ihnen zu vertrauen und Zuneigung für sie zu empfinden. Sie aber, Frank, werden sie sehen, wie sie wirklich sind: schlicht und einfach und verdammt bemitleidenswert.«

Aber Frank war natürlich nicht gekommen. Und hatte Wade O'Leary hernach ganz bewußt gemieden.

Im Vergleich zu der Verzweiflung, die ihn hier gefangenhielt, erschien ihm jene, die ihn in Bison erfüllt hatte, wie reine Glückseligkeit. Er war völlig verwirrt.

Lauter, urzeitlicher, schriller und wilder drangen die fremdartigen Stimmen der Nacht an Franks Ohr. Er preßte die geballten Fäuste an den Mund und starrte durch die Gitterwand des Zeltes in das gestaltlose Dunkel hinaus, das nur durch das züngelnde Feuer durchbohrt wurde. Unwiderlegbar drängte sich ihm jetzt die Überzeugung auf, daß es für einen Menschen nichts Schrecklicheres gibt als die seltsamen Stimmen, die er in einem Land hört, das nicht das seine ist, in dem er weder seine Kindheit noch die blühenden Jahre seiner Jugend verbracht hat.

Die Stimmen schrien auf zur Nacht, und die Nacht antwortete ihnen, und alle jene, die hier geboren worden waren, verstanden die Stimmen und verstanden die Nacht. Ein Schläfer mochte erwachen, mochte den Chor hören und die Antwort darauf, und lächeln — denn er wußte, was sie einander zu sagen hatten. Ihre Worte waren sein Fleisch, und ihm galt die Botschaft. Er war eins mit der Nacht, die sie empfing, und eins mit den Geschöpfen, die sie ausgehen ließen. Er war eins mit dieser Erde, und die Stimmen, die seine Ankunft begrüßt hatten, würden auch in der Stunde seines Absterbens erschallen.

Frank dachte an Bison. Es war Ende Oktober. Vielleicht war der erste Schnee schon gefallen. Ganz deutlich sah er, wie die Bäume nackt und schwarz unter dem kalten Sternenhimmel des Nordens standen, die Blätter raschelnd von den Bäumen herabschaukelten und dürr in den Rinnsteinen wisperten; unter einem großen fahlen Mond stiegen silbergraue Wölkchen aus den Schornsteinen, glitzerten die Auslagenfenster in der Grant Street. Frank konnte den mitternächtlichen Unrat in den Straßen riechen, konnte das einsame Rattern eines späten Straßenbahnwagens hören und das Summen der Telephondrähte, die ein kalter Windstoß zum Schwingen brachte. Ein eiliger Fußgänger bog um die Ecke, die Laternen flackerten, die dicht gedrängten Holzhäuser schliefen. Das alles war seine Stadt, seine Heimatstadt.

Zur Zeit seiner Abreise aus Bison hatte er die bittere Hoffnung gehegt, diese Stadt nie wieder, in seinem ganzen Leben nie wiedersehen zu müssen. Es war erst wenige Tage her, daß er einen Brief von seiner Mutter erhalten hatte, in dem sie ihm mitteilte, daß sie und Mrs. Clair bereits ihre Rückreise nach England für den kommenden März gebucht hatten. Die Nachricht hatte ihn völlig kalt gelassen. Doch jetzt saß er da, starrte in die ihm fremde Nacht hinaus, lauschte den schrecklichen, ihm noch fremderen Stimmen — und verzehrte sich vor Sehnsucht und Heimweh.

Aber ich war doch nicht glücklich dort, ging es ihm durch den Kopf. Und wenn schon, flüsterte ihm sein neues Wissen zu, es war dein Zuhause. Es ist der eine Fleck auf dieser Erde, wo du die große Freude einer herzlichen Freundschaft erlebt, wo du dich einem Sinnentaumel ohnegleichen hingegeben und deine edelsten und süßesten Träume geträumt hast. Und wo du diese Träume zu Grabe getragen hast. Aber noch ein Grab kann einem teurer sein als ein Land, in dem es keine Gräber gibt. Selbst Menschen, die nicht deiner Rasse angehören, stehen dir, wenn sie die Vertrauten deiner Kindheit waren, näher als solche deines Blutes, wenn sie Fremde sind. Frank dachte an das italienische Viertel, das an den Kai angrenzte, und er roch den sauren Duft von Backhefe und Knoblauch, und der Geruch umschmeichelte zärtlich seine Nüstern. Er entsann sich der sauberen kleinen Häuser der Deutschen, die immer so aussahen, als hätte man sie eben mit Seife und heißem Wasser gewaschen, und sie erschienen ihm liebenswert. Er erinnerte sich der breiten, eckigen Gesichter der Polen, hörte ihre rauhen slawischen Stimmen, die, obwohl er kein Wort ihrer Sprache verstand, doch mehr die seinen als die dieser Bergbewohner waren, die sich den Tonfall seiner eigenen Rasse bewahrt hatten.

Zum erstenmal verstand er jetzt das quälende Heimweh, an dem seine Mutter all diese Jahre gelitten hatte, und plötzlich schoß Mitgefühl in ihm auf. Er dachte an seinen Vater und begriff, warum er so verzweifelt, so grausam geknausert, warum er dem Traum seiner Heimat sein Leben geopfert hatte. Ja Herrgott, dachte er und konnte sich vor Staunen nicht fassen, das ist ja auch der Grund, warum *ich* spare! Erst jetzt kommt mir das zu Bewußtsein!

Er dachte an das im Koffer versteckte Geld. Das war sein Lösegeld. Wenn er heimfahren wollte, mußte er dazusehen, daß es bald mehr wurde. Er sprang auf. Er hörte das Aufsetzen des Bohrmeißels, das dumpfe Pochen der Tiefenpumpen, die den dünnen Ölstrom aus dem benachbarten Bohrloch förderten. Diese Quelle lieferte nur fünfzehn Barrels am Tag; sein Anteil betrug nur drei Dollar — zuzüglich zu den drei, die er täglich für seine Arbeit erhielt. Aber vielleicht würde die neue Quelle »durchs Ziel gehen« und ihm die Freiheit schenken. Die Freiheit, heimzufahren.

Ira Cunningham drehte sich schnarchend auf die andere Seite. Die Lampe flackerte. Vorsichtig öffnete Frank die Gittertür und schlich über die drei Holzstufen hinunter. Dann stieg er ins Tal hinab, auf das neue Bohrloch zu und auf das Feuer, vor dem einige Gestalten hin und her huschten.

Sooft er versuchte, die einzelnen Cunninghams vor sein geistiges Auge zu bannen, stellte er verärgert fest, daß er es nicht konnte. Mit seinem breiten, trägen Lachen und seiner schleppenden Stimme sollte ihm der großgewachsene, sonnverbrannte Tim in Erinnerung bleiben. Ike war eine etwas kleinere und schmächtigere Ausgabe von Tim, Ira mittelgroß und etwas dicker als Ike. Ihre Gesichter jedoch vermischten und vermengten sich mit den Tausenden anderer gesichtsloser Menschen, denen er in seinem Leben begegnete. Dies schien ihm das zur Potenz erhobene Entsetzen, daß die Menschheit, die sich von den anderen Geschöpfen dadurch unterschied, daß sie, wenn auch nur vage und verschwommen, den Sinn des Lebens erfaßte, daß diese Menschheit, von der es hieß, sie stünde den Engeln nur wenig nach, ihren einzelnen Gliedern jegliche wirkliche Identität, jeden persönlichen Ausdruck, das Bewußtsein ihrer Existenz versagte.

Wenn Wade O'Leary ihn an die großen Dichter und Philosophen, Heiligen, Wissenschaftler und Künstler erinnerte, die ebendiese Menschheit hervorgebracht hatte, erwiderte er, von schmerzlicher Bewegung erfüllt: »Gerade diese Leute sind es, die ihr starkes Licht auf die unfaßbare Dummheit und Bestialität der restlichen Menschheit fallen und ihre tierischen Wesenszüge deutlich hervortreten lassen. Es liegt kein Widerspruch in der Tatsache, daß die Menschen ihre Sänger und Helden, ihre Retter und Heiligen töten; sie handeln damit nicht einmal böse oder gar geheimnisvoll. Sie begehen damit nur — aus den Tiefen ihrer animalischen Logik gesehen — Akte der Notwehr.«

Für Frank besaß keiner der Cunninghams eine eigene Persönlichkeit, eine ausgeprägte Individualität. Er hätte nicht sagen können, ob er sie mochte oder nicht leiden konnte. Ihre Gefühle waren wie seichte Wellen auf seichtem Gewässer; sie waren gesunde, fröhliche, lachende Tiere. Darum gewann er, als er sich jetzt dem Feuer näherte und von Tim und Ike einigermaßen überrascht begrüßt wurde, weder seelischen noch geistigen Kontakt mit ihnen, ja er entsann sich nicht einmal der Namen der zwei Einheimischen, die ihnen bei der Arbeit halfen.

»Wie läuft's?« fragte er Tim, oder vielleicht auch Ike.

»Prima«, antwortete Tim, oder vielleicht war es Ike.

Brütend beobachtete Frank, wie die Bohrseile auf und nieder schwangen. Einer der Arbeiter hämmerte eine rotglühende Bohrspitze, die er eben aus dem Feuer geholt hatte. Dann trat ein Schatten hinter dem Bohrturm hervor, und Frank erkannte die elegante Gestalt Wade O'Learys.

Er starrte den jungen Arzt an und fühlte, wie er errötete. Wades lässigen Gruß beantwortete er mit einem Kopfnicken.

»Sieht ja so aus, als ob Ihnen das Glück diesmal hold wäre«, sagte Wade und trat näher an Frank heran. Frank runzelte die Stirn. Wade schien die Gabe zu besitzen, andere Leute denken zu hören. Er wandte sich ab und tat ein paar Schritte vom Feuer weg. O'Leary folgte ihm gemächlich. »Ich wollte Sie sprechen«, fuhr er mit ruhiger Stimme fort. »Ich bin nur hergekommen, um mit Ihnen zu sprechen. Eben habe ich die kleine Hawthorne oben am Berg wieder einmal entbunden. Armes Ding. Wer wohl dieses Baby gezeugt hat?«

Frank zuckte die Achseln. Er fühlte die gleiche Müdigkeit, die gleiche gallbittere Schwäche, die ihn mit besonderer Intensität überkam, wenn er Wades ansichtig wurde.

»Worüber wollten Sie mit mir sprechen?« fragte er mürrisch.

»Ich habe da ein paar Bücher von einem Freund. Er wohnt etwa fünf Meilen von hier, auf der anderen Seite. Bücher und Zeitschriften.«

»Wieder ein ›Leben Christi‹ und die üblichen Erbauungspostillen?«

Wade lächelte. »Nein. Sechs moderne Romane, die vier letzten Nummern der *Saturday Evening Post,* die fünf letzten Ausgaben der *New York Times,* zwei *Atlantic Monthlies,* drei *Harper's Magazines* und ich weiß selbst nicht, wie viele *Literary Digests.* Ich habe sie auf dem Maultier. Warten Sie, ich hole sie, und wir können sie ins Zelt hinauftragen.«

Überrascht und verlegen wartete Frank. Der Arzt ging zu seinem angepflockten Maultier zurück und schnallte ein großes Paket Bücher und Zeitschriften herunter. Lächelnd reichte er es Frank. »Ich möchte gern, daß Sie meinen Freund kennenlernen«, sagte er und beobachtete Frank, der mit ungläubiger Miene das Paket untersuchte.

»Soll das heißen, daß einer von Ihren Hinterwäldlern so etwas tatsächlich kauft und liest?« Frank maß ihn mit einem zweifelnden Blick. »Oder ist er am Ende auch ein Mormonenpriester?«

»Nein. Er ist kein Mormone und kommt aus den Bergen Kentuckys. Er wohnt nicht weit von ein paar anderen Freunden, die ihm sehr ähnlich sind. Ich möchte, daß Sie sie kennenlernen. Morgen ist Sonntag. Ich bringe Ihnen eine gute Stute mit. Ist neun Uhr zu früh?«

»Ich mag die Berge nicht. Sie sind mir zuwider, diese Leute mit ihren Blockhütten, ihrem Schmutz —«

Wade behielt seine gute Laune. »Meine Freunde wohnen nicht in Blockhütten, sie sind nicht schmutzig, sie leiden weder an Tuberkulose, noch an Syphilis, Pocken oder Typhus, und es wimmelt bei ihnen auch nicht von schreienden Kindern und räudigen Kötern. Ich könnte mir vorstellen, daß ihre Gesellschaft Ihnen zusagt. Sie werden herausfinden, daß meine Freunde — anders sind.«

Frank stieß einen ungeduldigen Seufzer aus. »Also schön. Und danke für die Bücher. Ich fand da irgendwo ein zerlesenes Exemplar eines Romans von Lord Lytton, das lese ich immer wieder, weil ich nichts anderes habe. Meine nächste Sendung Bücher und Zeitschriften kommt erst in zwei Wochen. Also schön. Ich begleite Sie.«

Er wandte sich ab und stieg den Hang hinauf. Wade folgte ihm mit den Blicken.

XLVI

Der Morgen war wie ein frisch gemünzter Kupferpenny, hart, blank und warm. Die scharf umrissenen Gipfel der rotgoldenen Hügel hoben sich einem aquamarinblauen Himmel entgegen. Die engen kleinen Täler hielten sich unter einer Decke milchigen Dunstes verborgen. Der Duft von trockenem Gras, Poleiminzen, würzigen Waldkräutern und frischen Blättern erfüllte die Luft mit Wohlgeruch. Über der Landschaft lag eine schimmernde Stille, die nur durch Hasen, Eichkätzchen und Schopfwachteln zerrissen wurde, die sich eilends durch das Unterholz davonmachten.

Frank Clair und Wade O'Leary ritten über die Hügel, Wade auf seinem treuen, launenhaften Maultier, Frank auf der geliehenen Stute. Die Stute und das Maultier waren gute Freunde und rieben sich mit den Köpfen, wenn die jungen Männer auf einem Gipfel innehielten, um sich umzusehen. Frank hatte sich ein wenig von seiner Niedergeschlagenheit erholt; an ihre Stelle war eine fast unerträgliche Ruhelosigkeit getreten. Bei jedem kleinen Tal, das in Sicht kam, packte ihn eine seltsame Erregung, so als ob er auf etwas Befriedigendes, Köstliches, Exotisches stoßen würde. Wenn er dann aber die einsamen Blockhütten sah, die an den Hängen klebten oder in der Ebene kauerten, verspürte er schmerzliche Enttäuschung. Als Kind war er häufig durch Bison, durch die Umgebung und durch das kanadische Grenzland gestreift, stets auf der Suche nach einem verzauberten Fleckchen Erde, nach einer Insel der Träume. Zwar fand er weder das eine noch das andere, aber ihm blieb die Hoffnung, das Gesuchte doch noch zu entdecken, wenn er nur ein bißchen weitersuchte, hinter dieser Baumgruppe, jenseits dieser Wiese. Die kindliche Suche nach dem Wunderland hatte er vergessen, nicht aber, was er dabei empfunden hatte, und wenn sein Blick jetzt immer nur auf verlassene Blockhütten, leere Täler und düstere Wälder fiel, packte ihn die Enttäuschung mit unerklärlicher Heftigkeit.

Dennoch versuchte er, dies vor Wade, den er auf eine kratzbürstige Weise liebte, zu verbergen. Sein Leben lang hatte er nach einem Zuhörer gesucht, ihn in Paul Hodge gefunden und verloren, und hier war nun wieder ein Mensch, mit dem er sprechen und von dem er sich verstanden wissen konnte. Die Tatsache, daß er diesen Menschen in einer Umgebung gefunden hatte, die diese Begegnung zur Farce werden ließ, vertiefte seinen Schmerz, statt ihn zu mildern. Dieser Zwiespalt war zu subtil, um ihn in Worte zu fassen, und obwohl es ihn drängte, zu Wade davon zu sprechen, fürchtete er, auf Unverständnis zu stoßen.

Als ob er selbst das Unausgesprochene verstünde, verhielt sich der Arzt schweigsam. Das Haupt stolz erhoben, das dunkle, schmale Gesicht still und nachdenklich, ritt er sein Maultier wie ein rassiges Kavalleriepferd. Die schwarze Arznei- und Instrumententasche hatte er wie immer an den Sattel geschnallt. Er trug seinen dunklen Wollanzug mit Eleganz und duldete kein Stäubchen darauf. Frank bewunderte seine gepflegte Erscheinung und beneidete ihn darum, denn er neigte zum Schwitzen, und sein Sonntagsanzug hatte bereits eine deutlich sichtbare braune Patina angenommen.

Wieder hatten sie einen Gipfel erreicht und fanden in der Nähe eine munter sprudelnde Quelle frischen kalten Wassers. Sie stiegen ab, legten sich flach auf den grünen Rand und tranken. Dann setzten sie sich, rauchten und ruhten sich ein wenig aus. Ringsum sahen sie die gebräunten Gipfel anderer Berge; es war angenehm kühl und schattig unter den Bäumen. Dann sagte Frank, ganz gegen seine Absicht: »Jedesmal, wenn wir wieder auf einen Gipfel kommen, glaube ich, daß wir — daß wir — daß wir etwas finden werden, das — das anders ist als unten im Tal.« Eine heiße Welle schoß ihm ins Gesicht, und er fühlte sich gedemütigt, weil seine Zunge ihn verraten hatte.

Aber Wade nickte mit ernster Miene. »Ich weiß. Ich möchte sogar behaupten, daß wir alle in gewissem Sinne diese Hoffnung hegen.« Er stützte sich auf seinen Ellbogen und betrachtete Frank mit neuerwachtem Interesse. »Die wenigsten finden es. Aber ich bin überzeugt, daß es Ihnen eines Tages gelingen wird.«

»Nein«, antwortete Frank. Er blickte auf die Zigarette in seiner Hand. »Nein.«

Er hatte das Gefühl, sich von seinen verräterischen Worten distanzieren zu müssen. Stammelnd, wie immer, wenn er verlegen oder verwirrt war, fügte er hinzu: »Sie haben hier viele Freunde, nicht wahr? Sie scheinen Gott und die Welt zu kennen.« Und, erfüllt von dem mürrischen Sarkasmus, der seinen Neid und seine Einsamkeit verdeckte: »Ich hatte nie Freunde.«

Wades Lächeln blieb aus. Seine Miene war ernst und nachdenklich. »Freunde? Ich? Nein, eigentlich nicht. Ich habe keinen wirklichen Freund.« Jetzt lächelte er, als er Unglauben und Argwohn in Franks Zügen las. »Und wenn ich es so richtig bedenke ... In der Bedeutung, die wir diesem Wort geben, haben wir, fürchte ich, alle keine Freunde. Ich kannte einen Mann in Salte Lake City, der immer mit seinen vielen Freunden prahlte. Er sammelte und hortete sie, wie andere Leute

Geld. Immer wieder zählte er sie, es war sein Hobby, seine Freude, sein Plaisir. Und er sammelte sie nicht um irgendeines Vorteils willen — sei es finanzieller oder gesellschaftlicher Natur. Er war ein ganz gewöhnlicher, wenn auch kluger Mann, der Freunde sammelte wie andere Leute Briefmarken oder Erstausgaben oder Schmetterlinge oder altes Porzellan. Er stellte sie zur Schau, umgab sich mit ihnen, so wie ein Bettler seinen zerfetzten Mantel oder eine Dame ihren Pelz in einer kalten Nacht enger um die Schultern zieht. Und vermutlich aus dem gleichen Grund.«

Er unterbrach sich und fuhr sinnend fort: »Ja, er war bemitleidenswert, der arme Kerl.«

Frank wartete, aber Wade blieb stumm, so daß Frank schließlich ironisch meinte:

»Dann wurde er krank, oder er verlor sein Geld und mußte feststellen, daß er am Ende nicht einen einzigen Freund hatte.«

Wade schüttelte den Kopf. »Nein, nichts dergleichen. Er sammelte weiter ›Freunde‹ und erkannte bis zu seinem Tode nicht, daß keiner einen Freund besitzt und daß die Freundschaft ein Ideal ist, das kaum jemals erreicht wird. Wie auch das Ideal des Helden, des Erretters oder der Liebe nur selten, wenn überhaupt verwirklicht und ebendarum zur Legende wird, die die Menschen einander erzählen, um sich das Leben erträglicher zu machen. Das Ideal der Freundschaft ist ein holdes und köstliches, aber es genügt vollkommen, wenn wir uns bemühen, ihm nahezukommen und, wenn auch nur für eine kleine Weile, so zu tun, als ob wir es gefunden hätten. Nie aber sollten wir uns der Täuschung hingeben, daß wir es wirklich erreichen können. Denn das wäre gefährlich.«

»Widert es Sie nicht an oder — oder finden Sie es nicht erbärmlich, so zu denken?« fragte Frank traurig.

Wade warf ihm einen Blick gütigen Verstehens zu. »Nein«, erwiderte er dann mit tiefem Mitgefühl. »Weil ich nie ein Idealist war. Wie Sie.«

Zornig und wie vom Donner gerührt, beobachtete Frank den jungen Arzt, der sich erhob und mit spitzen Fingern das trockene Gras von seinem Anzug entfernte.

»Ich ein Idealist?« stieß er hervor.

Wade zog die Gurten seines Maultiers an und wandte lächelnd den Kopf nach Frank. »Gewiß sind Sie das! Das wußte ich vom ersten Augenblick an. Ich finde es wunderbar, und ich möchte, daß Sie es bleiben. Aber Sie können ja sowieso nichts daran ändern. Ich weiß auch, daß Sie Ihrem Idealismus die Zügel schießen lassen müssen, damit er nicht durch Ihre Kontakte mit anderen Menschen beschmutzt wird. Und die Menschen sind dazu sehr wohl imstande. Das wäre schlimm für Sie und alle jene, denen Sie helfen können, denn es gibt nichts

Gefährlicheres als einen potentiellen Wohltäter, der zum Realisten wird, weil er der Welt der Menschen zu nahe gekommen ist.«

Frank bestieg seine Stute. Er fühlte sich gedemütigt und beschämt, so als hätte Wade ihn in unbekleidetem Zustand überrascht und eine zotige Bemerkung über ihn gemacht.

Sie ritten jetzt nicht mehr nebeneinander. Frank blieb ein wenig zurück. Sie trabten einen Hügel hinab und kamen plötzlich zu einem großen Blockhaus, das inmitten eines Föhrenhains stand. Das Gelände war hübsch, und Reihen gepflegter Blumen umgaben die offene Veranda, auf der sich mehrere Schaukelstühle befanden. Ein großer, stämmiger, bärtiger Mann saß auf der Stiege und besserte ein Pferdegeschirr aus. Ein Jagdhund erhob sich, um die Neuankömmlinge mit freundlichem Bellen zu begrüßen. Hinter dem Haus standen ein großer grauer Schuppen und ein Scheunenhof voll von Geflügel.

Der bärtige Mann, sonnverbrannt, die Arme entblößt, sprang auf, lachte und winkte ihnen freundlich zu. »Wie geht's?« sagte er, musterte Frank neugierig, schüttelte ihm aber, nachdem Wade ihm seinen Namen genannt hatte, herzlich die Hand. »Freue mich aufrichtig, Sie zu sehen, Pastor«, begrüßte er Wade, während die zwei jungen Männer abstiegen. »Ist ja schon gar nicht mehr wahr, seit Sie das letztemal in der Gegend waren.«

»Mein Revier ist nicht gerade klein, Eli«, entgegnete Wade. »Haben Sie mich vermißt?«

Eli Gratwick grinste. »Jawoll! Sie lassen sich ja überhaupt nur mehr blicken, wenn's ein Begräbnis gibt.« An Frank gerichtet, fügte er erklärend hinzu: »Im Frühling wird es ein Jahr, daß der Pastor meine bessere Hälfte eingesargt hat. Und die Leichenrede! Eine wahre Pracht!«

»Sie sind also auch Mormone?« erkundigte sich Frank höflich, während er sich vorbeugte und den Hund streichelte.

»Nein, nein«, erwiderte Wade lachend, »Eli ist ein unverbesserlicher Gentile.« Er sah Franks verständnislosen Blick. »Wir nennen alle Menschen, die nicht unserer Kirche angehören, Gentile«, fügte er erklärend hinzu. Er richtete seinen Blick auf Eli Gratwick, der ein brauner Riese von einem Mann war, mit den groben, gutmütigen Zügen und den zwinkernden Augen eines Bauern. »Wie geht es Bobby?« Und für Frank: »Bobby ist Elis Sohn und besucht ein College.«

Elis Gesicht erhellte sich. Verschämte Liebe ließ es weicher und edler erscheinen. »Dem Gauner geht es prächtig«, erwiderte er. »Hat den Kopf immer voll neuer Ideen. Hat jetzt einen Posten als Hilfssheriff angenommen. Er will sich in Paintsville niederlassen.« Plötzlich brach er in herkulisches Gelächter aus, das in den Bergen widerhallte und den Hund zu aufgeregtem Bellen veranlaßte. »Nur mit unseren Schwarzbrennern soll er sich nicht einlassen!« rief er. »Aber Bobby hat ja Grütze im Kopf. Wie sein Vater. Hoffe ich zumindest. Er schreibt, daß er im Frühjahr heimkommt. Er hat da ein Mädel, ich habe es Ihnen ja schon erzählt. Die Tochter vom alten Saunders. Ich halte zwar nicht viel von Saunders' heidnischen Ansichten, weil sie nämlich unchristlich sind, aber das Mädel ist hübsch und klug. Hat auch allerhand Ideen im Kopf.«

»Isaac Saunders«, wurde Frank von Wade belehrt, »ist einer meiner Freunde. Wir werden ihn heute besuchen. Seine Tochter Betty ist ein reizendes Mädchen. Im Herbst, glaube ich, wird sie Lehrerin in Paintsville, wo auch Bobby arbeiten wird.«

Eli forderte sie auf, ihm in sein Haus zu folgen. Das Innere war geräumig und sehr kühl, der Kiefernholzboden zu milchiger Weiße geschrubbt, der Tisch ebenfalls sauber und glatt. Die Stühle mit Sitzen aus Binsengeflecht standen in regelmäßigen Abständen voneinander an den Wänden, die, wie konnte es anders sein, mit Blättern aus einem Versandkatalog tapeziert waren. Am anderen Ende des Raumes befand sich ein großer, aus groben Steinen zusammengefügter Kamin, in dem ein paar Stücke weiche Kännelkohle, wie sie in dieser Gegend leicht zu finden war, glosten. Oberhalb des Kamins dampfte ein rußgeschwärzter Kessel, und an der Wand, über dem Feuer, hingen vier prächtige Winchesterbüchsen. Helles Sonnenlicht fiel durch die klaren, vorhanglosen Fenster, und in einer Ecke lag Elis' frisch gemachte »Schlafdecke«. An der Wand gegenüber hingen, unter einem Bord mit weißem Steingutgeschirr, mehrere Eisentöpfe und Pfannen.

Frank wußte, wie es in Berghütten aussah, aber die Sauberkeit, die er hier vorfand, beeindruckte und freute ihn. Er und Wade nahmen Elis' Einladung an, sich zu »platzen«, und Eli verschwand in einer kleinen Speisekammer. Er erschien bald wieder mit einem Krug »Süßmilch«, einer Schüssel Zwieback und einem Töpfchen Erdbeermarmelade. Er stellte alles auf den Tisch, begab sich abermals in die Speisekammer und kam mit einer Platte in dünne Scheiben geschnittenem geräucherten Schinken wieder.

Zunächst mißtraute Frank dieser bäuerlichen Gastlichkeit, doch als er die glitzernden Gläser sah, die Eli hervorholte, und das stählern schimmernde Eßbesteck, beruhigte ihn das. Er aß mit Freude und Genuß, während Wade und Eli ihre Freundschaft neu bekräftigten und Scherze austauschten, die Frank unverständlich blieben. Es war nicht zu übersehen, daß Eli eine überaus herzliche Zuneigung für Wade empfand, die er dadurch unter Beweis stellte, daß er freigebig mit drastischen, lästerlichen, ja sogar obszönen Kraftausdrücken um sich warf. Hin und wieder langte er hinüber, ließ seine mächtige braune Tatze auf Wades Knie ruhen und strahlte ihn an.

Frank blieb wie üblich im Hintergrund; die zwei Freunde schienen ihn vergessen zu haben.

Aber plötzlich entsann sich Wade seines Gefährten. »Zeige Frank doch das Photo, das Bobby dir aus dem College geschickt hat«, bat er Eli. »Da kann er einen prächtigen Burschen sehen.«

Errötend stand Eli auf, latschte schwerfällig zu seiner Schlafstätte hinüber, holte von irgendwo unter der Decke ein Bild im Postkartenformat hervor und hielt es seinem Besucher hin. »Schaut nicht nach viel aus, der dumme Kerl«, sagte er mit von Gefühlen rauher Stimme. »Hat ein Gesicht wie ein krankes Schwein. Aber er ist mein Sohn.«

Frank war überrascht. Das Bild zeigte einen jungen Mann, nicht älter als einundzwanzig Jahre, mit dem dünnen, länglichen, feingeschnittenen Kopf eines Gelehrten oder eines Heiligen. Die Züge unter dem seidigen, hellblonden, leicht gewellten Haar waren zart und doch markant, klar und scharf, hatten jedoch einen zu ernsten, zu angespannten Ausdruck, der, unbeschadet der großen Intelligenz, fast fanatisch anmutete. Die schönen, leuchtenden Augen schienen Frank zu verwundbar und zu stechend. Alles in allem war es das reine, empfindsame Gesicht eines in seinem Gerechtigkeitssinn unbeirrbaren, aufopferungsfähigen Märtyrers, dem Humor, Toleranz oder Zärtlichkeit fremde Begriffe waren.

Es fiel Frank schwer, zu glauben, daß der junge Mann der Sohn dieses plumpen Bauern war, der mit einfältigem Lächeln vor ihm stand.

»Das ist — das ist wirklich ein — ein edles Gesicht«, stammelte Frank.

Eli nahm die Photographie wieder an sich und hielt sie in seinen großen Pranken fest. Er sabberte förmlich vor Stolz. »So ein Lauselümmel!« sagte er mit zitternder Stimme. Er verstaute das Bild wieder, wo es gewesen war, und strich so zärtlich über die Decke, wie man es tut, nachdem man ein geliebtes Kind abends zu Bett gebracht hat.

»Richten Sie Bobby aus, daß ich ihn sprechen möchte, wenn er heimkommt«, bat Wade und erhob sich. »Vielleicht kann ich ihn und Betty trauen.«

»Kommt ja überhaupt nicht in Frage, daß ein anderer Pastor sie traut!« rief Eli mit finsterer Miene. »Ich dreh dem verdammten Kerl den Kragen um, wenn er mir mit so einem Reiseprediger ankommt!«

Die beiden jungen Männer setzten ihren Ritt fort, aber Frank konnte die leuchtenden, fanatischen Augen Robert Gratwicks, sein Gesicht und die stolze Haltung seines Kopfes nicht vergessen. »Wie kommt so ein Gesicht in diese Berge?« wandte er sich schließlich fragend an Wade. »Eli ist doch nur ein ungebildeter Bauer. Sein Sohn ist ihm überhaupt nicht ähnlich. Wie war es möglich, daß er soviel Ehrgeiz und Zielstrebigkeit aufbrachte, um ans College zu gehen?«

Wade blieb eine kleine Weile stumm. Dann antwortete er: »Vielleicht verstehen Sie diese Gebirgsmenschen noch nicht so recht. Ich gebe zu, daß die meisten von ihnen, als sie noch im Osten siedelten, unfähige und verantwortungslose Dummköpfe waren. Sie wurden mit dem Leben nicht fertig und konnten sich gegen aggressivere, strebsamere, intelligentere Menschen nicht behaupten. Man erzählte ihnen Wunderdinge über den Westen, und sie bildeten sich ein, daß sie, ohne viel zu arbeiten, dort ein leichtes Auskommen finden würden. Also machten sie sich auf den Weg. Aber sie besaßen weder die Energie noch die Vorstellungskraft, um über diese Berge hinauszugelangen. Und so blieben sie hier.

Nun befand sich unter ihnen aber auch gutes Menschenmaterial, unbeholfene, vielleicht auch faule Tunichtgute, zugegeben, aber doch aus guter Familie. Manche hatten auch Frauen von höherer Lebensart, die ihre Männer nicht verlassen konnten oder wollten. Also ließen sie sich nieder und schafften sich Massen von Kindern an, allesamt ein Gemisch aus gutem und schlechtem Blut. Mit der Zeit gewann das schlechte Blut die Oberhand, aber manchmal, wie eben im Falle Robert Gratwicks, kommt das gute in der folgenden Generation wieder zum Vorschein.«

Er unterbrach sich, spornte sein Maultier einen Hang hinauf und fuhr fort: »Ein oder zwei Jahre vor ihrem Tod lernte ich Bobbys Mutter kennen. Sie sah genauso aus wie er. Sie war völlig ungebildet, aber dennoch eine Frau von vornehmem Wesen und mit viel Zartgefühl. Von Schulen und Bildung wußte sie nichts, aber Bobby sollte ›etwas lernen‹. Eli betete sie an, was unter den Leuten hier eher ungewöhnlich ist. Aber auch er hielt etwas von Erziehung und Bildung. Auf seinem Land wurde Kännelkohle gefunden, und so kam er zu ein bißchen Geld. Er liebte Bobby nicht weniger als seine Frau, und so wurde der Junge zur Schule geschickt.«

»Bobby hat das Gesicht eines Fanatikers«, meinte Frank. »Ich könnte mir vorstellen, daß er ein unangenehmer Kunde ist, engstirnig und intolerant.«

Wade seufzte. »Seine Mutter war, was man eine religiöse Fanatikerin nennt. Nicht daß sie mehr als andere Frauen in der Umgebung mit diesen pathetischen Reisepredigern in Berührung kam und sich von ihrem primitiven Geschrei, ihrer religiösen Raserei beeinflussen ließ. Aber ihr fehlte jenes geistige und seelische Gleichgewicht, dessen man bedarf, um gegen solche Besessenheit oder Tollheit gewappnet zu sein. Und dann — das ist jetzt etwa ein Jahr her — wurde sie völlig verrückt. Sie erklärte, sie habe den ›Zorn Gottes‹ eines Nachts auf einem Berggipfel gesehen. Wenige Tage später stürzte sie sich in selbstmörderischer Absicht von einem Felsen.«

Zorniger, als Frank ihn je erlebt hatte, fuhr er fort: »Der religiöse Wahnsinn, ganz gleich zu welcher Religion er in Beziehung steht, ist um vieles gefährlicher und schlimmer als jeder wie immer geartete ›Atheismus‹. Die restlose Hingabe an die Religion hat einen geradezu obszönen Beigeschmack. Ich habe den ganzen Süden bereist und mit eigenen Augen gesehen, mit wie entsetzlich viel Unduldsamkeit, Haß und Leidenschaft ungezügelte religiöse Raserei die Menschen erfüllen kann. Ich habe entweihte katholische Kirchen gesehen, zerstörte jüdische Synagogen, in Brand gesteckte Schulen — alles das Werk religiöser Eiferer. Nur die richtige Erziehung kann hier Abhilfe schaffen, aber es wird noch vieler Generationen bedürfen, bis die menschliche Seele von diesem Gift gereinigt ist. Warum kommen denn die aufgeklärten und vorurteilsfreien Geistlichen aus anderen Teilen des Landes nicht in den Süden und arbeiten hier auf einem ›Weinberg des Herrn‹, in dem Krankheit und Lynchjustiz wuchern? Warum haben sie dieses herrliche Land primitiven Demagogen, Reisepredigern und ungebildeten Bibelhusaren überlassen? Die gebildeten, vornehmen Südstaatler lachen sich kaputt und bezeichnen ihre Brüder als ›weißes Gesindel‹. Diese geräuschvollen Erweckungsversammlungen und religiösen Rasereien sind doch gar so putzig, gar so amüsant! Sie und das restliche Amerika, sie begreifen nicht, daß eine halbe Nation — zum großen Teil ungebildetes und heidnisches Volk — nur darauf wartet, daß irgendein Lügner oder Betrüger sie in einen mörderischen Wahnsinn hineinhetzt. Und alles im Namen der Bibel. Mein Gott!«

Er drehte sich um und wandte Frank ein Gesicht zu, in dem sich Furcht und Ekel, Zorn und Wut spiegelten. »Haben Sie schon vom Ku-Klux-Klan gehört? Nun, seine Anhänger sind wieder unterwegs: gegen Katholiken, Juden und Neger. Die gebildeten Südstaatler lachen über diese Bewegung und dulden sie. Sie finden sie pittoresk, selbst wenn sie offiziell dagegen Stellung nehmen. Aber ich sage Ihnen: sie ist weder lustig noch pittoresk. Sie ist scheußlich gefährlich. Sie läßt die kranken Hirne, die dahinter stehen, sichtbar werden, diese ungebildeten, unwissenden, blinden und haßerfüllten Hirne. Vielleicht wird der Süden den Ku-Klux-Klan niederschlagen — jedenfalls unternimmt er jetzt, wie ich in den Zeitungen lese, ernste Versuche in dieser Richtung. Aber er wird am Ende nur wie ein wildes Tier in einer dunklen Höhle liegen, lauern und warten. Er wird auf die Stunde warten, da er ungestraft morden kann — im Namen der ›protestantischen Bibel‹, im Namen der Überlegenheit der weißen Rasse oder in sonst einem Namen. Er ist ein Symbol für all das, was mit dem Süden nicht stimmt — mit dem Süden und vielleicht mit ganz Amerika, vielleicht mit der ganzen Welt!«

Verwirrt starrte Frank ihn an. Doch während er ihm lauschte, während er sein erregtes Gesicht betrachtete, durchbebte ihn ein prickelnder Schauer, so als ob sein Blut begänne, sich durch totes Gewebe und verstopfte Adern seinen Weg zu bahnen.

»Sie denken vielleicht, ich übertreibe«, fuhr Wade fort. »Ich glaube, diese Menschen wissen nicht einmal, *was* sie hassen. Sie wollen ganz einfach hassen und finden sich ein passendes Objekt. Und manchmal denke ich, daß es nicht nur hier im Süden so ist; er regt sich überall, dieser Haß, den der Mensch seinen Brüdern entgegenbringt. Vorigen Sommer war ich in Europa . . .«

Ein tiefer Seufzer entrang sich seiner Brust. »Ich weiß nicht. Zuweilen denke ich, es ist hoffnungslos. Wir, die wir dieser Entwicklung Einhalt gebieten wollen, die überhaupt etwas davon merken, wir sind zu wenige. Die Menschen guten Willens sind von einer Art Fatalismus befallen. Die Aufgabe, die sich ihnen stellt, erscheint ihnen zu groß. Sie vertreten die Meinung, daß Haß und Dummheit und Ignoranz zu sehr ein Teil der menschlichen Natur sind, als daß man etwas dagegen ausrichten könnte. Sie finden sich in einem intimen Zirkel zusammen und predigen vor Gleichgesinnten, statt daß sie in die Ödnisse und in die brennenden Weinberge gehen, wo der Rest der Welt lebt. Aber ich bin fest davon überzeugt, daß die Menschen, die guten Willens sind, die ganze Welt retten könnten, wenn sie es nur versuchten! Wenn sie sich zusammentäten und in ihrer Gesamtheit darauf hinarbeiteten!«

In düsterem Schweigen ritten sie weiter. Frank ließ seine Blicke über die Berge schweifen. Es schien ihm, als erweiterten und verbreiterten sie sich, als gewännen sie an Substanz und Bedeutung.

»Aber ich wollte ja von Lizzi Gratwick erzählen«, fuhr Wade nach einer Weile fort. »Die arme Seele versuchte, Bobby zu beeinflussen. Aber ihr religiöser Fanatismus ließ ihn kalt. Er wurde von ihr nicht angesteckt. Was er jedoch davon behielt, war die Fähigkeit oder die Neigung — ich kann es nicht besser ausdrücken — zu starken Gefühlsregungen. Untadelige Rechtschaffenheit, das wurde sein Steckenpferd. Ich mißtraue seinem Enthusiasmus, der Teil seiner Unduldsamkeit ist. Ich muß zugeben, daß ich allen Enthusiasten mißtraue — außer es sind große Männer. Aber große Männer sind selten Enthusiasten, und vielleicht liegt da der Hund begraben. Bobbys Vorstellungen von ›Aufklärung‹ laufen darauf hinaus, die Menschen zu atheistischen, harten, durch und durch gesetzestreuen Puritanern zu machen. Der arme Narr!«

Er seufzte. »Ich fürchte, ich habe mich nicht sehr klar ausgedrückt. Na ja. So sieht das eben aus.«

»Sie mögen Bobby wohl nicht besonders«, bemerkte Frank.

Wade lachte kurz auf. »Was ich nicht mag, ist diese Denkweise, Bobbys oder eines anderen, ganz gleich, ob sie religiös oder atheistisch ausgerichtet ist. Bei näherer Betrachtung gibt es da nicht viel Unterschied.«

»Und Bobby mag *Sie* nicht — oder?«

Wade überlegte. »Offen gestanden, ich glaube nicht, daß Bobby überhaupt jemanden mag. Ich glaube, daß er nicht einmal imstande ist, jemanden objektiv zu sehen. Ich kann nur hoffen, daß das Zusammenleben mit Betty seinen Horizont erweitern und seine aggressive Einstellung mildern wird. Aber nachdem er jetzt, wie wir eben gehört haben, Hilfssheriff in Paintsville geworden ist, hege ich ernste Befürchtungen. Daß er eine solche Stellung anstreben würde, das war von ihm zu erwarten.«

XLVII

Auf einem steilen Pfad ritten sie den Hügel hinan. Im Laufe des Tages war die Hitze immer drückender geworden, obwohl der November schon vor der Tür stand. Der Himmel war weiß und dunstig, das Gebirge dunkel und zum Greifen nahe.

Warum, grübelte Frank, erzählt Wade mir das alles? Er spricht mit mir wie ein Lehrer mit seinem Schüler. Er »erklärt« mir die Dinge. Warum? Warum macht er sich die Mühe? Was hat er mit mir vor? Und wieso glaubt er, daß mich das alles interessiert? Warum hat er mich heute mitgenommen? Er ist nicht der Mensch, der seine Zeit für einen Ausflug vergeudet. Er hat etwas ganz Bestimmtes im Sinn, und er glaubt oder hofft, daß ich es verstehe.

Sie erreichten den Gipfel. Wade hielt sein Maultier an und deutete hinunter. Weit unter ihnen lag ein Tal, breiter als die anderen, ein grünes, liebliches Tal, über dem zarter Dunst schwebte. Es wurde von einem Hof beherrscht, der sich, wie Frank staunend feststellte, vollkommen von den Blockhütten der anderen Täler unterschied. Er sah ein großes weißes Haus mit grünen Fensterläden, einem roten Dach und einem Schornstein, dem eine Rauchwolke entstieg. Er sah die riesigen Scheunen, den roten Getreidesilo, die gepflegten Rasenflächen hinter weißen Zäunen, die sauberen Wirtschaftsgebäude, die verschiedenfarbigen Felder und die Weiden, auf denen Holsteinrinder in der Mittagshitze dösten. Am Rand der saftigen Weiden standen mächtige Eichen und Ulmen und warfen ihre blauen Schatten auf den warmen grünen Boden.

»Hier wohnt Sherry Hempstead«, sagte Wade. »Er ist ein sehr wohlhabender Farmer. Außer diesen Feldern gehört ihm ein großes Stück Land in der Nähe von Benton, wo man die ergiebigsten Ölquellen entdeckt hat. Ich möchte, daß Sie Sherry kennenlernen.« Er hielt inne und sah Frank gedankenverloren an.

»Ein Mormone?«

»Nein, ein Gentile.« Wade lächelte. »Dennoch sind wir gute Freunde — oder was man eben landläufig darunter versteht. Es verbinden uns viele gemeinsame Interessen, und er ist sehr großzügig, wenn ich um ›Futter‹ für die halbverhungerten Leute rund um Benton betteln komme. Er lacht mich zwar aus, gibt aber reichlich, weil er mich persönlich gern hat. Für viele andere Menschen hat er nur Verachtung übrig. Er ist ein äußerst intelligenter, tüchtiger Mann, hart wie Eisen und absolut erbarmungslos. Seine recht beachtliche Bildung hat er sich zum größten Teil selbst angeeignet.«

Wieder machte Wade eine Pause. Er benahm sich irgendwie seltsam, und Frank blickte verwirrt auf die Farm, auf die herrlichen grünen, braunen, roten und gelben Felder hinunter. Er wußte nicht, wie es kam, doch plötzlich war ihm, als hätte sich dieses hellglänzende Bild da unten verdüstert, als läge etwas Dunkles, Geheimnisvolles, Schicksalhaftes über dem Tal. Er schob den Gedanken von sich und wartete, daß Wade endlich weiterritt.

»Sherry ist etwa fünfzig. Er hat keine Kinder, wohl aber eine Frau. Sie ist eine ganz reizende Dame und ist in einem College im Osten erzogen worden. Dieser Hof gehörte ihrem Vater. Sherry übernahm ihn, als er Mary Wilcox heiratete; er war damals schon recht wohlhabend. Mary ist etwa fünfundvierzig.« Er machte eine Pause.

»Wie kann sie es nur in dieser Abgeschiedenheit aushalten?« fragte Frank.

Wade streichelte gedankenverloren den Hals seines Maultieres. »Sie hat es nicht ausgehalten. Jetzt aber tut sie es.« Seine Stimme und sein Gehaben waren eigenartiger als je zuvor. Er fuhr fort: »Man erzählt sich da eine seltsame Geschichte über Sherry und Mary. Angeblich hat sie ihn aus Zuneigung geheiratet. Ich kannte die beiden natürlich nicht, als sie jung waren. Anscheinend verstanden sie sich recht gut. Eines Tages kam ein Pastor in diese Gegend und ritt von Haus zu Haus. Wie mir die Einheimischen verächtlich erzählten, war er ein ›studierter‹ junger Mann aus Louisville, der den Leuten hier helfen wollte. Jedenfalls verliebten sich Mary und er und brannten miteinander durch.«

Wieder machte Wade eine Pause. »Ich weiß nicht, was dann wirklich geschehen ist. Ich kann Ihnen nur erzählen, was ich gehört habe: Sherry nahm die Verfolgung der beiden auf. Nachdem er zwei Tage lang geritten war — er hatte sich drei seiner Landarbeiter mitgenommen, wohlgemerkt —, fanden sie Mary halbtot auf dem Grund eines alten unbenützten Brunnens irgendwo in den Bergen. Die Arbeiter bezeugten das später und schworen, es sei weiter nichts geschehen. Der junge Pastor war verschwunden — sagten sie. Nur Mary war noch da, im Brunnen. Und keiner sah den Pastor je wieder. In den Städten wirbelte die Sache einigen Staub auf, denn der junge Mann stammte aus einer wohlhabenden, angesehenen Familie in Louisville, die der Sache unbedingt auf den Grund gehen wollte. Sie schickten Schwärme von Erhebungsbeamten aus, die alle Welt und vor allem natürlich Sherry und seinen Arbeitern Fragen über Fragen stellten. Aber der Pastor blieb verschwunden.«

»Und weiter?« forschte Frank, als Wade wieder eine Pause einlegte. »Was geschah mit Mary?«

Wade spielte mit den Zügeln. »Sherry nahm sie mit nach Hause. Offenbar verzieh er ihr. Aber sie war ganz von Sinnen, übergeschnappt, völlig verrückt. Er mußte sie in eine Privatheilanstalt geben, heißt es. Dort blieb sie drei Jahre, dann wurde sie geheilt entlassen. Sherry holte sie ab, und nun leben sie hier wieder miteinander, und die Geschichte ist beinahe in Vergessenheit geraten. Mary ist immer noch sehr schön und eine der liebenswürdigsten Frauen, die ich kenne.«

»Hat sie denn niemandem anvertraut, was damals wirklich geschah?«

»Wenn sie es getan hat«, entgegnete Wade bedächtig, »weiß ich jedenfalls nichts davon. Ich glaube es eigentlich nicht. Vielleicht hat sie die Sache selber schon vergessen.«

Sie ritten den steilen Hang hinunter; Frank hielt sich hinter Wade. Das Maultier und die Stute glitten vorsichtig auf der steinigen Erde bergab und lösten dabei mit den Hufen kleine Grasbüschel. Hinter ihnen stiegen gelbe Staubwolken auf. Dann ritt Frank zu Wade vor und sagte: »Konnte man den Arbeitern denn überhaupt Glauben schenken? Vielleicht hat Sherry sie bestochen? Was ist denn aus ihnen geworden?«

»Tja«, sagte Wade zögernd und warf einen Blick auf den Hof, der vor ihnen lag, »das ist eine eigenartige Sache. Eine Häufung von Zufällen, wie ich vermute. Einer wurde von einem Baum erschlagen, den er fällen sollte und der in die falsche Richtung fiel. Der zweite wurde von einem von Sherrys Maultieren, einem störrischen Biest, tödlich verletzt. Der dritte starb an einer Fleischvergiftung. Das war alles vor meiner Zeit; man hat mir nur davon erzählt.«

»Und das geschah alles auf Sherrys Hof?«

»Ja.« Wades Stimme klang etwas verkrampft. »Auf diesem Hof und innerhalb der sechs Monate, die auf den Zwischenfall folgten.« Er ritt rasch weiter, dann aber wartete er wieder auf Frank und sagte, ohne ihm den Kopf zuzuwenden: »Sherry wird Ihnen gefallen. Er ist hier ein sehr beliebter und geachteter Mann. Ich mag ihn auch. Sehr sogar. Es ist tragisch. Er liebt Mary abgöttisch — schon seit jeher — und hat es sich ein Vermögen kosten lassen, sie zu heilen.«

»Aber was halten die Leute hier von der ganzen Sache, und wie erklären sie sich den Tod der drei Landarbeiter?«

»Nach zwanzig Jahren halten sie Mary immer noch für ein verkommenes Geschöpf, aber sie sehen sie ja nie. Seit sie zurück ist, hat sie den Hof nicht verlassen. Die Arbeiter? Nun, die Leute behaupten, der Hof sei ›verhext‹, ein Fluch läge darauf, wahrscheinlich als Folge von Marys ›Sünde‹. Sherry würde überhaupt keine Arbeiter bekommen, wenn er nicht enorm hohe Löhne böte. Hier zahlt man einem Arbeiter etwa einen Dollar pro Tag; Sherry zahlt drei und gibt volle Verpflegung. Schlafen allerdings will keiner hier!«

Frank ärgerte sich ein wenig über Wades plötzliche Zurückhaltung.

»Ich persönlich glaube«, sagte er schroff, »Ihr Freund hat den Pastor ermordet; die Arbeiter mußten den Leichnam vergraben und wurden bestochen, den Mund zu halten. Dann aber fürchtete er, daß sie eines Tages doch etwas verraten könnten, und beseitigte sie einen nach dem andern. Mary hat zusehen müssen, wie ihr Liebhaber getötet und begraben wurde; daraufhin stürzte sie sich in den Brunnen und verlor den Verstand. Das ist meine Version! Und ich finde es eine Gemeinheit, daß der Kerl nicht eingesperrt und aufgehängt wird.«

»Warten Sie, bis Sie Sherry sehen«, sagte Wade ruhig. Und nach einigen Augenblicken fuhr er fort: »Das Seltsame ist: es stellte sich heraus, daß der Pastor — er hieß Ronald Truesdale — ein alter Freund von Sherry war. Sherry setzte eine Belohnung aus für jeden, dem es gelingen sollte, eine Spur von Ronald zu finden, und es war eine hohe Belohnung. Die Bergbewohner kämmten die Gegend in meilenweitem Umkreis durch, und sie haben scharfe Augen, aber sie fanden keine Spur eines hastig zugeschütteten Grabes.«

»Und was ist Ihre persönliche Meinung?« fragte Frank herausfordernd.

»Ich habe eine Theorie«, erwiderte Wade mit leiser, unsicherer Stimme. »Es könnte doch sein, daß Ronald Truesdale seine Tat bereute, nachdem er und Mary zwei Tage lang über die Hügel geritten waren. Es könnte sein, daß er Mary in den Brunnen warf, sie für tot hielt, in panischer Angst das Weite suchte, seinen Namen änderte und in irgendeiner Großstadt untertauchte, wo er — immer noch in sentimentale Reue verstrickt oder weil er sich für einen Mörder hält — heute noch lebt.«

Frank schwieg eine Weile und meinte dann: »Das glauben Sie doch nicht wirklich, oder?«

Wade gab keine Antwort. Er ritt einfach weiter, und Frank folgte ihm in höchster Entrüstung.

Das Haus lag nun vor ihnen, mitten im Tal, anmutig, still und friedlich, umgeben von fetten Wiesen und Feldern. Fröhlich bellend, kamen ihnen einige Hunde entgegengerannt. Arbeiter hoben die Köpfe und starrten sie an. Das Bellen der Hunde hallte von den Bergen wider. Irgendwo rief ein Mann, ein Pferd wieherte, Hühner gackerten. Die Fenster des großen weißen Hauses glitzerten hell im Sonnenschein, und leichter Rauch kräuselte sich aus dem Schornstein. Eine neugierige Schar Perlhühner, grau mit weißen Flecken, kam mit lautem Gegacker an den weißen Holzzaun. Die Sonnenstrahlen verwandelten den Silo in eine hohe, rote Flammensäule.

Große Töpfe mit Farnen und anderen Pflanzen sowie mehrere Schaukelstühle füllten die niedrige, breite Terrasse, die dem Haus vorgebaut war. Während Wade und Frank ihre Tiere an einen Pfosten banden, erhob sich langsam und bedächtig ein Mann von einem dieser

Stühle und kam, als er Wade erkannte, eilends die drei Stufen herunter, winkte mit der Hand und rief fröhlich: »Wade! Du alter Schurke! Wie geht's denn immer? Wo warst du so lang?«

Mißtrauisch sah Frank dem Mann entgegen. Aber niemand hätte weniger einem Mörder gleichen können als Sherry Hempstead. Er war ein großer, attraktiver Mann von etwa fünfzig Jahren, breitschultrig, agil, mit vollen weißen Haaren über einem markanten, braungebrannten Gesicht. Das war kein Bauer, das war ein Mann von bestem Blut, männlich, wach, intelligent und sympathisch. Er hatte eine breite, kräftige Nase, einen humorvollen Mund, prachtvolle weiße Zähne, ein eckiges Kinn und die fröhlichsten, strahlendsten blauen Augen, die Frank je gesehen hatte. Alles an diesem Mann wirkte herzlich und offen, klug und scharfsinnig, und sein Händedruck war fest und warm. Er trug nicht die übliche Kleidung dieser Gegend, die aus breiten Hosenträgern, einem blauen Hemd und Niethosen mit Metallknöpfen bestand. Sein Hemd war weiß und gestärkt und am Kragen offen, so daß man seinen kräftigen braunen Hals sehen konnte. Unter seiner weichen grauen Flanellhose lugten braune, glänzende Lederschuhe hervor. Er hieß Frank mit ernster, freundlicher Höflichkeit willkommen, und die Art, wie er ihm fest in die Augen sah, war sehr beruhigend und angenehm. Dies war nun ein echter Südstaatler, höflich, gastfreundlich, liebenswürdig. »Wades Freunde sind auch meine Freunde«, sagte er herzlich und lächelte sein überaus anziehendes Lächeln.

Und doch, dachte Frank unsicher, war er höchstwahrscheinlich ein Mörder.

Sherry bat sie ins Haus; er legte Wade den Arm um die Schultern, und seine laute, aber melodische Stimme tadelte den jungen Pastor liebevoll, weil er sich so lange nicht hatte blicken lassen. Frank kam aus dem Staunen nicht heraus: das Haus war wunderschön, wenn auch maßvoll eingerichtet. Die Halle mit dem leuchtenden Holzboden und den schimmernden getäfelten Wänden bot einen reizvollen, würdigen Anblick. Eine uralte Pendeluhr durchbrach mit ihrem melodischen Schlag die kühle blaue Stille. Eine weiße Treppe führte ins Obergeschoß. Sie war so kunstvoll und zierlich geschmiedet und geschnitzt, daß man hätte meinen können, sie sei aus Schneeflocken geformt. Von der Halle führten Türen in verschiedene Räume, und Sherry geleitete seine Besucher in einen Salon, wo der glänzende Fußboden mit kleinen Perserteppichen belegt war und ein prachtvoll ziselierter, glitzernder Kristalleuchter mit blaßgelben Kerzen einen weißen Marmorkamin krönte. Zu beiden Seiten des Leuchters standen kobaltblaue Emailleschüsseln auf geschnitzten Holzfüßen, und an den Tapeten fand sich die gleiche Farbe etwas gedämpfter wieder. Über eine ganze Wand hin drängten sich Hunderte von Büchern auf breiten Nußholzregalen, Dutzende davon in feinen Ledereinbänden, viele auch noch in bunten

Schutzumschlägen, was erraten ließ, daß es sich um Neuerwerbungen handelte. Frank sah kostbare alte Möbel, sorgfältig restauriert: ein »Queen-Anne«-Sofa; etliche kleine, mit Damast bezogene Stühle in blau, koralle, rosé und rot; eine Anzahl runder »Duncan-Phyfe«-Tische aus Mahagoni, mit Messingbeinen. An den Wänden hingen ausgezeichnete alte Landschaftsbilder und Porträts. Auch hier etwas Neues, Ungewohntes: Vorhänge aus Brokat, die farblich auf die Stühle abgestimmt waren und mit Kordeln festgehalten wurden. Herrliche Lampen, kugelförmig und bemalt oder geschliffen, standen auf den Tischen.

Frank traute seinen Augen nicht. Verwirrt von Sherrys freundlicher, ja sogar herzlicher Aufforderung, ließ er sich auf einen Stuhl sinken und lauschte den gegenseitigen Hecheleien und dem munteren Geschwatze der zwei alten Freunde. Wider Willen fühlte er sich von Sherrys angenehmer, seidenweicher Stimme eingenommen. Geradezu hingerissen aber war er von der Eleganz und Schönheit des großen Salons und seiner Einrichtung, und unmerklich löste sich die Verkrampfung seiner geschundenen Seele. Dies war das Zimmer, dies war das Haus, von dem er sein Leben lang geträumt hatte; ein Haus inmitten freundlicher Felder, umgeben von sonnigen Hügeln, die es vor der häßlichen Welt abschirmten und zu einer Oase der Stille und des Friedens machten.

Sherry rief, und gleich darauf erschien eine Dienstmagd in einem sauberen blauen Kleid und weißer Schürze, die hübschen Füße von unschuldiger Nacktheit. »Richte uns ein paar Gläser her, Sal«, sagte Sherry, »drei Gläser, und spar nicht mit dem Whisky.« Er entließ sie mit einer Handbewegung und nahm seine angeregte Konversation mit Wade wieder auf. Wie in Eli Gratwicks Haus war Frank auch hier eine Zeitlang vergessen. Er stand unauffällig auf und begutachtete die Bücher. Da fand er alles von Plato bis Santayana, von Shakespeare bis Galsworthy, von Dickens bis Gene Stratton Porter, Harold Bell Wright und Michael Arlen. Verstohlen schlug er einige Bücher auf und sah, daß sie gelesen worden waren; es waren Ecken umgebogen, und da und dort stand am Rand eine Anmerkung in kühner, männlicher Handschrift. Das Haus hatte Marys Vater gehört, aber es war nicht anzunehmen, daß er diese Bücher gekauft und gelesen hatte. Frank sah sich um und bemerkte auf einem niedrigen Tischchen einige Bücher, verschiedene Zeitschriften vom *Literary Digest* bis zum *Country Gentleman* sowie eine Zeitung, die *Louisville Times*, die einige Tage alt war.

Frank setzte sich wieder und hörte dem Gespräch zwischen Sherry Hempstead und Wade O'Leary zu. Sherry beherrschte die Konversation, und man merkte ihm an, wie ausgehungert er war nach einem intelligenten Gesprächspartner, nach anregender Gesellschaft. Dem Austausch persönlicher Bemerkungen mit Wade war nun eine Diskussion über politische Fragen und den vergangenen Krieg gefolgt. Er sprach mit viel Begeisterung und Energie, Phantasie und Feuer und war offensichtlich sehr gut informiert. Während er sprach und mit lebhaften Bewegungen der Hände seine Worte unterstrich, leuchteten seine Augen, glänzten und glitzerten. Wade lehnte mit lässiger Anmut in seinem Stuhl und folgte Sherrys Ausführungen mit gespannter Aufmerksamkeit.

»Jeder vernünftige Mensch hat vom Anfang an gewußt, daß Wilson scheitern mußte!« rief Sherry temperamentvoll. »Das ist das Übel bei den Idealisten: Sie legen ihre eigenen Tugenden und Wunschvorstellungen in andere Menschen hinein und glauben, jeder denke so wie sie und habe die gleichen Ziele. Die armen Narren sagen sich: Güte, Gerechtigkeit, Brüderlichkeit und Frieden sind etwas Gutes, nicht wahr? Und etwas Gutes will doch jeder, nicht wahr? Die Idealisten sind liebe Menschen, sie hassen niemanden, und sie plädieren für Barmherzigkeit und Toleranz und Verstehen zwischen den Völkern. Sie meinen, wenn nur alle Menschen Gott als Vater anerkennen und die brüderliche Gemeinschaft aller Erdenbewohner anstreben, dann muß sie doch kommen, nicht wahr? Sie wissen aber nicht, daß auf jeden Idealisten, auf jeden guten Menschen Millionen andere Menschen kommen, die sich keinen Pfifferling um ihren Nächsten scheren und nur eines wollen: hassen, raffen, morden und sich die eigenen Taschen anfüllen.« Er lachte dröhnend und schüttelte seine Mähne schneeweißer Haare.

»Aber ein einziger guter Mensch in Sodom hätte die Stadt retten können«, murmelte Wade und lächelte.

»Verdammt noch mal, dann gibt es eben keinen einzigen guten Menschen auf der ganzen Welt«, meinte Sherry lachend. »Du wirst es erleben. Alles verfault. Warte noch ein paar Jahre, dann bricht die Hölle los. Im Grunde genommen will ja niemand Frieden oder Gerechtigkeit oder Brüderlichkeit — außer Idealisten wie Wilson. Und von dieser Sorte gibt es zu wenige, als daß sie das Unvermeidliche aufhalten könnten.«

»Du meinst also, der Völkerbund habe keine Chancen?«

»Ich weiß es!« antwortete Sherry. »Ich bin nicht gegen den Völkerbund, gewiß nicht. Nur ein ausgemachter Narr kann dagegen sein. Aber die Welt ist voll von ausgemachten Narren, und daher hat der Völkerbund keine Aussichten auf Erfolg.«

Er blickte Wade an, dessen Gesicht einen ernsten, ja grimmigen Ausdruck angenommen hatte. »He!« sagte er und versetzte seinem jungen Freund einen wohlwollenden Schlag auf das Knie. »Schau nicht so finster! So tragisch ist das nun auch wieder nicht. Und dich braucht es überhaupt nicht zu bekümmern. Aber ich nehme an, es bekümmert dich doch. Ja, sicher bekümmert es dich. Herrgott noch mal, Junge, die Welt ist es nicht wert, glaub mir. Du darfst dir nicht den Kopf darüber zerbrechen und betrübt herumgehen und versuchen, die Menschen zu ändern. In uns allen steckt nun mal die Erbsünde, und es ist am besten, du läßt uns in unserem eigenen Saft schmoren. Was kannst du auch anderes tun?«

»Ich lasse dich nicht gern ›in deinem eigenen Saft schmoren‹«, sagte Wade, und seine Stimme klang entschlossen, obwohl er lächelte. »Zu viele von uns haben diese Einstellung.«

Wieder schlug Sherry ihm liebevoll aufs Knie; sein Blick ließ Mitleid ahnen. »Geh in deine Heimat zurück, Wade. Heirate dort ein nettes Mädchen, mach dir eine Praxis als Arzt auf und laß die übrige Menschheit zum Teufel gehen. Das tut sie nämlich auf alle Fälle, glaub mir. Soll ich dir etwas sagen? Golgotha war ein großer Irrtum!«

»Ein Mann ist auf Golgotha gestorben, damit wir, die anderen, nicht auf einer Million Golgothas sterben müssen«, entgegnete Wade.

»Aber wir werden es trotzdem tun! Und du kannst es nicht verhindern — du nicht und Wilson nicht und auch sonst niemand. Wir gehen zielbewußt auf Golgotha zu, wir alle, und der Teufel wird die Nägel einschlagen. Auf unseren eigenen Wunsch.«

»Nun«, sagte Wade energisch, »dann muß man der übrigen Menschheit klarmachen, daß Frieden und Gerechtigkeit und Freundschaft unter den Völkern herrschen muß — andernfalls wird sie in einem Chaos von Blut und Tränen zugrunde gehen und die Welt den vernünftigeren Tieren überlassen. Wir sind alle aufeinander angewiesen; wir werden entweder miteinander leben oder miteinander sterben, vielleicht schon morgen oder nächstes Jahr, vielleicht in zehn oder fünfzig Jahren.«

Frank hörte der Diskussion mit Interesse zu und empfand ein wenig Mitleid mit Wade. Er wunderte sich über Sherrys Sprache, die manchmal an die gehobene Diktion eines Gelehrten und gleich darauf an die einfache, derbe Sprechweise eines Bauern erinnerte. Letzteres hielt er für Verstellung, für bewußt zur Schau gestellte Schlichtheit, und er hatte nicht ganz unrecht.

»Es läßt sich nicht ändern«, beharrte Sherry auf seiner Meinung. »Warum kaufst du dir nicht irgendwo einen schönen Hof, Wade? Nicht in dieser gottverlassenen Gegend, sondern bei dir daheim in Utah oder sonstwo. Denk daran, was der alte William Penn gesagt hat: ›Das Land ist des Philosophen Garten und Bibliothek zugleich; hier liest er und betrachtet die Macht, Weisheit und Güte Gottes.‹ Grabe deinen eigenen Garten um, reite über deine Felder und baue dir eine hohe Mauer rund um dein Haus. Dann vergiß die übrige Welt. Du kannst nichts ändern. Es hat keinen Sinn, daß du dich unglücklich machst, indem du uns andere beklagst.«

Aber Wade saß stumm da, in dunkle bedrückende Gedanken versunken. Frank, der seinen Freund für kühl und leidenschaftslos, tolerant und ausgeglichen gehalten hatte, wunderte sich. Dann sagte Wade mit müder Stimme: »Du redest wie Kain, Sherry.«

»Natürlich, natürlich! Weißt du was? Kain war ein vernünftiger Mann; das allgemeine Urteil über ihn ist viel zu hart. Wenn er Abel nicht eins über den Schädel gegeben hätte, ich wette, früher oder später hätte es irgendein anderer getan — Abel war ein Narr mit Milch in den Adern, der über Gott nachgrübelte und Gutes tat! Hör zu, gerade heute früh habe ich Stephen Crane gelesen:

»Ein Mensch sprach zum Universum:
›Ich lebe, mein Herr!‹
›Die Tatsache‹, erwiderte das Universum,
›erweckt in mir keineswegs
ein Gefühl der Verpflichtung.‹«

Wade mußte unwillkürlich lachen und schüttelte den Kopf. Sherry sah es und freute sich sichtlich, daß er seinem Freund die düstere Stimmung vertrieben hatte.

Eine Frau betrat den Raum. Sie trug ein Silbertablett, auf dem drei hohe Gläser standen, aber es war nicht Sal, die Magd. Es war eine große, schlanke Frau mittleren Alters mit einem bleichen, wunderschönen Gesicht und vollen blonden Haaren, die sie hochgekämmt und in weichen Flechten um den Kopf gelegt trug. Bekleidet war sie mit einem gutgeschnittenen einfachen Kleid aus blauem Leinen, das ihre jugendlich schlanke Gestalt vorteilhaft zur Geltung brachte. Ihr einziger Schmuck war ein breiter, goldener Ehering. Sie bewegte sich anmutig und strahlte vor freudiger Überraschung, als sie Wade erkannte. »Wade!« rief sie und stellte das Tablett ab, während die Männer, allen voran Sherry, aufstanden. »Ich freue mich so sehr, Sie zu sehen!« Sie streckte ihm ihre schmale Hand entgegen, und als Wade sie ergriff, legte sie ihre andere Hand über seine — eine Geste tiefer Zuneigung.

»Ich freue mich auch, Sie wiederzusehen, Mary«, sagte Wade. »Ich wäre ja schon früher gekommen, aber wir hatten einige Typhusfälle, und ich hatte schrecklich viel zu tun.« Er deutete auf Frank. »Das ist Frank Clair, er kommt aus dem Norden. Einer von den Ölleuten und mein Freund.«

Sie wandte sich liebenswürdig zu Frank, und er sah ihre blasse, ruhige Schönheit und ihre großen, hellbraunen Augen unter goldenen Wimpern und Brauen. Niemals hatte er weichere, süßere Augen gesehen, nie strahlendere, zärtlichere. Und doch schienen sie ihm auf seltsame Weise blind, blicklos, abwesend. Sein anfängliches Vergnügen an ihrer Erscheinung wurde zu Unbehagen, besonders als er die Kälte ihrer weichen Hand und die Schlaffheit ihrer Finger spürte. Auch war es nicht normal für eine Frau ihres Alters, so jugendlich auszusehen, so unberührt. Ihre Gesichtszüge und ihre faltenlose, klare Haut hätten einer Frau von fünfundzwanzig gehören können.

Unwillkürlich warf Frank einen Blick auf Sherry, während er Mary die Hand reichte. Sherry sah seine Frau lächelnd, aber mit leidenschaftlichem Verlangen an. Er verfolgte jede ihrer Bewegungen wachsam und genau und schien jederzeit bereit, einzugreifen, wenn die Situation es erforderte. Dabei hätte niemand gefaßter, anmutiger oder ruhiger sein können als Mrs. Hempstead. Sie besaß eine liebliche, vom Tonfall des Südens geprägte, weiche, ausdrucksvolle Stimme.

Es war Sherry, der den Stuhl für sie zurechtschob, der zärtlich ihre Hand berührte, der ihr lächelnd in die Augen sah. Er holte ihr ein Glas Wein; er zog seinen Stuhl an den ihren heran, und sie schenkte ihm ein stilles, dankbares Lächeln. Dann saß sie schweigend da, die schlanken Fesseln gekreuzt, die Hände im Schoß gefaltet, und betrachtete alle Anwesenden mit leuchtenden Augen, unbefangen, höflich und zufrieden. Und Sherry — als hätte er auf kurze Zeit seine Besucher vergessen — sah seine Frau unverwandt an und beobachtete jede ihrer Gesten mit unverhüllter Bewunderung und Zuneigung.

Natürlich war es nur Einbildung, aber plötzlich fiel Frank das Atmen schwer in diesem wunderschönen Raum, in dessen Mitte diese bezaubernde, stille Frau saß. Sicher war es auch nur Einbildung, daß es vor den Fenstern plötzlich dunkler wurde und alles von fahlen, unheimlichen Schatten umgeben war.

Sherry beugte sich zu seiner Frau hinüber, legte den Arm auf ihre Rückenlehne, und wieder lohnte sie es ihm mit ihrem milden, blicklosen Lächeln. Sherry bestand nun darauf, daß Wade ihm erzählte, was es »auf Benton zu« Neues gab und wie er mit der Typhusepidemie fertig geworden war. Der Klang von Wades Stimme allein schien Sherry Freude zu machen; darüber hinaus zeigte er auch für die unbedeutendsten Ereignisse Interesse, wie das für Menschen, die in der Einschicht leben, typisch ist. Er brüllte vor Begeisterung, als Wade ihm von der Fehde zwischen zwei rivalisierenden Schwarzbrennern berichtete, wollte über jedes neue Bohrloch Bescheid wissen, fragte nach gemeinsamen Freunden. Und Mary hörte zu, ließ ihre großen hellbraunen Augen von einem Gesprächspartner zum anderen schweifen und warf von Zeit zu Zeit Frank ein freundliches Lächeln zu. Sie war das Urbild einer reizvollen, angebeteten und verwöhnten Ehefrau, die es zufrieden ist, sich in der Liebe ihres Gatten zu sonnen, und nichts zur Konversation beizutragen wünscht. Nur manchmal, wenn Sherry sprach, blickte sie ihn voll eifriger, liebevoller Zustimmung an.

Später gingen Wade und Frank auf Einladung Sherrys hinaus, um sich die reifenden Tabakfelder und die Pferde anzusehen, die man wegen der großen Hitze in die Ställe gebracht hatte. Sherry war sehr stolz auf seine Pferde; er dachte daran, heuer ein kohlschwarzes Füllen zum Rennen anzumelden. Die Ställe rochen nach Leder und Pferden und waren peinlich sauber. Franks Interesse an Pferden war nicht überwältigend groß; für ihn war ein Pferd nur ein Pferd, ein nicht besonders intelligentes Tier mit einem Hang zu boshaften Späßen und unersättlichem Appetit auf Hafer. Wade dagegen war ehrlich interessiert und ging von einer Box zur anderen, streichelte die dummen Biester und ließ sich von ihnen die Hand abschlecken.

Sherry schritt über seine Felder und sprach — für Frank völlig unverständlich — vom Tabak und von der Mosaikkrankheit, mit welchem Mittel er sie bekämpfte und welchen Preis er für den Tabak zu erzielen hoffte. Seine Stimme und sein Gehaben waren freundlich und offen; er war der typische wohlhabende Farmer, kerngesund und voll Energie. Frank dachte an die stille, freundliche Frau im Salon, den sie eben verlassen hatten. Ob sie wohl noch dort saß und sich nicht von ihrem Stuhl wegrührte, bis sie ins Haus zurückkehrten? So war es denn auch. Sie saß immer noch da und lächelte und schien völlig traumverloren. Frank erschrak beinahe, als sie zu sprechen begann und Wade und ihn zum Dinner einlud.

Frank fühlte sich nun schon so unbehaglich, daß er große Erleichterung verspürte, als Wade höflich erklärte, er und Frank würden von Isaac Saunders zum Essen erwartet. Das amüsierte Sherry außerordentlich, er machte einige spöttische Bemerkungen über den Mann, die Wade mit leichter Hand abtat. Mary aber lächelte ihr unveränderliches Lächeln und drängte ihre Gäste nicht zum Bleiben. Auf Frank machte das den Eindruck, als wüßte sie gar nicht mehr, daß sie sie eingeladen hatte. Sie stand auf, reichte den beiden jungen Männern die Hand und forderte sie freundlich auf, bald wiederzukommen. In ihrem liebenswürdigen, blicklosen Gesicht vollzog sich nicht die geringste Veränderung.

Sherry legte den Arm um sie, und sie lehnte sich leicht an ihn. Die beiden begleiteten Frank und Wade an die Tür und sahen ihnen nach, wie sie den gepflasterten Weg zum Gartentor hinuntergingen, ihre Reittiere bestiegen und die Zügel aufnahmen.

Dann geschah etwas Schreckliches. Mary riß sich plötzlich von ihrem Mann los, lief die Stufen der Terrasse hinunter und ihnen nach. Dann aber, wie vom Blitz getroffen oder von lähmendem Schrecken befallen, blieb sie stehen und warf die Arme in die Höhe. Wie versteinert sah Frank ihr schönes Gesicht verzerrt und entstellt; sie verdrehte die Augen, der Mund zuckte. Sie begann zu kreischen und schlug dabei die Hände aneinander. Sherry war ihr sofort nachgelaufen und versuchte, sie mit seinen Armen zu umfassen. Sie aber sprang von ihm fort, wich nach der Seite aus und ließ dabei den Blick nicht von Wade, der bewegungslos und bleich auf seinem Maultier saß.

»Ronald!« rief die arme Frau ganz außer sich, mit hoher, durchdringender Stimme; es hörte sich gräßlich an. »Ronald! Mein Liebster, Liebster, Liebster! Was tust du da mit Ronald? O Gott, o Gott, o Gott! Hab doch Erbarmen! Ronald!«

Ihre Augen starrten in irrem, hoffnungslosem Entsetzen auf Wade. Sherry versuchte sie zu fassen, sie aber wich laut schreiend vor ihm zurück, duckte sich, verschränkte die Arme vor der Brust, krümmte sich zusammen, als stünde der Tod in Menschengestalt vor ihr. Sie wich zurück und Sherry folgte ihr; er murmelte beruhigende Worte und versuchte, sie mit beschwörenden Blicken zur Vernunft zu bringen. Er war leichenblaß; selbst aus der Entfernung erkannte Frank, wie sehr er zitterte. Er streckte Mary die geöffneten Arme entgegen und flehte sie an, sich zu beruhigen. Sie aber wich immer weiter zurück. Dann plötzlich blieb sie stehen, krümmte sich zusammen und fing an, herzzerreißend zu stöhnen, so als ob unerträglicher Kummer und Verzweiflung sie befallen hätten. Sherry hob sie behutsam auf; ihr blonder Kopf fiel auf seine Schulter; ihre weißen Arme hingen schlaff herab. Er trug sie mit zärtlich liebevoller Gebärde ins Haus. Als letztes sahen sie noch, daß er seine Wange gegen ihre Haare drückte. Und bis die Tür sich unwiderruflich hinter dem blauen Kleid und den schlaffen Armen schloß, hörten sie ihre schrecklichen Schreie und seine tröstenden Worte voll Mitgefühl und Liebe.

Frank stand noch ganz im Banne dieser Tragödie und wunderte sich, daß Wade einfach fortritt, den Hügeln zu. Erst als Wade schon etwa zweihundert Fuß geritten war, folgte er ihm und holte ihn ein. Beinahe zornig fragte er: »Um Himmels willen, wollen Sie denn nicht hineingehen und versuchen, der armen Frau zu helfen?«

Wade antwortete ruhig, ohne den Kopf zu wenden: »Sherry weiß, was zu tun ist. Sie hat diese Anfälle — von Zeit zu Zeit. Nicht sehr oft, aber doch manchmal.«

»Dieser Mörder! Nun sehen Sie es! Er wird nichts für sie tun, er wird sie nur einsperren! Er hat Angst!«

»Sie wissen nichts, Frank«, entgegnete Wade und wandte ihm sein bleiches, angespanntes Gesicht zu. »Sie dürfen Sherry nicht so nennen. Sie wissen nichts. Niemand weiß etwas; und ich glaube, niemand wird je etwas erfahren.«

»Sie hat Sie Ronald genannt.«

»Ronald«, sagte Wade fast unhörbar, »muß ein magerer, dunkelhaariger Mann gewesen sein, genau wie ich. Außerdem war auch er Pastor.« Er seufzte. »Das ist alles schon so lange her, zwanzig Jahre oder mehr. Mir tut Sherry schrecklich leid.« Seine Augen waren ganz schmal und ernst.

Frank sagte vorwurfsvoll: »Warum haben Sie mich dorthin mitgenommen? Es war ein schreckliches Erlebnis.«

Wade lächelte, aber es war kein belustigtes Lächeln. »Sie sind sehr, sehr jung, Frank. Ich dachte, es könnte lehrreich für Sie sein.«

»Lehrreich! Das Schlimmste ist«, fuhr er naiv fort, »daß ich die Wahrheit vermutlich nie erfahren werde!«

»Gerade das meine ich.« Wades Stimme und sein Lächeln waren voll Wohlwollen. »Es gibt nichts Lehrreicheres als die Einsicht, daß man nie die volle Wahrheit weiß.«

Der Hof mit seinen Ländereien lag im Sonnenlicht hinter ihnen. Sie ritten den Hügel hinauf. Das Haus wurde immer kleiner und lag wie ein Hafen der Stille und der Zufriedenheit im Tal.

XLVIII

Nach diesem erschütternden Erlebnis war Frank die Lust auf weitere Besuche vergangen, und er fragte verärgert: »Welchen komischen Kauz besuchen wir jetzt?«

Wade sah ihn strahlend an. »Den einzigen wahren Christen, den ich kenne.«

»Du lieber Gott!« rief Frank entsetzt.

Begütigend fügte Wade hinzu: »Er verehrt Aphrodite.«

»Wie bitte?«

Wade nickte heiter. »Sie haben schon richtig verstanden. Aphrodite, Isis, Maria, Astarte — und das ist nicht etwa symbolisch oder ›künstlerisch‹ zu verstehen. Ich meine es wörtlich.«

Frank zog abrupt die Zügel an und schob sich den Hut aus der schweißnassen Stirn. Verdutzt starrte er auf Wades Rücken. »Meinen Sie das im Ernst? Oder schlafe ich, und das Ganze ist nur ein Alptraum?«

»Ich meine es ernst, und Sie sind wach.« Auch Wade hielt an. Er lachte, stopfte sich seelenruhig seine Pfeife und schien mit großem Vergnügen die gegenüberliegenden Hügel zu betrachten. »Angeblich war Isaac Saunders früher einmal ein Idealist. Genau wie Sie. Und wie alle Idealisten strebte er nach Vollkommenheit. Er hatte sich in Gedanken ein starres Idealbild von Gott geschaffen. Wie er mir selber erzählte, war er ein sehr frommer, fast mystischer Mensch. Aber ich greife meiner Geschichte voraus. Isaac Saunders stammt nicht aus dieser Gegend. Er wurde in Virginia geboren, studierte zuerst in Princeton, dann in Europa. Es leben hier viele seltsame Leute —«

»Tatsächlich?« sagte Frank ironisch.

Wade ignorierte diese Bemerkung. »Wie so viele vornehme Südstaatler gehörte er der Episkopalkirche an, aber während seines Aufenthaltes in Europa spielte er mit dem Gedanken, zum römisch-katholischen Glauben überzutreten. Er war auf der Suche nach der vollkommenen Religion, die des vollkommenen Gottes würdig wäre. Aber es war keine so vollkommen, wie er sich das vorstellte. Und so reiste er von Land zu Land und sah die ganze Welt. Erst nach vielen, vielen Jahren kamen ihm ernste Zweifel an der Vollkommenheit Gottes. Denn da erst wußte Isaac, wieviel Elend es auf Erden gibt.

Bis dahin hatte er sich um die Menschheit überhaupt nicht gekümmert, sie lag für ihn wie ein Schatten weit unter der leuchtenden Vollkommenheit Gottes. Nun plötzlich sah er, wie viele Menschen litten und starben und verzweifelten, und seine sensible Idealistenseele war zuerst wie betäubt, dann entsetzt und dann gepeinigt bis an den Rand des Wahnsinns. Wäre er ein vernünftiger, praktisch denkender Mensch gewesen, er würde sich einem wohltätigen Verein angeschlossen haben, einer Missionsgesellschaft oder etwas ähnlichem, und darangegangen sein, die Not, die er sah, ein wenig zu lindern. Aber das tat Isaac nicht. Er sah die Not — und haßte Gott. Er verlor nicht seinen Glauben an die Existenz Gottes, o nein. Er wurde kein Atheist wie viele Idealisten, die plötzlich entdecken, wie die Welt wirklich aussieht. Seiner Meinung nach hatte der Mensch Gott, der eine Welt geschaffen hatte, in der es so viel Leid und durch nichts zu mildernde Qualen gab, in der so viele seiner Kinder unschuldig sterben mußten, viel zu verzeihen. Isaac Saunders aber war nicht bereit, Gott zu verzeihen. Er wurde zu seinem Feind.«

»Sie machen sich über ihn lustig«, sagte Frank, während sie langsam weiterritten. Sein Gesicht hatte zu glühen begonnen; er fühlte sich verlegen und verärgert.

Plötzlich wurde Wade sehr ernst. Ein scharfer blauer Schatten fiel quer über sein Gesicht, und seine dunklen Augen glänzten unter der Krempe seines Hutes. »Um Himmels willen, nein! Ich weiß doch, welche Leiden er durchzustehen hatte. Er hat mir ein wenig davon erzählt. Na, jedenfalls brachte Isaac es danach nicht mehr fertig, nach Richmond zurückzukehren und dort ein bequemes Leben zu führen. Er hatte zu viel Elend gesehen und zu viele Qualen gelitten. Er entdeckte diese Berge hier und zog sich zurück wie ein Einsiedler, der den Rest seines Lebens damit verbringen will, Gott zu betrachten und Ihn anzubeten. Er allerdings wollte Gott betrachten und Ihn hassen.

Irgendwann zwischen zwei Reisen hatte er ein hübsches, junges Mädchen aus Richmond geheiratet, das etwa zwanzig Jahre jünger war als er. Er war gerade in Indien und litt dort mit den Eingeborenen, als seine Frau im Kindbett starb und ihm eine Tochter hinterließ. Als er vor achtzehn Jahren hierherzog, brachte er die Kleine mit, und zu ihrer Betreuung ein schwarzes Ehepaar. Die beiden sind immer noch bei ihm und sind die einzigen Neger in diesen Bergen.«

»Ich weiß«, sagte Frank unfreundlich. »Ich weiß das übrige. Unser Isaac mußte irgend etwas anbeten, und so suchte er sich eben Venus aus oder Astarte oder sonst wen. Er muß verrückt sein!«

Wade ritt einige Minuten schweigend weiter, bis sie den Kamm des nächsten Hügels erreicht hatten. Hier hielt er sein Maultier an und deutete hinunter.

Vor ihnen lag eine sanfte Mulde, kaum ein Tal zu nennen. Darin stand, als wollte es sich verstecken oder hier nisten, ein kleines weißes

Haus mit einem Schindeldach und einem gemauerten Schornstein, umgeben von Fichten und Robinien und Ulmen, die sich so eng aneinanderdrängten, daß man zwischen den Stämmen nur hin und wieder ein Stück sauberes Weiß zu sehen bekam. Vor dem Haus blühte es in den prächtigsten, leuchtendsten Farben: Herbstrosen, riesige Maßliebchen, Salbei, Zinnien und Blumenrohr; alles wucherte bunt durcheinander, und die Blüten strebten der Sonne entgegen. Es war ein verzaubertes Haus, das da traumverloren in Farbenpracht und Sonnenschein zwischen den Hügeln lag.

Es gefiel Frank, und doch war er etwas enttäuscht. Er hatte eigentlich erwartet, daß es so groß wie Sherrys Wohnhaus sein würde oder die Nachbildung eines südlichen »Herrenhauses«. (Mr. Saunders war schließlich ein reicher Mann aus Virginia.) Dieses Haus dagegen bestand offensichtlich nur aus fünf oder sechs kleinen Räumen; es sah still und bescheiden aus.

Wade fuhr mit seiner Erzählung fort: »Ich lernte Isaac vor drei Jahren kennen. Damals beendete er gerade seine neue Theologie. Ich habe Ihnen noch nicht erzählt, daß er sich in seiner Jugend viel mit griechischer Mythologie beschäftigte. Nun erweckte er Isis, Astarte, Venus zu neuem Leben — das Mutterprinzip, den lieblichen guten Geist des Universums. Er war zu der Überzeugung gelangt, daß eigentlich nur Gott, das männliche Wesen, der Mörder und Folterknecht der Menschheit sein konnte. Liebte Er denn nicht — wie es im Alten Testament zu lesen steht — Blut und Opfer und das Aufeinanderprallen ganzer Armeen? Hatte Er nicht die Hölle erfunden und ließ Er nicht verzehrendes Feuer vom Himmel fallen? Wissen Sie, der arme Isaac war trotz seiner Zugehörigkeit zur Episkopalkirche streng bibelgläubig. Eigentlich ist es nicht zu verwundern, daß ein so schüchterner, milder, friedfertiger Mann ein weibliches Ideal, die Göttin schlechthin, verehrt, denn Männer wie er besitzen viele weibliche Eigenschaften. Der Krieg hat ihn fast um den Verstand gebracht; eine Zeitlang fürchtete ich, er würde ihn nicht überleben.

Und so betet Isaac nun das weibliche Prinzip im Universum an, die mitfühlende, mitleidende, verzeihende, gütige Göttin. Er verehrt auch Maria und behauptet, daß man sie lange, lange bevor der männliche Gott Bedeutung erlangte, Isis oder Astarte, Venus oder Aphrodite nannte. Er ist der Überzeugung, daß das weibliche Prinzip und der männliche Gott Feinde sind; der Geist des ewig Guten und Hellen ist der Feind des bedrohlichen Geistes, der die Menschen quält und Kriege und andere Greuel zuläßt.«

»Und haben Sie gar nicht versucht, ihm die Kirche Jesu Christi der Heiligen des Jüngsten Tages nahezubringen?« fragte Frank zynisch.

»Nein«, entgegnete Wade mit sanfter Stimme. »Warum sollte ich? Was ist denn das Ziel jeder Religion? Den Menschen zufrieden und glücklich und hoffnungsfroh zu machen. Isaacs neue Religion gibt ihm das alles, folglich ist sie das Richtige für ihn. Es spielt gar keine Rolle, welchen Namen ein Mensch dem Allmächtigen gibt. Heißt es nicht irgendwo, daß niemand den Namen Gottes kennt, nicht einmal die Erzengel? Ist es dann nicht ganz gleichgültig, welchen Namen der Mensch Ihm gibt? Er bleibt doch immer derselbe.«

Das kleine Haus schien ihnen entgegenzukommen, während sie langsam den Hügel hinunterritten. Wie es so dalag, ganz in zauberhaften Glanz und tiefe Stille eingehüllt, kam es Frank wie ein Haus aus einem Märchen vor. Er sah die Fenster und die kleine weißgestrichene Eingangstür zwischen den Bäumen glitzern.

»Ich sagte Ihnen schon, daß Isaac ziemlich reich ist«, bemerkte Wade und senkte seine Stimme. »Ihm verdanken wir unsere Schule. Jetzt baut er uns ein Krankenhaus. Er spendet fast sein gesamtes Einkommen für wohltätige Zwecke, Spitäler, Waisenhäuser, Friedensorganisationen und alle Arten von Missionen — katholische, protestantische, jüdische, mormonische und so weiter. Priester und Nonnen in Leprakolonien beten für ihn. Christliche Missionare in Indien, China und Japan schreiben ihm regelmäßig und preisen ihn wegen seiner Güte. Er kümmert sich nicht um ihr Glaubensbekenntnis, er kümmert sich nur darum, daß sie menschliche Schmerzen und Not zu lindern versuchen. Er verzehrt sich nach Menschlichkeit, er liebt die Menschheit. Er selbst lebt so bescheiden und einfach, wie er nur kann. Ich glaube, er gönnt sich das Stück Brot nicht, das er ißt.«

Sie waren nun beinahe bei dem Haus angelangt. Wie verlassen lag es in der leuchtenden Stille. Die Bäume verloren schon ihre Blätter; auf dem Rasen hatten sich raschelnde kleine Haufen in Rostbraun, Goldgelb und Rot angesammelt. Die Blumen waren blühende Wolken vor der weißen Mauer. Kein Laut menschlichen Lebens war zu hören, aber auch nichts von Rindern oder Hühnern. Wenn es sie gab, träumten wohl auch sie im hellen Glanz.

Wade stieg ab und stieß einen lauten, schrillen Pfiff aus. Die Berge gaben den Pfiff als Echo zurück und widerholten ihn mehrere Male. Im Haus waren leise Schritte zu hören, und bald erschien ein kleiner, zierlicher Mann an der Tür, der ein Buch in der Hand hielt. »Wade!« rief er, »bist du endlich doch einmal gekommen! Tritt ein! Tritt ein!«

Was immer Frank erwartet haben mochte — keinesfalls hatte er einen so normalen Menschen wie Isaac Saunders erwartet, wenngleich sein sauberer schwarzer Anzug, sein weißes Hemd mit hohem weißen Kragen und schwarzer Krawatte und seine glänzenden schwarzen Schuhe für diese Gebirgsgegend eigentlich kaum normal zu nennen waren. Nichts war ländlich an Isaac. Er hätte ebensogut ein Bankier oder Geschäftsmann in Virginia sein können, den eine Limousine gleich in sein Büro bringen würde, wo ihn ein ruhiger Tag unter distinguierten

Geschäftsfreunden erwartete. Sein kleines, blasses Gesicht, hager und zartknochig, sein sorgfältig gestutzter Schnurrbart, die gepflegten grauen Haare, seine weißen Hände, seine schüchternen, guten braunen Augen — alles wies ihn als Städter aristokratischer Tradition und Herkunft aus. Seine Stimme war überaus sanft und weich, beinahe süß zu nennen. Als er mit Frank bekannt gemacht wurde, starrte er ihn nicht offen an wie Sherry, sondern wandte rücksichtsvoll seinen Blick ab, schüttelte ihm herzlich, aber doch zurückhaltend die Hand und verbeugte sich ein wenig steif. Es war viel Altmodisches an ihm. »Willkommen. Willkommen, Sir«, sagte er würdevoll.

Und an Wade gerichtet, während er ihnen die Tür aufhielt: »Du bist mir eine willkommene Unterbrechung, mein Junge! Ich sitze seit dem Morgen an meinem Schreibtisch, und jetzt blendet mich die Sonne. Die Sendung Lebensmittel und Decken, die du dir gewünscht hast, ist vor einigen Tagen eingetroffen. Außerdem habe ich einen Scheck für dich.«

Nie zuvor hatte Frank ein Haus gesehen, das innen so dunkel schimmernd, so kühl und geräumig gewesen wäre. Die Wände waren mit glattem Nußholz verkleidet. Der alte Weichholzboden war so lange poliert worden, bis er wie ein matter Spiegel glänzte. Es gab nur wenige Möbelstücke in den Räumen. Frank sah einen rohen Holztisch, dunkel vor Alter, darauf eine Öllampe und eine riesige Schüssel mit Zinnien. Auf dem breiten Fensterbrett standen Bücher und Blumen. Eine Wand gehörte gänzlich den Büchern, viele davon mit Goldschnitt und in Leder gebunden. Die Stühle waren handgefertigt, der Sitz aus Binsen, gerade und streng, aber geschmackvoll. Es gab keine Teppiche und keinen Schmuck, außer den Blumen. Die Vorhänge aus naturfarbenem Leinen an den niedrigen alten Fenstern waren weit zurückgeschoben, um die warme Herbstluft einzulassen. Im gemauerten Kamin gloste ein schwaches Feuer, und über dem Sims hing ein einzelnes Bild, das Porträt einer schönen jungen Frau mit einem verträumten Gesicht. Sie war weiß gekleidet, silberne Bänder zierten die Brust; auf den fließenden goldenen Haaren trug sie einen Kranz weißer Lilien. Unter dem Porträt stand ein kleiner silberner Leuchter, auf dem einige Kerzen mattes Licht verströmten.

Das Porträt war äußerst kunstvoll gemalt, und das liebliche Gesicht schien wie ein Mond im klaren blauen Licht. Frank vermutete, daß es keine bestimmte Frau darstellte, sondern das, was Wade das »weibliche Prinzip des Universums« nannte. Frank war von dem Porträt fasziniert; er trat näher heran und sah in die sanften blauen Augen, so leuchtend und ehrlich, so rein und liebenswürdig. Er dachte an Mr. Farley, der die Heilige Jungfrau verehrte. Dies schien ihm eine edle, von Seelengröße zeugende Regung, diese Verehrung der Großen Mutter, der Mitfühlenden, Allwissenden, Gnadenreichen, der Zeugerin Gottes und der Menschen, des Weibes, das Geburtswehen und Leid kannte, die Qualen der Menschheit und den Schmerz der Kinder.

Mit der förmlichen Höflichkeit und Zuvorkommenheit des wohlerzogenen Südstaatlers sorgte Isaac Saunders für das Wohlbefinden seiner Gäste. Er ging in die Küche und kam bald mit einer dicken Negerin mittleren Alters wieder. »Randy, unsere Gäste sind eingetroffen. Du kannst uns jetzt das Essen servieren, wenn es dir recht ist«, sagte er zu der Frau, die über das ganze Gesicht strahlte. Er sprach mit ihr wie mit einer guten Freundin, und sie warf ihm einen Blick herzlicher Zuneigung zu, ehe sie das Zimmer verließ. Dann setzte sich Isaac neben Wade und sah ihn liebevoll an.

»Du mußt mir alles erzählen«, sagte er. »Ich möchte vor allem wissen, was du gedacht hast — nicht so sehr, was du getan hast.« Er sah Frank entschuldigend an. »Sie müssen wissen, ich habe Wade lange nicht gesehen.«

Sein bleiches, spitzes Gesicht und seine leuchtenden Augen erweckten Franks Respekt und Bewunderung. Isaac saß am Rand seines Stuhles, die Hände auf den Knien, und jeder Zoll seines zierlichen Körpers war vornehm und edel. Wie seltsam, einen solchen Mann in diesen abgeschiedenen, rauhen Bergen anzutreffen! Es war wirklich unglaublich! Frank lehnte sich gegen den steifen Rücken seines Stuhles und lauschte dem seltsamen Gespräch, das die beiden alten Freunde führten.

Wade setzte Mr. Saunders seine Meinung auseinander, wonach Sicherheit und Frieden in der Welt nur durch mit Nachdruck geltend gemachte und mit aller Härte zur Anwendung gebrachte internationale Gesetze gewährleistet werden könnten. Mr. Saunders, den Kopf höflich gesenkt, hörte aufmerksam zu. Dann stand er auf und schlenderte zu seiner Bücherwand. Er kam mit einem Buch zurück, blätterte es schnell durch und begann Spengler zu zitieren:

»›Aber ein Gesetz, das nur aus einer Reihe von Zahlen besteht, die man von einem Instrument abgelesen hat (oder ein Gesetz aus Worten, auf glattes Papier geschrieben), kann in diesem Rohzustand nicht einmal als intellektuelle Übung seinen Zweck erfüllen.‹

Vor dem Gesetz muß der Wunsch da sein, vor dem Wunsch die verständnisvolle Einsicht der Menschen; vor der Einsicht Gerechtigkeitsliebe und Güte. Die paar Idealisten, die da in Genf in ihren Beratungszimmern sitzen, mögen tausend internationale Gesetze zum Schutz der Welt beschließen: wenn nicht die ganze Menschheit den Krieg haßt und Ungerechtigkeit und Grausamkeit ablehnt, sind diese Gesetze unwirksam. Der Eckpfeiler aller Gesetze ist das Herz des Menschen. Ohne diesen Grundstein muß alles Menschenwerk zu einem Haufen Schutt zusammenfallen.«

Wade seufzte. »Aber es ist unmöglich, den Millionen Menschen auf der Welt klarzumachen, daß Haß ihren eigenen Untergang bewirkt.«

»Die Chinesen sagen: auch eine Reise über tausend Meilen beginnt mit dem ersten Schritt. Ich versichere dir, es wird vieler Generationen bedürfen, um die Menschheit zur Vernunft zu bringen. Aber schon heute, in diesem Augenblick kann man damit beginnen. Zuerst müssen wir allen Kindern bereits in der Schule beibringen, daß jede Religion, die zu Intoleranz, zu Haß gegen andere Menschen auffordert, ein Feind der Menschen ist; und daß sie in einer Regierung, die das eigene Volk über alle anderen stellt und seine Staatsform für die beste hält, Mörder sehen müssen. Die Welt ist auf den Menschen hin geschaffen; wenn der Mensch stirbt, gibt es keine Welt mehr.«

Er sah Wades dunkles Lächeln und blätterte wieder eifrig in seinem Buch. »Du lächelst über meine anthropomorphen Vorstellungen. Aber hör dir einmal das an: ›Es ist Anmaßung zu glauben, daß wir je *die Wahrheit* an die Stelle unserer anthropomorphen Vorstellungen setzen könnten; es gibt nämlich gar keine anderen Vorstellungen als anthropomorphe.‹ Das Auge des Menschen, das Ohr des Menschen machen aus einem Traum Wirklichkeit. Ohne Menschen gibt es nicht einmal den Traum. Das Universum würde aufhören zu existieren.«

Plötzlich mußte Frank an Irving Schultz denken, konnte sich aber nicht erklären, warum der Gedanke ihn so schmerzte.

Stammelnd mischte er sich in das Gespräch: »Mr. Saunders — ich — ich habe einen Freund zu Hause. Er sagt, der Mensch sei die einzige Wirklichkeit; nur er gäbe dem Nichts Substanz und Gott sein Wesen.« Er bemerkte Wades erstaunten Blick, errötete und schämte sich. Dann aber sah er Mr. Saunders' gespannte Aufmerksamkeit und fuhr fort: »Ich — ich meine, ohne das Wissen des Menschen um Gott hätte Gott keine Existenz. Nein. Vielleicht habe ich mich falsch ausgedrückt oder —«

Mr. Saunders lächelte freundlich. »Nein, nein, es stimmt schon. Es ist nur so schwer in Worte zu fassen, nicht wahr? Sie meinen: Erst wenn der Mensch sich des göttlichen Prinzips bewußt ist, wird das göttliche Prinzip Wirklichkeit und überzeugend?«

Frank nickte mit heißen Wangen.

Mr. Saunders faltete seine zierlichen Finger zusammen und schien in Nachdenken versunken. Dann sagte er leise: »Und wenn dem Menschen dieses sein Wissen um das göttliche Prinzip bewußt wird, dann wird ihm auch bewußt, daß die anderen Menschen ein Teil von ihm selber sind. Wie kann er dann andere Menschen noch hassen? Er kann sie nur lieben — als Teil seines eigenen Lebens. Zuerst aber muß der Mensch sich des göttlichen Prinzips vollkommen bewußt werden.«

Frieden und Harmonie schien wie klares, ungetrübtes Wasser im Raum zu stehen. Frank aber schämte sich bereits seiner Worte und zog sich in sich selbst zurück, wie eine Schnecke sich in den dunklen Schatten eines Blattes zurückzieht. Wade mußte ihn ja für einen Narren halten!

Er bemerkte nicht, daß Wade ihn freudig überrascht ansah und heimlich zufrieden lächelte.

Im rötlichen Dunst, der über den Hügeln hing, ritten sie miteinander heim. Sie sprachen kaum ein Wort. Lange hielten sie an und betrachteten den feurigen Sonnenuntergang. Fuchsrote Flammen züngelten zu einem Himmel aus tiefstem, durchsichtigem Türkis empor. Zu dunklen, formlosen Wülsten erstarrt, lagen die Berge wie riesenhafte schlafende Tiere.

Nach diesem Tag war es für Frank eine Erleichterung, in die rauhe Gesellschaft der Cunninghams zurückzukehren, mit ihnen auf den Stufen des Zeltes im Dämmerlicht zu sitzen und zuzuhören, wie Ira Gitarre spielte und dazu Spirituals sang. Er versuchte sich einzureden, daß er bloß einen grotesken Traum gehabt hatte, und schob jede Erinnerung an die Hempsteads und Isaac Saunders weit von sich. Seinem Empfinden nach hatte Wade ihm sehr rücksichtslos seine eigene verrückte Welt aufgedrängt. Ich könnte selber den Verstand verlieren, wenn ich über diese Leute nachgrüble, dachte er vorwurfsvoll. Ein Mörder, eine geistesgestörte Frau und ein Anbeter der Aphrodite! Diese Leute hatten keinen Anteil an der rauhen Wirklichkeit von Benton, an den Ölquellen, an der fröhlichen, unkomplizierten Gesellschaft der Cunninghams. Ira sang:

»Und am Abend, im Mondlicht,
kannst du Banjos singen hören — —«

Aus dem dunklen Wald rief der letzte Ziegenmelker. Der herbstliche Mond ging in gelber Pracht über den Bäumen auf. Frank saß schweigend da und fühlte sich so entsetzlich einsam und verlassen wie in seiner Kinderzeit.

IL

Als der Winter nahte, zogen die Cunninghams und Frank hinunter ins Tal und richteten sich in einer alten, verlassenen Blockhütte häuslich ein. Die Cunninghams wären es zufrieden gewesen, irgendwo ihre Feldbetten aufzustellen und sich um den gräßlichen Schmutz im ganzen Haus überhaupt nicht zu kümmern, weil er ihr glückliches Gemüt nicht im geringsten störte. Frank jedoch begann zu ihrer großen Belustigung sofort mit den Reinigungsarbeiten; er schrubbte den abgesplitterten Bretterboden mit Lauge und tapezierte die rauhen Wände mit Seiten aus alten Sears, Roebuck-Katalogen. Irgendwo trieb er sogar Glas auf und befestigte es in den leeren Fensterrahmen. Er schnitt schwarzes Wachstuch, das er bei Sears, Roebuck bestellt hatte, in große Stücke und breitete diese über die Pritschen, was dem großen, dunklen Raum eine Art lächerlicher Vornehmheit verlieh. Aus irgendeinem Grund konnte Frank den Anblick von zerdrückten braunen Decken und gestreiftem

Bettzeug nicht ausstehen. Das Wachstuch hinderte die übermütigen Cunninghams daran, tagsüber ihre Betten in Unordnung zu bringen. Sie waren zu faul oder auch zu höflich, das Wachstuch wegzunehmen. Wegen seiner Kochkunst und weil sie ihn trotz seiner Schweigsamkeit und Schwermut gern hatten, fügten sie sich Franks Launen.

Frank zimmerte einen langen Holztisch und bleichte ihn makellos weiß; er fertigte auch lange Bänke und gruppierte sie nach Art eines Refektoriums um den Tisch. Er trieb noch mehr Holz auf und machte daraus einen primitiven Vorratsschrank, den er braun anstrich. Ja, er ging so weit, einige billige Fleckenteppiche bei Sears, Roebuck zu bestellen, und bastelte sich eine Stellage für seine Bücher. Dann kaufte er eine helle Petroleumlampe und ließ sich von einem »Suppen«-Fahrer gegen Bezahlung den nötigen Brennstoff aus den »Siedlungen« mitbringen.

Die Cunninghams waren stolz auf ihn. Es war angenehm, aus dem kalten Winterregen ins Haus zu kommen, die nassen Kleider unter Franks strengem Blick aufzuhängen, sich ans Kaminfeuer zu setzen und einen herzhaften Schluck zu tun, während Frank dampfende Schüsseln mit exotischen Gerichten aus Dosen auf den Tisch stellte. Er hatte sogar einige Dosen Walfischfleisch kommen lassen, das wie Rindfleisch aussah und leicht nach Fisch roch. Dem Walfisch war bei den Cunninghams allerdings kein Erfolg beschieden; sie kosteten das Gericht wohl vertrauensvoll, waren aber der Meinung, daß Frank diesmal zu weit gegangen war. Für sie bestand die ideale Mahlzeit — früh, mittags und abends — aus gebratenem Speck, gebratenen Kartoffeln, Maisbrot, Butter, Apfelmus, Kaffee und Kuchen. Frank brachte diese Gerichte zur Begeisterung seiner Kameraden in den verschiedensten Varianten auf den Tisch.

Franks einzige Freude in dieser Zeit waren die glänzende Sauberkeit in der Hütte und die Büchersendungen, die er von Zeit zu Zeit aus Chicago oder durch Wade O'Leary erhielt. Er las wahllos alles mit zunehmender Leidenschaft und Gier: Biographien, historische Romane, Belletristik, Klassiker, Lyrik und religiöse Werke, die der Katalog fromm als »Früchte alter Meister« bezeichnet hatte. Wenn er nichts Besseres bekam, mußte Frank oft solche Sachen lesen. Immerhin machte er unter anderem die Bekanntschaft von *Quo Vadis, Ben Hur* und Tolstois *Krieg und Frieden*. Er lernte berühmte Gedichte auswendig. Immer wieder las er Shakespeares gesammelte Werke, die Wade ihm geschenkt hatte, und erhielt einen bleibenden Eindruck von der feierlichen Würde dieser Dichtungen. Da sein Wissensdurst unerschöpflich war, konnte er Tennyson und Keats mit gleichem Genuß wie Hall Caine und Walter Scott, Thackeray und Mrs. Humphrey Ward lesen. Er lechzte nach dem gedruckten Wort, und wenn er gar nichts anderes hatte, las er eben »Die Posaunen der Frohbotschaft«, eine Zeitschrift, die er jederzeit von der Frau eines Vorarbeiters ausleihen konnte. Die Dame wohnte in einem hübsch eingerichteten ehemaligen Eisenbahnwaggon — wie es gelungen war, den Koloß auf den Hügel hinaufzuschleppen, blieb für ewig ein Geheimnis.

Als Weihnachtsgeschenk bekam Frank von Wade *The Golden Bough*, die vollständige, ungekürzte Ausgabe. Frank vertiefte sich mit großer Begeisterung in das Werk und lernte die vielen toten und lebenden Religionen der Welt kennen. Peter O'Leary, praktischer veranlagt, versorgte Frank mit diversen Zeitschriften und fügte arglos auch einige Mormonen-Schriften hinzu.

Der kalte Winter war nun unbarmherzig hereingebrochen. Die Cunninghams, ausgesprochene Sonnenmenschen, hätten nur allzu gern die Ölsucherei bis zum März sein lassen, aber Frank trieb sie zur Arbeit wie ein unerbittliches Gewissen. Das letzte Bohrloch hatte acht schäbige Fässer pro Tag erbracht, und nur Franks Hartnäckigkeit und seinen zuckersüßen Überredungsbriefen an die Indian Pipe Line Company war es zu danken, daß dieses Bohrloch den lokalen Ölquellen überhaupt zugezählt wurde.

Die Arbeit an dem neuen Loch ging langsam und zäh voran und wurde nur während Franks »Schicht« etwas beschleunigt. Untereinander beklagten sich die Cunninghams, und oft dachte einer: O Gott, kennt denn dieser Yankee nichts anderes als Arbeit und Geld? Jetzt war schließlich Winter; vernünftige Leute faulenzten und tranken und schliefen sich durch diese graue, gräßliche Jahreszeit durch. Frank tat das nicht. Und, Gott sei's geklagt, auch nicht die Cunninghams. Sie hatten übrigens noch einen anderen Grund für ihre schlechte Laune, den sie jedoch vor Frank sorgfältig geheimhielten. Das Geld ging ihnen langsam aus! Wenn das neue Bohrloch sich nicht als sehr ergiebig erwies, waren sie als selbständige Ölsucher erledigt. Sie würden dann gezwungen sein, sich bei finanzkräftigeren Gesellschaften in den Bergen zu verdingen. Untereinander sprachen sie davon, nach Süden, in die Nähe von Bowling Green, zu gehen. Wenn die Gerüchte stimmten, wurde dort ein Bohrloch, das nur hundert Faß pro Tag brachte, über die Achsel angeschaut. Wäre Frank ein Kumpel gewesen — so klagten sie einander —, sie würden ihm ihre Lage erklärt haben. Dazu kam, vermeldete Ira, daß Frank etwa fünfzehnhundert Dollar beiseite gelegt hatte; wäre er ein Südstaatler gewesen statt eines verdammten Yankee, hätte man ihn leicht dazu überreden können, seinen Freunden das Ersparte zu »borgen«. Schließlich saßen sie alle im selben Boot, oder nicht? Aber Frank konnte man so etwas nicht erklären.

Tag für Tag fiel heftiger grauer Regen, manchmal vermischt mit nassem Schnee. Frank sah bei der kleinen Fensterluke hinaus und dachte an die strahlendweißen Winter in Bison, an die reine prickelnde Luft, die kalten frischen Winde von den Seen her, die blasse jungfräuliche Sonne am blendendweißen Himmelsgewölbe. Er dachte an die schmukken sauberen Straßen, an die Schneehaufen am Rand der Gehsteige. Er hörte das Gebimmel von Schlittenglocken und sah den Hauch seines eigenen Atems im Sonnenschein. Hier gab es nichts dergleichen, nur den düsteren langweiligen Regen, den grauen Himmel, die schwarzbraunen, nassen, modrigen Hügel und hier drinnen den schmucklosen Raum mit den schwarzen Feldbetten und dem Feuer. Heimweh quälte ihn. Die Cunninghams sagten oft verächtlich, der Norden sei »nicht wirklich Amerika«. Frank aber sah verloren in den Regen hinaus und hatte das Gefühl, sich in einem fremden Land zu befinden, während Amerika klar und glitzernd, männlich kräftig und voll Energie jenseits der Mason-Dixon-Linie lag. Tiefer, süßer Patriotismus erfaßte ihn, eine leidenschaftliche Liebe zu Amerika, wie er sie nie zuvor empfunden hatte.

Der bleigraue Februarregen wurde zu bleigrauem Märzregen. Hier stürmte nicht frisch und wild und grün der Frühling ins Land wie im Norden; es stieg lediglich die Temperatur um einige Grade, und der Regen ließ ein wenig nach. Der Frühling war hier keine Verheißung, er brachte nicht neue Lebensfreude und Tatendrang. Aber er brachte einen Brief von Maybelle:

»Deine Großmutter und ich fahren am 3. April endlich nach Hause! Gottlob mit der White Star Linie! Endlich nach Hause! Ich habe so lange darum gebetet! Wir fahren nach Manchester, wo Deine Großmutter ein neues Logierhaus eröffnen will, in unserem lieben alten England. Wenn Du ein anständiger Sohn wärest, kämst Du jetzt mit uns zurück in Dein Vaterland. Aber nein, Du klebst da unten in Kentucky, am Ende der Welt. Hast Du denn nie Heimweh? Wir hatten gedacht, Du würdest zumindest nach Bison kommen und Dich von uns verabschieden. Aber nein! Nun, paß gut auf Dich auf, Frankie, und schreib oft. Ich schreibe Dir, sobald wir daheim ankommen, und vielleicht kommst Du selber eines Tages hinüber. Du schreibst, daß Du Geld verdienst und brav sparst; das freut mich, obwohl ich es bedaure, daß Du mir nur so wenig Geld schicken konntest und so selten. Vielleicht hat das alles doch sein Gutes. Wenn nur Vater mit uns fahren könnte! Das ist unser großer Kummer. Nun, man kann nicht alles haben. Ich schicke Dir anbei die Staatsbürgerschaftsurkunde, die Vater für Dich besorgte, als Du zwölf Jahre alt warst. Ich brauche sie nicht. Es steht Dein Name drauf und vielleicht hast Du einmal dafür Verwendung.«

Der Brief erweckte in Frank keinerlei Gefühlsbewegung. Die Bescheinigung seiner Einbürgerung hingegen betrachtete er mit Interesse und Rührung; er hatte sie nie vorher gesehen. Da stand sein Name! Er wußte seit langem, daß er amerikanischer Staatsbürger war, nun aber hielt er die schriftliche Bestätigung in der Hand, und aus irgendeinem Grund machte ihn das froh. Er faltete die Urkunde zusammen und entfaltete sie wieder, viele, viele Male, glättete sie mit seinen schwieligen Fingern und hielt sie ganz fest. Schließlich legte er sie in den Baumwollsack zu seinem Geld, gab den Sack zurück in den Koffer und schloß langsam und sorgfältig den Deckel. Nie zuvor war er sich dessen so bewußt gewesen: Ich bin Amerikaner!

Tagelang war er beinahe zufrieden und glücklich. Er stimmte sogar in den Gesang der Cunninghams ein. Sie waren Amerikaner. Aber er auch! Sie waren in diesem Land geboren. Sie konnten nicht nachempfinden, wie leicht sein Herz nun war, wie frei und stolz er sich fühlte. Er bemitleidete sie, weil sie nur hier geboren waren und die wahre Freude über ihre Staatszugehörigkeit nicht kannten.

Bald darauf ertappte er sich zu seinem größten Erstaunen bei einem seltsamen Gedanken: Eines Tages werde ich über Amerika schreiben! Völlig verwirrt stand er am Herd, wo er gerade Suppe kochte, und starrte vor sich hin. Warum hatte er das gedacht? Er würde nie wieder schreiben — das wußte er genau. Und dennoch war ihm diese absurde Idee gekommen, lichtumglänzt, jubelnd, stark. Er schüttelte den Kopf und rührte in der Suppe, aber der herrliche Klang dieses Gedankens blieb bei ihm wie eine Melodie, die sich nicht verscheuchen läßt und einem immer durch den Kopf geht.

Eines Tages fuhr Tim Cunningham »nach Benton zu«, um Kaffee und Salz und Benzin zu besorgen, und kehrte mit einem Sack voll Büchern und einem Brief von Wade O'Leary zurück. Der Brief war kurz und schroff und begann ohne Gruß:

»Sie haben sicher gehört, daß hier unten die Typhusepidemie wieder ausgebrochen ist — trotz unserer Mahnung an die Bevölkerung, nur abgekochtes Wasser zu trinken. Auch einige Pockenfälle haben wir. Peter und ich rackern uns zu Tode, wir brauchen dringend einen intelligenten Menschen, der uns hilft. Ich bitte Sie nicht, nein, ich fordere Sie auf, uns ein wenig Zeit zu opfern und uns zu helfen, das Typhusserum zu verabreichen und die Leute gegen Pocken zu impfen. Ich brauche Sie einige Tage. Ich höre von Tim, daß an dem neuen Loch nicht gearbeitet werden kann, bis Werkzeug eintrifft. Wenn Sie nur einen Funken Anständigkeit besitzen und nur ein wenig Freundschaft für mich empfinden, dann kommen Sie und helfen Sie uns! Inzwischen sende ich Ihnen eine Flasche Jod. Wenn Sie sich des Wassers da oben nicht sicher sind, geben Sie in jedes Glas einen Tropfen Jod und lassen Sie es eine halbe Stunde stehen, ehe Sie es trinken. Ich erwarte Sie.«

Frank wurde rot vor Ärger, als er den Brief las, und warf ihn ins Feuer. Er war wütend über Wades Unverschämtheit. Verlangte er nun eine Gegenleistung für seine Bücher und Zeitschriften? Der Teufel sollte ihn holen, ihn und seine dreckigen Patienten! Sollten die Hunde doch sterben in ihren modrigen Bergen. Sie hatten sowieso kein Recht zu leben.

Später dachte er: Ich werde ihm ein wenig Geld schicken für seine verfluchten Medikamente. Als er in der Hütte allein war, öffnete er den Koffer und zog den Sack heraus. Zögernd entnahm er ihm einige Banknoten. Dann sah er die sauber gefaltete Staatsbürgerschaftsurkunde, faltete sie auseinander und las sie noch einmal.

L

»Zu allererst«, sagte Wade mit blassen, harten Lippen, »schrubben Sie den Arm mit Seife und heißem Wasser. Schrubben Sie fest. Dann tupfen Sie mit dieser sterilen Watte Alkohol drauf. Dann nehmen Sie die Nadel und ritzen die Haut drei oder viermal, bis ein bißchen Blut zu sehen ist. Dann drücken Sie diesen Impfstoff auf die Kratzstellen. Dann machen Sie einen leichten Verband mit Gaze und sagen den armen Narren, daß sie den Verband um keinen Preis herunternehmen dürfen.«

Wades Gesicht war grau vor Erschöpfung. Das Dorf und seine Umgebung war voll von kranken, sterbenden, verängstigten Menschen. Außerdem hatten die Frauen sich gerade diesen Zeitpunkt ausgesucht, um einen Schwung Babys zur Welt zu bringen, und es gab viele Lungenentzündungen. Die O'Learys waren notgedrungen in das halbfertige kleine Spital eingezogen, das Isaac Saunders bauen ließ, und hatten ihre Erste-Hilfe-Station in Räumen eingerichtet, die nach Fichtennadeln und Harz dufteten. Jede Post- und Büchersendung brachte auch neue Vorräte an Serum und Impfstoff und Medikamenten. Die ganze Gegend war verseucht, aber die Bewohner weigerten sich nach wie vor, das Wasser abzukochen und ihre dreckigen, stinkenden Aborte zu reinigen. Sie schrien nach den Wanderpredigern, die imstande waren, diese Heimsuchung »wegzubeten«, und ließen Wades Behandlung ängstlich oder gleichgültig über sich ergehen. Sie vertrauten ihm. Wenn er sie mit seinen Nadeln und seinen Verbänden, dem »Blutgift« aussetzen wollte, dann war das eben seine seltsame Art, sich zu amüsieren. Sie gaben nach, weil sie ihn gern hatten. Er und Peter konnten gut mit Babys umgehen und retteten viele vor den »Anfällen«. Mochte er doch ruhig seine »neumodischen Ideen« verbreiten; außer seinen Nadeln brachte er auch Decken und Dosenmilch, und Peter spielte auf dem Banjo und unterhielt die Kinder. Sie sahen keinen Zusammenhang zwischen ihren verseuchten Brunnen und ihren Krankheiten. Und oft fanden Peter und Wade spielende Kinder am Bett der Mutter, die an Pocken erkrankt war und im Sterben lag.

Die O'Learys hatten ihre Feldbetten und ihre Kochutensilien in einem Hinterzimmer des kleinen Spitals aufgestellt. Sie hatten auf Mr. Saunders Kosten Pritschen für das Spital bestellt, und langsam füllte sich das einzige, schmale Krankenzimmer mit Patienten. Männer, Frauen und Kinder wurden sterbend oder bewußtlos auf provisorischen Tragbahren hereingebracht, begleitet von Verwandten, die die Kranken unter Wades Anleitung gehorsam pflegten. Neben dem Krankenzimmer war das Laboratorium, wo rücksichtslos und flink Serum und Impfstoff verabreicht wurden. Tag für Tag standen Väter und Mütter, Kinder und alte Leute hier angestellt und warteten im Regen, zitternd vor Angst und Kälte, bis sie an die Reihe kamen.

Es goß in Strömen, und die Reihe der Patienten wurde immer länger. Im Krankenzimmer war es warm. Peter machte ständig Kontrollgänge, zwang die einheimischen »Krankenschwestern«, sich häufig die Hände zu waschen, blieb stehen, um Fieber zu messen und Medikamente zu verabreichen. Die nackten Wände, noch nicht verputzt, glänzten feucht im Lampenlicht. Das Stöhnen und Jammern von Erwachsenen und Kindern verschwamm zu einem einzigen gedämpften Akkord aus Angst und Qual.

Franks Platz jedoch war bei Wade, der ihn in die einfache Prozedur des Impfens einweihte: Arme ritzen und den grünlichen Pockenimpfstoff in die Schramme drücken oder eine Injektionsnadel mit dem Typhusserum in zitternd zurückweichende magere Arme stoßen. Sie hatten nicht genug Zeit, um den ganzen Arm zu waschen. Frank sah mit Abscheu den hellen Fleck, den sein Schrubben auf der schmutzigen Haut erzeugte, und während er seine Aufgabe fachgerecht und hurtig ausführte, beschimpfte er die Leute wegen ihrer Unsauberkeit. Sie überließen sich ihm nur widerwillig und wandten ihre angsterfüllten Augen wie Kinder Wade zu, der sie mitfühlend anlächelte. Die Frauen drückten sich in ihre feuchten Umhängtücher; ihre Baumwollröcke hingen über zerrissene Stiefel, die dem Sohn oder Gatten gehörten; ihre Köpfe neigten sich unter den unvermeidlichen Sonnenhüten aus Gingham. Die Männer gaben sich meist mutiger, machten zotige Bemerkungen über den Impfvorgang und betrachteten Frank mit Abneigung. Sie hakten die Finger in ihre Hosenträger, kauten Tabak, zuckten die Achseln, spuckten aber doch gehorsam in die Sandkisten, die die O'Learys aufgestellt hatten. Die Kinder hingen schreiend an den Rockschößen ihrer Mütter oder lagen schläfrig in den Armen ihrer Väter. Frank sah ihre verkniffenen blassen Gesichter, die stumpfen, teilnahmslosen Augen der Frauen, die hageren, stoppeligen Wangen der Männer, und haßte sie alle. Die Reihe nahm kein Ende. Sie kamen auf Maultieren und zu Fuß, dampften in der Wärme des kleinen Raumes, stanken zum Himmel nach Stallmist, ranzigem Fett und Dreck. Alle Stunden etwa kratzte Frank den roten Schlick vom Boden und goß einen Kübel heißes Wasser und reichlich Desinfektionsmittel auf die rohen Holzplanken.

Wade hingegen sprach trotz seiner Erschöpfung freundlich mit den Leuten, zeigte ihnen sein Mitgefühl und scherzte mit ihnen. Er tätschelte den Kindern den Kopf oder die Wangen. Er hatte eine große Schachtel Lutschbonbons für die Kleinen und versprach jedem Kind, das nicht schrie, etwas »Süßes«. Die verhärmten Gesichter der Frauen erhellten sich, und sie lächelten; die Männer sahen mit hündischer Liebe zu ihm auf. Hinter der geschlossenen Tür hörte man die festen Schritte Peter O'Learys, und manchmal sang er einem weinenden Kind oder einer stöhnenden Frau zum Trost ein Lied vor.

So ging das nun seit Tagen, Tagen ohne Ende. Dazwischen warf sich Frank auf seine Lagerstatt und versank in kurzen, unruhigen Schlaf. Dann stand er schnell wieder auf, kochte eine Kleinigkeit, wusch und bürstete seine eigenen Hände und kehrte ins Labor zurück, wo Wade, in Hemdsärmeln und schweißnaß, von Stunde zu Stunde blasser wurde und ununterbrochen lächelte. Manchmal war Frank allein mit den Leuten, die ihn gleichgültig oder feindselig anstarrten, weil sie seine Abneigung und seinen Ekel fühlten. Wade, der hinter der Tür eine Stunde schlafen wollte, hörte Franks wütende Verwünschungen, hörte die Schreie der Kinder, die Flüche der Männer. Aber Frank war ein guter, unermüdlicher Assistent. Wade schloß die Augen, seufzte, sank in einen Alptraum von erschöpftem Schlaf und dankte Gott trotz allem für diesen zornigen, widerspenstigen Helfer.

»Ich tue das nur euretwegen, verdammt noch mal!« hatte Frank ihm einmal gesagt, und Wade hatte gelacht. »Ich will nicht, daß ihr beide vor Erschöpfung zugrunde geht. Dafür liegt mir zu viel an euren Büchern.«

Immer noch regnete es unausgesetzt, und die Frühlingsluft war unangenehm warm. Die Maultiere schrien, während sie in den dreckigen Pfützen standen und auf ihre Besitzer warteten. Die Dorfstraße von Benton war ein roter Fluß aus Matsch und Wasser, die Hütten waren grau vor Feuchtigkeit, während die dunklen Hügel langsam grün wurden. Der »Nebenfluß« unterhalb von Benton zeigte an der Oberfläche gelbe, rote und violette Flecken, denn das Öl von den Bergen hatte sich mit dem Wasser vermischt.

Nun würden die Wanderprediger bestimmt bald kommen und ihre Bekehrungswerkstätte in der schäbigen kleinen Kirche neben dem Gemischtwarenladen eröffnen. Die Bergbewohner strömten immer noch ins Spital, so als fühlten auch sie den kalten Hauch des Todes und des Aberglaubens im Nacken. Sie kamen aus Dankbarkeit gegen Wade und aus Zuneigung zu ihm und aus einem verwirrten, unklaren Vertrauen in seine »Ideen«. Die Pocken hatten sich nicht weiter ausgebreitet; das Fieber ging zurück. Aber immer noch war es ein Wettrennen, und Frank wußte das.

Jeder Tag, der verging, ohne daß die Wanderprediger auf ihren wilden Maultieren nach Benton galoppiert kamen, füllte Frank nun mit Erregung. Wieder ein Leben gerettet, eines Kindes Augenlicht oder Gesichtchen der Zerstörung und Entstellung durch die Pocken entzogen! Seit neuestem machte ihn der Anblick von Kindern weicher: sie waren so verstört, so blaß, so vertrauensselig. Er wunderte sich immer, wenn sie ihn anlächelten, denn es wurde ihm nicht bewußt, daß er sie zuerst anlächelte. Als er bemerkte, daß seine eigenen Hände ungewöhnlich weiß und dünn waren, hätte er nicht sagen können, warum ihn das so sehr mit Freude und Stolz erfüllte. Als er sein Gesicht in dem Spiegelscherben neben der Tür betrachtete und sah, wie hager seine Wangen waren, wie eingefallen und abgehärmt, beunruhigte ihn das nicht im mindesten. Es war etwas Gutes, etwas Wunderbares, dieser Kampf gegen Tod und Unwissenheit — so unwürdig auch die Objekte waren, fügte er in Gedanken hinzu.

Es war schön, an Wades Seite zu kämpfen. Er war zutiefst überzeugt, daß er nie mehr einem Menschen vertrauen würde, wie er Paul Hodge vertraut hatte, daß er nie wieder ein »Alter ego« besitzen würde, mit dem er sprechen oder schweigen konnte und das ihn immer vollkommen verstand. Dennoch vertraute und liebte er Wade O'Leary mit aller Glaubensfähigkeit und Hingabe, die er sich aus seiner Kinderzeit noch erhalten hatte. Seine Zunge war für immer gehemmt; er konnte sich keinem Menschen mehr voll und ganz anvertrauen, aber Wade vertraute er sich mehr an, als er für möglich gehalten hätte.

Frank hatte nur einen Kummer: Er wußte, daß Peter O'Leary ihn nicht besonders mochte, und das tat ihm leid, denn er empfand große Zuneigung für ihn.

Als der Andrang der Patienten einmal auf kurze Zeit ein wenig nachgelassen hatte, beklagte sich Frank bei Wade: »Dein Bruder mag mich nicht.«

Wade stellte die Flasche mit Serum zur Seite, sah Frank lange und ernst an und sagte dann freundlich: »Aber nein. Nein. Du verstehst Peter nicht.« Er machte eine Pause, um dann vertraulicher, als es sonst seine Art war, fortzufahren: »Peter ist mit einem sehr netten Mädchen in Salt Lake City verlobt, einem gebildeten, wohlerzogenen Mädchen aus guter Familie. Sie —« Wade zögerte. Dann aber, bemüht, die Wolken von Franks Gesicht zu vertreiben, sprach er weiter: »Sie ist genau wie er. Die beiden werden nie zu viel voneinander erwarten.«

»Peter scheint mit allen eng befreundet, außer mit mir!« sagte Frank gekränkt und wurde ganz rot dabei.

»Vielleicht deswegen, weil kein anderer so nahe an uns herankommt — an uns beide«, lautete Wades ein wenig vieldeutige Antwort.

Im Bewußtsein seiner Einsamkeit und der sterilen Leere seines Lebens entschloß sich Frank plötzlich eines Morgens, nicht mehr lange hier zu bleiben. Eifersucht begann ihn zu quälen. Trotz Wades Zuneigung und Sorge um ihn empfand er es schmerzhaft, daß er keinen wirklichen Freund besaß. Frank mußte alles haben — oder nichts. Das wußte er aber noch nicht. Er wußte noch nicht, daß er vor jeder Freundschaft floh, die sich nicht zu Liebe vertiefen konnte. Denn er mußte entweder lieben oder hassen, es gab für ihn keinen Mittelweg. Er mußte entweder vollkommen vertrauen, alle Türen seines Herzens weit öffnen — oder er durfte überhaupt nicht vertrauen, mußte die Türen verschlossen und verriegelt und unter Bewachung halten.

Eine Veränderung ging in ihm vor; er zog sich langsam zurück, als wollte er seinen Abgang vorbereiten. Wade bemerkte es und war hilflos. Er konnte für Frank nichts mehr tun. Denn er, Wade O'Leary, war nicht imstande, mehr zu geben, als er schon gegeben hatte.

LI

Für das kleine Spital brach ein ruhiger Sonntagmorgen an. Nur im Krankenzimmer herrschte Betriebsamkeit. Kein einziger Patient wartete vor der Tür des Laboratoriums. Frank erwachte aus einem langen, erfrischenden Schlaf und sah, daß ein goldener Tag begonnen hatte, ein Tag voll sanfter sonniger Wärme, feucht und glitzernd. Er ging in die Sonne hinaus und stellte fest, daß sich die Hügel unter dem heiteren blauen Himmel über Nacht dunkelgrün gefärbt hatten. Selbst das Dorf erschien ihm weniger häßlich als sonst; die kleinen Holzhütten und Blockhäuser sahen im schimmernden Licht beinahe malerisch aus. Die mächtigen Bäume, vor einer Woche noch völlig kahl, waren nun Springbrunnen von reinstem Smaragdgrün und wiegten sich im Murmeln des Windes. Frank schnupperte dankbar und zog den scharfen Atem der erwachenden Erde in sich ein. Dann hörte er laut und heftig die Kirchenglocken läuten. Die Wanderprediger waren eingetroffen, und es würden nur noch wenige Leute in das Spital kommen, um sich impfen zu lassen.

Doch da hörte Frank den festen Schritt seines Freundes, und Wade stieß gähnend die Tür auf. Er setzte sich neben Frank, rieb sich die Augen und gähnte noch einmal. Frank rollte ihm eine Zigarette, und die beiden jungen Männer saßen müde und zufrieden da und starrten schweigend die Straße hinunter, zur Kirche zu. Sie sahen einige gebückte, ramponierte Gestalten der offenen Tür der Kirche zustreben, und die Glocken läuteten noch aufgeregter.

»Nun«, sagte Wade, »der Feind ist eingetroffen. Aber wir haben die Schlacht gewonnen.« Er war noch nicht rasiert; der dunkle Bart ließ das bleiche Gesicht in der Sonne fast weiß erscheinen. »Ich nehme an, du wirst jetzt wieder in die Berge zurückkehren, Frank?«

»Ja. Ich muß nachsehen, was die Jungs machen. Sobald ich nicht da bin, faulenzen sie. Komisch, daß keiner heruntergekommen ist, um mich zu besuchen.«

Wade rauchte, dann blickte er nachdenklich auf die Glut seiner Zigarette. »Warum fährst du nicht heim, Frank? Irgendwie habe ich das

Gefühl, daß du mit Hilfe der Cunninghams nie zu Reichtum kommen wirst. Sie sind zu — zu bequem vielleicht. Außerdem glaube ich, du hast genug über diese Berge und ihre Bewohner gelernt.«

»Ich bin nicht hergekommen, um zu lernen«, erinnerte ihn Frank mit abweisender Stimme. »Ich bin hergekommen, um reich zu werden.«

Wade zog eine Braue hoch. »Verzeihung! Aber ich glaube nicht, daß dir das hier gelingt. Ich glaube, du wirst überhaupt nicht durch eine einmalige günstige Gelegenheit reich werden. Du bist nicht der Typ. Fahr nach Hause. Lerne, studiere, fang wieder zu schreiben an.«

Frank machte eine ungeduldige Handbewegung. Er war verwirrt und verlegen. Er stand auf. »Ich richte jetzt das Frühstück. Dann gehe ich zurück zu den Cunninghams. Das neue Bohrloch sollte schon voll in Betrieb stehen, falls sie es nicht vorgezogen haben, Winterschlaf zu halten. Anzeichen dafür gab es schon, als ich fortging.«

Wade schwieg. Er sah zu seinem Freund auf, sah sein blasses ausgemergeltes Gesicht. Seine kastanienbraunen Haare waren lange nicht geschnitten worden, sie wuchsen in dichten Büscheln über die Ohren und in den Nacken. Unter den blauen Augen lagen tiefe Ringe, die Nase war schärfer geworden, er schien gealtert. »Du schaust aus wie der Tod«, sagte Wade. »Geh zurück zu den Jungs, und schlaf dich einmal drei Tage aus.« Und lächelnd fügte er hinzu: »Danken möchte ich dir nicht.«

Schon wollte Frank auffahren: Ich habe es für dich getan, verdammt noch mal! Nur für dich! Aber er hielt die Worte zurück. Er wollte nicht wieder die freundliche Gleichgültigkeit, die distanzierte Verlegenheit in Wades Augen sehen. Und so griff er nur nach Wades Schulter und versetzte ihm einen liebevollen Stoß.

Einen Augenblick später gesellte sich Peter zu ihnen; er war noch ganz zerrauft und verschlafen, und er gähnte herzhaft. Seine Hosenbeine hatte er in hohe Stiefel gesteckt, sein blaues Hemd stand am Hals offen, die blonden Haare waren zu lang, und ein goldener Flaum bedeckte sein breites, gesundes Gesicht. Im Gegensatz zu Wade trug er immer einen breiten Ledergürtel, in dem ein Revolver steckte. Der Gürtel rutschte ihm auf die schmalen Hüften herunter. Er sah stets unternehmungslustig aus, wie ein richtiger Abenteurer, und auf seiner rosigen Haut standen immer kleine Schweißtropfen, gleichgültig ob es heiß war oder nicht. Frank konnte seine spontane Bewunderung für Peter nicht unterdrücken und begrüßte ihn freundschaftlich.

Peter deutete mit der Hand auf die Kirche. »Sie sind also da, was? Aber wir waren schneller! Sollen sie jetzt ruhig vom Höllenfeuer faseln; jetzt sind die Leute wenigstens mit Impfstoff angefüllt. Ich wollte, es gäbe eine Impfung gegen Bibel-Wahn!«

»Ich wünschte, wir hätten eine Impfung oder ein Gegengift für alle Sünden dieser Welt«, sagte Wade halb im Scherz, halb im Ernst.

»Dann wäre die Welt aber verdammt langweilig«, rief Peter lachend.

Er nahm die Zigarette, die Frank ihm anbot. Er schien an diesem Morgen herzlicher als sonst. »Ich muß dir sagen, Frank, du hast uns riesig geholfen. Ehrlich gestanden, als ich dich zum erstenmal da drinnen sah, ritzend und stechend, da konnte ich es kaum glauben!«

»Warum nicht?«

»Nun, ich hatte es von dir nicht erwartet — du schienst mir nicht der Typ.« Er lächelte Frank freundlich zu, stand aber ganz nahe bei Wade.

Franks Mund wurde schmal. »Du solltest dich vor einem so voreiligen Urteil hüten«, sagte er. »Was weiß man denn schon von einem Menschen?«

Er ging in die Küche und begann das Frühstück herzurichten. Durch das Fliegengitter oben in der Tür sah er gerade noch Peters blonden Schopf. Er hörte Wades tiefe Stimme und Peters schnelle, kurze Antworten, aber er verstand nicht, worüber sie sprachen. Er fühlte sich bedrückt und unbehaglich und kam zu dem Schluß, daß er Peter haßte, weil dieser ihn niemals ganz für voll nehmen würde.

Später, als sie beim Frühstück saßen, teilte Wade ihm mit, daß Peter im Mai nach Salt Lake City zurückkehren wollte, um zu heiraten. »Peter kommt nicht mehr her, aber ich werde bleiben, bis unsere Kirche einen Ersatzmann schickt. Wir sind schon lange hier und werden nun ausgetauscht.«

»Und was soll aus dieser Gemeinde werden?« fragte Frank. Bei dem Gedanken, seinen Freund nie mehr zu sehen, wurde ihm weh ums Herz.

»Oh, die Kirche schickt sicher tüchtige Männer hierher. Die Missionsgesellschaft ist äußerst aktiv.«

Mit sehnsüchtigem Vergnügen begannen Peter und Wade von ihrer Heimat und von ihrer Familie zu sprechen. Sie vergaßen Franks Anwesenheit, und er fand sich zähneknirschend damit ab. Er bedeutete ihnen nichts. Sie würden dankbar an ihn denken und gut von ihm sprechen, aber sie würden immer seltener an ihn denken, bis sie auch seinen Namen vergessen hatten. Er war nur ein Teil von Benton, nur ein kleiner Bestandteil der harten Jahre in dieser abgeschiedenen Gegend. Er aber würde sie nie vergessen. Noch im hohen Alter würde er Wades dunkles schmales Gesicht vor sich sehen und Peters sonniges Lächeln und seine rosige feuchte Haut. Das kommt daher, dachte er, daß ich eigentlich nie etwas besaß, während sie in jeder Beziehung reich waren.

Sie vergaßen ihn ja jetzt schon. Sie sprachen von ihrem Vater und ihrer Mutter und von dem Hof, den ein Vetter gekauft hatte. Sie sprachen von den Frauen, die sie liebten und zu denen sie nun bald zurückkehren durften. Sie sprachen über ihre Kirchengemeinde und ihre alten Freunde. Frank konnte sich ihr zukünftiges Leben gut vorstellen — gehobener Mittelstand, ein befriedigender Beruf, ein angenehmes Heim.

Immer härter empfand es Frank, daß er keine Heimat und keinen einzigen Freund besaß. Irgendwann würde er nach Bison zurückkehren, aber es gab dort niemanden, der sich auf seine Rückkehr freute. Während er hoffnungslos verlassen um seinen Lebensunterhalt kämpfte, würden diese beiden jungen Männer immer reicher werden — sowohl an materiellen Gütern als auch an Ansehen und Beliebtheit in ihrer Heimatgemeinde. Sie würden hübsche, fröhliche Frauen heiraten und glückliche, gesunde Kinder großziehen, geborgen in der Liebe Gottes und der Sicherheit, die ein friedliches Leben und ausreichendes Einkommen bieten. Mit dem Herzen hatten sie Benton schon verlassen. Ihre Augen waren nach Westen gerichtet, und der Schein einer westlichen Sonne lag auf ihren Gesichtern. Nehmt mich mit! Laßt mich immer bei euch bleiben! schrie Franks einsames Herz. Aber die beiden Brüder lachten über irgendeine alte Familienepisode.

Später dann borgte Wade ihm sein eigenes Maultier für seinen Ritt in die Berge. »Einer der Jungs kann es morgen zurückbringen, wenn er einkaufen kommt«, sagte er.

Frank ritt den Hügeln zu und vermied dabei sorgfältig die Schlaglöcher auf den Lehmstraßen. Seit er Benton verlassen hatte, war der Wind kühler und frischer geworden und der Duft nach Fichtennadeln fast betäubend. In grüner, glänzender Stille lag die Landschaft vor ihm. Gelegentlich sah er Ölquellen, aber kein menschliches Wesen begegnete ihm. Da und dort nistete eine Blockhütte oder ein kleines graues Bauernhaus in einer Talsenke, aber soweit Frank es ausnehmen konnte, waren sie alle verlassen und unbewohnt. Die Sonne schien wärmer auf seine Schultern und seinen Kopf; Blätter rauschten im Wind. An den Hufen des Maultieres klebte roter Schlick, so daß sie bei jedem Schritt ein schmatzendes Geräusch verursachten. Hie und da rief ein Vogel, und ein zweiter antwortete.

Nach einer Stunde sah er die vertraute kleine Mulde und die Blockhütte, wo er mit den Cunninghams wohnte. Kein Rauch stieg aus dem Schornstein. Er sah die Balken des Bohrloches gleich daneben, aber keine Menschenseele. Verdammte Faultiere! Wahrscheinlich schliefen sie noch in der Hütte, die gewiß aussah wie ein Schweinestall.

Es war ein elendes Land, und die grauen Balken der Hütte erinnerten Frank an einen alten Mann, der in der Sonne schlief. Er band das Maultier an einen Pfosten des Vorbaues und polterte auf den Holzplanken zur Tür. Er machte mehr Lärm, als nötig war, so als wollte er diese goldene Stille zum Leben erwecken.

Die Tür war geschlossen, Frank stieß sie ungeduldig auf. »Teufel noch mal!« rief er. »Schlaft ihr denn noch?«

Keine Antwort. Verblüfft und ungläubig stand er auf der Schwelle des dunklen Raumes. Die Pritschen waren umgeworfen, der Boden schmutzig, voll Fettflecken, Staub und alten Zeitschriften. Der Herd stand verlassen da, schwarz und rostig. Rundherum lag zerbrochenes Geschirr, obendrauf stand eine kalte Pfanne mit schwärzlichem Fett. Die Gewehre hingen nicht mehr auf ihrem Platz über dem Sims, und der Kamin selbst war voll Müll. Keine Kleidungsstücke waren zu sehen außer seinen eigenen, die an einem Nagel neben dem Fenster hingen. Der alte zerbeulte Koffer stand noch in der Ecke; auf seinen Deckel hatte man einen Haufen Lumpen und einige schmutzige Kaffeeschalen geworfen.

Frank brauchte nur einen Augenblick, um zu erfassen, daß die Cunninghams sich davongemacht hatten und nicht mehr zurückkommen würden. Etwas Hinterhältiges lag in den Balken dieser stinkenden Hütte, Geheimnistuerei in den verstaubten Ecken. Mit wild klopfendem Herzen stürzte Frank zu seinem Koffer. Seine zitternden Hände konnten den Deckel kaum aufheben. Dann seufzte er erleichtert auf: sein »Stadtgewand« war noch da und auch der Geldsack. Er griff danach; ein riesiger Schreck durchzuckte ihn. Der Sack war sehr leicht, viel zu leicht. Er riß die Verschnürung auf; einige Banknoten fielen heraus und seine Staatsbürgerschaftsurkunde, dazu noch ein zusammengefaltetes Papier. Seine Hände zitterten immer heftiger. Er blinzelte, denn ein dunstiger Schleier hatte sich über seine Augen gelegt. Er entfaltete das Papier, hielt es ans Licht und las:

»Sei nicht böse, Frank. Aber es gibt kein Öl in dieser gottverdammten Gegend, und uns ist das Geld ausgegangen. Es hat keinen Sinn, hierzubleiben. Wir haben einen Entschluß gefaßt. Wir haben von Freunden gehört, daß es in der Nähe von Bowling Green massenhaft Öl gibt, und nun wollen wir dorthin. Wir hätten es Dir wohl sagen sollen, aber es war nicht genug Zeit. So haben wir uns also Dein Erspartes ausgeborgt, damit wir in Bowling Green, wo es viel Geld zu verdienen gibt, frisch anfangen können. Hundert Dollar haben wir Dir gelassen, damit Du uns folgen kannst, sobald Du aus Benton zurück bist. Wenn Du nach Bowling Green kommst, frage nach Si Bellows. Jeder dort unten kennt ihn. Er wird Dir sagen, wo wir bohren. Wir erwarten Dich. P. S. Vielleicht ist das gemein, was wir machen, aber Du warst so beschäftigt da unten mit Wade O'Leary, und wir borgen uns das Geld ja nur aus. Wir werden Dir 6 Prozent Zinsen zahlen. Komm uns nach. In Bowling Green kann man wirklich ein Vermögen verdienen. Das ist eine richtige Ölstadt, nicht so ein gottverlassenes Nest wie das hier.«

LII

Wade las den Brief, und sein Ausdruck verdüsterte sich. Er sah Franks junges, entsetztes Gesicht, die blutunterlaufenen Augen und den Mund, der vor Empörung und Wut zitterte.

»So eine Gemeinheit!« rief Peter. »Ich habe von den Burschen nie viel gehalten, aber ich hätte nicht gedacht, daß sie so etwas tun würden!«

»Was soll ich machen? Was soll ich bloß machen?« stammelte Frank verzweifelt. Er rang die Hände und verkrampfte sie ineinander. »Mein Geld! Ein Jahr lang habe ich für dieses Geld gearbeitet! Es — es ist ungerecht, wenn sie dafür nicht bestraft werden. Was kann ich tun? Kann ich sie einsperren lassen? Ich möchte die Schufte im Gefängnis sehen! Ich möchte mein Geld wiederhaben!«

Er war völlig außer sich. Verzweifelt sah er Wade an, der noch kein Wort gesprochen hatte, und wandte sich dann Peter zu. Instinktiv fühlte er, daß dieser empört und wütend war, und packte ihn am Arm. »Kann ich sie nicht aufhalten? Gibt es denn keine Polizei hier? Was ist mit dem Sheriff?«

Die drei standen vor dem Spital in der Mittagssonne. Frank war nach seiner Entdeckung sofort wieder nach Benton hinuntergehetzt, wobei er wie ein Verrückter auf Wades stoisches Maultier einschlug. Sein Rufen hatte die Brüder herausgelockt. Sie sahen sofort, daß er wie von Sinnen war.

»Wir müssen das in aller Ruhe besprechen«, sagte Peter, und in seiner rauhen Stimme lag mehr persönliche Anteilnahme, als Frank bisher gehört hatte. Er warf einen Blick auf seinen Bruder, dessen dunkle Brauen finster zusammengezogen waren. »Es hat keinen Sinn, daß wir uns gegenseitig verrückt machen. Du sagst, die Hütte sieht aus, als wären sie vor etwa zwei Wochen weggezogen. Vor etwa drei Wochen bist du zu uns heruntergekommen, nicht wahr? Das heißt also, daß sie die Gelegenheit wahrgenommen haben, um sich mit deinem Geld aus dem Staub zu machen. Wade, was meinst du, soll man den Sheriff verständigen oder die Polizei in Paintsville?«

Wade schob den weichen schwarzen Hut aus der Stirn. »Nach den Buchstaben des Gesetzes liegt hier, fürchte ich, kein Diebstahl vor. Frank war ihr Partner. Die Brüder legten ihr gesamtes Geld zusammen, und man könnte von der Annahme ausgehen, daß ein Teilhaber das auch tun muß. Ich weiß es nicht, ich bin kein Jurist. Sie haben dir gesagt, wo sie sind und wie du sie erreichen kannst. Moralisch gesehen könnte man sie vermutlich Diebe nennen. Das wichtigste ist, daß wir herausbekommen, ob sie wirklich in Bowling Green sind. Wenn ja, haben sie — dem Buchstaben nach — das Geld nicht gestohlen. Allerdings vermute ich, daß die Polizei sich trotzdem für die Sache interessieren würde. Wenn sie nicht in Bowling Green sind, kannst du sie gerichtlich verfolgen lassen.«

Er war beunruhigt über Franks Aussehen, das graue Gesicht, den zukkenden Mund, den wilden Glanz in den haßerfüllten Augen. Wortlos ging er ins Labor; als er wiederkam, trug er ein Glas Wasser und eine kleine Pille in der Hand. Er hielt Frank beides hin, aber der junge Mann schlug ihm das Glas aus der Hand.

»Mein Geld!« rief er gebrochen und wandte sich von einem zum anderen. »Meine fünfzehnhundert Dollar! Ich habe dafür geschuftet in diesem verdammten Nest, die Seele habe ich mir aus dem Leib gearbeitet! Das konnte man ja nicht Leben nennen! Nur gerackert hab ich, damit ich hier rauskomme! Und jetzt ist alles weg, und ihr sagt, das wäre — kein — Diebstahl!« Die Stimme versagte ihm, und er zitterte am ganzen Leib. »Euch bedeuten fünfzehnhundert Dollar vielleicht nichts. Aber für mich waren sie mein Leben!«

Er war sehr jung; sie sahen, daß er den Tränen nahe war.

»Warte einen Augenblick«, sagte Wade freundlich und warf Peter einen Blick zu. »Leider haben wir nicht viel Bargeld bei uns. Wieviel hast du, Peter? Fünfzig Dollar. Ich habe auch nicht mehr. Hör zu, Frank, wir — borgen — dir diese hundert Dollar. Fahr nach Paintsville hinunter, und sprich dort mit dem Sheriff. Der Kerl hier taugt nichts, er ist ständig betrunken. Bleib in Paintsville, bis man die Cunninghams in Bowling Green findet. Komm, beruhige dich. Ich habe das Gefühl, du wirst dein Geld wiederbekommen —«

Er drückte Frank die zusammengerollten Geldscheine in die Hand. Frank stand da und starrte stumpf darauf nieder. Er versuchte zu sprechen. Peter legte ihm die Hand auf die Schulter.

»Ich weiß, wie dir zumute ist, Frank. Aber wie Wade sagt: Wahrscheinlich findest du die Cunninghams. Ob sie dann das Geld noch haben oder nicht, ist eine andere Frage. Geräte kosten Geld, und vermutlich haben sie alles schon ausgegeben. Aber dann kannst du immer noch die Geräte pfänden lassen, oder wie man das nennt, und sie zwingen, dir das Geld in Raten zurückzuzahlen. Vielleicht sollte er lieber selbst nach Bowling Green fahren und nicht in Paintsville warten?« fügte er, zu Wade gewendet, hinzu.

Wade nickte. Er ergriff Franks Arm mit fester Hand. »Jedenfalls gehst du nicht mehr in die Hütte zurück. Ich werde einen Jungen hinaufschicken, der dir deine Sachen holt. Du bleibst ein paar Tage hier bei uns. Im Gemischtwarenladen gibt es ein Telephon; gleich morgen werde ich die Polizei in Bowling Green anrufen. Inzwischen solltest du versuchen, dich ein wenig zu beruhigen. Du bist ja total fertig. Wir werden sehen, was der Polizeichef von Bowling Green zu der Sache sagt.«

»Das ist eine gute Idee!« rief Peter. »Vor morgen kannst du gar nichts unternehmen. Ich habe heißen Kaffee auf dem Herd. Du solltest eine Schale trinken.«

Die Tränen schnürten Frank den Hals zu. Er steckte das Geld mit zitternden Händen in seine Hemdtasche. »Ihr wißt nicht, was mir dieses Geld bedeutet hat«, sagte er immer wieder mit unsicherer Stimme. »Wie kann ich Pläne machen, wie kann ich weg von hier, ohne das

Geld?« Er sah nichts vor lauter Tränen, und seine Stimme war voller Haß. »Dieses verdammte, stinkende Loch! Ich bin hier ein Gefangener! Wenn ich nicht fort kann, verliere ich den Verstand!«

»Wir werden hören, was die Polizei in Bowling Green morgen sagt«, wiederholte Wade mitfühlend. Er zögerte. »Hör zu, vielleicht wäre es am besten, du würdest in ein paar Tagen nach Hause fahren. Wir können dir einen Scheck ausstellen. Wenn dir die Cunninghams dann dein Geld zurückzahlen, zahlst du uns unseren Scheck zurück. Was hältst du davon?«

»Aber — aber vielleicht sind sie schon im Ausland?« stammelte Frank. Sein keuchender Atem wurde aber doch leiser und seine Stimme gefaßter. »Dann wäre ich euch das Geld schuldig, und es würde Jahre dauern, bis ich es zurückgeben kann.«

Wade zuckte die Achseln und lächelte. »Wir können warten. Wie wär's jetzt mit dem Kaffee, Pete?«

Sie hörten einen Zuruf und blieben auf den Stufen vor dem Krankenhaus stehen. Ein junger Mann galoppierte heran, hinter sich eine gelbe Staubwolke. Er war in braunen Tweed gekleidet und ritt eine prächtige Stute. Behend schwang er sich vom Pferd und lief mit ausgestreckter Hand auf Wade zu. »Hallo! Guten Tag, Wade! Guten Tag, Peter! Gott, bin ich froh, euch beide wieder zu sehen.«

»Bobby«, rief Wade erfreut und ergriff die Hand des jungen Mannes. »Wann bist du angekommen?«

»Ich bin schon seit einer Woche zu Hause, aber ich konnte nicht eher nach Benton kommen. Wie wär's, hättet ihr beide nicht Lust, mitzureiten und mit Vater und mir zu essen? Es gibt tausend Dinge, die ich euch erzählen muß.«

Wade, der immer noch die Hand des Fremden festhielt, wandte sich an Frank, dessen aschgraues Gesicht langsam wieder Farbe annahm. »Frank, das ist Bobby Gratwick. Du erinnerst dich sicher an seinen Vater; wir haben ihn im vergangenen Oktober besucht.«

»Guten Tag«, stammelte Frank, der immer noch ein wenig zitterte. Er erkannte Bobby Gratwick nach der Photographie, die sein Vater ihm gezeigt hatte. Seine kalte, feuchte Hand wurde von einer schmalen, trockenen Hand ergriffen, die ebenso kalt war wie seine. Nach einem sehr flüchtigen Blick wandte sich Bobby gleichmütig wieder ab. Seine ganze Aufmerksamkeit galt Wade. Er hatte die hohe weiche Stimme der Bergbewohner, nicht aber ihren Tonfall; seine aufgeregte Sprechweise wirkte beinahe ein wenig weibisch.

Frank spürte nun die Nachwirkungen seines heftigen Gefühlsausbruches. Er fühlte sich matt und elend und hätte sich gern niedergesetzt. Die O'Learys hatten ihn und sein peinliches Problem im Moment vergessen und waren ganz in ihr Gespräch mit Bobby Gratwick vertieft. Frank fand Bobby äußerst unsympathisch, vermutlich weil er zu einem so ungünstigen Zeitpunkt aufgetaucht war. Er haßte das blasse, ausdrucksfähige Gesicht, den hellen Haarschopf, die stechenden blauen Augen und den allzu beweglichen Mund. Das war, verdammt noch mal, ein Weibergesicht! Zu hübsch für einen richtigen Mann! Warum mußte der Kerl gerade jetzt kommen? Mit seinem Tweedanzug und seiner eleganten Stute wollte er den O'Learys wohl imponieren! Frank empfand heißen, unsinnigen Haß gegen die beiden Brüder, die sich nun nicht mehr um ihn scherten. Die alten Vorbehalte gegen Peter und die Art, wie Wade ihn jetzt enttäuschte — es genügte, um seine Empörung noch zu steigern. So schnell also konnten sie ihn vergessen und sich dieser fein herausgeputzten, weibischen Kreatur zuwenden! Vielleicht waren sie sogar froh über die Unterbrechung! Vielleicht hofften sie, Frank würde ihr Angebot, ihm einen Scheck zu geben, vergessen. Es gab niemandem, dem man vertrauen und an den man sich um Hilfe wenden konnte. Frank war verstört, verletzt und verzweifelt; er starrte Bobby Gratwick an und hätte ihm am liebsten einen Tritt versetzt. Aber auch Wade und Peter hätte er stoßen und treten können, und er verwünschte sie, weil sie ihn nicht beachteten und sich nur noch mit ihrem alten Freund beschäftigten.

Wütend, elend und mit schmerzendem Kopf hockte Frank im Hintergrund. Sein Magen krampfte sich zusammen; er mußte schlucken, um sich nicht zu erbrechen. Und die helle, eifrige Stimme sprach immer weiter, und das Gelächter der beiden Brüder begleitete sie. Eifersucht quälte Frank. Plötzlich aber hörte er, wie Wade, nach einer Bemerkung des gezierten Affen, verstört etwas ausrief. Nun lachte keiner mehr. Frank blickte zu Bobby hinüber und sah, daß das lächelnde Gesicht hart und ernst geworden war.

»Ja, du hast mich richtig verstanden. Das habe ich getan. Gestern habe ich gegen Les und seine Söhne Haftbefehl erwirkt, und hinter den anderen Schwarzbrennern bin ich gleichfalls her. Warum siehst du mich so an? Gesetz ist Gesetz, nicht wahr? Hier geht es nicht mehr um die einzelnen ›Finanzer‹. Wir haben Alkoholverbot im Land, und je eher diese Hinterwäldler das zur Kenntnis nehmen, desto besser für sie.«

Er wartete auf eine Entgegnung, aber Wade und Peter sahen zuerst einander und dann Bobby stumm und ernst an. Ärgerlich fuhr er fort: »Ich bin Hilfssheriff! Ich tue nur meine Pflicht!«

»Du hast es dir zur Pflicht gemacht«, erwiderte Wade in einem Ton, den Frank nie zuvor bei ihm gehört hatte. »Eigentlich ist es gar nicht so sehr die Pflicht, die dich treibt. Du bist nur so verdammt rechtschaffen und deswegen ist es falsch —«

»Jetzt redest du Unsinn!« entgegnete Bob. »Gesetz ist Gesetz. Ich habe einen Eid abgelegt, und gemäß diesem Eid werde ich handeln.«

Wades Ton wurde noch schärfer. »Du hast deine Landsleute immer schon gehaßt, nicht wahr? Ich weiß nicht, warum; vielleicht weißt du es selbst nicht. Dein Vater ist von hier, und er hat immer große Stücke auf dich gehalten. Vielleicht magst du ihn nicht? Du brauchst diese Frage nicht zu beantworten. Ich versuche nur herauszufinden, was in dir vorgeht. Vielleicht bist du einfach ein rechtschaffener Wichtigtuer, der gerne Schicksal spielt. Nun«, er hob die Hand, »du bist mir keine Rechenschaft schuldig. Aber wir wollen vernünftig überlegen, denn das ist eine sehr ernste Sache. Seit Generationen machen deine Landsleute hier in den Bergen Whisky. Es liegt ihnen im Blut, sie betrachten es als ihr gottgegebenes Recht; es ist ein Teil ihres Lebens. Du weißt das so gut wie ich. Sie haben gegen die Finanzer gekämpft, seit der erste seinen Fuß hierhersetzte. Ein Finanzbeamter war in ihren Augen nicht einfach ein Diener des Gesetzes, er war etwas viel Schlimmeres: er behinderte ihr Leben, ihre Freiheit, ihr Streben nach Glück. Sie waren freie Menschen. Sie wollten sich von einem ›Fremden‹ keine Vorschriften machen lassen. Das war ihr Freiheitsideal, und dafür kämpften sie —«

»Darum geht es doch überhaupt nicht«, rief Bob ärgerlich und wurde ganz rot im Gesicht. »Und deine lächerliche Anschuldigung, daß ich meine — diese — Leute hasse, und meinen Vater — die verdient keine Antwort! Meinen Vater! Das ist wirklich absurd, Wade. Es geht darum, daß ich jetzt der Hilfssheriff dieses Bezirkes bin und daß im ganzen Land Alkoholverbot besteht und daß ich dieses Gesetz durchsetzen werde!«

»Und du hast tatsächlich Big Les und seine Söhne ins Gefängnis gebracht — Gebirgsbewohner, die sterben, wenn sie auch nur für kurze Zeit ihrer Freiheit beraubt sind! Du hast sie ins Gefängnis gesteckt, weil sie Whisky machen wie ihre Väter und ihre Großväter und ihre Urgroßväter vor ihnen.«

»Achtest du denn nicht die Gesetze der Vereinigten Staaten von Amerika?« rief Bob aufgeregt. Seine helle Haut hatte sich dunkel gefärbt.

»Zum Teufel mit den Gesetzen«, warf Peter grob ein. »Dich interessieren doch die Gesetze im Grunde gar nicht, und das weißt du auch; du versuchst nur, dir selbst etwas vorzumachen. Du willst deine Bosheit befriedigen und kannst dich dabei noch rühmen, ein mutiger, braver Hüter des Gesetzes zu sein!«

»So kannst du nicht mit mir reden!« Plötzlich war Bobs Gesicht kalkweiß; jede Farbe war daraus gewichen.

Wade tat einen Schritt auf ihn zu und sagte ruhiger als vorher: »Was sagt eigentlich dein Vater dazu?«

Bob preßte die Lippen zusammen, aber er wich Wades Blick nicht aus. »Er hat diesbezüglich die gleiche falsche Einstellung wie du.« Dann sprach er schnell weiter, und seine Stimme klang fast flehend: »Deshalb wollte ich ja, daß du mit mir hinaufkommst und mit ihm redest. Er — er ist ein ungebildeter alter Mann, er versteht es nicht besser. Du schon.

Ich weiß doch, daß die Mormonen den Alkohol ablehnen. Ich hatte gehofft, du würdest mir helfen«, sagte er und wirkte plötzlich ratlos und sehr jung. »Ich verstehe dich nicht, Wade.«

»Ich spreche jetzt nicht von Gesetz und Recht, Bob«, sagte Wade so liebevoll, wie er sonst mit Kindern sprach. »Ich spreche von der menschlichen Psyche, von der Psyche der Leute hier. Diese Leute werden in dir nicht den treuen Gesetzesdiener sehen, der seinem Eid gemäß handelt. Sie werden in dir den Mann sehen, der es wagt, ihre alten stolzen Rechte anzutasten.«

»Es gibt keine ›Rechte‹ über dem Gesetz«, entgegnete Bob mit Überzeugung.

Wade seufzte. »Ich kann das nicht hören!« sagte er. »Wenn ein Mensch das wirklich glaubt, hat er seine Freiheit, sein amerikanisches Erbe verloren. Dann ist er reif für eine Diktatur. Was ist denn schon ein Gesetz? In einer Demokratie ist es ein Mehrheitsbeschluß. Aber die Mehrheit ist nicht immer im Recht. Es ist die Aufgabe anständiger Menschen, jedes Gesetz zu prüfen, ehe es beschlossen wird; und wenn es ein schlechtes Gesetz ist und unwissende oder böswillige Menschen es dennoch — im Namen der Mehrheit — beschließen, dann sollten die Menschen guten Willens es wieder abschaffen — im Namen der Freiheit und der Ehre.«

»Das ist gegen die Verfassung«, protestierte Bob Gratwick. »Das brauche ich dir nicht erst zu sagen. Das ist nackter Bolschewismus!«

»Wie ich sehe, liest du die Zeitungen der Furchtsamen«, konterte Wade. »Hör zu, Bob, es gibt Gesetze der Moral und es gibt Gesetze, die von Menschen beschlossen werden. Das ist nicht unbedingt dasselbe. Aber vielleicht wird dir das eines Tages noch klar.« Er machte eine Pause. »Das ist eine sehr ernste Angelegenheit.«

»An deiner Stelle würde ich mich weit ins offene Land oder in eine Stadt absetzen, und zwar so schnell wie möglich«, sagte Peter mit grimmigem Humor. »Die Männer hier verstehen gut mit Gewehren umzugehen.«

Bob hob stolz das Kinn. »Ich fürchte mich nicht vor diesen Analphabeten, diesen Schweinen«, entgegnete er. Seine Stimme war jetzt hart, beinahe bösartig, und seine Augen glänzten. »Es wird langsam Zeit, daß ihnen jemand das Fürchten beibringt.«

»Das habe ich erwartet«, sagte Wade traurig.

Frank war dem Gespräch mit großem Interesse gefolgt und vergaß für einige Minuten seine eigenen Sorgen. Seine Abneigung gegen Bob Gratwick wuchs. Dieser eingebildete Affe! Was stand nur hinter seinem selbstgefälligen Geschwätz? Haß? Sehr wahrscheinlich. Aber wen haßte er, und warum?

Peter klopfte schon eine Weile auffällig auf sein Halfter. Endlich hörte es auch Bob und wandte sich wütend an ihn. »Was soll das?

Willst du mir Angst machen? Das kann niemand, also hör gefälligst mit der Klopferei auf!«

Wade legte die Hand auf den Arm seines Bruders, sah dabei aber Bobby an. »Was sagt Betty Saunders dazu, Bob?«

Bob Gratwick zögerte. »Sie unterrichtet in Paintsville. Sie stellt nie Fragen. Sie weiß: Pflicht ist Pflicht.«

»Weiß sie, daß du absichtlich hierhergekommen bist, um ihre Landsleute zu schädigen und einzusperren, und daß du dich freiwillig dazu gemeldet hast, weil du ihre Schlupfwinkel so gut kennst und weißt, wo sie ihre armseligen Destillierkolben versteckt haben?«

Sie waren alle so in ihren Disput vertieft, daß keiner außer Frank den dumpfen Hufschlag hörte, der immer näher kam. Er blickte als erster auf und sah eine Gruppe von drei Reitern, Bergbewohnern mit struppigen Bärten und harten Gesichtern. Sie hielten Gewehre in den Händen, und in ihren Augen blitzte Mord.

LIII

Franks erste Empfindung beim Anblick der Reiter war Ekel und Verachtung. Er konnte keinen dieser Menschen ansehen, ohne sich zuerst einmal vor Abscheu zu krümmen. Diese schnupfenden, dreckigen, tabakkauenden, ungebildeten Schweine! Er roch ihre Ausdünstung, wie sie da auf den Pferden saßen; er sah ihre schmutzigen blauen Overalls, die verschwitzten Hemden, die verbeulten Strohhüte, die Stiefel, an denen der Stallmist klebte. Er kannte die drei. Er hatte Typhusserum in sie hineingejagt; er hatte Pockenimpfstoff in ihre mageren und doch muskulösen Arme gedrückt. Und während er es tat, hatte er gewünscht, es wäre Blausäure oder eine Portion Tetanusbazillen.

Frank konnte seinen Haß nicht verbergen, als er rief: »Was wollt ihr?« Vermutlich kamen sie geradewegs aus ihrer schäbigen kleinen Kirche unten an der Straße, wo man immer noch das wollüstige Geschrei der Gemeinde hörte. Vor einem Jahr war es, daß Frank den »Gottesdienst« eines solchen Wanderpredigers besucht hatte. Der Mann war auf der hölzernen Kanzel gestanden und hatte gerufen: »In meines Vaters Haus sind viele Wohnungen! In meines Vaters Haus sind viele Wohnungen! Gott! Meines Vaters Haus! Wohnungen! Wohnungen! Wohnungen! Ich würde es nicht sagen, wenn es nicht wahr wäre! Wahr! Wohnungen!« Das war alles gewesen. Keine »richtigen« Lieder, keine Gebetbücher, keine Zeremonien, keine Predigt, nur dieses unsinnige, unzusammenhängende Schreien des Evangelisten, währenddessen die Gemeinde rhythmisch hin und her schaukelte und vor sich hin murmelte. Und dann wurden — zu Franks völliger Verblüffung — die Männer und Frauen plötzlich verrückt. Sie sprangen auf, hüpften auf und nieder, warfen sich auf den Boden, rollten zwischen den Bänken, umarmten einander auf dem Boden liegend, bissen einander, kreischten und heulten, während der Evangelist auf seiner Kanzel herumtanzte und laut brüllte.

Entsetzt hatte Frank die Flucht ergriffen, war, wie von Furien gejagt, über die Bänke gesprungen. Er hatte gefürchtet, von einem irren Sektierer in den Knöchel oder in die Waden gebissen oder zu Boden gerissen und in den Menschenknäuel, der sich da wälzte, verwickelt zu werden. Draußen war er dann zitternd stehengeblieben und hatte dem Getöse drinnen gelauscht, hatte das Bersten der Bänke gehört, das Klatschen schlagender Arme und das Kreischen des »Pastors«.

Als er Wade von diesem Erlebnis berichtet hatte, war dieser völlig ruhig geblieben. »Der älteste und primitivste Ausdruck religiöser Ekstase«, war sein Kommentar gewesen. »Schauen Sie nicht so entsetzt, Frank. Sie finden ähnliches im afrikanischen Dschungel, in den indischen Tänzen. Es ist ein seltsames Phänomen, das gebe ich zu, aber es hat doch auch interessante Aspekte. Die Leute nennen es ›vom Geist Gottes ergriffen werden‹. Die Armen.«

Franks Abscheu war durch diese Worte nicht geringer geworden. Er konnte diesen religiösen Wahnsinn weder »drollig« noch »interessant« finden. Für ihn war das ganze einfach abstoßend. Und als er nun die Reiter sah, die gerade von ihrem Gejohle und Herumgebeiße kamen, hätte er etwas darum gegeben, sie mit seinen Blicken durchbohren, sie im Erdboden verschwinden lassen zu können.

Auf seine Frage hin drehten Peter und Wade und Bob Gratwick sich um, und es war, als erstarrten sie zu völliger Bewegungslosigkeit. Frank wartete darauf, daß Wade mit den Reitern sprechen, sie anlächeln und begrüßen würde. Aber Wade stand regungslos. Sein Bruder tat einen Schritt an seine Seite. Verwundert erkannte Frank, daß die beiden Brüder sich zwischen die Reiter und Bob gestellt hatten. Es war nahezu unbemerkt geschehen.

Dann sprach Wade ruhig und gelassen, und seine Stimme klang seltsam laut in der Stille: »Tag, Hank. Tag, Eli und Jeremiah.«

Bob Gratwick war weiß geworden wie der Tod; er schrumpfte in seinen feinen Kleidern zusammen. Aber er rührte sich nicht vom Fleck. Er wandte sein blasses Gesicht den Reitern zu und stand schweigend hinter den Brüdern O'Leary. Einen einzigen Blick nur hatte er auf das Spital geworfen und offensichtlich jeden Fluchtplan als aussichtslos fallengelassen. Etwa fünfzehn Fuß lagen zwischen ihm und den rettenden Mauern des Krankenhauses.

Frank sah alle nacheinander an und wußte nicht, was er denken sollte. Irgend etwas Böses lag in der Luft und jagte ihm einen Schauer über den Rücken. Es roch nach unmittelbarer, höchster Gefahr. Er sah Wade an. Er sah Peter an. Peter hatte unmerklich die Schlaufe seines Halfters geöffnet; seine Hand lag auf dem Revolvergriff. Und wenn er auch völlig ruhig wirkte, lag doch etwas Gespanntes in seiner Haltung.

Die Reiter saßen grimmig schweigend auf ihren Pferden. Sie sahen nur Bob Gratwick an. Frank blickte in ihre wilden, finsteren Gesichter. Das Geheule in der Kirche schwoll zu einem unbeschreiblichen Crescendo an. Hinter den drei Männern erhoben sich die grünen Berge vor einem friedlichen blauen Himmel; eine Gänsefamilie — Gänserich, Gans und Gänschen — spazierten die Straße hinunter. Die drei Läden auf der anderen Straßenseite spiegelten das Sonnenlicht in ihren staubigen Schaufenstern. Bis auf die drei Reiter, Frank, die O'Learys und Bob Gratwick war die Straße menschenleer.

Frank hatte schon Gewalttätigkeit in kleinerem Ausmaß erlebt, nie zuvor aber diese Aura der Gewalt gefühlt, die ihn und die anderen umgab. Er konnte es nicht recht glauben. Was hatten diese primitiven Kerle vor? Es mußte etwas Ernstes sein. Wades verschlossenes Gesicht war steinhart; Peters Augen blickten nicht wie sonst freundlich und offen, sondern ernst und entschlossen. Bob Gratwick stand wie ein dem Tod Geweihter hinter seinen Freunden.

Als die drei Männer nicht antworteten und weiterhin auf Bob starrten, sagte Wade: »Wie geht's deiner Frau, Eli? Und was macht das Baby? Keine Anfälle mehr?«

Die Reiter, die bisher wie Statuen auf ihren Pferden gesessen waren, blickten einander an. Der Mann, den Wade mit Eli angesprochen hatte, räusperte sich und umklammerte das Gewehr, das vor ihm quer über dem Sattel lag. Die anderen Männer machten es ebenso. »Der Frau geht's gut«, antwortete Eli. »Nur müde ist sie noch. Baby geht's auch gut. Ihre Medizin hat ihm geholfen.« Er machte eine Pause und fuhr dann in grollendem Ton fort: »Wir wollen Sie da nicht 'reinziehen, Pastor. Stimmt doch, Jungs, was?«

Seine Kameraden murmelten zustimmend.

Peter versuchte, das Thema zu wechseln. »Wieso seid ihr eigentlich nicht in der Kirche? Wie ich höre, haben die da drinnen einen Mordsspaß!«

Die Männer hoben gleichzeitig ihre Gewehre. Frank hatte noch nie in den Lauf eines Gewehres geblickt und verspürte nun beträchtliches Unbehagen. »He, Pastor«, sagte Eli, »können Sie und Ihr Bruder bitte mal zur Seite treten? Wir haben mit dem Stinktier hinter Ihnen ein Geschäft zu erledigen.«

Peters Hand bewegte sich; Frank sah, daß er den Griff seines Revolvers gepackt hatte. Wade aber erwiderte völlig ruhig: »Hört zu, Jungs, keiner von uns will einen Streit. Das hier ist unser Spital, und da drinnen liegen viele eurer kranken Freunde. Warum geht ihr nicht heim und laßt es gut sein? Wenn ich etwas dazu tun kann, um die Sache in Ordnung zu bringen . . .«

Frank hörte eiserne Entschlossenheit in Wades Stimme. Wade hielt seine Augen auf die Männer gerichtet, deren Freund er gewesen war, die er vom Tod errettet, deren Frauen er entbunden und deren Kinder er von schweren Krankheiten geheilt hatte. »Ihr seid immer meine Freunde gewesen«, sagte er, »und auch ich war euch immer ein guter Freund. Ich habe euch nie um etwas gebeten, außer daß ich euch helfen darf. Oft und oft habt ihr mich gefragt, ob ihr mir nicht irgendeinen Gefallen erweisen könntet. Ich habe nie etwas verlangt. Nun zum erstenmal bitte ich euch um etwas: geht heim. Vergeßt, was ihr vorhattet.«

Die Männer sahen aus ihrer Höhe auf ihn hinab, und ihre finsteren Gesichter nahmen einen seltsamen Ausdruck des Bedauerns und der Zuneigung an. Dann sagte Jeremiah mit beinahe weicher Stimme: »Wir wissen, was Sie für uns getan haben, Herr Pastor. Wir leugnen das nicht. Sie gehören zu uns, Sie und Ihr Bruder. Wir wollen Sie da 'raushalten. Sie können alles von uns haben, ehrlich. Aber was wir tun müssen, werden wir tun. Es betrifft Sie in keiner Weise. Wir müssen dieses Stinktier erledigen.«

Bob Gratwick richtete sich auf, er ballte die Fäuste und warf den Reitern einen Blick tiefsten Hasses und Ekels zu. Seine blauen Augen blitzten in der Sonne. »Siehst du denn nicht, was sie vorhaben, Wade? Sie wollen mich niederknallen. Ich bin zwar unbewaffnet, und sie sind zu dritt, aber ich bin gefährlich, und die tapferen Männer fürchten sich vor mir.«

Peter sagte grob: »Halt den Mund, verdammter Idiot!« Er sah zu den Männern auf und grinste. »Geht doch heim, ihr dummen Kerle«, sagte er heiter. »Bob ist ein Esel, und ich verspreche euch, daß er von hier verschwindet und sich nicht mehr blicken läßt. Was haltet ihr davon?«

Eli hörte ihm zu und sah ihn fast würdevoll an. »Peter, Reden hat keinen Sinn. Du verstehst das nicht, das seh ich doch. Er hat sich wie ein Schwein benommen. Obwohl er einer von uns ist, hat er ein paar Leute hinunter in die Siedlungen gebracht und dort ins Gefängnis gesteckt. Du weißt nicht, wie gemein das ist. Du verstehst das nicht. Und man kann's dir nicht erklären.«

»Ich weiß, Bob Gratwick hat euch Böses angetan«, sagte Wade mit ruhiger Stimme. »Aber denkt doch einmal nach. Seht ihr dieses Spital? Das hat euch der Vater des Mädchens geschenkt, das Bob heiraten wird. Jeremiah, deine Frau war beinahe einen Monat in diesem Spital. Wir haben ihr das Leben gerettet. Wenn Isaac Saunders nicht gewesen wäre, wäre deine Frau jetzt tot. Denkt an Isaac Saunders und was er alles für euch getan hat. Dein Saatmais kam von Isaac Saunders, Eli. Ohne ihn wärest du verhungert. Hank, du hattest letzten Sommer eine Blinddarmentzündung. Isaac Saunders hat die Instrumente bezahlt, die dir das Leben gerettet haben; und das Pferd, auf dem du sitzt, stammt auch von ihm. Bob ist ein Narr. Das wissen wir alle. Aber ihr müßt an Isaac denken, der euer Freund ist.«

»Er ist nicht unser Freund«, rief Eli und stieß eine wilde Verwünschung aus. »Er betet heidnische Götter an! Das hat uns unser Pastor da drüben gesagt. Sie können sich den Mund fußlig reden, Doktor Wade, aber nützen wird es Ihnen nichts!«

Nun endlich sah Frank auch in Wades Augen Ärger und Abscheu. »Ihr verfluchten Narren!« rief er. »Spukt euch auch das im Kopf herum? Ich hätte es mir denken können!«

Peter legte seinem Bruder beschwichtigend die Hand auf den Arm. »Laß doch, Wade«, begann er. Aber Eli rief laut: »Heidnische Götter, das hat unser Pastor gesagt! Und Göttinnen! Das ist nicht christlich! Wir sind hier alle Christen, und sobald wir diese Ratte erledigt haben, jagen wir Isaac davon! Er hat diesen Halunken dazu angestiftet, unsere Freunde ins Gefängnis zu stecken —«

Frank sah die brutalen Gesichter und fürchtete sich. Er stand etwas abseits von der Gruppe, die Bob mit den O'Learys bildete. Sollte er einfach unauffällig, Schritt für Schritt, bis zur Ecke des Spitals zurückgehen und dann davonlaufen? Dann aber fiel sein Blick auf Wade O'Leary, der so rank und schlank im Sonnenlicht stand, völlig furchtlos, sprühend vor Empörung und Wut, und beinahe gegen seinen Willen trat er einen Schritt näher an die Brüder heran. Er stand nun neben Peter, dem aufgeschlossenen, fröhlichen, blonden Peter, und sah, wie seine Finger den Revolver umkrampften.

»Halten Sie sich 'raus, Herr Pastor«, sagte Jeremiah drohend. »Sie kennen uns noch nicht. Sie sind ja bloß Mormone. Wir waren gut zu Ihnen und haben Sie hier bleiben lassen, obwohl Sie ja gar keine Christen sind, Sie und Ihr Bruder. Aber wenn Sie uns Schwierigkeiten machen, werden wir die Köpfe unserer Kinder nicht mehr von Ihnen vergiften lassen. Also, scheren Sie sich weg, und kümmern Sie sich um Ihre eigenen Sachen.«

Franks Finger griffen nach Peters Hand. Peter wandte sich nicht um und ließ die Reiter auch weiterhin nicht aus den Augen. Aber seine Finger umspannten den Revolver wie Eisenklammern und widersetzten sich Franks verzweifelten Versuchen.

Wade war blaß vor Wut geworden. »Wenn ihr diesen Mann tötet«, sagte er, »werde ich persönlich dafür sorgen, daß man euch hängt. Ihr werdet alle hängen!«

Jeremiah hob das Gewehr und legte auf den jungen Geistlichen an. Eli jedoch drückte mit der Hand den Gewehrlauf nieder. Er tat es gedankenverloren. »Nur mal langsam, Jeremiah. Wir brauchen uns mit dem Pastor nicht anzulegen — er kann uns nichts tun. Der Sheriff ist auf unserer Seite. Sein eigener Junge sitzt im Gefängnis.«

Tiefe Verachtung sprach aus Bob Gratwicks Stimme: »Misch dich nicht ein, Wade. Sie wollen mich erschießen. Wenn du versuchst, sie daran zu hindern, werden sie dich und Peter auch töten. Das bin ich nicht wert. Geh doch mit Peter ins Haus hinein, und schließ die Tür. Hört zu, ihr«, sagte er zu den Reitern und sah sie über die Köpfe der O'Learys an, »ich komme mit euch in die Berge, weit weg in die Berge. Dort könnt ihr euer dreckiges Werk vollbringen.«

Die drei sahen ihn an. »In Ordnung«, sagte Eli und spuckte aus. »Du gehst voran.«

»Nein!« rief Wade, und er und Peter rückten näher an Bob heran. »Heute wird nicht gemordet! Ich gebe euch fünf Minuten Zeit, um zu verschwinden, oder ihr werdet es bereuen!«

Jetzt erst bemerkte Frank, daß eine Gruppe zerlumpter Frauen und schmutziger Männer aus der Kirche gekommen waren und in sicherer Entfernung vom Spital auf der Straße standen und wie die Wölfe die Szene beobachteten. Er hob den Arm und winkte verzweifelt. Einige sahen es, aber sie wandten den Blick ab und verschwanden hinter ihren Kameraden. Dann standen wieder alle regungslos wie Geier, die auf Aas warten.

Forschend betrachteten die Reiter die Gruppe der drei mutigen Männer vor ihnen. Bob Gratwick war etwas kleiner als seine Freunde. Sie konnten nicht auf ihn schießen, ohne die O'Learys zu verletzen. Sie sahen einander an. Sie wirkten müde, aber entschlossen. »Pastor«, sagte Eli, »wir wollten das nicht, aber Sie sind störrisch wie ein Esel!« Dann hob er bedächtig das Gewehr und richtete es auf Wade. Ein blauer Blitz zuckte, ein Knall ertönte.

Unmittelbar darauf schien eine ganze Salve zu folgen, und von den Bergen hallten die Schüsse wider. Halb irr vor Angst, verstört vom zuckenden Mündungsfeuer und dem ohrenbetäubenden Krachen, gewürgt vom scharfen Geruch des Schießpulvers, taumelte Frank zurück. Seine Ohren dröhnten, vor seinen Augen stand eine blaue Wolke. Sie schießen uns alle nieder! dachte er.

Dann verflüchtigte sich die Wolke, er hörte Hufe schlagen und einen Schrei. Die Sonne blendete seine tränenden Augen. Wie im Traum sah er die Reiter davongaloppieren, den Hügeln zu. Er sah das Sonnenlicht auf den Schaufenstern, die dichtgedrängte Gruppe von Männern und Frauen auf der anderen Straßenseite. Er lebte. Er war unverletzt. Er sah sich nach den O'Learys um und schrie laut auf.

Wade und Bob Gratwick lagen nebeneinander im gelben Staub der Straße. Bobs Gesicht war vollkommen unkenntlich; anstelle seiner Gesichtszüge war da nur mehr eine zerfetzte, blutige Masse und darüber sein blonder Haarschopf. Wade lag tödlich still, die Augen geschlossen, das Gesicht grau und verfallen. Peter kniete neben ihm und drückte die Hände gegen Wades Brust. Blut sickerte zwischen seinen Fingern durch.

Beschwörend redete er auf seinen Bruder ein. »Wade! Wade, sag doch etwas ...«

Frank sah den Tod, der zu seinen Füßen lag. Seine Augen wandten sich entsetzt und gequält von Bob Gratwick ab. Er blickte auf Wade, sah einen Blutstropfen zwischen den starren, bleichen Lippen hervorsickern. Er sprang auf Peter zu und riß ihm den Revolver aus dem Halfter. Keuchend drehte er sich um, biß die Zähne zusammen — ihm war übel vor blindem Zorn. Die drei Reiter waren schon in einiger Entfernung und näherten sich dem steilen Pfad, der auf den Hügel führte. Frank hatte noch nie einen Revolver in der Hand gehalten, aber er fühlte seinen schweißnassen Finger am Abzug. Er hob die Waffe und schaute unwillkürlich den Lauf entlang, als wäre es ein Gewehr. Die Rücken der flüchtenden Reiter tanzten vor ihm wie Schreckensgestalten in einem Alptraum. Seine Knie zitterten, und er spannte sie, um nicht zusammenzuknicken. Dann drückte er ab und spürte den gewaltigen Rückschlag am ganzen Körper. Er taumelte. Den Knall hörte er gar nicht in diesem Alptraum des Schreckens und des Irrsinns, aber er schmeckte das scharfe Pulver auf den Lippen und spürte, wie es in den Augen brannte.

Gedanken rasten durch seinen verwirrten Kopf: das ist ja alles gar nicht wahr. Es ist ein böser Traum, es ist nicht wirklich geschehen. Brechgefühl saß ihm wie ein großer, salziger Kloß im Hals und in der Brust. Er beutelte den Kopf und sah sich vorsichtig um, verwundert und ungläubig. Ihm schien es, als wären tausend Jahre verstrichen, als wäre eine ganze Ära gekommen und wieder gegangen. Bald würde er von lautem Krachen erwachen zu Tageslicht und Bewußtsein.

Es waren jedoch nur zwei oder drei Sekunden ins Nichts versunken. Immer wieder schüttelte er den benommenen Kopf und sah wie hinter einem Schleier, daß die Reiter plötzlich anhielten. Eli, der in der Mitte geritten war, lag vornübergesunken auf seinem Sattel. Im klaren blendenden Licht sah Frank nun, daß sich ein roter Strom über den Rücken seines blauen Hemdes ergoß. Hank und Jeremiah hielten sein Pferd am Zügel und stützten ihn, damit er nicht vom Sattel fiel. Hank warf einen Blick zurück und fluchte laut; seine Stimme tönte als Echo von den Bergen wider. Aber weder er noch Jeremiah beantworteten Franks Schuß mit einer Gewehrsalve. Sie hielten Eli liebevoll fest und ritten langsam mit ihm den Hügel hinauf. Die gaffenden Leute auf der Straße verliefen sich; sie verschwanden so still und heimlich wie Tiere. Die Sonne brannte, und im Spital hörte man Patienten jammern und rufen.

Peter hatte seinen Bruder ans Knie gelehnt, immer noch preßte er seine Hand auf die zerschmetterte Brust. Frank lief zu ihm, kniete sich neben ihm nieder und schluchzte. Peter, weiß wie ein Gespenst, warf ihm einen schnellen Blick zu. Er schien nichts gehört und nichts gesehen zu haben. »Hilf mir ihn hineinzutragen«, sagte er sehr ruhig.

Benton war wie ausgestorben. Niemand ging an jenem Tag die Todesstraße hinunter. Nur der Gänserich, die Gans und das Gänschen setzten ihren Spaziergang fort. Sogar die Kirche und die Läden sahen aus, als hätten sie sich bedrückt zurückgezogen.

Der Abend kam. Die Berge schienen in zartem violettem Nebel zu schwimmen, und ein warmer Wind wehte von den Feldern her. Irgendwo bimmelte eine Kuhglocke. Still lag das Spital, und kein Bewohner von Benton kam und fragte, ob Wade den Mordanschlag überlebt hatte. Irgend jemand hatte Bobs Leiche fortgeschafft. Frank vermutete, daß sie im Gebüsch hinter dem Spital lag, pietätvoll mit einer Decke zugedeckt, und dort ihren Abtransport durch den alten Gratwick erwartete.

Frank saß auf den Stufen des Spitals, die Ellbogen auf die Knie gestützt, eine geballte Faust gegen den Mund gepreßt. So saß er stundenlang, blind vor sich hin starrend und mit dem Gefühl einer großen schmerzhaften Leere in der Brust. Kein Arzt hatte Wade untersucht, niemand ihm geholfen. Nur sein Bruder saß an seinem Bett, das von den anderen Patienten durch eine improvisierte Wand aus Bettlaken und umgestürzten Tischen getrennt war. Jedesmal wenn Frank das Spital betrat, winkte Peter ihn beinahe heftig wieder fort. »Noch nicht, noch nicht«, flüsterte er. Und Frank setzte sich erschöpft wieder auf die Stufen und betrachtete versunken die verlassene Straße und das Dorf.

Niemand kam und sagte ihm, ob sein Schuß Eli getötet hatte. Er hätte es gern gewußt. Er wollte hören, daß er dieses Ungeheuer beseitigt hatte. Er wollte seine Hand ansehen und wissen, daß diese Hand Wade O'Leary gerächt hatte. Er saß und grub seine Zähne in die geballte Faust. Er saß wie aus Stein und starrte auf den verfärbten Staub, wo Wade und Bob Gratwick gelegen waren.

Er wußte nicht, daß ihm von Zeit zu Zeit Tränen über die staubigen Wangen liefen und sie durchfurchten. Vage wurde ihm manchmal bewußt, daß er etwas Salziges auf den Lippen spürte. Am Ende wäre er in seiner Erschöpfung gar nicht mehr imstande gewesen, sich zu bewegen, selbst wenn er gewollt hätte. Sein Körper war ein einziger großer Schmerz, sein Geist eine einzige Flamme des Hasses, eine einzige Woge von Kummer und Zorn.

Die Dämmerung fiel über die Hügel wie Regen, und Sterne erschienen am sich verdunkelnden Himmel. Frank merkte nicht, daß Peter bei ihm war, bis der junge Mann sich schwerfällig neben ihn auf die Holzstufe fallen ließ. Dann erst wurde er sich plötzlich seiner Anwesenheit bewußt. Er faßte Peters Arm, versuchte etwas zu sagen, aber seine trockene Kehle brachte keinen Laut hervor.

Peter schüttelte den Kopf und ließ ihn sinken. Sein ganzer Körper drückte Verzweiflung und Leid aus. Seine blonden Haare bewegten sich im Abendwind.

Frank ließ Peters Arm los, als hätte er Feuer berührt. Ein trockenes Schlucken schüttelte ihn, ein dunkler Nebel trat vor seine Augen. Schließlich flüsterte er: »Er ist — er ist —«

Peter ließ den Kopf noch tiefer sinken, bis er fast auf seinen Knien lag. Mattigkeit und Erschöpfung bemächtigten sich seiner. Ein leises Stöhnen entrang sich seiner Kehle. Als er schließlich den Kopf wieder hob und Frank sein hageres Gesicht zuwandte, waren seine Augen fiebrig glänzend, aber tränenlos.

Er sprach mit fester, heiserer Stimme: »Frank, du mußt sofort weg von hier. Sofort, noch in dieser Minute. Wenn — wenn Eli stirbt — wenn er schon gestorben ist — dann kommen sie zurück und bringen dich um. Wenn — wenn ich Eli erschossen hätte, wäre das etwas anderes — ich bin Wades Bruder. Sie würden das verstehen und mich in Ruhe lassen. Aber du — du bist nicht verwandt mit ihm. Wenn Eli stirbt, töten sie dich. Ich — ich hätte schon früher daran denken sollen. Jeden Augenblick können sie erfahren, daß nicht ich es war, der den Schuß abgefeuert hat.«

Betäubt, fröstelnd und ganz benommen saß Frank da; er hatte nicht die Kraft, aufzustehen. Er flüsterte: »Ich hoffe, er ist tot.«

Wieder trat Nebel vor seine Augen, und sein Schmerz wollte ihn schier zerreißen. »Wade«, sagte er laut, und das Wort war wie Stein. »Sie haben Wade getötet.«

Peter saß aufrecht und war nun wieder ganz ruhig, stolz in seinem Leid, beherrscht und würdevoll. »Du hast zweihundert Dollar, Frank. Nimm mein Pferd. Reite — reite wie der Teufel. Nicht nach Paintsville. Sie werden vermuten, daß du in die nächstgelegene Stadt reitest. Reite nach Charlottestown, dreißig Meilen westlich von hier. Du weißt, wie man hinkommt. Und halte dich nirgends auf, keinen Augenblick lang.« Er stand auf. Sein Gesicht war ein weißer Fleck in der Dunkelheit. »Ich richte dir Essen zum Mitnehmen. Du wirst es brauchen. Jetzt bleibt keine Zeit für Kaffee oder sonst etwas.« Er hielt inne. Seine Hand legte sich schwer auf Franks Schulter. Er wollte etwas sagen, brachte aber kein Wort mehr heraus. Seine Hand jedoch schien Frank bis ans Herz zu greifen, und er legte seine eigene Hand fest über Peters Finger.

DRITTER TEIL

Wenn auch der Glanz, der einst so hell mir offenbart,
Für immer meiner Sicht genommen ward,
Wenngleich mir niemand wiederbringen mag
Die Herrlichkeit von Wald und Haag;
Nicht trauern wollen wir um was dahingerafft!
In dem, was uns geblieben, neue Kraft
Zu suchen gilt's; was einst bestand,
Zurück reicht's uns der Zukunft lock're Hand.
Wir finden es in der Gedankenwelt,
Die menschlich' Kummer tröstend uns erhellt,
Im Glauben, der in unsrer Seele liegt,
Im Glauben, der den Tod besiegt.

Wordsworth

LIV

Das sind die gesichtslosen Jahre, eine nebelhafte Erinnerung an graue Gestalten, das hohl klingende Echo von Schritten in lichtlosen, unterirdischen Gängen. Das sind die Jahre, die keine Spuren im Herzen, keine vernarbte Wunde im Geist, keine Helligkeit in der Düsternis zurücklassen. Ist das schon der Frühling? Gestern war noch Herbst. Ist das die Morgendämmerung? Aber vor einer Stunde war es doch erst Mitternacht! Haben wir Sommer? Unmöglich; vorige Nacht war Winter. Habe ich gegessen, geschlafen, getrunken, geträumt, gesprochen, gearbeitet? Wann? Vor ein paar Minuten habe ich mein Abendbrot eingenommen. Aber mein Magen ist leer. Kurz vorher habe ich mich rasiert, aber mein Kinn ist stachelig. Wann habe ich gebadet? Ich weiß es nicht. Ich erinnere mich nicht. Ich erinnere mich an gar nichts. Wer hat mich angesprochen wie einen guten Bekannten? Ich habe ihn noch nie gesehen, aber er nannte mich beim Namen. Die Straße kommt mir vertraut vor. Wann bin ich das letztemal hier gegangen? Heute morgen — gestern — vor zwei Wochen, aber da hat mich die Sonne nicht so angestarrt, so rot und flammend. Es muß heute morgen gewesen sein, als sie mir über die Schulter guckte, und jetzt ist sie da und späht die Straße hinunter. Aber was ist mit dem Morgen geschehen, mit den Stunden, die seither vergangen sind? Wo sind sie hin? Ich habe sie nie erlebt.

Ich bin neunundzwanzig Jahre alt, aber zwischen dem Jahr, da ich zwanzig war, und heute muß Raum und Zeit gestanden, muß es Tagesbeginne, Mittage und Abende, alle Jahreszeiten, Sonn- und Feiertage, muß es immer wieder Wind und Schnee, Regen und Sonne gegeben haben. Ich muß Krankheiten durchgemacht, muß die Stimme der nächtlichen Stadt vernommen haben. Ich muß gearbeitet und Niederlagen eingesteckt, muß Kälte und Hunger gelitten, muß eine Hoffnung gehegt haben. Aber jetzt weiß ich, daß mir die Hoffnung immer fremd war. Weil es die Hoffnung ist, die die Jahre bescheint, sie prägt und einteilt und ihren Ablauf aufzeichnet. Die Hoffnung ist es, die dich sagen läßt: Voriges Jahr, da glaubte ich, ich würde die Liebe kennenlernen oder den Erfolg oder einfach Zufriedenheit. Wenn nicht in diesem Jahr, dann eben im nächsten. Verlogene, ränkevolle, verräterische, beseligende, köstliche Hoffnung! Nicht das Lachen ist es, das den Menschen vom Tier unterscheidet, es ist die Hoffnung. Sie mißt die Zeit, sie wirft die Berge auf, die erklommen, sie leitet die Flüsse, die überquert werden wollen, sie läßt den Morgen dämmern, haucht der Seele Leben ein, lenkt den Blick über den Horizont hinaus, dringt ins Weltall vor, bringt die Gestirne zum Kreisen — und greift dir ans Herz. Ohne Hoffnung nimmt der Mensch nichts wahr: weder Zeit noch Dasein, weder Augenblicke noch Stunden, weder Schritte, die näher kommen, noch solche, die sich entfernen, weder einen Schatten, der länger, noch einen, der kürzer wird, weder die Wahrheit noch die Lüge, weder das Leben noch den Tod.

Doch irgendwo, irgendwann erhob sich eine Hand, und der stetige Wandel, Farbe und Bewegung, hielten inne und erstarrten. Gestern war morgen; morgen war vor einem, vor fünf Jahren. Die Lichter erstrahlen nicht mehr in atemloser Eile, sie erblassen oder verlöschen, aber es sind die gleichen, immer die gleichen, und die Grenzlinien sind verschwunden. Ich sehe Schatten, die seit Ewigkeiten an ihrem Platz sind, unbeweglich, gebunden, beständig. Mittags sehe ich die Sonne, aber immer an der gleichen Stelle. Wenn es eine Hölle gibt, dann an einem Ort, der kein Morgen kennt, kein Heute und kein Gestern, wo alles unabänderlich stillsteht, ein in matten Farben gemaltes Landschaftsbild, das an der Wand der Urzeit hängt.

Ich bin neunundzwanzig; bald werde ich dreißig sein. Wo sind sie hin, die Jahre meiner Jugend, der goldenen Jugend der Poeten und Sänger und anderer Gefühlsmenschen? Wo sind die Liebe, die Hoffnung, die Erwartung, der Ehrgeiz, die Freude und das Lachen? Ich habe sie nie gekannt. Ich bin nicht mehr zwanzig, wie ich es gestern war. Zehn Jahre sind vergangen, in Stille und nächtlichem Dunkel vergangen, und sollte ich jemals dreiundzwanzig, fünfundzwanzig, siebenundzwanzig gewesen sein, so erinnere ich mich nicht daran.

Wenn ich nur wieder etwas, irgend etwas empfinden könnte! Wenn ich mich nur der Verzweiflung überlassen könnte! Wenn ich nur hassen könnte! Aber ich fühle nichts. Ein Mensch, der nicht mehr verzweifelt oder voller Hoffnung ist, der nicht mehr leidet oder trauert, dieser Mensch ist tot. Ich sehe meine Hand an, aber ich sehe sie nicht wirklich.

Sie hat für mich keine Substanz. Ich sehe mein Gesicht im Spiegel, aber es ist nur der Schatten eines Gesichts, das nicht existiert. Sind das meine Beine? Ist das mein Fleisch? Sie gehören mir nicht. Sie haben mich und ich habe sie nie gekannt. Mein Name ist Frank Clair. Ich spreche ihn aus, aber er bedeutet mir nichts. Ich bin schon lange tot.

LV

Winterliche Dämmerung breitete sich über Bison. Lange graue Schatten bohrten sich in den Schnee und verschmolzen damit. Der düster grüne See am westlichen Himmel, ein unermeßlich tiefer, kalter, leuchtender See, war nach Osten gewandert. Die vereinzelten Laternen entlang der River Road flackerten in der hereinbrechenden Dunkelheit.

Die große Uhr an der Wand zeigte auf zwei Minuten vor fünf. Vor einer halben Stunde erst war die dumpfig feuchte Winterluft in den großen Arbeitssaal der Dumont Tire and Rubber Company eingedrungen. Die Lichter hatten sich getrübt, und die langen Reihen von Schreibtischen waren nur undeutlich wahrzunehmen gewesen. Doch nun belebte frohe Erwartung den Raum: einige begannen zu plaudern, einer lachte. Schreib- und Rechenmaschinen klapperten, Papiere raschelten. Es war Freitag und morgen nur ein halber Arbeitstag. Das Wochenende winkte, und freudige Erregung bemächtigte sich der fünfzig oder mehr männlichen und weiblichen, jüngeren und älteren Angestellten. Einige der jüngeren Männer zündeten sich Zigaretten an, manche ältere stopften sich ihre Pfeifen. Einige der jüngeren Frauen klappten ihre Puderdose auf, zogen ihre Lippen nach, trugen Rouge auf. Alle waren sie fröhlich. In diesen schlimmen Tagen der großen Wirtschaftskrise hatten sie immer noch Arbeit.

Mit warnenden, groben Schneeflocken kam draußen plötzlich ein Blizzard auf, und die großen, hellerleuchteten Fenster klirrten. Wie Rennfahrer starrten nun alle auf die Uhr. Noch eine Minute, und sie würden wie Verrückte in die Garderoben stürzen, nach Mänteln und Hüten greifen, Handschuhe und Galoschen überziehen und dann lärmend die Treppe hinuntereilen, hinaus auf die Straße, wo die Autobusse warteten. Man konnte sie schon unten stehen sehen, erleuchtet und leer. In wenigen Minuten würden sie bis auf den letzten Platz gefüllt sein und knatternd und schwankend zur Stadt fahren. Morgen war Sonnabend. Einige Mädchen setzten sich schon ihre kleinen Filzhütchen auf.

Frank legte sein Stenogrammheft zur Seite, verschloß seine Schreibmaschine, zerknüllte das Kohlepapier in seiner Hand und warf es in den Papierkorb. Er legte die unerledigten Rechnungen und Frachtbriefe in den Drahtkorb auf seinem Schreibtisch. Schließlich verstaute er Bleistifte und Federn in einer Schublade und klappte sein Tintenfaß zu.

Es war fünf Uhr. Der Exodus hatte begonnen. Lachen und fröhliche Stimmen erfüllten die Luft. Die großen Türen am Ende des Saales standen offen, und das Personal drängte hinaus. Ein eisiger Windstoß blies durch den Raum. Frank war immer der letzte.

Er stand auf und holte sich Hut und Mantel und Überschuhe aus der Garderobe. Er fühlte in der Westentasche nach seiner Lohntüte. Sie war natürlich da, aber auf seinem Heimweg würde er sich noch mehrmals davon überzeugen. Aus der Hosentasche fischte er eine Münze für den Bus und verwahrte sie in seiner Handfläche zwischen Handschuh und Haut.

Das große Bürogebäude hatte sich mit beachtlicher Schnelligkeit geleert. Frank war fast allein auf der Treppe. Vor sich sah er noch ein paar Arbeiter, die den letzten Bus erreichen wollten. Auch er beschleunigte seine Schritte und konnte gerade noch einsteigen, bevor sich die automatische Tür schloß.

Er war immer der letzte, wie er auch immer als letzter aus der Schule gekommen war. Immer noch strebte er nach Anonymität, ja, dieses Streben hatte sich in den letzten Jahren noch verstärkt. »Er hält Abstand«, wie Maybelle zu sagen pflegte. Er sah keinen an und vermied es nach Möglichkeit, Grüße zu tauschen. Man ignorierte ihn weitgehend. Im Büro war er unbeliebt, weil er als kalt, teilnahmslos und steif galt. Und wegen seiner schäbigen Kleidung.

»Er hält sich für Generaldirektor Großkotz persönlich«, kicherten die Mädchen unter sich. Allerdings: wäre er gut vorangekommen, wäre es ihm gelungen, in den Kreis jener aufgenommen zu werden, die ihren eigenen kleinen Büroraum hatten, man würde ihm vielleicht auch dies verziehen, möglicherweise ihn sogar bewundert haben. Aber er kam nicht gut voran. Seine Arbeit »ließ zu wünschen übrig«. Er war schon mehrfach vom Bürovorstand wegen seiner Nachlässigkeit getadelt worden. Auf Grund vertraulicher Informationen aus der Personalabteilung munkelte man, man habe ihm in fünf Jahren nur eine einzige, noch dazu recht bescheidene Gehaltserhöhung zugestanden.

Aber die Mädchen standen mit ihrem hämischen Spott und ihrer Feindseligkeit nicht allein. Die Männer konnten Frank nicht leiden, ja, sie haßten ihn sogar. Nie gesellte er sich in der Mittagspause zu ihnen, um einen Blick ins Rennjournal zu werfen, und ob nun die »Rotsocken« als Sieger aus der Baseballmeisterschaft hervorgehen würden oder die grünen, gelben, blauen oder lavendelfarbenen Socken, interessierte ihn herzlich wenig. Wenn alle aufgeregt über die kommenden Fußballspiele diskutierten und die Meinungen über dieses oder jenes Team heftig aufeinanderprallten, saß Frank allein an seinem Schreibtisch und warf nur hin und wieder einen unwillkürlichen, aber in seiner Geringschätzung um so verletzenderen Blick auf die anderen. Nie schloß er sich dem zornigen Gelächter an, das Präsident Hoover und seiner von innigster Überzeugung durchdrungenen Behauptung galt, es »fehle nur noch eine Nasenlänge« bis zu einem neuen wirtschaftlichen Aufschwung.

Nach all den Jahren wußte man von ihm immer noch genauso wenig wie am ersten Tag, da er an seinem Schreibtisch gesessen hatte. Die Leute mochten auch seine Stimme nicht, wiewohl es eine angenehm tiefe, von kalter Höflichkeit und peinlich genauer Aussprache gekennzeichnete Stimme war. Oder vielleicht gerade darum. Sie hörten den schwachen englischen Akzent heraus, und die Nachkommen der deutschen, polnischen und italienischen Einwanderer unter seinen Kollegen stießen sich daran. Sie zogen ihre eigene undeutliche, kollernde Redeweise Franks korrekter Aussprache vor. Er wurde zum »Tommy«, so wie er in seiner Kindheit der »verdammte kleine Engländer« gewesen war.

Er ließ nicht erkennen, daß er von ihrem Haß und ihrer Feindseligkeit wußte. Aber er *wußte* — und es war ihm gleichgültig. Er verachtete diese Nachkommen europäischer Bauern. Er haßte ihre Art, zu gehen, ihre Stimmen, das Lachen auf ihren derben Gesichtern, den Klang ihrer fremdländischen Namen, ihre kindischen Meinungen und Vorurteile, ihr Unwissen, ihre allen Regeln der Grammatik zuwiderlaufende Satzbildung, ihren ordinären Dialekt, ja sogar ihre Kleidung. Er wußte, daß die Freundlichkeit, mit der sich die Angestellten untereinander begegneten, eine rein äußerliche war und daß in Wirklichkeit eine tiefe Kluft zwischen ihnen bestand. Die Protestanten hatten sich gegen die Katholiken zusammengeschlossen und brachten ihnen tiefes Mißtrauen entgegen. Wurde ein Katholik befördert, so nur, weil der »Boß« Katholik war. Jeder neu eingestellte Mitarbeiter wurde so lange einem diskreten Kreuzverhör unterzogen, bis seine Religionszugehörigkeit feststand. War er Katholik, wurde er auf geheimnisvolle Weise Teil ihres inneren Kreises. War er Protestant, schloß er sich der größeren und unsichtbaren Organisation an.

Nur einmal hatte Frank sich, wenn auch nur kurz, in eine Diskussion eingemischt. Während sie ihr Mittagessen verzehrten, war eine Gruppe junger Männer gegen den Kommunismus losgezogen. Sie verurteilten ihn auf das heftigste, obwohl sie mit den Prinzipien dieser Doktrin nur sehr vage vertraut waren. Auf dem Weg vom Trinkbrunnen zu seinem Schreibtisch blieb Frank unvermittelt stehen und richtete die Frage an sie: »Was ist denn eigentlich ›Kommunismus?‹«

Erstaunt über diese nicht vorausgesehene Unterbrechung durch einen, den zu ignorieren sie gewohnt waren, starrten sie ihn an. Sie sahen sein verächtliches Lächeln, und es gefiel ihnen nicht, wie seine zusammengekniffenen Augen tanzten. Aber sie waren bereit, ihn aufzuklären. Kommunismus, sagte einer, das wäre die »Verstaatlichung der Frauen«.

Atheismus, meinte ein anderer zögernd. Mit fast sehnsüchtiger Stimme vertrat ein dritter die Ansicht, Kommunismus bedeute nichts anderes, als daß man den Reichen ihr ganzes Geld wegnehmen würde. Es unterlag keinem Zweifel, daß sie ahnungslos waren und nur daherplapperten, was sie in ihrem Leibblatt gelesen hatten.

Was für verdammte Narren ihr doch alle seid, ging es Frank durch den Kopf. Warum haltet ihr nicht die Klappe, wenn ihr nicht wißt, wovon ihr redet? Ihr Dummköpfe! Wie lange seid ihr zur Schule gegangen? Wo habt ihr eure Ansichten her? Aus den Comic strips? Aus dem Kino? Aus den Rennjournalen? Aus der Kirche? Wo immer ihr sie her habt, sie sind falsch und genauso einfältig wie ihr selbst. Warum lest ihr nicht einmal ein gutes Buch? Das nennt man Demokratie. Schlimm, schlimm. Man sollte euch alle nicht wählen lassen. Wenn man Intelligenzprüfungen abhielte, um die Wahlberechtigung eines Bürgers festzustellen, keiner von euch würde es wagen, eine Wahlzelle zu betreten. Demokratie ist Scheiße. So habe ich schon immer gedacht, und jetzt weiß ich es.

Laut aber sagte er: »Um Himmels willen, hört doch auf, über Dinge zu reden, von denen ihr nichts versteht.« Drehte sich um und ließ sie sitzen. Nach diesem Auftritt war er für sie ein »Bolschi«. Endlich wußten sie, wo sie ihn einzureihen hatten. Fünf Jahre später war er ein »Faschist«.

Der Bus schwankte wie betrunken über die vereisten Fahrspuren. Die Mädchen kicherten und quietschten und ließen sich mit unnötiger Kraft gegen die jungen Männer neben ihnen fallen. Einige von ihnen, die so taten, als wären sie zu klein, um die herunterhängenden Haltegurten zu erreichen, umklammerten männliche Arme. Frank, der auf der untersten Stufe, gegen die Tür gepreßt, stand, hörte ihr lautes Schwatzen. Eines der Mädchen verteidigte Gary Cooper gegen den spöttischen Angriff eines Kollegen. Eine andere gab ihrer Verehrung für Greta Garbo schmachtenden Ausdruck. Zwei männliche Stimmen diskutierten die Chancen eines Fußballklubs im kommenden Sommer. Ein Mädchen gab ihre Ansichten über die neue Mode bekannt. Ein Mann zog über Präsident Hoover her. »Ich bin immer Republikaner gewesen, so wie mein Alter Herr. Aber diesmal wähle ich die Demokraten. Und wenn sie einen Nigger aufstellen! Ich wähle ihn!«

Ein Mädchen quietschte, als eine männliche Hand ihr einen scherzhaften Klaps auf das Hinterteil versetzte. Eine andere erzählte von einem Tanzvergnügen, an dem sie teilgenommen hatte. »Mensch, war das eine Affenhitze! Da war auch eine dabei, sah aus wie Claudette Colbert, hat die angegeben! Du hättest sehen sollen, wie die Männer hinter ihr her waren! Einer ist mir auf mein neues rotes Kleid getreten.«

Ein junger Mann gab bekannt, daß er in der Niagara Street eine Kneipe entdeckt hatte, in der »alles erlaubt« war. Drei andere verabredeten sich zu einer Kartenpartie. Die Luft im Bus war zum Schneiden; es stank nach billigem Puder und Parfüm. Die flackernden Lichter ließen derbe, angemalte Gesichter mit schlaffen roten Lippen und den unschuldigen, aber gierigen Augen von Tieren erkennen. Sooft die Tür aufging, mußte Frank absteigen und zulassen, daß sich Männer und Frauen an ihm vorbeidrückten. Es ekelte ihn, und zuweilen empfand er diesen Ekel wie einen vergiftenden Rausch. Wenn sein Blick dem eines anderen begegnete, drehte er, von Abscheu erfüllt, den Kopf zur Seite.

Die Stimme des Volkes! Die Stimme der Demokratie! Dieser jaulende, kreischende, hirnlose Mob! Diese Ansammlung von Bestien, die Vorurteile und Haß im Herzen nährten, die nie etwas lasen, nie etwas dachten, nie einen Gedanken faßten, die, bar aller Würde und Menschlichkeit, auf ihr Unwissen auch noch stolz waren! Ihr Atem dampfte; es war der Atem von Ochsen und Kühen, von gestaltlosen, kastrierten Seelen. Dies waren die Mörder der Propheten, die heulenden Tiere in der Wildnis, Männer- und Frauenleiber, geiler Lust verfallen, aber unfähig, einen heldischen Traum zu träumen. Sie haßten einander, lüsteten nach einander, jammerten und brüllten einander an, diese sich krümmende und windende, gräßliche, entsetzliche Ansammlung von Lebewesen, die man »die Masse« nannte.

Ich hasse sie! dachte Frank. Unterbrach seinen Gedankenflug und erstarrte. Er konnte wieder hassen! Wo hatte sich diese seine reinigende, läuternde Wut in all den Jahren verborgen gehalten? Wo hatte sie gelauert wie ein tückischer Feind? Was hatte sie jetzt zum Leben erweckt? Mit einemmal stürmten die Stimmen im Wagen mit ohrenbetäubendem Tosen auf ihn ein. Grell flammten die Lichter auf. Er fühlte sein Herz schlagen, fühlte das dumpfe Pochen des Triumphs in seinen Pulsen. Leben durchzuckte seinen Körper; er spürte die Kleidung, die sich an seinem Fleisch rieb. Er glaubte anzuschwellen zu kraftvoll gezügelter Unverwundbarkeit.

Sein Frohlocken war wie ein Feuer, das seine abgestorbenen Arme und Beine wärmte. Er lauschte in sich hinein. Er konnte hassen! Er mußte loskommen von allen, die er haßte. In all diesen gesichtslosen Jahren hatte er sie ertragen, weil ihm nichts anderes übriggeblieben war. Es hatte ihm an Kraft gefehlt. Er hatte zweitausend Dollar auf der Bank. Nie, nie, auch wenn er noch weitere fünfzig Jahre sparte, würde er genug haben, um dieser entsetzlichen Masse zu entkommen. Er mußte fort! Er mußte der profanen Berührung ihrer Leiber entfliehen, der Ausdünstung ihrer toten Hirne, durfte sie nicht mehr sehen, nicht mehr hören, nicht mehr einer der Ihren sein!

Aber wie? Er erinnerte sich, Anzeigen von Fernlehrinstituten gelesen zu haben. »Werden auch Sie amtlich zugelassener Wirtschaftsprüfer, Radiotechniker, Jurist, Bankmann —« Damit wollte er nichts zu tun haben. Er kannte seine Abneigung gegen alles, was mit Geschäft, Finanzen oder Mechanik zu tun hatte. Aber es mußte doch einen Fluchtweg geben! Wenn man wirklich loskommen wollte, fand sich ein Weg. Wo war *sein* Weg?

Er hielt sich an der Geländerstange fest. Heiß strich sein Atem über die kalten Lippen. Er wiederholte im stillen die Worte: Ich muß fort! Ich muß einen Weg finden! Aber wie? Wo lag dieser Weg? Wo konnte er so viel Geld verdienen, daß es ausreichen würde, um eine hohe, mit Eisenspitzen versehene Mauer zwischen sich und den anderen zu errichten? Eine Mauer, die ihn der Notwendigkeit entheben würde, ihnen je wieder zu begegnen, sie sehen, sich ihrer Existenz bewußt sein zu müssen?

Meine schriftstellerische Arbeit. Fester umklammerte seine Hand die Geländerstange. Ich konnte einmal schreiben. *Gut* schreiben. Das sagten alle. Damals glaubte ich zu wissen, daß ich als Schriftsteller Geld verdienen könnte. Dann passierte etwas. Was war es nur? Ich erinnere mich nicht. Aber mein Empfindungsvermögen war dahin, ich haßte das Häßliche nicht mehr, es kam mir nicht einmal mehr zu Bewußtsein. Ich wollte, mein Kopf würde aufhören, so zu dröhnen — ich muß das zu Ende denken. Schriftstellerische Arbeit. Ich kann sie wieder aufnehmen. Ich kann wieder an die Universität gehen und studieren. Englisch und Englische Literatur als Hauptfächer wählen. Es muß einen Weg geben, und das ist der Weg! Ich kann es schaffen! Etwas ist mir wiedergegeben worden, eine neue Kraft, eine Art Ungestüm. Ich fühle es in meinem Innersten. Diesmal werde ich es nicht verlieren! Mein Leben hängt davon ab.

An der Forest Avenue stieg Frank aus. Die Tür des Omnibusses schloß sich hinter ihm. Eine würgende weiße Wand, gellte ihm der Blizzard um die Ohren. Der Sturm blies ihm in den Mund, in die Nase, in die Augen. Er setzte sich zur Wehr, tappte durch die Schneewände, die vor ihm niedergingen. Beinahe wäre er von einem Auto überfahren worden. Nur mit Mühe gelang es ihm, das elende kleine Restaurant zu erreichen, in dem er seine Mahlzeiten einnahm. Doch an der Schwelle verhielt er den Schritt.

Nein. Heute abend gehe ich ins Statler. Ich leiste mir ein schönes, großes Dinner. Ich werde in einem hellerleuchteten Raum sitzen, wo die Tische mit weißen Tischtüchern gedeckt sind, wo ein Orchester spielt. Ich werde unter Leuten sitzen, die Geld haben. Ich werde sie betrachten und noch stärker und sicherer werden.

Es ist erst Dezember. Ich werde dann an der Universität für das zweite Semester inskribieren. Diesmal werde ich nicht aufgeben. Diesmal werde ich meinen Weg machen!

LVI

In Mußestunden glich Mr. Endicott Prestons schmales blasses Gesicht dem eines müden und zynischen Kamels, denn seine lange Nase mit den breiten, flachen Nasenlöchern rundete sich zu einem ebenso breiten, beweglichen, schiefen Mund. Sein Kinn trat sanft zurück, er hatte große, melancholische blaue Augen, und die glatten Wangen fielen zu schmiegsamen Ohren ab. Dennoch war er, paradoxerweise, ein sehr gut aussehender Mann Anfang Vierzig, mittelgroß und von mittlerem Gewicht. Sein dichtes graues Haar war elegant und geschmackvoll gelockt. Wenn er lächelte, schwand alle Ähnlichkeit mit einem Kamel, und er wurde zum Kobold, zum humorigen Spötter, zum gütigen Skeptiker. Sein intelligentes Gesicht sprühte Funken, und es war faszinierend, seine stets subtile und sich ständig wandelnde Miene zu beobachten. Seine klangvolle, empfindsame Stimme begeisterte den Zuhörer, denn nichts, was er sagte, war langweilig, und auch die nebensächlichste Bemerkung offenbarte Farbe und Witz, Scharfsinn und unbeschwerte Fröhlichkeit, Ausdruck all dies des scharfen Verstandes, der wie ein glitzernder Opal unter der Oberfläche lag.

Gleich anderen Professoren trug auch er dunkle Kleidung mittlerer Qualität und mittleren Zuschnitts, die er offenbar in einem Kaufhaus von der Stange kaufte. Er war einer der vielen klugen, ausgezeichneten, einfühlsamen Lehrer an der Universität Bison. Frank sollte in späteren Jahren noch viele brillante Professoren kennenlernen, die an großen und berühmteren Hochschulen lehrten, doch keiner — bei dieser Ansicht blieb er — übertraf die aufopfernden Herren der Universität Bison an Güte und Verständnis, keiner war mehr darauf bedacht, die besonders begabten Studenten aus der Masse auszusondern, sie zu unterstützen und ihnen zu helfen.

Dies war nun das dritte Semester, daß Frank Professor Prestons Englisch-Vorlesungen belegt hatte. Mr. Preston ließ keine Überraschung erkennen, wenn er Frank zu Beginn jedes Semesters von neuem begrüßte, und begnügte sich mit einem ein wenig spöttischen, aber erfreuten Hochziehen seiner linken Augenbraue. Frank besuchte auch noch Kollegien in Französisch, Geschichte, Soziologie und Logik. Er fand Geschichte etwas ermüdend, denn Jahreszahlen, Schlachten und Kaiserkrönungen langweilten ihn, obwohl es Augenblicke gab, da er unter den vergilbten Blättern der toten Vergangenheit »Leben« zu fühlen vermeinte. Dr. Riordan war manchmal ein wenig verdutzt, wenn Frank plötzlich aufwachte und eine recht unorthodoxe Ansicht über ein bestimmtes Thema zur Diskussion stellte. Die ihm zur Hauslektüre empfohlenen Bücher schien er kaum je zu lesen; statt dessen erschien er zur nächsten Vorlesung mit einer schriftlichen Arbeit, in der er ein Ereignis oder eine historische Persönlichkeit auf seine Weise interpretierte. In zuweilen recht außergewöhnlicher Form interpretierte, wie Professor Riordan liebenswürdig vermerkte, und ohne seine Ausführungen entsprechend belegen zu können. Mr. Clair — so des Professors trockener Kommentar — gebrauche seine »Phantasie« — ein gefährliches Unterfangen für einen Studenten der Geschichte.

In Französisch kam Frank halbwegs voran, obwohl er, da ihm in dieser Sprache die Vorbereitung durch die Highschool fehlte, verdammt gut aufpassen und sich sehr bemühen mußte, um jeden Monat sein »Genügend« zu bekommen. Professor Bontelle mußte ihn zuweilen bedauernd darauf hinweisen, daß er eine französische Redewendung gebraucht hatte, die zwar gut durchdacht war, einem Franzosen aber unverständlich gewesen wäre.

Er verwickelte Professor Grayson, der Soziologie lehrte, in lebhafte Diskussionen. Dr. Grayson war Idealist, und Frank empfand eine instinktive Abneigung gegen Idealisten. Einmal gab Dr. Grayson der Befürchtung Ausdruck, Frank hätte unbeabsichtigt gewisse faschistische Ideen aufgenommen, aber schließlich sei er, Professor Grayson, hier, um zu lehren, und nicht, um hitzige Streitgespräche über Ideologien auszutragen. Dr. Grayson machte sich Sorgen über Frank und gab sich große Mühe, ihn zu seiner Denkungsweise zu bekehren. Frank schaffte jeden Monat sein »Genügend«, wobei Dr. Grayson sein feinfühliges Gewissen außerordentlich strapazierte, denn Frank beantwortete prinzipiell keine seiner Fragen, sondern schrieb seitenlange Philippikas des Inhalts, daß Menschen, denen Freiheit ein leeres Wort war, sie auch nicht genießen sollten, daß Schwächlingen und Dummköpfen nicht die gleichen Chancen geboten werden dürften wie den Tüchtigen und Intelligenten und das Recht jedes einzelnen Bürgers, an den Privilegien der Demokratie teilzuhaben, von seinem Wert und seinen Verdiensten abhängig gemacht werden müsse, nicht aber von der Tatsache, daß er nun eben einmal auf der Welt war. »Die Bedeutung der Demokratie«, schrieb Frank, »liegt nicht darin, daß allen Menschen, ungeachtet ihrer geistigen Gaben, ihr Platz am großen Trog zugesichert wird, sondern lediglich darin, daß sie als Gleiche vor den Schranken der Gerichtsbarkeit erscheinen dürfen.« Professor Grayson gab seiner Befürchtung Ausdruck, Franks Ansichten seien zu engstirnig und zu pragmatisch, und er habe die volle Bedeutung der Demokratie nicht so recht erfaßt. Dr. Grayson wurde des Studenten Clair bald müde, denn des Professors große Leidenschaft war die grenzenlose und eher naive Liebe, die er für seine Mitmenschen empfand.

Bei Dr. Herbert Markson, der Logik lehrte, ging es Frank ein wenig besser. Aber auch hier war Frank nicht dazu zu bewegen, auf Fragen des Lehrers einzugehen und sie in herkömmlicher Weise zu beantworten. Es ärgerte ihn, zu entdecken, daß, was ihm stichhaltig erschien, nicht immer der Wahrheit gleichzusetzen war, und er kam zu dem Schluß, daß Logik nur eine Art langweiliger Schwester der Mathematik war. Logik war für seinen Geschmack zu genormt, zu starr. Seine Denkweise war nicht die eines Logikers. Einerseits ärgerte es ihn, wenn ihm auch in diesem Kolleg seine »üppige Phantasie« vorgeworfen wurde, und daß er mit Gefühlen statt mit der Vernunft operiere, andererseits machte es ihm Spaß, trockener Logik mit leidenschaftlicher Vehemenz zu begegnen.

Frank verehrte und bewunderte sie alle, aber er liebte Professor Preston. Immer wieder belegte er seine Vorlesungen, und in jedem neuen Semester vergrößerte sich der Altersunterschied zwischen ihm und seinen Kommilitonen. Das war ihm gleichgültig. Er nahm seine Studiengenossen gar nicht zu Kenntnis. Er kam, zu hören und zu lernen, und zitterte förmlich vor Freude, wenn Mr. Preston seine schriftlichen Arbeiten lobte.

Als der Professor ihn im vierten Semester wieder im Hörsaal erblickte, rief er ihn zur Seite. »Das ist also jetzt Ihr viertes Semester bei mir, nicht wahr? Ich sah Ihren Namen schon vor einigen Tagen auf der Liste, und — ich war ein wenig überrascht. Sie sind jetzt zweiunddreißig, nicht wahr? Meinen Sie nicht, daß Sie jetzt bei Dr. Berry belegen sollten? Schließlich ist mein Kolleg auf die ersten zwei Semester ausgerichtet ...«

Aber Frank fiel ihm ins Wort. »Nein. Sie geben mir alles, was ich brauche.«

Worauf Professor Preston errötete — ein wenig schuldbewußt zwar, aber darum nicht weniger angenehm berührt. Er hatte noch nie einen solchen Studenten gehabt und ertappte sich zuweilen dabei, daß er den Studiengang zu Franks Gunsten manipulierte. Allerdings behandelte er in jedem Semester einen anderen Stoff, und jede seiner Vorlesungen war Frank von Nutzen. Mr. Preston war sehr müde. Er laborierte an einem chronischen Herzleiden. Er hielt täglich drei Vorlesungen und wöchentlich drei Abendkurse. Er war manchmal so erschöpft, daß er der schmerzhaften Schwäche seines Körpers überdrüssig, den Tod herbeisehnte. Dennoch behielt er Frank mindestens einmal die Woche bis zu einer Stunde nach der Vorlesung bei sich, redete mit ihm, kritisierte seine Arbeiten, empfahl ihm Bücher — Biographien, Reisebeschreibungen, geschichtliche Romane —, inspirierte und ermutigte ihn. Die ganze Glut seiner Leidenschaft für Poesie und die große Prosa übertrug er auf ihn, bis sich seine furchtbare Erschöpfung in seinem selbstlosen Bemühen, zu helfen und anzuregen, sublimiert hatte. Einen Tumult, ein brennendes Entzücken im Herzen, lauschte Frank seinen Ausführungen. Sie ergänzten und nährten einander: der eine mit Verständnis und Dankbarkeit, der andere mit begeisternder Freigebigkeit. Die Stunden, die sie zusammen verbrachten, waren von höchster Freude und Befriedigung erfüllt.

LVII

Die Jahre der Schwarzen Heuschrecke waren angebrochen. Sie verdunkelte den Himmel Amerikas. Wie gelähmt duckte sich das Volk unter der unheilbringenden Wolke. Es blickte nach Washington, wie Menschen nach einer Nacht des Leidens gen Osten blicken, denn Mr. Roosevelt hatte sein Amt angetreten, und am düsteren Horizont begann eine schwache Hoffnung zu glimmen. Der Bankfeiertag hatte eine momentane Panik ausgelöst, doch der feste Glaube der verzweifelten Nation, daß die neue Regierung der Angst und dem Entsetzen ein Ende machen würde, ließ sogar diese Panik als ersten Schritt auf dem Weg zu einer nationalen Gesundung erscheinen.

Die großen Zeitungen des Landes brachten die Nachrichten von den Selbstmorden einst reicher Männer und glückloser Spekulanten in bombastischen Schlagzeilen. Doch die Selbstmorde Tausender verzweifelter alter Menschen, die zusehen mußten, wie die Banken ihnen ihre Häuser, ihr letztes Hab und Gut wegnahmen, wurden mit wenigen Zeilen abgetan. Der Zusammenbruch der großen Vermögen gellte den Bürgern in den Ohren. Nie aber hörte man die erstickte Verzweiflung von Millionen kleiner Leute, die lieber hungerten, als sich an einem öffentlichen Trog satt zu essen. Sie hockten auf dem Schutt einer auseinandergebrochenen Wirtschaft und blickten mit blinden Augen um sich. Wie betäubt standen sie vor den Ruinen und begriffen nicht, was ihnen widerfahren war. Einer nach dem anderen, schlossen die kleinen Läden; eine nach der anderen, sperrten die Fabriken ihre Tore. Eine nach der anderen, und dann in schneller Folge, stellten Hunderte von Banken ihre Zahlungen ein, während die kleinen Sparer in beklemmender Ratlosigkeit auf den kalten Gehsteigen verharrten.

Selbst jene, die Mr. Roosevelt fürchteten, warteten nun mit Spannung auf die Maßnahmen, die er ergreifen würde, denn die Gefahr kroch wie ein züngelndes Feuer durch die Straßen des Landes; man konnte den Rauch riechen. Mittags verdüsterte er die Sonne. Sollte der Präsident imstande sein, das Feuer zu löschen, sogar seine Feinde würden es ihm danken. Ein radikaler Spinner war immer noch besser als eine Revolution. Wenn es ihm gelang, den Hunger des Volkes zu stillen, seine Wut zum Abklingen zu bringen, dann gab es noch Hoffnung für Amerika. Ein hungerndes Volk kann nicht denken. Es kann nur brandschatzen, an sich reißen und massakrieren. Es kann nur seinem Unmut und seinem Haß gegenüber jenen Luft machen, die ein angenehmeres Leben, eine reichliche Tafel und mehr Sicherheit haben. Die Mächtigen im Lande ringsumher entsannen sich der Guillotine in Paris, sie blickten nach Washington und warteten.

Frank Clair verkaufte Seidenstrümpfe und seidene Damenunterwäsche. Verkaufte oder versuchte zu verkaufen. Sommer und Winter, bei glühender Hitze und eisiger Kälte, schleppte er seinen schweren Koffer von Tür zu Tür. Manchmal verdiente er zwanzig Dollar die Woche an Provisionen. Manchmal nur zehn. Sein Bankkonto schmolz unaufhaltsam dahin. Vom frühen Morgen bis zum späten Abend wanderte er durch die Straßen, klopfte an Türen und hatte dann noch mehrere Meilen vor sich, bis er seine armselige Kammer über einem Metzgerladen in der Grant Street erreichte. Sein Frühstück bestand aus einem Spritzkuchen und einer Schale Kaffee — zehn Cents. Sein Mittagessen war ähnlicher Natur. Abends besuchte er ein billiges Gasthaus und leistete sich ein Mahl um fünfunddreißig Cents. Manchmal wurde es ihm zu spät, um mit seinem Koffer heimzugehen. Er nahm ihn zu den Abendkursen mit. Tagsüber erlitt er brennendheiße oder bitterkalte Höllenqualen. Die Abende waren Inseln des Lichts und der Hoffnung. Aber seine Ersparnisse schrumpften auf tausend, auf achthundert, fünfhundert, vierhundert Dollar zusammen.

Er kam drauf, daß die Armen bereitwilliger kauften als die Wohlhabenderen. Arme Frauen, ihre Gesichter von Furcht und Mitgefühl gezeichnet, zögerten, wenn sie ihn vor der Tür stehen sahen. Sie nahmen ihm ein oder zwei Paar Strümpfe ab, denn schließlich konnten sie ja nicht mit bloßen Füßen durch die winterlichen Straßen gehen. Mit Widerstreben zählten sie ihm die fünfzig Cents hin, aber das Mitleid erhellte ihre müden, schweren Augen, wenn sie Frank ansahen. Sie konnten sich nicht leisten, was sie kauften, aber das allgemeine Elend ließ das Heldentum, das in jedem Menschen schlummert, zum Vorschein kommen. Sich von einem oder zwei Dollar zu trennen, mochte eine geringe, eine unbedeutende Geste darstellen, aber in ihrem ganzen Leben setzten diese Frauen keine heldenhaftere Tat. Bisweilen wurde Frank auch in ein freudloses kleines Haus oder in eine kalte Wohnung eingeladen, wo man ihm dann aus dem kärglichen Vorrat eine Tasse Kaffee oder ein belegtes Brot vorsetzte. Wenn er an solchen nackten Tischen saß, überkam ihn ein seltsamer Schmerz, und er mußte die Zähne zusammenbeißen und sein Herz dem Mitleid verschließen. Er versuchte, die traurigen Geschichten, die man ihm erzählte, zu überhören, aber wie Steine sanken sie in das dunkle Wasser seines Unterbewußtseins, um dort auf den Tag zu warten, da er ihnen mit Worten Gestalt und Leben schenken würde.

Er fand Leidensgefährten in seiner Verzweiflung, seinem Hunger und seiner Verlassenheit. In der Unteren Main Street stieß er eines Abends auf den alten Matthew Sanders. Er begegnete ihm in dem übelriechenden kleinen Loch, das sich Restaurant nannte, und wo er um fünfunddreißig Cents sein Abendbrot einzunehmen pflegte.

Die Untere Main Street, die das Zentrum Bisons mit dem Hafenviertel verband, wand sich durch einen wirren Haufen kleiner Läden, Wettbüros und Spiellokale, fragwürdiger Hotels, schmutziger Gaststätten und Kneipen und uralter, windschiefer, verkommener, baufälliger Häuser. In einem dieser von den Mietern großteils schon verlassenen Häusern wohnte in einer Dachkammer Matthew Sanders, der als Vertreter für ein Photoatelier arbeitete.

Frank war gerade dabei, das kaum genießbare Eintopfgericht hinunterzuwürgen, als er des alten Mannes gewahr wurde, der nicht weit von ihm an dem fettverschmierten Holztisch saß. Frank wurde sich nur selten der Menschen bewußt, die um ihn herum waren; er verschloß seine Augen und seine Gefühle vor ihnen. Doch so still und würdevoll war die Art dieses Greises, so sauber seine geflickte Kleidung, daß Frank ihn nicht übersehen konnte und ihn gegen seinen Willen neugierig anstarrte.

Wie er da in seinem billigen schwarzen Anzug und ausgefransten Mantel am Tisch saß, schien Matthew Sanders sehr groß und mager zu sein. Er war der einzige in dem armseligen, heißen Lokal, der seinen Hut abgenommen hatte. Frank sah einen dichten Schopf sorgsam gekämmten weißen Haares, dessen ungleiche Ränder erraten ließen, daß er es selber gestutzt und geschnitten hatte. Er hatte ein längliches, abgezehrtes, faltenreiches Gesicht, und seine Augen, mit denen er sekundenlang Franks Blick begegnete, waren blau und von kindlicher Güte erfüllt. Die peinlich sauber gewaschenen, zittrigen, geäderten Hände waren von weißen, stärkesteifen, ausgefransten Manschetten umschlossen.

Er lächelte, als er merkte, daß Frank ihn anstarrte, und sein uraltes Gesicht nahm, sich erhellend, einen Ausdruck an, der an Kindlichkeit noch den seiner Augen übertraf. »Scheußliches Wetter heute, nicht wahr?« sagte er mit krächzender Stimme.

»Ja, scheußlich«, erwiderte Frank. Lächelnd nickte der Alte und ließ den Blick sinken, und Frank merkte, daß seine Augen auf Franks noch nicht verzehrtem Brot hafteten. Rasch hob Frank den Kopf und fuhr in gezwungen heiterem Ton fort: »Aber es soll sehr gesund sein.« Und weil er sah, daß der Alte nur ein Käsesandwich und ein Glas Milch vor sich stehen hatte, schob er ihm sein Stück Brot hin. »Ich mag das nicht mehr«, murmelte er. »Es wäre doch schade, es übrigzulassen. Wollen Sie es haben?«

»Sind Sie auch sicher?« fragte der Greis, aber seine blassen Lippen zuckten, und sein Kopf zitterte vor Verlangen. »Beraube ich Sie auch nicht?«

Als Antwort schob Frank ihm das Brot noch näher heran. Und fügte, trotz seines festen Willens, nichts weiter zu sagen, lächelnd hinzu: »Ich bekomme auch noch ein Stück Apfelkuchen, aber ich kann nichts mehr essen. Wollen Sie ihn haben?«

Dies war der Beginn einer seltsamen Freundschaft. Es waren die tiefe Armut und die Hoffnungslosigkeit des alten Mannes, die Frank veranlaßten, mit Bitterkeit und Geringschätzung auf ihn hinabzublicken. Dennoch lauschte er seiner Geschichte mit einer sonderbaren Gier, die er sich selbst nicht erklären konnte. Sie trafen sich jeden Abend um sechs und sprachen miteinander. Dann lud Matthew seinen neuen Freund einmal in seine Dachkammer oberhalb des Restaurants ein.

Widerwillig folgte Frank der Einladung und verwünschte sich wegen seiner Schwäche. Es war ein winziger, fensterloser, stickiger Raum, in den sie über eine wackelige Holztreppe gelangten. Die Einrichtung bestand aus einem Eisenbett mit zwei schmutzigen, löchrigen braunen Decken, einer Waschkommode mit einem Krug und einer gesprungenen Schüssel, einem zerbrochenen Stuhl und einem kleinen Gasofen. Eine trübe elektrische Birne baumelte gespenstisch von der Decke herunter. An den Wänden wimmelte es von Küchenschaben. Matthews geringes Hab und Gut war in einem schmalen Schrank untergebracht. Für diese Kammer zahlte er zwei Dollar die Woche.

Er ließ Frank mit zeremoniöser Geste auf dem einzigen Stuhl Platz nehmen und teilte ihm mit, daß er seine Hemden, Strümpfe und Taschentücher in der Schüssel wusch. Das Wasser mußte er aus einem stinkenden Badezimmer im ersten Stock heraufholen. Jeden Morgen putzte er seine Schuhe. Er breitete Zeitungspapier zwischen sich und die Bettdecken. Abends zündete er den kleinen Gasofen an und setzte sich vor das Feuer. Frank sah ihn förmlich vor sich, wie er da saß und ins Leere starrte; er hörte das trockene Rascheln, wenn er sich die knorrigen Hände rieb, um sich zu wärmen.

Jeden Morgen kletterte er die mit Abfällen bedeckte Treppe hinunter, vorbei an Räumen, in denen Laster und Unzucht hausten. Eine Mappe mit Photographien unter dem Arm, wanderte er von Haus zu Haus, von Tür zu Tür. Seine Aufgabe war es, Gutscheine für eine große und nicht zu üble Photographie um einen Dollar das Stück zu verkaufen. Er mußte zehn Stück in der Woche verkaufen, um sich sein »Gehalt« von fünf Dollar zu verdienen; für alles, was darüber war, erhielt er eine Provision von fünfzig Prozent. »Wunderbare Studio-Photographien«, erklärte er Frank stolz. »Mindestens zwei Dollar wert.« Zusätzlich verkaufte er Gutscheine für Paßphotos. Manchmal verdiente er zehn Dollar in einer Woche.

Mit dem scharfen Auge des Schriftstellers sah Frank alles so klar vor sich, als begleitete er Matthew auf seinem täglichen Leidensweg. Er sah den alten Mann, wie er von Tür zu Tür taumelte, groß, ein wenig vornübergebeugt, mit rot umrandeten blaßblauen Augen, unbewußt höflich und zuvorkommend, geistesabwesend. Mit tonloser Stimme ging er die Menschen an, und die Armen und Notleidenden öffneten dem müden alten Mann ihre Herzen. Frank kannte dieses

Mitgefühl gut, und abermals packte ihn der Schmerz, und wieder verhärtete sich sein Sinn. Er sah, wie Matthew durch die Straßen pilgerte, wie er im Winterwind fröstelte, erschöpft in Haustoren Zuflucht suchte, um zu Atem zu kommen, und sich, um eines Augenblicks Wärme zu erhaschen, in Läden schlich, bis man ihn hinauswarf. Aber er verdiente seine acht oder zehn Dollar die Woche. Frank stellte fest, daß Matthew genügend erbärmlich aussah, um selbst bei den Ärmsten Mitgefühl zu erwecken, aber auch kultiviert genug, um dieses Mitgefühl nicht zu Erbitterung werden zu lassen.

Aber Franks hellseherische Vision erbrachte noch klarere Bilder. Als ob er selbst Matthew wäre, erlebte er in seiner Erinnerung des alten Mannes mühsame und beschwerliche Wanderungen durch schneebedeckte Straßen, kroch er mit ihm durch düstere Hinterhöfe, spürte er seinen knurrenden Magen, die Füße, die wie Feuer brannten, den Rücken, der unter einer schweren Last zusammenzubrechen drohte. Als ob sie an ihn gerichtet gewesen wären, hörte er die Beleidigungen, die Schimpfworte, das Zuknallen von Türen.

Das war alles sehr sonderbar, denn der alte Matthew, wenn er heiter und aufgeräumt mit Frank sprach, erwähnte seine Leiden mit keinem Wort. Frank aber fühlte und spürte es in allen seinen Knochen, in seinem düsteren Gemüt, in der Tiefe seines wehen Herzens. Er wußte, daß Matthews Schuhe durchgetreten waren und daß er Pappkarton über die Löcher in seinen Sohlen legte. Er wußte, daß der Greis auf seinen Hosen schlief, um die Bügelfalten zu erhalten. Trotz des zischenden kleinen Gasofens war es kalt im Zimmer. Matthew bewegte sich in einer Welt der Leere, die ohne Verzweiflung war, aber auch ohne Leben. Frank wußte, daß er betete. Aber seine Gebete waren nur zerknitterte Bogen Papier, auf dem nie etwas geschrieben worden war, und so auch kein Wort der Hoffnung.

Frank war noch jung, aber er fühlte Matthews brüchiges Alter, die langen, schrecklichen Jahre, die hinter ihm lagen. Gefesselt, verzaubert, an den Körper des Greises gekettet, als ob sein eigener Geist vom Fleisch des Alten Besitz ergriffen hätte, als ob er von allen seinen Geheimnissen, von seinem Kummer und seiner Pein wüßte, saß Frank auf dem zerbrochenen Stuhl und lauschte Matthew.

Matthew, ein einfacher, argloser Mann, wußte nicht, daß Frank mit ihm empfand. Er sah nur seines jungen Freundes ein wenig verschleierte, aufmerksame Augen. Ermutigt durch das Mitgefühl, das Frank augenscheinlich für ihn hegte, gab er ihm einen schmucklosen Bericht über sein früheres Leben.

Er und seine Frau Eliza hatten einen gutgehenden kleinen Krämerladen gehabt. Eliza war die Seele des Geschäftes gewesen. Sie erledigte den Papierkram, gab die Bestellungen auf, ging mit ihm auf den Markt und verstand zu feilschen. Matthew beschrieb ihr Aussehen nicht, aber

Frank sah sie mit hellseherischer Klarheit vor sich: groß, hager, sehnig, schmallippig, mißtrauischer, prüfender Blick, das graue Haar zu einem Knoten gerafft. Matthew gab zu, daß er kein Geschäftsmann war; er stand nur hinter dem Ladentisch. Es ging ihnen recht gut, und die Kunden zahlten prompt an jedem Ersten. Eliza sah schon darauf, bemerkte Matthew und kicherte in liebevoller Erinnerung.

Dann kam die Krise. Die Kunden konnten nicht mehr zahlen, oder sie verschwanden unter Zurücklassung beträchtlicher Schulden aus der Nachbarschaft. Eliza und Matthew machten noch eine Weile weiter, dann mußten sie zusperren. Aber es kam noch schlimmer. Ganz plötzlich wurde Eliza krank — Krebs. Sie starb im Krankenhaus. Matthew bestand darauf, alle Rechnungen zu begleichen, und stand am Ende völlig mittellos da.

Eliza war religiös gewesen, erinnerte sich Matthew und ließ seine Fingerknöchel knacken, und so war auch er fromm geworden. Sie vertraute in Gott. Der Mensch denkt, Gott lenkt. Noch knapp vor ihrem Tode hatte sie ihn ermahnt, »seinen Glauben zu bewahren«. Und er hatte ihn auch immer bewahrt. Wie sonst sollte er leben, wie sonst sich in der Hoffnung wiegen, daß er bald mit Eliza vereint sein würde? Frank aber, immer noch eins mit Matthews Körper, mit seiner Seele, hörte des alten Mannes methodische, ernsthafte Gebete, mechanisch heruntergeleiert, und begriff, daß die Gebete zu leeren Wiederholungen geworden waren, zu Worten ohne Bedeutung, ohne Frieden, ohne Hoffnung und ohne Echo. Mit seinen Gebeten brachte er Eliza ein liebevolles Opfer. Er betete um ihretwillen. Aber in seinem Innersten gab es nur mehr Kummer und Leid, entsetzliche Not und stumpfe Resignation.

»Gott, mein lieber Frank, ist stets unsere Zuflucht«, sagte Matthew, blickte Frank mit seinen müden, blassen Augen an und lächelte. »Stets unsere Zuflucht. Unser Leben auf Erden ist ohne Bedeutung. Lernen Sie die Freuden der Frömmigkeit kennen, mein Junge. Gott ist immer für uns da. Was würde ich ohne Ihn tun?«

Frank verließ den Körper des alten Mannes. Es fröstelte ihn, und sein Mitgefühl wurde zu erschöpfender Verzweiflung. »Warum suchen Sie eigentlich nicht um Wohlfahrtsunterstützung an?« sagte er. »Sie hätten wenigstens genug zu essen, man würde Ihre Miete zahlen, und Sie brauchten sich nicht mehr die Füße wundzulaufen.«

Matthew starrte Frank entsetzt an. »Wohlfahrtsunterstützung? Was würde Eliza dazu sagen? Nie würde sie mir das verzeihen! Wir haben uns nie etwas schenken lassen! Lieber — lieber würde ich verhungern! Nie wieder könnte ich jemandem in die Augen schauen!«

Dafür sollte ich ihn bewundern, dachte Frank. Aber er sah die große Leere in Matthews Innerem; Freude und Hoffnung und Liebe waren längst daraus verschwunden, und zurückgeblieben war eine von Spinnweben überzogene Kammer, von mitternächtlichen Stürmen durchbraust, von stummen Geistern bewohnt: von der Erinnerung an eine stolze und tüchtige alte Frau und an den langen Schatten eines toten Gottes.

Ich kann das nicht ertragen, dachte Frank todunglücklich und zutiefst erschüttert, ich muß diesem armen Narren in Zukunft aus dem Wege gehen. Er schüttelte Matthew die Hand und verabschiedete sich. »Vertrauen Sie auf Gott, und alles wird gut sein!« rief ihm der alte Mann noch nach.

Fast eine Woche lang ging er nicht mehr in das Restaurant. Dann aber, von etwas getrieben, das er sich selbst nicht erklären konnte, kehrte er zurück und sah sich nach dem alten Matthew um. Aber er war nicht da. Er kam auch am nächsten Abend nicht und nicht am übernächsten. Schließlich erkundigte sich Frank bei dem dicken, schmutzigen Koch nach dem Verbleib des alten Mannes.

Minutenlang starrte ihn der Koch ausdruckslos an. »Sie meinen den alten Herrn, der immer mit Ihnen an einem Tisch saß?« sagte er dann. »Der hat sich ins Jenseits befördert. Eine Woche ist es jetzt her.« Er verzog das Gesicht. »Verdammter alter Narr! Ich habe ihn gewarnt. Mir gehört der Laden hier. Manchmal ließ er den Gasofen den ganzen Tag brennen, wenn er ausging. Der Ofen hat keinen Abzug, das ist gefährlich. Ich habe ihn darauf aufmerksam gemacht. ›Hören Sie mal, Matt‹, habe ich ihm gepredigt, ›Gas kostet Geld. Drehen Sie das Ding ab, wenn Sie ausgehen. Und abends, wenn Sie schlafen gehen. Sonst wachen Sie mal als Toter auf, und wie komme *ich* dazu?‹«

Frank wurde übel. »Und einmal am Abend, vor dem Schlafengehen — hat er den Ofen nicht abgedreht?«

Der Koch nickte. »Er war eben schon ein alter Knochen. Hat sich nichts merken können.« Er kratzte sich am Kinn. »Na, vielleicht hat er es nicht absichtlich getan. Hat einfach vergessen, das Ding auszumachen, bevor er ins Bett stieg. Eines Morgens war er eben tot. Für die Polizei war es ein Unfall. Ich habe nicht widersprochen.«

Frank aber, der allein am Tisch saß, wußte plötzlich und sehr genau, daß es kein Unfall gewesen war. Er vergaß, wo er sich befand. Er sah Matthew wieder vor sich.

Er ging in seine armselige Kammer zurück, setzte sich nieder und schrieb die Geschichte von Matthew Sanders. Er schrieb die ganze Nacht durch und schickte die Geschichte an eine Zeitschrift, die sie postwendend retournierte. Dazu bemerkte der Herausgeber in einem persönlichen Brief: »Kraftvoll und mit viel Mitgefühl erzählt. Aber zu deprimierend in diesen Tagen, da jeder Ermutigung und Hoffnung auf die Zukunft braucht. Bitte schicken Sie uns etwas anderes, etwas Erfreuliches, Heiteres, vielleicht etwas mit Liebe junger Menschen — etwas, das den Leser von seinen Problemen ablenkt. Junge Liebe ist immer gesucht.«

»Junge Liebe!« rief Frank empört. »Du lieber Gott! Interessiert sich die Öffentlichkeit wirklich nur für die Probleme lüsterner Jugendlicher?«

Professor Preston las den Brief des für die literarische Beilage einer großen amerikanischen Zeitschrift verantwortlichen Herausgebers. Er verzog die Lippen zu seinem sonderbar traurigen und zynischen Lächeln. »›Flucht vor der Wirklichkeit‹ nennt man das in der Fachsprache«, sagte er. Nachdenklich, die Stirn in Falten gelegt, ließ er seinen Blick auf Frank ruhen. Er sah das dünne Gesicht seines Schülers, sah die eingefallenen Wangen, die jetzt von Zornesröte überzogen waren. Mit einer Ecke des Briefes kratzte er sich am Kinn und fuhr sinnend fort:

»Es gibt da etwas, worüber Sie sich klarwerden müssen, Frank, gewisse Einstellungen, von denen Sie sich befreien sollten. Stellen wir zunächst einmal Betrachtungen über Literatur an. Was ist Literatur im wahrsten Sinn des Wortes? Literatur ist, denke ich, der Aufbau der Wirklichkeit, getreulich wiedergegeben, mit Klarheit und Leidenschaft glaubwürdig dargestellt, kraftvoll und unter Wahrung der individuellen Wahrheit geschrieben. Unter individueller Wahrheit verstehe ich die ehrliche und stark empfundene Überzeugung des Autors, die nicht unbedingt der Wahrheit, wie andere sie sehen, entsprechen muß, wohl aber der Wahrheit des Verfassers, dem Heuchelei und Liebedienerei fremd sein sollten. Also ist Literatur nichts anderes als ehrliches und unerschrockenes Schrifttum. Es mag ungeschliffen und grobschlächtig, ja sogar derb und roh behauen sein — wie eine Statue, deren Umrisse und Größe man gegen einen weiten Himmel sehen muß, ohne feinen Einzelheiten übermäßig viel Beachtung zu schenken. Oder es kann eine auf Gold gemalte Miniatur sein, ein Figürchen aus Elfenbein. Aber ob riesengroß in seiner Konzeption oder zart und zierlich in der Ausführung, das Werk muß von Integrität, von Ehrlichkeit und Aufrichtigkeit zeugen. Das ist Literatur.«

In Frank kämpften Ungeduld und Zorn gegen die hohe Meinung, die er von seinem Mentor hatte. Bedächtig las der Professor den Brief des Herausgebers ein zweites Mal, bevor er fortfuhr: »Tja. Also. Dann gibt es auch noch eine andere Art des Schreibens, die den Kritikern weit weniger unter die Haut geht. Ich habe nämlich herausgefunden, daß ein kühnes, bedingungslos ehrlich geschriebenes Werk die Kritiker verwirrt und aus der Fassung bringt. Sie nennen es dann ›schwülstig‹ oder ›melodramatisch‹ oder ›auffallen wollend‹ oder gar ›wirklichkeitsfremd‹. Und das ist wahrhaft sonderbar. Das Wirkliche wird als wirklichkeitsfremd angeprangert, die Wahrheit zum ›Kitsch‹ erklärt. Ich lese die Kritiken, müssen Sie wissen. Verzeihen Sie, wenn ich abzuschweifen scheine. Ich denke nur laut. Es ist noch nicht lange her, daß ich dazu verführt wurde, den Roman einer anspruchsvollen Schriftstellerin zu lesen. Ein bedeutender Kritiker hatte sich sehr begeistert darüber geäußert. Er sprach von dem Roman als ›fein gestochen, einfühlsam, subtil, ein künstlerischer Triumph, von Charme und menschlichem Verstehen geprägt‹. Ich hätte es besser wissen müssen, aber ich gab zwei Dollar fünfundsiebzig dafür aus. Ich hätte den Kritiker aufhängen mögen. Zwei Dollar fünfundsiebzig hinausgeworfenes Geld! Ich hatte mir ein literarisches Werk erwartet. Was ich bekam, war unsinniges Gefasel. Dem Buch fehlte Größe — Häßlichkeit, Erbarmen, Entsetzen, all das, was die Wirklichkeit ausmacht. Die handelnden Personen waren allesamt wohlerzogene Leute. Das Geschreibsel war so ›einfühlsam‹, daß ich nie herausfand, um was es eigentlich ging. Ich begriff überhaupt nichts. Ein Kind im Kindergarten weiß mehr von Menschlichkeit als diese ›Schriftstellerin‹. Sich liebliche Illusionen über die Welt zu machen steht träumenden Kindern an. Wenn Erwachsene das tun, wirkt es grotesk, scheußlich. Abstoßend.«

»Sicher. Aber was hat das alles mit mir zu tun?« fragte Frank ungeduldig. Wenn der Professor doch nur endlich mit seinem kindischen Geschwätz aufhören würde!

Mr. Preston starrte immer noch ins Leere. »Literaten erfreuen sich manchmal großer Beliebtheit und werden reich. Aber nur manchmal. Den meisten gelingt es nicht, obgleich ich nicht einer von jenen bin, die da glauben, der ›wahre‹ Künstler müsse in einer Dachkammer verhungern. Nebenbei bemerkt: jeder Schriftsteller ist sein Geld wert; zuweilen würdigen das die Leser und kaufen seine Bücher. Das ist natürlich ein Risiko, das der Autor eingehen muß. Es gibt allerdings einen sichereren Weg, um zu Geld zu kommen.« Hier machte der Professor eine Pause. »Sie können das schreiben, was das Publikum haben will — oder was der Verleger glaubt, daß das Publikum haben will. Was manchmal auf das gleiche herauskommt. Wer für die großen Magazine und Zeitschriften schreibt, verdient eine schöne Stange Geld. Wenn es überhaupt das Geld ist, worauf Sie aus sind, Frank.« Er wartete.

Frank preßte die Kinnbacken zusammen. »Darauf bin ich aus, wie Sie wohl wissen.«

Professor Preston ließ sich in seinen Sessel sinken, als ob er sehr müde wäre. Er rieb sich die Stirn und unterdrückte ein Gähnen. »Mag sein, daß ich mich irre, aber meinem Empfinden nach ist Ihr Stil zu kraftvoll, zu rauh und zu leidenschaftlich für den Publikumsgeschmack. Aber Sie können — kopieren. Kaufen Sie oder leihen Sie sich ein paar Ausgaben der drei beliebtesten Zeitschriften. Lesen Sie sie aufmerksam. Dem Publikum müssen sie wohl gefallen, denn sie haben enorm hohe Auflagen. Allerdings: es wäre unehrlich von Ihnen, wenn Sie solche Sachen schreiben wollten.«

»Ich muß zu Geld kommen«, entgegnete Frank in großer Erregung.

Seine Augen funkelten. »Ich habe es Ihnen doch schon erklärt. Die Schreibmaschine ist meine einzige Hoffnung, alldem entkommen zu können, was ich hasse. Ich werde das schreiben, was sich zur Veröffentlichung eignet. Ich muß Geld haben! Sonst — sonst sterbe ich!«

Mr. Preston sah ihn nicht an. Mit abwesender Stimme fragte er: »Wozu? Was wollen Sie mit dem Geld anfangen?«

Frank stand vor seinem Lehrer und starrte blind auf die dunklen, staubigen Fenster, in denen sich das grelle elektrische Licht des Hörsaals widerspiegelte. »Ich muß von der Armut loskommen«, antwortete er mit leiser, verhaltener und doch sonderbar wilder Stimme, »von ihrem Dunst, ihrem Schmutz, von allem, was Armut bedeutet. Ich muß Freiheit, eine gewisse Würde in meinem Leben haben. Und Sicherheit.«

»Sicherheit«, wiederholte der Professor flüsternd, ließ die Hände auf die Knie fallen und blickte Frank durchdringend an.

»Ich möchte alles haben, was Geld mir geben kann: ein schönes Haus, die Gesellschaft kultivierter Menschen, Bücher, Musik, Reisen, Seelenfrieden, schöne Dinge ... Teufel noch mal! Sie wissen ja selbst, was Geld einem Menschen geben kann. Die Möglichkeit, vor alldem zu fliehen —«

»Zu fliehen«, fiel Professor Preston ihm ins Wort. »Das habe ich befürchtet. Heute wissen Sie es nicht, aber was Sie meinen, das ist: vor sich selbst zu fliehen.«

Er erhob sich, holte seine alte silberne Taschenuhr hervor und warf einen Blick darauf. »Ich muß jetzt wirklich nach Hause. Wir sind jetzt schon über eine Stunde da.« Sein runzliges Gesicht erinnerte an eine Maske, aber in seinen Augen spiegelten sich Mitleid und Müdigkeit. »Ich hatte gehofft, ich würde mich täuschen. Aber nun sehe ich, was für eine furchtbare Angst Sie haben. Sie haben Angst, schreckliche Angst, nicht wahr?«

»Nein. Natürlich nicht!« Wie demütigend! Was für ein häßliches, abstoßendes, ekelhaftes Wort: Angst! »Ich habe vor nichts Angst! Ich hasse die Angst!«

Als Professor Preston stumm blieb, fuhr Frank wütend fort: »Meine Eltern hatten immer Angst! Es war widerlich, und deshalb verabscheute ich sie. Sie wollten Geld haben, weil sie Angst vor dem Leben hatten, Angst vor allem, Angst zu atmen, Angst vor jedem Menschen, dem sie begegneten. Ich hatte niemals Angst. Ich — ich hasse.«

»Das ist das gleiche«, sagte der Professor leise.

»Nein! Keineswegs!« Frank zitterte vor Zorn. »Meine Eltern waren auf Geld aus, weil sie Angst vor dem Leben hatten. Ich habe diese Angst nicht! Verdammt! Sie wollen mich einfach nicht verstehen!«

Mr. Preston schüttelte den Kopf. »Ich hoffe, daß Sie eines Tages begreifen werden, daß Sie Ihren Eltern sehr ähnlich sind. In diesem Augenblick sind Sie ihr Sohn.«

Der Gedanke war so unerhört, so erniedrigend, daß Frank seinen Mentor mit einem Ausdruck anstarrte, der von Haß nicht weit entfernt war. Mit erstickter, stammelnder Stimme rief er: »Wäre ich wirklich der Feigling, für den Sie mich zu halten scheinen, ich würde mich fürchten, weil ich stellungslos bin. Ich würde Angst vor — vor — vor der Zukunft haben. Aber ich habe keine Angst! Es macht mir nichts aus, daß ich halb verhungert bin und in einem stinkenden Loch über einem Metzgerladen hausen muß. Diese Dinge bedrücken mich nicht; ich nehme sie nicht einmal zur Kenntnis, sie tangieren mich nicht. Morgen — morgen gehe ich wieder los und versuche, diese ›Damen‹strümpfe zu verkaufen, und ich *werde* ein paar verkaufen. Genug, um mir ein bißchen was zum Essen zu kaufen und ein wenig für die Miete zurücklegen zu können. Schauen Sie mich an! Ich trage praktisch nur mehr Fetzen am Leib. Meine Eltern wären vor Angst gestorben, wenn sie sich je in meiner Lage befunden hätten. Aber ich fürchte mich nicht. Ich habe mich abgekapselt —«

»Ja«, sagte der Professor, »ja, das fürchte ich auch.«

Frank öffnete seinen bleichen Mund, um etwas zu erwidern. Dann wandte er sich um und verließ grußlos den Saal.

Dieser verdammte alte Esel, dieser sentimentale Narr! Frank schäumte vor Wut. Dieser pedantische Spötter, der das Geld verächtlich von sich weist! Um der »Kunst« willen zu verrecken, das findet er löblich und edel! Kunst!

Schon am nächsten Tag begab er sich in die alte Volksbücherei in der Washington Street. Die Arme voller Bücher, war er als verträumter Junge oft hierhergekommen. Flammarion, Hugo, Haggard, Dickens, Dumas, Thackeray — wie eine kostbare, schwere Schatztruhe waren sie in seinen kindlichen Armen gelegen. Auch damals war er »abgekapselt« gewesen, aber abgekapselt in Glanz und Herrlichkeit, in einer geräuschvollen, weithin schallenden Wirklichkeit. In freudiger Begeisterung war er durch diese stillen, ehrwürdigen Räume geschritten. Jetzt sah er nur, daß die Wände zwar sauber und mit Stichen behangen, doch schäbig und abgegriffen waren; er sah den uralten eisernen Fahrstuhl und verzog geringschätzig die Lippen. Er sah die vielen Menschen, junge und alte, die an den langen Tischen saßen, und wußte genau, daß die meisten nur kamen, um sich ein wenig auszuruhen, sich vor dem eisigen Wind zu schützen, und nicht, um zu lesen. Er sah ihre hoffnungslosen, ihre abgekämpften, ihre hageren, dünnen Gesichter. Er sah ihre Hände, zu Fäusten geballt oder schlaff auf den Tischen ruhen. Mit blinden Augen ihren schrecklichen Gedanken nachhängend, starrten sie auf die Bücher, die sich vor ihnen stapelten. Er wandte sich ab und stieg die abgetretenen Stufen in den ersten Stock hinauf, wo die Periodika auflagen. Er hatte nichts gemein mit Menschen, die im Leben Schiffbruch erlitten hatten. Für die Zeitungen waren sie die »Opfer der Wirtschaftskrise«. Er bezeichnete sie als Opfer ihrer eigenen Unzulänglichkeit.

Er glaubte, gegen sie gefeit zu sein, aber gleich körperlosen Substanzen, gleich grauen Nebelfetzen folgten sie ihm die Treppe hinauf. Er fühlte ihren schweren Atem auf seinem Rücken. Er beschleunigte seine Schritte, setzte seine Füße fest und laut auf den Boden auf. Er hielt es für Ekel, was ihm die Kehle zusammenschnürte und sein Herz so dumpf und schmerzhaft schlagen ließ.

Er fand die Zeitschriften, die er suchte. Er setzte sich und begann in den glänzenden, schimmernden Seiten zu blättern. Er betrachtete die bunten Bilder, die die geistlosen Geschichten illustrierten. Junge Liebe: triumphierend nach Überwindung läppischer Widerwärtigkeiten. Junge Liebe in eleganten Salons und Nachtlokalen. Junge Liebe: brüllenden Eltern trotzend. Junge Liebe am College, im Büro, in Palästen. Junge Liebe Eins gegen Junge Liebe Zwei. Hier und dort eine dumme Geschichte über ein »empfindsames« Kind oder einen mehr-als-menschlichen Hund, Vogel, Kater. Vor allem aber, und immer wieder, junge Liebe vor der Ehe und in der Ehe, mehr oder minder diskret behandelte Unzucht — süßliches Gestammel, gemischt mit wesentlich lebensnaheren und interessanteren Anzeigen.

Und der Sturm, der sich in Italien und Deutschland zusammenbraute? Wo war etwas über den Marktschreier Mussolini, wo etwas über den mordlustigen Hitler zu lesen? Hie und da ein kurzes, eilig hingeschmiertes Artikelchen, kaum aufzuspüren zwischen den vielen Seiten, die der allgegenwärtigen, allmächtigen jungen Liebe gewidmet waren.

Was gab es über die Wirtschaftskrise zu sagen, was über die Millionen zerstörter Existenzen, was über die Verzweiflung einer Nation, was über das Entsetzen, die Wut, die Lähmung eines ganzen Volkes? Hier und dort, neben einem kleinen Bild des Präsidenten, von Mr. Ickes, Mr. Hopkins oder Mr. Wallace, der Bericht aus »erster Quelle«. Aber davor und danach und immerdar — junge Liebe.

Die Zähne zusammenbeißend, um seiner Übelkeit Herr zu werden, las Frank die Geschichten. Und zugleich mit seiner Wut wuchs seine Verwunderung, sein unverfälschtes, ehrliches Staunen, sein widerstrebender Respekt angesichts dieses unglaublichen, schändlichen Wahnsinns, dieser schamlosen Manipulation menschlichen Denkens, dieser kupplerischen Liebedienerei vor Geschmacklosigkeit und vulgärer Dummheit. Was war das für eine Liebe, wie man sie auf diesen Seiten darstellte? Ein billiges Spielzeug, wie man es in Kramläden zu kaufen bekam, ein plattierter Armreif am Arm einer Schwachsinnigen, ein Zeitvertreib im häuslichen Kreis, Tagtraum Minderjähriger, vorpubertäre Erregung. Wie stand es um die Seele einer Nation, die sich zu einer Zeit, da Schrecken und Tod wie ein Sturm am Horizont heraufzogen, des fernen Donners nicht achtend, an einer Schüssel überzuckerten Haferbreis gütlich tat?

»Flucht vor der Wirklichkeit« hatte Professor Preston diese Schwelgerei in »Liebe«, diese Träume eines Rauschgiftsüchtigen genannt. Frank schob die Illustrierten von sich. Nun, das war es, was sie haben wollten; dafür bezahlten sie.

Wieder in seiner Kammer, ließ er den Musterkoffer mit den Strümpfen auf den nackten, schmutzigen Boden fallen. Die Wände waren ursprünglich hellorange mit leuchtendblauen Streifen tapeziert gewesen, wiesen jetzt aber eine verschwommene, gallebraune, fleckige Farbe auf. Das eine kleine, vorhanglose Fenster gab den Blick auf den Verkehr in der engen, geschäftigen Grant Street frei, durch die Tag und Nacht die Straßenbahn ratterte und klapperte. Frank hatte eine schöne Aussicht auf mehrere Obstgeschäfte und eine Schneiderwerkstatt auf der anderen Straßenseite, doch er schätzte derlei nicht mehr. Er sah auch kaum mehr, woraus die Einrichtung dieses armseligen Raumes bestand. Er sah das Eisenbett nicht, dessen einst weißgestrichene Filigranarbeit am Kopfende jetzt eine Studie in abblätternden grauen und weißen Blasen darstellte, nicht den arg mitgenommenen Eichentisch am Fenster mit der quietschenden, knirschenden Schreibmaschine, dem Wörterbuch und einem Stoß Schreibpapier, nicht den Küchenstuhl und nicht die wacklige Kommode in der Ecke. Für diesen Raum, glühendheiß im Sommer und eiskalt im Winter, zahlte er drei Dollar die Woche. Aber er nahm ihn gar nicht zur Kenntnis.

Im Wintermantel saß er vor der Schreibmaschine. Er blies sich auf die vom Frost geröteten Hände, spannte die Finger und schlug versuchsweise ein paar Tasten an. Dann legte er einen Bogen Papier ein. Er biß sich in gedanklicher Konzentration auf die Lippen und runzelte die Stirn. »Sie« sollten haben, was sie wollten. Er war bereit, »ihnen« eine verfälschte Welt zu liefern, den vergifteten Brei, den sie auf ihrer »Flucht vor der Wirklichkeit« so gierig in sich hineinfraßen. Angestrengt nachdenkend, stand er auf, holte eine Decke vom Bett, wickelte sie um die Füße und setzte sich wieder. Was sollte er schreiben? Ach ja, *das* war die Idee! Junge Liebe, die über die Depression triumphiert. Titel? Auch der war zur Hand: »Wir hatten keine Angst.« Er schrieb ihn nieder. Die Maschine knatterte wie ein Maschinengewehr. Er überlegte. Schwarz und ekelerregend wie eine ausfließende Kloake brach etwas in ihm auf. Es hob ihm den Magen bei dem Gedanken, solches Zeug zu schreiben. Aber er biß die Zähne zusammen und beugte sich über die Maschine. Und wenn er sich dabei erbrach, er mußte es schreiben. Er dachte kurz nach. Schon hatte er die handelnden Personen: ein edles, selbstloses Mädchen, das ihre Stellung verloren hatte — Sekretärin, Einkäuferin, Kassiererin, welchen Beruf sollte sie haben? Sekretärin natürlich. Ihr Chef, ein gutaussehender jüngerer Mann, ein Architekt mit silbergrauen Schläfen, hatte sein Atelier zusperren müssen. Beide waren mittellos, aber irrsinnig mutig, hatten einen Hang zu herzlichem Lachen, eine Art, tapfer den Kopf zurückzuwerfen, und fanden das Leben unerhört spaßig.

Das Gesicht starr und hart und angewidert, saß Frank über der Maschine und ließ die Tasten fliegen. Nun, das war wirklich nicht schwer! Man brauchte dabei überhaupt nicht zu denken! Es wurde dunkel im Zimmer. Er stand auf und drehte das Licht an. Draußen begann Schnee zu fallen; die Flocken klopften wie Hagelkörner ans Fenster. Die Schreibmaschine ließ ihr Glöckchen ertönen, ein Bogen nach dem anderen wurde eingespannt. Der Schnee wurde zu einem flimmernden weißen Vorhang, die Kammer zu einer eiskalten Kiste. Die Straßenlaternen erhellten eine dunstige Düsternis, und die Tramways rollten und polterten über die glatten Schienen.

Am Abend war er fertig. Frank sah seine Arbeit schnell durch und machte noch einige Verbesserungen mit der Feder. Er steckte die Geschichte in einen Umschlag und adressierte sie an eine der großen Illustrierten. Dann erhob er sich. Die Knie zitterten ihm vor Erschöpfung, die Augen taten ihm weh, und in seinem Kopf dröhnte es. Er trat in den Märzsturm hinaus, kaufte eine Marke und warf das Manuskript in einen Briefkasten. Um die Kosten der Briefmarke hereinzubringen, ging er in eine Kneipe, wo er um fünfundzwanzig Cents ein belegtes Brötchen, einen Kuchen und eine Tasse Kaffee konsumierte.

Sein Kopf war leer, er konnte nichts denken. Er fühlte sich schmutzig und hätte gern ein Bad genommen. Aber er war so erschöpft, daß er zu Bett ging, wo er es wenigstens warm hatte.

Doch dann kamen die Gedanken, schwere, sich überstürzende, abscheuliche Gedanken. Noch einmal durchlebte er die gesichtslosen Jahre, die Jahre seiner verlorenen Jugend, die Jahre seiner Blindheit. Wie Schatten sah er sie in den Abgrund der Zeit gleiten. Er sah sich selbst, wie er, kraftlos, stimmlos, wie betäubt, der entschwindenden Zeit mit den Blicken folgte, spürte, wie ihre gespenstische Substanz über sein Gesicht streifte.

Er dachte an seine Mutter, die jetzt allein in Manchester lebte, denn seine Großmutter war vor zwei Jahren gestorben. Das Logierhaus hatte sie ihrer Schwiegertochter vermacht. Frank wußte nicht, wie es seiner Mutter wirklich ging; ihre spärlichen Briefe waren der Klagen voll. Dennoch mußte sie wohl verdienen, was sie zum Leben brauchte, denn sie bat nie um Geld. Er wußte, daß sie ihr Kapital nie angerührt hatte. Sie war froh, in England zu sein, aber England hatte sich »verändert«. Es war nicht mehr das gemütliche, vertraute England ihrer Jugend. Immer wieder beklagte sie sich darüber, so als betrachtete sie es als persönliche Beleidigung.

Er dachte an das Geld, das die Cunninghams ihm gestohlen hatten. Er hatte es nie wiederbekommen. Nachdem er Kentucky in wilder Flucht verlassen und wieder in Bison seßhaft geworden war, nahm er die Dienste eines billigen, schäbigen Anwalts in Anspruch, der endlose Briefe an die Polizei von Bowling Green richtete. Doch wie Frank von Anfang an vermutet hatte, waren die Cunninghams nur eine Woche in Bowling Green geblieben. Dann hatten sie sich mit unbekanntem Ziel aus dem Staub gemacht.

Sooft er an die Zeit in Kentucky zurückdachte, überkamen ihn Niedergeschlagenheit und Entsetzen. Es war ein groteskes Abenteuer gewesen. Was war wohl aus Sherry Hempstead geworden, aus Isaac Saunders, aus Peter O'Leary? War der Mann, auf den er geschossen hatte, tot? Wie hatte er nur geheißen? Frank konnte sich nicht erinnern. Er konnte sich nur mehr an Wade O'Leary mit einiger Deutlichkeit erinnern.

Wade, dachte er. Kannst du mich hören, Wade? Fühlst du meine Nähe? Wades dunkles, schmales Gesicht erschien vor ihm, aber es war jetzt ernst und verschlossen und blind, so als ob es ganz bewußt nicht sehen wollte.

LIX

Der April war gekommen, ein feuchter, frostiger April. Bunt schillerte der Abendhimmel, und am Morgen heulten die Nebelhörner vom See herüber. Wie große Frösche quakten sie ihre Warnungen an die Schiffe hinaus, die von den anderen am See gelegenen Städten kamen. Er roch den muffigen, faulen Dunst der Bettdecken, der klumpigen Matratze und der dünnen Kissen und verharrte in geistiger Reglosigkeit, bevor er sich erhob, um in den verregneten Straßen seiner Vertretertätigkeit nachzugehen.

Doch Ende April kam ein Tag, der so süß duftete, der so sonnig und heiter war, daß er sogar an Franks verkümmertes Herz griff. Es war ein goldener Tag, und Bison schüttelte den Regen ab wie ein Hund das Wasser und begrüßte froh den Morgen. Frank stand auf, und etwas Zartes und Gebrechliches wie Hoffnung streifte seine Seele. Er empfand ein seltsames Gefühl, so als ob ein Zeitabschnitt zu Ende gegangen wäre, als ob sich eine neue Entwicklung für ihn ankündigte. Während er sich anzog, summte er sogar ein Liedchen und staunte über den für ihn fremden Klang. Er leistete sich ein gutes Frühstück und machte sich mit mehr Lust und Schwung an die Arbeit als je zuvor.

Der schöne Tag schien sein Versprechen einhalten zu wollen. Um die Mittagszeit hatte Frank bereits über fünf Dollar an Provisionen verdient. Ein Vermögen! Der Tag hatte die Bewohner der Stadt in der gleichen Weise beeinflußt, wie er auch auf ihn eingewirkt hatte. Die Wirtschaftskrise schien heute weniger unheilvoll, weniger entsetzlich und bedrückend zu sein. Mit dem Geld in der Tasche vergaß er beinahe das traurige Los eines von Tür zu Tür wandernden Hausierers, die damit verbundene Erniedrigung, den unvermeidlichen Verlust an Selbstachtung, den Augenblick, bevor sich eine unfreundliche Tür öffnete, seine ersten anpreisenden Worte, und, wenn ihm die Tür vor der Nase zugeworfen wurde, die grauenhafte Scham, die ihm den Rücken verbrannte, der glühende Haß in seiner Magengrube. (Wie hart war es ihn angekommen, das so leicht zerstörbare, einstudierte Lächeln aufzusetzen, artig den Hut abzunehmen, sich höflich zu verbeugen und, wie vom Verkaufsleiter demonstriert, mit klarer, sonorer Stimme zu sprechen! Wie schwer war es ihm gefallen, den Hausfrauen in ihre dummen, billigen, vulgären, ungeduldigen, überheblichen, zänkischen Gesichter zu lächeln, zu lächeln, wenn man ihm laut und grob oder jammernd und winselnd die Schwelle wies, und immer noch zu lächeln, während er sich entfernte!) Jetzt aber hatte er es beinahe vergessen. Vielleicht war es der strahlende Tag, der die Hausfrauen veranlaßte, ihren Argwohn zu begraben und statt Mißfallen Gefallen an seinem scharfgeschnittenen, blassen Gesicht zu finden und an den unbeteiligten blauen Augen, die das breite, verkrampfte Lächeln Lügen straften. Sie behandelten ihn heute nicht wie einen Bettler; manche hießen ihn sogar willkommen. Sie bestellten nicht wie sonst ein oder zwei Paar »Echte Seidenstrümpfe«, sondern drei oder vier, ja ein halbes Dutzend. Er hatte bis Mittag auch einige Kunstseiden-Negligés zu sechs Dollar das Stück, zwei Dutzend Slips und vier Dutzend Herrenstrümpfe verkauft.

Er arbeitete heute in einem besseren Viertel und begegnete daher auch weniger »Kollegen«. Mittags fand er einen sauberen kleinen Drugstore und leistete sich dort ein Essen. Sonnenlicht fiel durch die Fenster; er beobachtete die Kinder auf der Straße, die zum Nachmittagsunterricht gingen; er hörte ihr fröhliches, unbeschwertes Lachen. Sogar die Straßenbahnen klingelten lustiger als sonst.

Er war nicht weit vom Delaware Park. Nach dem Essen spazierte er hinüber, um mit Bewunderung und Stolz die herrlich schöne Albright Kunstgalerie zu betrachten, diese fast perfekte Nachbildung eines griechischen Tempels. Ein grüngoldener Dunstschleier umhüllte die Bäume des Parks, das Gras blühte auf, und Vögel zwitscherten auf den braunen Zweigen. Frank verhielt seinen Schritt und blickte mit leuchtenden Augen auf die Kunstgalerie, die sich, vom Sonnenlicht umspielt, in ebenso zärtlicher wie würdevoller Strenge vom azurblauen Himmel abhob. Er genoß den fröstelndsüßen Atem der erwachenden Erde, der Hoffnung und Verheißung flüsterte. An solch einem Tag mochten selbst Träume wahr werden!

Wie wunderbar war es doch, sich wieder jung zu fühlen, er, der sich so viele Jahre lang nicht mehr jung gefühlt hatte! Er vergaß, daß er beinahe vierunddreißig, daß er ein kleiner Vertreter, daß er ein heruntergekommener, verbitterter, schäbig gekleideter Mensch war und so gut wie kein Geld besaß. Er war wieder ein Knabe, der, mit Paul Hodge an seiner Seite, die Schätze der Galerie bewunderte. Fast spürte er Pauls Arm an den seinen gedrückt, fast fühlte er die unschuldig süße Freude über die Nähe seines Freundes. Trauer befiel ihn, aber es war eine wohltuende Trauer, ein lebendiger Schmerz und keine Leere. Er dachte an Paul wie an einen lieben Toten.

Eine lange Zeit verweilte er so, bis er sich widerstrebend abwandte. Aber Kraft und Hoffnung schritten als unsichtbare Gefährten seiner Jugend an seiner Seite. Er kehrte zur Straße zurück. Jetzt sah er auch andere Vertreter, die sich, die einen schneller, die anderen langsamer, mühsam mit ihren Musterkoffern fortschleppten. Es waren Männer und Frauen, Junge und Alte, allesamt armselig und erschöpft. Frank folgte ihnen mit den Blicken und dachte: Sie haben Angst. Wie sollten sie auch nicht, wo doch das ganze Land, dieses reiche, mächtige, unermeßlich große Land Angst hat! Der Stolz dieser Welt, die Hoffnung der Welt — durch Angst zur Impotenz verdammt! Warum? Wieso? Das Land ist immer noch das gleiche, es verfügt über unschätzbare Reichtümer, die nicht weniger geworden sind, dicke goldene Adern durchziehen seinen Leib, wie eine unendliche Zahl von Dynamos donnern die Energien in seinem Herzen, wie eine Riesenmaschine wartet es auf die Hand, die den Schalthebel betätigt. In Wirklichkeit hat sich gar nichts verändert. Nichts als der Glaube seines Volkes. Was bleibt, wenn ein Volk nicht mehr an seinen Erfolg und an seine Macht glaubt?

Die Angst war von Frank gewichen, wenngleich er sich nie eingestanden hatte, sie als solche empfunden zu haben. Er eilte durch die Straßen und wandte den Blick von den anderen Vertretern ab. Schon früher hatte er sich entschlossen, heute an keine Tür mehr zu klopfen, doch ein Gefühl der Unbesiegbarkeit befiel ihn. Er wußte, daß er jetzt verkaufen würde, verkaufen konnte.

Er ging an einer etwa vier Fuß hohen grauen Steinmauer entlang, die einer terrassenförmig ansteigenden Rasenfläche gleichsam als Wall diente. Jenseits der Mauer verbarg eine Hecke von Immergrün das Haus vor den Blicken Neugieriger. Frank kam zu einem eisernen Tor und öffnete es. Eine breite gewundene Auffahrt führte zu einem sehr großen und stattlichen grauen Steinhaus, dessen schmucklose Fassade an beiden Enden von einem Türmchen begrenzt war. Die Frühlingssonne glitzerte auf den hohen kleinscheibigen Fenstern, die dem Haus ein prunkvolles Aussehen verliehen. Frank sah die weiße Treppe, die schmiedeeiserne Tür, das rote Dach und den breiten Schornstein, aus dem blauer Rauch zum Himmel stieg.

Langsam stellte Frank seinen Koffer nieder. Das war doch nicht möglich! Vor langer Zeit hatte er von ebendiesem Haus geträumt, und hier stand es nun, wie er es in seiner Erinnerung bewahrt hatte:

die grauen Mauern, hinten das glitzernde Glashaus, der Garten mit den gepflasterten Gehwegen, die mächtigen Bäume und das Strauchwerk. Nur eines stimmte nicht: In seinem Traum war es Sommer gewesen, und ein kleines Mädchen mit schwarzen Locken und großen dunklen Augen hatte mit ihm gesprochen. Er hatte es als Kind geträumt und immer wieder versucht, das Haus zu finden, aber wie alle Träume war auch dieser verblichen. Und doch stand das Haus jetzt vor ihm.

Er erinnerte sich an den Namen des kleinen Mädchens. Jessica. Ja, sie hatte Jessica geheißen! Eine große rosa Schleife im Haar, war sie auf ihn zugelaufen. Er wartete, aber nichts rührte sich. Die Fenster blieben leer.

Er fühlte sich seltsam betäubt, auf unerklärliche Weise erwartungsvoll. Er hatte es also doch nicht geträumt. Vor langer Zeit war er einmal hier gewesen. Die Kleine hatte ihm erzählt, daß sie mit ihrem Vater nach New York fahren würde. Er »spielte am Klavier«, ihr Vater, und ihr Onkel hatte ihr das rosa Kleidchen geschenkt, das sie trug. Sie waren hinten in einem Sommerhaus gesessen. Frank tat ein paar Schritte zur Seite. Ja, da stand das Sommerhaus, aber noch waren keine Blüten an dem roten Spalier zu sehen. Die Einrichtung war weiß lackiert gewesen, und ein weißes Kätzchen hatte zu ihren Füßen gespielt. Von den ernsten Blicken des kleinen Mädchens sonderbar berührt, hatte er ihr versprochen, eines Tages zu ihr zurückzukehren. Jessica!

Frank nahm seinen Koffer auf. Er glitt ihm aus den Fingern und fiel krachend zu Boden. Er nahm ihn abermals auf. Es war dumm, aber er zitterte. Er ging auf das Haus zu. Sie war ja damals nach New York gefahren, also konnte sie unmöglich hier sein. Vielleicht gehörte das Haus nicht mehr ihrem Onkel. Es war ja alles schon so lange her. Aber seine Beine eilten auf die Tür zu, er hob den bronzenen Türklopfer und ließ ihn so laut fallen, daß das Geräusch von den Mauern widerhallte.

Ein Riegel wurde zurückgeschoben, und er blickte in das Gesicht eines Dienstmädchens in Schürze und Häubchen. Sie sah seinen Koffer und sagte grob: »Sie hätten zum Seiteneingang kommen sollen. Außerdem brauchen wir nichts. Wir kaufen nichts von Leuten wie Ihnen.«

Er sah ihr derbes, pimpeliges Gesicht, ihre Schweinsaugen und ihren feindselig geschürzten Mund. Sie war ihm sofort zuwider, und er starrte sie herrisch an.

»Wer wohnt hier?« fragte er. »Ich habe eine Nachricht für die Dame des Hauses.«

Schon wollte sie ihm die Tür vor der Nase zuschlagen. Aber sie hielt inne und beäugte ihn mit wissendem Grinsen. »Bei mir nicht! Wie können Sie denn eine Nachricht für sie haben, wenn Sie nicht einmal wissen, wer hier wohnt?«

»Rufen Sie die gnädige Frau!« herrschte er sie an und stellte den Fuß in die Tür. Sie erschrak.

»Machen Sie, daß Sie fortkommen, oder ich rufe die Polizei!« rief sie aufgeregt. »Ein ganz gewöhnlicher Dieb sind Sie!«

Wie Steine schleuderte sie ihm die Worte ins Gesicht. Haß verzerrte ihre Züge, geifernd zuckte ihr Mund, und nun war es nicht mehr Furcht, was sie bewegte, sondern die instinktive Feindseligkeit eines Tieferstehenden.

»Ich bin kein Dieb«, erwiderte er ruhig, »und das wissen Sie auch sehr gut. Ich muß mit der gnädigen Frau sprechen.« Wie hieß sie doch nur? Jessica — und? Es wollte ihm nicht einfallen.

Sie hörten beide nicht, daß eine schwarze Limousine lautlos die Auffahrt heraufgerollt war, sie hörten den leichten Schritt nicht — und zuckten beide zusammen, als eine klare Mädchenstimme fragte: »Was gibt's, Marie?«

Frank drehte sich um und sah die junge Frau, die neben ihm stand. Langsam nahm er den Hut ab. Zornig platzte das Dienstmädchen heraus: »Dieser elende Kerl, Miß Bailey! Eben wollte ich die Polizei rufen. Er wollte ins Haus hinein!«

Die junge Frau richtete einen ernsten, forschenden Blick auf Frank. Sie war groß gewachsen und sehr schlank und hatte lange, hübsche Beine und zarte Knöchel. Sie trug ein perlgraues Wollkleid und hatte einen prächtigen Nerzmantel lässig über die Schultern hängen. Ihr rabenschwarzes, schimmerndes Haar kontrastierte mit der edlen Blässe ihrer Schläfen, ihrer Stirne und ihres Halses. Ihr korallenroter Mund war gleichermaßen hart und voll, nachdenklich und sanft. Sie trug Perlen an den Ohren und eine Perlenkette um den Hals.

Fragend hafteten ihre Augen auf Frank; es waren überaus lebhafte und doch stille, sehr dunkle und strahlende Augen, und während sie nun auf dem jungen Mann ruhten, leuchteten sie ein wenig auf, ohne etwas von ihrer Festigkeit und Intelligenz, von ihrem Ernst und leisem Humor zu verlieren.

Es ist Jessica, dachte er. Es war also kein Traum. Es ist Jessica. Wie Blei wog der Koffer in seiner Hand. Wie er ihre selbstsichere Gelassenheit und ihre Vitalität fühlte, so spürte er seine Unbeholfenheit und seine entehrende Armseligkeit.

Ganz natürlich, daß sie ihn nicht erkannte. Sie war ja damals noch so klein gewesen. Und sie brauchte es auch nie zu erfahren, daß er der verzauberte Junge gewesen war, der mit ihr im Sommerhaus gesessen hatte. Er konnte es ihr nicht sagen, denn täte er das, sie würde ihn näher ins Auge fassen und ihn verachten, weil er so tief gesunken war. Er mußte sich jetzt nur zurückziehen und seiner Wege gehen — und nichts sonst tun.

Und dann wollte er doch noch einmal ihre Stimme, ihre süße, tiefe

Stimme hören. »Wenn — wenn ich Sie um ein paar Minuten ihrer Zeit bitten dürfte —«, stammelte er und unterbrach sich.

Die Augen der jungen Frau glitten nicht über ihn hin, aber es entging ihr nichts: nicht seine saubere, aber schäbige Kleidung, nicht sein mageres Gesicht und nicht sein etwas zu langes Haar, das sich in der frostigen Brise kräuselte. Sie fühlte etwas wie Verlegenheit, Überraschung und Mitleid. »Bitte, kommen Sie weiter«, sagte sie höflich und ging an ihm vorbei auf die Tür zu. »Ich habe ein paar Minuten Zeit.« Sie trat ins Haus, ohne zurückzublicken. Verdattert und wütend starrte das Dienstmädchen ihn an.

Miß Bailey stand in der großen getäfelten Halle und zog sich die Handschuhe aus. Marie hatte die Tür zugeschlagen; Frank hörte ihr lautes, empörtes Atmen. Miß Bailey aber legte ruhig Mantel und Hut ab, reichte alles dem Mädchen und lenkte ihre Schritte nach einem rechts von der Halle gelegenen Raum. Frank folgte ihr, aber nicht ohne sich in der Halle umgesehen zu haben, wo in einem schwarzen Marmorkamin Feuer angemacht war. Eine breite Eichentreppe wand sich zum ersten Stock empor. Er hörte das warme Knistern des Feuers, fühlte den dicken weichen Teppich unter seinen Füßen und sah oberhalb des Kamins das dunkle, goldgerahmte Porträt eines Herren.

Er betrat das geräumige Wohnzimmer, wo Miß Bailey auf ihn wartete, und bewunderte die ausgesuchte Schlichtheit des Raumes, die das Vorhandensein unbeschränkter Mittel eher verleugnete als betonte. Auch hier brannte ein Kaminfeuer und erhellte die blaßgrünen Wände, deren französische Fenster den Blick auf den weiten Rasen und mächtige Bäume freigaben. Die Einrichtung war sehr geschickt angeordnet. Alles war alt und kunstvoll gefertigt und paßte ausgezeichnet zu dem schon etwas verblaßten Perserteppich mit seinen matten und bezaubernden Farben. Die französischen Stühle und Sitzbänke waren in sanftem Rosa, verblichenem Blau und zartem Elfenbeinweiß gehalten, ebenso auch die Draperien, die den Fenstern einen würdigen Rahmen abgaben. Auf jedem kleinen Tischchen stand eine Kristall-, eine silberne oder bronzene Lampe, ein exotisches kleines Kästchen oder Figürchen oder eine silberne Schale mit Blumen. Auf dem mattschimmernden Flügel in der Ecke stand eine große Kristallvase mit gelben Rosen, und an den Wänden hingen ausgezeichnete Porträts und Landschaften in schmalen Goldrahmen. Es war ein aristokratischer Raum, von einem Aristokraten eingerichtet und gepflegt, dem jedoch selbst in Franks ungeübten Augen etwas Dekadentes, etwas zu Kultiviertes, zu Vergeistigtes anhaftete.

Ruhig und anmutig stand Miß Bailey am Kamin. Sie zündete sich eine Zigarette an und deutete mit dem Kopf auf eine Kristallschale auf dem Tischchen neben ihr. Frank legte Hut und Koffer nieder und nahm sich eine Zigarette. Seine Hände zitterten ein wenig. Zum erstenmal in seinem Leben war er sich der Gegenwart einer Frau bewußt. Ihr

Gesicht, ihr Körper, ihre ganze Person wirkte wie etwas süß Vertrautes auf ihn ein. Es überlief ihn heiß, er fühlte sein Herz schlagen. Er sah sie gar nicht an, und doch spürte er den Schimmer ihrer seidenen Knie unter dem perlgrauen Wollkleid, den Druck des breiten Silbergürtels um ihre schlanke Taille, die Wärme ihrer Schenkel und das Wogen ihres Busens. Er roch ihr zartes Parfüm.

Das war doch alles sinnlos. Er hatte in diesem Haus nichts zu suchen. Er hatte Gelegenheit gehabt, es zu verlassen, und sie nicht genutzt. Sie sollte keinen Verdacht schöpfen, und darum mußte er ihr jetzt diese lächerliche Farce vorspielen. Mit keinem Wort, mit keiner Geste durfte er andeuten, daß sie schon einmal zusammengetroffen waren. Er konnte kein Anzeichen eines Wiedererkennens in ihren Augen entdecken, keine Spur von Zweifel oder Verwunderung. Natürlich nicht. Wie sollte sie sich denn auch erinnern? Er brauchte nichts anderes zu tun, als ruhig zu bleiben, sein Verkaufsgespräch herunterzuleiern, und zu gehen — bald vergessen und für immer unerkannt. Er hatte geträumt, und der Traum war lebendig geworden.

Sie setzte sich. Ihr Gesicht war ruhig und unbeteiligt liebenswürdig. Er öffnete seinen Koffer auf einer Sitzbank und wollte mit seinen Überredungskünsten beginnen, aber bevor er noch anfangen konnte, sagte sie sehr einfühlsam: »Machen Sie das eigentlich gerne?«

Es klang nicht herablassend; ihre Stimme verriet aufrichtige, höfliche Neugier. Ein erstes zorniges Aufwallen erstarb in Frank. Sehr einfach und offen erwiderte er, während er die ersten Musterstücke hervorholte: »Nein. Ich hasse es. Aber zur Zeit kann ich keine andere Arbeit finden.«

Sie lächelte. Es war ein reizendes Lächeln, das sie sehr jung erscheinen ließ, obwohl sie schon Anfang Dreißig sein mußte. »Entschuldigen Sie«, sagte sie. »Ich wollte nicht — unverschämt sein. Aber ich hatte so das Gefühl, daß diese Tätigkeit nicht ganz zu Ihnen paßt. Ich fürchte, ich bin eine schrecklich neugierige Person.« Offensichtlich erwartete sie jetzt, seinen eigentlichen Beruf von ihm zu erfahren. Frank sah sie schweigend an. Sollte er ihr etwas vorlügen? Ihr erzählen, daß er ein arbeitsloser Buchhalter, ein jüngerer leitender Angestellter, ein Rechtsanwalt ohne Mandanten, ein Arzt ohne Patienten war? Mit großen, glänzenden, mitfühlenden Augen blickte sie ihn an.

»Ich habe nie etwas wirklich Bedeutendes getan«, sagte er. »Sonst wäre ich jetzt nicht hier. Ich bin wohl einer der Unzulänglichen.«

Sie blieb stumm. Sie lächelte nur und rauchte, lehnte sich in ihren Sessel zurück und kreuzte ihre schimmernden Beine. »Wollen Sie dieses Zeug wirklich sehen?« fuhr Frank ungeduldig fort. »Oder wollen Sie nur — nett zu mir sein? Das möchte ich eigentlich nicht, wissen Sie?«

Mit welchem Recht mischten sich die Reichen, die Gesicherten in das Leben von Menschen, die vom Glück weniger begünstigt waren? Mit welchem Recht fügten sie ihnen, die dessen nicht bedurften, die Kränkung ihres gönnerhaften Mitgefühls zu? Frank mußte sich mit Gewalt zurückhalten. Er maß die junge Frau mit wilden Blicken, weiß spannte sich die Haut seiner Wangen.

Sie betrachtete die Zigarette in ihrer schmalen Hand. Ein Hauch von Trauer lag auf ihren Zügen. »Natürlich will ich ›das Zeug‹ sehen. Ich habe zwei Freunde, sehr begabte junge Ärzte; sie verkaufen Betttücher und Kissenüberzüge. Ich kenne einen Zahnarzt, der sich als Tagelöhner verdingt hat. Mein Onkel hatte einen Freund; dessen Sohn hat sich einen ›Flohmarkt‹ eingerichtet, wo er allen möglichen Kram und Plunder kauft und verkauft. Manchen Menschen mag das schrecklich vorkommen. Ich — ich finde es — bewundernswert.«

Ihre Stimme verriet aufrichtige Anteilnahme, und sie begann wieder zu lächeln. »Ich finde, wir Amerikaner sind große Snobs, wir betreiben eine sehr dumme Art von Vornehmtuerei. Wir sind eigentlich eine klassenlose Gesellschaft und kennen keine Erbaristokratie. Aber es scheint, als bräuchten wir einen Ersatz. Darum bezeichnen wir gewisse Tätigkeiten als entwürdigend und andere als achtbar und ehrenhaft. In Wirklichkeit gibt es keinen Unterschied: Arbeit ist Arbeit.« Und als Frank schwieg, fügte sie hinzu: »Ich könnte mir vorstellen, daß Ihre Tätigkeit sehr interessant ist.«

»Ja, ja«, versetzte Frank ironisch, »man begegnet ja so interessanten Leuten dabei!«

Er dachte schon, er hätte sie beleidigt, aber plötzlich lachte sie, und nach einer kleinen Weile stimmte er verlegen in ihr Lachen ein. »Schmuddelige Hausfrauen finde ich nun leider gar nicht interessant«, sagte er und setzte sich ihr gegenüber. »Ich finde es auch nicht sehr aufregend, wenn man mir die Tür vor der Nase zuschlägt. Manchmal könnte ich die Leute umbringen. Aber von Tür zu Tür latschen ist immer noch besser als zu verhungern. Außerdem —« Er verstummte und errötete. Er war drauf und dran gewesen, ihr von seiner Schriftstellerei zu erzählen, und schluckte die dummen Worte gerade noch rechtzeitig hinunter.

Er breitete die Muster auf seinen Knien aus, wählte drei Strümpfe verschiedener Schattierungen und reichte sie ihr. Sie prüfte sie aufmerksam und kritisch. Sie hörte Frank zu, der ihr mit monotoner Stimme die Preise nannte. Sie hätte die Strümpfe am liebsten weggeworfen, doch sie war feinfühlig genug, zu wissen, daß eine einzige unbedachte Geste, ein vorschnelles Wort, ihn tief kränken und verletzen würde. Sie tat, als zögere und überlege sie. »Es liegt mir fern, Ihre Ware herabzusetzen«, sagte sie kühl, »aber in der Innenstadt bekomme ich diese Qualität um fünfzig Cent billiger.«

Hier fand sich Frank auf vertrautem Gebiet. Er widersprach ihr energisch. »Nicht diese Qualität. Unsere Strümpfe sind aus echter, reiner Seide. Sie werden sie fast zweimal so lang tragen können wie die besten Markenstrümpfe.« Um seine Behauptung zu veranschaulichen, wand er einen Strumpf zum Seil und zerrte heftig daran — ein Trick, den der Verkaufsleiter den Vertretern vorgeführt hatte. Miß Bailey gab sich unschlüssig, aber beeindruckt. Triumphierend rollte Frank den Strumpf, der die Prozedur, ohne Schaden zu nehmen, überstanden hatte, wieder auf. Miß Bailey untersuchte den Strumpf auf das genaueste und schien von der Qualität überzeugt.

»Nun ja«, sagte sie langsam, »lassen Sie mich mal sehen. Ich nehme ein Dutzend von diesen gelbgrauen, ein halbes Dutzend ›Sunbeam und ein halbes Dutzend ›Autumn Leaf‹. Größe Neun.«

Frank notierte ihren Namen, Jessica Bailey, und die Adresse. Der Bleistift zuckte in seiner Hand. Er saß gute zwei Meter von ihr entfernt, aber er fühlte die Unmittelbarkeit ihres weißen Körpers, die duftige Wärme ihres Atems. Er preßte die Lippen zusammen. Er hielt den Kopf über das Auftragsbuch gebeugt, während die junge Frau, den Mund ein wenig geöffnet, ihn mit leuchtenden Augen beobachtete. Sie sah die Konturen seines schmalen Kopfes, die harte Kante seines Kinns, die breiten Schultern und die edle Form seiner kräftigen Hände. Von sonderbarer Unruhe befallen, bewegte sie sich in ihrem Sessel.

Frank reichte ihr die Durchschrift ihres Auftrags, und sie sah ihn durch. Francis Clair. So hieß er also. Sie war in ihrem Leben auf so viele Namen gestoßen. Wie merkwürdig, daß gerade dieser ihr so bedeutsam erschien! Sie faltete das Papier sorgfältig zusammen und steckte es in ihre Handtasche. »Wünschen Sie jetzt den ganzen Betrag zu begleichen, oder wollen Sie mir eine Anzahlung geben und den Rest gegen Nachnahme?« erkundigte sich Frank.

»Ich bezahle gleich«, antwortete sie, öffnete ihre Tasche und gab ihm das Geld. Er stand auf und verschloß seinen Koffer. Mit einemmal regte sich in ihr der Wunsch, ihn zurückzuhalten, ihn noch für eine kleine Weile zum Bleiben zu nötigen. Sie nahm sich nicht die Zeit, die Beweggründe für diesen sonderbaren Impuls zu analysieren, wie sie das sonst tat, wenn sich irgendwelche Wünsche in ihr regten. Es schien ihr einfach notwendig, daß dieser Strumpfverkäufer noch nicht ging. Aber was sollte sie tun? Konnte sie ihn zum Tee einladen? Wie immer sie eine solche Einladung begründete oder rechtfertigte, er würde eine absurde Geste darin erblicken oder sie womöglich gar mißverstehen. Oder würde er sie vielleicht richtig verstehen? Sie schalt sich eine Närrin. Was war nur los mit ihr? Sie war zweiunddreißig Jahre alt und hatte bisher an jungen Männern kein oder nur sehr geringes Interesse empfunden. Aber sie wollte Frank nicht gehen lassen. Verzweifelt suchte sie nach etwas, das sie ihm sagen konnte, um ihn zu bewegen, noch eine kleine Weile zu bleiben. Sie wollte ihn wiedersehen!

»Wie ich sehe, haben Sie auch noch andere Dinge zu verkaufen«, sagte sie. »Warum zeigen Sie sie mir nicht?«

Frank hob den Kopf. »Sie würden sie nicht haben wollen.«

»Woher wollen Sie das wissen? Lassen Sie mich bitte sehen.«

Er holte das Musterbuch hervor, und sie legte es auf ihre Knie. Die Sachen waren gut gemacht, aber grob. »Das gefällt mir«, sagte sie, »dieses — dieses Negligé. Das rosa da. Größe zweiundvierzig. Und das blaue auch. Je ein Stück. Und die Slips. Zwei weiße in derselben Größe.«

Frank stand schweigend daneben. »Sie wollen sie ja gar nicht haben«, brummte er abweisend.

Sie sah ihn an und lächelte. »Nicht für mich selbst vielleicht«, erwiderte sie freimütig, »aber eines der Mädchen hat bald Geburtstag, und ich würde ihr damit eine große Freude machen. Schreiben Sie besser Größe sechsundvierzig. Zweiundvierzig ist meine Größe.«

Mit unfreundlichem Gesicht schrieb Frank den zweiten Auftrag aus. Fast demütig sah sie ihm zu. Ihr gefiel die Art, wie er schrieb: klar, scharf, ohne zu zaudern. »Fünfzehn Dollar, wenn Sie jetzt zahlen wollen«, sagte er und reichte ihr den Zettel.

Sie gab ihm die fünfzehn Dollar, und er verwahrte das Geld in seiner abgenützten Brieftasche. Es überraschte sie nicht, daß seine Hände zitterten, wenn sie auch nicht hätte sagen können, warum das so war. Wie ein elektrischer Strom pulsierte es zwischen ihr und diesem sonderbaren jungen Mann, und sie wußte, daß er es spürte, so wie sie es spürte.

Konnte sie jetzt zu ihm sagen: Bitte gehen Sie noch nicht? Trinken Sie eine Tasse Tee mit mir. Ich möchte mit Ihnen reden.

Der Mund war ihr trocken geworden, und der Puls klopfte in ihrer Kehle. Ich mache mich ja lächerlich, dachte sie verwirrt. Ich benehme mich wie eine Idiotin. Und wenn schon! Er darf nur noch nicht fortgehen, er darf einfach nicht! Schon nahm er den Hut und seine abgewetzten Lederhandschuhe von der Sitzbank; er wandte sich ihr zu.

»Haben Sie schon immer in Bison gelebt?« fragte sie und stieß die Worte in einer Weise hervor, die ihren Onkel in Erstaunen gesetzt hätte. »Ein Gefühl sagt mir, daß ich Sie kennen müßte —«

»Ja«, erwiderte er offenherzig, »ich habe immer hier gelebt. Seit meinem sechsten Lebensjahr. Ich kam mit meinen Eltern aus England. Aber ich bin Ihnen nie begegnet.«

Sie wollte es nicht glauben. Sie zog ihre feinen dunklen Augenbrauen zusammen, so als versuchte sie, sich an etwas zu erinnern. »Es ist wirklich komisch, aber ich bin sicher, daß wir uns schon einmal kennengelernt haben. Kennen Sie die Crawfords oder die Brownes?«

»Nein, ich kenne sie nicht. Und ich möchte sehr bezweifeln, daß Sie jemanden von den Leuten kennen, mit denen ich früher Umgang hatte, Miß Bailey. Mein Vater war Apotheker. Er arbeitete viele Jahre lang in einem Laden in der Niagara Street. Kaum anzunehmen, daß Sie ihn gekannt haben.«

Doch ihr Gesicht leuchtete auf. »Aber natürlich! Gehörte der Drugstore nicht einem Mr. Farley? Wir wohnten damals in der Porter Avenue, und von Mr. Farley hieß es, man bekäme bei ihm die besten Sprudel und die größten Portionen. Meine Freundinnen und ich, wir waren häufige Besucherinnen. Durchaus möglich, daß ich Ihren Vater dort sah ...«

Franks Gesicht hatte sich verdüstert.

Sein Ausdruck berührte Jessica schmerzlich unangenehm, und sie stotterte ein bißchen, als sie fortfuhr: »Ich kann mich sehr gut an Mr. Farley erinnern. Er war ein reizender alter Herr —«

»Ja«, stimmte Frank gedankenschwer zu, »das war er.« Und wurde sich im gleichen Augenblick des Tempus bewußt, in dem sie beide sprachen. »Er — er ist doch — noch am Leben, nicht wahr?«

»Leider nein. Ich erinnere mich, seine Todesanzeige in der Zeitung gelesen zu haben. Das ist jetzt zwölf oder dreizehn, vielleicht auch schon vierzehn Jahre her. Ich trug damals noch lange Zöpfe und Matrosenblusen. Es war irgendwann nach dem Krieg.«

Frank blieb stumm. Tot. Und er hatte es nicht gewußt. Dabei war es doch seine Absicht gewesen, Mr. Farley zu besuchen! Bis heute war ihm nicht bewußt gewesen, daß er diese Absicht gehabt hatte. Er begriff nicht, warum ihn plötzlich tiefe Niedergeschlagenheit überkam. Der liebe, arme, alte Mann! Er hatte ihn, Frank, verstanden wie seitdem keiner.

»Das tut mir leid«, sagte er traurig. Er zog seinen Mantel an und wiederholte, so als ob er allein im Zimmer wäre: »Es tut mir entsetzlich leid. Ich wollte ihn noch einmal sehen.«

Die junge Frau erhob sich. Es war hoffnungslos. Sie wußte nicht, was sie noch sagen sollte, um ihn festzuhalten. Aber ihre gemeinsame Trauer um Mr. Farley war wenigstens etwas, das sie verband. »Und *mir* tut es leid, daß gerade ich es Ihnen sagen mußte, Mr. Clair«, murmelte sie.

Sie ging mit ihm in die Halle hinaus und legte die Hand auf die Türklinke. »Bitte kommen Sie in etwa zwei Wochen wieder«, sagte sie in verzweifeltem Ton. »Vielleicht kann ich Ihnen dann noch mehr abkaufen —«

Er nickte stumm und trat in die Frühlingssonne hinaus. Sie folgte ihm mit den Blicken, bis er hinter einer Straßenecke verschwand. Und selbst dann blieb sie noch auf der Schwelle stehen, bis ein kalter Wind sie frösteln machte.

Ich habe ihn schon einmal gesehen, dachte sie. Ich bin ihm schon einmal begegnet. Aber wo, wo? Warum kann ich mich nicht erinnern? Es kann kein Traum gewesen sein. Ich kann ihn nicht gehen lassen.

Sie hielt den Auftragsschein krampfhaft fest.

LX

Die Sonne schien weniger hell und verheißungsvoll, als Frank den stillen, vornehmen Park wieder verließ. Der Griff des Koffers lag schwer in seiner Hand.

Farley war also tot. Frank verstand nicht recht, warum ihn diese Nachricht so bedrückte. In den letzten vierzehn Jahren hatte er kaum jemals an den alten Mann gedacht. In seinem Geist war eine Mauer gewachsen, die ganze Jahre aus seiner Erinnerung ausschloß, auch jeden Gedanken an seinen Vater und seine Mutter und seine Jugendzeit. Die Erinnerung an Mr. Farley aber war anscheinend wie ein kleiner heller Teich hinter dieser Mauer verschlossen gelegen. Hatte er wirklich, ihm selber unbewußt, die Absicht gehabt, den alten Mann einmal zu besuchen?

Ohne zu wissen, was er tat, bestieg er einen Omnibus, dann eine Straßenbahn und fand sich plötzlich in der Niagara Street, in der Nähe des kleinen Drugstores. Was hatte er vor? Was hatte ihn hierher getrieben? Es war beinahe fünf Uhr, und er hatte Hunger. Was hatte er davon, wenn er den Laden betrat und sich nach Mr. Farley und den näheren Umständen seines Todes erkundigte? Es war lächerlich. Ein seltsamer Zwang hatte ihn hergeführt, ein Zwang, dem er als Junge oft gefolgt war. Und nun hatte er sich in einem gedankenlosen Augenblick wieder von ihm überwältigen und lenken lassen.

Der Drugstore sah noch so aus wie früher, er schien ihm aber etwas kleiner und schäbiger. Die hohen roten und grünen Gläser standen noch in dem staubigen Schaufenster, nur die große üppige Farnpflanze, die Mr. Farley liebevoll dazwischen aufgestellt hatte, war verschwunden. Verwahrloste, schmutzige Kinder gingen ein und aus, und wenn sie wieder herauskamen, hielten sie eine Tüte Eis oder ein Lutschbonbon in der Hand, genau wie er in früheren Jahren. Er trat ein. War dieser Laden immer so dunkel, so übelriechend, so verstaubt und unordentlich gewesen? Ein großer, kräftiger Mann mittleren Alters in einem schmuddligen weißen Arbeitsmantel stand hinter einem Ladentisch mit billigen Kosmetikartikeln. Er hatte ein großes rotes Gesicht und fröhliche blaue Augen. Irgendwie sah er Mr. Farley ähnlich. Er sagte: »Bitte, mein Herr?« in jener übereifrigen Weise, die bei Geschäftsleuten in den Jahren der Depression üblich war.

Frank kaufte ein Stück Rasierseife, eine Tube Zahnpasta und einige Rasierklingen. Dann trat er an die Theke und bestellte ein Getränk. Der Mann bediente ihn flink. Frank nahm einen Schluck und sagte dann beiläufig: »Sind Sie Mr. Farley?«

»Ja«, antwortete der andere und blinzelte ihn erstaunt an. »Ich kann mich aber nicht erinnern, Sie schon mal gesehen zu haben.« Er bemerkte Franks Musterkoffer, und sein Lächeln verschwand.

»Ich kannte den alten Mr. Farley«, erklärte Frank. »Vermutlich sind Sie ein Verwandter von ihm?«

Das Lächeln kehrte zurück und war nun ganz weich. »Ich bin sein Neffe. Er hat mir den Laden hinterlassen, drum bin ich mit Frau und Kindern aus Detroit hierhergezogen. Vor vierzehn Jahren. Ja, ja, das war ein guter alter Knabe, unser Onkel Tim!«

»Ich habe eben erst erfahren, daß er tot ist«, sagte Frank und stellte sein Glas auf die Theke. »Ich bin sehr traurig darüber. Als Kind habe ich ihn gut gekannt. Mein Vater arbeitete hier in diesem Laden.«

Mr. Farley war gerade dabei, die gesprungene schwarze Marmortheke mit einem schmutzigen feuchten Lappen abzuwischen, aber bei Franks Worten schien er zu versteinern. Er starrte den jungen Mann an und kniff die Augen zusammen.

»Wie heißen Sie?« fragte er aufgeregt.

»Das tut zwar nichts zur Sache, aber mein Name ist Clair.«

Nun wurde Mr. Farley noch aufgeregter. »Frank Clair? Der Sohn des alten Francis Clair? Des Apothekers?«

»Ja.« Franks Neugierde war geweckt. »Mein Vater ist schon lange tot, aber Mr. Farley und ich waren gute Freunde. Er hat sich ein bißchen um mich angenommen.«

Mr. Farley stützte die fleischigen Ellbogen auf die Theke, lachte und zeigte dabei seine gelben Zähne. Dann griff er nach Franks Schulter und gab ihm einen Stoß. »Ist das nicht verrückt! Wissen Sie, daß der Rechtsanwalt Sie in der ganzen Stadt gesucht hat? Sie waren doch einmal in Kentucky, oder nicht?«

Franks Herz schlug schneller. »Ja, das stimmt.«

»Also so etwas! Hören Sie, der Rechtsanwalt hat dorthin geschrieben, wo Sie angeblich waren. Aber niemand hat gewußt, wo Sie sich aufhalten!«

»Das konnte niemand wissen«, sagte Frank und dachte an seine überstürzte Flucht. »Ich habe keine Adresse hinterlassen. Jetzt lebe ich schon seit beinahe vierzehn Jahren wieder in Bison, aber das weiß natürlich auch niemand.« Warum nur war sein Hals wie zugeschnürt? »Was — was wollte denn Ihr Rechtsanwalt?«

»Was er wollte?« rief Mr. Farley und warf den Kopf zurück. »Sie Glückspilz, er wollte Ihnen bloß fünfzehnhundert Dollar geben, sonst nichts! Der Alte hat Ihnen das Geld in seinem Testament vermacht. Warten Sie, ich gebe Ihnen die Adresse des Anwalts! Nein! Es ist erst fünf, vielleicht erwischen Sie ihn noch im Büro! Kommen Sie, ich rufe ihn an! Wenn das nicht die verrückteste Sache ist, die —«

Er polterte zu der Telefonzelle im Hintergrund. Frank stand auf. Seine Knie waren weich. Fünfzehnhundert Dollar! Fünfzehnhundert Dollar! Alles verschwamm vor seinen Augen. Alle diese Jahre, in denen er beinahe verhungert wäre — und währenddessen warteten fünfzehnhundert Dollar in der Bank auf ihn, warteten in aller Ruhe, daß er sie abholte! Er folgte Mr. Farley zum Telefon. Er mußte sich mit der Hand an der Wand abstützen, sonst wäre er umgefallen. Der Klumpen in seiner Kehle wurde immer dicker. Mein Gott, dachte er, o mein Gott!

Mr. Farley, strahlend wie eine rote Sonne, übergab ihm in höchster Aufregung den Hörer. Frank hielt ihn ans Ohr, aber sein Kopf dröhnte so sehr, daß er fast nichts verstand. Der Mann am anderen Ende der Leitung gackerte: »Ausweis natürlich. Formsache. Morgen früh, zehn Uhr? Wie bitte? Gut, zehn Uhr, Mr. Clair. Ja, es sind da einige kleinere Auslagen entstanden, als wir versuchten, Sie zu finden. Etwa 100 Dollar. Zehn Uhr also.«

Schweißgebadet, am ganzen Leib zitternd, saß Frank plötzlich wieder an der Theke. »Ich — ich — f—fürchte, i—ich habe seinen Namen nicht verstanden«, stotterte er. »W—würden Sie ihn mir bitte aufschreiben? Das kommt alles so plötzlich —«

»Ja, ich weiß«, sagte Mr. Farley; seine Stimme war voll Mitgefühl und er warf wieder einen Blick auf den Musterkoffer. »Das gibt einem einen Schlag, nicht wahr, wenn man so unerwartet zu Geld kommt. Nun, ich freue mich wirklich! Der Alte muß viel von Ihnen gehalten haben. Ich hab das Testament selbst gelesen und da stand etwas — etwas — Wunderbares. So ähnlich wie: Meinem lieben jungen Freund, mit allen meinen Segenswünschen und Gebeten!« Mr. Farley wischte sich ungeniert über die Augen. »Viel besaß er ja nicht mehr; er hat ja ständig junge Leute unterstützt, Gott segne ihn. Mir hat er dreitausend Dollar vermacht und den Laden und ein kleines Haus in der Hampshire Street. Das war mehr, als uns zustand!«

Frank fühlte sich ganz schwach. Meine Segenswünsche und meine Gebete! Er stützte den Kopf in die Hand, um seine Augen zu verbergen. Deutlich, so als leuchtete es im Dunkel seiner geschlossenen Lider, sah er Mr. Farleys Gesicht. Er sah sein Lächeln und hörte seine Stimme über den Abgrund der Jahre: »Meine Segenswünsche und meine Gebete.«

Wie aus weiter Ferne drang die Stimme des Neffen an sein Ohr. »Er ist an einer Lungenentzündung gestorben, ganz plötzlich. Wahrscheinlich war's auch das Herz. Wir sind zum Begräbnis hergefahren. Drei Priester waren dabei und sogar der Bischof. Nicht zu glauben! Wie das Begräbnis von einem großen Herrn! Solche Massen von Blumen haben Sie noch nicht gesehen. Die drei Priester haben erzählt, daß er ihnen geholfen hat, wie sie noch Jungs waren. Und der Bischof hat gesagt, er ist jetzt bei den Engeln. Wir haben geweint wie die Kinder, sag ich Ihnen. Ja, ja, so war er. So was gibt's gar nicht mehr!«

»Wo ist sein Grab?« flüsterte Frank.

»Draußen am Kalvarienberg-Friedhof. Er hat kein Geld für einen Grabstein hinterlassen, aber meine Frau und ich haben ihm ein verflucht feines Monument gekauft, das schönste auf dem ganzen Friedhof. Ein großes Kreuz aus Marmor, sechs Fuß hoch, so.« Mr. Farley deutete stolz die Höhe mit der Hand an. »Und den ganzen Sommer hat er Blumen. Wir haben Blumen in unserem Garten, und jeden Sonntag nach der Heiligen Messe bringen wir ihm einen ganzen Schwung hinaus. Er hat Geld für Seelenmessen bestimmt, aber wir lassen auch welche lesen. Das hat er verdient, so ein guter Mensch, wie er war.«

Messen für das Seelenheil des Mr. John Farley. Er bedurfte keiner Messen. Wieder sah Frank das Gesicht des alten Mannes vor sich und drückte die Hand fest auf die Augen.

»Wollen Sie nicht heute abend zum Essen zu uns hinauskommen?« sagte Mr. Farley herzlich. »Wo Sie doch sozusagen zur Familie gehören!«

Die Straße war schon dunkel; im Frühling kam die Dämmerung zeitlich. Frank fühlte sich immer noch schwach und ausgehöhlt, doch er war nicht hungrig. Er ließ sich von der Straßenbahn ein Stück mitnehmen und ging dann den restlichen Weg bis zu seinem Quartier zu Fuß. Sein Kopf war leicht, seine Füße schienen den Gehsteig kaum zu berühren. Sein Herz aber bebte. Er hatte Mr. Farleys Einladung zum Abendessen ausgeschlagen. Er wollte allein sein und nachdenken, an den alten Mr. Farley denken und seine befreiende Tat. Er wollte Pläne schmieden, in seinem düsteren Zimmer sitzen, die Hände um die Knie gekrampft, und denken und planen. Das Gefühl der Unbesiegbarkeit, das er schon am Morgen gefühlt hatte, wurde mächtiger mit jedem Schritt, den er sich seinem Zimmer näherte. Wie immer trat seine Reaktion mit Verspätung ein. Nun erst, als er das Stiegenhaus betrat, das zu seinem Zimmer führte, überkam ihn plötzlich mit aller Macht das Gefühl der Verzückung, der maßlosen Freude, und er blieb stehen, unfähig sich zu bewegen. O du mein Gott, dachte er, etwas hat sich verändert, verschoben, gewandelt. Etwas ist über die dunklen Jahre herübergezuckt wie ein Blitz und umgibt mich ganz. Ich bin geblendet, ich sehe noch nicht klar. Aber irgend etwas ist geschehen. Ich werde frei sein! Mein Gott, o mein Gott!

Sein zerbeulter Briefkasten hing gleich neben der Tür. Beim Schein der matten Stiegenbeleuchtung sah er, daß ein Brief drin steckte. Mit schwachen, fast gelähmten Fingern zog er ihn heraus. Wahrscheinlich ein Brief von seiner Mutter, ein Brief voll von Klagen und Vorwürfen. Was kümmerte ihn das? Nichts war mehr wichtig. Er war frei. Glanz umgab ihn und Musik.

Der Brief war länglich und schmal und dünn. Er riß ihn auf. Und starrte wie betäubt auf einen Scheck über dreihundertfünfzig Dollar, ausgestellt auf seinen Namen von dem Herausgeber jener Illustrierten, der er seine Geschichte »Wir hatten keine Angst« geschickt hatte.

Ihm wurde totenübel. Er ließ den Koffer fallen und fühlte nicht, daß er auf seinen Fuß fiel. Alles verschwamm ihm vor den Augen. Ein

Stück Papier war an den Scheck geheftet. Er konnte kaum lesen, was darauf stand. Das heisere, stoßweise Geräusch, das er hörte, war sein eigenes hysterisches Lachen, aber er bemerkte es nicht.

»Wir freuen uns, Ihnen als Honorar für ›Wir hatten keine Angst‹ 350 Dollar anzuweisen. Wenn Sie uns weitere Geschichten senden, die uns für eine Veröffentlichung geeignet scheinen, sind wir gerne bereit, Ihnen das übliche Honorar dafür zu zahlen. Bitte, schicken Sie uns zu unserer Information eine kurze Autobiographie, damit wir Sie unseren Lesern vorstellen können. Unsere Abonnenten interessieren sich sehr für unsere Autoren —«

Frank lehnte sich gegen die staubige Wand des Stiegenhauses. Er sah den Scheck an. Er lachte sein heiseres Lachen, immer wieder, immer wieder, er konnte gar nicht mehr zu lachen aufhören. Er hatte Geld für seine Geschichte bekommen! Er hatte Geld bekommen für das, was er geschrieben hatte! Zum erstenmal! Er setzte sich auf die unterste Stufe und lachte und lachte, bis ihm die Tränen über die Wangen liefen.

LXI

Irgendwann einmal hatte Frank Clair den Ausspruch eines sehr klugen Mannes gelesen: »Erfindest du etwas, das die Leute brauchen, wirst du gut leben können. Erfindest du aber etwas, das die Leute wollen, wirst du ein Vermögen verdienen!«

Dieser Satz fiel ihm jetzt ein. Es war ja so einfach. Die Leute »brauchten« gute Bücher nicht wirklich, brauchten sie genausowenig wie gute Musik oder geniale Staatsmänner. Sie konnten auf diese Dinge ganz gut und erschreckend leichten Herzens verzichten. Und sie belohnten nicht den Erzeuger ihrer Gebrauchsgüter, sondern den Marktschreier, der ihnen Talmi als Luxus anbot oder melodramatische Politik oder Klamauk zur Unterhaltung. Die Possenreißerei war ihr größtes Vergnügen.

Frank beschäftigte sich sehr eingehend mit diesem Problem. Er entdeckte, daß es eine kleine Gruppe von Menschen gab, die hervorragende Bücher zu schätzen wußten und lasen, daß diese Menschen aber meist in bescheidenen oder ärmlichen finanziellen Verhältnissen lebten und sich die Bücher aus Büchereien oder von Freunden ausborgten. Sie kauften nur selten ein Buch; daher war der Autor wertvoller Bücher meist gezwungen, sich seinen Lebensunterhalt auf andere Weise zu verdienen. Frank erinnerte sich an ein äußerst treffendes Bibelzitat: »Weisheit ist nützlich wie Reichtum.« Aber die wenigsten Literaten hatten das Glück, ein Vermögen zu erben. Wenn man gut leben und sich ein wenig bescheidenen Luxus gönnen wollte, mußte man dem Publikum geben, was es haben wollte.

Bald erkannte er, daß die Leser zwei Themen allen anderen vorzogen: Liebe (oder Sex) und die typische amerikanische Erfolgsgeschichte. Wenn man beides verband — was immer klug war —, erhielt man eine unwiderstehliche Kombination.

War es letztlich nicht anmaßend, zu verlangen, daß dem Publikum gefiel, was es angeboten bekam — gleichgültig, ob es seinem Geschmack entsprach oder nicht? War es nicht hochmütig, einen individuellen Standard zu setzen und alle zu verachten, die ihm nicht entsprachen? Wenn das Gesetz von der »natürlichen Auslese« überhaupt Geltung hatte, dann mußte doch das, was die Leute annahmen und bestehen ließen, »gut« sein. Hatten doch schon die alten Griechen gesagt: »Was überlebt, ist gut!« Allerdings war das bei näherer Betrachtung eine sehr zynische, zweideutige Sache.

Frank hatte in einem Privathaus auf der Lafayette Avenue eine hübsche kleine Wohnung gemietet. Er hatte im Laufe der vergangenen zwei Jahre eine beachtenswerte Strecke zurückgelegt. Die Wohnung erinnerte in keiner Weise an die Dachkammer, in der Künstler traditionsgemäß hungern müssen. Sie war angenehm und komfortabel und bestand aus einem netten Wohn-Schlafzimmer, dessen Bett sich tagsüber in ein Sofa verwandelte, einem eigenen, gekachelten Badezimmer und einer winzigen Küche. Mr. und Mrs. Penseres hatten ihm diese kleine Wohnung vermietet; sie gehörten zu jenen Leuten, die Maybelle »verarmter Adel« genannt hätte. Mr. Penseres war ein älterer Herr mit aristokratischen, vertrockneten Zügen, und seine Frau sah ebenso aristokratisch und ebenso vertrocknet aus. Die Räume, die sie selbst bewohnten, waren düster und vollgestopft mit Antiquitäten, aber irgendein dienstbarer Geist hatte Franks Zimmer so eingerichtet, daß es freundlich und farbenfroh und einladend wirkte. Frank sah die Hausbesitzer nur selten, da er einen separaten Eingang besaß. Wenn er einmal mit den alten Leuten ins Gespräch kam, geschah das auf eine distanziert höfliche Weise, die ihm nur recht war. Als sie dann gar entdeckten, daß er »ein Schriftsteller« war, behandelten sie ihn mit besonders würdevollem Respekt. Er zahlte ihnen für die Wohnung fünfzig Dollar im Monat.

Mit seinen Kurzgeschichten für verschiedene Zeitschriften verdiente er jetzt durchschnittlich 3000 Dollar im Jahr. Jedes Thema war ihm recht. Er schreckte nicht einmal vor Geschichten über den Wilden Westen zurück, wobei ihm seine Erfahrungen in Kentucky sehr zugute kamen. Für die eleganteren Zeitschriften schrieb er endlose Geschichten über flotte Mädchen mit glänzenden Haaren und schlanken Beinen und ihre männlichen Gegenstücke. Für die »kleinen« Magazine verfaßte er geistreiche moderne Gedichte, Epigramme und Kurzgeschichten mit pikantem Beigeschmack oder einem überraschend brutalen Ende. Er versuchte in verschiedenen Artikeln zu beweisen, daß ein Verbrecher eigentlich kein

Verbrecher war, sondern ein Opfer seiner kranken Drüsen; daß der Reichtum genaugenommen eine Geisteshaltung war; daß Hitler und Mussolini eigentlich keine Gefahr darstellten, sondern amüsante Possenreißer waren, die man als vernünftiger Mensch ignorieren sollte; daß die Freundschaft eines Hundes das Schönste war, das ein Mensch sich wünschen konnte. In anderen Artikeln wies er nach, daß die amerikanischen Frauen, Männer, Kinder, Badezimmer, Kinos, Restaurants, Autos, Einfamilienhäuser, Bibliotheken und Städte beinahe vollkommen waren und ein leuchtendes Beispiel für die ganze übrige Welt.

Kurzum, er gab den Leuten, was sie haben, und sagte ihnen, was sie hören wollten. Zum Dank dafür hatte er ein ausreichendes Einkommen, und jeder Scheck, den er erhielt, war größer als der vorhergehende. Wenn ein »Digest« einen seiner Artikel nachdruckte, in dem er behauptete, daß die wachsende Herrschaft des Schreckens in Europa die Amerikaner nichts anging, ja daß diese europäische Tragödie nur eine Art »Propaganda« war, um bei den Empfindsamen unter den Amerikanern Mitleid zu erregen, dann lachte er sich ins Fäustchen.

Und nun hatte er auch ein Thema für einen Roman gefunden, von dem er sicher annahm, er werde ihn sowohl berühmt als auch reich machen. Trotz der süßen Beruhigungstränklein, die man 1936 den Amerikanern so überreichlich einflößte, wehte ein giftiger Wind der Angst im ganzen Land. Und diese Angst war noch größer als die Angst während der Wirtschaftskrise. Sie wurde allgemein »Angst vor dem Krieg« genannt. Frank jedoch erkannte intuitiv, daß es nicht wirklich die Angst davor war, in einen größeren Konflikt hineingezogen zu werden — er wußte, daß nur wenige Menschen den Krieg ehrlich ablehnten und verachteten. Es war eine andere Art von Angst — kaum greifbar, gespenstisch, undefinierbar, aber unzweifelhaft vorhanden. Es war die Furcht eines Volkes, die Furcht einer ganzen Welt, die Gott verloren und keinen befriedigenden Ersatz für ihn gefunden hatte. Moderne Errungenschaften, die allgegenwärtigen Maschinen, hatten das Wohlbefinden des menschlichen Körpers erhöht, seine Phantasie jedoch geschwächt und seine Seele unfruchtbar gemacht. Es gab keine Mystik mehr, außer in der römisch-katholischen Theologie, zu der sich allerdings auch die meisten Katholiken nur mit den Lippen bekannten. Wie konnte man das Übernatürliche mit Betonstraßen in Einklang bringen, mit heulenden Automobilen, kreischenden Flugzeugen, modernen Laboratorien, Lichtspielen, Elektrizität? Der Glaube an das Übernatürliche paßte ins Mittelalter, bevor Astrologen zu Astronomen wurden, bevor die Kräuterküche dem wissenschaftlichen Laboratorium wich, bevor Alchimisten sich in nüchterne Pharmazeuten verwandelten, bevor man geheimnisvolle Beschwörungsformeln durch das Vokabular des Psychiaters ersetzte, bevor wunderbare Phänomene eine »natürliche« wissenschaftliche Erklärung fanden. In dem Durcheinander von Maschinen,

Büchern, Laboratorien, Observatorien und Zyklotronen war Gott ganz einfach in Vergessenheit geraten.

Die Bedeutung, daß der Mensch eine Seele hatte, galt als viel obszöner als die Erwähnung von Homosexualität und perverser Liebespraktiken. Wenn man sich ernsthaft über Libido, sexuelle Verdrängung und erotische Träume unterhielt, wurde man für besonders gebildet und emanzipiert gehalten; dagegen galt man als verblödet, wenn man die Existenz Gottes auch nur in Betracht zog. Eine diesbezügliche Bemerkung wurde bestenfalls mit mitleidig belustigtem Lächeln quittiert oder mit einem Abwenden der Augen — gerade so, als hätte man etwas Unanständiges gesagt, etwas, an dem zivilisierte Menschen Anstoß nehmen mußten.

Der Mensch inmitten seines wissenschaftlichen Dschungels, alleingelassen mit seinen Maschinen, fürchtete sich. Seine Seele bebte vor Angst. Er hatte entdeckt, daß er sich selbst nicht genügte und daß der Realismus ein schlechter Ersatz für das Geheimnis des Glaubens war. Vielleicht kam das daher, dachte Frank, daß der Mensch immer noch ein primitiver Barbar war, dem man Amulette und Zauberformeln geben mußte, damit er die Ewigkeit und Unbegreiflichkeit des ihn umgebenden Universums ertrug. Eine Erklärung hätte ihm nur Gott geben können, den man von den Universitäten verbannt und aus den Berechnungen der Wissenschaftler ausgeklammert hatte.

Diese Angst war es, diese Gottlosigkeit, die die Menschheit so quälte und die Welt in Exzesse, Mord und Aggression stürzte. Eine seltsame Geisteskrankheit hatte die Nationen befallen und auch Amerika nicht verschont. Und da in diesen Tagen alles »erklärt« werden mußte, stellte man fest, daß die Angst, die die Gesichter der Menschen so blaß machte, die Angst vor dem Krieg war.

Die Amerikaner wollten »den Krieg« nicht. Bald war das Land mit Antikriegspropaganda überschwemmt, obwohl bisher weder Hitler noch Mussolini es gewagt hatten, offen mit Krieg zu drohen. Man war allgemein bemüht, die Gründe, die zu einem Krieg führten, zu »erforschen« und herauszufinden, wer an vergangenen Kriegen schuld gewesen und an zukünftigen Kriegen interessiert sein könnte. Man einigte sich darauf, daß die Rüstungsfabrikanten und die »internationalen Bankiers« diese Schurken waren. Und so gab es in Amerika am laufenden Band »Bloßstellungen« von Rüstungsmagnaten und vielen anderen.

Frank hatte für seinen Roman ein Thema gefunden, das von der amerikanischen Öffentlichkeit sicher begeistert aufgenommen werden würde. Er wollte über eine fingierte Familie »internationaler Bankiers« schreiben, eine alteingesessene Familie, die schon seit 1812 mit List und Tücke Kriege plante, um daran zu verdienen. Das war es, was die Amerikaner wollten. Unsicher, furchtsam, erschreckt wie sie waren, wünschten sie sich einen Sündenbock für ihre Ängste. Er, Frank Clair, würde ihnen diesen Sündenbock liefern. Er würde sie nicht auffordern,

»mea culpa« zu rufen, sondern ihnen den grauenhaften Ruf: »Lyncht ihn!« in den Mund legen.

Es war 1936 nicht angebracht, ihnen zu sagen, daß die Entscheidung über Krieg und Frieden immer noch bei ihnen lag. Daß sie nur Hand und Stimme warnend zu erheben bräuchten, um sowohl Hitler als auch Mussolini Einhalt zu gebieten — ohne einen einzigen Schuß! Die Amerikaner dachten gar nicht daran, irgend jemandem Einhalt zu gebieten oder sich in »internationale Schwierigkeiten verwickeln« zu lassen. Sie rochen die Gefahr und den Irrsinn in Europa und sie hatten Angst. Sie wollten lieber ein Opfer finden, an dem sie ihren angehäuften Zorn und ihre Angst abreagieren konnten.

Und so begann Frank die Arbeit an seinem Roman »Das Goldene Schwert«. Er schrieb daran bei Nacht und widmete seine Tage den schönen, schlanken Mädchen und ihren attraktiven Partnern. Er erfand eine ganze Familie von Sündenböcken — Verbrecher, Mörder, Kriegsgewinnler, Ränkeschmiede, Sadisten, Ungeheuer.

Seltsamerweise gelang es ihm, diesen Wesen Leben einzuhauchen. Während er schrieb, erwachte in ihm selbst haßerfüllter Zorn, so daß er jede Berechnung vergaß und den Ekel und das Elend, den Schmerz und die Verzweiflung seines eigenen Lebens, seine eigene Enttäuschung, seine eigenen Ängste, seinen eigenen Haß über die Seiten ergoß. Und so entwickelte sich die Geschichte zu einem grotesken, aber eindrucksvollen Gebäude, bewohnt von Ungeheuern à la Frankenstein, widerhallend von irren Stimmen und vom Klang goldener Münzen.

Auch Sex gab es zur Genüge und so viel Spannung, daß selbst der Anspruchsvollste zufrieden sein mußte.

Nie zuvor hatte Frank so fieberhaft mit so viel Hingabe und Leidenschaft gearbeitet. Er lebte zwar recht gut von seiner schriftstellerischen Tätigkeit, aber es war ihm klar, daß er reinen Schund verfaßte. Tagsüber arbeitete er für die Zeitschriften; nachts schrieb er an seinem Roman. Die Hauptperson, John Ainsworth, war sein Sprachrohr, sein zweites Ich, ein rücksichtsloser böser Charakter, der Frank Clairs eigene Verachtung für die Menschen, seinen Haß, seinen Abscheu zum Ausdruck brachte. John Ainsworth war das treibende Element seiner Familie, der undurchschaubare Bösewicht, der die Dummen manipulierte und die unschuldigen Schwächlinge vernichtete. Mit jedem Kapitel wurde er unbesiegbarer, mächtiger, kam er seinem Ziel, die Nationen zu beherrschen, näher. Er war nicht bloß eine Romanfigur, sondern ein lebendiges Wesen, ausgestattet mit Franks eigenen Gedanken, seinen eigenen Sehnsüchten, seinen eigenen Aversionen, seinem Vorsatz, die Welt zu erobern und zu überleben. Darum auch wirkte der Roman so gespenstisch echt und lebensnah.

Manchmal in der Morgendämmerung, wenn Frank vor Erschöpfung nicht mehr weiterarbeiten konnte, preßte er die Hand krampfhaft auf die Seiten, die er geschrieben hatte, und sah mit wilden leuchtenden Augen auf den Stoß Papier. Hier lag sein Vermögen! Hier lag seine Hoffnung auf Befreiung! Der Roman war gut. Er war ausdrucksstark. Er war voll Haß und Abscheu. Pompös? Vielleicht. Melodramatisch? Ja, sicher. Aber das war es, was die Leute lesen wollten. Und von diesen Leuten würde ihm die Befreiung kommen.

Frank lebte nur mehr für seinen Roman. Die Geschichten für die Illustrierten schrieb er wie in Trance. Er vergaß alles, was nicht mit dem Roman zu tun hatte. Zeitweise vergaß er sogar Jessica Bailey. Er vergaß den Tag, die Woche, den Monat; und wenn er entdeckte, daß Sonntag war, oder Juli, oder November, war er unsicher und verwirrt wie einer, der aus tiefer Narkose erwacht. Dieser Roman war ein Ventil für seine Gefühle. In verschleierter Form schrieb er sich seine lebenslangen Enttäuschungen und Qualen vom Herzen. John Ainsworth siegte über sie alle; er überwand sie, weil er seiner Umgebung seinen eigenen starken Willen aufzwang.

Donner und Blitz, Zorn und Verzweiflung, Ärger und Ausschweifung und begrabene Träume — sie füllten jede Seite des Romans. Wenn Frank ein Kapitel noch einmal durchlas, war er manchmal ein wenig peinlich berührt von der Flut der Beiwörter und von einigen besonders pathetischen Absätzen. Langweilig jedenfalls war das Buch nicht. Und obwohl er sehr kritisch zu sein trachtete (er wollte ja, daß es veröffentlicht wurde), mußte er sich eingestehen, daß sein Stil voll Feuer und Leidenschaft war, wenn er auch manchmal mit einer billigen Phrase zweifelhaften Erfolg zu erringen suchte.

Der Roman hatte ihn gänzlich gefangengenommen. Er hatte ihn gelebt. Er verstand nicht, warum er sich schwach und elend und krank fühlte, als er die letzte Seite geschrieben hatte. Während er die Blätter in eine Mappe legte, fühlte er nur Leere — keinen Triumph, keine Befriedigung, keine Erfüllung. Ich bin müde; die Arbeit hat mich erschöpft, dachte er und drückte die Hände fest gegen die pochenden Schläfen. Er packte das Manuskript ein und überlegte, welchem Verleger er es schicken sollte. Diesmal war nur der beste gut genug. Er schickte das Paket an den Verlag Thomas Ingham's Sons.

Er hatte Aufträge für drei neue Geschichten, eine davon in Fortsetzungen. Aber im Augenblick konnte er nicht schreiben, noch nicht. Er war wie betäubt. Er fühlte sich, als hätte er sein Innerstes, seine Substanz verloren, als wäre er nur mehr der Schatten seiner selbst.

Nach einigen Tagen jedoch hob sich seine seltsam traurige Stimmung, sein fürchterliches Schuldgefühl ließ nach, und bald erinnerte er sich weder an Traurigkeit noch an Schuld. Mit steigender Erregung erwartete er nun täglich den Briefträger.

Es kam auch die Erinnerung an Jessica Bailey wieder, körperlich, lebendig und warm. Er träumte stundenlang vor sich hin; stellte sich vor, wie er als berühmter Mann Jessica gegenübertreten würde — auf gleicher Ebene, unter gleichen Bedingungen. Er sah sich in jenem dämmrig kühlen Raum, er stand neben ihr und sah ihr in die großen dunklen Augen, die so ernst und zärtlich lächeln konnten. Er wußte, daß sie noch unverheiratet war. Von Zeit zu Zeit war er aus der Versunkenheit seines Romans erwacht und hatte in den Zeitungen von ihren Aktivitäten gelesen. Er erfuhr auf diese Weise, daß sie die Tochter der verstorbenen Mr. und Mrs. James Havard Bailey war, und daß sie bei ihrem Onkel Wentworth Bailey wohnte, dem Präsidenten der größten Bank von Bison. Einige Male sah er ihr Gesicht in der Zeitung und schnitt das Photo aus.

Sie nahm in seinen Gedanken einen immer bedeutsameren Platz ein. Im Grunde arbeitete er nur für sie. Sie war für ihn die Verkörperung all dessen, was er anstrebte — sie und das große stille Haus unter den verschwiegenen Bäumen. Und obwohl es keinen realen Grund für diese Annahme gab, glaubte er mit seltsam fester Überzeugung, daß sie auf ihn wartete, so wie er auf sie.

Er war bisher erst einmal in ihrem Haus gewesen: an jenem Tag, da er ihr die Seidenstrümpfe verkauft; da er von Mr. Farleys Testament erfahren; da er zum erstenmal Geld für seine schriftstellerische Arbeit erhalten hatte. Einen Monat später bekam er einen kurzen Brief von ihr, in dem sie ihn aufforderte, doch wieder einmal mit seinen Mustern bei ihr vorbeizukommen. Er schrieb zurück: »Ich arbeite nicht mehr in dieser Branche. Ich bin zu meinem Beruf als Schriftsteller zurückgekehrt.«

Bald darauf erschien seine erste Geschichte. Sie schrieb ihm, um ihm zu gratulieren, und ließ gleichzeitig durchblicken, daß sie sich über seinen Besuch freuen würde. Er hielt den Brief lange in der Hand und focht mit sich selber einen harten Kampf aus. Dann ging er zu seinem Schrank und betrachtete kritisch seine Anzüge. Er besaß nun mehrere, aber sie waren alle billig und von schlechter Qualität. Sie hingegen war von ihren Freunden teuren Tweed und erstklassige Schneiderarbeit gewöhnt. Diese Anzüge zu 25,50 Dollar das Stück wären eine Beleidigung für sie gewesen. Er spielte mit dem Gedanken, sich einen einzigen teuren Anzug zu kaufen, aber der strenge Grundsatz seiner Eltern — »Versuche nie, den anderen etwas vorzumachen, was du dir nicht leisten kannst!« — hielt ihn davon ab. Sein Stolz bewog ihn, den Schrank wieder fest zu verschließen und die Lippen ebenso fest aufeinanderzupressen. Nein. Er würde solche Anzüge tragen und Jessica besuchen, sobald er in der Lage war, sich nicht nur einen, sondern mehrere dieser Kleidungsstücke zu kaufen, ohne ängstlich jeden Penny zu zählen.

Noch zweimal teilte sie ihm mit, daß sie seine Geschichten in einer Illustrierten entdeckt hatte. Sie erklärte ihm nie, warum sie sich für ihn interessierte, und er wunderte sich nicht über ihr Interesse. Es hatte schon alles seine Richtigkeit. Sie würde warten, dessen war er sicher.

Sein Leben war das eines Einsiedlers. Viele Stunden verbrachte er in der Bibliothek und sammelte Unterlagen für sein nächstes Buch, den nächsten amerikanischen Erfolgsroman. Er nahm in guten Restaurants seine Mahlzeiten ein, und manchmal besorgte er sich ein Steak und bereitete sich selber sein Abendessen in der kleinen Küche. Wie im Traum ging er durch die sommerlich heißen Straßen von Bison. Aber der Traum war nicht der Traum seiner Jugendzeit. Es war ein dunklerer, gewalttätiger, verderbter Traum. Von Zeit zu Zeit litt er unter schweren Depressionen und fühlte sich bedrückt und leer. Er kaufte sich Vitamine und eisenhaltige Präparate, um seine Mattigkeit zu überwinden. Er fing an, unter Alpträumen, unter undefinierbaren Schmerzen und Schwächezuständen zu leiden. Manchmal kam er sich völlig ausgepreßt, ausgepumpt, ausgetrocknet vor. Ein- oder zweimal fühlte er heftige Stiche im Herzen. Er hatte keine Freunde, kannte keine Erholung; er war in sich verschlossen und atmete seinen eigenen Atem.

Er war das Nichtstun nicht gewöhnt. Immer öfter wanderte er ziellos durch die Straßen. Er versuchte, sein neues Buch anzufangen. Plötzlich aber war er wieder unproduktiv, leer, nur von Unlust und Ekel erfüllt. Aber diese Stimmung, die ihm seit frühester Jugend vertraut war, erreichte jetzt eine erschreckende, gefährliche Intensität, wandelte sich zu physischer Stumpfheit, zu einer geistigen Leere, in der sich unbestimmte Befürchtungen nahenden Unheils festfraßen. Aus den verschwommenen Erinnerungen an seine Kindheit erreichte ihn der Traum — oder die Wirklichkeit — jener Vision, die er am Kamin seiner Großmutter in Leeds erlebt hatte. Er hatte die Hand Gottes gesehen, die eine bunt schillernde Kugel ins All schleuderte, und nun blieb diese Hand vor seinem geistigen Auge haften, hob und senkte sich nicht, schwebte in nebligem Dunkel, schwoll zu kosmischer Größe an und erstarrte in regloser Erschöpfung. Im Wachen und im Schlafen sah er diese Hand vor sich und verspürte die entsetzliche Müdigkeit Gottes, den Todeswunsch, das Verlangen nach dem Ende, das quälende Unvermögen, zu verströmen und Frieden zu finden, in seinem eigenen Fleisch.

Was war denn noch von Bedeutung? fragte er sich. Was lag daran, ob er lebte oder starb, erfolgreich war oder scheiterte? Nichts schien mehr wirklich zu sein. Die Gegenstände seiner Umgebung, die Menschen, die auf der Straße an ihm vorübergingen, alles war nur ein grell bemaltes, zerbrechliches Etwas. Es schmerzte, ja, es quälte ihn, sie auch nur anzusehen. Nichts erschien ihm noch wünschenswert, nach nichts trug er Verlangen. Er befand sich in einem Zustand tiefster Depression.

Er dachte an sein Buch, über das nun der Verlag Thomas Ingham's Sons zu entscheiden hatte, wies den Gedanken jedoch sogleich von sich. Nein, er durfte nicht zulassen, daß auch das seiner gräßlichen Stimmung zum Opfer fiel. Er redete sich ein, er würde sich, war das Buch einmal angekommen, »anders« fühlen.

Er dachte an Jessica und empfand zum erstenmal wieder eine leise Gefühlsregung. Es war Frühsommer. Um diese Zeit übersiedelten die Reichen in ihre Sommerhäuser. Vielleicht war auch Jessica aufs Land gezogen? Bisher hatte er die Straße, in der sie wohnte, sorgfältig gemieden, nun aber bezog er sie in seine ruhelosen Spaziergänge ein; er schlenderte unter den Bäumen dahin, die sie säumten, und ging hastig am Haus und seiner langen Einfahrt vorbei. Manchmal sah er einen Wagen einbiegen und schritt schneller aus und wartete doch mit angespanntem Körper auf einen Zuruf des Wiedererkennens. Er kam nie. Sie hat viele Besucher, dachte er, intelligente fröhliche Menschen, die die Schrecken der Depression nicht kennen, nicht bittere Arbeit und Mißerfolg und Leid. Einige Male hörte er das Lachen einer Frau, aber es war nie Jessicas Lachen.

Immer häufiger, immer langsamer ging er an dem Haus vorüber. Es schien ihm dringend notwendig, einen Blick auf Jessica zu erhaschen; ja, er hatte das seltsame Gefühl, daß nur ein solcher Blick ihn von der Krankheit, die ihn befallen hatte, heilen könnte — von dieser Krankheit, die Arbeit und Schlaf und ein normales Leben unmöglich machte. Auch abends kam er oft in diese Straße und ging auf Zehenspitzen die Einfahrt entlang, bis er die Lichter des Hauses durch die Bäume schimmern sah. Er versteckte sich im Gebüsch, wenn Autos an ihm vorüber zum Haus fuhren. Und dann, eines Abends, sah er im schwachen Schein einer Straßenlaterne Jessicas Gesicht in einem Auto.

Sie war in Begleitung eines jungen Mannes. Frank sah ihr Profil, blaß, leuchtend, lächelnd. Er selber stand im Schatten einer Trauerweide. Vielleicht fühlte sie seine sehnsüchtigen Blicke, denn plötzlich wandte sie den Kopf und schaute aus dem Wagenfenster. Einen Augenblick lang sah Frank ihre dunklen, weitgeöffneten Augen und ihren suchenden, aufmerksamen Blick.

Erschüttert ging er fort. Sie hat gewußt, daß ich dort stehe, obwohl sie mich nicht sehen konnte, dachte er. Und während er durch die warmen nächtlichen Straßen nach Hause ging, wurde das leise Gefühl in seinem Inneren stärker, es entfaltete sich, so wie Wurzeln im Frühling im schwarzen Erdreich sich entfalten. Freude erfüllte ihn; er war also doch noch nicht tot. Dennoch versuchte er nicht, an seinem neuen Buch zu arbeiten; er hatte Angst, das zarte Pflänzchen könnte in der Wüstenei seiner Seele umkommen.

Von da an ging er jeden Abend zu dem Haus. Einmal sah er sie vom Haus zur Straße gehen und konnte sich gerade noch umdrehen und schnell die andere Richtung einschlagen. Als er weit genug entfernt war, um nicht entdeckt zu werden, sah er über die Schulter zurück. Jessica stand weit unten an der Straße, an einer Ecke, als ob sie darauf wartete, daß der lange Strom von Fahrzeugen die Kreuzung passierte und sie die Straße überqueren konnte. Doch als der Verkehr ihr endlich den

Weg freigab, machte sie keine Anstalten, auf die andere Straßenseite zu gelangen. Verlassen, verloren und völlig bewegungslos stand sie in ihrem wehenden hellen Kleid auf dem Gehsteig und starrte traumverloren vor sich hin. Er sah ihre schlanke Gestalt, die schmalen Schultern, die zierliche Taille. Das Lampenlicht beschien ihre dunklen Haare.

Frank beobachtete sie gebannt. Sie stand ganz still, als wartete sie auf etwas. Dann wandte sie sich plötzlich um, als hätte jemand sie gerufen, und er fühlte, wie ihre Augen die Dunkelheit zu durchdringen versuchten. Er trat weiter zurück in den Schatten. Sie tat einige Schritte in seine Richtung, sah auf die andere Straßenseite, musterte jeden Mann, der ihr entgegenkam. Dann schlenderte sie langsam zum Haus zurück. Frank aber überquerte so unvermittelt die Straße, daß er Gefahr lief, sein Leben unter den Rädern eines Autos zu beenden.

Sie wartet, dachte er jubelnd, als er heimging. Sie wartet auf mich.

Etwas Warmes, Lebendiges begann nun wie ein junger Baum in seinem Herzen Wurzeln zu schlagen. Die drückende Qual und das Elend seiner Tage und Nächte hob sich, war wie fortgeblasen. Er erinnerte sich noch, wie unglücklich er sich gefühlt hatte, aber das war nun vorbei. Abend für Abend ging er zu Jessicas Haus, und des öfteren sah er sie, wie sie zum Tor schlenderte oder nahe der Mauer stand, still eine Zigarette rauchend und scheinbar ganz ruhig. Sie fuhr in diesem Sommer nicht fort, und er hatte das Empfinden, daß sie seinetwegen blieb.

Er hätte gern an seinem Buch weitergearbeitet. Aber obwohl sein Gefühl täglich tiefer und fester und lebendiger wurde, konnte er nicht schreiben. Als Schriftsteller wußte er, daß er einfach warten mußte. Erst wenn das, was in seinem Inneren wuchs, Form annahm, Gestalt und Farbe, dann erst konnte es Ausdruck finden. Er war überzeugt, daß sein neues Buch ganz anders ausfallen würde, als er es ursprünglich geplant hatte.

Er fing wieder an, mit heftiger, fiebriger Ungeduld auf die Post zu warten. Wenn der ersehnte Brief seinen Hoffnungen entsprach, sollte das das Zeichen für ihn sein, Jessica aufzusuchen. Er konnte nicht zu ihr gehen, solange er ihr nichts anderes zu bieten hatte als sich selbst. Denn das war nichts, wirklich nichts, dachte er. Nicht er selbst, sondern was er erreicht hatte: nur das war für Jessica Bailey gut genug.

Millionen arbeitsloser Menschen ohne Hoffnung füllten die Straßen Amerikas. Mr. Roosevelts verzweifelten Allheilmitteln gelang es nicht, das allgemeine Leid zu lindern, denn seine Heilmittel drangen zur wahren Krankheit des Volkes gar nicht vor. Über Europa hing eine schwarze Wolke furchtbarer Gerüchte. Mr. Roosevelt wurde wiedergewählt, ein König verzichtete einer Frau wegen auf seinen Thron. Die Zeitungen füllten ihre Spalten mit verworrenen Meldungen, Mutmaßungen, häßlichen Berichten über die Konzentrationslager in Deutschland, Hinweisen auf die wachsende Macht der Deutschen.

All das floß an Franks Füßen vorbei wie leises, unsichtbares Wasser. Er lebte nur in der Erwartung des Briefes, lebte nur für den Tag, der ihn von der Berührung mit der Menschheit befreien würde. Nie mehr würde sie die Macht haben, ihm weh zu tun oder ihn zu demütigen. Er durfte hassen, zutiefst und in voller Freiheit, und brauchte den Hunger nicht mehr zu fürchten.

LXII

Drei Monate waren vergangen. Thomas Ingham's Sons hatten lediglich den Erhalt des Manuskriptes bestätigt und seither kein Wort mehr hören lassen.

Schließlich hielt Frank die Spannung nicht länger aus. Er schrieb dem Verlag einen sehr verzweifelten und etwas unzusammenhängenden Brief. »Seit meiner Kindheit schreibe ich und bin nun gänzlich entmutigt. Ich habe Geld verdient, indem ich Schund für verschiedene Illustrierte produziert habe, aber es scheint unmöglich, Interessenten für eine wertvollere Arbeit zu finden. Wenn Sie mein Manuskript zurückweisen, werde ich es vernichten und keinen weiteren Versuch mehr unternehmen —«

Drei Tage vergingen. Frank verließ kaum sein Zimmer. Er kochte sich seine Mahlzeiten selbst und lebte während der Stunden, die zwischen der Postzustellung am Vormittag und am Nachmittag lagen, in einem dunklen Vakuum. Eine halbe Stunde bevor der Briefträger zu erwarten war, saß er schon am Fenster und schaute auf die Straße, und sein mageres blasses Gesicht war ganz starr vor Anspannung und leidenschaftlicher Erregung. Leise Anklänge an die Intuitionen seiner Kindheit kamen ihm wieder. Er glaubte fest zu wissen, daß der Brief, den er so aufgeregt erwartete, nicht die übliche vorgedruckte Ablehnung sein würde. Er saß da, und seine Handflächen waren feucht, und ohne es zu wissen, umklammerte er die Knie mit den Händen, genau wie es die Gewohnheit seines Vaters gewesen war. Ein großer harter Stein lag ihm nun ständig in der Magengrube, und in seiner Kehle saß ein Klumpen Beton, so daß er kaum atmen konnte und jede Nahrung, die er zu sich nahm, ihn würgte. Er erwartete den Postboten wie Blaubarts Frau die Ankunft ihrer Brüder, die sie vom Tode retten sollten. Die Straße unter seinem Fenster war nicht von Menschen, nur von Schatten bevölkert. Die einzige Wirklichkeit, die er noch kannte, war der Briefträger in seiner blauen Uniform, der gemächlich von Tür zu Tür ging. Manchmal, wenn er die Gleichgültigkeit sah, mit der der gute Mann seinen Dienst versah, verfluchte er den Nichtsahnenden, und bevor er noch auf die Klingel gedrückt hatte, kam Frank ihm schon entgegengerannt. Er erhielt eine Drucksache oder eine unwichtige Rechnung, sonst nichts. Dann stieg er wieder in sein Zimmer hinauf, ganz schwach vor Enttäuschung, mit mühsamen Schritten, als wäre er plötzlich um Jahre gealtert; sein Mund war trocken und sein Blick trüb.

Eines Tages aber — er war ja noch jung und die Natur verlangte ihr Recht — war er so übermüdet, daß er die Ankunft des Briefträgers verschlief. Als er aufwachte und voll Schrecken auf die Uhr sah, war es bereits elf! Die Post! Noch ganz schlaftrunken warf er seinen Bademantel um und stolperte die Stiege hinunter. In seinem Briefkasten glänzte etwas Weißes. Seine Finger waren plötzlich so steif, daß er den Kasten kaum öffnen konnte. Ein längliches Kuvert lag darin. Er zerrte es hastig heraus; es entfiel seiner Hand. Er bückte sich und hob es auf, aber wieder fiel es zu Boden. Er hatte bereits gesehen, daß es ein Brief von Thomas Ingham's Sons war; seine Beine gaben nach, und er ließ sich kraftlos auf die unterste Stufe fallen. Seine Finger schienen ihm riesengroß und klobig, als er den Brief aufriß. Einen Augenblick schloß er noch die Augen, ehe er den schmalen Streifen Papier näher betrachtete. Er machte sich auf das Schlimmste gefaßt. Alles verschwamm ihm vor den Blicken; die Worte tanzten und hüpften vor seinen Augen.

»Wir müssen uns noch einige Tage mit Ihrem Buch beschäftigen, möchten Ihnen aber doch mitteilen, daß wir die feste Absicht haben, Ihnen ein Angebot zu machen. Allerdings werden Änderungen notwendig sein, die Ihnen einschneidend erscheinen mögen. Vielleicht finden Sie sie auch zu weitgehend. Ich kann Ihnen im Augenblick nicht sagen, welcherart sie sein werden, aber ich glaube, daß wir in gemeinsamer Beratung eine befriedigende Lösung finden können. Ich teile Ihnen dies nur mit, da ich Sie aufgrund Ihres Briefes nicht länger im unklaren über die Veröffentlichung lassen wollte.« Darunter stand: »Mit besten Grüßen — Cornell T. Hawkins.«

Sein Zimmervermieter, mager und vergilbt, kam aus seiner ebenerdig gelegenen Wohnung und erschrak ein wenig, als er Frank auf der Stufe sitzen sah. »Guten Morgen«, sagte er mit seiner schwachen Greisenstimme und sah ihn leicht beunruhigt an, als er bemerkte, wie bleich Frank war und daß er vor sich hin stierte, als hätte ihn jemand bewußtlos geschlagen. Sein ganzes Gehaben deutete an, daß er einen schweren Schock erlitten hatte.

»Ist Ihnen nicht gut, Mr. Clair?« fragte Mr. Penseres ängstlich. »Ein Glas Wasser vielleicht? Schlechte Nachrichten? Hoffentlich nicht —«

Frank stand auf; beinahe wäre er gegen das Geländer gefallen. Seine Augen blickten wie die Augen eines Irren. Seine Stimme war laut und schrill, als er stammelte: »Mr. Penseres! M—mein Buch! Der Verlag hat mein Buch angenommen! Es wird gedruckt —« Der Betonklumpen hinderte ihn am Atmen, er keuchte heftig.

»Nein, so etwas! So etwas!« rief Mr. Penseres aufgeregt und auch leicht verwundert. »Gestatten Sie, Sir, daß ich Ihnen meinen Glückwunsch ausspreche!« Er starrte Frank an. Frank sah gar nicht aus, als hätte er eben eine große Freude erlebt. Sein Gesicht war ganz grau und zuckte wie nach einem großen Schrecken.

»Mein Gott! Mein Gott!« flüsterte Frank. Mr. Penseres sah, daß auf seiner Stirn große Schweißtropfen glänzten. Der alte Herr wurde verlegen. Er räusperte sich und sagte leise: »Vielleicht möchten Sie eine Tasse Kaffee trinken, Mr. Clair? Ich glaube, meine Frau hat gerade die Kaffeemaschine angesteckt —«

Jetzt erst sah Frank Mr. Penseres klar vor sich. Und plötzlich fing er an zu lachen. »Danke. Danke.« Er hielt inne. Er lächelte, aber es war ein wildes, irres Lächeln. Sein ganzer Körper zitterte. »Danke, machen Sie sich keine Mühe! Spielt keine Rolle. Verstehen Sie —«

Wieder konnte Mr. Penseres ihn nur voll Staunen ansehen. Frank blickte auf das Papier, das er in seiner Hand zerknüllt hatte. Dann stützte er sich mit der anderen Hand gegen die Wand und kletterte langsam die Treppe hinauf.

Er ließ sich auf den Bettrand fallen. Da saß er eine lange Weile. Dann konnte er nicht länger stillsitzen. Er fing an, in seinem kleinen Zimmer, in das hell die Sommersonne schien, auf und ab zu gehen. Immer schneller ging er auf und ab und flüsterte dabei: »Mein Gott! Ich danke Dir! O mein Gott!« Es fröstelte ihn, und gleich darauf war ihm schrecklich heiß. Er stieß gegen Möbelstücke und schlug sich an und merkte es nicht. Er wischte sich das Gesicht ab und mußte es sofort wieder abwischen. Starkes Zittern hatte seinen ganzen Körper ergriffen, so daß er das Gefühl hatte, sogar seine Knochen zitterten. Er schluckte und schluckte immer wieder, um den Betonklumpen in der Kehle loszuwerden, der indes zu wachsen schien. Er hätte gern geweint, gebrüllt, gekreischt, getanzt, laut geschrien. Einmal stieß er an seinen Tisch und konnte seine Schreibmaschine gerade noch festhalten, ehe sie zu Boden fiel. Seine Lampe jedoch tanzte wie verrückt. Er sah es und brach in lautes heiseres Gelächter aus.

Er las den Brief immer wieder, immer wieder. Cornell T. Hawkins. Das war ein Name, der mit goldenen Lettern geschrieben stand. Ein himmlischer Name. Der Name, der ihn frei machte.

Er starrte mit hervorquellenden Augen vor sich hin und sagte laut: »Ich werde frei sein! Ich werde reich sein — reich — reich — reich. Ich werde berühmt sein —«

Und die Welt, die ihm so lange versperrt war, die Welt, die man nur mit viel Geld betreten konnte, lag plötzlich vor ihm wie eine Landschaft — leuchtende Türme, helle Arkaden, herrliche Wege, die eine ewige Sonne beschien. Diese Welt sollte ihm gehören! In dem Panorama, das vor ihm lag, war ein helles, mächtiges Tor, und dieses Tor stand offen. Musik drang heraus, erhebender triumphierender Klang. Es war nicht auszuhalten. Er warf sich der Länge nach auf sein Bett, aber die unerträgliche Freude peitschte ihn wieder hoch, trieb ihn an;

er mußte wieder seinen Gang durch das Zimmer aufnehmen, auf und ab; jeder Nerv in seinem Körper zuckte, jedes Haar auf seinem Kopf sträubte sich. Irgendwo war sein Name auf die Liste jener gesetzt worden, die eroberten, die siegten, die — lebten! Irgendwo war das Wort gesprochen worden, das ihn aus Elend und Dunkelheit, Mißerfolg und Armut herausheben sollte. Irgendwo war das Licht wieder über dem goldenen Berg aufgegangen und umstrahlte ihn. Er, Frank Clair, sah seinen Namen mit leuchtender Feder ins Buch des Lebens eingetragen. Er sah Jessica Baileys ernstes, lächelndes Gesicht.

Er drückte den Brief gegen die Brust. Er wollte ihn mit seinem Körper fühlen. Wäre er eine Frau gewesen, hätte er den Brief geküßt.

Wiederum las er ihn. »— einschneidende Änderungen — vielleicht zu weitgehend —«

Zu weitgehend! Nichts konnte zu weit gehen! Frank hielt inne, und plötzlich ergriff ihn schreckliche Angst. Wenn nun Mr. Hawkins doch zu der Überzeugung kam, Mr. Clair würde mit den »Änderungen« nicht einverstanden sein? Wenn nun die Post eine bedauernde Absage brachte?

Kaltes, schwarzes Entsetzen packte Frank. Da gab es nur eines zu tun. Völlig aufgelöst, wie er war, in seinem alten grauen Bademantel, rannte er die Stiegen hinunter zu seinem Hauswirt und bat ihn, das Telephon benützen zu dürfen. Er sandte Mr. Hawkins ein Telegramm. »Jede Änderung, die Sie wünschen, ist mir recht stop ankomme morgen New York zu weiterer Besprechung.«

Er konnte kaum die Wahlscheibe erkennen, kaum das Telephonverzeichnis auf den Knien halten. Er rief den Hauptbahnhof an und ließ sich für den Nachtzug einen Platz reservieren.

LXIII

Wie konnte man die Stunden zwischen Mittag und Mitternacht hinter sich bringen? Wie lange brauchte man, um in der Innenstadt einen wirklich hübschen »Flugkoffer« zu erstehen, grau mit rötlichen Streifen und Messingbeschlägen und mit feinem Stoff gefüttert? Wieviel Zeit verging, während man in einer Cafeteria saß und versuchte, ein Thunfisch-Sandwich hinunterzuwürgen und Kaffee zu trinken, der überhaupt keinen Geschmack besaß? Es brauchte kaum Zeit, eine neue teure Krawatte zu kaufen; zu beobachten, wie der Verkäufer sie geschickt um die Hand schlang, um das exquisite Muster herauszustreichen; zu sehen, wie die Krawatte im elektrischen Licht schimmerte, wie sie in eine hübsche weiße Schachtel gepackt wurde, wie sie im Koffer verschwand. Ein schönes neues Hemd aus bestem weißem Stoff, das drei Dollar kostete? Eine Angelegenheit von wenigen Minuten. Wie wäre es mit einem Morgenrock von dezentem Muster?

Kaum ein Atemzug verging zwischen der Entscheidung und dem Begleichen der Rechnung. Einen neuen Hut, einen schicken grauen mit schwungvoller Krempe? Wieder nur ein Atemzug oder zwei. Vielleicht dauerte es länger, ein neues Paar Schuhe auszuwählen? Schon geschehen. Noch nie war Frank in den Geschäften so flink wie an diesem Tag bedient worden.

Er sah auf die goldene Uhr seines Vaters. Es war erst drei Uhr, und er hatte beinahe hundert Dollar ausgegeben! Ein ganzes Leben mußte vergangen sein. Der Stein im Magen, der Klumpen im Hals waren größer denn je. Und dabei war es erst drei Uhr.

Er ging die Main Street hinunter, den neuen Koffer in der Hand, den neuen Hut am Kopf, und versuchte, seine Ungeduld zu zügeln. Er sah die Männer und Frauen, die an ihm vorübergingen. Er hätte ihnen am liebsten zugerufen: »Seht mich an! Dreht euch um und reißt die Augen auf! Bleibt stehen und tuschelt über mich! Ihr geht an mir vorbei, weil ihr nicht wißt, wer ich bin, was ich erreicht habe, was ich sein werde! Ihr meint, ich wäre bloß einer von euch, ein schattenloser, gesichtsloser Teil von euch, ich hätte eine tote Seele, ein erbärmliches Leben wie ihr selbst! Ihr meint, euer Schicksal sei auch meines: sich plagen, ein paar Dollar ergattern, ein bißchen Unzucht oder Ehebruch im Sinn haben, heim eilen zum Mann, zur Frau, zu den Kindern. Ihr hofft, daß ihr morgen einen Job bekommt oder eine Gehaltserhöhung oder ein neues Auto oder genug Geld, um euer häßliches kleines Haus zu streichen, Geld für eine neue Toilette, einen neuen Teppich, eine neue Lampe fürs Schlafzimmer. Ihr geht auf wunden Füßen, und ihr glaubt, daß auch meine Füße wund sind, daß ich dieselbe Luft atme wie ihr, daß mein Herz so schwerfällig klopft wie eures. Aber seht mich doch an! Nächste Woche, nächsten Monat werdet ihr mein Gesicht in den Zeitungen sehen.

Und du sollst wissen, du giftige, bösartige, hassenswerte, häßliche kleine Welt der Menschen, daß ich dich verabscheue und verachte, daß ich dir auf immer entflohen bin. Ich verlasse euch, ihr unaussprechlich seelenlosen Wesen, ihr Tiere in Menschengestalt, ihr hirnlosen Zerrbilder der Engel.«

Plötzlich hatte er das Gefühl, sich jemandem mitteilen zu müssen; er konnte nicht länger still sein, nicht länger diese verrückte Freude bei sich behalten. Wer aber würde ihn anhören, wer sich mit ihm freuen? Er lief in einen Drugstore, fischte fünf Cents aus der Tasche, stolperte in die Telephonzelle und rief Jessica Bailey an.

Während er darauf wartete, daß jemand den Hörer abhob, meinte er zu ersticken, und die Beine drohten ihm einzuknicken. Warum hatte er das nicht eher getan, warum hatte er Jessica nicht längst schon angerufen — Jessica, die wartete, die jubeln würde, wenn er ihr die Neuigkeit erzählte, die verstehen würde, daß er nun bald zu ihr kam? Er sah ihr Gesicht, die Linie ihres Nackens, den schwarzen Glanz ihrer Haare, das dunkle Leuchten ihrer Augen. Er hörte ihre Stimme, ihre atemlosen Worte. Warum kam sie nicht zum Telephon? O Gott, warum hob sie den Hörer nicht ab, jetzt wo er sie brauchte, wo sie alles erfahren mußte?

Nach langem Läuten hörte er eine hohe weibliche Stimme. Nein, Miß Jessica ist nicht zu Hause. Sie ist im Sommerhaus ihres Onkels, in Lake Shore. Soll ich Ihnen die Nummer geben? Augenblick. Aber hören Sie zu, mir fällt gerade ein, heute ist sie dort nicht zu erreichen, heute wollte sie nach Rochester hinunterfahren. Zu irgendeiner Hochzeit.

Irgendeine Hochzeit, irgendeine sinnlose, stupide, völlig nebensächliche Hochzeit! Irgendeine Hochzeit drängte ihm den Aufschrei in die Kehle zurück, verschloß ihm Herz und Lippen. Irgendeine Hochzeit beraubte ihn, spottete seiner, machte ihm klar, daß sie wichtiger war als er. Lächerliche Orangenblüten, lächerliche Blumen, lächerliche Paarung unbedeutender Idioten, leeres Gelächter — alles drängte sich rücksichtslos und willkürlich zwischen ihn und Jessica. Er warf den Hörer auf die Gabel.

Sie hätte es wissen müssen! Sicher hatte sie es gewußt. Aber sie hatte nicht gewartet. Sie war weggefahren — zu irgendeiner Hochzeit. Sie hatte ihm zu verstehen gegeben, daß er sich gedulden mußte, daß es Wichtigeres gab als seine Angelegenheiten. Er haßte sie.

Aber er mußte sich aussprechen, mußte jemandem erzählen, was ihn erfüllte. Mr. Preston? Er hatte Mr. Preston seit etwa drei Jahren nicht mehr gesehen. Er fand die Nummer im Telephonbuch. Aber niemand nahm den Anruf entgegen, wiederum knallte er den Hörer auf die Gabel.

Er hatte wirklich niemanden, mit dem er sprechen konnte, keinen Freund, keinen Feind. Niemanden. Niemand war da, der ihm die Hand gedrückt und ihm überschwenglich gratuliert hätte, während seine neiderfüllten Blicke seine Worte Lügen straften. Niemand freute sich mit ihm, machte aufgeregte Pläne, lachte mit ihm. Niemand, kein einziger Mensch.

Er war sechsunddreißig Jahre alt und hatte weder einen Freund noch einen Feind, ja nicht einmal Bekannte.

Wo war Paul Hodge? Paul! Frank saß auf der schmalen Leiste in der Telephonzelle und wischte sich den Schweiß von der Stirn. Paul Hodge. Wo war Paul? Er blätterte das Verzeichnis durch. Ein Dutzend Hodges, aber kein Edward, Gordon oder Paul. Was war mit Paul in all diesen Jahren geschehen, mit Paul, der ihn verstehen würde, der mit ihm jubeln, ihn voll Stolz und Freude ansehen würde? Nur Paul verstand ihn und wartete auf ihn, immer. Aber Paul war von der Gruft der Jahre verschluckt worden und hatte keine Spur hinterlassen.

In der Geborgenheit der kleinen Zelle wurde Frank still und nachdenklich. Paul. Ich habe ihn nie wirklich vergessen. Er war die ganze

Zeit bei mir. Ist er verheiratet? Erinnert er sich noch an mich? Wir standen einander näher als Brüder. Bestimmt hat er mich nicht vergessen. Wo bist du, Paul? Ich brauche dich.

Ungeduldig wurde an die Glastür geklopft. Frank richtete sich auf und trat in den heißen, lärmenden Drugstore hinaus.

LXIV

Er war noch nie in einem Pullmanwagen gefahren. Eine volle Stunde vor Abfahrt des Zuges war er am Bahnhof. Verwirrt folgte er dem Schaffner durch die engen grünen Gänge des Schlafwagens zu seinem Abteil. Dabei wollte er doch unbedingt den Eindruck erwecken, ein versierter Reisender zu sein, den eine Geschäftsreise nach New York bloß langweilte. Obwohl die Nacht heiß war und die Hitze im Waggon durch die Ventilatoren kaum gemildert wurde, fröstelte ihn. Bewegungslos lag er auf seinem Bett und spürte die steifen, glatten Laken auf der Haut. Die Jalousie hatte er hinaufgelassen, und seine Augen starrten auf den Verschiebebahnhof mit seinen Scheinwerfern und glänzenden Geleisen. Rundum hörte er das Knarren und Rascheln, das Schnaufen und Schnarchen derer, die über und neben ihm schliefen. Eine Glocke bimmelte leise; der Schaffner sprach flüsternd mit Spätkommenden; Gepäck wurde hin und her geschoben. Frank lag hinter seinen grünen Vorhängen und sah hinaus auf die Lichter und die Schienen.

Niemals war er so hellwach gewesen, so unruhig; jeder Nerv seines Körpers war zum Reißen gespannt und bebte und zuckte. Dutzende Male richtete er sich die Kissen, schob die Decke weg oder zog sie wieder hinauf; prüfte ängstlich seinen Anzug, ob er wohl gut aufgehängt war und keine Falten bekam. Er griff nach seiner Brieftasche, die unter dem Polster lag; er vergewisserte sich, daß sein Hut noch in der Schachtel steckte. Im Zug wurde es langsam still, und das Schnarchen klang in der Stille noch lauter.

Von Zeit zu Zeit stützte er sich auf den Ellbogen, drehte sein Lämpchen an und sah auf die Uhr. Fast Mitternacht. Dennoch erschrak er, als der Zug sich plötzlich in Bewegung setzte und ruhig gleitend in die Nacht hinausfuhr. Geblendet sah er Lichter vorüberflitzen, sah die Gesichter einiger Gleisarbeiter, sah den silbrigen Mond auf den Dächern der Häuser. Nun war er also unterwegs! Morgen würde er den Vertrag unterschreiben, sein Buch konnte erscheinen. Morgen war der Tag seiner Wiedergeburt. Und nun wollte er schlafen, um morgen »frisch« zu sein.

Aber er konnte nicht schlafen. Er lag da, und der Zug fuhr in die Dunkelheit. Die Schienen sangen leise. Er hörte das Drehen der Räder, das Surren der Ventilatoren. Aber der Schlaf stand weit weg von ihm und ließ sich nicht herbeilocken. Er schloß die Augen und lag ganz still.

In seinem Kopf schwirrten viele Bilder, viele Erinnerungen durcheinander. Und immer, wenn er meinte, nun seien seine Gedanken ganz ruhig, begann er vor Aufregung zu zittern, verkrampfte die Hände und öffnete die brennenden Augen. Morgen — nein, heute, heute früh — würde er im Büro des Verlegers sitzen, einen Vertrag unterschreiben und ein neues Leben beginnen. Morgen würde ihm die Welt ihr leuchtendes Tor öffnen und ihn befreien. Er sah sich im Gespräch mit Mr. Hawkins. Er durfte auf Mr. Hawkins nicht wie ein Provinzler wirken, er mußte sich sehr gewählt ausdrücken; er sandte ein lästerliches Stoßgebet zum Himmel: nur nicht stottern, nur nicht zulassen, daß seine klobige Zunge sich in krampfhaften, hilflosen Wiederholungen verlor. Er nahm sich fest vor, langsam und deutlich zu sprechen, kühl zu lächeln, und, vor allem, ganz ruhig zu bleiben. Er mußte sich die nötige Zeit nehmen, um seinen englischen Akzent zu dämpfen. Sonst erregte er vielleicht gar Anstoß bei Mr. Hawkins, so wie er mit seinem offenen »a«, seinen kurzen Endsilben und anderen britischen Unarten bei seinen Kollegen Anstoß erregt hatte. In Gedanken versuchte er, akzentfrei zu sprechen. Wenn er aufpaßte, konnte man ihn für einen gebürtigen Amerikaner halten. Die Amerikaner, das hatte sein Vater immer betont, konnten die Engländer nicht leiden; das durfte er nicht vergessen.

New York! In wenigen Stunden würde er zum erstenmal im Leben New York sehen. Die Wolkenkratzer, die Straßenschluchten, die Kaufhäuser. Er durfte seinen Fuß auf New Yorker Pflaster setzen.

Es war seltsam, daß ihm inmitten seiner heftigen Erregung und äußersten Anspannung etwas einfiel, woran er seit dreißig Jahren nicht mehr gedacht hatte. Plötzlich befand er sich auf der lehmigen Gemeindewiese hinter dem Haus in der Mosston Street. Es hatte geregnet, und die grauen Wolken hingen tief am Himmel. Er fühlte sogar den feuchtkalten Wind im Gesicht und erinnerte sich an seinen kindlichen Eindruck von Wind und Wolken und lehmigem Grund und an die kleine Gruppe von Kindern, die um ihn herumstanden. Er wußte die einzelnen Namen nicht mehr, aber er sah ihre eingefallenen, blassen, hungrigen Gesichter. Einige beklagten sich, daß sie keine Knöpfelschuhe für die Sonntagsschule besaßen, und er sah auf seine eigenen Füße hinunter, die in hübschen Knöpfelschuhen steckten, und freute sich ein wenig. »Weil ihr arm seid«, hatte er ihnen erklärt.

Arm. Nie zuvor hatte er das Wort ausgesprochen. Unvermittelt hatte er sich umgedreht und war wie wild ins Haus hinein und zu seiner Mutter in die Küche gelaufen. Kalte Angst hatte ihn gepackt, und er klammerte sich krampfhaft an ihre Röcke. »Mutter«, rief er, »nicht wahr, wir sind nicht arm? Wir sind nicht so arm wie die Dobsons?«

Verzweifelt hielt er sie umklammert. Seltsam, daß er gerade jetzt in seinem Schlafwagenbett ganz deutlich den Schürzenstoff seiner Mutter in der Hand fühlte. Auch den Angstschweiß spürte er zwischen den Schulterblättern und den Schmerz in den Fingernägeln, als er sie in Mutters Röcke gegraben hatte.

Maybelle war schlecht gelaunt und hatte keine Zeit. Sie machte sich von dem verängstigten Kind los. »Natürlich sind wir arm«, sagte sie. »Und jetzt geh und wasch dir die Pfoten und trink deinen Tee.«

Wie hatte er nur den tödlich kalten Schrecken vergessen können, der ihn damals überkam, das jähe Gefühl des Ausgeliefertseins, die panische Angst? Er war kaum sechs Jahre alt gewesen, und doch erfaßten ihn schon damals leidenschaftlicher Haß und verzweifelte Empörung. Er wollte nicht arm sein! Nie, nie, nie!

Er hatte dieses Erlebnis vergessen, doch wie er jetzt im Schlafwagen auf seinem Bett lag, kam es ihm wieder in den Sinn. Wie ein Schatten aus seiner Kindheit zog es vor seinem geistigen Auge vorbei. Es bedrückte ihn. Das war ja nicht auszuhalten! Warum überfiel ihn die Erinnerung gerade heute, am Tag seines größten Triumphes? Er erhob sich, suchte nach Wasser und schluckte eine Kapsel Nembutal, das sein Arzt ihm vor einiger Zeit verschrieben hatte.

Dann mußte er eingeschlafen sein, denn als er wieder zu sich kam, blendete bereits ein heißer New Yorker Sommermorgen seine Augen.

Er setzte sich auf und sah hinaus. Er hatte die Palisades und den grünen Hudson in der Morgensonne verschlafen. Er blickte auf die trostlosen schwarzen Zinskasernen, die an seinem Fenster vorüberflogen. Er sah die engen Gassen voll Unrat und Schmutz. Er sah tief unten ärmliche Gestalten kriechen, und er sah zum erstenmal eine New Yorker Straßenbahn, Plakatwände und eine »Hochbahn«, die über den Straßen dahinbrauste. Dann kam ein riesiger Neubau in Sicht, Hunderte von Fenstern glitzerten in der Sonne, und noch einer und noch einer, bis wieder die erbärmlichen Zinskasernen vorbeizogen, ohne einen einzigen Baum, einen einzigen Flecken Gras dazwischen. Manchmal kamen die schmutzigen Fenster mit ihren zerrissenen schwärzlichen Gardinen zum Greifen nahe an den Zug heran, und durch sie hindurch sah er rußgeschwärzte Ziegelmauern, zwischen denen zerlumpte Wäsche aufgehängt war. Hie und da erspähte Frank ein Stück blauen Himmel.

Der Schaffner machte sich an seinem Vorhang zu schaffen, und er wußte, daß es Zeit war, sich zum Aussteigen bereitzumachen. Sein Kopf hämmerte, und ihm war totenübel. Aber auch die Erregung war wieder da und ergriff erneut alle Fasern seines Körpers.

Der Zug brauste in den Tunnel, und in Franks Ohren klang das Brausen wie lauter, triumphierender Trommelwirbel.

Und dann hinaus auf den Bahnsteig, wo sofort tausend Gesichter auf ihn einstürzten, tausend helle Sommerkleider, tausend dunkle Anzüge, das Echo von tausend eiligen Füßen, der Tumult einer Vielfalt von Stimmen; eine menschliche Flut ergoß sich von allen Seiten über ihn, als die Reisenden und die Pendler an ihm vorüberflogen, Zugvögel auf dem Weg zu unzähligen unbekannten Zielen. Er fühlte sich überwältigt von dieser Masse, sie würgte ihn, bedrängte ihn, erdrückte ihn, und er war halb taub von ihrem Getöse. Er kämpfte sich in die große Halle durch, wo er ein wenig abseits stehenblieb und versuchte, sich zu orientieren. Ungläubig sah er die Sturzbäche von Männern und Frauen, die sich aus unzähligen Eingängen in die riesige Halle ergossen, während mattes Sonnenlicht durch gewölbte Glasfenster in die Halle fiel und gepuderte, geschminkte, angespannte, brummige, geistlose, leere Gesichter in unendlicher Zahl beleuchtete. Er hörte, wie laut und dröhnend die Züge ausgerufen wurden, hörte das dumpfe Brausen der Bahn unter seinen Füßen; der Steinboden zitterte. Hier waren Rampen und drüben waren Rampen, und alle quollen über von Menschen. Wohin gingen sie alle, welchen Zielen strebten sie zu? Was veranlaßte sie zu solchem Rennen und Hasten und Schieben? Wozu das irre Durcheinanderfluten, wenn ein Menschenstrom einen anderen Menschenstrom kreuzte? Wie Ameisen eilten sie aus diesem unterirdischen Labyrinth zu ihren durchlöcherten Brutstätten, den gigantischen Ameisenhügeln, die aus ihren Straßen Abgründe machten und die schon am frühen Morgen mit ameisenhafter Betriebsamkeit erfüllt werden mußten. Sie hasteten dahin, als wären sie und ihr Ameisendasein von Bedeutung. Sie hasteten in ihrem Massenegoismus der Sonne entgegen und wußten nicht, daß zehntausend von ihnen unter einem zusammenbrechenden Bau begraben werden konnten, ohne daß die Welt durch ihren Tod ärmer wurde.

Plötzlich schämte sich Frank für sie — für ihre Minderwertigkeit, ihre anmaßende Überzeugung, daß sie und der Ort, dem sie zueilten, von Wichtigkeit sei. Wenn sie alle nur einen Augenblick stille ständen und dächten: ich bin ein Nichts, und was ich vorhabe, wird den Lauf der Welt nicht im geringsten verändern — dann und nur dann würden sie durch ihre Demut eine Art Würde und Größe, eine Art tragischer Wahrhaftigkeit erhalten. Aber sie waren ja immer in Eile und auf der Flucht, sie keuchten und rannten, und ihr Glaube an ihre eigene Wichtigkeit war einfach schändlich. Einen einzelnen Menschen, dachte Frank, umgibt doch einsamer Glanz und ein Geheimnis. In der Masse jedoch verlieren die Menschen ihre Seelen.

LXV

Im Hotel Commodore wurde ihm ein hübsches Zimmer zugewiesen, von dessen Fenster er fünfzehn Stockwerke tief auf die Zweiundvierzigste Straße hinuntersehen konnte. Die angenehme Stille seines Zimmers, die aufeinander abgestimmten Farben Grün und Rostbraun, das breite helle Fenster, das blitzend weiße Bad — das alles hob seine

Stimmung beträchtlich. Nie zuvor hatte er ein solches Zimmer bewohnt. Und er konnte hier bleiben, so lange er wollte, obwohl der Preis ihn einen Augenblick lang in Bestürzung versetzt hatte. Er befühlte die dicken weißen Handtücher im Badezimmer und untersuchte die Dusche. Er setzte sich probeweise auf das feste weiche Bett mit dem schweren grünen Überwurf. Eingehend betrachtete er die schönen Druckgraphiken an den elfenbeinfarbenen Wänden. Er trat ans Fenster und blickte auf den wogenden Verkehr von Fußgängern und Fahrzeugen hinunter. So war das also, wenn man Geld hatte! Das alles konnte man sich kaufen, diese stille Würde, diese weichen Teppiche, die dicken weißen Handtücher, dieses Telefon neben dem Bett, diese schweren dunklen Türen.

Seine Hand zitterte, als er seine wenigen Habseligkeiten auspackte. Er sah auf die Uhr. Es war kurz nach neun. Er ging ans Telefon und rief das Büro von Thomas Ingham's Sons an. Mr. Hawkins, so wurde ihm mitgeteilt, kam erst um halb elf. Wie sollte er es bis halb elf aushalten? Er vergönnte sich ein Duschbad und fuhr dann mit dem geräumigen Aufzug, in dem sich gutgekleidete Damen und Herren drängten, hinunter und suchte den Speisesaal auf. Er konnte sich nicht satt sehen an den getäfelten Wänden, dem Tudorstil, den prachtvollen Teppichen, den Tischtüchern mit ihrem seidigen Glanz. Dennoch brachte er keinen Bissen hinunter, als sein Frühstück vor ihm stand. Dabei war dieses Frühstück genauso, wie er es sich schon lange erträumt hatte. Seine Aufregung war zu groß, zu entnervend.

Und plötzlich kam ihm der Gedanke: Ich bin fast siebenunddreißig Jahre alt. Das alles hätte mir schon früher gegönnt sein sollen. Jetzt ist es vielleicht zu spät. Und wenn es zu spät ist?

Er konnte nicht still sitzen. Es kam einer Flucht gleich, als er in die überfüllte Hotelhalle trat, wo er keine brutalen Gesichter, keine schäbigen ungebügelten Kleider sehen, kein ordinäres Lachen hören mußte. Diese Damen und Herren waren die Geschöpfe, von denen er während seiner tiefsten Armut geträumt hatte. Sie sprachen leise und höflich miteinander; sie lächelten verbindlich und nahmen beim Stehen anmutige Haltungen ein. Ihre Kleider waren exquisit, alle Falten scharf gebügelt, und die ausgezeichnete Qualität der Stoffe blieb selbst Franks ungeübtem Blick nicht verborgen. Diese Menschen wirkten selbstsicher, waren sich ihres Reichtums bewußt und nahmen ihn als etwas Selbstverständliches hin. Er bewegte sich in ihrer Mitte und war sich der minderwertigen Qualität seines eigenen Anzugs, des schlechten Leders seiner glänzenden schwarzen Schuhe, der Billigkeit seiner Krawatte bewußt. Bemerkten sie das alles, während ihre lächelnden Blicke ihn flüchtig streiften? Wunderten sie sich, daß einer wie er es wagte, sich unter sie zu mischen? Sahen die Liftboys ihn verächtlich und beleidigend an? Er war überzeugt davon, und sein Gesicht und sein Herz brannten vor Scham und Ärger. Nun, in wenigen Tagen schon, in wenigen Wochen, würde er stolz hier unter den Gästen wandeln, einer der Ihren, dem ihr Lächeln gebührte, den man zum Dinner einlud. Nur noch eine kurze Weile und er durfte kühn in Jessicas Haus eintreten und würde empfangen werden — nicht wie ein bettelarmer Hausierer, sondern als Gleichgestellter.

Er trat auf die Straße hinaus und war aufs neue beeindruckt vom Anblick dieser unglaublichen Stadt. Er sah die hohen Türme, die riesigen Mauern, die sich über ihm erhoben und deren Fenster wie unzählige Spiegel in der Sonne glänzten. Er hörte das Lärmen und Brausen des Verkehrs; Fußgänger mit verkniffenen Gesichtern stießen gegen ihn, während sie vorbeirasten. Ein eigenartiger Wind, wie er ihn nie zuvor erlebt hatte, trieb ihm Staub in die Augen. Die enorme Hitze, die in Wellen vom Gehsteig aufzusteigen schien, benahm ihm fast den Atem. Er ging an riesigen Schaufenstern vorbei, die mit unglaublichen Mengen von Gebrauchsgütern angefüllt waren. Er hielt sich nahe den Häusern und fand den Weg in die Fifth Avenue. Polizisten pfiffen schrill an den Straßenkreuzungen; Omnibusse und Automobile ratterten und hupten und quietschten überall. Und wo immer er hinschaute, erhoben sich die gleißenden Türme hoch in den leuchtendblauen Himmel und warfen scharfe schwarze Schatten auf die Straße.

Das war New York. Er hatte Fotos und Filmberichte über New York gesehen. Er hatte geglaubt, die Stadt zu kennen. Aber die Phantasie mußte sich vor der Wirklichkeit geschlagen geben; sie hatte ihm ein langweiliges Bild in verblaßten Farben gezeigt. Er fühlte die enorme Kraft dieser Stadt, ihre pulsierende Energie, den Sog, den Tumult. Er starrte die Menge an, die an ihm vorübereilte. Er war so verwirrt, daß er keinen klaren Gedanken fassen konnte.

Wie im Traum ging er die Fifth Avenue hinunter. Er kam zu den großen weißen Löwen der Bibliothek. Massen von Menschen strömten hier aus und ein, fluteten aneinander vorbei, wurden von anderen Flüssen aufgenommen und mitgerissen. Er hätte nie geglaubt, daß es so viele Menschen gab. Er sah, wie vertieft sie in ihre leidenschaftlichen Ziele und Gedanken waren, wie wenig sie sich der unglaublichen Stadt bewußt wurden, die sie errichtet hatten und in der sie lebten und wirkten. Sie selbst waren so winzig und bedeutungslos, so verwundbar und unwichtig. Und doch hatten sie diese Stadt gebaut! Diese Stadt, die unwahrscheinlicher und verblüffender war als die Pyramiden, eindrucksvoller als das Parthenon, farbenprächtiger und wilder als Bagdad, prunkvoller als das alte Rom. Schwammiges Fleisch und schwache Knochen, kleine schlaffe Füße und Hände — doch sie hatten diese Stadt erbaut! Der schreckliche, heldenhafte, unbezwingliche menschliche Geist hatte diese Stadt erbaut! Der verträumte menschliche Geist in seiner schwachen körperlichen Hülle hatte diese Macht und Herrlichkeit erdacht, diese ungeheure, mitreißende Kraft, diese weiß glänzende Erhabenheit. Er hatte diese Türme in den Himmel gereckt. Er hatte diese Mauern errichtet. Die zarten Hände hatten diese Schluchten aus Stein und Beton aufgetürmt. O träumender Menschengeist, der im Dschungel Paläste und herrliche Gewölbe in der Wüste errichtete!

Frank geriet in ekstatische Verzückung, als er diese Gedanken verfolgte, eine Verzückung, die aus seinem jubelnden Herzen kam. Die Dunkelheit, die ihn am Morgen überfallen hatte, wich endlich zurück. Sie wich nur zurück, verschwand jedoch nicht zur Gänze. Aber er konnte sie doch auf eine Stunde verdrängen und sich freuen und voll Jubel und Ehrfurcht betrachten, was der Mensch aus Urwald und wüstem Land geschaffen hatte. Stolz und Leidenschaft strahlten aus seinen Augen. Und er empfand etwas Seltsames, das Liebe sein mochte — eine Liebe, die aus dem umzäunten Garten seiner Kindheit aufstieg und glutvolle Kraft in seine Seele goß. Ein Instinkt beschwor ihn, diese Gedanken festzuhalten, sich immer wieder daran zu erinnern und sie bis zu seinem Tod nicht zu vergessen, denn sie enthielten eine Wahrheit, die er schon besessen, aber wieder verloren hatte.

Er fand das Gebäude, in dem Thomas Ingham's Sons ihr Büro hatten. Erstaunt betrachtete er die enge Eingangshalle, den altmodischen Aufzug. Er hatte Pomp und Staat erwartet; und die bescheidene Würde dieses Hauses bedrückte ihn. So hatte er sich die Eintrittspforte zu Ruhm und Reichtum nicht vorgestellt. Hier hätte es Marmorsäulen geben müssen und livrierte Diener, glänzende Türen und dicke Teppiche und vielleicht leisen Weihrauchduft. Statt dessen gab es lediglich diesen komischen Aufzug und einen uralten Aufzugsführer mit eckigem Kragen und mürrischem Gesichtsausdruck und ganz gewöhnliche Büros, die an ihm vorbeisanken, während die Kabine sich nach oben bewegte.

Im fünften Stock stieg er aus und sah sich enttäuscht um. Er sah einen stillen Korridor und zwei Schreibtische, an denen Mädchen saßen und ihre Finger klappernd über Schreibmaschinen tanzen ließen, und er hörte eine gedämpfte Stimme und leise Schritte auf dem bloßen Holzboden. Keine Odaliske mit verführerisch schläfrigem Blick nahte sich, ihn zu begrüßen und seine Ankunft mit einem Klatschen ihrer juwelengeschmückten Hände anzuzeigen; keine scharlachroten Vorhänge öffneten sich, um ihn in eine Art Kathedrale einzulassen. Ein junges Mädchen mit keckem Gesicht, einer Brille auf der Nase und kurzgeschorenen lockigen Haaren ging ihm mit energischen Schritten entgegen, fragte ihn nach seinen Wünschen und ließ sich seinen Namen nennen. Er stand mit dem Hut in der Hand vor einem Stoß Bücher, beobachtete die fleißigen Mädchen und sah einen älteren Herrn in ein düsteres Zimmer gehen, das entfernte Ähnlichkeit mit einer Bibliothek hatte.

Das Mädchen erschien wieder und führte ihn einen schmalen Gang entlang, vorbei an kleinen Büroräumen, in Mr. Hawkins' Büro. Das war ein großer staubiger Raum, in dessen Fenstern sich die Sonne spiegelte. Frank sah in seiner Verwirrung nur einen großen, angeräumten Schreibtisch, ein oder zwei alte Drehsessel und einen großen, hageren Mann mit einem Filzhut, den er weit aus dem Gesicht geschoben hatte. Der Mann stand auf und lächelte, und sofort mußte Frank an den Monat Februar denken, einen bleichen, stillen Februar mit kaltem, blauem Himmel und Schnee auf den Straßen.

Franks naive Enttäuschung verstärkte sich, und gleichzeitig befiel ihn seine alte, qualvolle Stummheit, die krankhafte Scheu, die alte Angst vor Fremden. Er blickte in Mr. Hawkins' bewegungslose, frostige Augen, sah sein leises, unergründliches Lächeln und spürte im gleichen Augenblick, wie die Angst an sein Herz griff. Dieser Mann hielt die Entscheidung über Leben und Tod in seinen Händen. In seiner Macht lag es, ihn, Frank, zu erlösen oder für immer ins Dunkel hinabzustoßen. Wenn Mr. Hawkins an seinem englischen Akzent Anstoß nahm, wenn er Abneigung gegen ihn faßte, dann war alle Hoffnung verloren!

Mr. Hawkins streckte ihm seine magere Hand entgegen, doch Frank war so von seinen alten Ängsten und von seinem Minderwertigkeitsgefühl überkommen, daß er der Hand zunächst gar nicht gewahr wurde. Dann erst ergriff er sie mit seiner eigenen, feuchten Rechten. Mr. Hawkins murmelte etwas, und Frank öffnete den Mund. Aber eine Lähmung befiel seine Stimmbänder, und er war ganz sicher, daß, selbst wenn er es wagen sollte, das Wort an Mr. Hawkins zu richten, er nur ein unzusammenhängendes Gestammel zuwege bringen würde. Seine panische Beklemmung verwünschend, nahm er schließlich schwitzend, den Hut auf den Knien, gegenüber Mr. Hawkins Platz.

Februar saß da und betrachtete ihn und wußte mehr von ihm, als Frank ahnen konnte. Ein Bein über das andere geschlagen, wartete er in aristokratischer Zurückhaltung; sein schmales Patriziergesicht blieb verschlossen. In Frank aber, der stumm und wie betäubt dasaß, kam eine leise Erkenntnis auf, ein schüchternes Gefühl der Vertrautheit. Er glaubte annehmen zu dürfen, daß dieser Mann ihn wegen seiner englischen Aussprache nicht verachten, sein Gestammel nicht geringschätzig belächeln, sich nicht in niedrigen Vorurteilen befangen von ihm abwenden würde. Dieser Mann und er waren gleichen Blutes. Er war ein Mann von großem Verständnis, der keine voreiligen Entscheidungen traf. Er sah Frank an und lächelte, ohne daß ein Ausdruck von Hochmut in seinen hellen blauen Augen zu entdecken gewesen wäre. Fast schien es, als ob er etwas suchte oder vielleicht gar erhoffte. Hier saß ein Gentleman, wie Wade O'Leary einer gewesen war, ein wahrhaft reifer Mann. Franks Muskeln entspannten sich.

Februar war diesem Fremden in keiner Weise feindselig gesinnt, und allein diese Tatsache hätte genügt, um Frank aus seiner quälenden Beklemmung zu befreien. Es hatte so wenige Menschen gegeben, die Frank mit wirklichem Interesse und gedankenvoller Objektivität gegenübergetreten waren und ihn ihrer eigenen Spezies zugeordnet hatten. So lange war Frank eine Zielscheibe des Spottes, hämischer Neugier und Dummheit gewesen, daß er sich kaum an eine Atmosphäre gewöhnen konnte, in der er als Mann akzeptiert wurde, als Gleichgestellter und vielleicht sogar als Persönlichkeit.

»Ich war froh, daß Sie sich entschlossen haben, nach New York zu kommen«, begann Mr. Hawkins. »Wir können jetzt alles festlegen. Ich habe Ihnen im Hinblick auf gewisse Änderungen geschrieben.«

Frank öffnete den Mund und stellte mit größter Erleichterung fest, daß seine Stimme funktionierte: »Ja.« Und von seinem Erfolg ermutigt, fuhr er fort: »Das macht gar nichts. Es ist mir ganz gleich, welche Änderungen Sie vornehmen wollen, Mr. Hawkins —«

Der Kopf dröhnte ihm. Seine Augen schmerzten von der Hitze und von der grellen Sonne. »Ich — mir liegt nur daran, daß das Buch veröffentlicht wird.«

Mr. Hawkins betrachtete ihn nachdenklich. Er hörte die Panik in der Stimme seines Besuchers. »Es könnte sein, daß Sie mit einigen Änderungen nicht einverstanden sind«, meinte er.

Nicht einverstanden? Sollte er doch das verdammte Buch auseinandernehmen, zerstückeln und neu zusammensetzen, wie es ihm beliebte! Wenn er es nur veröffentlichte!

»Mir ist alles recht!« rief Frank und beugte sich vor. »Sie werden schon wissen, was am besten —« Seine Stimme versagte, und er errötete in qualvoller Verlegenheit.

Taktvoll wandte Mr. Hawkins sein Gesicht ab und wartete. Frank kämpfte mit seinen vibrierenden, aber tonlosen Stimmbändern. »Sie wissen ja nicht, was — was — was das für mich bedeutet«, stieß er endlich hervor. »Es ist mir gleich, was Sie damit machen.«

»Vor allem ist es zu lang«, sagte Mr. Hawkins. »Aber es läßt sich kürzen. Dann kann es in Satz gehen.«

In Satz gehen! Herrliche, magische Worte! Frank schluckte; hart und würgend saß der Knoten in seiner Kehle. Krampfhaft hielt er seinen Hut fest. Es gab keinen Zweifel mehr. Der Verlag nahm das Buch an.

Mr. Hawkins lehnte sich zurück. Sein Lehnsessel knarrte. Er steckte die Daumen in die Armlöcher seiner Weste. Sein Gesicht verriet nichts. »Wir müssen uns vor einer Verunglimpfungsklage in acht nehmen«, warnte er. »Die Bankiersfamilie in Ihrem Roman ist doch frei erfunden?«

»Ja. Ja, natürlich. Ein Produkt meiner Phantasie. Ein Roman. Über Leute, die Kriege verursachen, und —«

Ein schwaches Lächeln glitt plötzlich über die Züge des Verlegers, und eine leise Neugier erschien in seinen Augen, die Frank jetzt aufmerksam musterten. »Sind es Ihrer Meinung nach allein diese Art von Leuten, die Kriege hervorrufen? Haben die Völker selbst gar nichts damit zu tun?«

Machte sich Mr. Hawkins über ihn lustig? Aber es war nicht Spott, der seinen Ausdruck prägte, nur ernsthaftes Interesse.

»Wir dürfen doch die Tatsache nicht übersehen, daß die Deutschen immer schon danach gestrebt haben, den Rest der Welt zu beherrschen«, fuhr der Verleger in einem Ton fort, der mehr auf eine friedliche Diskussion als auf Ablehnung oder Widerspruch abzuzielen schien. »Wie beurteilen Sie Hitler? Im Verhältnis zu den internationalen Banken gesehen, meine ich.«

Frank überlegte. Er vergaß sich selbst, seine Verlegenheit, sein Stammeln, seine Furcht. Der Mann weiß, dachte er, daß ich nicht an das glaube, was ich geschrieben habe. Oder er möchte sich Klarheit darüber verschaffen, ob ich es glaube. Ich muß ihn zu der Überzeugung bringen, *daß* ich es glaube — sonst nimmt er vielleicht das Buch nicht! Mit zitternder Stimme erwiderte er: »Die — die Banken haben Hitler finanziert. Die englischen, französischen und die amerikanischen Banken haben ihn unterstützt.«

Zerstreut ließ der Verleger seinen Blick auf den Schreibtisch sinken. »Ja, ich weiß«, entgegnete er dann nach einer langen Pause. »Aber da ist noch etwas anderes. Wenn Hitler den Krieg will — und er *wird* ihn wollen, das ist unvermeidlich — dann wird das Volk kämpfen. Weil nämlich das Volk — und nicht nur das deutsche — kämpfen will. Man spricht viel von der ›Unvermeidlichkeit‹ der Kriege. Aber diese ›Unvermeidlichkeit‹ liegt in der Bereitwilligkeit, vielleicht sogar im Verlangen der Völker begründet, Krieg zu führen. Man hört immer wieder, daß die Menschen den Krieg hassen, aber die Tatsache ist nicht wegzuleugnen, daß es zu Kriegen kommt und immer kommen wird, weil die Menschen sie nicht wirklich hassen. Die Völker lassen es zu, daß die Umstände, die zu Konfliktsituationen führen, in zunehmender Zahl geschaffen werden; sie dulden und sie nähren sie. Daher die Unvermeidlichkeit der Kriege.«

Er wartete auf einen Kommentar seines Besuchers, aber Frank wußte keine Antwort. Hawkins fuhr fort: »Entweder die Völker wissen das, oder sie sind einfach zu dumm, es zu begreifen. Wir hätten Hitler zwingen können, aus dem Ruhrgebiet wieder abzuziehen. Wir hätten es können, wissen Sie? Aber wir haben es nicht getan.«

»Aber die Großmächte haben Hitler ja ermutigt!« protestierte Frank. »Sie wollten ihn ja gar nicht an die Kette legen! Und warum? Vielleicht, weil sie Angst vor den Russen haben. Das ist zumindest meine Ansicht. Und weil sie Angst haben, werden sie sogar einen Krieg zulassen. Warum haben sie solche Angst? Fürchten sie, die Massen könnten an die Macht kommen? Ich glaube, daß das der Grund ist. Ich glaube sogar, daß sie Hitler in der Hoffnung unterstützen und finanzieren, daß er Rußland angreift und vernichtet.«

Mr. Hawkins betrachtete seinen Besucher mit erstarktem Interesse.

»Es ist die Feigheit der Regierungen, ihre Habgier und ihr Argwohn, was sie in einen Konflikt mit Hitler treiben wird«, erklärte Frank mit aus seinen Befürchtungen geborenem Nachdruck. »Aber keiner von uns wird gegen Deutschland kämpfen. Wir hassen Deutschland nicht und haben es nie gehaßt.« Aber unwillkürlich zeigte sich Verbitterung auf seinem Gesicht. Er dachte an seine Schulkameraden aus deutschen Familien, und der Haß stieg wie bittere Galle in ihm auf. »Wir hassen Hitler jetzt nicht, weil er sich mit seinem Antisemitismus beim amerikanischen Stimmvieh beliebt gemacht hat. Der Pöbel muß immer etwas haben, das er hassen kann, und Hitler hat ihnen ein wehrloses Opfer geliefert.«

»Verfolgung in unserer Zeit will mir fast undenkbar erscheinen«, bemerkte Mr. Hawkins ein wenig zerstreut. »Ich kann mir nicht vorstellen, daß wir Amerikaner dazu fähig sind.«

Verfolgung. Frank dachte: Ich wurde in den USA fast ebenso verfolgt wie heute die Juden in Deutschland. Ich wurde verfolgt, weil unter den Kindern europäischer Leibeigener ich allein englischer Herkunft war, weil unter den fremden Zungen aus Deutschland, aus dem Balkan und aus dem Nahen Osten ich allein es wagte, die wahre Sprache Amerikas zu sprechen! Ich war ein Heimatloser in meinem eigenen Land. Ich wurde gejagt und gehetzt, gepeinigt und verachtet, und von wem? Von jenen, für die mein Volk gekämpft, die mein Volk befreit und genährt hatte. So wie die jüdischen Kinder heute in Todesangst durch die Straßen deutscher Städte laufen, so lief auch ich in Todesangst durch Straßen, die mein Volk angelegt, vorbei an Häusern, die mein Volk gebaut hatte, um dem Abschaum Europas eine Heimstätte zu geben. Ich weiß, was Verfolgung heißt!

»Wir werden keinen Krieg gegen Hitler führen, weil wir ihn nicht hassen«, entgegnete Frank, »und weil die Amerikaner nicht gegen Deutsche kämpfen wollen. Auch wenn unsere Banken Hitler heimlich finanzieren und bewaffnen.«

Er stammelte jetzt kaum mehr. Die Erinnerung an seine Leiden, eben noch ganz bewußt unterdrückt, war nicht ohne Wirkung geblieben. Die Blässe der Furcht wich aus seinem Gesicht, und seine Augen funkelten in kaum verhüllter Wut. Es fiel ihm auf, daß die Blicke des Verlegers forschend und bohrend, suchend und erwartungsvoll geworden waren. Aber sie beunruhigten ihn nicht; eher flößten sie ihm neue Kraft ein. Er erkannte, daß ihm hier ein edler und überlegener Geist gegenübersaß, feinsinnig und ausgeglichen, empfindsam und gütig. Er erahnte den verborgenen und melancholischen Fatalismus und den umwölkten Humor in Mr. Hawkins' Zügen. Trotz seiner Jahre war Frank in mancher Hinsicht noch kindlich naiv, und so erwachte in ihm plötzlich ein rein impulsives, blindes, ungekünsteltes Zutrauen zu Mr. Hawkins. Er hätte ihm zurufen mögen: Ich möchte alles von Ihnen wissen! Sie blikken mich an, aber Sie sehen nicht das groteske Bild, wie es anderen erscheint. Sie sehen mich, wie ich bin, und ich kann nur jenen vertrauen, die mich wirklich kennen.

Frank konnte nicht wissen, wieviel der Verleger davon verstand. Sehr nachdenklich und mit dem gleichen mitfühlenden Takt wie zu Beginn ihres Gespräches wandte Mr. Hawkins den Blick zur Seite. Worauf Frank eilig und, wie er sich später vorwarf, naiv die Frage an ihn richtete: »Haben Sie das Buch ganz gelesen, Sir?«

»Gewiß«, erwiderte Mr. Hawkins ein wenig achtlos. »Ich halte Sie für einen guten Erzähler. Ihre handelnden Personen leben — und das ist schließlich das Wichtigste in einem Roman. Das Thema selbst ist gar nicht so wichtig —«

Frank fühlte sich unendlich erleichtert. Es war also gar nicht so wichtig, ob Mr. Hawkins an seiner, Franks, Aufrichtigkeit als Schriftsteller zweifelte. Aber er wollte etwas anderes hören, und aus einem Gefühl heraus, das er nicht definieren konnte, bemerkte er in einem Ton, der auf mangelndes Selbstvertrauen schließen ließ: »Ich — ich danke Ihnen. Ich bin froh. Aber — finden Sie, daß ich *gut* schreibe? Ich meine« — und er errötete von neuem — »halten Sie mich für einen — einen Schriftsteller?«

Der Verleger streifte ihn mit einem Blick. »Doch, ja. Ja, natürlich.«

Aber etwas, von dem er nicht wußte, was es war, nagte an Frank. »Wissen Sie«, sagte er, »ich muß glauben können, daß ich ein Schriftsteller bin. Das ist sehr wichtig für mich.« Er verstummte. Was wollte er eigentlich? Was wollte er von Mr. Hawkins hören? Er wußte es nicht und hätte es doch so gerne gehört.

»Sie sind ein guter Erzähler«, wiederholte der Verleger. Warum sah er ihn dabei so komisch an, wie einer, der schon von so vielen vor ihm enttäuscht worden war — und jetzt auch von ihm? Ein Erzähler. Die Welt war voll von Erzählern — Illustrierte, Zeitschriften, Magazine, Bibliotheken. Nicht mehr als ein Erzähler. Und war das etwa nicht genug, wenn man genug Geld damit verdienen konnte? Gab es etwas Wichtigeres als Geld?

»Schreibe ich Ihrer Meinung nach ebenso gut wie die meisten — modernen Schriftsteller?«

Wieder lächelte Mr. Hawkins, als wüßte er so viel mehr, als Frank ahnen konnte. »Ja. Ich würde sagen, ja.«

Beide schwiegen. Und während Frank noch über diese Worte nachgrübelte, überkam ihn sein altes Unbehagen. War nicht alles vergeblich? Sinnlos und leer? Er bekam Angst. Nur jetzt nicht! Jetzt wo der Erfolg sich mit Händen greifen ließ! Was war es nur, diese Schwäche, diese beschämende Mutlosigkeit, diese seelische Auflösung, diese erschöpfende Ohnmacht? Er hatte gehört, was zu hören er gekommen war. Oder nicht? Und wenn nicht, was war es dann? Unbewußt umklammerte er mit den Händen die Knie, so wie sein Vater es getan hatte. Mr. Hawkins sah es, und seine grauen Augenbrauen zogen sich in sorgendem Mitgefühl zusammen.

Ich will ja gar nichts haben, dachte Frank unwillkürlich. Nichts ist mehr von Bedeutung. Mir ist alles gleich. Und dann stieg heiß wieder die Angst in ihm auf. Es durfte ihm nicht gleich sein! Sein Leben hing davon ab!

Sein Auge fiel auf das Manuskript, das Mr. Hawkins vor sich liegen hatte. Sein Manuskript. Und daneben ein Dokument mit seinem Namen und dem Titel des Romans. Ein Vertrag. Die Schwäche fiel von ihm ab, er geriet in Erregung. Der Verleger folgte seinem Blick, und seine schmale Hand griff nach dem Dokument.

LXVI

Was hatte er von Mr. Hawkins hören wollen? Es war ihm so schrecklich wichtig erschienen, aber jetzt wußte er nicht mehr, was es gewesen war und warum es ihn so betroffen hatte, es nicht zu hören.

Ruhelos und beklommen, blind gegen alles, was sich um ihn herum bewegte, wanderte er durch die Straßen New Yorks. Ein um das andere Mal ging er im Geist das Gespräch mit dem Verleger durch. Er wäre ein guter Erzähler, hatte Mr. Hawkins gesagt. Ohne sich mehr als nur ein wenig nötigen zu lassen, hatte er zugegeben, daß die Geschichte von John Ainsworth kraftvoll, leidenschaftlich und mit Gefühl gestaltet war. Was mehr konnte sich ein Schriftsteller wünschen?

Der Hunger fraß an ihm. Etwas fehlte. Es fehlte gewiß nicht aus seiner Tasche, in der ein Vertrag und ein Scheck über tausend Dollar steckten. Hin und wieder löste er sich aus dem Menschenstrom, der durch die Straßen flutete, und suchte Zuflucht in einem Torbogen, wo er dann Vertrag und Scheck aus der Tasche nahm und sich daran weidete. Besser gesagt, zu weiden trachtete. Denn irgendwo gab es eine Leere — eine Sehnsucht, ein Verlangen. Weil, so redete er sich ein, er an dieses Wunder nicht glauben konnte. Weil, so redete er sich ein, es keinen gab, mit dem er seine Freude hätte teilen können.

Bis ihm einfiel, was sein Lehrer an seinen schriftstellerischen Arbeiten bemängelt hatte. »Etwas fehlt.« War es dieses Etwas, das Mr. Hawkins davon abgehalten hatte, ihm das zu sagen, was zu hören er sich so verzweifelt gewünscht hatte — auch wenn er sich nicht daran erinnern, es nicht aus den dunklen Tiefen seines Gedächtnisses heraufholen konnte? Auch wenn er nicht wußte, was es war?

Er kehrte in sein Hotelzimmer zurück und ging ruhelos auf den dicken Teppichen auf und ab, deren Vorhandensein er nicht mehr beachtete. Er stand am Fenster und blickte mit blinden Augen auf den brausenden Verkehr hinab. Der Zauber war dahin. Das ist nur die Reaktion, sagte er sich. Ich bin noch ganz betäubt. Ich werde schon wieder zu mir kommen. Er hörte sich die Worte laut aussprechen — es klang wie ein schicksalsschweres Echo.

Er ging in die Hotelhalle hinunter und blätterte die Telephonbücher aller größeren Städte im Staate New York durch. Er hoffte den Namen Paul Hodge zu finden. Vergeblich. Er fand auch keinen Edward und keinen Gordon Hodge. Er ging auf sein Zimmer und schrieb einen Brief an Jessica Bailey.

»Ich bin hier in New York und habe soeben einen Vertrag über die Veröffentlichung meines Romans *Das Goldene Schwert* unterschrieben. Ich habe gestern versucht, Sie zu erreichen, aber Sie waren nicht zu Hause. Sobald ich nach Bison zurückkehre, werde ich Sie aufsuchen. Ich bin fürchterlich aufgeregt. Es ist dies das erste Buch von einiger Bedeutung, das ich geschrieben habe und das nun verlegt wird. Mag sein, daß ich mir zu große Hoffnungen mache, aber ich habe allen Grund anzunehmen, daß das Buch ein Erfolg sein wird. Dazu kommen dann natürlich auch die Filmrechte. Mr. Cornell Hawkins, der Leiter des Verlags Thomas Ingham's Sons, hat mich, was die zu erwartenden Verkaufszahlen betrifft, vor allzu großem Optimismus gewarnt, aber mein Gefühl sagt mir, daß ich mit dem Buch eine Menge Geld verdienen werde. Darum scheint mir die Zeit jetzt gekommen, da ich als Gleichgestellter zu Ihnen kommen kann und nicht länger das Gefühl haben muß, Ihnen nachzustehen.«

Ein Hochgefühl ohnegleichen überkam ihn, während er schrieb. Krampfhaft umklammerte er die Feder und verspürte abermals den Knoten in seiner Kehle. Er sprang auf, lief ans Fenster und blickte, die rostbraunen Vorhänge zur Seite schiebend, auf das geschäftige Leben und Treiben hinunter. Dies alles würde ihm gehören! Nie wieder würde er durch die Straßen schleichen, nie wieder der Hoffnungslosigkeit verfallen, nie wieder das entwürdigende Gefühl der eigenen Bedeutungslosigkeit kennen, nie wieder das Verlangen nach den glitzernden Dingen in den Schaufenstern verspüren. Einen Wagen konnte er sich jetzt kaufen und was sonst sein Herz begehrte! Bald würde er seinen Namen in den literarischen Beilagen der großen Zeitungen lesen können. Der Verlag würde mit großen Anzeigen für sein Buch werben. Die ganze Welt würde auf ihn aufmerksam werden!

Er verbrachte mehrere Tage in New York — auf Wolken der Glückseligkeit. Er ließ sich einen wirklich guten Anzug machen und kaufte sich ein Paar importierte englische Schuhe. Er besuchte Theater und die besten Restaurants. Er erstand zwei Dutzend Bücher. Er widmete einen ganzen Tag dem Metropolitan Museum. Er ging ins Planetarium. Er fuhr die Fifth Avenue hinauf und herunter. Geruch, Klang und Anblick der großen Stadt waren ein berauschendes Erlebnis für ihn.

Weil er Mr. Hawkins nicht »lästig werden«, ihm nicht »auf den Wecker fallen« wollte, besuchte er ihn nicht mehr. (Der Verleger wunderte sich über sein Ausbleiben.) Das Gebäude — an dem er häufig vorbeikam — in dem der Verlag Thomas Ingham's Sons seine Büros unterhielt, war für ihn wie ein Tempel mit einem heiligen Schrein. Einmal sah er Mr. Hawkins gerade herauskommen; er schlüpfte in eine offene Haustür und hoffte zu Gott, daß der Verlagsleiter ihn nicht gesehen hatte. Mit Sicherheit würde ein zweiter Besuch im Verlag Mr. Hawkins' Mißfallen erregen. Es schien nicht »angezeigt«, die Leute zu »verstimmen«. Es kam Frank nicht in den Sinn, daß sein Verhalten identisch mit dem war, das sein Vater gegenüber Mr. Farley gezeigt hatte, und er wußte auch nicht, daß seine Denkweise sich kaum von der seines Vaters unterschied.

Den Kopf voller Pläne, kehrte er nach Bison zurück. Schon auf der Fahrt faßte er den Entschluß, die Lokalblätter zu verständigen. Sie würden mit Freuden zur Kenntnis nehmen, daß ein Mitbürger sich so ausgezeichnet hatte. Sie würden seinen Namen nennen und vielleicht auch ein Bild von ihm abdrucken. Sie sollten stolz auf ihn sein.

Und er würde Jessica Bailey sehen. In ihren Zügen würde er lesen, was er sich so sehr wünschte, in allen Gesichtern lesen zu können. Was das war, wußte er selbst noch nicht.

LXVII

Von einer Telephonzelle am Bahnhof rief er die Zeitungen an. Die Redakteure, mit denen er sprach, zeigten sich gebührend überrascht und erfreut und beglückwünschten ihn. Er stotterte ein wenig, aber sie taten, als merkten sie es nicht. Als zynische junge Leute, die selbst literarische Ambitionen hegten, gingen sie über teilweise naive Formulierungen höflich hinweg. Frank lud sie für den nächsten Tag in seine Wohnung ein. Der Mann von der *Bison Evening News* schlug vor, einen Photographen mitzubringen, und Frank nahm das Anerbieten begeistert an.

Die Morgensonne füllte die stille, freundliche Wohnung. Frank erinnerte sich, daß er noch nicht gefrühstückt hatte, und machte sich etwas zurecht. Aber er konnte kaum etwas hinunterbringen. Von neuem überkam ihn köstliche Erregung. Wenn nur sein Vater noch am Leben wäre! Mit welcher Genugtuung würde er dem alten Narren mit seinen Neuigkeiten das Maul stopfen! Aus dem »Versager«, dem »Plappermaul« war nun doch etwas geworden! Er sah das blasse, hagere Gesicht seines Vaters vor sich und schrie dem Geist seine Verachtung und seinen Triumph ins Gesicht. Der Abscheu, der Ekel, der leidenschaftliche Haß, der in ihm aufbrach, wenn er an seinen Vater dachte, überraschte ihn selbst. Er tröstete sich mit der Überlegung, daß er zu erregt war. Aber es gelang ihm nicht, seine Wut einzudämmen. Warum mußte Francis Clair schon tot sein? Wie herrlich wäre es doch, ihn heute vor seinem Sohn auf dem Bauch kriechen zu sehen! Überwältigt von einem so großen Erfolg, von der Aussicht auf soviel Geld, wie unterwürfig, wie sklavisch hätte er sich gezeigt! Frank hörte ihn förmlich reden: »Auf die Bank! Alles auf ein Sparkonto! Es bleibt nicht ewig Sonnenschein; morgen schon kann es wieder regnen! Trage alles auf die Bank. Gib keinen Penny unnütz aus. Kauf nur das Nötigste. Halt den Kopf schön unten; du könntest jemandem zu nahe treten. Dieser Hawkins zum Beispiel: War dein Benehmen respektvoll? Solche Leute können sehr unangenehm werden, wenn man ihnen frech kommt. Was hat er für ein Gesicht gemacht? Was hat er gesagt? Was hast *du* gesagt? Das hättest du nicht sagen sollen! Am Ende verlegen sie dein Buch nicht. — Laß mal den Scheck sehen. Am besten, du gibst ihn mir gleich. Ich deponiere ihn für dich. Auf der Bank!«

Bank! Sparen! »Nichts wird deponiert!« rief Frank, von wildem Ekel erfaßt. »Bis auf den letzten Penny gebe ich das Geld aus! Ich will leben, nicht sterben, wie du gestorben bist, du knausriger alter Esel! Einen Wagen kaufe ich mir mit den kostbaren Dollars, die du immer nur angebetet und auf die Bank getragen hast, Anzüge und Mäntel und Schuhe noch und noch und eine Fahrkarte bis ans Ende der Welt! Da liegst du auf dem Bauch, was? Du und dein Sparbuch! Was hast du am Ende davon gehabt? Ein Grab am Friedhof unter Fremden mit einem miesen kleinen Stein drüber und einem schmalen Streifen Unkraut. Was hast du mit deinem Leben angefangen? In deinen Ängsten bist du gehockt wie ein Bettler in seinen Fetzen. Aber was noch viel schlimmer ist: Was hast du mit *mir* gemacht? Du hast meine Jugend verkauft — um dir ein paar schäbige Dollars mehr in dein Sparbuch schreiben zu können!«

Frank hoffte, daß seine Feinde von früher seinen Namen in den Zeitungen lesen würden. Aber es waren so unbedeutende Feinde gewesen; wahrscheinlich hatten sie ihn längst vergessen. Schade, daß er keine Feinde von einigem Ansehen hatte. Jeder Mensch sollte ein paar respektable Feinde haben, um über sie triumphieren und sie vor Neid erblassen lassen zu können. Fast brauchte man sie nötiger als Freunde.

Als er sich wieder beruhigt hatte, rief er Jessica Bailey an. Nach einer kleinen Verzögerung hörte er ihre ruhige, etwas matte Stimme. Sie beglückwünschte ihn, und nun erwärmte sich ihre Stimme. Und doch schien sie ihm ein wenig abwesend, zerstreut. Er lauschte ihr mit einiger Besorgnis. Aber sie lud ihn ein, sie um vier zu besuchen.

Endlich schlug die säumige Uhr halb vier. Er hielt einen Wagen auf und ließ sich durch die warmen sonnenbeschienenen Straßen nach dem großen Haus fahren, dessen er sich so gut erinnerte. Die Kehle war ihm eng. Er saß auf der Sitzkante und sah die brausende Stadt wie durch einen leuchtenden Nebel. Es war ziemlich heiß, und doch fröstelte es ihn. Ein scharfer Schmerz, den er noch aus seiner Kindheit kannte, krallte sich ihm mit einemmal in die Brust, und von jähem Schrecken erfüllt, preßte er instinktiv die Hand auf die Stelle. Dann ließ er sich behutsam zurücksinken und versuchte seinen wilden Atem zu zügeln. Schluß damit. Nimm dich zusammen, oder es ist aus mit dir. Nach einer Weile ebbte der Schmerz ab, aber er fühlte sich geschwächt.

Am Bestimmungsort angelangt, zwang er sich, ganz langsam auszusteigen, obwohl er am liebsten aus dem Wagen gesprungen wäre. Aber er dachte an den Schmerz und ging die lange, gewundene Auffahrt mit gemessenem Schritt hinauf. Er sah sich wie ein Kind enttäuscht, als es nicht seine alte Feindin, das Dienstmädchen Marie, war, die ihm öffnete. Eine ältere Frau führte ihn in das halbdunkle Wohnzimmer. Jessica war nicht da. Während er auf sie wartete, musterte er den Raum bewundernd, aber mit leisem Lächeln. Das Zimmer brauchte einen kräftigen Schuß Rot, ein helles Scharlach vielleicht, und ein lebhaftes Blau als Kontrast. Er blickte auf die Bäume hinaus; sie warfen ein zartes, wäßriges Grün in den Raum.

Er drehte sich um und sah Jessica neben sich stehen. Verlegen fuhr er zusammen. Wie lange stand sie schon da, beobachtete ihn — lächelte vielleicht gar amüsiert über ihn? Er fühlte, wie er errötete, und konnte kein Wort hervorbringen. Als sie sich dann stumm ansahen, merkte er, daß sie sich verändert hatte.

Er hatte nicht gedacht, daß Jessica sich verändern würde. In seinen Träumen hatte er sie immer nur so gesehen wie an jenem Tag, da er ihr Strümpfe verkauft hatte: in einem grauen Wollkleid, eine Perlenkette um den Hals, das Gesicht in strahlender Gelassenheit, das glatte schwarze Haar über die Stirn fallend und über dem Nacken zu einem flachen Knoten zusammengefaßt. Doch sie hatte sich verändert. Sie trug ein einfaches schwarzes Kleid und keinen Schmuck. Sie war sehr blaß und ziemlich mager und schien ihm viel älter geworden zu sein. Nur ihre leuchtenden blauen Augen waren die gleichen, wenn auch ein wenig gedankenschwerer, in malvenfarbene Schatten versunken.

Sie sagte etwas und hielt ihm ihre Hand hin, die er kraftlos ergriff. Er fühlte die glatten, weichen Finger in den seinen. Er antwortete etwas. Er hörte, daß sie ihn aufforderte, Platz zu nehmen. Sie setzte sich neben ihn. Dann schwiegen sie wieder. Jessica kreuzte ihre schlanken Fesseln, und er sah, daß ihre Füße in schwarzen Slippern steckten.

Er hatte davon geträumt, ihr die große Nachricht persönlich zu überbringen. Ihr schönes Antlitz würde aufleuchten, sie würde einen leisen Schrei ausstoßen und seine Hand in die ihren nehmen, ein strahlendes Licht in ihren Augen, würde sie ihn anblicken. Dann würde er ihr gestehen, daß er sie liebte, daß er sie niemals vergessen hatte, daß er sie zur Frau haben wollte. Sie würde ihn unverwandt anlächeln und —

was würde sie sagen? Er hatte es vergessen. Der Traum erstarb, und da saß sie nun, abwesend, als wäre ihr seine Gegenwart gar nicht bewußt.

Er hörte die Uhr in der Halle ticken, er hörte das sanfte Rauschen der Bäume vor den offenen Fenstern. Wieder überkam ihn die vertraute Schwäche, das alte Unbehagen. Der Traum hatte gelogen. Er war Jessica gleichgültig, sie war eine andere geworden. Er langweilte sie, er war ein Fremder für sie.

Ihr unergründlicher Blick ruhte auf ihm. Endlich sprach sie zu ihm: »Ich kann Ihnen gar nicht sagen, wie froh ich war — über Ihren Erfolg.« (Über meinen —? Wieso weiß sie —? Aber ich habe ihr ja geschrieben!) Die Stimme klang höflich, aber leblos. Ihre Augen glitten kühl und gleichgültig über ihn hinweg. Was für ein Narr er doch gewesen war! Während er geplant und gearbeitet und von ihr geträumt hatte, hatte sie ihr eigenes Leben geführt, das ihm verschlossen war. Er war anmaßend gewesen; wahrscheinlich wunderte sie sich, wozu er überhaupt gekommen war. In wenigen Augenblicken würde er aufstehen und, von höflichen Abschiedsworten begleitet, das Haus verlassen müssen.

Nein, das durfte nicht geschehen! Er würde es nicht zulassen! Er wollte nicht betrogen werden! Seine Träume mußten wahr werden! Er mußte Leben in ihre Augen bringen!

»Ich hatte gehofft, daß Sie sich freuen würden«, sagte er. »Ich habe immer nur an Sie gedacht, während ich das Buch schrieb.«

Ein kurzes Lächeln glitt über ihr Gesicht. »Das ist sehr liebenswürdig von Ihnen.« Lag Unglauben in ihrer Stimme, wies sie seine Impertinenz zurück? Sah sie in ihm einen Flegel, der sich erdreistete, ihre Zeit und ihre Aufmerksamkeit in Anspruch zu nehmen?

»Sie müssen verstehen«, stammelte er verzweifelt, »ich — ich dachte daran, daß Sie sehr gütig zu mir waren. Ich dachte an die Briefe, die Sie mir schrieben, Ihre Telephonanrufe —«

»Auf die Sie nicht reagiert haben«, unterbrach sie ihn frostig.

Sie hatte es nicht vergessen! Er faßte neuen Mut. »Ich wollte mich nicht erkühnen — ich war arm, wissen Sie? Ich hatte kein Recht, mich Ihnen aufzudrängen. Verstehen Sie doch — Sie wissen nicht, was es heißt, arm zu sein, sich erniedrigen zu müssen —« Er lächelte verlegen.

Ein fahler Schatten fiel über Jessicas Gesicht, so daß ihre Züge an Schärfe verloren. »Sie wissen nicht, was es heißt, arm zu sein.« Und ob sie es wußte! Ihr Vater James, Bruder ihres Onkels Wentworth Bailey, war Musiker gewesen, einer jener Unglücklichen, denen die Musik alles bedeutet, die jedoch völlig außerstande sind, sie mit Seele und Leidenschaft wiederzugeben. Nein, dachte Jessica, unglücklich war er eigentlich nicht. Er wußte nicht und erfuhr niemals, wie unzulänglich er war. Wenn er an seinem Klavier saß, glaubte er, seinen Zuhörern die gleiche süße, wilde Herrlichkeit zu vermitteln, die er selbst in seinem Innersten empfand. Sie sah sein edles, feingeschnittenes Gesicht vor sich, wenn er tief bewegt, verzückt den majestätischen Klängen lauschte, die zu interpretieren er nicht vermochte. Zumindest in dieser Hinsicht war Gott gnädig zu ihm gewesen. Gedankenverloren, über alles Menschliche erhaben, Begeisterung in seinen müden Augen, war er immer seltener in immer kleinere Städte gefahren, um Konzerte zu geben. Sie bekam ihn nur hin und wieder zu Gesicht. Er schrieb ihr nicht, wenn er auf Reisen war. Irgendwie war es diesem gebrechlichen, feinfühligen Mann gelungen, ihr eine Erziehung in zweitklassigen Internaten angedeihen zu lassen, wo sie die demütigende Behandlung über sich ergehen lassen mußte, die eine höchst bescheidene Garderobe und ein nur sehr geringes Taschengeld unweigerlich zur Folge hatte.

Ja, sie war arm gewesen, aber das konnte sie Frank Clair jetzt nicht gestehen. Eine Eingebung sagte ihr, daß sie in seinen Augen an Wert verlieren würde, wenn er es wüßte. Sie starrte ihn an, und ihre dunklen Pupillen weiteten sich. Er war ein Narr!

Als ihr Vater gestorben war, hatte ihr Onkel sich herabgelassen, nach New York zu kommen, um dem einfachen Begräbnis beizuwohnen. Er hatte alle Unkosten beglichen und sie in ihre Wohnung zurückbegleitet, deren Wert er mit einem einzigen raschen Blick einschätzte. Jessica beobachtete ihn und entsann sich dabei der Worte ihres Vaters: »Er lebt wie ein Stein.« Ein grauer, monumentaler, mit grüner Flechte bewachsener Stein. Er hatte eiskalte, verschleierte Augen, und der Mund saß scharf wie eine Klinge in seinem Gesicht. Seltsamerweise schien er sich für sie zu interessieren und erkundigte sich nach ihrer Arbeit. Dann machte er ihr einen erstaunlichen Vorschlag. Sie sollte mit ihm nach Bison zurückkehren und dort als seine Privatsekretärin fungieren und seine Angelegenheiten in Ordnung halten. Dafür sollte sie in seinem Haus wohnen und ein gutes Gehalt beziehen. (Sie konnte nicht wissen, daß sie ihn sehr günstig beeindruckt und er sie im Geist bereits als seine Erbin eingesetzt hatte.) Jessica war weder »stolz« noch dumm. Sie empfand große Achtung vor Geld und nahm sein Anerbieten sofort an. Sie hatte seitdem nie auch nur den geringsten Grund gehabt, ihren Entschluß zu bedauern — besonders jetzt nicht.

Diese Gedanken schossen ihr in Sekundenschnelle durch den Kopf, während Frank ihr gegenüber saß und sie so kummervoll ansah. Sie fühlte Mitleid mit ihm. Aber sie ärgerte sich auch. Was sollte sie ihm sagen? Ganz offenbar hatte er sie etwas gefragt und wartete jetzt auf ihre Antwort.

»Entschuldigen Sie«, murmelte sie. »Ich fürchte, meine Gedanken waren anderswo. Sie müssen wissen, daß mein Onkel gestern begraben wurde. Er ist ganz plötzlich vor vier Tagen gestorben.«

Frank geriet aus der Fassung. »Das tut mir leid«, stieß er mit Mühe hervor. »Wenn ich das gewußt hätte, würde ich Sie nicht belästigt haben.« Er war mit so hochgespannten Erwartungen zu ihr gekommen. Jetzt sah er sich geschlagen. »Es muß ein Schock für Sie gewesen sein«, fügte er lahm hinzu.

»Eigentlich nein«, entgegnete sie mit ihrer klaren Stimme. »Mein Onkel war ein sehr harter Mann. Meine Empfindungen ihm gegenüber waren nun einmal solcher Art, das kann ich nicht ändern, obwohl ich soeben erfahren habe, daß er mir sein ganzes Vermögen hinterlassen hat. Er hätte nämlich die Möglichkeit gehabt, meinem Vater zu helfen.« Sie schwieg und sah Frank forschend an.

Frank aber hatte ihr kaum zugehört. Seine eigene Enttäuschung war zu groß. Er machte eine konventionelle Bemerkung. Er fühlte sich plötzlich wie ausgebrannt und sehr erschöpft. Diese Frau interessierte sich nicht für ihn. Sie war reich; was er ihr bieten konnte, bedeutete ihr nichts. Sie saß da, blickte ihn an wie aus weiter Ferne, zwang sich zu ein paar höflichen Floskeln und wünschte sich nichts sehnlicher, als daß er sich bald verabschiede und sie in Frieden lasse.

Aber ich kann nicht aufgeben! dachte er in seiner Verzweiflung. Sie ist alles, wonach ich mich je gesehnt habe. Sie ist alles, was ich mir je erhofft, wonach ich gestrebt habe.

Als ob er sie ausgesprochen hätte, folgte Jessica seinen Gedanken, und nun brannte der Zorn hell in ihr. Wozu verschwende ich meine Zeit mit ihm? Warum stehe ich nicht einfach auf und bitte ihn zu gehen? Ein Snob ist er und ein Dummkopf, und leichtgläubig wie ein Kind. An ihm stimmt einfach nichts!

Sie erhob sich, und ihre Augen funkelten, als auch er langsam aufstand. »Warum sind Sie nicht früher zu mir gekommen?« fragte sie mit harter, strenger Stimme. »Warum haben Sie bis jetzt gewartet?«

Sein Gesicht verdunkelte sich. »Weil ich ein Niemand war. Weil es unverschämt von mir gewesen wäre, hierherzukommen, bevor ich etwas geleistet hatte. Sie wissen, was ich war, als Sie mich das erste Mal sahen. Ich bin von Tür zu Tür gegangen, um Strümpfe zu verkaufen. Wäre ich früher zu Ihnen gekommen, Sie hätten das Recht gehabt, mich hinauszuwerfen. Ich wollte als Gleichgestellter vor Sie hintreten; ich wollte das Recht haben, vor Ihnen zu erscheinen.«

»Ich gab Ihnen dieses Recht, als ich Ihnen schrieb und Sie anrief!«

»Sie wollten nur nett zu mir sein.«

Sie starrte ihn entgeistert an. War er so blöde? Konnte ein Mensch so idiotisch denken? Aber er glotzte sie verwirrt an, so als versuchte er vergeblich, sie zu verstehen.

»Sie dachten also«, entgegnete sie sarkastisch, »Sie hätten kein ›Recht‹, weil Sie arm waren und sich Ihren Lebensunterhalt mit dem Verkauf von Strümpfen verdienten? Ich sagte Ihnen doch, daß ich Freunde hätte, die einer ähnlichen Tätigkeit nachgingen, ohne damit an gesellschaftlicher Stellung — oder wie Sie es sonst nennen wollen — zu verlieren.«

»Mit Ihren Freunden war das etwas anderes. Die hatten früher Geld gehabt. Eine angemessene Erziehung. Für sie war das nur eine vorübergehende Phase. Aber ich war von Anfang an ein Niemand.«

»Und jetzt sind Sie das nicht mehr?«

»Nein.« Eine einfache, harte Aussage. Seine Augen funkelten wie blaue Steine, und sie mußte wieder an ihren Onkel denken. »Mein Vater«, fuhr er fort, »war ein schmieriger kleiner Apotheker. Meine Mutter war Schneiderin. Ich habe alle möglichen Beschäftigungen angenommen. Aber ich mußte selbst sehen, wie ich mich weiterbildete. Und bis vor kurzem hatte ich nichts, gar nichts.«

Er wird mich hassen, dachte sie, wenn ich ihm klarmache, daß er mir heute nicht mehr und nicht weniger bedeutet als an dem Tag, da er zum erstenmal in dieses Haus kam. Wenn ich ihm sage, daß seine Leistung für mich kein Gewicht hat, wird er fortgehen und nie wiederkommen und nur mit Verachtung an mich zurückdenken.

Sie empfand seine Worte als Beleidigung. »Sie müssen eine sehr geringe Meinung von mir haben«, entgegnete sie, »wenn Sie annehmen, daß mich Ihre damalige Lage in irgendwelcher Weise beeinflußte.«

»Weil«, wiederholte er mit einem häßlichen Lächeln, »Sie nicht wissen, was es heißt, arm zu sein.«

Sie preßte ihre Lippen zusammen. »Ich habe Ihre Geschichten in verschiedenen Zeitschriften gelesen«, sagte sie dann.

Er verfärbte sich. »Schund und Kitsch.«

»Ich bin froh, daß Sie so denken«, erwiderte sie schnell. »Auch ich habe die Sachen so bewertet. Ich war bestürzt. Aber ich hatte immer das Gefühl, daß Ihnen auch etwas Besseres glücken müßte. Ich hoffe, daß es Ihnen jetzt mit diesem Buch gelungen ist.«

»Das ist die Meinung der Verleger.« Seine Stimme klang kalt.

»Was ist der Inhalt?«

Er beschrieb die Handlung in kurzen Worten. Sie hörte aufmerksam zu, die Augen unverwandt auf ihn gerichtet. »Das ist aber eine absurde Prämisse, auf der Sie Ihre Schlußfolgerungen aufgebaut haben«, meinte sie, nachdem er zu Ende gesprochen hatte. »Kriegsschuld! Ich bitte Sie! Sie wissen sicher ganz genau, daß Kriege und alle anderen Katastrophen dieser Art nur auf das Böse in den Menschen zurückzuführen sind, auf die Schuld, die auf uns allen lastet. Sie wissen, daß es der Haß ist, der den Menschen zum Tier macht. Das wissen Sie doch, nicht wahr?«

Er war bleich geworden. »Ja, das weiß ich«, gab er zu. »Aber das wollen die Leute nicht hören. Sie wollen andere für ihre Verbrechen verantwortlich machen. Und ein Schriftsteller verdient sein Geld damit, daß er ihnen das erzählt, was sie hören wollen, daß er ihnen einen Sündenbock liefert. Ein Opfer hinwirft. Oder eine Liebesgeschichte, vornehmlich mit Unzucht und Ehebruch garniert. Das wollen sie haben, und das bekommen sie von mir.«

»Aber da sind Sie ja nichts anderes als ein — ein — ein Kuppler! Sie sollten sich schämen!«

Er sah ihr Entsetzen, ihre Wut, und konnte kein Wort hervorbringen.

»Wie können Sie so etwas schreiben!« rief sie. »Warum haben Sie, warum hat kein anderer Schriftsteller den Anstand, zu sagen: ›Du, der du das liest, trägst die Schuld an Grausamkeit und Haß, an der Gottlosigkeit und an den Lügen, die dich umgeben? Du, du allein bist schuldig. Du belohnst die Mörder. Du billigst und verzeihst Konzentrationslager und Kriege. Du stehst hinter dem korrupten Politiker, dem Kriegshetzer, dem Mörder, dem Dieb, dem Verräter und dem Diktator. Weil du haßt. Sieh dich an, und erkenne dich selbst!‹ Warum schreiben Sie das nicht?«

Frank verzog den Mund. »Weil ich Geld haben will«, antwortete er. Weil ich dich haben will, fügte er im stillen hinzu.

Er sah, daß ihr schönes Gesicht sich gerötet hatte und daß ihre Augen Blitze schossen. Die Leidenschaftlichkeit, mit der sie ihre Ansichten vertrat, überraschte ihn. Er hatte sie immer für gelassen, kühl und unverwundbar gehalten, aus einem anderen Holz geschnitzt. So hatte er sie haben wollen, eine Frau ohne Furcht, unbesiegbar und stark, von ihm fremder Natur, gleichermaßen kostbar, überlegen und gegen menschliche Schwächen unempfänglich. Und er haßte sie jetzt, weil sie ihm offenbarte, daß sie nicht mehr war als er selbst und all die anderen, die seinen Lebensweg gekreuzt hatten. Sie war Tim Farley, Wade O'Leary und Mr. Preston in einer Person; auch sie glaubte daran, daß jedes Bürgers vornehmste Pflicht darin bestand, seinen Mitmenschen zu dienen. Sie gehörte zu jenen sentimentalen Hohlköpfen, die um ihres Seelenfriedens willen der Ansicht huldigten, ein »Künstler« müsse sich damit abfinden, in einer Dachkammer zu arbeiten und zu verhungern. Eine Heulsuse war sie, die nichts davon wissen wollte, daß ein Schriftsteller angemessen bezahlt werden sollte.

Ein brutaler, wilder Ausdruck erschien auf seinem Gesicht. Er empfand weder Bestürzung noch Bedauern, als er erkannte, daß er sie und alles, was sie ihm bedeutete, verloren hatte, denn er konnte sich nicht vorstellen, daß ihm der Sinn nach einer stehen könnte, die auf so entwürdigende Weise allen jenen glich, die er wegen ihrer Sentimentalität verachtet hatte. Sie war ungehobelt und gewöhnlich. Was er an ihr geliebt hatte — ihre Gelassenheit, ihre Überlegenheit —, existierte gar nicht, hatte nur in seiner unfruchtbaren Phantasie existiert.

Weil er sie nun nicht mehr fürchtete, sprach er mit harter, kalter Stimme: »Ich brauche Geld, weil es mir helfen soll, von jenen loszukommen, die ich hasse, weil es mich vom Anblick und vom Geruch dieser Menschen befreien wird. Sie kennen die Armen nicht; Sie können sich nicht vorstellen, wie schrecklich sie sind. Und ich kann nur zu Geld kommen, wenn ich den Lesern gebe, was sie haben wollen; sie geben ihr

Geld nur Leuten, die ihnen dienen. Ich bin kein frecher Narr. Ich bin nicht so unverschämt, als daß ich mir einbilden würde, ich wüßte, was für das Publikum das ›Beste‹ ist, und ich habe kein Recht, den Leuten etwas aufzudrängen, was sie *nicht* haben wollen.«

Sie war sehr still und nachdenklich geworden. Sehr langsam setzte sie sich wieder nieder und hob den Blick zu ihm. »Was Sie da sagen, klingt so herausfordernd«, entgegnete sie. »Man möchte meinen, Geldverdienen sei für Sie etwas Unmoralisches. Das wäre eine sehr sentimentale Einstellung.«

Er war außerordentlich überrascht. Er hatte nichts weniger als das erwartet. Er konnte sie nur schweigend, die Stirn runzelnd, ansehen.

Sie lachte kurz auf. »Jawohl, sentimental und ein wenig affektiert. Sehen Sie mal: Sie wissen, daß Sie Geld haben wollen, unbedingt haben wollen, aber Ihr frömmelndes Unterbewußtsein versucht Ihnen einzureden, daß Geldverdienen etwas Anstößiges ist. Darum klingt alles, was Sie sagen, so kindlich herausfordernd. Das ist doch einfach dumm.

Sie wollen Geld haben. Daran ist nichts Unehrenhaftes, nichts Verwerfliches. Jeder vernünftige Mensch will Geld haben — fast möchte ich sagen, jeder moralische. Ich halte es für unmoralisch, nicht in höherem oder geringerem Maße nach Besitz und Wohlstand zu streben. Wer das nicht tut, beweist, daß es ihm an Selbstachtung mangelt und daß ihm nichts an seinem Wohlergehen liegt. Einem solchen Menschen fehlen aber auch noch andere Tugenden. Damit wird er, so er kein Asket oder Heiliger ist, unmoralisch. Ein Armer, ›arm‹ in allem und jedem, muß selbst den Engeln verachtenswert erscheinen.«

Nun war er noch mehr überrascht, gleichzeitig aber erfreut und erleichtert. Er hatte sich geirrt. Sie war wirklich eine ungewöhnliche Frau. Wie er, verachtete auch sie die von der Armut Geschlagenen, die bar aller Hoffnung waren. Aber Frank wußte nicht, wie genau sie seine Gedanken lesen konnte. Sie zog ihre dunklen, feinen Augenbrauen zusammen. Ich finde den Weg nicht zu ihm, gestand sie sich ein. Was immer ich sage, er hört eine völlig andere Bedeutung aus meinen Worten.

»Es ist also ehrenhaft und moralisch, wenn Sie um Ihrer Selbstachtung willen und weil Sie Ihr Wohlergehen im Auge haben, Geld verdienen wollen«, fuhr sie fort. »Nur fürchte ich, daß dies nicht die Gründe sind, warum Sie Geld haben wollen, und da werden Sie nun unmoralisch.«

»Welche anderen Gründe sollte ich haben?« fragte er zornig.

»Das weiß ich nicht. Ich möchte es gern herausfinden. Ich kann mich irren, aber meiner Meinung nach glauben Sie, daß das Geld Sie in einen höheren Stand ›erheben‹ wird, oder so etwas Ähnliches, und von etwas befreien, das Sie hassen. Mit anderen Worten: ich finde Ihre Gründe, warum Sie Geld haben wollen, abscheulich. Ihre Einstellung macht Sie gefährlich — Sie selbst und alles, was Sie schreiben.«

Sie warf einen Blick auf die Kristallschale auf dem Tisch. Er öffnete sie, reichte ihr eine Zigarette und nahm eine für sich. Er zündete beide an und blies das Hölzchen aus. Das Mädchen erschien mit einer Silberplatte, auf der sich eine Flasche Sodawasser, eine Flasche Whisky und zwei Gläser befanden. Jessicas stummer Aufforderung folgend, mixte Frank zwei Drinks und gab ihr ein Glas. Dann setzte er sich nieder und begann, an seinem zu nippen. Jessica schien ihn vergessen zu haben; sie starrte gedankenverloren vor sich hin. Aber seine ursprüngliche Kraft, das Gefühl, über den Dingen zu stehen, kehrte zurück. Er hegte keine Scheu mehr vor ihr; dazu war sie ihm zu nahegekommen.

»Was ich schreibe, birgt keine Gefahren«, sagte er mit nachsichtigem Lächeln. »Nur Geld.«

Sie runzelte die Stirn, als ob sie sein Reden kindisch fände. »Ich hatte immer ein ungutes Gefühl, wenn ich Ihre Geschichten in den Zeitschriften las. Ich glaubte etwas in ihnen zu entdecken, das — das nach Befreiung drängte. Ich weiß, das klingt sentimental, aber ich kann es nicht anders ausdrücken. Etwas fehlte in den Geschichten, aber hier und dort sah man eine Spur.«

Wieder schoß Zorn in ihm hoch. Mr. Mason, Mr. Preston — beide hatten davon gesprochen, daß »etwas fehle«. Das wurde langsam ärgerlich. Und ohne jede Veranlassung sah er plötzlich Mr. Hawkins' schmales, kaltes Gesicht mit den blaßblauen Augen vor sich.

Fast lässig fügte Jessica hinzu: »Wovor haben Sie eigentlich Angst?«

»Ich habe vor nichts Angst!« rief er wütend.

»Oh, doch. Und darum sind Sie auch so voller Haß. Und weil Sie hassen, sind Sie gefährlich. Sie und Hitler haben sehr viel gemeinsam. Schade, daß Sie sich nicht mit ihm aussprechen können. Er wird von einer schrecklichen Angst gequält, und darum haßt er. Und weil er haßt, muß er ein Opfer haben. Er ist charakteristisch für das deutsche Volk, für die ganze Welt. Wovor haben wir denn alle Angst? Manchmal glaube ich es zu wissen. Wir haben einer vor dem andern Angst, weil wir uns selbst so gut kennen. Wir wissen, daß wir abscheulich, daß wir gottlos und hoffnungslos, daß wir durch und durch schlecht sind. Wir betragen uns wie verurteilte Verbrecher, die sich mörderische Blicke durch die Gitter zuwerfen. Weil wir wissen, was in unseren Köpfen vorgeht, wissen wir auch, was die anderen denken.«

Sie stellte ihr Glas nieder und betrachtete es eine Weile. »Sie wissen natürlich, daß es Krieg geben wird. Der Angreifer wird behaupten, angegriffen worden zu sein. Weil er töten will. Er will töten, weil er haßt, und er haßt, weil er Angst hat.«

»Es wird keinen Krieg geben«, widersprach Frank mürrisch.

»Und wenn, wird es Ihnen gleich sein, nicht wahr?«

»Jawohl. Gleich.« Und fügte in bitterem Ton hinzu: »Sie irren. Ich habe vor nichts Angst.«

Er erhob sich. Er fühlte sich elend, niedergeschlagen und leer. »Eines müssen Sie wissen«, murmelte sie. »Es kommt nur auf Sie an. Wenn Sie etwas Wichtiges zu sagen haben, etwas, das uns allen helfen soll, müssen Sie bei sich anfangen.«

Er lachte geringschätzig. »Jetzt sind Sie schon wieder sentimental. Wissen Sie denn nicht, daß Schriftsteller allesamt arme Würstchen sind? Eine Menge Leute glauben, daß Literaten Macht und Einfluß besitzen, daß sie wertvolle Mitglieder der Gesellschaft sind. Dem ist nicht so. Ich habe es am eigenen Leib erfahren.«

»Aber früher einmal glaubten Sie es selbst, nicht wahr?«

Er schwieg.

Jessica seufzte. »Ach ja. Alles ist subjektiv, wissen Sie? Ich finde, wenn ein vernünftiger Mensch sich für wertvoll hält, ist er es auch.«

Sie stand auf und streckte ihm die Hand entgegen. Ihre Augen waren traurig. »Bitte verzeihen Sie mir, wenn ich Sie beleidigt habe. Aber es schien mir sehr, sehr wichtig, zu — zu —« Sie konnte nicht weitersprechen. Was immer sie sagen mochte, es würde zu hochtrabend oder zu vertraulich klingen.

Er hielt ihre Hand fest. »Darf ich Sie bald wieder besuchen?«

»Ja, natürlich.« Sie schien sehr müde.

Es blieb ihm nun nichts weiter zu tun, als ihre Hand freizugeben und zu gehen. Doch in dem Augenblick, da seine Finger erschlafften, veranlaßte ihn eine plötzliche Regung, ihre Hand noch fester zu umklammern. Er fühlte ihren Puls in seinem Fleisch, er sah ihr blasses, müdes Gesicht, ihre wunderschönen dunklen Augen und ihre fein geschnittenen Lippen. Er vergaß seine Ängste, sein Mißtrauen, seine Minderwertigkeitsgefühle und sein Selbstbewußtsein. »Jessica!« rief er aus. »Oh, Jessica!«

Wie schrecklich, wie lächerlich das war, daß sie einander hier wie Fremde gegenüberstanden, wie zwei Menschen, die sich durch Zufall begegnet sind und nun bedenkenlos voneinander scheiden! Ihm war jetzt alles gleich. Mochte geschehen, was da wollte! Selbst wenn er sie beleidigte, sie sollte alles wissen, alles verstehen! »Jessica!« fuhr er mit lauter, immer schneller werdender Stimme fort. »Das ist doch alles Unsinn, was wir da reden! Du wirst mich hinauswerfen, aber ich muß es dir sagen. Ich habe immer nur an dich gedacht, mich nach dir gesehnt und für den Tag gelebt, da ich hier bei dir sein würde können. Mag sein, daß all das — was ich versucht habe zu erreichen — dir nicht viel bedeutet und daß du mich für einen Narren hältst. Vielleicht bin ich einer gewesen; ich weiß es nicht. Aber für mich ist jetzt nur eines wichtig: daß ich bei dir sein kann, daß du mich nicht fortschickst, daß du mir erlaubst, dich manchmal zu besuchen und mit dir zu sprechen —«

Ihr Gesicht veränderte sich. Anfangs hatte sie versucht, ihm ihre Hand zu entziehen, doch nun lag sie still und warm in der seinen. Sie lächelte, ihre Augen leuchteten. Sie lauschte ihm begierig und erwartungsvoll. Dann kam sie näher zu ihm.

Er griff nach ihrer anderen Hand. Immer noch lächelte sie ihn an.

»Du hast so viel Zeit verschwendet«, tadelte sie ihn zärtlich. »Ich war so traurig die letzten Tage. Ich wartete auf dich. Und dann hatten wir nichts Besseres zu tun, als uns in eine dumme politische Diskussion zu stürzen! Ist es nicht erstaunlich? Wir haben uns nur zweimal gesehen und scheinen doch schon alles über uns zu wissen.«

Seine Hände drückten die ihren. »Du irrst dich, Jessica.« Er übersprudelte sich. »Wir sind uns schon vor langer Zeit einmal begegnet. Ich dachte, ich hätte es nur geträumt. Doch an dem Tag, da ich herkam, um dir Strümpfe zu verkaufen, erkannte ich das Haus wieder und —«

»Ich wußte es!« rief sie. »Aber wo? Auch ich dachte schon, ich hätte geträumt.«

Er erzählte ihr alles. Sie hörte gespannt zu und versuchte sich zu erinnern, aber es gelang ihr nicht; sie konnte sich nicht einmal des rosa Kleides und der rosa Schleife im Haar entsinnen. Was sollte sie sagen, um ihn nicht zu enttäuschen? Doch dann begriff sie, daß Einzelheiten keine Rolle spielten. Sie erinnerte sich an ihn, hatte ihn vage wiedererkannt, auch wenn die näheren Umstände ihres Zusammentreffens als Kinder nie wieder in ihr Bewußtsein zurückkehren würden.

»Es scheint mir«, sagte sie, »als ob ich dich schon immer gekannt hätte.«

Sie hielt ihm ihren Mund entgegen, und er küßte sie. Es war gewissermaßen ein jungfräulicher Kuß, denn was er bisher mit Frauen erlebt hatte, daran dachte er nur mit Ekel und Abscheu zurück. Hier aber fand er Leidenschaft und Erfüllung. Es war anders als alles, was er je empfunden hatte, und er konnte es nicht fassen.

»Ich liebe dich«, sagte er. Noch nie zuvor hatte er diese Worte ausgesprochen, und es war ein wunderbares Gefühl. Er wiederholte sie um des holden Zaubers willen: »Ich liebe dich, Jessica!«

»Und ich liebe dich, Frank«, murmelte sie und hob ihm abermals ihre Lippen entgegen.

In seinem ganzen Leben hatte das niemand zu ihm gesagt, nicht einmal seine Mutter. Er konnte es nicht glauben. »Sag es mir immer wieder«, bat er sie.

»Ich liebe dich«, wiederholte sie, und nun standen Tränen in ihren Augen. »Ich liebe dich, wie du bist. Wie du bist, Frank. Das sollst du nicht vergessen.«

LXVIII

Frank Clair wanderte durch die Straßen Bisons und sah sie nicht. Als Kind war er hier gegangen, blinden Auges und ohne den Weg zu kennen, aber lebendig und in leidenschaftlicher Erregung. Mit zehn Jahren hatte er von einem Bettlerjungen gelesen, der allerlei seltsamen Kram und Plunder von den Straßen auflas und dabei ein Zauberwort fand, das ihm die Welt zu eigen machte. Noch viele Jahre danach hatte er Straßen und Wege und Rinnsale nach dem wundersamen Amulett durchsucht. Und wie er jetzt dahinschlenderte, erinnerte er sich und lächelte und dachte: Ich habe es gefunden.

Er hatte es gefunden, weil jemand ihn liebte. Jemand liebte ihn mehr als alle anderen Menschen. »Ich liebe dich, wie du bist«, hatte sie gesagt. Er brauchte sich nicht ihrer »würdig« zu erweisen, brauchte sich nicht ihre Bewunderung und Zuneigung mit Geschenken zu erkaufen. Er brauchte nur er selbst, Frank Clair, zu sein. Er konnte es nicht glauben, es war ein Wunder.

Es erscheint mir wie ein Wunder, dachte er, weil ich bis eben jetzt immer geglaubt habe, ich wäre ein armer Kerl, ungeachtet und ungeliebt, und genötigt, meine Umgebung zu besänftigen und zu beschwichtigen, anderen Menschen zu Willen zu sein, um mich ihrer nur zögernd gewährten Billigung zu versichern. Warum habe ich das geglaubt? Lag es daran, daß meine Eltern mir tatsächlich das Gefühl eingeimpft haben, ich wäre ein Nichtsnutz, ein Versager, eine Art Monster, das nur Verachtung verdient? Wenn das so war, warum habe ich mir das einimpfen lassen? Und warum habe ich so viele Jahre gebraucht, um zu erkennen, daß ich Glieder und Organe habe wie andere Menschen auch? Warum habe ich immer Angst gehabt? Ich sehe diese Angst jetzt ganz deutlich und weiß, daß ich darunter gelitten habe, auch wenn ich sie mehr als alles andere verabscheut habe. Ich habe sie abgeleugnet und doch in ihrer Umklammerung gelebt. Bis heute.

Er ging weiter. Wie ein roter Feuerball spähte die Sonne durch die Bäume, aber er sah sie nicht. Der Geist seines Vaters begleitete ihn. Schon oft war er an seiner Seite geschritten, und Frank hatte ihn geschmäht und erniedrigt. Heute aber kroch der Geist kläglich, einsam und sehr müde neben ihm her. Frank fühlte seine Gegenwart, aber er haßte ihn nicht. Mein Vater, dachte er, ist oft durch diese Straßen gegangen, und er sah etwas, was ich nicht sehe, aber oft genug gesehen habe. Er sah die Angst.

Was muß das für ein Gefühl gewesen sein, mit dieser Angst gelebt, ihre entsittlichende Ausdünstung in jedem Zimmer, auf jeder Straße, in jedem Autobus, auf jedem Korridor gerochen zu haben? Sie in jedem Gesicht, in jedem sonnenbeschienenen Fenster, in jedem Torbogen, im Schatten der Bäume, in den Winkeln jedes Hauses, in der Gestalt jedes

Fremden gesehen zu haben? Ihr Echo in jeder Stimme, in jedem Schritt, im Rascheln der Blätter, im Geratter jedes vorbeikommenden Fahrzeugs, in jedem Lachen, Ruf oder Schrei, morgens, mittags und abends gehört zu haben?

Was muß diese Welt, Sonne, Mond und Sterne einem Francis Clair bedeutet haben? Ein Universum von Grauen, Furcht und Entsetzen, voll von grotesken Drohungen, von schlimmster Vorbedeutung. Welch schrecklicher und erschütternder Egotismus muß ihn zu der Annahme verführt haben, die öde Unermeßlichkeit des Lebens sei mit zerstörerischer Absicht gegen ihn gerichtet, glotze ihn, nur ihn, mit Riesenaugen an und habe die Hand schon erhoben, um ihn zu zerschmettern und zu vernichten? Kein Wunder, daß er zauberkräftige Schutzmittel gegen diese ungeheure Bedrohung gehortet hatte: durchlöcherte Münzen, Kaninchenpfoten, vierblättrige Kleeblätter, Amulette aller Art. Mit Hunderten von Tricks versuchte er, ein feindseliges Geschick, eine Welt, die darauf aus war, seine Pläne zuschanden zu machen, ihm immer wieder neue Niederlagen beizubringen und ihn auszulöschen, zu beschwichtigen oder zu überlisten. Er hatte die arme Maybelle mit seinen obskuren, aber allgegenwärtigen Schreckvorstellungen so infiziert, daß aus einer gesunden, beherzten jungen Frau eine dummes Zeug schnatternde, grausame, von Furcht besessene Hexe geworden war. Er hatte aus seiner Frau einen zitternden, unmenschlichen Schatten seiner selbst gemacht, die mit Talismanen und allem möglichen Abrakadabra versuchte, einem blindwütigen Geschick ein Schnippchen zu schlagen.

Wie hatten sie ein solches Leben ertragen können? Wieso waren sie nicht schon Jahre vorher an ihren Ängsten gestorben? Die natürliche Zähigkeit des menschlichen Körpers und die eiserne Substanz des menschlichen Hirns mußten sie in diesem Dschungel drohender Vernichtung am Leben erhalten haben. Er sah, wie seine Eltern, wenn es läutete oder klopfte, in panischer Angst hin und her liefen, die Jalousien herabließen, verstohlen hinter den Spitzenvorhängen hervorlugten oder ins Hinterzimmer flüchteten, wo sie sich mit weißen Gesichtern, die Hände verkrampft, die Augen weit aufgerissen, flüsternd beratschlagten. War dann der verhinderte Besucher — ein Vertreter oder ein Nachbar — achselzuckend gegangen, dauerte es noch eine geraume Weile, bis die Jalousien wieder hochgingen, die Vorhänge nicht mehr zur Seite geschoben, die Tür aufgeschlossen wurde und die Stimmen sich über ein Flüstern erhoben.

Mein Gott! dachte Frank und beschleunigte seine Schritte. Was war nur los mit ihnen? Wovor hatten sie solche Angst? Vor den Unglücksfällen, wie alle Menschen sie meistern müssen? Warum konnten sie nicht begreifen, daß Kummer und Leiden, Schmerz und Tod unser aller Los sind und daß der Mensch ihnen mit Glaube und Stärke begegnen muß? Was veranlaßte sie, sich einzubilden, daß sie, sie allein, Schrecken und Zerstörung zu fürchten hatten? Sie hätten nur aus dem Fenster blicken brauchen, um sie wie Gespenster an allen Türen hocken zu sehen. Aber die Menschen in diesen Häusern lachten und liebten und taten alles, um nicht an jenen letzten unaufschiebbaren Augenblick zu denken, da sie dem finsteren Gast würden öffnen müssen.

Frank dachte jetzt ohne Haß an seine Eltern. Der Haß war wie Schorf von ihm abgefallen, und wenn auch Narben blieben, so begannen sie doch schon zu heilen. Er dachte mit schmerzlichem Mitgefühl an sie. Er erinnerte sich an ihre Grausamkeit und sagte sich: Sie waren grausam, weil sie Angst hatten. Sie begegneten allem Lebenden mit Argwohn und haßten es, weil sie Angst hatten.

Erstaunt sah er sich um. Er war am Kai angelangt. Er stand neben einer Bank am Ende des langgezogenen grünen Hügels, der sich zu den Geleisen und zum Fluß hinabsenkte. Er setzte sich. Im geheimnisvollen Schatten der untergehenden Sonne floß der Strom in amethystenen Wellen dahin. Wellengleich auch schoß scharlachrotes Feuer himmelwärts. Ein gespenstisch leuchtender Schein, grauen Schleiern gleich, hing über der Erde. Die Bäume standen in warmer, dämmriger Stille. Ein Lüftchen lief jetzt flüsternd durch die verblassende Luft und blies Frank ins Gesicht. Er zündete sich eine Zigarette an. Ruhe und Frieden wurden in ihm lebendig. Er blickte zum glühenden Himmel empor und zum Fluß hinab und sah sie, wie er sie als Kind gesehen hatte, aus der Tiefe kommend, in die Tiefe sinkend, bedeutungsvoll und majestätisch, und nicht mehr flach und leer, angemalt wie eine Kulisse.

Ja, dachte er, meine Eltern haßten, weil sie Angst hatten. Es ist schrecklich, wenn man Angst hat. Und schrecklicher noch, wenn du es mit deinem Gewissen vereinbaren mußt, daß ein Mensch vor dir Angst hat. Mein Vater machte den Anfang: Er fürchtete sich vor seiner Mutter, und diese Furcht verdunkelte die ganze Welt für ihn. Sie machte ihn zu einem gemeinen, brutalen Mann. Und am Ende tötete sie ihn, aber nicht bevor er meine Mutter und beinahe auch mich zugrunde gerichtet hatte.

Lebt ein Mensch in Angst vor dir, dachte er, dann zähle dich zu jenen, die Gott verflucht hat. Bist du ein Weißer, und ein Neger hat Grund, dich zu fürchten; bist du Christ, und ein Jude verbirgt sich deinetwegen im Dunkel; beobachtet dein Nachbar bange dein Kommen und Gehen, malt sich Entsetzen auf seinem Gesicht, wenn deines vor ihm erscheint — dann, Freund, bist du verdammt, und alles, was du tust, alles, woran du glaubst, alles, was du denkst, dein Wachen und Ruhen, dein Essen und Trinken, dein Haus und deine Kinder — alles ist unselig und fluchwürdig, und du stehst im Schatten des Todes.

Frank blickte zum Himmel auf, und ein stummes Grauen befiel ihn. Angst lag über der Welt an diesem stillen, lieblichen Abend. Sie warf ihren haßerfüllten Schatten über alle Städte, alle Meere. Warum haßte der Mensch seinesgleichen? Wer pflanzte das Böse in seine Seele, so daß er seine Brüder zu vernichten trachtete? Denn jeder Mensch war jedes anderen Menschen Bruder. Das war kein metaphysisches Geheimnis, keine Erfindung von Heiligen oder Engeln. Das war eine unwiderlegbare Tatsache. Das gleiche Blut floß in den Adern eines Weißen, eines Negers, eines Chinesen, eines Franzosen oder Engländers, und kein Wissenschaftler hatte je einen Unterschied herausgefunden. Der dunkelhäutigste Wilde im afrikanischen Dschungel konnte mit einem weißen Patrizier der gleichen Blutgruppe sein Blut tauschen, ohne eine Abwehrreaktion des Körpers befürchten zu müssen. Blut war der Saft, der den Menschen mit seinen Mitmenschen verband. Warum stand dann sein Geist dem seines Bruders in ewiger Feindschaft gegenüber?

Ich habe jetzt vor nichts Angst, weil jemand mich liebt. Vor wenigen Stunden noch wankte ich in der Finsternis und fand meinen Weg nicht. Aber jemand liebt mich. Und meine Angst schmolz dahin, weil auch ich liebe. Voll und bunt wurde mir ein neues Leben geschenkt. Ich kann wieder schreiben wie früher! So fühlte Frank nun.

Helle, reine Freude, Friede und Hoffnung erfüllten sein Herz. War es der Himmel und der Fluß, die im Abendlicht tanzten, oder kam das strahlende Beben aus seinem Innersten? Er wußte es nicht zu sagen. Das langgezogene Heulen eines sich nähernden Zuges wurde hörbar. Die Luft vibrierte. Immer klarer und lauter und verzweifelter wurde das Heulen. Er hörte es, aber er legte nicht mehr die Hände über die Ohren wie früher immer.

Ich bin frei, dachte er, so frei, wie ich es als Kind war. Ich fühle meine Kraft, meine Unverwundbarkeit, und darum fürchte ich nichts mehr. Nichts kann mir etwas anhaben, außer meine eigene Angst, und da sie nun abgefallen ist von mir, bin ich unbesiegbar. Ich kann nichts hassen, weil ich keinen Menschen fürchte.

Eines Tages werde ich Paul wiederfinden und es ihm sagen. Ich weiß, daß ich ihn finden werde.

Dunkel und still lagen die Straßen unter dem warmen weißen Mond. Die Bäume raschelten und wisperten. Frank hörte Stimmen aus den Häusern, an denen er vorbeiging. Er hörte das sanfte Zischen vorüberfahrender Automobile, und er sah erleuchtete Schaufenster. Die Gestaltung eines neuen Buches brannte in seinem Kopf. Er hatte schon einen Plan. Er würde davon erzählen, wie Angst und Schrecken und schließlich Haß in ihm gewachsen waren. Der Krieg hing wie eine schwarze Schwinge über der Welt. Es würde Krieg geben, denn die Angst der Menschen war zu weit gediehen. Aber vielleicht würde Hoffnung erblühen, wenn der Wahnsinn sein Ende gefunden hatte. Wenn die Menschen nur begreifen könnten! Wenn sie nur nicht immer etwas Neues fänden, um noch grausamere Zerstörung auf sich und auf andere zu laden! Wenn sie nur ihre Brüder richtig sehen und kennenlernen könnten! Vielleicht war es noch nicht zu spät. Wenn nur einige wenige lauschten, vielleicht war es dann, selbst inmitten des blutigen Wahnsinns, noch nicht zu spät. Ich werde tun, was ich kann, dachte Frank Clair. Ich habe nur eine Stimme, aber vielleicht werden sich auch noch andere Stimmen erheben und sich mit der meinen vereinen.

Der Sommerwind regte sich, und die Blätter richteten sich auf, ihn zu begrüßen. Frank kam zu einer Straßenecke und sah vor sich einen großen Baum, der allein auf einem weiten, dunklen Rasen stand. Er verhielt den Schritt und betrachtete ihn. Doch sein Herz schlug dem Baum entgegen, so wie es einst Bäumen und allen anderen Dingen entgegengeschlagen hatte. Es sandte ihm eine Welle von Liebe und Licht entgegen, ihn rufend, umarmend, umschlingend, eine Welle von Leidenschaft und Verlangen und tiefem Wissen. Still stand der Baum unter dem Mond, die Blätter schlaff herabhängend, die Zweige schwer von Träumen und Dunkel. Bis der Wind ihn berührte und seine Stille zerbrach. Jetzt bewegte sich der Baum wie ein fühlender Geist, ganz Leben, ganz fließendes Sein. Aus seinem Innersten, aus seinen Zweigen brach ein sanftes, tiefes Rauschen hervor, wie eine Stimme, die auf Franks Rufen antwortete. Das Mondlicht tauchte die Blätter in glitzerndes Silber, wandelte sie zu Tausenden kleinen Helligkeiten, zu schimmernden, zuckenden Spiegeln.

Nun packte der dunkle, silberne Wind auch Frank, wirbelte über ihn hinweg und um ihn herum wie eine stürmische See. Frank sah den Baum an, und etwas von seinem kindlich leidenschaftlichen Sehnen, etwas von seiner alten Begeisterung und Verzückung antwortete der hereinbrechenden Nacht.

Er hielt Zwiesprache mit dem Baum, doch er wußte, daß er nie wieder die Wunder und die Verzauberung dieser Welt empfinden würde wie einst. Die Jahre hatten eine tiefe Kluft zwischen ihm und seiner Jugend aufgerissen, die zu queren er nicht mehr vermochte. Die bunte Kugel seiner Kindheit rollte in einen regenbogenfarbenen Raum; es war Traum und Bestrickung, Herrlichkeit und Entzücken. Für immer dahin, denn er war ein Mann, er wußte, daß Verzauberung und Wunderglaube nicht Teil sind der männlichen Natur, und nur für Kinderseelen bestimmt.

Nie wieder würde er auf einer Straße gehen, ein Steinchen oder ein Zettelchen in der Hoffnung aufheben und herumdrehen, das Zauberwort zu finden, das ihm die Welt, die Erfüllung seiner Träume, die leuchtenden Türme der Magie, die Gärten der Kirke schenken würde. Nie wieder würde er sich dem Glauben hingeben, daß es verzauberte Inseln der Glückseligkeit gab, die auf einen Entdecker warteten. Nie wieder würde er einen Berg erklimmen und erwarten, auf der anderen Seite marmorne Mauern und goldene Tore vorzufinden und eine Stadt, in der Engel, in goldene Gewänder gehüllt, die Sonne auf ihren Gesichtern, in Seligkeit wandelten. Die Welt war klein und von der Wirklichkeit gehärtet. Es gab keine von blassem Mondlicht beschienenen weißen Kolonnaden in entlegenen Gegenden und keine Berge, in denen Musik erklang. Was es von der Welt zu wissen gab, wußte er, und ein in »himmlisches Licht getauchter Ort« existierte nicht.

Doch dem, der guten Willens war, dem, der liebte und nicht haßte, dem Leid und Mitgefühl und Verständnis nicht fremd waren, dem blieb der heitere Abend der Hoffnung, die milde Süße der Freundschaft, die Frucht des Friedens. Nie wieder würde ihm das Leben »die Pracht und Herrlichkeit, der frische Zauber eines Traums« zu sein scheinen. Sinnentaumel sollte nicht länger von früh bis abends sein treuer Gefährte sein. Den Menschen guten Willens aber war Wissen gegeben und Glaube; Glaube, daß es möglich sein müßte, die Menschheit mit jedem neuen Tag von einem weiteren Stein der Bedrückung zu befreien, Glaube, daß die Angst und der Haß, die sie quälten und unweigerlich zu ihrer Vernichtung führten, in Liebe und Vertrauen umgemünzt werden konnten — wenn nur einige wenige es so haben wollten und so entschieden.

LXIX

Wie unbeschreiblich schön war es doch, des Morgens zu erwachen und sich vom goldenen Saft seliger Verzückung durchströmen zu lassen! Sich lächelnd und still der Erfüllung hinzugeben, die Sonne auf den Händen spielen zu sehen, so als ob sie heute zum erstenmal aufgegangen wäre, den Blick auf den vertrauten und doch nicht vertrauten Wänden ruhen zu lassen, die Ausstrahlung jedes einzelnen Gegenstandes zu spüren, so wie man sie in der Jugend gespürt hatte — all dies bedeutete Wiedergeburt, bedeutete eines Kindes holde Erwartung, ruhiger jetzt und gedämpfter, dafür aber glanzvoller und üppiger, als eine unsichere und gebrechliche Kindheit es hätte erahnen lassen.

Dies war kein neuer Friede an einem neuen Morgen, sondern Verständnis. Es war keine Ekstase. Es war nicht mehr als das Fehlen jeglicher Furcht, Furcht vor dem Morgen, Furcht vor fremden Stimmen, vor Schmerz, Tod, Niederlage, Enttäuschung, Schande. Es bedeutete Sicherheit vor der Bösartigkeit, Gemeinheit, Grausamkeit und Brutalität seiner Mitmenschen. Und es bedeutete auch, wenn man irgendwelche Gestalten in einer dunklen Ecke lauern sah, daß man echtes Mitgefühl mit ihnen empfand und das Verlangen, ihnen zu sagen, daß man sie nicht mehr fürchtete und so auch sie keinen Anlaß mehr hatten, andere zu fürchten.

Wie gut tat es doch, dies zu wissen und zu fühlen und damit die Kraft und die Macht zu erlangen, wie sie nur den Barmherzigen und den Befreiten geschenkt wird!

Unmöglich, das Weh der Menschen zu vergessen, die Finsternis ihrer Seelen, ihre Abscheulichkeit, ihren unausrottbaren Hang zum Bösen, ihre Mißgunst und Habgier, die Mordlust, die in ihren Herzen lauerte. Aber es war möglich, Mitleid mit ihnen zu haben, Schmerz und Trauer zu empfinden — alles, was der Liebe vorangeht. Wenn ihre Antwort darin bestand, daß sie dich steinigten und ans Kreuz schlugen, es hatte nichts zu sagen. Selbst wenn der Scheiterhaufen ihre Antwort war, es mochte wohl sein, daß das Feuer ihres Hasses sie erleuchtete, sie zur Buße rief und ihnen Erweckung bescherte.

Der Mensch war in einen Baum eingeschlossen. Der Baum stand in einem Wald, der sich inmitten von Ödland erhob. Der Mensch konnte sich nicht rühren, seine Augen waren blind, seine Gesten zu Holz erstarrt. Seine Stimme war erstickt, und wenn er in Qualen aufschrie, war nur ein leises Rascheln zu hören. Wie konnte man diese eingekerkerten Seelen hassen, die, eingewurzelt in die Erde, der sie nicht zu entfliehen vermochten, einem Himmel zustrebten, den sie nicht sahen und nur nebelhaft zu fühlen imstande waren?

Frank Clair saß auf seinem Bett und dachte: Ich war einer von ihnen, aber jetzt bin ich frei. Irgendwie werde ich die Worte finden, um auch diese anderen zu befreien. Er fühlte eine mächtige Regung in sich. Er lauschte in sich hinein und spürte, wie sie immer mehr an Kraft zunahm. Welche Gestalt würde sie annehmen, in welchen Worten ihren Ausdruck finden? Er wußte es nicht. Wann würde die Stunde kommen, da er das Wort »Jetzt!« hören, sich wieder zur Arbeit setzen und alles, was er an Wissen gewonnen hatte, niederschreiben würde?

Er wußte, daß er warten mußte. Die Kraft war in ihm, und sie wartete, wie auch er warten mußte. Mittlerweile bohrten sich ihre Wurzeln in das dunkle, fruchtbare Erdreich seines Geistes, durchschlürften alluviale Schichten, saugten Leben auf und wurden selbst zu Leben.

Mr. Penseres rief die Treppe herauf. Der Photograph und der Reporter von der *Bison Evening News* waren gekommen und warteten unten auf ihn. Überrascht stellte er fest, daß es schon fast elf war. Er hatte zehn Stunden geschlafen, traumlos wie schon seit vielen Jahren nicht mehr.

Stolz zeigte ihm Mr. Penseres einige Zeit später einen langen Artikel in der Morgenzeitung, in dem berichtet wurde, daß der Verlag Thomas Ingham's Sons seinen Roman angenommen hatte. Frank las den Artikel, dessen Inhalt etwa dem entsprach, was er am Vortag dem Redakteur mitgeteilt hatte, und dachte: Das war doch ein Traum! Das ist doch alles bedeutungslos geworden! Gestern war es so gewesen, aber seitdem hatte er Äonen von Zeit und Raum durchmessen! Das Gesicht, das er heute im Spiegel gesehen, war nicht das Gesicht, das er gekannt hatte.

Es war schon fast ein Uhr. Er wollte Jessica anrufen und ihr davon erzählen, doch da läutete das Telephon. Er hob ab. Eine Männerstimme fragte nach ihm, und er antwortete: »Ja. Hier spricht Frank Clair.«

Die Stimme lachte, und nun kam sie ihm irgendwie vertraut vor.

»Erinnerst du dich an mich?« fragte die Stimme. »Gordon Hodge?«

Krampfhaft umklammerte Frank den Hörer. »Gordon«, wiederholte er und brach in wildes Gestammel aus: »Gordon Hodge! Wo — wo bist du? Ich — ich — ich habe dich gesucht und —«

»Du hast mich gesucht?« wunderte sich Gordon. Frank sah ihn vor sich stehen, ungläubig, nachsichtig lächelnd, gutmütig beschwingt, aber achtsam, wie schon damals, als sie noch Kinder gewesen waren. »Nun, ich bin schon seit Mai in Bison. Ich bin als außerordentlicher Professor für Englisch an der Universität tätig. Jetzt halte ich Sommerkurse.« Er unterbrach sich. »Ich habe mich oft gefragt, was wohl aus dir geworden ist. Die letzten zehn Jahre habe ich in Ohio unterrichtet. Und heute morgen las ich den Artikel im *Courier*, und da dachte ich, ich muß dich gleich anrufen und dir gratulieren. Ich bin richtig begeistert, aber ich habe schon immer gewußt, daß du es schaffen würdest.«

Frank hörte ein dumpfes Dröhnen, das aus ihm selbst herauszubrechen schien. Seine Stimme versagte. Der Hörer lag schwer in seiner Hand.

»Ich bin verheiratet«, fuhr Gordon fort. »Wir haben zwei Kinder. Wir wohnen in der Nähe der Universität. Ich würde mich freuen, wenn du uns bald einmal besuchen kämest. Wir haben uns ja viel zu erzählen. Weißt du, daß mein Vater gestorben ist?«

»Ich — ich wußte es nicht«, stammelte Frank. Seine Knie drohten nachzugeben, und er mußte sich setzen. Er schluckte. »Ich habe jahrelang versucht, euch zu finden. Wo — wo ist Paul?«

Gordon antwortete nicht. Das Telephon summte in Franks Ohr. Er wartete eine kleine Weile und wiederholte dann drängender: »Gordon? Bist du noch da? Wo ist Paul?«

Gordons Stimme kam wieder, aber sie klang jetzt kalt und argwöhnisch. »Was redest du da, Frank? Willst du mir einreden, du wüßtest nicht, daß auch Paul tot ist?«

Seine Gefühle erstarben. Er saß in einem leeren Raum. Er hörte das Flüstern seiner Stimme: »Ich wußte es nicht. Ich wußte es nicht.«

»Hallo!« rief Gordon in den Apparat. »Hallo, Frank?«

Wie ein dumpfes Echo drang Franks Stimme an sein Ohr: »Ich wußte es nicht. O Gott, ich wußte es nicht!«

Gordon wurde unsicher und verlegen. »Ich kann es kaum glauben. Du warst damals unten in Kentucky. Paul war in der Marine, und du hattest ihm zwei- oder dreimal geschrieben. Als nächster Verwandter bekam ich die Briefe. Ich schrieb dir dann selbst und benachrichtigte dich, aber der Brief wurde nie retourniert.«

Das muß nach meiner Flucht gewesen sein, dachte Frank, aber immer noch fühlte er nichts. »Wann ist es geschehen?« fragte er.

»Etwa ein Jahr nach dem Krieg. Er war noch in der Marine, im

Frachtdienst. Das Schiff fuhr auf eine Mine auf, und, soviel ich weiß, gab es keine Überlebenden. Es tut mir schrecklich leid, Frank. Ich dachte, du wüßtest es. Es ist ja schon so lange her.«

Nein, dachte Frank, es ist nicht lange her. Es ist eben erst passiert. In diesem Augenblick ist der Schmiedehammer auf mich niedergesaust. Mehr habe ich nicht gespürt.

Gordon plauderte weiter. Seine Stimme klang versöhnlich und besorgt, aber Frank hörte nur ein Wirrwarr von Tönen, die keinen Sinn ergaben. Paul ist tot. Ich werde es bald fühlen, dachte Frank. In ein paar Minuten.

Er legte den Hörer auf und kroch die Treppe zu seinem Zimmer hinauf. Er ging ans Fenster und blickte auf den heißen Gehsteig hinab. Ein Straßenbahnwagen fuhr vorbei, und er folgte ihm mit stummen und hilflosen Blicken. Er betrachtete eine Frau, die mit ihren Kindern aus einem Tor trat. Er sah den leuchtendblauen Himmel über den Gebäuden gegenüber. Die Sonne spiegelte sich auf den Dächern der Automobile. Und dann brach eine zuckende Welle von Schmerz über ihn herein.

»Paul!« rief er. »Paul!« Aber nur der heiße Atem, der von der Straße aufstieg, antwortete ihm.

»Ich wußte es nicht«, sagte Frank laut. »Warum wußte ich es nicht? Warum hast du es mich nicht wissen lassen, Paul? Die ganze Zeit dachte ich an dich, und dann — und dann kam keine Antwort. Damals hätte ich es wissen müssen.«

Er setzte sich und zündete sich zerstreut eine Zigarette an. Er starrte auf die Wand, auf der die Sonnenkringel tanzten. Immer noch laut vor sich hin sprechend, fuhr er fort: »Ich hätte es wissen müssen, als ich nichts von dir hörte. Hörst du mich jetzt, Paul? Erinnerst du dich noch an all die Jahre, unsere Spaziergänge, unsere Gespräche, unsere Hoffnungen für die Zukunft, unsere Pläne und Träume? Du warst meine Kindheit, Paul! Du bist ein Teil von mir, mehr noch, als wenn wir Brüder gewesen wären. Kein anderer Mensch kann je so ein untrennbarer Teil von mir sein, nicht einmal Jessica. Zusammen sahen wir die neue Welt. Entsinnst du dich jenes Frühlingstages in den kanadischen Wäldern? Erinnerst du dich an die trockenen, grauen Tage im November, als wir am Fluß entlangwanderten und uns alles erzählten, was wir dachten und wußten, und jeder von uns die Welt durch die Augen des anderen sah? Die Bücher, die wir lasen, die Konzerte am Kai, die Sonnenuntergänge, die wir gemeinsam genossen, unsere kindlichen Theorien über Gott und die Welt, über Leben und Dasein? Die kümmerlichen Mohrrüben, die entlang der Hecke in der Nähe deines Hauses wuchsen? Die Spiele, die wir spielten, die Bälle, die wir warfen, die Brote, die wir im feuchten Frühlingsgras am kanadischen Flußufer verzehrten? Die Zeichnungen, die wir mit den Füßen in den Schnee kratzten? Das Zuckerwerk, das wir mit unseren paar Pennies kauften, und wie wir einen Drugstore fanden, wo die Limonaden nur einen Penny kosteten, und wie wir im Sommer kilometerweit liefen, um sie uns zu holen? Wie wir von dem Tag sprachen, da ich ein großer Schriftsteller sein würde, und wie wir uns zusammen ein Haus kaufen würden, ein Haus im Wald, auf einem großen grünen Hügel, von dem man auf einen kalten grünen See hinabschauen konnte? Du glaubtest an mich, Paul. Und selbst an jenem Tag, an jenem letzten Tag, als du fortzogst, da bist du nicht wirklich fortgegangen. Du bist immer dageblieben. Jener Tag war nur ein Traum, es hat ihn nie wirklich gegeben.«

Die Sonne schien heller auf die Wände und auf den geblumten Teppich. Es war ganz still im Zimmer. Nur der Straßenlärm tönte herauf und hin und wieder eine Kinderstimme.

»Du hast an mich geglaubt, Paul. Glaubst du noch an mich?«

Die Stille hielt an, doch ganz plötzlich fühlte Frank ein Lächeln. Er blickte sich suchend um und versuchte, sich seiner Seelenqual entgegenzustemmen. »Paul?« fragte er.

Ein seltsames Wohlbefinden milderte seine schmerzliche Erregung, die in langsamen Wellen verebbte. »Nein, Paul, du bist nicht tot. Ich weiß das jetzt. Es gibt kein Sterben. Ist es das, was du mir sagen willst?«

Dann geschah etwas noch Seltsameres. Pauls Bild, das vor seinem geistigen Auge erschienen war, vermischte sich mit den Bildern von Miß Jones, Tim Farley, Wade O'Leary und allen jenen, die ihm wohlgewollt, die für ihn gehofft und an ihn geglaubt hatten. Er sah sie alle, und alle waren Paul. So reich war ich all diese Jahre, dachte Frank. Ich kannte diese Menschen, und sie werden immer bei mir sein. Sie wollen, daß ich tue, was ich tun *kann* und was ich *weiß*, daß ich tun kann. Sie wollen, daß ich das tue.

Er war es ihnen schuldig, denn sie hatten ihn geliebt. Er sah sie alle so deutlich vor sich. Sie waren ein Teil seines Lebens, und weil sie das waren, konnten sie ihn niemals verlassen. Er hatte sie geliebt und ihnen ein Teil seiner selbst gegeben, das sie für alle Zeiten als Unterpfand bewahren würden.

Die drängende Kraft, die er an diesem Morgen empfunden hatte, kehrte zu ihm zurück, und nun hatte sie eine laute, klare, triumphierende Stimme.

Er stand auf, ging an seine Schreibmaschine und nahm den Deckel ab. Er spannte ein Blatt Papier ein und wartete. Er wußte, was er jetzt schreiben mußte und wie es geschrieben werden sollte.

Er überlegte einen Augenblick und schrieb dann den Titel: »Es gab die Zeit.«